Les flammes de l'éternité

Déjà paru
Aux Éditions Albin Michel

HÉLÈNE DE TROIE

La Prisonnière de Sparte, t. 1

Margaret George

HÉLÈNE DE TROIE

* *

Les flammes de l'éternité

ROMAN

Traduit de l'anglais (États-Unis)
par Nathalie Cunnington

Albin Michel

À ma fille
Alison Rachel
Mon amie, ma compagne
Et sa grand-mère, ma mère
Margaret Dean
L'une des dernières Belles du Sud

XL

Dès que parvint à Troie la nouvelle de l'arrivée imminente de la flotte grecque, une sorte de fierté fiévreuse parut s'emparer de la ville. Trop longtemps endormie, prête depuis des années derrière ses hautes murailles, protégée par ses tours massives et ses stocks d'armes, elle s'abandonnait maintenant avec joie à l'ivresse de l'action toute proche et, s'éveillant d'une sorte de brume dorée, s'agitait comme un lion impatient de partir à la chasse. De toute évidence, s'exprimaient là des désirs refoulés depuis une génération. Lorsque nous parcourions les rues, les jeunes gens nous acclamaient, Pâris et moi, criant qu'ils défendraient leur « trésor grec » jusqu'à la mort. À en juger par la façon dont ils riaient aux éclats, il était clair qu'ils n'envisageaient pas une seconde de mourir eux-mêmes. Ils allaient inspirer une telle terreur à leur ennemi que celui-ci s'enfuirait – après un ou deux combats, cela allait de soi, les Troyens ne voulant surtout pas laisser échapper une bonne occasion d'en découdre. La partie était jouée d'avance. Comment pouvait-il en être autrement ? Tout le monde savait que les Grecs passaient leur temps à se disputer, à se faire la guerre et qu'ils n'étaient qu'un ramassis de gueux incapables de lever une armée digne de ce nom. Un Troyen valait dix Grecs, se plaisait-on à répéter.

Dans les ateliers bourdonnants, les artisans et forgerons de la ville n'avaient jamais eu autant d'ouvrage. Le commerce se portait au mieux. Les gens des environs affluaient pour acheter et vendre des marchandises. Autour du sphinx s'était constitué un marché qui grouillait de monde de l'aube au crépuscule. Un jour,

Priam ordonna que les forains quittent la ville tous les soirs afin que les portes puissent être fermées pendant la nuit. Et, dès le matin, ils revinrent, toujours plus nombreux.

Les femmes de Troie étaient ravies que le marché se rapproche d'elles, ce qui leur permettait de faire leurs achats sans quitter la ville. Leurs maris avaient beau leur interdire de s'offrir des colifichets et des babioles, leurs sermons restaient lettre morte.

Aussi étrange que cela puisse paraître, ce fut une période heureuse à Troie.

La ville commença à se préparer à l'affrontement. Les ouvriers huilèrent les gonds des grandes portes. Les serruriers fabriquèrent de nouveaux verrous plus sûrs. Les maçons rehaussèrent les murailles avec un parapet de briques. Le fossé entourant la ville basse fut approfondi, et une seconde rangée de pieux bien pointus dressée derrière la palissade existante. Priam lui-même descendit pour s'adresser aux habitants de la ville basse et les avertir du danger qui menaçait, tout en évitant soigneusement de prononcer le mot *guerre* – ou *siège*.

Le revêtement des marches menant au puits couvert près du temple d'Athéna fut refait, et le puits lui-même nettoyé. On installa de nouveaux seaux et des cordes toutes neuves pour remonter l'eau. Les plus occupés de tous furent les marchands chargés de constituer les réserves de nourriture. Ils parcoururent la région pour en rapporter des charretées entières de grain et d'huile que l'on entreposa dans d'immenses jarres de pierre. De voir celles-ci enterrées par rangées avec uniquement leur col qui dépassait et leur couvercle scellé avec du goudron, les Troyens se sentirent rassurés. En même temps, cela ajoutait à cette impression de vivre une période spéciale.

Mais nous n'en savions pas plus sur Agamemnon et sa flotte. Combien étaient-ils exactement ? Qui les commandait ? Il nous faudrait attendre qu'ils débarquent sur cette côte-ci de la mer Égée pour avoir des réponses, car nous pourrions alors envoyer des espions dans leur camp. Priam avait déjà commencé à les recruter, et engagé en majorité des jeunes gens sans obligations familiales. Pour aider à leur formation, il fit venir Gélanor, qui lui conseilla d'inclure à cette équipe des volontaires d'âges variés.

« Un espion doit passer parfaitement inaperçu, expliqua-t-il, se faire remarquer aussi peu que possible – pour que, plus tard, la personne à qui l'on demande de le décrire réponde d'un air perplexe, "Je ne me souviens plus." Les hommes qui sont beaux, ceux qui se donnent des airs importants, qui ont des cicatrices ou les cheveux roux font de mauvais espions. Il nous faut des hommes un peu âgés – et même des femmes.

– Des femmes ? s'exclama Priam en haussant ses épais sourcils.

– Oui, des femmes. Ne trouve-t-on pas avec chaque armée tout un troupeau de ces créatures qui, comme on le dit, "suivent les soldats" ? Un espion, qu'est-ce d'autre sinon quelqu'un qui suit les soldats ? C'est le meilleur moyen de passer inaperçu.

– Tu veux dire, faire appel à des prostituées ? fit Priam avec un air de dégoût.

– Celui qui méprise les prostituées se méprise lui-même, répliqua Gélanor.

– Qu'entends-tu par là, je te prie ? »

Priam s'était redressé.

« Je veux dire simplement qu'à regarder trop haut, on risque de négliger des choses qui peuvent s'avérer capitales. Qui, mieux qu'une prostituée, peut approcher un général ? Surprendre les secrets murmurés dans le noir ? Certaines d'entre elles ont défendu leur ville avec une loyauté inégalée. On devrait ériger un monument public pour les remercier de leur contribution.

– Bon, d'accord, débrouille-toi pour les dénicher ! Et formeles ! Je veux dire, apprends-leur à récolter des informations.

– Il nous faut aussi des hommes âgés. Des êtres pitoyables, cassés, qui passent leur temps à se plaindre du sort cruel qui les a privés de l'usage de leurs membres ou laissés sans ressources. On en voit autour des camps militaires, auxquels on confie des tâches ingrates. Plus ils se lamentent, moins on les soupçonne. Je suis sûr que vous en avez, à Troie, des gens comme ça.

– Cela fait bien longtemps qu'il n'y a pas eu de guerre ici, dit Priam.

– Il n'y a pas que la guerre qui peut briser un homme.

– Tu penses que tu auras besoin de combien d'espions ?

– Je dirais qu'il nous en faut au moins deux cents. Si on tient compte des désertions, des exécutions et des échecs, il nous en restera peut-être une centaine.

– Tu les auras, répondit Priam en hochant la tête. Je te le garantis. »

Former des espions, voilà qui me paraissait bizarre. Au contraire, m'assura Gélanor. Il y avait toujours, ajouta-t-il, des espions amateurs. Mais ils se faisaient généralement prendre et tuer. N'était-il donc pas logique de tirer des enseignements de leurs erreurs ?

« À t'entendre, on croirait que ces gens sont des armes, au même titre que des arcs ou des épées, qui doivent sans cesse être perfectionnées, lui fis-je remarquer.

– Mais ce sont des armes, et peut-être même les plus efficaces. Après tout, quand on sait ce que l'ennemi pense et quelle est sa position, on peut adopter la réaction adéquate. »

Ennemi. Ce mot... Il l'avait prononcé ! « Gélanor, comment ces gens qui viennent de Grèce peuvent-ils être nos ennemis ? Nous sommes grecs, nous aussi. Jamais je ne pourrai les considérer comme des ennemis.

– Pourtant, il faudra que tu apprennes. Ton beau-frère a constitué une armée dans le but d'envahir Troie et de te ramener en Grèce. Tu tiens vraiment à rentrer avec lui ?

– Non, dis-je d'une voix à peine perceptible.

– Il faut donc s'attendre à l'affrontement. Oh, bien sûr, ils enverront des émissaires, dont les propositions seront, bien sûr, repoussées. Alors, les combats commenceront. Agamemnon serait tellement déçu si on n'en arrivait pas là. Tout comme les Troyens, me semble-t-il. C'est pourquoi il nous faut savoir exactement le nombre d'hommes dont il dispose, et quelle sera sa stratégie.

– Oui, je comprends.

– Cela permettra peut-être d'épargner des vies.

– Dans le camp troyen.

– C'est la seule chose qui doit nous importer. »

Oh, comment pouvait-il en être ainsi ? Il y avait des membres de ma famille dans les rangs grecs ! Mes frères peut-être ! Comment pouvais-je me soucier uniquement d'épargner la vie des Troyens ? « Mais toi... Tu es grec, il s'agit de ton peuple à toi aussi ! m'exclamai-je.

– C'est bien là mon malheur, et le prix que je dois payer pour ne pas avoir quitté Troie tout de suite, comme je le voulais.

– Comment peut-on ainsi changer de camp, alors que notre cœur est en partie ailleurs ?

– Je m'efforce de ne pas y penser, répondit Gélanor. Ma mission est de déjouer les plans d'Agamemnon et de le désarmer avant qu'il puisse nuire. C'est pourquoi je vais recruter des espions et les envoyer dans le camp grec, après leur avoir appris les ruses que je connais. » Puis il ajouta en souriant : « Hélène, tu ne souhaites pas qu'on se souvienne de toi pour la guerre que tu auras causée, je m'en doute.

– Que les dieux m'en préservent !

– Pourtant, nous savons bien tous les deux qu'au fil des siècles les faits s'effacent et que seuls demeurent quelques souvenirs. Peut-être la belle Hélène restera-t-elle, dans la mémoire des hommes, la cause d'une guerre entre les Grecs et les Troyens. À moins d'empêcher ce conflit d'éclater... »

L'hiver arriva, puis laissa place au printemps. Les mers furent de nouveau navigables. Pourtant, l'horizon demeurait vide. Dans la plaine, les Troyens s'entraînaient. Ils étaient des milliers de guerriers à s'exercer au tir à l'arc ou au maniement de l'épée sous le soleil encore timide. Certains chargeaient des barricades qu'on avait montées là et des fossés creusés sous l'ordre de leurs chefs. Les conducteurs de chars lançaient leur attelage à travers les vastes espaces. Les enclos des chevaux avaient été entourés de palissades afin de protéger leurs précieux pensionnaires. Pendant ce temps, des charretées entières d'épées, de boucliers et d'armures sortaient des ateliers des forgerons. On fabriquait à la hâte de nouveaux chars équipés de roues à huit rayons, de planchers en cuir, et d'habillages de joncs souples et doux.

Des envoyés dépêchés par les alliés des Troyens promirent leur soutien à Priam. Je dois dire qu'hormis leurs coiffures différentes, ils se ressemblaient tous, même s'ils ne parlaient pas la même langue. Les Amazones d'Asie étaient les plus originales – je mourais d'impatience de les voir ! L'une d'elles, qui occupait les fonctions de commandement et était accompagnée d'un contingent de guerrières, assura Priam de l'aide de son peuple, si nécessaire.

Comme ma position à Troie n'était déterminée par aucun protocole, j'avais le privilège de pouvoir rencontrer qui je voulais. Ainsi, dès que j'appris l'arrivée de l'ambassadrice des Amazones, je me précipitai vers le mégaron de Priam.

Elle avait déjà présenté ses lettres de créance au vieux roi. Tous deux s'entretenaient du nombre de guerrières qu'elle pourrait fournir à Troie en cas de besoin. J'entrai et longeai le mur discrètement tout en la fixant des yeux.

Elle était très grande et armée de pied en cap mais, pour autant que je pouvais en juger, ne portait pas d'armure. Pour toute protection, elle n'avait qu'un plastron en lin et un casque. Ses longs cheveux tirés en arrière formaient une tresse. Ses bras paraissaient doux et impénétrables, telles des colonnes de marbre. Ses mains larges tripotaient la poignée de son épée. Percevant un mouvement – je m'étais pourtant efforcée d'être discrète, elle tourna sur elle-même et me fit face, l'arme au poing.

« Calme-toi, Élaté, dit Priam. C'est Hélène. Nul besoin de te préparer au combat. »

L'Amazone releva légèrement son casque pour mieux me voir. Son regard prit une expression de dédain.

« En effet, c'est inutile ! »

Je m'approchai. « Je suis ton amie, pas ton ennemie. Je dois avouer que les Amazones éveillent partout la curiosité. Est-il vrai qu'il n'y a pas d'hommes dans vos villages ?

– Oh, nous les gardons avec nous quelque temps. Ils peuvent s'avérer utiles. Je suppose, princesse, que tu devines à quoi je fais allusion. »

Je fis oui de la tête et partis d'un rire nerveux.

« Mais en dehors de cela, nous n'avons pas besoin d'eux. Ils nous importunent. »

À ces mots, je me mis à rire franchement. Elle trouva cela amusant.

« Allons, Hélène, tu ne t'es jamais dit la même chose ? Tu n'aimerais pas les voir disparaître une fois leur mission accomplie ? C'est tellement plus simple. »

Prise de fou rire, j'étais bien incapable de répondre.

« Certains, oui », dis-je enfin, en ajoutant intérieurement : *Mais pas tous, ça non.*

« Aucun d'entre eux ne vaut les ennuis qu'ils nous causent.

Sans vouloir t'offenser, majesté. » Elle se retint d'adresser un clin d'œil à Priam. « Je peux t'assurer l'aide d'environ cent guerrières, comme celles que tu vois ici, dit-elle en désignant ses gardes du corps, grandes et musclées. Elles ont été formées dès l'enfance à se battre et à tirer à l'arc. Cent Amazones valent mille hommes.

– Et vous seriez prêtes à parcourir toute cette distance pour venir protéger Troie ? » lui demandai-je.

En effet, leur territoire était loin.

« Nous ne voulons pas de Grecs sur ce sol. Qu'ils restent de l'autre côté de la mer. Princesse, tu es certes très plaisante à regarder, mais les Grecs auront beau dire qu'ils veulent te ramener pour laver l'affront fait à leur honneur, personne ne les croira. Ce qu'ils veulent, c'est prendre pied dans notre région. Et nous ne les laisserons pas faire.

– Alors, votre aide est bienvenue », dit Priam.

Élaté me lança un regard perçant et me dit en ricanant : « Il ne fait aucun doute pour moi que ton mari veut te reprendre et qu'il se meurt d'amour pour toi. Mais pour ce qui est des autres, tout ce qu'ils veulent, c'est piller cette terre. J'espère que je ne t'ai pas ôté tes illusions.

– Non, pas du tout », répondis-je.

Les cigognes blanches, revenues de leur migration hivernale, s'ébattaient dans les marais. Le ciel, d'un bleu éclatant, vibrait. Tous les signes annonciateurs du printemps, censé nous apporter la joie, indiquaient que notre terre était dorénavant ouverte aux invasions. La traversée redevenait facile et tentante.

Les rumeurs arrivèrent à tire-d'aile, en même temps et aussi vite que les oiseaux. *Des navires à l'horizon ! Non, ce ne sont que des vagues. Les Grecs ont débarqué tout là-bas au sud, à Larissa. Et ils viennent par centaines de Thrace. Mon fils les a vus, de ses propres yeux, quand il est allé aux sources dans la montagne. Ils étaient là, déployés sur la plaine tout en bas. On dit que deux d'entre eux arrivent en ambassade spéciale. Qui sont-ils ? Je l'ignore, mais ils ont les cheveux dorés. Comme bon nombre de Grecs. Il pourrait s'agir de n'importe qui. Priam a-t-il eu des nouvelles plus précises ?*

Au fil du temps, je sentais l'angoisse monter. Enfin, un jour, je fus convoquée de toute urgence dans les appartements de la reine. Voilà qui était étrange ! Aucune explication. Aucune formule de politesse. Un ordre, c'était tout. Mais Hécube me convoquait si rarement que, d'une certaine manière, c'était bon signe.

Je n'étais toujours pas habituée à ne plus être la reine et à devoir obéir à une autre souveraine. À Sparte, je pensais que le fait de régner ne m'avait pas changée. Or, maintenant, je savais qu'une fois reine, même pour une courte période, une femme le restait pour toujours dans son cœur.

Arrivée dans les appartements d'Hécube, je vis ses filles, foule papillonnante et grouillante, plongées dans une attente fébrile. Priam en avait eu douze, de différents lits. Mais toutes celles présentes ce jour-là étaient filles d'Hécube. Laodicé vint à ma rencontre, une lueur dans ses grands yeux noirs. « Hélène ! Je voulais tant que tu viennes ! dit-elle. Mère sera tellement surprise !

– Sans aucun doute, répondit Ilona en s'approchant de nous discrètement. Elle le sera encore plus quand elle apprendra que tu t'es fait passer pour elle et que tu as convoqué Hélène. »

Ainsi, l'ordre n'émanait pas d'Hécube. J'en fus amèrement déçue. Les princesses, en particulier Laodicé, m'avaient enfin acceptée dans leur cercle. On raconte que certains hommes vont s'asseoir dans la forêt et restent là immobiles, des heures durant, pour tenter de gagner la confiance d'une bête sauvage. Il en avait été de même pour moi avec la famille royale de Troie.

« C'est l'anniversaire de Mère ! annonça Laodicé. Nous lui avons préparé une surprise qui lui plaira, j'en suis sûre.

– Allons, tu sais qu'il est impossible de surprendre Mère, dit Créüse. Elle sait tout.

– Peut-être, mais ça, elle ne le sait pas, répliqua Laodicé avec entêtement. Venez, nous pouvons décorer la chambre maintenant – elle est dans la pièce où sont rangées les robes. Et quand elle est là-bas, elle y reste toujours un bon moment. »

Elles ornèrent la salle de guirlandes vertes et de fleurs des prés, tandis qu'Ilona s'affairait, penchée au-dessus d'un grand plateau. Je n'avais pas grand-chose à faire, si ce n'est tenter de paraître moins mal à l'aise que je ne l'étais. J'observai les petites, Philomène et Polyxène, jouer à chat et aux osselets. Fillettes un instant, toutes jeunes femmes la minute suivante, elles me rappelaient Iphigénie et Hermione. Je me sentis submergée d'une telle tristesse que je dus détourner le regard. Iphigénie ne jouerait plus jamais. Quant à Hermione... Que faisait-elle en ce moment ? Oh, si seulement je pouvais la voir, ne serait-ce qu'un instant !

« Tu as l'air triste ! me lança Cassandre d'un ton accusateur. Pourquoi ?

– Et toi, tu as l'air en colère, répliquai-je. Pourquoi ?

– Elle est toujours en colère, dit Laodicé en se précipitant pour me défendre. Personne ne l'écoute. Voilà la raison. »

Andromaque se joignit à nous. C'est alors qu'Ilona s'écria : « Silence ! Elle arrive ! »

Des bruits de pas légers approchèrent. Hécube apparut. Elle jeta des regards surpris autour d'elle, mais, au lieu de sourire, fronça les sourcils. « Qu'est-ce que cela veut dire, mes filles ?

– Nous sommes toutes réunies ici en ton honneur, pour ton soixantième anniversaire.

– Pff ! Vous croyez vraiment que j'attache de l'importance à ces choses-là ?

– Nous si, et nous voudrions t'honorer », dit Créüse en levant le menton, avec cet air buté qu'elle prenait soin de cacher à Énée.

Hécube s'avança d'un pas digne jusqu'au milieu de la pièce. Elle se déplaçait comme si elle n'avait pas d'âge, sans cette légèreté qui caractérise la jeunesse, ni cette démarche traînante du déclin. Son visage s'adoucit en nous voyant toutes les huit. « Vous êtes là, au grand complet, avec les épouses de mes fils – du moins des deux seuls à s'être trouvé une femme. Quelle honte pour les autres ! » Enfin, un sourire éclaira son visage. « Vous êtes toutes un tel bonheur pour moi !

– Et nous avons de la chance d'avoir une mère comme toi, répondit Ilona.

– Nous aussi, qui avons été adoptées par la grande famille de Priam. »

C'était Andromaque qui, passant son bras autour de mes épaules, s'exprimait en notre nom à toutes les deux.

« Bien, assez flagorné. Si nous passions à autre chose ? s'empressa de dire Hécube. Que m'avez-vous préparé ?

– Un jeu, répondit Ilona.

– Un jeu ? Oh, je déteste les jeux ! fit Hécube.

– Rassure-toi, Mère, il s'agit d'un jeu de l'esprit, pas de sport, expliqua Laodicé.

– Et tu excelles à ce genre de distraction, dit Créüse.

– Ma foi, que de flatteries ! Je m'étonne que ma tête ne se soit pas mise à enfler !

– Nous avons toutes posé un objet sur ce plateau, dit Ilona, toutes, sauf Hélène. »

Elle me décocha un sourire d'une douceur assassine.

« Je n'ai pas pu apporter quoi que ce soit, expliquai-je. Je suis tout autant surprise que toi de tout ceci... Mère. »

Il m'était encore difficile de l'appeler ainsi.

« Oui, maintenant, je suis ta mère, dit Hécube. Depuis que tu as perdu la tienne à cause de cette malheureuse... de cette terrible... »

Chercher ses mots, voilà qui ne lui ressemblait guère !

« ...décision impulsive..., poursuivit Cassandre d'un ton neutre.

– ...courageuse mais malencontreuse », s'empressa d'ajouter Andromaque.

Tout le monde à présent était au courant de ce que ma mère avait fait et des raisons qui l'y avaient poussée. C'était là mon tourment, ma douleur, désormais connus de tous.

« Tu peux me considérer comme ta fille », dis-je à Hécube.

Oh, faites que nous cessions de parler de ma mère, avant que je ne fonde en larmes devant elles !

« Alors, et ce jeu ? » demanda Hécube en se penchant sur un plateau couvert d'une pièce d'étoffe.

« Tu dois regarder ce qu'il y a dessous pendant que nous comptons jusqu'à dix. Ensuite, nous dissimulerons de nouveau les objets.

– Et pourquoi se donner toute cette peine ?

– Pour tester ta mémoire et nous assurer que tu n'es pas comme certains des conseillers de Père, dont l'esprit est tellement amolli par les années qu'ils ne se souviennent même plus quelle porte ils ont empruntée pour sortir.

– Ma mémoire est excellente, mes chéries. N'allez pas vous imaginer que vous pouvez me coincer. Telles que je vous connais, vous seriez bien capables d'ajouter ou d'enlever un de ces objets pour que je me mette à douter de mes capacités intellectuelles. Mais je vous avertis, ça ne marchera pas. » Elle retira elle-même d'un geste preste le tissu couvrant le plateau. « Commencez à compter ! »

Ses yeux vifs parcoururent le plateau en examinant chaque objet. Avant même que Laodicé eût fini de compter jusqu'à dix, Hécube dit d'un ton désinvolte : « Ôtez ce plateau de ma vue !

– Déjà ? dit Ilona, incrédule.

– Tu ne crois tout de même pas que moi qui suis reine de Troie depuis une bonne quarantaine d'années, je ne suis pas capable de me souvenir de chaque objet que je vois et de chaque parole que j'entends ? »

Elle ferma les yeux. « Je les vois tous, à l'endroit précis où ils étaient sur le plateau. Une fois que je les aurai nommés, vous devrez m'expliquer leur signification. Voyons... En haut à gauche, il y avait des baies dans une coupelle, qui ressemblaient à des raisins secs, mais ça n'en était pas. Juste à côté, je me souviens de quelques brins d'herbe attachés ensemble comme un bouquet. Ensuite, au milieu, une sorte de paquet d'un bleu intense. À côté, une petite boîte en ébène ornée de lignes qui partaient du centre et formaient une spirale. Ensuite, une longue plume blanche... » À ces mots, je frémis. Elle poursuivit : « Une plume duveteuse, comme suspendue en l'air. Et un œuf énorme, tellement gros qu'il ne peut qu'avoir une origine divine. Et puis... il y avait un bracelet de bronze, une pointe de flèche, une paire de boucles d'oreilles, en bronze elles aussi... » Elle nomma une douzaine d'objets, plutôt ordinaires ceux-là. Quand elle eut fini, elle ouvrit les yeux.

« Alors ?

– Tu n'as rien oublié, répondit Ilona qui fixait le plateau.

– Allons, allons, ma fille, ne sois pas si déçue ! Maintenant, lesquels sont mes cadeaux, laquelle d'entre vous les a choisis, et quelle est leur signification ?

– Les brins d'herbe, c'est moi qui te les offre, Mère, dit la petite Philomène. Je les ai cueillis moi-même dans les champs. Mets-les dans l'eau, laisse-les absorber les rayons du soleil et bois ce liquide. Alors, tu te sentiras apaisée et tu feras de beaux rêves.

– Merci, mon cœur. De beaux rêves, c'est précisément ce dont j'aurais bien besoin en ce moment.

– Les baies, c'est de ma part, Mère, dit Polyxène.

– Et tu sais comment elles s'appellent ?

– Non. Elles poussent loin d'ici, vers l'intérieur des terres, au-delà de la mer Noire. Je les ai trouvées à la foire. Elles sont sucrées et le marchand m'a expliqué qu'elles sont rouges quand on les cueille.

– Au-delà de la mer Noire ! J'ai entendu dire qu'il y avait une autre mer, plus petite, en allant vers l'est, mais j'ignore son nom. Peut-être même n'en a-t-elle pas. Merci, mon amour. » Ilona lui tendit la coupelle et Hécube mit une baie séchée dans sa bouche. « Savoureuse », dit-elle.

Ilona prit la parole : « La plume d'autruche, c'est moi. Il paraît que le pharaon d'Égypte s'en fait faire des éventails. Alors, je me suis dit que la reine de Troie méritait bien d'en avoir une.

– Et pour aller avec, je t'offre cet œuf d'autruche. » Créüse saisit l'objet et le fit tourner sur lui-même. « Même les œufs d'aigle ou de grue ne sont pas aussi gros. »

Et les œufs de cygne ? pensai-je. *J'ai vu sa coquille, elle est bleue, bleue comme les jacinthes...*

« Je suppose qu'il ne va pas éclore, dit Hécube. Et ce paquet bleu, qu'est-ce que c'est ?

– Un tissu qui vient d'encore plus loin que les baies », expliqua Laodicé.

Elle déplia l'étoffe et l'agita en l'air.

Elle se mit à flotter, légère comme une plume d'autruche. On aurait dit un nuage de brume bleutée, transparente et mouvante. « On m'a expliqué que c'était de la soie. Oh, Mère, si seulement je pouvais avoir une robe comme ça pour mes noces ! »

Tout le monde se mit à rire. Laodicé et ses projets de mariage ! Elle qui n'avait même pas de fiancé !

Hécube, émerveillée, caressa l'étoffe. « Une splendeur », murmura-t-elle.

« Et Mère... » C'était Cassandre qui s'avançait en lui tendant la petite boîte en ébène.

« Une boîte ! Je dois en avoir des centaines déjà, mais celle-ci est très jolie.

– Regarde à l'intérieur. »

Cassandre était tellement pressée que, dans sa hâte d'ouvrir le couvercle, elle faillit lui arracher la boîte des mains.

Hécube en sortit une pierre ronde bleuâtre.

« Il y a une étoile à l'intérieur, lui expliqua Cassandre. Regarde, si tu la tiens comme cela, en la penchant... Tu vois ? Il y a une étoile à six branches.

– Comment appelle-t-on cette pierre ?

– Je l'ignore, mais le marchand m'a dit que c'était un puissant talisman, tellement fort qu'il protège celui qui le porte, même après qu'il a changé de mains. Mère, puisse-t-il te garantir du danger. »

Ainsi, c'était ce que Cassandre la prophétesse offrait à sa mère... De quel danger voulait-elle la protéger ?

« Merci, mes chéries, dit Hécube en embrassant du regard ses six filles. On dirait bien que vous avez beaucoup fait travailler les marchands lors de notre dernière foire. »

Mon imagination me jouait-elle des tours, ou l'avais-je bien entendue donner au mot *dernière* un relief particulier et sinistre ?

Elle se tourna vers Andromaque et moi. « Et vous, qu'avez-vous à m'offrir ? »

Un moment troublée, Andromaque dit : « Nous avons été invitées en même temps que toi, si bien que nous n'avons pas eu le temps de te préparer un cadeau. Mais permets-nous de...

– Il n'y a qu'une seule chose qui puisse me faire plaisir de votre part. Des enfants ! Donnez-moi des petits-enfants ! »

Andromaque, pourtant d'habitude si calme, fut incapable de répondre, si ce n'est par un tiède : « C'est un cadeau que je te ferais volontiers, si je le pouvais. »

Avant que quiconque ait eu le temps de détendre l'atmosphère devenue pesante, les portes de la salle s'ouvrirent. Priam entra d'un pas décidé, entouré d'une meute de chiens de chasse nerveux et sautant en tous sens. « À ma reine, la mère de Troie ! s'écria-t-il en ouvrant grand les bras.

– Tu sais bien que tu ne dois pas faire entrer ces animaux ici ! s'exclama Hécube en reculant. Je te l'ai dit, c'est hors de question ! » Tandis qu'elle parlait, l'un des chiens attrapa un bout du tapis et se mit à le mâchonner. « Dehors ! » cria-t-elle.

Priam se pencha et éloigna le chien. L'animal battit en retraite en agitant frénétiquement la queue. « Oh, sois gentille, ma chérie. En un jour comme aujourd'hui, toutes les créatures veulent te rendre hommage. Tu vois ? »

Juste derrière lui venaient leurs fils au grand complet, suivis des vieux sages de Troie. La salle se trouva tout d'un coup pleine à craquer. Resplendissant dans sa tunique blanche, Hector s'avança pour embrasser sa mère, suivi de ses frères en bon ordre : Déiphobos, vêtu d'une tunique en cuir, arborait comme d'habitude un air narquois ; Pâris, une peau de panthère jetée sur l'épaule, portait le pantalon de style oriental qu'il ne mettait d'ordinaire qu'en privé ; Hélénos avait enfilé une tunique noire parsemée d'étoiles argentées, et Troïlos, celle réservée aux jeunes. Suivaient les quatre dont je ne connaissais que le nom – Hipponoos, Antiphos, Pammon et Politès – ainsi que le benjamin, Polydoros, les joues rougies d'excitation à l'idée d'être de la fête. Il se dirigea d'un pas solennel vers Philomène, lui prit la main, puis l'amena auprès d'Hécube.

Il s'inclina et, les yeux fermés pour mieux se souvenir de ce qu'il avait appris, il récita : « Nous, ton plus jeune fils et ta plus jeune fille, saluons notre mère en cette journée unique dans sa vie.

– Merci, mes chéris, dit Hécube en réprimant un tremblement de lèvre. Vous êtes mes derniers enfants. Tous ceux auxquels j'ai donné le jour et qui vivent encore sont réunis aujourd'hui, de l'aîné au benjamin. Nous sommes bénis des dieux.

– Et puis, ajouta Priam, nous avons beaucoup de vieux amis qui nous ont accompagnés toutes ces années et qui te saluent eux aussi. »

Il fit un signe au groupe de conseillers qui se tenaient non loin.

« Thymoétès ! » Un vieillard, devenu borgne au cours d'une bataille contre les Mysiens, s'inclina.

« Lampos ! » Un homme, si gras que sa peau était toute tendue et sans rides, salua gravement. S'il s'était incliné, il aurait certainement roulé vers l'avant.

« Clythios ! » La personne en question salua la reine avec un sourire édenté.

« Hicétaon ! » Le visage et la silhouette de celui-ci donnaient une idée de l'éphèbe qu'il avait été. Mais à présent, ses traits s'étaient adoucis et amollis, ses muscles avaient fondu et ses cheveux s'étaient clairsemés. Ses yeux sombres semblaient ne pas en revenir de voir leur propriétaire dans un tel état de délabrement.

« Maintenant, incluons Zeus dans notre commémoration, dit Priam, *mon* Zeus. »

La famille le suivit docilement jusque dans la cour principale, où ils se rassemblaient régulièrement pour procéder à des sacrifices devant son étrange statue en bois de Zeus. Persuadé que cette image était sa protectrice personnelle, le vieux roi lui vouait une fidélité farouche. Pour ma part, je la trouvais troublante, avec ses trois yeux et ses cheveux fous et emmêlés. Mais le dieu qui protégeait un homme ne parlait qu'à lui seul. C'était ainsi.

En voyant cette grande famille rassemblée autour de l'autel, je ne pus m'empêcher de la comparer à la mienne à Sparte. Même tous présents, nous n'étions que six. Père n'avait pas de cercle de camarades et de conseillers qui l'auraient accompagné depuis toujours. Notre vie à Sparte me parut bien étriquée comparée à celle de Priam. Étriquée parce que nous étions si peu nombreux, parce que nous vivions sans ce luxe que les Troyens semblaient considérer comme nécessaire. D'après ce que j'avais vu jusqu'à présent, ils ne se privaient de rien. Peut-être même pensaient-ils qu'il était malsain de renoncer à ce confort ! Je ne savais toujours pas si je devais le leur envier ou le leur reprocher.

« Nous te jurons fidélité, Zeus, et savons que tu continueras à nous protéger comme tu l'as toujours fait », dit Priam en s'adressant à la statue.

Maintenant que la menace de la guerre s'était subrepticement glissée dans ses propos, Hector s'écria : « Quoi qu'il arrive, je saurai défendre Troie avec l'aide de mes frères et des maris de mes sœurs ! Qu'en dites-vous ? Êtes-vous prêts à me suivre, à défendre les murs de la cité de notre père ?

– Ils appartiennent à Apollon, dit Hélénos. Il en a construit une partie. Il les protégera.

– Non, c'est nous qui les protégerons ! protesta Déiphobos. Nous tous ! Avec nos épées ! » Il se tourna vers Pâris. « Et toi, bien sûr, tu t'en remettras à ton arc. Tu pourras te cacher tout là-haut dans la tour avec les archers de la ville. »

Pâris le foudroya du regard. Ses talents d'archer le mettaient au tourment – cette forme de combat étant considérée comme inférieure. « Mon bras vaut le tien. Je peux manier l'épée si je veux. J'ai simplement un talent dont tu es dépourvu – le tir à l'arc. Entraîne-toi à cet art. Peut-être puis-je t'aider à apprendre.

– Mais il faudrait que j'enfile une paire de pantalons moi aussi, non ? »

Il y eut un éclat de rire général.

« Essaie-les un jour. Tu verras, c'est très pratique.

– Peut-être, quand on veut ressembler à un Oriental, ou à un homme du commun...

– J'ai en effet été un homme du commun. Toi, tu prétends être un guerrier, mais quand il n'y a pas de guerre, ta fonction est inutile.

– Mes fils ! Cessez de vous chamailler ainsi ! On dirait des enfants de dix ans ! » La voix cassante d'Hécube les fit taire. « C'est une bonne chose que l'un de mes fils ait passé du temps avec les gens du peuple. Après tout, ils constituent la majeure partie de nos sujets. Nous devrions mieux les connaître.

– Pour ce qui est de cette guerre... ou de ce conflit si vous préférez..., fit le vieux Hicétaon tout tremblant. Hélène, puis-je te demander... »

Les regards se tournèrent brusquement vers moi. N'étais-je pas, après tout, la seule à connaître personnellement les hommes qui avaient pris place dans les nefs grecques ?

« Penses-tu, reprit le vieil homme, qu'ils accepteront de s'en aller si nous les soudoyons... je veux dire, si nous les payons ? Tu les connais, n'est-ce pas ? »

Que faire ? Dire la vérité et gâcher ce moment de réjouissances ? Je n'avais hélas pas le choix, pour l'instant du moins. « Leur chef, Agamemnon, a déjà beaucoup d'or, de bétail et de terres. Mais il n'a jamais participé à une vraie guerre, pas plus qu'il n'a commandé une grande armée. Et c'est cela qu'il veut. Depuis que je le connais, il en brûle d'envie. Il est allé jusqu'à sacrifier sa propre fille pour cela. Il n'abandonnera pas pour de l'or, car c'est une chose qui n'a rien de nouveau pour lui. » Voilà, c'était dit. Je n'avais pas reculé.

« Trêve de pleurnicheries ! » s'exclama Hélénos en levant les mains. Son mouvement agita les manches de sa tunique scintillante. « Les prophéties qui portent sur Troie doivent être toutes réalisées avant que notre ville tombe.

– Alors, révèle-les-nous ! lança Déiphobos en aboyant comme l'un des chiens de Priam. Ne les garde pas pour toi !

– Il a raison, mon fils, dit Priam. Parle.

– Tout d'abord, il y en a une qui affirme que tant que Pallas Athénée est ici à Troie, nous sommes protégés.

– Mais bien sûr qu'elle va rester ici ! s'écria Troïlos. Elle n'est pas prête à se sauver !

– Et pour cause, elle n'a pas de jambes », dit Philomène en gloussant.

« D'après une autre prophétie, quelqu'un viendra attaquer Troie avec les flèches d'Hercule.

– Hélène, n'y a-t-il pas un Grec qui possède ces flèches ? me demanda Hector.

– En effet, d'après ce qu'on m'a dit, répondis-je. Il s'appelle Philoctète. Mais j'ignore s'il s'est joint à l'armée d'Agamemnon.

– Ensuite, il y a quelque chose à propos des chevaux de Thrace, poursuivit Hélénos. Tant qu'ils viennent s'abreuver au Scamandre, Troie ne risque rien, poursuivit Hélénos.

– Il y a tous les jours des chevaux de Thrace qui boivent les eaux du Scamandre, dit Pâris, les chevaux importés que nous élevons dans la plaine.

– D'après ce que j'ai compris, les chevaux de Thrace dont je parle doivent être amenés et élevés par de vrais Thraces, pas par des Troyens.

– Les maquignons qui les amènent pendant la foire, ils les font boire au Scamandre, non ? dit Troïlos. Ils ne prennent pas la peine d'aller jusqu'à la fontaine près du temple d'Apollon. Et pourtant, l'eau y est plus pure.

– Le Simoïs est plus proche. À mon avis, c'est là qu'ils vont », déclara Anténor.

Je ne m'étais pas aperçue qu'il avait rejoint le groupe, tant il s'était approché discrètement. Il était accompagné d'un jeune homme, son fils certainement. Ce dernier me parut bien peu soigné d'apparence, alors que son père était si élégant. Peut-être voulait-il être un anti-Anténor. Quand nous ne pouvons surpasser nos parents, nous devenons leur contraire.

« Nous pouvons faire en sorte que cette prophétie se réalise, dit Déiphobos. Si jamais des Thraces débarquent ici avec des chevaux, nous les forcerons à aller au bord du Scamandre. Quoi d'autre, Hélénos ?

– Le fils d'Achille doit venir.

– Son fils ? Mais Achille n'a pas de fils, dis-je.

– Du moins à notre connaissance, fit remarquer Pâris.

– Les bâtards comptent-ils ? demanda Thymoétès en plissant son unique œil.

– Je ne sais pas, reconnut Hélénos. Il faut que je voie comment cette prophétie est formulée exactement.

– Il n'y en a pas d'autres ? s'enquit Hector. En ce cas, nous ne risquons rien.

– Si, il y en a une dernière, déclara Priam. Je suis le seul à la connaître. Nul besoin que d'autres en soient informés. Je sais quoi faire pour l'empêcher de se réaliser. »

XLI

Le printemps était là. Les nefs grecques devaient être en train de cingler vers nos rivages. Troie patientait. C'était le moment affreux de l'attente avant l'action, quand les préparatifs sont finis et que tout le reste ne serait qu'une répétition fiévreuse, quand le corps et l'esprit aspirent à se libérer en agissant. Hélas, les jours ensoleillés passaient et rien ne venait, ni de la mer ni de la terre. La rumeur courait – mais des rumeurs, il y en avait toujours. On disait qu'une ambassade grecque allait arriver. Combien d'émissaires ? Quand seraient-ils ici ? La rumeur était-elle vraie ? Personne n'aurait pu le dire.

Dans les rues de Troie, les gens, crispés par l'attente, ne me souriaient plus quand ils passaient près de moi. Il me semblait même que certains détournaient le regard, ramenaient les pans de leur manteau sur eux et se mettaient à frôler les murs.

Au grand puits où les femmes montaient et descendaient gracieusement les escaliers, comme pour quelque rituel sacré, on commença à m'éviter. Un jour, par une belle matinée ensoleillée, je remarquai que les autres autour de moi s'écartaient et me retrouvai seule à descendre les marches polies, jusqu'à ce que la lumière qui venait d'en haut s'affaiblisse. J'entendais l'écho de mes propres pas sur les marches. D'ordinaire, nous étions nombreuses à l'intérieur et nos pieds faisaient comme une musique.

La lumière des torches accrochées aux murs vacillait et, tout en bas, l'eau reflétait l'éclat de leurs flammes rouges et or. Le silence régnait, comme toujours, l'eau coulant sans bruit d'une source paisible.

Enfin, j'atteignis le fond. En réalité, je n'étais pas obligée d'aller au puits, mais je trouvais cette tâche relaxante et prenais plaisir à dire à Pâris que c'était moi qui apportais l'eau pour les aiguières de nos appartements, que je parfumais avec des pétales de roses. Pendant que je remplissais ma cruche – celle-ci cassant la surface calme de l'eau en y formant des rides – la lourde trappe en bois se referma dans un grand fracas et la faible lumière qui venait d'en haut disparut. Tout d'un coup, il n'y eut plus que celle, vacillante, des torches. Les flammes s'élevèrent comme pour protester du manque d'air.

Agrippant ma cruche, je gravis lentement les marches. La trappe était bel et bien refermée. Je voulus la soulever – impossible. Il devait y avoir quelque chose de lourd dessus. Ou peut-être un verrou la bloquait-il.

Quelqu'un m'avait enfermée dans le puits.

Qui ? Pour quelle raison ? Comment sortir ? Je me mis à marteler le panneau en bois, mais son épaisseur étouffa le bruit de mes poings. Je criai, convaincue que ma voix serait entendue. Pourtant, personne ne me répondit, personne ne souleva la trappe qui m'emprisonnait.

Je m'affalai sur la pierre froide et humide de l'une des marches. À l'idée que j'étais emprisonnée sous terre, mon cœur se mit à battre la chamade.

Je devais garder l'esprit clair. Ceci était un puits public, et le plus important. Il se trouvait à côté du temple d'Athéna. Les gens en avaient besoin. Il ne pouvait pas rester condamné longtemps sans explication valable. J'en conclus que quelqu'un m'avait enfermée ici en prévision d'un événement précis, et pour une courte période, afin que je sois invisible. Quel était cet événement ? Pourquoi ne fallait-il pas qu'on me voie ?

On attendait quelqu'un que je ne devais pas voir – ou qui ne devait pas me voir... Oui, c'était ça ! Les Grecs ! Leur ambassade serait-elle donc arrivée ? Pourquoi fallait-il me cacher ? De quoi avait-on peur ? Que je décide de les rejoindre ? Mais non ! Tout le monde, Pâris excepté, en aurait été ravi.

Mais... peut-être... Certains à Troie désiraient cette guerre et ne voulaient à aucun prix qu'on puisse l'empêcher.

Ou encore... Se pouvait-il que quelqu'un ne veuille pas que les Grecs me voient, ne serait-ce qu'un instant, de peur qu'ils ne tentent de m'enlever ? Ou bien... Oh, cela ne servait à rien ! Il y avait tant de raisons de vouloir m'empêcher de voir les Grecs et de faire en sorte qu'ils ne me voient pas.

L'humidité commença à pénétrer ma robe. Je me mis à frissonner. Ma première réaction frénétique était passée. Maintenant, j'étais baignée d'une sueur froide qui me faisait claquer des dents. Je me mis en boule et me serrai dans mon manteau, hélas léger. Après tout, c'était le printemps.

Mon attente dura ce qui me sembla une éternité. Peu à peu, la lumière qui passait à travers les fentes du bois disparut, m'indiquant que la nuit arrivait. De longues heures passèrent. Grâce à ma cruche, je pouvais me désaltérer, mais mon estomac, lui, criait famine. Tout en bas, les flammes des torches se mirent à vaciller, puis s'éteignirent. Je me retrouvai plongée dans le noir.

Seuls les faibles rayons de lumière traversant la trappe m'indiquèrent que nous étions le matin. J'étais alors affalée contre le mur, incapable de contrôler mes tremblements. Pourquoi personne ne s'était-il plaint du fait que le puits était fermé ? Je me souvins alors qu'il y en avait d'autres à Troie. Le découragement me prit. Quelqu'un aurait-il fait courir le bruit que l'eau d'ici était empoisonnée ? Dans ce cas, ils condamneraient ce puits pendant longtemps.

Je me mis à tambouriner sur la trappe. En vain. Peut-être n'y avait-il personne aux alentours. Je continuai à taper sur le bois tout en criant si fort que j'en eus mal aux oreilles. L'espoir m'abandonnait. Je savais que je ne supporterais pas une autre nuit dans cet endroit.

Brusquement, quelqu'un souleva la trappe. Le visage paniqué de Pâris apparut. « Ma chérie ! s'écria-t-il. Qui t'a enfermé ? » Il me rejoignit d'un bond. « Tu vas bien ? Tu penses pouvoir sortir toute seule ? Non, ne t'en fais pas, je vais te porter. » Ignorant mes protestations, il se pencha, me prit dans les bras et me ramena à la lumière. Jamais le soleil ne m'avait paru aussi beau.

Nous nous retrouvâmes au milieu d'une foule aux visages curieux. Les gens s'écartèrent silencieusement pour laisser passer Pâris.

« Que s'est-il passé ? demandai-je. J'étais en train de prendre de l'eau quand la trappe s'est refermée. Était-ce un accident ?

– Un accident ? Penses-tu ! Ménélas et Ulysse sont venus. De toute évidence, on ne voulait pas que tu les voies ou qu'ils te voient.

– Ménélas ! Ici ?

– Oui. Il a exigé que tu viennes en personne lui dire que tu restais à Troie de ton plein gré. À moins d'entendre ces mots-là de ta propre bouche, il refusait de croire que sa tendre et fidèle épouse n'était pas retenue contre sa volonté. Priam t'a fait mander, mais quand ses hommes sont revenus sans toi, Ulysse a accusé mon père de bafouer l'ambassade grecque. D'après lui, cela prouvait que tu étais prisonnière et c'était pour cela qu'ils ne voulaient pas te montrer.

– Et toi, pourquoi ne t'es-tu pas exprimé ? » Je m'attendais à ce qu'il me dise qu'à sa vue Ménélas était devenu fou furieux.

« Je n'étais pas là. Quelqu'un avait drogué mon vin. Pendant toute la journée, j'ai été hors d'état de faire quoi que ce soit. Priam a envoyé des hommes me chercher, mais ils n'ont pas pu me réveiller. De cela, je n'ai aucun souvenir. Quand ils sont retournés dans la salle du conseil, ils ont raconté que j'étais allongé sur mon lit, ivre mort. »

Notre ennemi avait fait preuve de hardiesse et d'astuce ! Maintenant, aux yeux des Grecs, Pâris était un débauché, une poule mouillée !

« Ensuite, Déiphobos, rendu furieux par leurs manières insultantes envers Père, a dégainé son épée et s'est précipité sur eux. Antimachos a crié que la meilleure chose à faire, c'était de tuer Ménélas et Ulysse et de jeter leurs corps par-dessus la muraille.

– Non ! hurlai-je, le cœur battant rien que d'imaginer la scène.

– Tout le monde dans la salle était d'accord avec Déiphobos. Sauf Anténor. Il a dit que, même s'il pouvait attester du fait que tu étais ici de ton plein gré, le sens de l'honneur exigeait que tu sois remise sans violence à Ménélas. Alors, le conseil s'en est pris à lui, si bien qu'il a dû se réfugier dans sa maison avec les Grecs. Ménélas et Ulysse sont partis tôt ce matin, sous bonne escorte. »

Jamais ils n'oublieraient cet affront. Ils penseraient, en outre, que je n'y étais pas étrangère, que je les avais ridiculisés de manière délibérée en les évitant et en refusant de leur parler, ou bien que j'étais bel et bien prisonnière – ce qui, dans un cas comme dans l'autre, justifiait une guerre. Ménélas... Ménélas allait vouloir se venger.

« Ménélas est certes un homme mesuré, mais il va se sentir personnellement insulté, dis-je. Il va croire que nous le provoquons et que nous voulons la guerre. Or, rien n'est plus faux !

– Quelle belle victoire pour notre ennemi ! Je me demande qui m'a rendu malade au point d'être immobilisé. Et toi, tu n'as aucune idée de celui qui a fermé le puits ?

– Non, j'étais tout en bas. Je ne l'ai pas vu.

– Pourtant, il ne devrait pas être trop difficile d'identifier le ou la coupable.

– En es-tu bien sûr ? Des ennemis, nous en avons beaucoup. »

Des ennemis... Ce mot, lourd de sens, me laissa sonnée.

« Mais très peu à Troie qui nous détestent au point de souhaiter la mort de leurs concitoyens. Je te le dis, il sera facile de savoir qui est derrière tout cela. »

Nous devions le découvrir. Je frémis à la perspective de contempler le visage du, ou de la, coupable.

Par ailleurs, il se pouvait que Pâris se trompe. Ce n'était peut-être pas la haine à notre encontre, mais l'amour de la guerre qui avait provoqué cela.

XLII

« Gélanor, dit Pâris, tu sais ce qui s'est passé au puits. Qu'en penses-tu, toi qui as un si bon sens de l'observation ? »

Nous étions en train de faire les cent pas dans notre antichambre. L'odeur de plâtre frais flottait encore, notre maison étant en effet à peine terminée. Évadné s'était jointe à nous. J'avais maintenant deux suivantes troyennes, Scarphé et Leucé, mais leur avais donné congé pour la journée pour qu'elles n'entendent pas notre conversation. C'est dire à quel point j'étais devenue méfiante et prudente.

Gélanor me jeta l'un de ces regards froids et perçants dont il avait le secret. « Je suis nouveau à Troie. Je commence à peine à apprendre les histoires qui se cachent derrière les visages et les noms.

– Pourtant, protesta Pâris, un étranger voit parfois des choses auxquelles une personne de la ville n'accorderait pas d'importance, à tort.

– Eh bien... »

Je m'attendais à ce qu'il nomme les Troyens les uns après les autres et analyse le risque qu'ils soient coupables en disséquant leurs mobiles. Il n'en fit rien. « ... Je pense que des espions ont pénétré nos murs, poursuivit-il. Ils se sont déguisés en Troyens. Il est aussi possible qu'ils soient en fait des Troyens mécontents, mais c'est peu probable.

– Des espions ! s'exclama Pâris.

– Ce sont certainement des étrangers à la ville, et de grands experts en matière de dissimulation. Il est vrai qu'il serait préférable pour les Grecs de corrompre un vrai Troyen. Ainsi, nul besoin pour l'espion de se soucier de son accent, des histoires à inventer pour expliquer sa venue à Troie, de risquer de commettre une erreur qui le démasquerait. Mais il est difficile de trouver quelqu'un prêt à trahir. Pour les étrangers, le seul moyen d'entrer en contact avec les Troyens, c'est la grande foire. Or, celle-ci est terminée depuis longtemps.

– Penses-tu qu'il est possible de se faire passer pour un authentique Troyen aux yeux des Troyens eux-mêmes ? » lui demandai-je.

Pour moi, l'accent était tellement particulier, et tant de mots différaient du grec de Sparte. D'innombrables détails signalaient que je n'étais pas troyenne.

« Crois-moi, un espion en est tout à fait capable, répondit Gélanor. C'est son métier, de même que le paysan sait atteler ses bœufs et le forgeron forger les métaux. Les espions peuvent fabriquer de toutes pièces une personne qui n'existe pas.

– Mais comment parviennent-ils à maintenir l'illusion ? demanda Pâris. Les enfants jouent à se déguiser. Seulement, à la fin de la journée, ils en ont assez. »

Gélanor sourit. Comme toujours, son sourire était tout à la fois rassurant et étrangement distant, comme si quelque chose d'autre l'amusait. « Ils finissent par croire eux-mêmes en leur jeu, par ne faire qu'un avec leur personnage, et celui qu'ils étaient auparavant s'efface.

– Je vois un visage, dit Évadné brusquement. Un visage jeune. » Puis elle ajouta dans un soupir, « C'est tout. »

Nous questionnâmes des témoins au sujet de Ménélas et d'Ulysse. Qu'avaient-ils dit ? Quelle impression donnaient-ils ? Ceux qui avaient assisté au conseil nous racontèrent que la salle était pleine à craquer. Ménélas s'était exprimé avec douceur et persuasion. Il avait belle allure, parlait de manière rationnelle. Pâris avait violé les lois de l'hospitalité, selon lui. Il s'était fait accueillir sous son toit en prétextant être un ami et lui avait volé sa femme en son absence. J'avais été enlevée contre mon gré, d'après Ménélas, et même violée.

« C'est faux ! m'écriai-je.

– Mais c'est la seule chose que les Grecs sont disposés à penser, répliqua notre informateur, un jeune membre du conseil. Leur fierté ne leur donne guère le choix. Ménélas a également prétendu que Pâris avait volé une grande quantité d'or et d'objets précieux.

– Mensonges ! protesta Pâris. Je n'ai rien pris. Et Hélène a seulement emporté des objets qui lui appartenaient – que d'ailleurs nous sommes plus que disposés à rendre. »

Ménélas avait menti ! Était-ce Ulysse qui l'y avait poussé afin de donner encore plus de poids à ses arguments ?

« Je jure devant tous les dieux de l'Olympe que c'est faux », dis-je.

Mais au moment même où je prononçai ces mots, je sus que ceux auxquels ils s'adressaient étaient partis depuis longtemps. Notre ennemi s'en était assuré. Mon témoignage aurait rétabli la vérité. Maintenant, plus personne ne l'entendrait.

« Il est vraiment dommage, en effet, que tu n'aies pas pu prêter serment devant le conseil, dit l'homme à voix basse. Ulysse a pris la parole après Ménélas. C'est l'orateur le plus convaincant que j'aie jamais entendu. Oh certes, au début, on ne s'en aperçoit pas. Quand il se lève pour commencer son discours, il paraît inoffensif et ses paroles sont loin d'être habiles. Mais ensuite, ses mots s'accumulent et finissent par vous emporter, par vous ensevelir. Le roi d'Ithaque a évoqué la conduite honteuse de Pâris, de Priam, de Troie tout entière. Il a parlé de la tristesse de Ménélas sans sa femme. De la fourberie et de l'effronterie de ceux qui la retenaient contre son gré. Il nous a avertis qu'un châtiment nous attendait. Priam a répété dans les termes les plus fermes que Ménélas et lui se trompaient, qu'il était impossible que Pâris t'ait emmenée ici contre ta volonté, étant donné qu'il n'avait qu'un simple navire, lui, et non une flotte entière. Ménélas s'est contenté de ricaner. “Mensonges de Troyens, a-t-il dit. Il n'y a rien d'autre à attendre d'un peuple aussi méprisable.” Ulysse a déclaré d'un ton martial : “Nous vous retrouverons armes au poing sur la plaine de Troie.” Puis il a ajouté qu'Agamemnon, chef des Grecs, exigeait non seulement le retour d'Hélène et de son trésor, mais aussi la remise d'une énorme quantité d'or afin de couvrir les dépenses déjà engagées pour récupérer la reine de Sparte. Sinon, ils raseraient la ville de Troie.

– Alors, la salle a réagi avec violence, poursuivit Gélanor, ce qui, je le crains, n'a fait que confirmer ce qu'il disait sur les Troyens, que c'est un peuple barbare et dangereux qui ne respecte pas les règles normales de conduite – le genre de peuple qui vole les épouses des autres.

– Qui sont les fauteurs de trouble ? demanda Pâris.

– Je l'ignore. On aurait dit que cela venait du fond de la salle, expliqua notre informateur.

– Alors, ils sont plusieurs, dit Gélanor. Ils ont drogué Pâris, enfermé Hélène, assisté au conseil. Attendons-nous à ce qu'il y ait de nombreux espions parmi nous. »

Troie se retrouva plongée dans un calme trompeur après le tumulte causé par la visite des Grecs – comme si les deux hommes étaient des dieux, ou des créatures d'un autre monde, dont l'existence aurait maintenant été confirmée, provoquant la stupeur des Troyens.

J'étais moi aussi sous le choc. Ménélas était venu ici, avait parcouru ces rues. Pourtant, les deux moitiés de ma vie étaient nettement séparées. Du moins c'était ce que je croyais, ce que je souhaitais. Était-il possible qu'elles se rejoignent ? Si j'avais revu le visage de mon mari, qu'aurais-je ressenti ? Je ne le savais pas vraiment.

Un jour, un groupe de femmes décida, non sans appréhension, de sortir de la ville pour aller aux lavoirs près du Scamandre, comme elles le faisaient d'habitude. Cette fois-ci, elles se firent accompagner par des gardes armés ; plusieurs femmes de la famille royale voulurent se joindre au groupe, non pour laver des vêtements, mais pour mettre à tremper les tapisseries qu'elles venaient de finir afin que les couleurs se fondent. On tissait beaucoup au palais, et il y avait une carriole pleine d'ouvrages prêts pour l'étape suivante de leur réalisation, qui ne pouvait se faire que dans les bassins du lavoir. Ma propre tapisserie en était au point mort. J'aurais voulu y raconter une histoire, mais les vieilles légendes avaient perdu tout leur attrait pour moi, si bien que je n'avais rien entrepris. Peut-être cela m'inspirerait-il de voir les motifs et les travaux des autres.

Pour la première fois de l'été, la journée promettait d'être chaude. Les carrioles remplies de linge et de tapisseries passèrent la porte Dardanienne dans un fracas de roues. Les femmes marchaient à côté en riant. Des garçons d'humeur folâtre flattaient l'encolure des chevaux, grimpaient sur les carrioles et sautaient de l'une à l'autre. Une brise douce et agréable soufflait de l'intérieur des terres.

Tout d'un coup, l'un d'entre eux, juché sur la plus haute pile de linge, s'écria : « Regardez ! Regardez ! » en pointant le doigt vers la mer, visible depuis l'endroit où nous nous trouvions.

« Qu'est-ce qu'il y a ? lui demanda le garde à côté de lui.

– Tu ne vois pas ? Des choses noires, tout là-bas ! »

Le garde se hissa en grommelant sur la carriole la plus proche, après avoir ordonné à tout le monde de s'arrêter. La main en visière au-dessus des yeux, il scruta l'horizon. Il resta silencieux un long moment, puis se mit à hurler : « Des navires ! La flotte grecque ! Vite ! Rentrons ! »

Les lourdes carrioles firent péniblement demi-tour et se dirigèrent vers la porte en faisant trembler leur chargement.

« Les portes ! Fermez-les ! » aboyèrent les gardes, une fois la dernière carriole passée. Nous nous ruâmes, la gorge nouée, en haut des remparts nord pour voir ce qui se passait. Les habitants de la ville s'étaient massés au sommet des murailles et regardaient la mer. Nous fendîmes la foule pour retrouver nos hommes et, debout à leurs côtés, contemplâmes le spectacle.

Couvrant la surface entière de la mer, une flotte sombre se dirigeait vers nous, dessinant un motif, comme une tapisserie qui raconterait sa propre histoire terrifiante. Les nefs étaient aussi nombreuses que des mouches autour d'un verre de vin sirupeux qu'on aurait renversé – grouillant, se disputant les meilleures places, affamées.

« Il y en a combien ? demanda Andromaque, encore essoufflée après cette course jusqu'en haut des remparts.

– Des centaines, répondit Hector d'un air sombre en regardant droit devant lui. Les guetteurs près du cap viennent de rentrer. Ils racontent qu'il y en a des centaines.

– Je dirais mille, corrigea Déiphobos. Au moins.

– C'est impossible. Il ne peut pas y en avoir mille.

– Tu ne sais pas compter ? répliqua Déiphobos sèchement. Un, deux, trois...

– Les navires bougent trop vite et sont trop éloignés pour qu'on puisse les compter avec précision.

– Tu reconnaîtras quand même, bien cher frère, reprit Déiphobos d'un ton sarcastique, qu'il y en a beaucoup, pas vrai ?

– Oui, je te l'accorde. Je vois que cela te réjouit.

– En effet. J'ai hâte de les affronter.

– Hector, dit Andromaque en touchant son épaule, tu as vu ça ? C'est incroyable ! »

Elle tendit un doigt tremblant vers la mer.

« Plus il y en a, mieux c'est ! s'écria Déiphobos. Ils seront plus nombreux à périr. Aucune armée de cette taille ne peut vivre sur le pays. Ils vont mourir de faim, et plus ils sont, plus vite ils manqueront de nourriture. Ils comptent certainement sur une frappe et une victoire rapides, avant d'avoir à affronter les difficultés de la vie en terre étrangère et hostile. Mais ce sont des idiots. Les murailles de Troie sont impénétrables. Impossible pour eux de nous attaquer à ce niveau. Tout ce qu'ils pourront faire, c'est s'entasser sur la plaine comme des fourmis. Peut-être y aura-t-il quelques combats. Mais deux ou trois, pas plus. » C'est alors qu'il se retourna et se trouva face à moi. « Ah ! Le voici, le visage pour lequel tous ces navires sont venus ! Un navire pour chacun de tes cheveux, de tes cils, de tes doigts, de tes orteils ! Qu'ils aillent se fracasser sur nos murailles ! Nous avons plus de pierres qu'il n'y a de cheveux dorés sur ta tête ! » Sur ce, il s'éloigna brusquement, avec aux lèvres un petit sourire satisfait.

Vite ! M'enfuir ! Je ne pouvais rester là, à regarder cette affreuse ligne noire qui s'approchait. *Un navire pour chacun de tes cheveux, de tes cils, de tes doigts, de tes orteils*. Ô, faites qu'il n'en soit pas ainsi ! Vaine supplique... Mes quarante prétendants étaient devenus une armée. Ils venaient remplir leur promesse.

Les rues de Troie étaient noires de monde. Les gens se poussaient, se bousculaient. Sur leur visage, je ne lus aucune peur. Ils se comportaient comme des enfants auxquels on aurait offert un nouveau jouet. Les navires étaient venus s'amuser avec eux !

Je fendis la foule et me ruai vers mon palais. Je grimpai quatre à quatre les marches menant à la terrasse pour regarder seule la flotte qui s'approchait. Si j'avais cru qu'ils disparaîtraient, je devais désormais me résoudre à ce que ce miracle ne se produise pas.

Je descendis dans la pièce où était installé notre autel domestique et restai là, assise et silencieuse, espérant, en demeurant absolument immobile, que je pourrais empêcher mon cœur de battre à tout rompre. J'avais peine à reprendre mon souffle. Je suffoquais.

Le calme de la pièce où je me trouvais ne tarda pas à m'apaiser – ceci, et le fait qu'elle était sous le niveau du sol, comme dans un monde différent. Lentement, silencieusement, le serpent sacré sortit de sa demeure obscure et s'installa à mes pieds. Il leva la tête comme s'il s'attendait à ce que ce soit moi qui lui dispense ma sagesse, et non l'inverse.

Mais j'aurais été bien incapable de la moindre parole sage. Tout ce sur quoi nous avions compté s'était avéré faux. Faux, que Ménélas ne me poursuivrait pas. Faux, que mes prétendants n'honoreraient pas leur promesse. Faux, qu'Agamemnon ne rassemblerait pas une grande armée, et que même s'il y parvenait, les hommes n'obéiraient pas à ses ordres brutaux. Nous nous étions trompés sur tout, absolument tout !

Évadné avait vu la flotte dans sa vision ; des gens l'avaient repérée alors qu'elle cinglait vers Troie. Mais la voir s'approcher de notre rivage, c'était une tout autre chose !

Toutes ces nefs... Comment Troie pourrait-elle leur résister ? Et si – chose impensable – la ville tombait ? Oui, c'était impensable. Il y avait tant de choses impensables. Et pourtant, les vaisseaux étaient bien là.

Parce qu'une grande guerre aura lieu, et de nombreux Grecs périront.

Si cela devait se produire, alors de nombreux Troyens périraient également.

Tout cela parce que j'avais choisi de m'enfuir avec Pâris.

Tout ce que j'avais dit aux autres, que ce n'était pas à cause de moi, qu'Agamemnon cherchait depuis longtemps une occasion de faire la guerre, me revint à l'esprit. Mais cette histoire, il était inutile que je me la raconte à moi-même. C'était bien moi qui avais fourni un prétexte à l'Atride.

Un mélange de panique et de culpabilité m'envahit, m'étreignant si fort la poitrine que chacune de mes respirations était douloureuse. Ces hommes... Ils étaient venus pour attaquer ma nouvelle famille, mon nouveau foyer. Y aurait-il dans leurs rangs des membres de mon ancienne famille ? Mes frères en étaient-ils ? Castor et Pollux avaient-ils traversé la mer avec les navires de Ménélas ? Et Père ? Impossible qu'ils aient tous quitté Sparte ! Il fallait que quelqu'un reste pour gouverner la cité.

Ô, faites que mes frères ne soient pas là !

Le serpent rampa sur mon pied. Je sentis la caresse de son ventre froid.

Dis-moi, dis-moi, le suppliai-je. Mais ses yeux sombres ne me répondirent pas.

La nuit tomba. Dans les dernières lueurs du crépuscule, juste avant que la masse noire des navires se fonde dans la pénombre de la nuit, nous vîmes à quel point ils s'étaient rapprochés du rivage. Demain, ils accosteraient.

Priam fit convoquer un conseil d'urgence en nous envoyant des messages à la lueur des torches. Nous ne tardâmes pas à être une foule dans le mégaron, trop peu éclairé pour que nous puissions facilement reconnaître les visages des uns et des autres. Priam était tellement agité qu'il prit la parole sans même attendre que tout le monde soit arrivé.

« Nous savons tous pourquoi nous sommes ici, dit-il, oubliant de sacrifier aux mondanités d'usage. Les Grecs approchent ! Demain, au point du jour, ils seront ici ! Selon nos guetteurs, leur flotte excède cinq cents navires. Bien sûr, nous n'aurons pas de compte précis tant qu'ils n'auront pas accosté et amarré leurs nefs. Nous vivons notre dernière nuit de paix. » Il fit une pause, reprit son souffle. Il avait beau serrer les poings, ses mains tremblaient. Il fit un geste en direction des aînés. Thymoétès, Lampos, Clythios et Hicétaon sortirent de la pénombre et vinrent prendre place à ses côtés, tandis qu'Hécube, reculant, disparaissait dans le noir.

Puis il appela Antimachos et Anténor, qui s'avancèrent.

Enfin, ce fut le tour de ses fils. Pâris alla rejoindre ses frères.

« C'est vous qui protégerez nos concitoyens, nos femmes et nos enfants, de nos ennemis. » Le vieux roi parcourut du regard le groupe qui l'entourait, s'attardant sur chaque visage. « C'est la première fois que Troie doit faire face à une telle menace. Je sais que notre ville est en sécurité, grâce à votre sagesse et à votre force. Mais d'abord, écoutons les guetteurs. »

Deux jeunes soldats, des sentinelles postées près la tombe d'Aesyétès, sortirent de la foule. « Nous pensons, majesté, qu'il y a plus de cinq cents navires, mais probablement moins de mille. Disons sept cent cinquante. »

À ces mots, Priam s'écria en se prenant la tête entre les mains : « Sept cent cinquante ! Même s'il n'y en avait que cinq cents, et seulement cinquante hommes par navire, cela ferait déjà... vingt-cinq mille guerriers ! En imaginant le pire, mille navires, avec cent hommes chacun, on arrive à... à une armée de cent mille hommes !

– Exact, sire », dit le guetteur.

Priam baissa lentement les mains et releva la tête dignement. « Très bien. Puisqu'il en est ainsi... Quelle devrait être d'après vous – et je vous le demande à tous – notre première réaction ?

– Ça tombe sous le sens ! s'exclama Antimachos. Les attaquer sur la plage au moment où ils tentent de débarquer ! Les prendre là où ils sont les plus vulnérables ! Nous disposons de combien de guerriers prêts à combattre ?

– Presque sept mille, répondit Hector. Les meilleurs de Troie.

– Ce qui veut dire que nous allons nous battre à un contre cinq, au moins ! s'écria Anténor.

– Sans compter nos alliés, qui rééquilibreront les forces, poursuivit Hector. C'est moi qui mènerai les combats !

– Bien sûr, fit Priam. Déiphobos et Énée dirigeront les deuxièmes lignes.

– Et moi ? demanda Pâris.

– Nous n'avons pas besoin d'archers pour cette mission, répondit Déiphobos. Reste derrière et protège nos murailles. »

La lumière vacillante ne permettait pas de voir sa mine réjouie, mais la joie s'entendait dans sa voix.

« Je veux me battre, moi ! s'écria Troïlos.

– Non ! Tu resteras à l'intérieur de la ville, à l'écart des murailles, dit Priam. Avec Polydoros et Politès.

– Et moi ? s'enquit Hicétaon. J'ai fait polir ma cuirasse, remplacer les lanières de cuir. Elle a retrouvé toute sa souplesse.

– Toi, tu restes ici ! lui répondit Priam d'un ton ferme.

– Je suis encore capable de croiser le fer avec les meilleurs d'entre eux, rétorqua le vieil homme avec un regard farouche.

– Peut-être, mais tu ne peux plus courir. Tu es aussi lent qu'un âne boiteux.

– C'est faux ! Qui t'a raconté ça ?

– Je t'ai vu », répliqua Priam, avant de poursuivre d'un ton adouci : « Nous autres sommes des hommes du passé. Le temps de notre vigueur n'est plus. »

Vous avez vu ce bras, comme il est fort ? Autrefois, je lançais des javelots avec. Il fut une époque où j'aurais pu battre n'importe lequel de ces jeunots à la course. Le vieil athlète rencontré à Sparte... Avait-il supplié Ménélas de le laisser se joindre aux guerriers ? Ménélas avait-il alors répondu « non » d'un air désolé ?

Lampos tourna son visage vers moi. « La voilà, elle, avec sa beauté effrayante comme celle des dieux immortels. Oui, certes, elle est jolie. Mais il aurait mieux valu pour Troie qu'elle ne vienne pas !

– Ce qui est fait, Lampos, ne peut être défait, lui dit Priam. C'était la volonté des dieux. »

Ils avaient une manière d'accepter le sort... En cela, ils étaient si différents des Grecs, qui ne s'y soumettaient que s'ils n'avaient pas réussi à le changer.

« Dès les premières lueurs du jour, s'écria Hector, nous attaquerons ! Il nous reste la nuit pour nous préparer et nous armer ! »

Un rugissement de joie s'éleva dans la salle, l'emplissant comme de la fumée.

Nous étions maintenant seuls dans notre chambre. Pâris, qui contemplait la mer sombre, me tournait le dos. « Nous savons qu'ils sont là, dit-il. Le fait même de savoir change tout.

– J'avais peur que ce jour vienne, lui dis-je en le forçant à me faire face. Tu te souviens de cette cascade à Cythère ? La grande, quand nous étions tout en haut et regardions en bas, et que nous entendions à peine le bruit de l'eau qui tombait ? Pour moi, aujourd'hui, c'est comme si nous nous tenions la main, et que nous nous jetions dans cette cascade ensemble sans en voir le fond. Oh, Pâris, si tu savais comme j'ai peur de ce que Troie pourrait subir, par notre faute !

– Alors la prophétie, celle qui dit que je causerai la destruction de Troie, se réaliserait. Dans ce cas, le fait qu'ils aient décidé de me laisser vivre rendait de toute façon la catastrophe inévitable. Par conséquent, ne nous tenons pas pour responsables.

– C'est tout l'effet que cela te fait ?

– Non, ce n'est pas ce que je veux dire. Mais la responsabilité ne m'incombe pas entièrement.

– Tous ces présages, ces prophéties... Je me sens étouffée ! Quand nous nous sommes enfuis ensemble, nous pensions que c'était un moyen de nous sortir de ce piège. Maintenant, je vois que le piège est plus grand encore que ce que j'imaginais.

– Les combats... Les vrais combats vont commencer. J'ai trouvé vexant le fait que l'on m'interdise de participer avec mes frères à l'attaque sur la plage. "Reste derrière et défends les murailles", ont-ils dit !

– Ce n'est pas le roi qui s'est exprimé ainsi, c'est Déiphobos. »

Oui, lui seul pouvait faire preuve d'une telle malveillance, d'une telle sournoiserie.

« Mais le roi ne l'a pas contredit, pas plus qu'il ne l'a réprimandé.

– Peut-être...

– Il faut que j'apprenne à mieux me battre à l'épée. Je vais me faire fabriquer une nouvelle armure. Ils ne pourront pas m'empêcher de combattre !

– Peut-être n'y aura-t-il pas d'autre affrontement que celui-ci. Peut-être donneront-ils aux Grecs une telle correction que ceux-ci, à peine débarqués, lèveront l'ancre pour retourner chez eux.

– Ménélas est un homme têtu, dit Pâris. Une escarmouche ne suffira pas à l'envoyer promener. »

Personne ne ferma l'œil de la nuit. Avant même que l'aube pointe à l'est, Pâris prépara son arc, ses flèches, son carquois et sortit discrètement de la pièce. Il pensait que je dormais. Je ne le détrompai pas, afin qu'il ne ressente pas le besoin de m'assurer que tout se passerait bien. Mais dès qu'il fut parti, je sautai du lit et m'habillai rapidement, le cœur battant, les mains tremblant tellement que je dus les serrer pour réprimer leurs mouvements.

Postée avec les autres en haut de la muraille nord, je vis nos guerriers traverser comme un éclair la plaine en direction de l'Hellespont, l'endroit où selon toute probabilité les nefs grecques avaient accosté. Pâris se trouvait dans l'une des tours de garde. Une partie de moi-même se félicitait de ce qu'il ne soit pas de ceux qui se ruaient tête baissée vers les Grecs, tandis que l'autre, celle qui appartenait à Pâris, était furieuse et honteuse qu'on lui ait ordonné de rester à Troie.

La nuit tomba. Les hommes n'étaient toujours pas rentrés. La plaine demeurait silencieuse, vide. Ce fut seulement au moment où le soleil allait se lever que l'armée revint, les cuirasses des guerriers recouvertes d'une bonne couche de poussière, leurs corps ruisselant de sueur. Ils portaient les morts sur des civières. Ils avaient attaqué les Grecs juste au moment où ceux-ci débarquaient, Hector tuant le premier homme à poser le pied sur le rivage – un bon signe, même pour quelqu'un comme lui qui dédaignait les présages. Les autres Grecs s'étaient défendus comme de beaux diables et, même s'ils avaient été repoussés presque jusqu'à la mer, ils avaient réussi à attaquer et à brûler une bonne partie de la flotte troyenne qui mouillait à l'embouchure du Scamandre.

Les portes ne s'étaient pas plus tôt refermées sur nos hommes que les Grecs traversèrent la plaine à leur poursuite, comme s'ils brûlaient d'impatience de voir Troie. Nos hautes murailles polies et nos portes robustes les repoussèrent. Ils se retirèrent sous une pluie de flèches et de pierres lancées du haut des remparts.

Leur course inutile à travers la plaine nous permit de voir à quel point leur armée était immense. Elle emplissait le bassin séparant les deux fleuves, et, vue d'en haut, ressemblait à une couverture, une couverture qui se mouvait toute seule. Ici ou là, un éclair signalait la présence d'un bouclier renvoyant les rayons du soleil, et les cuirasses des guerriers faisaient un bruit métallique sourd.

Je ne pus reconnaître aucun de leurs chefs, leurs casques dissimulant leurs visages. De toute façon, la lumière faiblissait, et les hommes cuirassés se ressemblent tous.

XLIII

La guerre. C'était la guerre. Prononcer ce mot, en réaliser le sens, voilà qui glaçait l'âme. Dans nos appartements, nous étions en sécurité, entourés des jolis objets – lyres, miroirs, plateaux de jeu en ivoire – qui disaient la paix et les plaisirs. Mais dehors, la guerre dans toute sa crudité agitait les rues – il y avait les soldats, bien sûr, mais aussi les garçons portant des paniers pleins à ras bord de flèches, les hommes qui amenaient des ânes croulant sous leur charge de pierres jusqu'aux murailles où elles seraient mises en tas avant d'être lancées du haut des parapets, les femmes qui sortaient en courant par la porte sud afin de faire leur lessive au lavoir tant qu'il n'y avait pas de risque de ce côté-là. Ceux qui s'occupaient des chevaux allaient faire boire leurs bêtes avant de les parquer derrière la première palissade, dans la ville basse. Et partout, couronnant les casques, les traditionnelles crêtes en crin de cheval se balançaient au rythme des pas des guerriers qui paradaient dans les rues, et qui, derrière leur visière, ne voyaient que partiellement ce qui les entourait.

Troie se tenait prête à relever le défi. Ses habitants étaient fiers de ses épaisses murailles – les plus hautes et les plus solides du monde – et de ses braves guerriers.

L'idée que de nombreux jeunes gens pourraient perdre la vie me désespérait. Alors que je lui faisais part de ma tristesse, Déiphobos se mit à rire de cette manière dédaigneuse qui ne le quittait pas. Je ne l'avais jamais aimé, et mon aversion ne faisait que croître. « Tu accordes trop d'importance aux hommes, et pas assez à l'armée et à ses besoins. Une armée doit gagner. Elle ne se préoccupe pas du sort du soldat.

– Mais la terre qui lève cette armée, elle aime son peuple, non ?

– Sans doute le devrait-elle, mais ça n'est pas le cas. » Il mit son casque avec de grands gestes théâtraux. Maintenant, son visage était pris dans un cercle de bronze ; seules se voyaient ses lèvres sous le bord inférieur. « Tu as choisi le mauvais moment pour t'attendrir, chère reine, dit-il. C'est toi, la cause de tout ceci. Tu devrais t'en réjouir. Tu ne peux pas l'empêcher, alors abandonne-toi aux joies de la guerre.

– J'ai fait ce qui était en mon pouvoir pour l'arrêter, mais un mystérieux ennemi m'en a empêchée. »

Il éclata de rire. À l'intérieur du casque en bronze retentirent des échos insolites.

« Oh, Hélène, n'essaie pas d'échapper à tes responsabilités de cette manière. » Il attacha sa mentonnière. « Je regrette simplement que tu aies choisi Pâris... Mais les femmes sont inconstantes, pas vrai ? Rien ne dure... »

Interdite, je lui tournai le dos. Il m'était tout simplement impossible de répondre de façon intelligente à une telle insulte.

La plaine de Troie était vide. Après s'être lancés avec enthousiasme à travers la plaine à l'assaut de nos murs, où ils avaient vainement épuisé leurs forces telles des vagues ourlées d'écume se brisant sur la plage, les Grecs s'étaient retirés.

Une ville fortifiée était difficile à prendre. Agamemnon ne le savait-il pas mieux que quiconque, lui qui vivait bien à l'abri derrière les remparts de Mycènes ? Il était certainement en train de réfléchir à la façon dont quelqu'un pourrait exploiter les faiblesses de sa ville, pour transposer ce raisonnement sur Troie.

L'ennemi s'était visiblement évaporé. Toute activité se trouva étrangement suspendue, laissant les Troyens dans un état de trouble. Selon les rapports de nos espions, les Grecs avaient échoué leurs navires par rangées sur le rivage, sauf les derniers, balancés par l'onde et retenus par des ancres de pierre à la proue et des câbles à la poupe. Nous avions réussi à introduire parmi nos ennemis un certain nombre d'espions, et la vague de prostituées formées par Gélanor devait suivre. Gélanor considérait qu'il fallait laisser monter les désirs des hommes avant de leur fournir le moyen de les assouvir.

« Ils grouillent comme des fourmis sur la plage, raconta l'un de nos espions. Les navires ont été disposés dans un ordre bien précis, avec un guerrier qu'on appelle Achille à un bout, une espèce de colosse du nom d'Ajax à l'autre, et un certain Ulysse au milieu.

– Voilà donc les vrais chefs, dit Priam. Et Agamemnon, dans tout cela, il est où ? Et son frère Ménélas ?

– Cachés quelque part entre les autres navires. Mais tu as raison, Achille, Ulysse et Ajax semblent être les piliers de cette armée. Achille a la réputation d'être capable de prouesses surnaturelles. Ulysse est intelligent et sournois. Quant à Ajax, il est tout simplement immense et invincible. »

Achille ! Lui que j'avais vu à Scyros déguisé en fille ! Comment était-il arrivé ici à Troie ? « Achille ? Un grand guerrier ? Je m'étonne ! m'écriai-je. En ce qui concerne les deux autres, Ajax est bête comme ses pieds et Ulysse se bat plus avec son esprit qu'avec son épée.

– Ils proclament pourtant qu'Achille est leur plus grand guerrier, répéta l'espion. Je ne sais pas sur quoi ils se basent pour dire cela.

– Parfois, c'est une chose qu'on sait, c'est tout, dit Priam. J'ai entendu dire que la mère d'Achille était une déesse. Nous ne pouvons pas rivaliser avec cela. Nous autres, à Troie, sommes mortels, tous nés d'une mère et d'un père mortels.

– Ainsi, si nous battons Achille, cela ajoutera encore à notre gloire », déclara Hector en entrant dans la salle. Il parcourut l'assemblée du regard. « Vous savez à quoi vous ressemblez ? À un groupe de vieilles femmes peureuses caquetant près d'un puits ! » Il retira son casque d'un geste brusque et le jeta dans un coin de la pièce. Le casque roula tristement dans un bruit métallique, comme pour protester. « Je n'accorde pas grand crédit à cette histoire de "fils d'une déesse". Les dieux de l'Olympe se sont mis d'accord pour ne pas se porter au secours de leurs enfants mortels, afin de ne pas défier le sort. Dans ce cas, quelle différence cela peut-il faire ? » Il partit d'un rire franc et sonore. « Moi, je dis que les fils des hommes sont parfaitement capables d'affronter ceux des dieux, ajouta-t-il. Nous n'entretenons aucun espoir irréaliste d'être sauvés. Voilà qui a de quoi pousser un homme à se battre de tout son cœur. »

De retour dans notre palais, Pâris et moi reçûmes une invitation d'Anténor à nous rendre chez lui. Sa maison, une belle bâtisse avec des fenêtres à claires-voies, était située à mi-pente. L'intérieur était spacieux et aéré. Peu d'objets encombraient les pièces. Après nous avoir fait entrer, Anténor nous conduisit dans une pièce plus petite, dont il ferma la porte derrière nous.

« Cher prince, chère princesse », commença-t-il en tripotant la broche qui maintenait son manteau en place. Comme toujours, sa tenue était impeccable et n'avait nul besoin d'être ajustée. Mais Anténor avait le plus grand souci de son apparence – il tenait à sa réputation d'homme au goût le plus sûr de Troie. « Me voilà face au visage que Ménélas et Ulysse désiraient tant voir.

– Tu n'es pas sans savoir qu'on nous a empêchés d'être là quand ils sont venus », répondis-je.

Anténor s'approcha et, dans un murmure, poursuivit : « Ils ont tout de même laissé quelque chose pour toi. » Il se tourna pour aller chercher une petite boîte, qu'il me tendit. « C'est sans danger. Je m'en suis assuré. »

Lentement, je soulevai le couvercle sculpté. À l'intérieur, se trouvait un joyau – une pierre rouge sombre sertie dans une monture en or brillant. L'ensemble pouvait être porté comme broche, ou servir de pendentif enfilé sur un collier en or. Je caressai du doigt la surface douce de la pierre.

« Ménélas m'a demandé de te la donner, me dit Anténor. Il tenait à ce que tu l'aies. »

Comme c'était étrange ! Pourquoi Ménélas m'aurait-il offert un bijou, lui qui affirmait que je m'étais servie dans le trésor de son palais ? En outre, l'objet ne correspondait pas du tout à ses goûts : en matière de bijoux, il avait une préférence pour les choses lourdes et ostentatoires.

Se pouvait-il que son cœur ne se soit pas entièrement fermé à moi ? Il y avait peut-être de l'espoir, un moyen d'envoyer un message, de convenir d'un autre rendez-vous.

Je sortis le bijou de sa boîte, mais Pâris agrippa mon poignet.

« Non ! Ne le mets pas ! Ne le touche pas ! Il est peut-être empoisonné, ou maudit. »

Je reposai le bijou avec précaution. Je devais être prudente, même si cette idée me faisait horreur. « Qu'a-t-il dit exactement en te le donnant ? » demandai-je à Anténor.

Celui-ci passa la main sur ses cheveux argentés. « Il a dit, l'air bouleversé : "Pour Hélène, ma femme, afin qu'elle mesure ce que son amour me coûte."

– Raison de plus pour ne pas le porter, dit Pâris. Il veut te faire revenir à lui par le biais de cette... de cette babiole.

– Il n'y parviendra jamais. »

Mais ce bijou dans sa toute petite boîte paraissait si dérisoire comparé aux richesses de Troie que j'en fus touchée. Ne te laisse pas émouvoir ! me tançai-je. « Comment allait-il ? Quelle impression t'a-t-il fait ? » demandai-je à Anténor. Voilà qui était plus important pour moi que son cadeau.

« Il avait l'air épuisé et las, répondit Anténor, se retenant de dire que Ménélas avait le cœur brisé. Il ne cessait de regarder en direction de la porte de la salle du conseil, dans l'espoir de te voir. Mais tu ne venais pas, et lorsque les messagers sont revenus en disant qu'ils ne t'avaient trouvée nulle part, il s'est effondré.

– Comment ça, effondré ? demanda Pâris.

– C'était comme s'il rapetissait sous nos yeux. En quelques secondes, il est devenu aussi petit qu'Ulysse. »

D'entendre cela, j'eus le cœur serré. Je sentis remuer en moi la haine à l'égard de celui qui m'avait enfermée. « Il faut lui dire – je dois lui expliquer – peut-être que si j'allais là-bas, dans le camp grec...

– Hors de question ! s'exclamèrent Pâris et Anténor.

– Il est trop tard pour ce genre de démarche, poursuivit Anténor. Même s'ils te capturaient et te ramenaient à Sparte, le reste de l'armée grecque resterait ici et nous attaquerait de toute manière. Ils n'ont pas fait tout ce chemin pour rien et, si je puis me permettre, ô reine, je comprends maintenant qu'ils ne sont pas venus ici uniquement pour toi. Certes, pour Ménélas c'est la seule chose qui importe, mais pas pour les autres. Cette expédition leur a coûté une fortune. Ils ont besoin de rentrer dans leurs frais.

– Ils feraient mieux de faire demi-tour, parce que Troie ne les remboursera jamais de leurs dépenses ! s'écria Pâris.

– Prends le bijou, dit Anténor. Je ne le veux plus chez moi. »

Il me mit la boîte dans les mains. Je l'acceptai, malgré l'avertissement de Pâris.

Nous connûmes une période de tranquillité. La grande plaine de Troie était vide et, dans notre innocence, il nous aurait été facile de croire que rien n'avait changé, et de sortir nous promener comme avant. Mais le bord de mer, lui, n'était plus le même. Finie, la ligne claire où la mer rencontrait le sable – maintenant, des rangées de navires l'assombrissaient.

Au bout d'un certain temps – nous étions au milieu de l'été –, des groupes de soldats grecs vinrent camper dans les champs verts. Au début, ils étaient peu nombreux. Priam envoya des hommes les harceler et les attaquer. Certains de nos ennemis furent repoussés, mais ils furent aussitôt remplacés par d'autres, qui ne tardèrent pas à former un demi-cercle au nord de Troie, du côté de l'Hellespont. À mesure que leur nombre croissait, ils commencèrent à tenter de bloquer nos portes et empêcher quiconque d'entrer dans la ville ou d'en sortir. Par contre, la muraille sud était dégagée, ce qui permettait aux Troyens d'aller et venir sans entrave. Nos hommes partirent chercher un peu partout dans les environs du bois et du grain, et prirent le temps de construire un bouclier protecteur au-dessus du tuyau d'écoulement des égouts, afin que personne ne puisse s'introduire dans la ville par là.

Énée profita de l'accalmie pour regagner son royaume de Dardanie, limitrophe de celui de Troie à l'est. Il alla faire ses adieux à Priam en lui promettant de revenir vite si on avait besoin de lui. Mais pour l'instant, il devait s'assurer de la sécurité de son propre peuple.

« Quand les Grecs s'ennuieront et se lasseront de faire le siège de Troie, que leur moral sera en berne et leurs réserves de nourriture au plus bas, ils iront chercher des victimes ailleurs. Alors, ils tourneront leur regard vers la Dardanie, la plaine d'Adrastée et la Phrygie, expliqua-t-il en prenant congé de Pâris et de moi. Priam se désole que j'emmène ta sœur Créüse avec moi, mais après tout, elle est ma femme, non ? Et mon père Anchise doit s'inquiéter à mon sujet.

– C'est comme tu l'entends, dit Pâris qui faisait les cent pas dans le mégaron autour du foyer central éteint. Si tu savais, mon ami, cher cousin, comme tu vas me manquer ! »

Il prit Énée dans les bras et le tint quelques instants contre sa poitrine avant de le laisser partir. Leurs deux profils, nets et fins, étaient comme le reflet l'un de l'autre.

« Toi aussi, tu vas me manquer », répondit Énée.

Je le regretterais. Je l'avais vu pour la première fois avec Pâris, et cet instant restait gravé dans ma mémoire – les deux cousins faisaient partie intégrante de mon destin.

Pâris avait hâte d'essayer son armure. Il en avait commandé une nouvelle, et le bronzier était venu le voir en lui présentant des modèles en lin de ce qui serait plus tard fabriqué en métal. « Je veux une cuirasse avec un motif en relief représentant les murailles de Troie », dit Pâris. Les artisans prirent les mesures de son torse, ses bras et ses épaules, en s'extasiant sur leurs magnifiques proportions. Mais ils rechignèrent à nous dire combien de temps il leur faudrait pour finir l'armure, et à nous donner des détails sur la qualité du bronze qu'ils utiliseraient. Ils se plaignirent de la pureté de l'étain qu'ils avaient reçu du Nord, loin d'être aussi satisfaisante que d'habitude. Pâris voulut également des jambières et un casque plus épais, avec une mentonnière en cuir souple. « Et au-dessus, je porterai ma peau de panthère, annonça-t-il. Ce sera mon signe distinctif. »

Les artisans s'inclinèrent, puis se retirèrent. « À mon avis, elle ne sera jamais prête à temps, dit Pâris avec humeur. J'aurais dû m'occuper de cette affaire plus tôt.

– Il n'y a encore eu aucune bataille, si ce n'est l'escarmouche au moment où ils ont débarqué, lui rappelai-je. Je suis sûre que ton armure sera prête largement à temps. Prie plutôt les dieux de ne pas avoir à l'utiliser. Alors, nous pourrons l'installer chez nous et montrer à nos enfants la splendide armure de leur père. »

Il soupira. Nos enfants... En aurions-nous jamais ? À présent, nous en parlions rarement, à mesure que notre déception grandissait et que nos espoirs s'évanouissaient. « Peut-être me faudra-t-il combattre Ménélas pour toi. D'homme à homme. Souvent, je me dis que c'est ce que je devrais faire. Pourquoi faudrait-il que ces soldats s'affrontent et se tuent, alors que sur le fond c'est un duel entre deux hommes ?

– Non, ne fais pas ça ! »

Je n'avais pas peur qu'il soit blessé – cela, je ne pouvais même pas l'imaginer. Mais si Ménélas gagnait un tel combat singulier, et même s'il épargnait Pâris, je devrais partir avec lui, le laisser me reprendre, me tenir dans ses bras, me toucher. Il poserait ses mains sur mes épaules, caresserait mon visage, me ferait venir dans son lit, son lit glacial.

« Comment ? Tu n'as pas confiance en mes qualités de guerrier ? me demanda Pâris, le visage blême.

– Non, ce n'est pas ce que je voulais dire. Mais les dieux sont trompeurs. Ils pourraient te trahir. »

Un jour, Évadné et moi étions assises, silencieuses, dans ma chambre. J'appréciais sa sagesse, sa présence rassurante. Mes femmes étaient gaies et bavardes, mais servaient surtout à me distraire. Comme toujours, Évadné avait avec elle une peau de hérisson et un sac de laine brute. Elle s'était installée sur un tabouret bas et, passant la laine emmêlée et feutrée sur les poils durs, en étirait les fibres avec de grands gestes. La laine brun foncé faisait de longues mèches. Un sentiment de paix nous envahit.

« Pâris est sorti, majesté ? demanda Évadné.

– Oui. Il est allé inspecter sa réserve de flèches et en faire fabriquer de nouvelles. »

Les archers n'étaient pas des guerriers respectés, je le savais. Un vrai héros se battait face à l'ennemi, avec une javeline et, au besoin, une épée. Celui qui tuait de loin était un lâche, qui n'osait pas affronter son ennemi. « Hector dit que la victoire est assurée si on se bat pour son pays, si on meurt pour lui. À mon avis, c'est en faisant mourir les guerriers ennemis pour leur pays à eux que l'on se donne les meilleures chances de gagner. » Même avec des flèches, ajoutai-je intérieurement.

Évadné éclata de rire. « Ce serait tellement mieux si les femmes décidaient du déroulement de la guerre, dit-elle. Au moins, le bon sens prévaudrait. » Elle tira une autre mèche de laine brute, sombre et emmêlée.

« Pâris a parlé de l'éventualité d'un combat singulier entre Ménélas et lui.

– Cela me paraît raisonnable. Après tout, c'est une histoire entre eux deux. Pourquoi y mêler des milliers d'hommes ?

– Jamais je ne retournerai avec Ménélas ! Même s'il gagne ! Plutôt m'enfuir ! »

Je pris la boîte contenant la broche et la tendis à Évadné. « Il a eu le toupet d'apporter ceci pour moi ! Un bijou ! Il ne s'attend tout de même pas à ce que je le porte ! » Je sortis l'objet et le fis sauter en l'air.

« Arrête ! » s'exclama Évadné. Elle tendit la main et effleura la pierre. « C'est plus qu'une simple pierre précieuse. Où se l'est-il procurée ? Pourquoi a-t-il voulu te l'offrir ? »

Je remis la broche dans sa boîte. En retirant ma main, je remarquai que les bouts de mes doigts étaient légèrement rouges. J'eus beau les essuyer sur un bout de tissu, la couleur ne partit pas.

« Une pierre qui pleure ! s'exclama Évadné. Peut-être comme Ménélas lui-même.

– Les larmes, ce n'est pas rouge. Non, il s'agit d'autre chose. »

L'arsenal de Priam devenait de plus en plus fourni. Il y avait deux dépôts d'armes. L'un se trouvait dans la ville basse, pour les grosses pièces – parties de chars, boucliers, hampes en bois pour la fabrication des javelines, cuirasses. L'autre dépôt dans la ville haute contenait des javelines, des épées, des dagues, des arcs, des flèches et des carquois. Au pied des murailles étaient entassées des pierres que nous lancerions sur l'ennemi, au cas où il aurait voulu prendre la ville d'assaut.

Le vieux Antimachos paraissait ravi à la perspective que les Grecs pourraient attaquer nos remparts. « Ils se feront piéger et massacrer sur leurs misérables échelles », dit-il en ricanant et en faisant les cent pas devant un tas de pierres. Son visage sombre avait une expression farouche. « Ils vont devoir les placer tout près du pied des murailles et grimper presque à la verticale, tout ça avec leurs armures. Bien sûr, j'ai entendu parler de ces courroies dont ils se servent pour attacher leurs boucliers sur leurs dos et se transformer en espèces de tortues. Mais cet appareillage est si encombrant que la moitié d'entre eux perdra l'équilibre et tombera. Quant aux autres – nous nous en occuperons ! » Il se pencha et ramassa une énorme pierre avec aussi peu d'efforts que s'il s'agissait d'une simple pelote de laine. En riant, il la lança par-dessus les remparts. Quelques secondes plus tard, un bruit sourd signala qu'elle était tombée de l'autre côté.

« Je voulais savoir, ô grand roi, qui tu vas charger de mener les soldats lorsque nous nous battrons dans la plaine, demanda-t-il à Priam.

– Oh, si seulement je pouvais les mener moi-même ! » répondit le roi.

Depuis que les Grecs avaient débarqué, il semblait avoir rajeuni. La guerre imminente lui donnait une nouvelle vigueur. « Je leur inspirerais une telle crainte, à tous, même à leur Achille et leur Agamemnon ! » Puis, renonçant à son rêve, il poussa un soupir et annonça : « C'est Hector qui sera le chef suprême. »

« Venez, entrons », nous dit Priam en indiquant la porte du palais. Il ne voulait pas nous parler en pleine rue. Un grondement déçu monta de la foule qui l'avait suivi, lui et ceux qui l'accompagnaient, depuis les murailles.

Une fois dans la cour, Priam nous ordonna de nous placer selon notre rang ou notre fonction, les soldats à sa gauche, ses fils et leur famille au centre, et les conseillers à sa droite. « J'attache beaucoup d'importance à votre opinion à vous tous, mais il est plus facile pour un homme de mon âge – il s'inclina légèrement, comme pour répondre d'avance aux protestations – de prévoir d'où seront lancées les attaques. »

Nul ne le contesta. Nul ne s'exclama, *« Un homme de mon âge », dis-tu ? Enfin, tu es toujours un guerrier !* Il attendit, mais, à défaut de réaction de notre part, fut finalement obligé de poursuivre : « Mon conseiller, cet homme avisé venu à Troie avec Hélène, a réussi à infiltrer des espions dans les rangs ennemis. »

Je cherchai Gélanor du regard. Il n'était pas là. Je signalai le fait discrètement à Pâris, qui envoya un homme à sa recherche.

« Il semble bien que leurs navires soient amarrés sur plusieurs rangées, certains remontés très haut sur la plage tandis que d'autres sont toujours dans l'eau. Il y en a trop, en effet, pour les faire échouer tous. Les Grecs les ont transformés en une sorte de quartier général, protégé de chaque côté par leurs guerriers les plus forts.

– Leur position, nous la connaissons depuis le départ, dit Déiphobos d'un ton railleur. Tu n'as rien de nouveau ?

– Si une bataille s'annonce, mieux vaut ne pas être pris au dépourvu, rétorqua Priam. La moindre information sur l'ennemi, nouvelle ou pas, revêt une extrême importance. »

Plus tard, quand l'assemblée se fut dispersée, Priam s'approcha de son autel en traînant les pieds. « Ô, Zeus, dit-il, donne-moi la force. » Il s'agenouilla et étreignit le piédestal sur lequel reposait cette étrange représentation de Zeus avec trois yeux. Puis il ferma les paupières et se mit à prier.

Pâris, Hector, Déiphobos, Gélanor – arrivé après les autres – et moi restâmes quelques instants dans la cour.

« D'autres possibilités s'offrent à nous, dit Gélanor. Priam n'a évoqué que l'aspect offensif – les troupes, les chefs, les armes. Mais nous qui sommes attaqués, nous devons aussi nous battre sur le mode défensif. Nous vivons ici, ce qui nous donne un avantage dont une armée campant sur une terre hostile est dépourvue.

– Sur quoi pouvons-nous compter, si ce n'est la bravoure et la force de nos guerriers ? » lui demanda Hector.

Gélanor lui jeta un regard intrigué, presque apitoyé. « Il y a tant d'autres moyens de lutter ! Notre but est-il de gagner la guerre, ou de nous comporter avec noblesse ? Ce n'est pas du tout pareil.

– Faisons tout pour la gagner, dit Priam qui avait terminé sa prière à Zeus. Plus tard, nous pourrons revêtir notre victoire des habits de la gloire. »

Gélanor posa sa main sur l'épaule de Priam. « Ton âge a fait de toi un sage, dit-il. Parfait. Il y a beaucoup de techniques que nous pouvons utiliser pour nous défendre. Nous devons mettre la nature à notre service. » Il adressa à Déiphobos et à Hector un regard lourd de sous-entendus, et poursuivit : « Je sais que vous dédaignez tout ce qui n'est pas muscles saillants et prouesses guerrières. Mais nous avons parmi les plantes et les animaux des amis qui ne demandent qu'à nous aider. Ne les insultons pas en les ignorant. Qu'est-ce qu'une flèche ? Pour vous, une arme inférieure, je sais. Mais pourquoi un objet qui peut changer le cours d'une bataille devrait-il être qualifié d'inférieur ? Une flèche peut porter la mort – une mort certaine. Sa pointe, imprégnée de poison, enverra l'ennemi aux Enfers ! Et ce n'est pas tout. Vous voulez lancer des pierres sur les soldats qui grimpent aux échelles ? Pourquoi pas du sable brûlant, qui pénétrera les moindres interstices de l'armure d'un soldat ? Et au fait, vous avez un système d'alarme qui signalerait toute percée de vos lignes ? Non ? Pourtant, il en existe plein. Bref, en somme, vous n'êtes pas préparés, conclut-il dans un haussement d'épaules.

– Je t'en prie, montre-nous comment faire ! » Que Priam supplie quelqu'un de manière aussi ouverte, voilà qui était exceptionnel ! Mais ce qui le préoccupait, c'était le sort de Troie, pas sa propre fierté.

« Les techniques que je viens de mentionner sont d'une simplicité enfantine, répondit Gélanor. Mais ce n'est pas tout. Tu as entendu parler des vêtements empoisonnés ?

– Tu veux dire, sur lesquels on a passé une couche de poison ? demanda Priam.

– Non, tu n'y es pas, fit Gélanor en riant. Je parle de vêtements qu'on a frottés sur la peau de victimes de la peste ou autres maladies. Ils ont le pouvoir de donner le mal à des personnes bien portantes.

– Non ! Pas ça ! » m'écriai-je.

Je ne pouvais pas les laisser utiliser de telles armes contre mon peuple.

« Tu préfères les flèches d'Apollon, peut-être ? » Pour la première fois, je perçus la cruauté dont Gélanor était capable. « Elles frappent ici ou là, sans aucune raison ! Apollon, impitoyable dieu des épidémies ! Si un homme doit mourir d'une maladie atroce, autant que ce soit pour une bonne raison, non ? » Il me lança un regard dur, avant de poursuivre : « Et si nous mettions Apollon à notre service aussi ?

– Blasphèmes que tout cela ! dit Priam sur un ton horrifié.

– Le fait même de penser que tu puisses mettre un dieu au service de tes projets est un défi à ce dieu lui-même, dit Hector. Je t'en prie, retire ce que tu viens de dire.

– Très bien, répondit Gélanor en riant. Ô, archer redouté, dieu de l'arc argenté, je ne voulais pas te manquer de respect. »

Puis, regardant le soleil, il ajouta : « Baisse le regard vers nous. Guide-nous vers ton temple.

– Nul besoin d'être guidés, il y a un temple ici même, dit Déiphobos.

– Je ne veux pas dire celui-ci. On m'a dit qu'il y en avait un autre à quelque distance de Troie, qui s'appelle l'Apollon Smithée. C'est celui-là que je voudrais aller voir.

– Le temple où il y a des souris blanches sacrées ? demanda Priam.

– Tout à fait, répondit Gélanor. Je suis persuadé qu'il détient les réponses à certaines de nos questions. »

Un peu plus tard dans la journée, après nous être assurés qu'il n'y avait aucun Grec au sud de la ville, nous sortîmes en groupe par la porte Dardanienne, à bord d'une carriole bringuebalante et sous escorte armée. Quel bonheur d'échapper à l'espace clos de la cité et de s'aventurer dans la campagne !

Troie disparut peu à peu de notre vue. Je regardai derrière moi ses murailles brillantes et ses tours altières, avec tout en haut le palais que Pâris et moi nous étions fait construire et qu'aucun bâtiment ne dépassait. Il s'exhibait, proclamant notre amour et notre présence.

« Il faut qu'Agamemnon voie ça, murmurai-je à l'oreille de Pâris. Cela le rendra fou furieux. » Remarqua-t-il que je ne mentionnai pas Ménélas ? Il fit comme si de rien n'était. Nous évitions de prononcer le nom de mon mari.

En milieu d'après-midi, après un long trajet fort inconfortable, nous atteignîmes le temple, au moment où, sous le soleil, ses piliers de pierre devenaient d'un blanc aveuglant. Il était niché dans un bosquet sacré, dont les arbres se dressaient, silencieux, dans l'air lourd et immobile. À première vue, il paraissait désert ; ce n'était pas le moment des visites. Mais en gravissant les marches, nous rencontrâmes un prêtre qui nous attendait, les mains jointes.

Hector prit immédiatement la parole en tant que chef des Troyens : « Grand prêtre, nous venons pour honorer l'Apollon qui règne ici. » Il inclina légèrement la tête.

« Vous êtes les bienvenus, dit le prêtre. Nous avons entendu parler de l'arrivée de l'armée grecque qui compte assiéger

Troie. » Puis il s'approcha de moi, les yeux fixés sur mon visage. « Voici donc la cause de tous ces problèmes ? L'illustre Hélène ?

– Oui, je suis Hélène, m'empressai-je de répondre afin de ne pas laisser ce soin à Hector. Je suis accompagnée d'un ami qui vient de Sparte, ainsi que de mon mari, de ses frères et de leur père.

– Ah, peut-être devrais-tu couvrir ton visage ici, de peur qu'Apollon... »

Il ne termina pas sa phrase. Nul besoin, en effet, d'énumérer toutes les femmes et tous les hommes dont Apollon s'était entiché et qu'il avait poursuivis avec acharnement, pour leur plus grand malheur. Certes, Daphné lui avait échappé, mais uniquement en se transformant elle-même en arbre – ce qui était loin d'être une solution satisfaisante. N'ayant nulle envie de devenir un arbre, j'obtempérai et couvris ma tête d'un voile léger.

« J'ai cru comprendre que vous aviez des souris blanches sacrées ici, dit Gélanor en regardant autour de lui. Et quoi d'autre ?

– Ah oui... les souris..., répondit le prêtre avec hésitation. Elles sont ici, derrière la statue sacrée. Vous connaissez leur histoire ? Autrefois, un groupe de souris blanches a dévoré les lanières en cuir des boucliers et des épées d'une armée ennemie. Depuis, nous les honorons.

– Et vous avez d'autres armes, n'est-ce pas ? insista Gélanor.

– Oui... Mais nous les gardons à l'abri, bien protégées, dans la salle souterraine. »

Il nous fit passer derrière la statue d'Apollon et nous conduisit dans une petite pièce sombre. À l'odeur, nous sûmes immédiatement qu'il y avait là des rongeurs. Même sacré, ce genre d'animal sent mauvais. Je me mis à tousser, d'une manière que j'espérai discrète.

Les cages grouillaient de souris qui roulaient les unes sur les autres et se disputaient le peu d'espace dont elles disposaient.

« Que se passerait-il si vous les lâchiez ? demanda Gélanor.

– Elles ne sont que symboliques, expliqua le prêtre. Il est vrai qu'on a vu des souris détruire les pièces essentielles d'une armure juste avant la bataille. Hélas, nous n'avons pas le pouvoir de les diriger. Pour répondre à ta question, si nous ouvrions les cages maintenant, les souris s'échapperaient et iraient probablement faire des ravages dans les champs alentour. Elles attaquent tout ce qui se trouve sur leur chemin.

– En ce cas, ne les laisse surtout pas se sauver ! dit Priam.

– Montre-nous ce que tu as d'autre comme armes, dit Hector. Nous avons besoin de savoir. »

Tout en marmonnant pour signaler son mécontentement, l'homme réclama une torche. L'un des prêtres de rang inférieur lui en tendit une branche, d'où perlaient des gouttes de résine.

« Très bien. Allons-y. » Ouvrant la marche, il descendit un escalier humide. « Les armes que vous allez voir sont anciennes. J'ignore quel usage vous pourrez en faire. »

Nous arrivâmes dans une salle souterraine à l'atmosphère humide et fétide qui contrastait fortement avec l'aspect riant du reste du temple. Les murs de pierres non taillées se fondaient dans l'obscurité. Je distinguai le bruit de quelque cours d'eau souterrain. Les pierres étaient couvertes de mousse verte. Le silence nous enveloppait.

« En voici une, dit enfin le prêtre en s'approchant d'un coffre en bois fermé. On dit que, pendant une épidémie de peste, les vêtements d'un roi et d'une reine ont été conservés, après qu'ils ont succombé à la maladie. » Il s'apprêtait à ouvrir le coffre.

« Non, n'en fais rien, dit Gélanor. Laisse-le fermé. Je n'ai pas besoin de voir ces vêtements, à partir du moment où tu m'assures qu'ils y sont bien, et intacts.

– Ça, je peux te le jurer !

– En ce cas, c'est parfait. Qu'est-ce que vous avez d'autre ? Cela pourrait s'avérer crucial un jour pour défendre Troie.

– Je... Nous avons d'autres vêtements, répondit le prêtre, après un moment de stupeur, qui ont été dédiés au dieu après la mort de leurs propriétaires de quelque atroce maladie. Ils sont enfermés, tels qu'on nous les a confiés. Certaines de ces maladies frappent vite, et peuvent faucher un homme dans la fine fleur de l'âge. D'autres préfèrent attendre le crépuscule, le moment où la personne est affaiblie et où l'attaque est moins visible. Les épidémies soudaines sont attribuées à Apollon, ce qui explique que ces vêtements soient arrivés ici.

– Et si je te disais que le fait de les sortir de ce coffre, de les secouer et de les approcher de toi te communiquerait la même maladie ?

– Alors je te répondrais qu'ils ne doivent à aucun prix sortir du coffre.

– Et tu aurais raison, lui dit Gélanor. Mais si jamais nous t'envoyons un message t'ordonnant de les faire parvenir à Troie, alors tu sauras que notre situation est désespérée.

– Je vois, fit le prêtre.

– Allons retrouver la lumière du jour, suggéra Hector. Cet endroit est oppressant. »

Il fit demi-tour et nous laissa dans la pénombre humide. Nous finîmes par lui emboîter le pas. Quelle joie de retrouver l'air transparent, le ciel bleu !

Au pied de la statue d'Apollon se trouvait une forme recroquevillée. On aurait dit un tas de guenilles, un tas qui poussait de gros soupirs et pleurait.

Le prêtre se précipita, posa la main avec douceur sur le tas palpitant. Enfin, une tête émergea, les épaules se redressèrent et l'homme – ou plutôt un jeune garçon – se leva.

Il bredouilla en secouant la tête : « Excusez-m-moi, mais... mais je me suis réfugié ici. Troie était assiégée, et je n'avais pas d'autre endroit où aller, à part ce temple !

– Qui es-tu ? Comment t'appelles-tu, mon garçon ? lui demanda Priam.

– Je suis Hyllos, fils de Calchas. Mais moi je n'ai pas trahi. Je renie mon père ! Je vous en prie, laissez-moi rentrer à Troie. Laissez-moi rentrer chez moi ! »

Priam s'approcha de lui et écarta les cheveux du garçon pour dégager son front. Une cicatrice d'un rouge luisant apparut.

« Je vois que tu es bien le fils de Calchas. Mais comment as-tu fait pour venir jusqu'ici ? »

Le garçon eut un mouvement de recul, avant de se redresser. « Quand mon père est arrivé à Delphes, l'oracle lui a ordonné de rejoindre le camp des Grecs, ce qu'il a fait. Mais moi, jamais je n'aurais pu. Vous les avez vus, ces Grecs ? Ils se disputent sans arrêt, et ils n'étaient même pas contents que mon père se mette de leur côté. Qu'est-ce qu'ils ont dit, déjà ? Ah oui ! Qu'ils aimaient la trahison, mais pas les traîtres ! Comme si l'un pouvait aller sans l'autre ! Et puis mon père n'est pas un traître, il obéissait seulement aux ordres de la Pythie. Et qui peut lui désobéir ? On se soumet à volonté. Mais moi, je ne pouvais pas suivre mon père. Ce n'était pas à moi que l'oracle s'était adressé. Je sais distinguer le bien du mal. J'ai considéré que c'était mal, de trahir sa ville, à moins d'avoir reçu des instructions particulières des dieux. Je vous en prie, ramenez-moi avec vous ! Laissez-moi rentrer à Troie ! »

Les yeux de Priam étaient emplis de larmes, ainsi que ceux d'Hector.

Alors Gélanor prit la parole : « Qu'est-ce qui nous dit que ce garçon est réellement le fils de Calchas ? Allons-nous nous contenter de ce qu'il nous raconte ?

– Nous n'avons pas besoin qu'il nous raconte quoi que ce soit. Nous avons des yeux pour voir », répondit Priam en désignant la cicatrice.

XLIV

Nous rentrâmes à Troie avec Hyllos, le jeune garçon. Il se montra peu loquace et garda les yeux baissés pendant tout le voyage. Le temple d'Apollon ne fut bientôt plus qu'un point blanc brillant au milieu d'une clairière verte. Je me mis à sourire en songeant au prêtre et à ses souris qui sentaient si mauvais – mon serpent aurait certainement apprécié cette occasion de batifoler en aussi délicieuse compagnie. Gélanor paraissait préoccupé. Je savais qu'il pensait aux vêtements mortels conservés dans les coffres et se demandait comment, et dans quelles circonstances, il les utiliserait. Quelle horreur, s'il devait en arriver là !

Hector et Déiphobos, debout côte à côte, se cramponnaient pour ne pas perdre l'équilibre. J'entendais le murmure de leurs voix, presque couvertes par les gémissements et les grondements des roues de la carriole. Hector s'inquiétait de la fragilité d'une portion de la muraille ouest, Déiphobos, lui, craignait davantage les chefs grecs et, en particulier, Achille. Personne ne l'avait vu depuis l'arrivée de la flotte ennemie. Que faisait-il ? Se pouvait-il qu'il ait été blessé pendant le débarquement ? Cette éventualité colora la voix de Déiphobos d'une touche d'espoir.

Peut-être devais-je leur révéler mon étrange rencontre avec Achille ? J'y avais beaucoup réfléchi depuis cette soirée à Scyros. Finalement, je me levai et, posant la main sur l'épaule d'Hector, lui dis : « En venant à Troie, Pâris et moi avons fait halte sur l'île de Scyros. Et là, j'ai vu Achille, déguisé en fille à la cour du roi.

– Tu en es sûre ? » me demanda-t-il, l'air dubitatif.

De toute évidence, il pensait que j'avais rêvé la chose.

« Oui, tout à fait. Je l'avais rencontré quand il était petit garçon quelques années auparavant. Je suis certaine de pouvoir le reconnaître n'importe où. Mais à Scyros, je n'ai pas pu lui poser de questions.

– Et tu dis qu'il était déguisé en fille ? fit Déiphobos d'un ton railleur.

– Je vous jure que c'est vrai ! »

Ils ne me croyaient visiblement ni l'un ni l'autre.

Pâris se joignit à notre conversation. « Tu ne m'as jamais raconté cela. Tu aurais dû, tu ne crois pas ?

– De toute façon, je ne vois vraiment pas quelle différence cela fait, déclara Priam, l'air sévère. Il est ici maintenant. C'est tout ce qui compte.

– Mais vous ne comprenez pas... Peut-être est-il devenu fou ! dis-je.

– Moi, je sais ce qui s'est passé, fit une voix calme à l'arrière de la carriole, celle d'Hyllos. Hélène a raison. C'est la mère d'Achille qui l'avait envoyé à Scyros pour le mettre à l'abri. Elle ne voulait pas qu'il aille à Troie. C'est son fils unique et il est si jeune... Mais les Grecs étaient bien décidés à ce qu'il vienne avec eux. Alors ils sont partis à sa recherche et l'ont trouvé. Mais plutôt que de se battre avec lui – perspective devant laquelle, je dois dire, même des combattants aguerris reculeraient –, ils ont eu recours à une ruse pour lui faire révéler son identité. »

Hyllos leva ses yeux doux et bruns vers les hommes, comme pour quémander leur approbation.

« Approche-toi, mon fils », lui dit Déiphobos en le tirant à lui. Le garçon vint s'écraser contre son épaule. « Parle-moi un peu de cette ruse. »

Hector s'éclaircit la gorge, puis regarda attentivement Hyllos.

« Ulysse a fait preuve de beaucoup d'astuce, dit ce dernier. D'ailleurs, il s'en vante encore. Diomède et lui ont débarqué à Scyros sous le prétexte de rendre visite au roi mais, en réalité, ils voulaient démasquer Achille. Hélas, au bout de plusieurs jours de festins, de jeux et de réjouissances diverses, ils n'étaient pas plus avancés. Alors ils sont allés chercher dans leur bateau des cadeaux pour les filles du roi – et des filles, il en a ! –, des miroirs, des voiles, des bracelets, des boucles d'oreilles... Et, à moitié cachés parmi ces colifichets, se trouvaient un magnifique bouclier et une javeline. Pendant que les jeunes filles s'extasiaient sur les présents et qu'Ulysse les leur faisait essayer, Diomède, resté à l'extérieur du palais, s'est mis à pousser des cris de guerre et à frapper deux épées de bronze l'une contre l'autre, comme si le palais était attaqué. Les jeunes filles se sont mises à crier et ont pris la fuite. Achille, lui, n'a fait ni une, ni deux – il s'est emparé du bouclier, de la javeline et s'est précipité pour les défendre.

– C'était en effet très rusé ! marmonna Priam.

– Vous verriez, maintenant, dans le camp grec, les soldats s'amusent à imiter Achille en train d'arracher son voile et sa robe et de tirer sur la broche qu'il portait à l'épaule. Chaque fois, ça les fait rire.

– Je m'en doute, fit Hector. Ainsi, Hélène, Achille n'est hélas pas devenu fou. Nous allons devoir affronter un ennemi bien entraîné, pressé de se battre. Pour ce qui est d'Ulysse, j'espère qu'il n'utilisera jamais son intelligence contre nous.

– Cet Achille..., répondit Déiphobos en se retournant vers la route, pourquoi donc tant d'inquiétudes à son propos ? C'est un homme parmi d'autres. D'ailleurs, il est plutôt jeune.

– Je l'ignore, répondit Hyllos. Tout ce que je sais, c'est que les Grecs en parlent beaucoup. Peut-être ressentent-ils le besoin de se créer un nouvel Hercule. Et c'est toujours plus facile de susciter l'émerveillement avec quelqu'un d'inconnu.

– Eh bien, mon garçon, voilà qui est bien vu, dit Gélanor en observant attentivement Hyllos. Tu m'as l'air d'en savoir beaucoup.

– Nous connaissons les talents des autres Grecs, poursuivit Hector. Agamemnon est un guerrier féroce, dépourvu toutefois du courage qui inspire la fidélité d'une armée. Diomède est un bon soldat, mais il est incapable de mener des hommes. Le grand Ajax de Salamine excelle au combat singulier, mais n'a rien dans le caillou. En plus, il est tellement massif qu'il peut à peine se déplacer. Le petit Ajax de Locride est petit à tous points de vue – c'est un être mauvais et brutal qui adore s'acharner sur ses victimes. Sa seule qualité de guerrier est sa rapidité à la course, qui lui permet de poursuivre et rattraper ses ennemis. Idoménée manie la javeline avec talent et se bat bien, mais son âge ne lui permet pas de courir vite : il doit se défendre sur place. Quant à Ménélas, ce n'est pas un guerrier de première catégorie ; il a le cœur trop tendre pour ça, si je puis me permettre un tel jugement, Hélène.

– Tu n'as pas à t'excuser. Ses talents sur le champ de bataille ne me concernent pas. »

Pas plus que le reste d'ailleurs, pensai-je.

« Tu trembles, me dit Pâris en venant s'asseoir à côté de moi et en prenant ma main dans la sienne. Je t'en prie, n'aie pas peur. Nous ne risquons rien.

– Je n'ai pas peur », répondis-je.

En vérité, j'étais terrorisée.

La grande porte Dardanienne, déjà fermée pour la nuit, s'ouvrit en gémissant et nous nous retrouvâmes à l'abri derrière les murailles. La journée avait été calme. On n'avait observé aucun mouvement ni préparatifs chez l'ennemi. Le demi-cercle de leurs tentes était toujours là, mais leur position ne représentait aucun danger pour Troie. Hécube vint à la rencontre de Priam. Je vis l'ébauche d'un sourire sur son visage, le premier depuis très longtemps. Peut-être, en effet, ne courrions-nous aucun danger. Tout ceci passerait ; les Grecs plieraient leurs tentes après l'été, hisseraient leurs voiles, proclameraient qu'ils avaient gagné afin de flatter leur vanité, et s'en iraient. Pâris n'aurait jamais à porter sa nouvelle armure, et les provisions amassées à Troie fourniraient matière à plus d'un somptueux banquet. Nous viderions les amphores et chanterions notre liberté si facilement gagnée. Seuls les jeunes guerriers, impatients de faire leurs preuves sur le champ de bataille, seraient déçus.

Les semaines passèrent ainsi. Installés au soleil près du portique, Priam et ses vieux camarades tenaient conseil, c'est-à-dire jacassaient comme des pies et passaient davantage de temps à se remémorer leurs batailles passées qu'à préparer celle qui nous menaçait. Parmi eux, Priam semblait perdre ses rides. Ses cheveux paraissaient même moins gris. Il câlinait ses chiens qui se pressaient autour de lui en agitant la queue frénétiquement, dans l'espoir de récupérer quelque reste de nourriture.

Jusqu'à maintenant, les gens pouvaient aller et venir à leur guise jusqu'aux sources et au mont Ida. Par exemple, Troïlos faisait boire ses chevaux près du temple d'Apollon Thymbréen. En revanche, toutes les routes vers le nord étaient coupées, ce qui rendait les affluents inférieurs du Scamandre inaccessibles. Voilà qui mettait un terme aux profits juteux que les Troyens tiraient d'habitude des bateaux échoués qui avaient besoin d'eau. Hector décida d'envoyer une expédition vers l'est, en direction de la Dardanie et d'Abydos, pour voir si les Grecs s'étaient aventurés jusque-là. Il fut convenu que le petit groupe d'hommes qu'il avait choisis passerait par les collines et les forêts en empruntant des chemins connus des seuls chasseurs. Pendant ce temps-là, nos « espionnes » nous fournissaient des informations sur les Grecs qui, à défaut d'être intéressantes sur le plan stratégique, étaient fort amusantes.

Agamemnon s'était visiblement fait construire une hutte en bois dans laquelle il faisait venir quantité de femmes. Il y passait la majeure partie de son temps en galante compagnie et, genoux tremblants et visage hébété, ne sortait de là que pour passer ses troupes en revue ou manger. Thersitès, un simple soldat, s'était placé à la tête des hommes en dénigrant Agamemnon derrière son dos. En entendant cela, tout le monde se mit à rire. Quant à moi, je sentis la rage m'envahir en pensant à sa façon de se vautrer dans le plaisir alors que Clytemnestre l'attendait à Mycènes et pleurait la mort de leur fille. Ce n'était qu'un porc !

Ménélas, nous racontèrent les prostituées, arpentait le camp en marmonnant, la mine renfrognée. Aucune d'entre elles ne l'avait vu ne serait-ce qu'ébaucher un sourire. Au contraire, Ulysse, invariablement gai, avait toujours un compliment à la bouche et se faisait un devoir d'honorer chacune de ces dames. Mais, comme par hasard, il se trouvait dépourvu chaque fois qu'il s'agissait de payer. Chez Idoménée, la table était raffinée, les distractions et le vin abondants, et il recevait avec autant de grâce que s'il trônait au milieu de sa cour en Crète. En matière d'amour, il faisait preuve d'une délicatesse comparable, même s'il était un peu lent, eu égard à son âge. Il se montrait par ailleurs très généreux. Quant aux deux Ajax, le grand et le petit, mieux valait les éviter. L'un était trop grand, l'autre trop petit, mais pour ce qui était de l'avarice, ils se valaient. Nos espionnes s'accordèrent à dire que Diomède était certainement le plus intéressant de tous, en termes de talents et d'énergie.

Gélanor s'affairait à étudier la manière dont « nos amis les plantes et les animaux », comme il les avait baptisés, pourraient contribuer à notre effort de guerre. Fin connaisseur des poisons de Grèce, il voulut tout savoir sur ceux de la région de Troie susceptibles d'être utilisés sur les pointes de nos flèches ou sous forme de fumée. Il existait des plantes au poison si puissant que le miel de leurs fleurs et la fumée dégagée par leurs branches brûlées suffisaient à causer la mort. Bien sûr, le problème avec la fumée, c'était qu'elle pouvait changer de direction. Il fallait se montrer extrêmement prudent lorsqu'on avait recours à des poisons, par exemple fabriquer des carquois munis de couvercles afin de protéger l'archer des pointes empoisonnées, ou bien des petits sacs contenant le poison et dans lequel le soldat plongerait ses flèches au tout dernier moment. La même chose valait pour les animaux utilisés au combat – les bombes contenant des scorpions ou des guêpes que l'on jetait dans le camp adverse, ou les chiens enragés lâchés sur l'ennemi : ces armes, difficiles à maîtriser, ne pouvaient être utilisées qu'en dernier recours. La seule exception à cette règle, c'était un mélange d'excréments et de petits cailloux qui prenaient feu quand ils étaient chauffés par le soleil – à étaler sur les tentes de l'ennemi, mais pour cela il fallait pouvoir se rapprocher, ce qui semblait difficile.

« Quand je pense qu'un simple arc est considéré comme de la tricherie, dis-je à Gélanor. Pourtant, quel héroïsme par rapport à ce dont tu me parles, cette fumée qui obscurcit l'air, ces pluies de scorpions, des vêtements de pestiférés !

– Je t'en prie, appelle-les plutôt "les flèches d'Apollon". N'est-ce pas le terme poli que l'on utilise pour parler de la peste ?

– Comme tu veux. Si j'ai bien compris, les temples d'Apollon renferment les maladies de la guerre et ceux d'Athéna ses armes, c'est ça ?

– En effet. Chaque dieu dispose de son propre arsenal. Quant à Arès, il se situe quelque part entre les deux. Sa guerre ne se fait pas de manière aussi disciplinée que celle d'Athéna. Elle s'accompagne de panique et de peur, comme la peste. »

À ces mots, mon cœur se serra.

« Oh, Gélanor, j'espère que nous n'aurons jamais à utiliser l'une ou l'autre de ces armes.

– Moi aussi. Cela dit, il est rassurant de savoir qu'elles sont à notre disposition. »

L'expédition prit la direction de l'est par une belle journée ensoleillée, temps idéal pour galoper à travers champs. Les hommes empruntèrent discrètement la porte est et sa sortie labyrinthique et, après nous avoir fait des signes, traversèrent les champs et disparurent dans les bois.

« Je m'inquiète pour Énée et Créüse, dit Hécube en observant le groupe depuis la muraille. Si seulement ils étaient restés à Troie.

– Mère, tu sais bien qu'Énée est roi de Dardanie. Il doit être avec son peuple », dit Hector d'une voix qui se voulait rassurante. Fort, doté d'une autorité naturelle, il avait une façon de parler très apaisante : « Je ne pense pas que les Grecs se soient aventurés au-delà de leur tête de pont. Nous enverrons quand même une escouade pour nous en assurer.

– L'ennemi est trop calme, dit brusquement Priam, qui se trouvait en face d'Hector. Je n'aime pas ça.

– C'est parce qu'avec tes vieux compagnons, vous mourez d'envie d'aller vous battre, répondit Hector en rugissant de rire.

– Ne va pas t'imaginer que ton père est un vieil imbécile, Hector ! Ce que j'ai dit, je le pense vraiment. Les Grecs sont trop calmes. Ils n'ont pas fait tout ce chemin pour rester assis dans leurs tentes à prendre du bon temps avec des prostituées.

– Peut-être pensaient-ils que la guerre serait plus palpitante, dit Hector. Ce que l'on s'imagine n'est jamais pareil à ce que l'on voit en réalité.

– Toujours est-il que je n'aime pas ça », répéta Priam.

Les magnifiques journées d'été se succédèrent, nous mettant à la torture. La riante plaine de Troie demeurait désespérément vide, alors que nos hommes auraient dû revenir. C'était l'époque où normalement la foire commençait. Hélas, cette année... Pour

Troie, une autre source de revenu disparaissait. Et il s'agissait là d'une perte bien plus substantielle que celle des droits sur l'eau. Sans même qu'il y ait de combats, la seule présence des Grecs commençait à coûter cher.

Enfin, au bout de deux semaines, Hector annonça qu'il allait envoyer un groupe d'éclaireurs pour voir ce qui s'était passé. Mais avant même que la nouvelle expédition soit prête, un survivant de la première escouade sortit des bois en rampant péniblement et s'écroula non loin des murailles. Des hommes se précipitèrent à son secours.

Il fut porté en civière jusqu'à chez lui. Les médecins firent tout leur possible pour le sauver. Il avait été battu et poignardé. L'une de ses jambes, cassée, commençait à noircir. L'os ressortait par la cheville, causant une infection. Juste avant que le malheureux ne se mette à délirer, Hector lui posa quelques questions. S'agitant dans sa fièvre, l'homme, à peine capable de parler, raconta avec difficultés comment leur groupe était tombé dans une embuscade.

« On aurait dit que... qu'ils savaient exactement où nous serions, murmura-t-il. Ils nous attendaient.

– Mais qui ça, “ils” ?

– Les Grecs... Ils parlaient cette langue... ce grec qu'on utilise là-bas, pas... pas notre grec à nous. » Le blessé saisit sa cheville douloureuse en grimaçant. « Ils se sont acharnés sur nous avec un plaisir évident. Oeax... c'est lui qu'ils ont tué en premier. Et avant qu'Hillée puisse bouger, ils l'ont transpercé par... par-derrière avec une javeline. Ils étaient partout... partout...

– Combien ? » demanda Hector.

L'homme laissa retomber sa tête en arrière.

« Essaie de te souvenir ! Il faut absolument que nous sachions ! dit Pâris.

– Beaucoup... dix... vingt... je ne sais pas ! »

L'homme poussa un cri. Ce fut tout. Sa bouche resta ouverte.

Le médecin se pencha et plaça son oreille sur sa poitrine. « Mort, annonça-t-il enfin. Ainsi, ils les auront massacrés jusqu'au dernier. »

Hector était effondré. L'ennemi avait donc eu vent de nos mouvements. À présent, la perspective d'envoyer une expédition vers le mont Ida et les sources devenait beaucoup moins engageante.

« Comment allons-nous gagner, si les Grecs sont au courant de nos déplacements ?

– Peut-être sont-ils tombés sur nos hommes par hasard, suggéra Troïlos.

– Impossible. D'après le malheureux, ils les attendaient, dit Déiphobos.

– L'un de leurs devins leur aura dit où ils étaient, proposa quelqu'un d'autre. Ce traître de Calchas, par exemple !

– Non ! Ce genre de choses, mon père ne peut pas les voir ! fit la voix fluette d'Hyllos, debout dans un coin de la pièce. Il ne peut qu'interpréter les présages, en observant les vols des oiseaux ou en lisant dans les entrailles par exemple.

– Ils sont en train de nous enfermer peu à peu ici », marmonna Hector.

Nous étions réunis dans son mégaron avec ses amis. Il ne s'agissait pas là d'un véritable conseil, mais plutôt d'une discussion entre les guerriers de la jeune génération : aucun aîné n'y assistait, et Priam lui-même n'était pas là. Hector avait quitté la place d'honneur et faisait les cent pas, les mâchoires serrées. Sa voix, d'ordinaire si douce, était maintenant lourde de colère. « Ils vont nous étrangler petit à petit.

– Nous ne pouvons plus envoyer d'expéditions non armées, dit Déiphobos. Il nous faut une protection permanente. »

Les personnes présentes se mirent à discuter en même temps, emplissant la pièce de leurs murmures. La voix du jeune Troïlos s'éleva au-dessus de celles des autres. La source qui se trouvait près du temple d'Apollon Thymbréen, pensait-il, ne devait pas présenter de danger. Les Grecs étaient forcés d'en respecter la ncutralité. Il avait la ferme intention de continuer à y emmener ses chevaux. Il préférait ne pas utiliser les réserves d'eau de la ville tant qu'il y en avait en abondance un peu plus loin. D'autres hommes se lamentèrent de l'absence de foire, dont nous privait la lâcheté des marchands. Comme toujours, ces pleutres prenaient leurs jambes à leur cou au moindre signe de danger.

« Au moindre signe de danger ? reprit Hélénos en dégageant son front sur lequel tombaient ses cheveux. Pour moi, c'est bien plus qu'un signe. Il n'y a plus un seul endroit où accoster : les

Grecs occupent toute la côte. » Comme d'habitude, il s'exprimait avec mesure, mais ses mots étaient lourds de sens. Il donnait l'impression de ne jamais prendre la parole sans avoir longuement réfléchi à ce qu'il allait dire.

« Alors, les marchands iront ailleurs, hélas ! se désola Hector, plus au sud. Ce qui veut dire que nous allons tout perdre.

– Oui, c'est bien ce qui risque de se produire, si la guerre n'est pas terminée d'ici un an », reprit Hélénos.

Il se faisait tard. Au-delà des portes ouvertes du mégaron, la lumière déclinait. Les femmes vinrent nous rejoindre. Comme je l'ai déjà expliqué, je pouvais assister à nombre de réunions dont les femmes étaient normalement exclues. Andromaque entra, suivie de ses belles-sœurs, Laodicé et Cassandre, et des épouses des autres hommes. Des musiciens arrivèrent, ainsi que des porteurs de torches.

« Ah, les hommes ! dit Andromaque d'un ton qui se voulait léger. Vous ne vous êtes même pas aperçus qu'il faisait noir autour de vous ! Maintenant, cessez de parler de guerre ! Profitons du vin et de la musique ! »

Elle se glissa auprès d'Hector.

XLV

S'il ne nous libéra pas de nos soucis, le vin les masqua en les recouvrant d'un brouillard doux qui en rendit les contours moins tranchants. Andromaque tenta bravement de recréer la gaieté dans laquelle s'étaient déroulées nos soirées avant l'arrivée des Grecs. Mais l'ennemi était là, parmi nous.

Pâris et moi rentrâmes à la maison, nos pas ralentis par le découragement. Une fois arrivée dans la chambre, je me glissai dans le lit en pensant à mon amour. La caresse des draps de lin doux était fraîche sur ma peau. Je tendis les bras vers Pâris.

« Viens, mon chéri, lui dis-je. Montrons à l'ennemi que nous nous moquons de lui. »

Les premiers rayons du soleil voulurent se faufiler dans notre chambre, mais les volets que Pâris avait conçus les en empêchèrent. Quand il fut plus haut dans le ciel, l'astre du jour s'abattit impitoyablement sur la plaine de Troie, et de la terre desséchée montèrent des ondes de chaleur, telles des vagues. Lorsque nous nous penchâmes par-dessus la muraille, ce fut cette mer que nous vîmes et, plus loin, la ligne immobile du rivage. Le vent du nord était tombé, nous abandonnant à l'emprise d'un air lourd.

Pâris et moi tentâmes de distinguer le camp grec, mais la danse des ondes de chaleur déformant tout, nous ne pûmes identifier avec certitude ce que nous voyions. C'est à ce moment-là que nous fûmes rejoints par Priam et Hécube, accompagnés d'un aveugle dont ils tenaient les bras et qu'ils amenèrent jusqu'au bord de la muraille. Après avoir dit quelques mots à l'infirme,

Priam recula. L'homme agrippa le parapet et dirigea son regard vide droit devant lui, vers la plaine. Alors, il leva un bras maigre à la peau flasque. « Écoutez-moi, ô, pierres ! » Puis il passa son autre main sur le bord de la muraille. « Écoute-moi, ô, grande muraille ! Et vous, hautes tours ! Je vous bénis et vous conjure de protéger Troie ! »

On entendit un grondement de voix – les Troyens qui observaient la scène répétaient les paroles de l'aveugle. Ce dernier tendit le bras au-dessus de la muraille. « Écoute-moi, terre de la plaine ! Écoute-moi, mer au chant incessant ! Ô vous grâce à qui l'ennemi peut constituer des réserves ! Je vous jette un sort ! Si vous songez ne serait-ce qu'un instant à nuire à Troie ou à son peuple, vos langues se dessécheront et colleront à vos palais, votre terre durcira et plus jamais l'herbe n'en percera la surface ! Quant à vos eaux, elles deviendront poison ! » Il frappa dans ses mains. « Par ces paroles, je maudis l'ennemi de Troie et tous les éléments qui pourraient venir à son aide. »

De la foule monta un rugissement enthousiaste. Priam prit l'homme dans ses bras et tous deux regagnèrent la fraîcheur et l'ombre du palais.

Hector s'approcha de nous, l'air dubitatif. « On dit qu'un aveugle a le pouvoir de jeter à l'ennemi des malédictions imparables s'il s'exprime du haut de la muraille de la ville. Je ne crois guère à ce genre de superstition, même si je serais ravi qu'il en soit vraiment ainsi.

– Les gens prennent trop souvent ces histoires-là au sérieux, dit Aesacos qui s'était approché de lui sans être vu. Ce ne sont que des sornettes. »

Il était petit, chétif – tout à fait le genre de personne qui d'habitude croit à des pouvoirs et des sortilèges plus forts qu'elle, ne serait-ce que parce qu'elle pourrait peut-être y avoir recours. Pourtant, Aesacos, lui, considérait avec mépris ces façons de se rassurer.

« De toute manière, poursuivit Hector en scrutant la plaine, à mon avis, il est trop tard pour empêcher les Grecs d'avancer. Ils se sont déjà mis en marche. »

Ce que je voyais là-bas, près des nefs, était-ce bien un nuage de poussière ?

« Oh non... », murmurai-je tout en observant l'endroit qu'il nous indiquait. Il y avait bien là quelque chose... Mais quoi ?

« Aux armes ! hurla Hector aux hommes sur la muraille. Aux armes !

– Vite ! Mon armure ! s'exclama Pâris en se tournant vers moi. L'heure est venue ! »

Était-ce sûr ? Fallait-il vraiment qu'il la mette ? J'aurais préféré qu'elle reste là où elle était, que ses plaques de bronze verdissent, que ses lanières de cuir se raidissent, et qu'elle soit enfermée dans son coffre pour toujours.

« Suis-moi ! Vite ! » me lança Pâris.

Nous nous ruâmes vers notre palais et montâmes les escaliers jusqu'à la pièce la plus haute, celle qui dominait la ville entière et la plaine. Tout en bas, je voyais maintenant l'armée marchant vers Troie. Pâris sortit sans hésiter son armure du coffre où elle était rangée et la secoua. Les plaques de métal s'entrechoquèrent et se mirent en place en glissant l'une sur l'autre.

« Aide-moi ! m'ordonna-t-il brutalement, ce qui ne lui ressemblait pas. Vite ! » Son domestique, qu'il avait pourtant appelé, n'était pas apparu. « Je ne peux pas attendre ! »

Les mains tremblantes, j'attachai les boucles et les lanières, exécutant les gestes rituels du compagnon d'armes. Peu à peu, le Pâris que je connaissais disparut derrière un mur de bronze et de cuir.

Il était si jeune. Non, n'y va pas ! faillis-je crier. Je me souvins comment, il y avait de cela si longtemps, quand je devais choisir un époux parmi mes prétendants, j'avais éliminé tous ceux qui étaient plus jeunes que moi. Je m'étais dit qu'un tel mari serait trop soumis, qu'il saurait moins de choses que moi. Maintenant, je savais que c'était faux. La jeunesse de Pâris était tellement précieuse que je ne supportais pas l'idée qu'elle puisse être sacrifiée, quelle qu'en soit la raison, avant l'heure. Elle brillait comme une étoile. Et maintenant, un casque ternissait sa lumière.

« N'y va pas », dis-je, persuadée qu'il ne m'entendait pas.

Quelques instants s'écoulèrent. Puis l'homme désormais inconnu qui me faisait face me répondit, « Et c'est toi qui me dis ça ! » Ce fut tout. Il s'inclina et m'enlaça dans un bruit métallique.

Les Grecs avaient maintenant lancé leur attaque et se dirigeaient d'un pas résolu vers les murailles de Troie. La plaine semblait couverte de leur masse grouillante. Leurs armures produisaient un bruissement sec, comme le frottement des pattes d'un insecte l'une sur l'autre.

« À vos postes », dit Priam en ordonnant aux hommes âgés de prendre position près des tas de pierres et aux jeunes archers de monter dans les tours d'où ils pourraient atteindre les ennemis à portée de leurs flèches.

Les soldats sortirent par la porte Scée, sous le regard de la grande tour de Troie, hérissée des flèches des archers. Les Grecs avançaient toujours. Maintenant, ils chargeaient nos murailles en criant. Que dis-je, plus que des cris, c'était des hurlements, des rugissements.

« Hélène, recule ! m'ordonna Hécube en me tirant par l'épaule. Ne restons pas ici ! »

Priam était descendu et, entouré de ses conseillers, s'éloignait. « Place aux jeunes maintenant », dit-il en rejoignant à la hâte son palais et la terrasse d'où il pourrait observer la bataille.

Sortant en trombe de la ville, les Troyens s'élancèrent. Hélas, ils étaient largement dépassés en nombre par la masse grouillante des Grecs. Ô dieux, quel spectacle pitoyable ! Si la bravoure confère la gloire, elle ne permet pas de renverser une situation défavorable. Ignorant les ordres d'Hécube, je regagnai la muraille, fascinée par le spectacle. Tout en bas, je vis le groupe des Troyens, mais Pâris n'était pas parmi eux. Du haut des tours, les défenseurs tiraient des flèches afin d'empêcher les attaquants d'avancer. Armés de frondes, les soldats des lignes arrière grecques nous criblaient de pierres. Décrivant un arc de cercle dans le ciel, elles venaient s'écraser juste derrière les murailles, provoquant bien plus de dégâts qu'une flèche. Touchés, des Troyens s'affalèrent en geignant.

Une escouade de Grecs s'approcha de la grande tour et de la porte Scée. Les Troyens les accueillirent avec des salves de flèches qui, hélas, manquèrent leur cible, les ennemis restant suffisamment loin pour être épargnés par les tirs. Des hurlements montèrent des murailles est, elles aussi assaillies.

C'est alors qu'un rugissement effrayant retentit juste à côté de moi. Les gens qui m'entouraient se mirent à crier. Un visage grimaçant apparut par-dessus la muraille. L'homme enjamba d'un bond le parapet. Il fut rapidement maîtrisé. Hélas, d'autres arrivaient à sa suite.

« La muraille ouest ! hurla l'un des gardes. Ils sont sur la muraille ouest ! »

Un groupe d'au moins dix Grecs parvint à escalader les remparts avant d'être tués. Plusieurs centaines d'entre eux commencèrent à grimper la portion la plus fragile de l'enceinte de Troie, en prenant appui sur la moindre saillie des pierres mal ajustées. Un cri de joie monta depuis le pied de la muraille.

Je me juchai sur un tas de pierres pour voir ce qui se passait en bas. Du côté du mur ouest, nos troupes repoussaient les Grecs en leur lançant des projectiles ou en combattant au corps à corps.

Gélanor arriva en courant avec une charrette. « Tenez ! Prenez ça ! » cria-t-il. Un groupe de gardes se précipita pour la rapprocher du mur. Elle contenait du sable – du sable bouillant, si chaud qu'il brûlerait les chairs en s'introduisant sous les cuirasses. Les soldats en remplirent des cruches de terre cuite et les versèrent par-dessus la muraille. On entendit monter jusqu'aux cieux les hurlements des malheureux soldats ennemis.

Les Grecs se retirèrent, abandonnant le mur ouest. Je distinguais certains des Troyens à présent, Hector, par exemple, à côté du grand chêne qui poussait près de la porte Scée. Mais toujours pas de Pâris en vue.

Tout d'un coup, je vis une silhouette se précipiter vers Hector. L'homme courait à une vitesse ahurissante, bondissant et sautant malgré son armure avec l'agilité d'un fauve. Hector eut à peine le temps de le voir que, brandissant une javeline impressionnante, il était déjà sur lui. Le Troyen se retourna, recula d'un pas pour reprendre son équilibre. L'autre manqua sa cible d'un cheveu. Le temps qu'il se précipite pour récupérer sa javeline et frapper à nouveau, Hector s'était baissé et éloigné. Il évita l'arme grecque, qui passa loin de lui. Maintenant, l'attaquant n'avait plus que son épée et s'avançait vers Hector, qui leva son bouclier et, de toute la force de son bras, projeta sa propre javeline. Elle passa en sifflant au-dessus du casque du Grec, assez près pour qu'il perçoive son frôlement. Il se retourna pour la récupérer. Hector en profita pour s'échapper et rejoindre la porte Scée, ouverte à la hâte. Elle se referma bruyamment derrière lui, au moment même où son adversaire arrivait dessus. L'homme frappa des deux poings sur les battants en hurlant : « Espèce de lâche ! » Il devait avoir des mains en métal, pour porter des coups aussi forts. D'ailleurs, je constatai plus tard que les épaisses portes avaient été abîmées – une série de creux dans le bois couvert d'une feuille de bronze indiquant l'endroit où les poings noueux avaient frappé.

Les yeux exorbités, Hector ôta son casque d'un geste brusque. Son visage ruisselait de sueur. Il haletait. « En effet, marmonna-t-il, ce qu'on dit de lui est vrai.

– Ce qu'on dit de qui ? demandai-je à l'un des gardes entourant Hector.

– D'Achille. Ce démon, c'était Achille.

– Il paraît qu'il court plus vite qu'un cheval au galop, ajouta Hector. C'est ce que j'avais entendu dire, mais je pensais que ce n'était qu'une façon de parler. Maintenant, je vois que c'est plus que ça. Je ne connais aucun guerrier qui puisse le surpasser. »

Espèce de lâche ! Les mots résonnaient toujours à mes oreilles.

Hector secoua la tête, comme s'il voulait lui aussi faire taire cette voix. « Personne ne m'avait appelé ainsi jusqu'à présent, marmonna-t-il.

– Et personne n'en a le droit », dit Priam qui, abandonnant son poste d'observation sur la terrasse, était accouru, les pans de son manteau claquant dans l'air.

Je me penchai pour tenter d'apercevoir Achille. Il avait cessé de crier et de taper sur la porte et s'éloignait, sa javeline sur l'épaule. Sous les plaques de bronze protégeant ses joues et son nez, se dessinait la ligne mince de ses lèvres serrées. Son armure était magnifique, sa cuirasse et son bouclier entièrement décorés. Nul ne possédait un tel équipement. Même les boucles de ses jambières lançaient des éclats argentés. Et c'était là le garçon qui avait voulu faire la course jusqu'en haut de notre colline avec le malheureux Ménélas, qui avait dissimulé ses bras musclés sous une tunique de fille à Scyros ! Ainsi, à l'âge de dix-huit ans, il courait toujours aussi vite, mais seulement pour mettre ses talents au service de Ménélas. Brusquement, il leva la tête et me vit.

« Hélène ! cria-t-il. Tu es donc bien à Troie ! Tu viens nous voir ? Nous narguer ? Tenez, camarades ! La voilà ! » Il fit signe aux soldats qui l'accompagnaient.

« Je t'avais bien dit de ne pas rester sur la muraille ! cria Hécube en me tirant en arrière. Tu pourrais causer beaucoup de mal en te montrant ! »

N'était-ce pas là précisément le malheur de ma vie ?

« Nous devons nous assurer que tu ne cours aucun danger, poursuivit-elle d'un ton sec. Il est de notre devoir de te protéger. »

La bataille terminée, nos guerriers rentrèrent. Ils furent accueillis avec des cris et des rugissements enthousiastes. Certes, plus tard, les vieux conseillers et les chefs de l'armée passeraient en revue les erreurs commises, les points faibles de la défense troyenne et examineraient les façons d'y remédier. Mais, pour l'instant, la seule chose qui comptait, c'était que les hommes étaient rentrés sains et saufs et que l'assaut du mur ouest avait été repoussé. Il y avait plusieurs corps de soldats grecs étendus au pied de la muraille, écrasés par des pierres ou tués par leur chute.

Il n'y eut pas de célébration officielle, mais le moral était au beau fixe. Cette nuit-là, de nombreuses troupes de jeunes gens fêtèrent leur première – et brève – expérience de la guerre en chantant et dansant dans la rue. Les échos de leurs voix joyeuses rebondirent sur les murs de la ville. Et pourtant, Pâris et moi tremblions. Il ne s'était pas fait prier pour ôter son armure, qui formait un tas de métal dans le coffre en bois, et répétait : « Ils ne plaisantent pas. Ils ne plaisantent pas du tout. Ils sont vraiment là pour fairc la guerre. » On aurait dit qu'il venait tout juste d'accepter cette idée.

« Où étais-tu ? Je ne t'ai pas vu », dis-je. Je lui avais demandé de s'étendre bien à plat sur le lit, afin de pouvoir soulager son dos avec de l'huile parfumée. En dépit des torches accrochées au mur, la lumière demeurait insuffisante et la pièce sombre.

« Tu n'aurais pas dû regarder. » J'eus du mal à le comprendre avec son visage enfoui dans le matelas. « C'était dangereux, ajouta-t-il.

– C'est ce que ta mère m'a dit. J'ai quand même pu suivre un moment.

– J'étais côté est. Ils avaient aussi attaqué cette porte. Mumm, comme c'est agréable », murmura-t-il. J'étais en train de lui masser le dos sous les omoplates, pour détendre ses muscles. « Je vais sûrement avoir mal demain. Je n'ai pas l'habitude de porter un bouclier de ce poids. Je me suis froissé les muscles du bras gauche.

– Et tu as vu... ?

– Non, je n'ai reconnu personne. Aucun de leurs visages ne m'était familier. » Il s'étira et creusa le dos. « C'est quand même étrange qu'ils aient su que le mur ouest était le moins solide. Normalement, on ne s'attendrait pas à ce qu'un ennemi attaque par là, juste à côté de la grande tour et de la porte Scée. Sauf s'il connaît la vulnérabilité de cet endroit précis.

– C'est comme si quelqu'un le leur avait dit.

– Cette portion des remparts ne se voit pas de l'autre côté, poursuivit Pâris. Il n'y a aucune raison de penser qu'elle est mince et fragile. À moins qu'un devin...

– Sans aller jusque-là, il peut s'agir tout simplement d'un traître. Des Troyens ont-ils été capturés aujourd'hui ?

– Pas à ma connaissance.

– Tant mieux. Nul besoin d'être un traître pour révéler ce que l'on sait. Il suffit d'être torturé suffisamment longtemps. »

Pâris se dégagea et s'assit sur le lit. « Que dis-tu ? Torturé ? Ton peuple torture les captifs ?

– Ils affirment le contraire, mais dans ce cas, pourquoi les prisonniers que nous attrapons se suicident-ils si souvent ?

– Pourvu qu'aucun Troyen ne tombe entre leurs mains ! »

Agamemnon, le chef grec, n'avait pas hésité à sacrifier sa propre fille. Il y avait peu de chances qu'il traite ses prisonniers avec douceur. Il ne fallait surtout pas tomber entre ses mains. J'eus une pensée émue pour ma pauvre sœur.

XLVI

« La cérémonie aura lieu quoi qu'il advienne ! » annonça Hécube à Priam en le défiant de la contredire. « Il est hors de question que les Grecs privent notre fille du plus beau jour de sa vie ! »

Quelques jours avant l'attaque, Laodicé s'était enfin trouvé un mari : Hélicaon, le fils d'Anténor. Les deux pères s'étaient arrangés. Le soulagement grisait Laodicé. Elle avait maintenant dix-huit ans et, depuis que j'étais arrivée à Troie, le mariage avait monopolisé ses pensées. Hélicaon était un charmant jeune homme, quoiqu'un peu débraillé. Laodicé s'imaginait certainement pouvoir faire de lui une copie de son père, à la mise toujours impeccable.

Mais maintenant qu'une bataille avait eu lieu, que le sang troyen avait été versé, que nos blessés étaient rentrés en boitillant, la détermination d'Hécube d'organiser les fiançailles coûte que coûte était d'autant plus inattendue.

« Mais les gens, commença Priam, tu ne crois pas qu'ils trouveront cela un peu léger, après les pertes subies ?

– Pas du tout. Cela leur montrera qu'à Troie nous ne plions pas devant l'adversité.

– Hélène, me demanda Laodicé, tu m'aideras à choisir ma robe et mes bijoux, tu veux bien ? »

Elle me regardait avec cette vénération que j'aurais aimé voir disparaître, étant donné la jalousie qu'elle suscitait dans la famille.

Des bijoux... Je me souvins de l'étrange broche que Ménélas

m'avait fait remettre, avec ce message menaçant. *Pour Hélène, ma femme, afin qu'elle mesure ce que son amour me coûte.*

Mais de quel amour s'agissait-il ? De celui qu'il éprouvait pour moi ? De celui que j'éprouvais pour Pâris ? Quoi qu'il en soit, j'avais laissé la broche dans sa boîte.

« Oui, oui, bien sûr, dis-je. Mais Ilona a très bon goût en matière de bijoux. Je suis certaine qu'elle...

– C'est à toi que je demande de m'aider », répéta Laodicé.

Il était midi. Nous nous trouvions dans la cour de Priam, prêts pour la cérémonie. De l'extérieur du palais nous parvenaient les cris des Troyens, encore plus farouchement déterminés qu'Hécube visiblement. Ils acclamaient leur roi et leur reine, qui avaient le courage de fêter ces fiançailles au beau milieu du danger.

À Troie, davantage encore que le mariage, la cérémonie des fiançailles était solennelle et sacrée. Leurs rituels étaient différents. Sept fleurs provenant de sept collines, sept vins de sept vignobles, sept eaux de sept sources sacrées, circulaient dans une joyeuse confusion de chants et de gestes qui constituait le ciment des liens entre les Troyens.

Au lieu de porter des robes flottantes et parfumées, comme le voulait l'usage, les femmes avaient revêtu des tuniques de laine grossière. Laodicé en avait décidé ainsi.

« Nous sommes en temps de guerre. Nous devons donc nous habiller pour la circonstance », avait-elle déclaré.

Elle avait aussi demandé aux hommes de porter les tuniques et les manteaux qu'ils mettaient sur le champ de bataille. Nous formions donc un groupe quelque peu terne, avec pour seules touches de couleur les cheveux roux de Cassandre et d'Hélénos, et le rutilement des améthystes, de l'ambre et de l'or ornant cous, oreilles et bras.

Tout le monde était là. Nous étions au moins cent, les vieux conseillers, les cousins et les demi-frères et sœurs ayant été conviés. Un jour comme celui-ci, Hécube ne tolérerait certainement pas la présence des autres femmes du roi, mais peut-être ses bâtards étaient-ils acceptés. Je me demandais où ils étaient. Depuis le temps que je vivais à Troie, je ne les avais jamais rencontrés, si bien que s'ils étaient parmi nous, j'aurais été incapable de les reconnaître.

« Vous partagez avec nous la joie de nos fiançailles, dit Hélicaon, et nous partageons avec vous la douleur de vos pertes. Pour nous, elle est immense. » Lui-même avait été sur le champ de bataille et était revenu indemne.

« Sacrifions nous aussi quelque chose ! s'écria Troïlos, perdu au milieu de la foule. Pour la cause ! » Il s'avança et prit sur la table un panier qu'il vida de son contenu. « Hommes et femmes de Troie ! Donnez votre or et vos bijoux ! » Il fit glisser de son bras un bracelet en or rutilant et le jeta dans le panier. Quelqu'un lui prit celui-ci des mains et y laissa tomber un anneau. D'autres paniers circulèrent dans la foule. Ils ne tardèrent pas à être emplis de trésors, les femmes rivalisant de rapidité pour retirer leurs colliers et leurs boucles d'oreilles.

Pâris enleva son bracelet et l'ajouta aux bijoux déjà collectés. Et si j'allais discrètement chercher la broche offerte par Ménélas ? Quelle ironie cela aurait été !

« Pour eux, tout ceci n'est qu'un jeu, me glissa Hector. Ils ne comprennent pas. Du moins pas encore. » Il semblait las. « Mais nous, nous savons, n'est-ce pas, Hélène ? »

Je l'entraînai à l'écart afin que personne ne surprenne notre conversation. Pâris, en pleine discussion avec Hélénos, ne s'aperçut de rien.

« Je ne suis pas sûre de vraiment comprendre ce que tu veux dire, murmurai-je.

– Tu connais les hommes qui sont venus nous assiéger. Tu sais ce dont ils sont capables. Moi, je connais celui que j'ai affronté devant les murailles – Achille. J'ai peur de ce qui nous attend.

– Troie peut compter sur le courage de ses enfants », dis-je.

Au moment même où je prononçais ces mots, je me rendis compte qu'ils offraient une bien maigre consolation.

« Tu me déçois, dit Hector. Ne te contente pas de belles paroles creuses. Tu sais la vérité. » Il contempla tristement la foule joyeuse qui s'enthousiasmait de ses vains sacrifices. « Qu'ils s'amusent, tant qu'ils le peuvent encore. »

Enfin assurée de son avenir, Laodicé leva un regard béat vers Hélicaon. Certaines femmes ne connaissent jamais la paix tant qu'elles ne sont pas mariées, d'autres tant qu'elles ne sont pas libres. Le visage fendu d'un large sourire dû à la grande quantité de vin ingurgitée, Hélicaon, qui tanguait un peu, ne semblait pas se rendre compte qu'il avait délivré Laodicé de ses tourments.

Déiphobos et Clythios, le vieux conseiller, passèrent devant moi, bras dessus, bras dessous. Ils me jetèrent tous deux le même regard lascif, la seule différence étant que l'un avait les yeux ridés et l'autre non. Déiphobos me faisait frémir chaque fois que je le voyais.

Les paniers étaient pleins à ras bord, les guirlandes de fleurs s'écroulaient, le vin commençait à manquer. La fête tirait à sa fin, et les gens partaient, lorsque nous entendîmes une clameur dehors. Une foule immense se pressait vers le portique, nous faisant comprendre avec force cris et gestes qu'« il y avait un message pour Hélène ».

« Alors, dans ce cas, faites entrer le messager ! dit Priam en s'adressant à la foule depuis le portique.

– Il n'est pas ici, il est resté devant la muraille et il appelle Hélène, la reine de Sparte.

– Demandez-lui de venir transmettre son message et de s'en aller. Le jour des fiançailles de ma fille, je ne permettrai pas...

– Il ne veut parler qu'à Hélène. Si elle ne vient pas, il dit que demain il lancera des flèches enflammées sur la ville.

– Tuez-le !

– Impossible, il a un bouclier aussi grand que lui et arrondi comme une tour. »

Ajax ! Ajax était venu au pied des murailles de Troie pour me parler. Lui qui savait à peine s'exprimer, qui était incapable de la moindre réflexion !

« J'y vais », dis-je. Je ne voulais pas que la fête de Laodicé soit interrompue ou gâchée.

« Je t'accompagne », dit Pâris.

Le bouclier d'Ajax était planté telle une petite forteresse au milieu de la plaine. Debout au sommet de la muraille près de la porte Scée, je m'écriai, « Je suis Hélène, princesse de Troie. Parle ! »

Une voix que je ne reconnaissais que trop bien résonna derrière le bouclier :

« Je ne m'adresserai qu'à Hélène, reine de Sparte !

– Alors tu es venu en vain : elle n'est pas là.

– Oh que si, elle est là, c'est elle que j'entends parler. »

Agamemnon sortit de derrière le bouclier.

Ce corps massif et hargneux, cette tête arrogante – j'avais espéré ne jamais les revoir ! Le temps n'avait rien fait pour rendre l'Atride moins repoussant à mes yeux. Son rire me fit froid dans le dos.

« La reine de Sparte n'est plus », dis-je en me contenant.

Des hordes de Troyens s'étaient amassées au pied des murs et écoutaient.

« En effet, elle s'est tuée, par honte de ce que tu as fait », dit Agamemnon.

Cela, je le savais déjà. Il ne pouvait pas ajouter à mon chagrin. Je ne répondis rien.

« Et l'actuelle reine de Sparte est en train de laisser la honte la tuer », hurla-t-il à pleins poumons.

Je restai silencieuse, parfaitement immobile, comme si en ne bougeant pas, je pouvais le faire partir.

« Tu te demandes si tes frères font partie de mon armée ? S'ils sont venus pour toi ? Tu penses qu'ils te sauveront quand Ménélas voudra se venger ? Eh bien, chère reine, ne les cherche plus. Ils reposent sous la terre de Sparte ! »

Je sentis mon corps tressaillir et faillis tomber de la muraille. Pâris me retint.

« Morte, ta mère ! Morts, tes frères ! Ta fille ? Emmenée à Mycènes ! Quant à ton mari, il te déteste et veut ta perte ! Songe aux malheurs que tu as causés pour ce gringalet à côté de toi ! »

Au lieu de lui répondre, je me tournai vers les archers postés dans la tour. « Tirez-lui dessus si vous le pouvez. Voyez comme le lâche se dissimule derrière le bouclier d'un autre guerrier plus valeureux que lui ! Regardez-le se terrer comme un chien ! »

En m'entendant, Agamemnon poussa un nouveau cri, puis se cacha derrière le bouclier. Les Troyens éclatèrent de rire.

« Vous avez vu ce pleutre ! Comme il tremble ! » s'exclama Pâris en s'emparant de l'arc de l'un des soldats. Il l'arma, tira.

La flèche alla rebondir sur le bord du bouclier d'Ajax en produisant un son métallique creux. Agamemnon se recroquevilla pour l'éviter.

Pâris tira une seconde flèche qui se ficha, frémissante, dans l'épaisse couche de peaux de taureau recouvrant le bouclier.

À ce moment précis, un char déboula sur la plaine. D'un bond, Agamemnon s'y réfugia en plaçant le bouclier derrière lui. Le char s'éloigna dans un grondement de roues, en soulevant des nuages de poussière. Le bouclier nous faisait maintenant face, tel un mur. Pâris tenta un tir en hauteur, afin que la trajectoire en arc de cercle de la flèche lui permette de passer par-dessus le bouclier. Hélas, le char était trop loin.

« Nous avons eu droit au discours et à la fuite d'un lâche ! cria Pâris en direction de la foule. Voilà de quoi est capable le grand chef de l'armée ennemie ! »

La foule se tordit de rire et l'acclama.

Mais une fois rentrée dans nos appartements, je fondis en larmes. Mes frères... mes pauvres frères... morts... Comment ? Avaient-ils péri ensemble, dans un accident ou lors d'une bataille ? Avaient-ils succombé l'un après l'autre à une maladie ?

« C'est peut-être un mensonge, dit Pâris qui avait compris pourquoi je pleurais. C'est un menteur, nous le savons. Il a raconté ce qui était le plus à même de te blesser.

– Ce qu'il a dit à propos de ma mère, c'était vrai.

– Peut-être a-t-il mêlé mensonges et vérité ? Après tout, n'a-t-il pas conduit sa propre fille à la mort en prétextant son mariage avec Achille ? »

Et ce qu'il avait dit sur Hermione ? Qu'elle avait été envoyée à Mycènes... « Hermione...

– Ta sœur t'aime. Il vaut peut-être mieux pour ta fille qu'elle soit élevée par une femme qui lui dira du bien de toi. Hélène, tu as payé cher pour me suivre. Reviendrais-tu en arrière, maintenant que tu sais tout cela ? »

Il m'attira vers lui, sans avoir besoin de faire le moindre effort. Je me sentais aussi légère qu'une plume.

« Non, répondis-je. Si je me trouvais de nouveau avec toi dans la cour de Sparte, sous la lumière de la lune, qu'Énée était allé préparer les chars, et que j'avais la possibilité de dire : *Non, pars sans moi*, je ne le ferais pas. Plus exactement je dirais, sans hésiter : *Grimpons dans les chars et partons !*

– Dès le départ, notre route a été dangereuse, dit-il. Comme si nous étions poursuivis depuis lors et que nous devions sans cesse nous enfuir. »

Mais que de beaux souvenirs ! « Cranaé... Les îles... L'entrée dans Troie... Je croyais que nous serions enfin en sécurité. » Maintenant, la chaleur de ces moments passés laissait place à un froid envahissant, comme si Troie se retrouvait brusquement enveloppée dans une brume sournoise.

« Mais nous sommes en sécurité », me dit Pâris d'un ton qui se voulait rassurant.

Je ne voulus pas lui dire qu'Hector n'était pas de cet avis.

Cette nuit-là, je fus incapable de dormir. Des images de Castor et Pollux se succédaient dans mon esprit. Je me levai discrètement. On ne se sent jamais autant éveillé qu'allongé à côté de quelqu'un qui dort profondément.

J'errai dans nos appartements et arrivai enfin dans la pièce où se trouvait mon métier à tisser. Maintenant, je savais quel motif je voulais créer. Je représenterais les deux parties de ma vie et les fondrais en une seule scène. Avant d'affronter Agamemnon, je croyais que mon ancienne vie ne faisait plus partie de moi. Maintenant, je savais que je serais pour toujours Hélène de Sparte et Hélène de Troie en même temps. Il pouvait y avoir en moi plusieurs Hélène. Je devais accepter Hélène de Sparte dans mon existence présente pour qu'elle ne soit pas dangereuse.

Complètement absorbée par mes pensées, j'imaginais le motif de ma tapisserie. J'allais représenter tout d'abord Sparte, entourée par l'Eurotas, tracé avec un fil bleu gris. Il y aurait un cercle intérieur, d'un bleu clair et lumineux, figurant la mer entre Sparte et Troie et, au cœur de la tapisserie, se trouverait Troie, avec sa citadelle au milieu. Sur les bords extérieurs de ce monde, je représenterais Perséphone et Aphrodite, mes déesses tutélaires.

Ne pas oublier ! Je devais saisir cette image maintenant, tant qu'elle était claire, car au matin elle s'évanouirait. Je cherchai à tâtons les tessons de poterie que nous utilisions pour faire des croquis et, dans la lumière faiblissante d'une lampe à huile, traçai le motif, celui qui, lorsque je le tisserais, rassemblerait les fils épars de mes vies.

La lumière du soleil et une main légère sur mon épaule me réveillèrent. Pâris était debout à côté de moi.

« Je suis là », me dit-il.

Il savait qu'il était inutile de me dire de ne pas pleurer, d'oublier tout ça. Il me connaissait si bien...

XLVII

Les jours suivants furent calmes. Les Grecs avaient disparu derrière leurs nefs – d'après nos espions, ils étaient en train de construire un mur défensif – et nous aurions pu facilement prétendre qu'ils n'étaient pas là. Mais il était désormais trop tard pour faire semblant.

Priam convoqua de nombreuses assemblées où tous purent s'exprimer librement. Une ou deux personnes demandèrent si on avait une idée de ce que les Grecs savaient de nous. Comment avaient-ils eu connaissance du départ de l'expédition pour la Dardanie ? Des points faibles de la muraille ouest ? Des espions s'étaient certainement introduits en notre sein.

Priam donna des ordres pour que soit immédiatement renforcé le mur ouest. Nous avions échappé de peu à un sort funeste, tout cela à cause de nos négligences passées.

Tous s'accordèrent à dire que le sable brûlant avait fait des merveilles et que les archers postés dans les tours avaient causé de lourdes pertes à l'ennemi. Gélanor indiqua que ses travaux sur les bombes à insectes étaient bien avancés, précisant que nous disposerions bientôt de récipients en terre cuite et en paille, emplis d'abeilles, de guêpes, de scorpions et de fourmis, que nous pourrions lancer sur l'ennemi.

Seul Achille s'était approché des murailles durant les combats. Le spectacle de son apparition furieuse sur le champ de bataille avait été terrifiant. Sa vitesse, en particulier, nous avait frappés. C'était presque comme s'il courait sans toucher le sol, ne faisait que l'effleurer, méprisait son contact. Hector nous fit quand même remarquer qu'on attribuait facilement des qualités extraordinaires à quelqu'un qui se comportait de manière imprévisible. La vérité, c'était qu'au bout d'un certain temps, même ce que l'on croyait imprévisible finissait par devenir familier. Certes, Achille était rapide. C'était une chose que maintenant nous savions. Il ne pourrait plus nous surprendre sur ce plan-là.

Les conseillers de Priam ne s'accordaient pas sur la façon de préparer les batailles futures. Nos soldats s'étaient bien comportés lors de notre premier combat, mais la véritable épreuve nous attendait. Quand faudrait-il que nous fassions appel à nos alliés ? Pour l'instant, les Grecs nous dépassaient en nombre. L'arrivée de nos alliés rétablirait peu ou prou l'équilibre. Le problème, c'était que si nous les faisions venir, nous augmenterions le nombre de personnes vivant à l'intérieur de nos murailles et nous trouverions dans l'obligation de les nourrir et de les loger. Y étions-nous prêts ?

Les fils de Priam commencèrent à se quereller. D'après Hector, nous devions absolument livrer chaque bataille comme elle se présenterait, sans en anticiper aucune. Déiphobos, lui, voulait lancer une attaque contre les Grecs avant qu'ils aient fini de construire leur mur, afin de porter la guerre dans leur camp. Hélénos incitait à la prudence, et conseillait de ne réagir qu'aux provocations directes et de tenter de négocier avant toute chose. Quant au jeune Troïlos, il avait hâte de se joindre aux guerriers, en dépit de l'interdiction de Priam, qui le jugeait trop jeune. Troïlos faisait la joie de sa mère. Et il fallait le protéger, parce que... parce qu'il y avait à son sujet une prophétie connue de Priam seul. Un jour, debout au milieu de l'assemblée, Troïlos mit son père au défi de lui révéler cette prophétie qui lui interdisait de participer à la guerre. Priam refusa, ajoutant que nos ennemis en savaient déjà trop et que, pour sa part, il garderait ce secret au fond de son cœur. C'était inacceptable, protesta Troïlos. Inacceptable ou pas, rétorqua son père, c'était ainsi.

Nous étions à cette époque de l'année où allumer le feu dans notre mégaron aurait fait de la pièce une telle étuve que la chaleur nous en aurait chassés. Dans la pénombre lugubre, nous nous étendîmes autour du foyer éteint. J'avais demandé à ce qu'on apporte de l'encens, afin de créer une atmosphère intime, et fait disposer des brassées de fleurs des champs dans des vases aux quatre coins de l'immense foyer, au pied de chacun des piliers. Pâris se morfondait sur sa chaise. L'oisiveté le détruisait. Il avait besoin de mouvement, que ce soit pour combattre ou pas. Troïlos était avachi à ses pieds.

« Si seulement je pouvais être à ta place, dit-il en écartant de son front ses mèches de cheveux. Tu es suffisamment âgé pour faire ce que tu veux.

– Voilà bien les plaintes du benjamin ! répondit Pâris en riant. Personne n'a envie d'être le plus jeune de la famille mais, au bout du compte, c'est quand même lui qui est le mieux loti.

– Je ne vois vraiment pas en quoi, marmonna son frère. La position de benjamin n'a absolument rien d'enviable. Il est toujours servi le dernier.

– Ou le premier. Les plus jeunes ont toujours une position un peu particulière.

– Allons donc ! rétorqua Troïlos en posant son verre.

– Moi aussi, je suis la plus jeune, dis-je. Et je ne l'ai jamais regretté. Je regardais ce que faisaient mes frères et ma sœur et je choisissais un autre chemin. D'une certaine manière, c'est comme s'ils essayaient des vêtements pour moi, ce qui me permettait de voir lesquels m'allaient.

– Aucun de leurs vêtements – aucune de leurs vies – ne t'aurait convenu, insista Troïlos. Ce n'est pas ainsi que ça marche.

– Frère, dit Pâris, reste ici en sécurité. Pourquoi devrais-tu te mettre en danger à cause de ma... de mon choix ? »

Peut-être avait-il voulu dire : *À cause de ma folie.*

« Ton choix ne t'appartient plus. Il nous concerne tous maintenant. »

Un silence pesant tomba sur nous. Troïlos avait raison.

Hyllos entra dans le mégaron en nous faisant un signe. Il avait toujours l'air gai, en dépit du fait que son père était détesté ici et que sa propre famille le considérait visiblement comme un porte-malheur. Il se rapprocha des cendres mortes du foyer, allant jusqu'à y tracer des dessins avec un bâton.

« Tu connais la prophétie qui me concerne ? demanda Troïlos à Pâris avec un regard implorant.

– Oui.

– Tu veux bien me la révéler ?

– Non. Elle est si terrible... Elle te rendrait triste.

– Rien ne me rendra plus triste que d'avoir à me débattre à l'aveugle sous le joug d'une prophétie que j'ignore, mais que d'autres connaissent parfaitement. N'est-ce pas insultant pour moi ? Pourquoi les autres devraient-ils en être informés, alors que moi qui suis le premier concerné, je ne sais rien ?

– Souvent, quand on connaît une prophétie, on finit par la provoquer, déclara Pâris.

– Alors libère-m'en ! s'écria Troïlos en bondissant. Je promets de l'éviter, mais pour ça je dois la connaître ! »

Son visage parsemé de taches de rousseur était maintenant rouge d'angoisse.

« Très bien. Dans ce cas..., dit Pâris. Selon cette prophétie, Troie ne tombera jamais si Troïlos atteint l'âge de vingt ans.

– Et j'ai quatorze ans. Il faudrait donc que j'évite les combats pendant six ans encore.

– En effet. Est-ce trop te demander ?

– Mais je veux me battre, moi ! Faut-il vraiment que j'attende six ans ?

– Si tu ne veux pas causer la chute de ta ville, oui, répondit Pâris.

– Ce n'est pas juste ! se lamenta Troïlos. Pourquoi le sort de la ville repose-t-il sur moi ?

– C'est comme cela, ne pus-je m'empêcher de dire. Les dieux n'invoquent aucune raison pour justifier leurs abominables exigences. » Je ne le savais que trop bien, moi qui avais été leur jouet.

Étendu devant le feu, Troïlos se releva sur les coudes. Il avait de longues jambes et sa croissance n'était pas terminée. Peut-être serait-il le plus grand des fils de Priam. « Avant, nous allions dresser les chevaux ensemble, dit-il à Pâris. Maintenant, on ne peut même plus chevaucher tranquillement sur la plaine. Tout ce que je peux faire, c'est emmener les chevaux se détendre non loin de la source. Ce n'est pas ce que j'appelle du sport. Je déteste ma vie !

– Ne dis jamais cela », lui ordonna Pâris. Il resta silencieux quelques instants, puis se pencha en avant et ébouriffa les cheveux de son jeune frère. « Troïlos, poursuivit-il, sois patient. Cette guerre ne peut pas s'éterniser. Tu as entendu ce que certains disent, non ? Les Grecs vont se fatiguer de camper sur nos côtes. Ils rentreront chez eux cet hiver. Ce siège est ridicule – nous continuons à sortir du côté qui fait face au mont Ida. Alors, cela ne va pas si mal pour nous.

– Tu as peut-être raison, mais quand même, je déteste cette vie ! »

Ses mots étaient tellement peu surprenants dans la bouche d'un jeune homme que je ne pus m'empêcher de rire. Les jeunes disent tous qu'ils détestent leur vie, alors qu'en fait ils brûlent d'impatience de sortir du cocon de l'enfance pour entrer dans l'arène du monde des adultes.

Après le départ de Troïlos – vu son âge, il vivait encore dans le palais de ses parents et ne disposait pas de ses propres appartements –, je posai ma coupe de vin et, debout derrière Pâris, l'enlaçai. Il n'avait que trois ans de plus que son frère, mais il était tellement différent ! Peut-être était-ce à cause des responsabilités qu'il avait endossées avant d'arriver au palais, quand il était gardien de troupeaux et devait défendre ses bêtes au risque de sa propre vie. Ou parce qu'il avait eu la force de pardonner à son père et à sa mère. Quoi qu'il en soit, il était, malgré ses dix-sept ans, déjà un homme. Encore plus qu'Achille, avec ses muscles saillants et son armure spéciale. Pourtant, ils avaient pratiquement le même âge.

Je lui fis tourner la tête pour voir son visage. L'amour que je lui portais n'avait pas de limites. C'était lui, le véritable trésor de Troie. C'était lui qui devrait succéder à Priam sur le trône. De tous les fils du roi, lui seul avait réellement dû faire face à l'adversité. Oh, je savais bien que c'était la voix de l'amour qui me soufflait ces choses, mais la laissai parler.

« Pâris, mon tendre amour », murmurai-je en prenant son visage entre les mains.

Il eut un rire nerveux, jeta un coup d'œil à Hyllos, tellement silencieux que nous nous étions à peine aperçus de sa présence.

« Je vous laisse, marmonna ce dernier, gêné, en se levant d'un bond. Bonsoir. » Il s'inclina et sortit hâtivement en trébuchant sur le seuil.

« Adieu, dit Pâris en faisant un signe de tête dans sa direction.

Maintenant, notre observateur est parti. Il fait si peu de bruit qu'on oublie sa présence. »

En entendant ça, une idée vague me traversa l'esprit. « Peut-être est-ce précisément ce qu'il veut », dis-je. Je me sentais mal à l'aise quand Hyllos était là. Pourtant, il semblait bien inoffensif.

« C'est un garçon triste, dit Pâris. Il se fait constamment insulter à cause de son père, alors qu'il n'est pas responsable de ce qu'il a fait. »

Je vins m'asseoir sur ses genoux. « Tu sais quelle est ta qualité la plus noble ? lui demandai-je en l'embrassant sur les deux joues. Ta compassion.

– Ce n'est pas vraiment le genre de vertu que l'on attend chez un guerrier, dit-il en riant.

– Je ne parle pas des vertus d'un guerrier, mais de celles d'un homme. »

À l'abri dans notre jolie chambre, nous nous serrâmes l'un contre l'autre. Nous n'avions jamais eu à nous poser la question du choix de nos chambres. Au mépris des usages, nous n'en avions qu'une. Pas de chambre du prince, pas de chambre de la princesse dans notre palais, mais un seul nid d'amoureux. Les ouvriers s'étaient soumis à notre demande insolite. Nous ne l'avions jamais regretté.

« Mon amour, à supposer que nous ayons des tas d'autres chambres, nous ne les utiliserions jamais, dit Pâris. Cela serait une dépense inutile !

– Je ne puis supporter l'idée d'être séparée de toi », lui murmurai-je à l'oreille.

Et c'était vrai. Pâris illuminait mon monde, tout ce qui chez moi jusque-là avait été plongé dans l'obscurité.

« Moi non plus, je ne peux pas me séparer de toi, répondit-il. Il n'y a aucune raison pour que nous ne soyons pas ensemble. »

Et dire que, si j'avais écouté la voix de la raison, je serais toujours à Sparte et lui ici, à Troie ! Je n'aurais pas pu le toucher, entendre sa voix, plonger mes yeux dans les siens, si beaux, si jeunes, brillants et emplis de joie.

« Pâris, murmurai-je. Faisons-les disparaître.

– Qui ça ? me demanda-t-il, ses lèvres frôlant les miennes.

– Nos ennemis.

– Alors, il faudra faire disparaître la terre entière. Mais peu importe. Ils se trompent, tous. Ou alors ils sont jaloux. Ou bêtes. Notre amour vivra bien après qu'ils se seront transformés en poussière. »

Je l'enlaçai. C'était pour cela que je l'aimais. Il vivait le moment présent avec tant de joie, tant d'intensité. Et l'instant présent, n'était-ce pas la seule chose qui était nôtre ? Une succession d'instants, qui défilaient, triomphants, et créaient une vie à nulle autre pareille !

Le calme régnait à Troie. Les Grecs s'étaient visiblement volatilisés après ce premier affrontement. Il était fort tentant de s'imaginer qu'ils préparaient leurs navires pour le retour et que le danger était écarté. Les Troyens n'en continuaient pas moins à surveiller les remparts, et les travaux sur le mur ouest se poursuivaient.

Étouffant derrière nos murailles, nous étions en train de nous liquéfier dans la chaleur de l'été. Dans les maisons transformées en étuves couvaient des disputes qui n'avaient rien à voir avec la guerre et finissaient par exploser en pleine rue. Enfermés ensemble trop longtemps, les gens ne se supportent plus, à moins qu'ils soient amants. Les seuls à s'épanouir dans l'air immobile étaient les vieux conseillers, qui se rendaient tous les jours dans la salle du conseil de Priam en traînant les pieds et y recouvraient une seconde jeunesse grâce à cet arrêt de toute activité qui leur laissait le loisir de jouer à la guerre. Quand rien ne bouge, n'importe qui peut se croire un guerrier.

L'été, il y a toujours un jour parfait qui nous chuchote à l'oreille : *Souviens-toi de moi au cœur de l'hiver.* Ce jour-là, le ciel est d'un bleu si intense qu'il crève le cœur, le vent est doux, la chaleur enveloppante, apaisante. Alors, nous nous penchons à la fenêtre et, les yeux fermés, offrons notre visage au soleil. Parfois, ce jour arrive tôt dans la saison, d'autres fois, il faut attendre pratiquement la fin de l'été. Cette année-là il vint nous rendre visite à Troie au moment où les vieilles femmes commençaient à parler de l'automne.

J'avais fait voir à plusieurs de mes compagnes mon métier à tisser et les motifs qui peu à peu se dessinaient. Évadné s'était glissée dans notre groupe et nous avait montré différentes qualités de laine, nous expliquant que celle-ci était épaisse et rêche, et particulièrement utile pour représenter l'eau ou l'herbe, tandis que cette autre, fine et raffinée, pouvait servir pour les cheveux. Andromaque était là, ainsi que Laodicé et Ilona. Polyxène était absente. Proche en âge de Troïlos, elle passait la majeure partie de son temps avec lui. Ces derniers temps, Hyllos leur avait souvent imposé sa présence. Mais comme ils ne voulaient pas lui faire de la peine, généralement ils l'acceptaient.

Cassandre n'avait aucun intérêt pour le tissage, pas plus que pour les activités féminines, et je ne m'étonnais pas de ne pas la voir avec nous. Par contre, la petite Polyxène me manquait, surtout depuis qu'elle m'avait aidée à choisir une laine purpurine. Où était-elle ? Certainement dehors, par une belle journée comme celle-ci.

Quittant nos métiers à tisser, nous cédâmes à l'attrait de la fenêtre. Nous aussi devrions sortir un peu, ne serait-ce que dans les rues de Troie. J'avais hâte de me promener dans la campagne, mais pour l'instant c'était impossible. À nos pieds, dans le silence de midi, s'étalait la ville couleur ocre.

« Chères compagnes, allons nous promener sur le chemin tout en haut de la citadelle, celui qui fait le tour du temple. Nous pourrons profiter de la fraîcheur du vent, suggérai-je. Par une journée comme celle-ci... »

C'est alors qu'un cri perçant provenant de l'une des cours brisa la torpeur de l'air. On aurait dit que quelqu'un avait été empalé, qu'un pieu lui avait traversé le corps. Le cri devint un hurlement, avant de se transformer en gémissement puis de s'évanouir, comme si la personne avait rendu le dernier souffle.

Quelque chose d'atroce s'était produit ! Un enfant était-il tombé sur la javeline de son père ? Avait-il dégringolé d'une terrasse pour s'écraser sur le sol ? Maintenant, un autre cri retentissait ! C'était la mère qui emplissait le silence de ses hurlements. Je saisis le bras d'Andromaque, comme si mon geste pouvait effacer ce qui s'était passé.

Nous nous précipitâmes toutes vers l'escalier sans un mot. Les hurlements continuaient. Personne dans les rues... Les Troyens restaient généralement à l'intérieur de leurs maisons au milieu de la journée. La voix venait de quelque part plus bas dans la ville, près de la porte est. Nous dévalâmes les rues, laissant derrière nous les curieux qui venaient de sortir de chez eux pour voir ce qui s'était passé.

« Là ! C'est de là que ça vient ! » s'écria Laodicé en prenant la direction de la porte est. Maintenant, le cri était devenu un rugissement. Nous passâmes la dernière maison qui nous séparait de l'espace ouvert devant la porte. Alors, nous vîmes Hécube hurlant, les mains sur le visage. Elle était agenouillée près d'une forme inerte dont les jambes étaient disposées d'une manière qui n'était pas naturelle. La petite Polyxène était penchée au-dessus de cette forme, son dos arrondi secoué de sanglots. Juste à côté, debout, le visage blême, se tenait Hyllos. Pendant que nous nous approchions, la foule gonfla, emplissant l'air de sa mélopée. Pâris et Hector écartèrent les curieux pour rejoindre leur mère. Hector se pencha, regarda le corps. Puis, enlaçant Hécube, il tenta de lui faire détourner le regard, tandis que Pâris serrait Polyxène contre sa poitrine et s'efforçait de la calmer.

Priam joua des coudes pour se frayer un passage. Douleur et colère résonnèrent dans le rugissement qu'il poussa en voyant le corps à terre. Il tomba à genoux. Nous aperçûmes alors un visage – celui de Troïlos – tourné vers le ciel, entouré de cheveux blonds brillants comme l'or caressé par le soleil.

J'avançai en titubant, ouvrant et fermant les yeux dans l'espoir que ce spectacle atroce disparaîtrait, que Troïlos se mettrait à bouger. Hélas ! Il était immobile, les bras grands ouverts. Pâris tira les jambes de son frère pour leur redonner une position normale. Puis il serra ses pieds contre sa poitrine, les embrassa, se pencha sur eux, comme si en les réchauffant il pouvait les ramener à la vie.

Une tache de sang couvrait le devant de sa tunique. Il avait reçu un coup de javeline ou de couteau. Il ne s'agissait pas là d'un accident.

Polyxène tentait de reprendre son souffle. Entre deux lamentations, elle parvint à dire : *Il nous attendait, il l'a tué...*

Laodicé la prit dans ses bras. « Calme-toi... calme-toi... Respire lentement. Là... ça va mieux...

– Qui l'a tué ? demanda Hector d'une voix glaciale comme les eaux du Styx.

– Cet homme, ce Grec..., dit Hyllos qui tremblait de tout son corps. Nous allions à la source pour faire boire les chevaux, et...

– Comment ? hurla Hector. À la source ? Avec sa sœur ? Pourtant, nous lui avions formellement interdit d'y aller, même à lui !

– C'est moi qui voulais y aller, dit Polyxène timidement. J'ai insisté pour qu'il m'emmène. J'en avais tellement assez de rester ici.

– Vous avez désobéi tous les deux, dit Hécube qui tremblait si fort qu'elle avait du mal à parler. Vous saviez que vous n'aviez pas le droit de sortir. Et maintenant... »

S'effondrant, elle tomba sur le corps de Troïlos, couvrant sa poitrine ensanglantée.

« De quel homme parles-tu ? demanda Hector à Polyxène. Qui vous attendait à la source ?

– Ce Grec qui est si féroce. Il était caché près de la source. Je remplissais une jarre d'eau et Troïlos amenait les chevaux à l'abreuvoir quand il... il nous a sauté dessus, comme une panthère. Troïlos a lâché les rênes des chevaux et s'est enfui, mais l'autre l'a rattrapé et... »

Elle éclata à nouveau en sanglots.

« Et cet homme, celui qui est si féroce ? fit Hector en parcourant la foule du regard. Personne ne sait comment il s'appelle ? Ou bien vous le savez, mais vous n'osez pas le dire... »

Pourvu que ce ne soit pas Ménélas !

« C'était Achille », murmura Hyllos. Puis il s'agenouilla en tremblant et essuya avec des gestes tendres le front de son ami mort.

Tout là-haut, un ciel d'été d'un bleu limpide couronnait ce sacrifice, le corps de ce jeune garçon qui aimait les chevaux et les prairies, qui ne connaîtrait pas les étés à venir et ne verrait même pas la fin de cette journée.

C'était l'aube. Pas un bruit dans les rues de Troie. Nous marchions à côté de la litière qui transportait le corps de Troïlos jusqu'au bûcher. Les rites coutumiers devaient se dérouler en dehors de la ville. Malheur aux Grecs qui tenteraient de les perturber !

« Nous les massacrerons jusqu'au dernier », annonça Hector d'une voix si profonde et si grave qu'elle me fit penser au grondement des roues d'une charrette sur un chemin pierreux.

Nous étions accompagnés d'un détachement de soldats armés. Ils avaient déjà surveillé la construction du bûcher, où brûlait une partie du bois que nous avions précieusement conservé pour l'hiver. À mesure que nous nous en approchions, je vis sa masse se profiler sur le ciel. Un si haut bûcher, pour un tout jeune homme si fluet !

Avec grande solennité, le corps de Troïlos fut délicatement déposé sur la plateforme ménagée au sommet. On plia ses bras sur sa poitrine, on disposa les plis de sa tunique. Ses pieds, raides, blancs, ces pieds qui avaient dévalé les rues de Troie pour accueillir Pâris avant tout le monde, dépassaient de la plateforme, trop petite pour lui.

Depuis sa mort, deux jours s'étaient écoulés. Il avait reposé sur un lit de cérémonie, veillé par des pleureuses qui, le premier jour, avaient chanté les chants funèbres rituels et qui, à présent, leur tâche accomplie, s'étaient volatilisées. Dorénavant, c'était au tour de ses proches de le pleurer. Notre deuil serait comme les vagues, s'enflant et s'affaissant tour à tour.

Les moutons et les chiens sacrificiels furent tués sur le bûcher et leurs corps, vidés de leur sang, disposés au pied de la montagne de bois. Puis on fit circuler un panier dans lequel nous déposâmes les mèches de cheveux que nous nous étions coupées, afin qu'elles soient mises elles aussi sur le bûcher, autour duquel furent placées des jarres de miel et d'huile. J'avais quant à moi apporté quelque chose à jeter dans le feu en guise d'offrande et de pénitence.

Sa haute silhouette enveloppée dans un manteau, Priam s'approcha. Il retira sa capuche. Les rayons du soleil à peine levé illuminèrent son visage ridé. Si ridé, alors que celui de Troïlos était si lisse. La mort était tellement vorace ! Elle ne se nourrissait que de beauté !

« J'en appelle aux dieux pour venger cette mort cruelle, dit le vieux monarque. Je supplie le roi et la reine du monde souterrain de bien vouloir accueillir mon fils. Soyez bons avec lui. Il n'est pas... il n'est pas habitué aux ténèbres. » Sa voix se brisa. Il se détourna rapidement, s'empara de la torche enflammée et la jeta dans le bûcher.

Hécube lui prit la main, l'attira un peu plus loin. Enlacés, ils observèrent le feu qui prenait, le bois qui craquait. Les flammes s'élevèrent rapidement, dégageant une chaleur intense. Leur luminosité effaça celle du soleil.

« Maintenant, son âme est libérée de son corps, dit Pâris en sanglotant. Mais elle n'en avait aucune envie ! Elle était heureuse là où elle était ! »

Le bûcher brûlerait toute la journée et toute la nuit. Au matin, nous viendrions éteindre les dernières braises en y versant du vin. Puis, quand elles se seraient refroidies, les os seraient ramassés et placés dans une urne qu'on enterrerait dans la tombe sacrée. En temps normal, des jeux funèbres auraient été organisés en l'honneur de Troïlos. Mais nous n'étions pas en temps normal.

Alors que nous traversions la ville pour passer la journée chez nous dans le recueillement, je vis des taches rouges sur le devant de ma robe – comme des gouttes qui luisaient. Je touchai l'une d'entre elles. Mon doigt se couvrit de quelque chose de glissant qui ressemblait à du sang et en avait le goût métallique et salé. M'étais-je coupée ? C'est alors que je me souvins. La broche ! J'avais mis l'atroce broche que Ménélas m'avait donnée, avec l'intention de la jeter dans le bûcher de Troïlos pour m'en débarrasser et montrer par ce geste symbolique que je désavouais les Grecs et leur forfait. Hélas, mon chagrin avait été tel que j'avais oublié et la portais encore.

Je la touchai, m'attendant à ce qu'elle ait un bord tranchant. Mais non. Le sang la rendait glissante. Il semblait suinter de la pierre elle-même. Comment était-ce possible ?

Je pris congé des autres et, regagnant à la hâte mes appartements, retirai ma robe. Évadné saurait comment faire partir les taches sur la laine blanche. C'était le genre de choses qu'elle connaissait. Mais j'eus beau examiner le vêtement, je ne parvins pas à distinguer les taches. Elles avaient disparu. La robe de laine était redevenue d'un blanc immaculé.

Ces taches collantes, je les avais pourtant vues. Je les avais même goûtées. La broche...

Cette maudite broche ! Pâris avait raison. Elle était maléfique ! Ménélas me l'avait offerte pour des raisons que lui seul connaissait.

Alors que, médusée, je passais ma main sur la robe et l'examinais avec perplexité, Évadné entra discrètement.

« Cette broche... J'ai été assez stupide pour la porter... Je n'aurais jamais dû la toucher… Mais je voulais la faire brûler, la détruire… »

Elle saisit mes mains. « N'est-ce pas plutôt Ménélas que tu voulais détruire ? me demanda-t-elle. Le détruire dans ton esprit, t'en purger ?

– Il n'est pas dans mon esprit…

– Mais il fait partie de ton passé.

– Comme si je ne le savais pas ! »

Où donc voulait-elle en venir ?

« Il fait aussi partie de ton présent.

– Il est devant Troie en ce moment, c'est vrai. » Ses mots me semblaient absurdes et futiles. « Et il s'agit bien du présent. Mais il n'est pas dans mon présent à moi, ni dans mon esprit.

– Il est dans ton futur.

– Non, c'est impossible.

– C'est écrit. Je le vois. La broche le voit. »

Je plaçai la broche dans sa main, la forçai à la prendre. « Rien n'est écrit si je ne l'écris pas moi-même, dis-je. Prends cette… cette chose et mets-la dans sa boîte. »

Pourtant, en n'ordonnant pas à Évadné de la détruire, ne lui donnais-je pas raison ?

Troïlos offrait un banquet – son banquet funèbre. Ses os avaient été recueillis et placés dans l'urne. Une autre procession solennelle les avait transportés à travers les rues de Troie jusqu'à sa tombe, érigée à la hâte. Aujourd'hui, troisième jour après sa mort, son esprit allait être notre hôte lors d'un festin, ainsi que le voulait la coutume troyenne.

Comme il était trop jeune pour avoir ses propres appartements, le banquet aurait lieu dans le palais de son père, qui résonnait de son propre deuil.

Nous devions subir un rite de purification en entrant l'un après l'autre dans la vaste salle : Théano, la prêtresse d'Athéna, versa de l'eau sacrée sur nos mains et nous lava de la contamination inhérente aux funérailles. Puis on nous ordonna de prendre des guirlandes de fleurs, dont un panier à l'entrée était rempli. Quel meilleur hommage pour un garçon qui avait perdu la vie dans une prairie que ces fleurs aux couleurs vives ramassées au même endroit, à l'extérieur de nos murailles protectrices !

Priam nous attendait. Le feu était éteint, mais l'odeur solennelle de la myrrhe, parfum des morts, emplissait l'air. Hécube se tenait aux côtés du roi, aussi rigide et immobile que la statue de Pallas Athénée dans le temple.

Tous leurs enfants étaient conviés au festin, ainsi que les Troyens de haute condition. Priam nous fit signe d'approcher de la longue table où nous prendrions place selon notre rang. Elle était de bois grossier – ou plutôt il s'agissait de plusieurs tables mises bout à bout, une table assez grande pour autant de personnes étant impossible à trouver. Au lieu de s'installer à la place d'honneur, Priam s'assit sur le côté.

« Que mon fils Troïlos vienne nous rejoindre », dit-il. Sa voix, d'ordinaire si dynamique, était faible. « Fils, quitte les champs d'asphodèles, quitte le royaume des Ombres d'Hadès, dont tu ne fais pas encore tout à fait partie. Nous t'attendons. » Il désigna la chaise vide à la place d'honneur.

Une présence pleine, lourde, emplit alors la pièce. Priam ferma les yeux, puis les ouvrit en tendant les mains. « Chère famille, et vous, Troyens estimés, soyez mes invités. Moi, Troïlos, je vous prie de prendre place. »

Nous nous assîmes en silence. Des esclaves apportèrent du chevreau rôti, du vin et de l'eau. Le plat funèbre – des fruits, des noix et des racines d'asphodèles rôties – fut posé sur la table. Plus tard, nous le déposerions dans la tombe de Troïlos.

Les gens se mirent peu à peu à parler, timidement il est vrai.

« Le souvenir de Troïlos ne périra jamais, dit Anténor d'une voix apaisante.

– Il aurait pu devenir un guerrier aussi valeureux qu'Hector, déclara Panthoos, le conseiller peureux, grand spécialiste des mécanismes des portes d'enceinte.

– Nul ne l'aurait égalé, ajouta Antimachos en souriant et en levant sa coupe.

– À la gloire de Troïlos ! s'exclama Déiphobos en vidant la sienne, ce qu'il avait de toute évidence déjà fait de nombreuses fois.

– Nous ne devons pas dire de mal de lui, me glissa Pâris à l'oreille. Il est ici, parmi nous, si bien que nous ne pouvons que chanter ses louanges. » Il se dressa brusquement et son regard fit le tour de la table. « Vous parlez de l'avenir de Troïlos, de ce qu'il aurait pu être. Moi je dis que ce n'est pas nécessaire. Il était parfait. C'était mon petit frère et je l'aimais. »

Il se rassit, les yeux brouillés de larmes.

« Tu dis vrai, fit la voix aiguë d'Hécube, reconnaissable entre toutes. Nul besoin d'évoquer ce qu'il aurait pu être. Si les dieux l'avaient permis, nous nous serions contentés de le garder tel qu'il était – un garçon rayonnant de soleil et de joie. »

Mais cela, les dieux ne l'avaient pas permis, cria une voix en moi. Ils ne le permettaient jamais.

Le dernier plat – des figues et des grenades, trésors de nos réserves limitées – fut apporté.

Priam se leva à nouveau. « Ô, dieux redoutés du royaume des morts, les grenades sont des fruits sacrés pour vous. Nous vous offrons la chair de ce sacrifice, que rien ne pourra remplacer. »

Nous mangeâmes les fruits. La douceur sucrée des figues couvrait le piquant astringent des grenades.

Priam prit un brasero et fit lentement le tour de la table. « Troïlos, les larmes m'aveuglent, dit-il. Je répugne à te laisser partir. Je voudrais te garder près de nous pour toujours. Mais ce serait cruel. Nous devons te laisser gagner ton nouveau foyer, la maison où un jour nous irons te rejoindre. Nous viendrons vers toi, mais tu ne viendras plus jamais vers nous. Nous devons t'abandonner aux dieux souterrains. Adieu, mon cher fils. » Il essuya ses yeux, dissimulés par sa capuche, et posa le brasero.

Toujours silencieux, nous sortîmes du palais en suivant Priam et Hécube jusqu'à la tombe de Troïlos. Des torches éclairaient notre chemin. Je ne pus voir Priam déposer les offrandes, si dense était la foule se pressant autour de lui.

La cérémonie terminée, Hector s'adressa à l'assemblée : « Vous êtes conviés chez moi. Tout est prêt. Rassemblons-nous pour continuer à honorer mon frère perdu. »

Maintenant, l'ombre de Troïlos nous ayant quittés, nous gagnâmes à la hâte le palais d'Hector, illuminé de mille torches. Là, une nourriture substantielle nous attendait. Le vin coulerait à flots. Nous ôtâmes nos guirlandes et les posâmes dans le panier prévu à cet effet.

La mort avait envahi le palais de Priam, la vie emplit celui d'Hector. *Nous sommes toujours là, nous sommes ici pour défendre Troie, pour repousser nos ennemis. Nous ferons tout ce qu'on nous demande de faire. Nous devons gagner. Nous nous battons pour nos vies, notre survie, notre existence même*, disait la foule. Mais un refrain muet ponctuait ces paroles : *C'est la première fois que nous devons nous défendre comme cela, de cette manière. Y parviendrons-nous ? En sommes-nous capables ?*

XLVIII

Hector avait préparé la réception. C'était son devoir, en tant qu'héritier du trône et frère aîné de Troïlos. Son palais lui ressemblait – rassurant et solide. Avant que le nôtre ne soit construit, il avait été le plus beau de toute la citadelle. Et on admirait encore son extrême raffinement.

« Les goûts changent », avait dit Hector avec diplomatie la première fois qu'il avait vu notre demeure. Andromaque me confia qu'elle aimait beaucoup notre palais et qu'elle aurait voulu qu'il y ait chez elle ne serait-ce qu'une ou deux pièces dont les murs n'auraient pas été encombrés de ces affreux défilés de guerriers. À présent, elle nous accueillait dans son mégaron – qui ressemblait à tant d'autres.

Montre-moi l'épouse, le char et la maison d'un homme, et je te dirai tout sur lui, s'était vanté Gélanor un jour. En regardant Andromaque et son mégaron, je ne pus m'empêcher de penser : Oui, ils nous révèlent qui est Hector – un homme conventionnel, mais au goût sûr. Hector ne serait jamais gêné par le comportement de son épouse – il n'en choisirait jamais une susceptible du moindre écart.

« Nous sommes ici rassemblés en souvenir de notre cher Troïlos, dit-il les mains levées. Lors d'un festin funèbre, il faut manger des plats spéciaux et procéder à des rituels remontant à des temps immémoriaux. Ceci, nous l'avons fait. À présent, consolons-nous de notre perte du mieux que nous le pouvons. » Il fit un geste en direction des esclaves qui apportaient les coupes, le vin et la nourriture. « Partageons ce repas. »

Nous nous approchâmes de la table, même si aucun d'entre nous n'avait vraiment faim.

Pâris vit que Polyxène était toute seule et, en me tirant par la manche, s'approcha d'elle. Silencieuse, elle agrippait un gobelet – plus pour se donner une contenance que pour boire – et contemplait l'assemblée, le regard vide.

« Polyxène, dit Pâris en faisant un geste pour l'enlacer, tu as été témoin de ce que personne, et surtout pas toi, n'aurait dû voir. Ce poids aurait dû tomber sur des épaules plus larges et plus expérimentées que les tiennes.

– C'est affreux à dire, mais je remercie les dieux d'y avoir assisté, même si cette scène va me marquer à jamais. »

Sa voix était si faible que je dus me placer tout près d'elle pour l'entendre.

« C'est moi qui aurais dû être avec lui, dit Pâris. À ta place. »

Un sourire arrondit légèrement les lèvres de la petite fille. « Mais pourquoi dis-tu cela ? Troïlos et moi jouions tout le temps ensemble. C'était normal que je sois avec lui.

– Bien sûr, mais j'aurais aimé qu'il en soit autrement.

– Tu penses que si tu avais été là, tu aurais pu empêcher cette tragédie ? Je te le répète, le Grec l'attendait. Il avait bel et bien l'intention de le tuer. Ce n'était pas le fruit du hasard. Il savait, j'ignore comment, que nous serions là-bas... Et dans quel but ? Comme si Troïlos avait pu menacer qui que ce soit ! »

Une silhouette inquiétante s'approcha de nous, comme attirée par nos voix. C'était Hélénos, l'étrange jumeau de Cassandre. Il avait les cheveux roux, la peau blanche et les yeux haineux de sa sœur. « Vous parlez de Troïlos », dit-il. Même sa voix, qu'il s'efforçait de rendre consolante et séduisante, ressemblait au bruissement de la peau d'un serpent rampant sur des pierres – elle était sèche et menaçante. Faisait-elle partie de son personnage de devin ?

« Il est tout naturel que nous parlions de lui, répondit Pâris. Nous sommes réunis ici en son honneur, nous venons d'enterrer ses os.

– Mais je vous ai entendus poser une question – à moins que mes oreilles ne m'aient trompé ? – sur la raison qui aurait poussé Achille à vouloir le tuer. La prophétie...

– Ne dis plus rien ! l'interrompit Pâris en agrippant brusquement son épaule. C'est fini.

– Elle s'est réalisée, poursuivit Hélénos tristement. Heureusement, il y en a d'autres. Troie ne chutera pas tant qu'elles n'auront pas été toutes accomplies. Notre ville restera debout tant que le fils d'Achille n'aura pas rejoint l'armée des Grecs. Après...

– Ainsi, l'une de ces prophéties s'est réalisée, dit Polyxène.

– Oui. Mais je vous le dis, il y en a d'autres à accomplir avant notre défaite. Il faut que les flèches d'Héraclès, que possède Philoctète, soient utilisées contre nous. Or les Grecs ont laissé Philoctète sur l'île de Lemnos car il a été piqué par un serpent et la blessure s'est infectée – grâces en soient rendues aux dieux. Il ne représente donc pas un danger imminent.

– Et les autres prophéties ? » demanda Pâris.

Hélénos, d'ordinaire si volubile, se tut brusquement en jetant des regards inquiets autour de lui. « Je ne devrais peut-être pas les révéler. J'ai confiance en toi, mais comment donc Achille a-t-il appris la prophétie qui concernait Troïlos ? C'était d'ordre privé. Je crains que nous ayons un espion dans notre sein.

– Dis-les-moi discrètement, dans ce cas. »

Hélénos se pencha vers son frère pour lui murmurer son secret. Pâris fronça les sourcils. « À mon avis, ces événements ne se produiront jamais », déclara-t-il. Je savais que je pourrais plus tard, en privé, lui demander ce qu'il avait appris.

La salle était maintenant bourdonnante, telle une ruche par une belle journée d'été. Quelque part à l'extérieur de nos murailles, des gens pouvaient s'installer sous un arbre et écouter les abeilles, les vraies. Peut-être était-ce le cas d'Énée et de sa famille ? Il avait pris la sage décision de quitter Troie pour rejoindre les siens en Dardanie. Ils étaient libres, sur leurs terres.

Un groupe de vieux conseillers et guerriers était assis à un bout de la table. Pâris s'approcha d'eux en m'entraînant derrière lui. Il s'agissait de la vieille garde des va-t'en-guerre, Antimachos, Pandaros, Aesacos et Panthoos. Anténor, qui prônait la paix et les négociations, se retrouvait à l'angle opposé de la pièce, comme exclu – ou peut-être s'était-il exclu de son propre chef ?

« Moi, je vous le dis, écrasons-les là où ils sont, sur place ! Mettons le feu à leurs navires ! » Antimachos ne se gênait pas pour dire tout haut ce qu'il pensait. Ce n'était pas lui qui craignait les espions. « Bientôt la lune sera pleine. Nous y verrons suffisamment clair la nuit. Alors, frappons ! »

Il y a deux catégories de personnes auxquelles la pleine lune sourit : les amants et les guerriers. Sa clarté peut être mise à profit de diverses manières.

Pandaros exprima quelques réserves : « Combien de soldats pourrions-nous envoyer pour une telle mission ? C'est vrai, ils parviendraient certainement à prendre l'ennemi par surprise, à brûler quelques navires, mais ensuite ils se retrouveraient coincés dans le camp adverse.

– Dans ce cas, envoyons un groupe qui sait qu'il ne rentrera pas et qui peut causer des ravages avant d'être anéanti », suggéra Antimachos avec dédain. Debout, les pieds écartés, il avait déjà la posture arrogante du combattant. « Un raid lancé au moment opportun peut renverser la situation, poursuivit-il. Je propose de recruter des hommes courageux prêts à un tel sacrifice. Ils pourraient nous épargner une guerre plus longue.

– Tu n'arriveras jamais à persuader Priam, dit Aesacos.

– Alors, parlons-en à Hector, suggéra Antimachos. Allons le voir.

– Le roi, c'est encore Priam. C'est lui qui doit décider de notre stratégie.

– Ce n'est pas aux vieux de s'occuper de stratégie. »

Antimachos, qui tutoyait, il le sentait bien, des gouffres dangereux, lança un regard furieux autour de lui.

« Les personnes âgées voient des choses que nous ne voyons pas, dit Pandaros, ramenant ainsi la discussion sur un terrain moins glissant. Ceci, nous devons l'honorer.

– Alors, répondit Antimachos d'un air fataliste, souvenez-vous de ceci : Antimachos a préconisé une attaque préemptive et rapide, afin de briser leur moral et leur volonté. Toute autre option laisse l'ennemi nous dicter les termes du combat et lui confère l'avantage. Vous n'êtes pas sans savoir qu'un siège est une forme de guerre ruineuse. Nos voisins orientaux sont experts en la matière. Ils utilisent les services d'ingénieurs, de sapeurs, ont recours à des béliers. Je parle là de siège actif. Mais les Grecs ne disposent pas de ces moyens. Attendons-nous donc à un siège de type passif – ils vont nous encercler et nous affamer. Leur présence a déjà fait fuir les bateaux de commerce qui passaient par l'Hellespont et mis un terme à notre foire. Tenez-vous vraiment à mourir d'une manière aussi terne ? À vous éteindre peu à peu, vaincus par une armée ennuyeuse qui se sera contentée de camper dans nos champs ? Moi, je dis, Écrasons-les ! *Maintenant*. Alors ils détaleront et rentreront dans leurs terriers. »

Un murmure monta. Ses arguments paraissaient censés. En effet, ils relevaient de l'essence même d'une stratégie intelligente. Mais le commandant suprême, ce n'était pas lui. C'était Hector, lui-même placé sous l'autorité de Priam, comme Pâris le rappela à Antimachos.

« Hector accorde trop d'importance aux prouesses et au courage individuels, répliqua ce dernier. Je te le dis, ce n'est pas ainsi que les guerres se gagnent. C'est en se montrant plus intelligent que l'ennemi, en anticipant et en profitant de ses faiblesses et de notre force – en le trompant si nécessaire. Certains diront qu'il n'y a là aucune noblesse. Et je leur répondrai : se battre pour une cause perdue, qu'est-ce que cela a de noble ? Servez-vous de votre tête, guerriers, pas seulement de vos bras ! »

Le vieux Panthoos s'avança. « J'ai conçu un nouveau mécanisme pour nos portes, dit-il. Quand l'ennemi les fera tomber, il recevra du sable brûlant sur la tête.

– Si l'ennemi arrive à ce point-là, alors il sera un peu trop tard, répondit Antimachos en partant d'un rire franc. C'est nous qui devons arriver aux portes de leur camp en premier. Mais je te remercie, Panthoos, pour tes efforts. »

Le vieil homme marmonna d'un air perplexe : « Pourtant, c'est un plan novateur et rusé.

– Un plan pour les timorés, oui ! Pour ceux qui se terrent derrière leurs murs ! Tu me fais penser à une charrette tirée par une paire de bœufs placides et passifs, qui parcourent inlassablement le même chemin. On peut pardonner à une malheureuse bête dépourvue de raison et d'intelligence, mais pas à un roi, pas à un peuple ! »

Il se détourna brusquement. Derrière ses paroles dures perçaient malgré tout son extrême détresse et sa peur.

Hector s'avança, au moment même où Antimachos s'éloignait. « Que se passe-t-il ? J'ai cru comprendre que certains n'étaient pas d'accord. »

C'était comme si sa simple présence, son visage noble démentaient les inquiétudes suscitées par Antimachos. « Qu'y a-t-il ? insista-t-il.

– Rien, seigneur, répondit Panthoos. Nous déplorions le fait que les Grecs ont fait fuir les marchands qui d'ordinaire sont fort nombreux sur nos rivages à cette époque de l'année. C'est tout. Mais il n'y a pas de quoi vraiment s'inquiéter, n'est-ce pas ? Ils reviendront l'année prochaine, encore plus nombreux. »

Hector sourit et croisa les bras. « Espérons-le, Panthoos, espérons-le. »

Épuisés au point de ne plus tenir debout, Pâris et moi rentrâmes nous coucher. La journée avait été si douloureuse que je me sentais comme rouée de coups. S'ils avaient été réels, mon corps aurait été couvert de bleus. Et, de fait, je pouvais à peine bouger. Pâris était étendu sur le dos, les yeux rivés sur le plafond.

« C'est fini, dis-je. Cette journée est enfin terminée.

– Ça ne sera jamais fini. Troïlos nous manquera toujours, répondit-il d'une voix éteinte.

– Ce que je voulais dire, c'est que le pire est passé. Les funérailles, le banquet où nous étions ses hôtes. J'ai réellement senti sa présence dans la salle. Pas toi ?

– Si. Il était là. J'aurais voulu l'arracher à l'air, le forcer à redevenir chair. Hélène, c'est moi qui l'ai tué. Et savoir cela, c'est pour moi insupportable.

– Celui qui l'a tué, c'est Achille, pas toi.

– Troïlos... Je me souviens de lui tout bébé. Hécube le tenait dans ses bras et il essayait de lui tirer les cheveux. » Les yeux emplis de larmes, Pâris sourit malgré sa tristesse. « Elle lui a donné une petite tape sur la main. Elle détestait qu'on dérange sa coiffure. C'est toujours le cas d'ailleurs. »

L'image de Troïlos bébé, heureux et souriant, me transperça le cœur. « Pâris, si seulement nous avions un enfant, un petit garçon comme Troïlos... » À présent, je pleurais ce fils que nous n'avions pas.

« Tu es folle ? » La voix de Pâris se durcit. Il se redressa. « Un fils ? Pour qu'il se fasse tuer lui aussi ? Tu ne crois pas qu'il y a eu déjà suffisamment de morts ? Je te le dis, c'est moi qui ai tué Troïlos ! Si je n'avais pas fait ce que j'ai fait, Achille n'aurait pas été là !

– Tu veux parler de ce que nous avons fait. Tu n'étais pas seul. Nous sommes deux. Et... » Je me sentis tout d'un coup désespérée, accusée injustement. « Ma mère s'est suicidée. Mes frères... j'ignore comment ils sont morts. J'ai perdu davantage que toi. Quant à ma fille, je l'ai perdue elle aussi.

– Nous étions prêts à payer le prix qu'il fallait.

– Pas toi, visiblement ! »

Voilà, c'était dit. Il acceptait que j'aie tant perdu, mais maintenant que Troïlos avait été sacrifié, c'était une tout autre histoire.

« Nous ne connaissons pas le prix des choses avant de l'avoir payé, dit-il. Maintenant, dans ce monde que nous avons créé, avoir un enfant, ou ne serait-ce que l'envisager... Oh, Hélène, je n'en puis plus de cette douleur !

– Je sais. Moi non plus.

– Pourquoi n'est-ce pas nous qui partons ? Mourir, cela ne me posera aucun problème.

– Peut-être périrons-nous », dis-je.

Maigre consolation !

XLIX

Tout en longeant les remparts, Gélanor et moi parlions de la mort de Troïlos et de la tristesse persistante de Pâris, dont les manières enjouées avaient disparu, comme si elles n'avaient existé que pour accompagner le bonheur de Troïlos. Pâris et lui étaient les seuls des fils de Priam qui paraissaient vraiment heureux de vivre. À présent, Troïlos avait emporté non seulement sa gaieté et ses rires, mais aussi ceux de Pâris, dans le royaume des ombres. Même la voix de mon amour avait changé, au point que quand il parlait sans que je le voie, je ne le reconnaissais pas. Il me semblait, comme je l'expliquai à Gélanor, que Pâris était particulièrement tourmenté par l'idée que Troïlos avait été tué à cause de la prophétie. Gélanor me demanda qui était au courant de celle-ci et je lui répondis qu'elle avait rarement été évoquée et que rares étaient ceux qui la connaissaient. Gélanor était d'avis que l'embuscade tendue à l'expédition, la connaissance évidente que l'ennemi avait du point faible de nos murailles ouest, ainsi que le fait qu'il s'en soit pris à Troïlos ne pouvaient pas être le fruit du hasard. Pour lui, il s'agissait d'espions. Mais comment auraient-ils pu pénétrer nos murailles ?

« Qui peut aller et venir sans entraves ? Qui est susceptible d'assister à des conversations privées ? À quelle occasion avez-vous évoqué la prophétie ?

– Toute la famille de Priam – et elle est grande – savait ce qui avait été prédit. Pour ce qui est de l'expédition et de l'endroit vulnérable des murs, de nombreuses personnes étaient probablement au courant. »

Nous nous tournâmes pour porter notre regard au-delà des murailles. Nous surplombions la pente sud de la colline, là où la ville basse s'étalait. Sous le soleil de midi, en l'absence de toute ombre, la palissade et le fossé étaient à peine visibles. Au loin se profilait la masse bleutée du mont Ida. Œnone. Non, je ne devais pas penser à elle !

« Il faut protéger la population, dit Gélanor. Ces gens ne doivent pas risquer la mort par la faute d'un ou de plusieurs espions. Moi qui pensais être expert en la matière, voilà que je me découvre un rival. Quelqu'un dans le camp grec me met au défi. C'est pour ces vies que nous nous battons. Nous devons gagner. »

Je n'avais nulle envie de retourner au palais pour y retrouver Pâris. Ces derniers jours, il passait son temps à polir son armure et son bouclier et à ajuster inlassablement ses jambières. Il m'arrivait de le surprendre en train de simuler un combat à l'épée. Une fois, je tombai sur lui alors que, le visage grimaçant, il bandait son immense arc. Dans ces cas-là, il tournait les yeux vers moi l'air gêné puis, ne trouvant pas d'endroit où dissimuler son armure ou son arc, me défiait du regard. Je sortais alors en silence et le laissais à ses entraînements.

Pour l'éviter, j'allais dans la pièce où se trouvait mon métier à tisser. Je me plongeais entièrement dans le paysage que je tissais et, quand je faisais passer la navette dans la chaîne, c'était comme si j'étais entrée dans mon histoire. J'utilisais avec grand soin la laine bleue qui devait représenter l'Eurotas et encercler la tapisserie tout entière, comme le fleuve avait encerclé mon enfance. Je revis les cygnes qui s'y ébattaient, en particulier celui, immense, que j'avais rencontré ce jour-là avec Clytemnestre.

Mère. J'avais commencé à faire sa silhouette, mais m'étais arrêtée là. Une silhouette : voilà ce qu'elle était pour moi à présent. Et son image s'était brouillée, évanouie, enfuie, par ma faute, parce que j'étais partie.

Hermione. Je ne l'avais pas encore intégrée dans ma tapisserie. Devrais-je la représenter telle qu'elle était, enfant, avec ses tortues ? Des tortues qu'elle avait préférées à moi.

Non, c'était faux. Elle m'avait demandé combien de temps je serais partie et je n'avais pas su quoi lui répondre. Elle était persuadée que je rentrerais.

Jamais je n'aurais cru que nous en arriverions là. Mais à l'époque, je n'étais pas en mesure de penser. Aphrodite m'en avait rendue incapable. Et maintenant, elle s'était retirée et m'avait abandonnée, me laissant avec Pâris. Pâris qui geignait, pleurait, regrettait ce qu'il avait fait, et ne pensait plus guère à moi. Il n'y avait plus personne à Troie à mes côtés. Si ce n'était Gélanor et Évadné. Mais ils seraient de toute façon restés à Sparte avec moi.

Et toi, pensai-je en caressant le métier à tisser et le motif qui peu à peu se formait, tu me parles, tu me consoles. J'effleurai les fils écarlates.

Je me mis à éviter Pâris. Ou peut-être était-ce lui qui m'évitait. Quand nous passions à côté l'un de l'autre dans les couloirs de notre palais, nous sourions et marmonnions une vague excuse, un rendez-vous chez le bronzier ou l'orfèvre, une invitation chez Hécube ou un cheval à aller voir. Maintenant, je comprenais l'intérêt d'avoir des appartements séparés pour les hommes et les femmes. La nuit, Pâris et moi ne pouvions pas nous ignorer. Nous devions nous retrouver, épuisés, dans la même chambre, le même lit. Alors, nous prenions soin de rester bien loin l'un de l'autre, et le matin, nous nous réveillions dos à dos, l'un regardant l'Orient, l'autre l'Occident.

Cette vie commençait à ressembler à celle que j'avais connue avec Ménélas – la même politesse de surface, le même comportement impassible, le même lit froid et vide au milieu. Et pourtant, ce n'était pas tout à fait la même chose. Je n'avais jamais éprouvé de passion pour Ménélas. Aujourd'hui, avec Pâris, j'étais mal à l'aise. Son changement d'attitude me faisait craindre d'être la cause de sa tristesse. Dès que je mentionnais par mégarde le nom de Troïlos, que je fredonnais un air qui lui était associé, chaque fois que je faisais l'un de ces innombrables petits gestes qui, d'une manière ou d'une autre, rappelait à Pâris son frère mort, il devenait la proie du désespoir – ou de la colère. Il m'avait mise sur un des plateaux de la balance, et Troïlos sur l'autre. Certains jours, je pesais moins lourd, et ces jours-là il m'aurait volontiers perdue pour retrouver son frère. Les sourires que, silencieux, nous nous adressions en passant étaient faux.

À Troie, Gélanor et Évadné étaient les seuls amis auxquels je pouvais me confier, vers qui je pouvais me tourner, qui comprendraient ce qui se passait sans même que je prononce une parole. Ils étaient venus ici avec moi, avaient fait tout ce voyage pour moi.

Évadné occupait quelques pièces dans mon palais et Gélanor une jolie petite maison offerte par Priam en ville, à mi-pente. Le roi tenait à pouvoir compter sur lui et sur son intelligence à tout moment. Ainsi, ces derniers temps, il m'avait été difficile de trouver un moment où mon ami n'était pas occupé.

Un jour où les relations entre Pâris et moi avaient été encore plus distantes et froides que d'habitude, j'allai me réfugier avec Évadné chez Gélanor. Sa petite maison était encombrée de tout ce qui avait attiré son attention et l'avait séduit : des boîtes contenant des papillons, des pierres de formes et de couleurs diverses, des pointes de lance en bronze, des arcs à différents stades de leur fabrication, des coquillages, des pots de peinture, des brides avec des mors. Tous ces objets étaient soigneusement rangés sur des étagères. C'était une pièce de rêve pour un petit garçon. Autrefois, mes frères eux aussi collectionnaient des objets qu'ils ramenaient à la maison. Mais Mère, estimant ce bric-à-brac indigne de princes, faisait régulièrement faire place nette dans leurs chambres.

Gélanor émergea d'une alcôve, les bras raides et tendus devant lui. Il nous salua. Le sang coulait de ses avant-bras. Il lui était arrivé quelque chose !

« Laisse-moi t'aider ! » Je me ruai vers lui pour soigner ses blessures.

Il me repoussa en riant. « Non, laisse comme c'est. Je me suis coupé les bras moi-même. » Il les secoua pour faire sécher le sang.

« Tu es sûr que ça va ? Il faut être fou pour se couper soi-même ! s'exclama Évadné.

– Si par être fou tu entends vérifier qu'il est possible de faire croire qu'une cicatrice est réelle, alors oui, je suis fou. » Il prit un pot de terre sur une étagère et ouvrit le couvercle. « Ceci ira pour l'une des cicatrices. Attrape-moi ce bocal qui est sur la table. Et le petit bol à côté. »

Je lui apportai les objets en question. Il les posa à côté du pot. Puis du bout des doigts, il prit une substance dans l'un des récipients et l'étala sur une des coupures qu'il s'était faites aux bras. Il répéta l'opération pour les autres récipients et coupures, en grimaçant de douleur à chaque fois.

« Est-il possible de créer une cicatrice qui ait l'aspect que je veux ? C'est ce que nous allons voir. Ce pot contient de la glaise des rives du Scamandre, ce bocal, des cendres, et ce bol, de la terre d'un champ d'orge. Des choses très ordinaires, que n'importe qui peut trouver.

– Et si les blessures s'infectent ? s'écria Évadné. Et si ton bras s'atrophie ?

– Ce n'est pas fini », poursuivit Gélanor. Il se retourna pour prendre un pichet de vin, qu'il versa lentement sur les blessures. « Voilà qui va enfermer la saleté et prévenir toute infection. »

Toutes ces opérations... Qu'est-ce que Gélanor avait en tête ?

« Ah, chère reine, vois jusqu'où je suis prêt à aller pour vous protéger, toi et ta famille troyenne. » Il haussa le sourcil avec cet air taquin que je détestais. « Tu connais cette expression rebattue : “Pour toi je donnerais mon bras droit” ? Eh bien, je te prouve qu'elle est exacte ! » Il leva son bras ensanglanté.

« La seule chose que tu prouves, c'est que tu as perdu la raison, répliquai-je. Je ne vois pas ce que tout cela a à voir avec moi ou avec Troie. »

Son visage changea d'expression, avec cette soudaineté qui était coutumière chez lui. « Oh, tu te trompes, dit-il. Allons, dis-moi ce que tu sais des cicatrices et de leur importance.

– Je sais qu'elles ne nous quittent plus de la vie. Si, enfants, nous tombons sur les genoux, la cicatrice conserve le souvenir de cette chute jusqu'au trépas. Les guerriers évoquent avec fierté ces preuves de leurs combats.

– Tu as utilisé le mot “preuves”. En effet, pour nous, les cicatrices peuvent être la preuve que tel homme est bien celui qu'il prétend être. Elles sont nombreuses, les histoires de personnes qui reviennent chez elles après une longue absence pour réclamer leur part d'héritage et doivent prouver leur identité en montrant leurs cicatrices. D'habitude, dans ces histoires, il y a une vieille nourrice ou quelqu'un d'autre qui reconnaît la personne en question. À propos, je me souviens ! On dit que le petit Ajax a été mordu à la jambe par un loup. Alors, bienvenue dans notre cercle, Ajax ! Mais... s'il était possible d'imiter une cicatrice ? En particulier une marque très inhabituelle ? Voilà qui permettrait à un imposteur de gagner la confiance de ses victimes. Je ne suis pas sûr que cela soit faisable, mais j'ai bien l'intention de le découvrir. Il y a un espion à Troie, un espion très haut placé. Il écoute nos conversations privées. Il entre et sort de chez nous sans éveiller les soupçons. J'ai ma petite idée sur lui, mais j'ai besoin de preuves.

– À qui songes-tu ?

– Pense à ce que l'ennemi a su et qui aurait dû rester secret. Demande-toi qui aurait pu avoir accès à ces informations. La piste est on ne peut plus claire, pour peu qu'on veuille bien la suivre. L'espion est jeune et n'a pas songé à recouvrir ses traces.

– Mais qui est-ce ?

– Tu le sauras plus tard. Il vaut mieux que nul ne sache que j'ai des soupçons tant que je ne suis pas sûr. En outre, je risquerais de souiller la réputation de quelqu'un qui est peut-être innocent. »

Évadné et moi le laissâmes à ses expériences. Mais j'étais inquiète pour lui. Je savais qu'il n'était pas venu ici de son plein gré et que maintenant il était piégé. Sa frustration et sa colère l'avaient-elles poussé à de tels actes ?

« Évadné, dis-je, si seulement tu pouvais voir qui c'est !

– J'ai essayé, ô reine, mais le don de vision ne m'est accordé que selon le bon vouloir des dieux. Je ne puis le commander. Les dieux ne m'ont rien révélé de proche. Ils semblent ne goûter que ce qui est loin, que ce soit dans l'espace ou dans le temps. Et même là, ils ne m'ont rien fait voir récemment. Peut-être mon don s'est-il tari. »

Mon propre don de vision semblait lui aussi s'être évaporé, alors qu'à mon retour d'Épidaure il était si fort. « Peut-être devrions-nous consulter le serpent domestique, que tu as si gentiment apporté avec toi de Sparte. Allons lui rendre visite. » Après tout, il n'était pas entièrement étranger à mon don.

Nous ne risquions pas de rencontrer Pâris sur le chemin. Il ne se rendait jamais dans la petite pièce que nous avions attribuée au serpent, qui nous avait pourtant liés, autrefois, lors de notre première rencontre en tête à tête par une étrange et folle nuit... Non ! Ne pas y penser !

« Quel plaisir de te voir, princesse. » Je fus tirée de mes songeries par la voix de Déiphobos. Il était debout devant nous, les poings sur les hanches, et me souriait d'un air concupiscent. « La beauté de ton visage fait rougir l'aube.

– L'aube est passée depuis longtemps », répliquai-je en aplatissant les plis de ma robe pour passer devant lui sur le chemin escarpé.

Il refusa de bouger et contempla le ciel.

« Le soleil serait-il donc déjà haut ? Pourtant, Phébus n'a pas encore ordonné à ses chevaux de monter jusqu'au zénith. Tu te trompes. » Puis il se pencha et murmura à mon oreille : « J'ai entendu dire que tu appréciais beaucoup ces vieilles histoires – Phébus et consorts. Je peux te comprendre. Après tout, il est tout naturel que la fille d'un cygne croie de telles fables. Ta mère a-t-elle conservé quelques plumes en souvenir ? » Il se mit à ricaner.

Je ne pus me retenir. Reculant d'un pas, je le souffletai. « Allons-y, Évadné ! Sinon, je jure par tous les dieux que le roi sera mis au courant de cet affront. » Je poussai Déiphobos.

Au lieu de céder, il se pencha en avant et agrippa mon bras sauvagement. « Tu te promènes comme ça parmi nous... Tu crois que tu vas échapper à notre désir ? siffla-t-il entre ses dents. C'est tout ce que tu fais – éveiller le désir. C'est tout ce qui t'intéresse. »

Je me dégageai brutalement et le repoussai de toutes mes forces.

Et dire qu'il était le frère de mon mari ! N'avait-il pas honte ? Ne savait-il pas se contrôler ? Si seulement il m'avait dit cela parce que la situation dangereuse dans laquelle se trouvait Troie l'avait rendu amer ! Mais je savais que non. C'était bien du désir que j'avais lu dans ses yeux, et ceci dès le début.

Le serpent. Il vivait dans sa grotte, calme et impassible – parfait antidote à toute cette laideur. Je pris Évadné par le bras en tremblant et l'entraînai avec moi dans les rues de la ville, peut-être plus vite qu'elle ne l'aurait souhaité. Mais j'avais désespérément besoin du serpent, de sa sagesse, de sa présence consolatrice.

Il y avait une entrée au niveau de la rue. Évadné et moi descendîmes les escaliers menant à la pièce souterraine où il se trouvait.

Elle était toujours éclairée par des lampes à huile. Un serviteur apportait le lait et les gâteaux au miel pour le serpent. Un bouquet d'herbes séchées renouvelé quotidiennement conservait à l'air sa fraîcheur.

La pièce nous parut sombre lorsque nous entrâmes, après la lumière éclatante du dehors. Il fallut un long moment pour que mes yeux s'habituent à la pénombre et que les formes se solidifient, cessent de trembler et s'immobilisent. J'avais hâte de prier devant l'autel, d'attirer vers moi mon serpent bien-aimé et de lui confier mes soucis.

Le sol poli devint plus net. Les dalles carrées se mirent à luire sous la lumière des lampes. J'inspirai profondément et sentis le parfum doux des herbes déposées dans l'urne près de l'autel. Évadné s'assit à côté de moi. Seule sa respiration trahissait sa présence.

C'est alors que je vis, devant l'autel, quelque chose qui ressemblait à une corde et n'était pas disposé comme l'aurait été une offrande. Mon cœur se serra.

S'agissait-il d'une innocente plaisanterie ou d'un acte de pure malveillance ?

Évadné ne pouvait pas voir. « Reste ici », lui dis-je en m'efforçant d'adopter un ton aussi naturel que possible.

En me rapprochant, je compris l'atroce vérité : mon serpent était étendu là, mort. Les blessures qu'on lui avait infligées – je ne pourrais les décrire.

Je tombai à genoux, levai les mains et me mis à crier. Pour que le ciel, pour que les dieux m'entendent ! Pour qu'ils rendent la vie à mon serpent, à mon protecteur !

Seuls me répondirent le silence et l'immobilité du corps pâle et mince à mes pieds.

Fuyant l'horrible scène dans la grotte, oubliant que j'évitais Pâris à présent, je courus vers celui que j'aimais toujours. J'atteignis l'étage supérieur, hors d'haleine. Il était là, comme je le pensais, ses armes et son armure autour de lui. Il leva lentement les yeux vers moi lorsque j'entrai en trébuchant dans la pièce.

« Qu'est-ce qu'il y a ? » Sa voix était glaciale. Peu m'importait. Seule comptait l'attaque dont j'avais, dont nous avions, été la cible.

Je me jetai dans ses bras pour y chercher la chaleur dont sa voix était dépourvue. Mais son corps était aussi froid que celui du serpent. Il s'écarta de moi.

« Qu'est-ce qu'il y a ? » répéta-t-il, sur un ton qui voulait dire : *Peu m'importe !*

« Pâris, quelqu'un a tué le serpent ! Quelqu'un est entré dans la pièce et l'a frappé. Notre premier compagnon ! Massacré ! »

Alors, enfin, son visage s'anima. Ses lèvres se mirent à trembler. « Le serpent ?

– Oui. Va voir. C'est affreux. »

Je lui pris la main. Arrivée devant l'entrée de la pièce, je reculai. J'étais incapable de contempler à nouveau la scène. J'entendis les pas de Pâris, sa voix s'adressant à Évadné. Je les entendis sortir tous les deux de la petite pièce pendant que j'attendais, tête baissée.

Pâris posa doucement sa main sur mon épaule. « C'est notre deuil à tous les deux. »

Je plongeai mes yeux dans les siens. La lumière était faible. Était-ce bien le Pâris d'autrefois qui me rendait mon regard ?

L

Les rues de Troie grouillaient d'une foule agitée, animée par le désir impétueux de sortir des murs pour se lancer à l'attaque et agir. L'hiver approchait. Nos guerriers voulaient frapper un grand coup avant que les Grecs lèvent l'ancre – et il faudrait bien qu'ils partent, les mers n'allant bientôt plus être navigables. Selon les vieux conseillers, il était plus sage de laisser la nature faire le travail à la place de notre armée. Mais quelle gloire y avait-il à laisser l'ennemi rentrer chez lui, poussé par les rigueurs de l'hiver, tandis que les armes en bronze des guerriers restaient rangées et perdaient leur lustre ?

Le prêtre de notre palais voulut bien enterrer le serpent selon les rites, ce qui nous réconforta quelque peu. Impossible de le remplacer. Il n'y en aurait pas d'autre. Je décidai de l'inclure dans ma tapisserie, de lui redonner un semblant de vie pour honorer sa mémoire. Mais il était bel et bien mort, et avec lui l'une des périodes les plus précieuses de ma vie.

Au fil du temps, Pâris retrouva un peu le moral. Certes, il ne riait plus comme autrefois, mais il avait cessé de passer ses journées allongé sur le divan à broyer du noir. Parfois, il allait même jusqu'à me témoigner un semblant de tendresse. Parfois, seulement, et je ne pouvais jamais prévoir à quel moment il se montrerait plus tendre. Au début, en particulier après la mort sauvage de notre serpent, je m'étais félicitée que son amour renaisse. Mais ses sentiments variaient, telle la lune apparaissant ou disparaissant derrière les nuages poussés par le vent. Je sentais que, peu à peu, je me retirais, pour me réfugier dans un endroit où il ne pourrait ni me toucher, ni me décevoir. J'étais plus en sécurité ainsi.

C'est alors que les réfugiés commencèrent à affluer. Quel choc pour nous ! Un jour, à l'automne, une véritable marée humaine traversa la plaine vide où aurait dû se tenir la foire. De notre toit en terrasse, je vis la foule se déverser dans les prairies et se jeter sur les portes de la ville, sans pouvoir distinguer si elle comprenait des gens armés. Nos sentinelles leur demandèrent en criant qui ils étaient. Ils répondirent qu'ils venaient de Dardanie, d'Arisbé et de Percote et que leurs villages avaient été détruits par les Grecs. Ils nous suppliaient de leur accorder notre protection.

Priam et Hector chargèrent des officiers d'installer des campements autour des lignes extérieures de la ville, où ces gens pourraient rester et être assistés. Il y avait parmi eux surtout des femmes, des enfants et des vieillards. Les hommes jeunes avaient été tués, les troupeaux volés, et de nombreuses femmes capturées et emmenées à marche forcée jusqu'au camp grec. Enfin, leurs maisons avaient été incendiées.

Hector contempla la foule de ces malheureux. « Ils sont des centaines, dit-il. L'ennemi a employé beaucoup d'hommes pour attaquer ces villages. Nous n'avons pas affaire à de simples raids visant à se procurer des victuailles pour la traversée de retour. » Il se pencha en avant sur les remparts, le regard alerte tel celui d'un oiseau de proie. Le vent du large, glacé, ébouriffa ses cheveux.

« Alors comme ça, ils ont l'intention de passer l'hiver ici ! » s'exclama Antimachos, toujours aussi agressif. Il semblait ne pas en revenir. Le grand stratège qu'il était avait-il donc été pris au dépourvu ?

« Cela tombe vraiment mal, convint Hector. Nous ne l'avions pas prévu. L'une des femmes racontait que, non contents d'attaquer les villes voisines, ils s'en sont également pris aux îles de Ténédos et Imbros. Voilà qui n'est guère réjouissant. Jusqu'où vont-ils aller ?

– Il y a une limite à la portée de leurs attaques, déclara Antimachos.

– Que disent nos espions ? »

C'était Pâris, qui les avait rejoints sur la muraille. Quand j'avais quitté notre palais, il dormait encore. Qu'avait-il fait entre-temps ?

« Ils rentreront dès que le danger sera passé, lui répondit Hector. Alors nous en saurons plus. En attendant, nous devons nous débrouiller pour nourrir ces malheureux. Prévenez les intendants. Mettez de côté du grain pour eux.

– Mais nous n'allons tout de même pas vider nos réserves ! s'inquiéta Antimachos.

– Il faut bien que nous fassions quelque chose pour eux, répliqua Hector. C'est à cause de nous qu'ils ont perdu leurs maisons. »

Je lui fus reconnaissante de m'avoir laissée en dehors de tout cela. Hector ne me reprochait jamais les malheurs que j'avais provoqués. Il était le seul de tous les Troyens à penser que, au même titre qu'eux d'ailleurs, j'étais innocente et victime des lubies des dieux.

Mais pour les autres membres de la famille royale, la mort de Troïlos avait marqué un tournant, comme je l'avais vu avec Pâris. Jusque-là, ils avaient essayé de m'intégrer dans leur cercle. Mais quand leur fils, leur frère, était mort, ils s'étaient dit qu'Hélène ne pourrait jamais faire partie de leur famille. Je serais toujours une étrangère, une intruse, celle par qui la malédiction que Pâris portait en lui se réaliserait. Nous étions devenus les instruments de notre destruction et de celle de Troie.

Dans la rue, les gens – ceux-là mêmes qui m'avaient saluée par de joyeux « Trésor grec ! » peu de temps auparavant – me jetaient des regards menaçants quand je passais près d'eux et s'écartaient de moi comme si je portais malheur. Peut-être avaient-ils raison sur ce point. Lors de mes déambulations dans la ville, de place en place, de ruelle en ruelle, j'observais tous ces détails grâce auxquels les gens ajoutaient à leur vie quelques touches de beauté : les petits pots d'herbes aromatiques au seuil des portes, les volets peints, les assises des chaises en joncs tressés. Parfois, un guerrier qui passait devant moi renversait la chaise ou cassait l'un des pots. Déjà, la destruction avait commencé à Troie, alors que les Grecs n'étaient même pas encore entrés !

Je ne saurais dire à quel moment je pris cette décision atroce mais nécessaire. Je sais seulement qu'un matin, alors que le soleil commençait à peine à colorer les murs des maisons, je les regardai en me disant que je les verrais toujours. Et quand arriva le crépuscule et que la lueur des torches clignota sur ses mêmes murs, je sus que je devais me bannir moi-même. Je devais sauver Troie d'Hélène, rejoindre les Grecs – après m'être jurée que je périrais de ma main dans leur camp.

Se préparer à mettre un terme à sa propre vie, à quitter tout ce que l'on chérit, y a-t-il pire cauchemar ? Je devais abandonner Pâris pour qu'il puisse vivre, Priam, Hector, Andromaque, ma seule amie, mais aussi Gélanor et Évadné. Je fus alors envahie par une grande tristesse en me rendant compte qu'il y avait bien peu de personnes à Troie qui ressentiraient ne serait-ce qu'un léger chagrin après ma mort, alors que cela faisait déjà un certain temps que je vivais ici.

Je résolus d'en finir et d'attendre trente jours afin d'être sûre que c'était la meilleure chose à faire. Ce n'était pas un geste à entreprendre à la légère.

Pendant ces trente jours, Troie m'apparut sous une autre lumière, comme à distance. Éclats de voix dans la salle du conseil, foule désespérée des réfugiés dans leurs camps de fortune près des murailles, villages des environs que l'ennemi avait incendiés – je cherchai partout un signe indiquant que je devais rester, mais n'en trouvai aucun. Où que mon regard se portât, je ne voyais que la certitude d'une amélioration si je disparaissais brutalement et que la guerre cessait.

Et Pâris ? Il allait mieux maintenant et se lamentait moins de la perte de Troïlos. Mais comment résisterait-il si une autre personne chère à son cœur disparaissait ? Il fallait nous attendre à d'autres morts, c'était certain. Pâris lui-même serait peut-être l'une des prochaines victimes. Pour épargner sa vie, je devais partir.

Comme il était étrange de garder ce secret pour moi, de côtoyer les autres en me sentant déjà appartenir à un autre monde, tel un fantôme, sans que personne ne s'en rende compte. Les moments que je passais assise près du feu en compagnie d'Hector et d'Andromaque, les délicates attentions dont Priam ne se montrait jamais avare avec moi, n'en furent que plus précieux. Bientôt, tout cela ne serait plus.

Quant à Pâris, je pouvais tout lui pardonner maintenant – ses changements d'humeur, sa froideur, ses bouderies. Ce n'était là que des détails, comparés à la lumière dorée émanant de sa personne. J'étais la cause des ombres qui l'attristaient. Quand je les emporterais avec moi, Pâris redeviendrait celui qu'il était autrefois. Seulement, je ne serais pas là pour le voir.

On racontait que lors de son sacrifice, Iphigénie avait cessé de se débattre et avait offert sa vie afin que les Grecs puissent prendre la mer en direction de Troie. Je ne pouvais pas faire moins, si je voulais protéger mes nouveaux compatriotes de ces mêmes Grecs.

Pâris ne se doutait de rien. Je découvris avec un certain malaise que j'étais parfaitement capable de jouer un rôle. Les premiers jours, l'idée de le quitter me transperçait le cœur. Mais je finis par m'endurcir et être en mesure de supporter la douleur. La mienne comptait si peu par rapport à celle qui s'abattrait sur tous les autres si je ne m'en allais pas.

Quand partir ? Et comment ? Les murailles étaient bien gardées et, même de nuit, rien n'échappait aux soldats qui se tenaient en faction dans les tours. C'était seulement quand la lune était absente, l'espace de quelques jours, que certaines parties des remparts étaient plongées dans le noir. Mais les gardes étaient à l'affût du moindre bruit et auraient vite découvert quiconque tentait de les escalader. Était-il même possible de grimper jusqu'au sommet, puis de descendre de l'autre côté ? Les parois étaient hautes comme cinq ou six hommes ou revêtues de pierres lisses qui n'offraient aucune prise.

Inutile de songer à suivre le lit d'un cours d'eau, aucune ne traversant Troie. Nous avions deux puits à l'intérieur des murailles, assurant à la ville une alimentation régulière. Les eaux usées s'écoulaient jusqu'au pied du mur sud par un fossé de drainage. L'ouverture avait été munie d'une grille qui empêchait toute créature plus grosse qu'un rat d'égout de passer.

Et si je sortais dans la journée en prétendant avoir quelque chose à faire à l'extérieur des remparts ? Hélas, on ne me permettrait jamais de sortir sans escorte. Et, de toute façon, aucune tâche n'était considérée comme suffisamment importante pour justifier un tel risque, surtout après ce qui était arrivé à Troïlos. Ne pouvais-je pas dire que les Grecs avaient exigé de me voir ?

Là encore, les Troyens ne me laisseraient jamais satisfaire à ce qui ne serait pour eux qu'un stratagème pour me kidnapper.

Je n'osais demander l'aide de personne pour exécuter mon plan, de peur d'être trahie. J'en revins alors à ma première idée – d'une manière ou d'une autre, je devrais passer par-dessus la muraille sans me faire repérer, sans aucun complice.

Alors que le délai de trente jours que je m'étais imposé était sur le point de s'écouler, ma détermination fléchit d'une manière tout à fait inattendue. Je grimpais péniblement la côte pour rentrer chez moi quand je fus prise d'une envie brusque de m'accrocher à quelque pilier et de ne plus lâcher prise, comme si une force maléfique essayait de m'arracher à cet endroit, comme si je n'avais pas été moi-même ces derniers temps. Je ne voulais pas quitter Troie. Jamais. J'aurais aimé pouvoir m'accrocher à tous les piliers, à toutes les colonnes, pour que rien ne nous sépare. Mais je savais que ces piliers et ces colonnes ne resteraient debout que si je partais.

Devant moi, le palais me parut plus beau qu'il ne l'avait jamais été. Pâris m'y attendait. Cette nuit, il était de bonne humeur. Le Pâris d'autrefois m'accueillit généreusement, avec effusion. Nous allions avoir des invités que je serais heureuse de voir. Il s'affaira avec empressement, prépara des braseros pour que nous puissions nous installer dans une pièce plus petite que l'immense mégaron ouvert à tous les courants d'air. Comme toujours avec lui, ce qui faisait plaisir à voir, ce n'était pas ce qu'il faisait, mais la joie qu'il y mettait.

« Ton deuxième hiver à Troie, dit-il. Maintenant, tu peux prétendre au titre de vraie Troyenne. »

C'était donc cela qu'il voulait fêter ? Cher Pâris, qui savait donner un lustre si spécial à l'ordinaire ! Le deuxième hiver d'Hélène ! Je pris sa tête entre mes mains et l'embrassai. « Je t'aime », lui dis-je en riant. Mais mon cœur était comme une pierre dans ma poitrine.

Hector et Andromaque étaient les invités pour lesquels il s'était donné toute cette peine. Ils traversèrent la petite rue qui séparait nos palais et s'annoncèrent. Ils s'étaient habillés comme pour une visite officielle, alors que nous étions voisins. C'était là leur manière de montrer à leur frère l'importance que son invitation revêtait pour eux. Prévenance, souci des convenances – ils étaient ainsi. Ils ôtèrent leurs manteaux avec solennité et nous rejoignirent. Hector avait mis un châle et des pantalons en laine bien chaude. Quant à Andromaque, elle portait un vêtement long que je n'avais jamais vu, bleu et décoré de rangées de franges jaunes qui faisaient le tour de la jupe. Cette mode, m'expliqua-t-elle, venait de Crète, où toutes les femmes portaient des jupes décorées de perles ou de volants. La robe était seyante, Andromaque étant suffisamment grande pour que la jupe lui donne la noblesse d'une colonne.

Pâris les invita à s'asseoir sur des chaises marquetées accompagnées de repose-pieds assortis.

Hector s'installa confortablement. Mais même lorsqu'il se détendait, il donnait toujours l'impression d'être prêt à bondir. « Alors, cher frère, dit-il, qu'est-ce que tu voulais fêter ce soir ? » Ce qu'il voulait dire, c'était : *Quel est donc cet événement si important que tu as jugé bon de nous inviter chez toi au beau milieu d'une guerre ?*

Ombre, je demeurai assise, impassible. Ombre, sur le point de m'évanouir. J'avais dissimulé une corde – assez longue, je l'espérais, pour me permettre de descendre jusqu'au pied du mur nord –, préparé mes sandales et mon manteau. J'avais choisi le mur nord, le moins surveillé. Il était si haut que les gardes étaient persuadés qu'aucun Grec ne tenterait l'escalade à cet endroit-là. De l'autre côté, on tombait directement sur les champs. Le mur n'était pas loin des palais, mais la proximité du temple d'Athéna, sombre et non gardé, m'offrait la possibilité de m'approcher sans être repérée.

« Je souhaitais simplement passer un moment de détente avec vous, expliqua Pâris. Nous nous sommes vus en haut des murailles, lors des funérailles de Troïlos et pendant les conseils de guerre, mais très peu dans l'intimité.

– J'ai bien peur qu'en temps de guerre, il en soit toujours ainsi, répondit Hector sèchement.

– Alors, j'ai hâte que revienne la paix pour que nous puissions à nouveau nous comporter normalement, dit Andromaque. Nous avons un secret, un secret que je vais te confier, à toi, Hélène, puisque tu m'as accompagnée sur le mont Ida. Je suis enceinte. »

Toute ombre que j'étais, je ne pus m'empêcher de bondir de

ma chaise, ivre de joie, pour l'embrasser. Elle avait tant attendu ce bonheur. Et je ne serais pas là pour voir le visage de son bébé. Cela, personne ne devait le savoir. Mais la joie que je ressentais pour elle était intacte.

« Un fils d'Hector, s'exclama Pâris, enfin !

– Nous ne savons pas si c'est un fils », dit Hector, mais son sourire doux témoignait du bonheur qu'il éprouvait ne serait-ce qu'à l'imaginer.

– Garçon ou fille, cet enfant sera une grande fierté pour Troie, déclara Pâris.

– J'adresserai des prières aux dieux tous les jours pour que la naissance se passe bien. Hélène, tu seras avec moi, n'est-ce pas ?

– Bien sûr », répondis-je sans réfléchir.

Je détestais mentir. Et voir les yeux de mon amie briller de plaisir ne faisait qu'accroître mon sentiment de culpabilité.

La fin de la soirée se passa comme dans un rêve, un rêve dont je ne faisais pas partie. J'entendis la conversation, et même j'y participai. Ils parlèrent de l'inconnu qui m'avait enfermée dans le puits, avait drogué Pâris et tué notre serpent. Ils en vinrent à la conclusion qu'il s'agissait de quelqu'un qui entretenait à notre égard des rancœurs personnelles. Ce qui faisait de presque tous les Troyens des suspects.

Ils s'inquiétèrent de l'agressivité de plus en plus grande dont les Grecs faisaient preuve lors de leurs attaques dans les environs. Andromaque se faisait du souci pour sa famille à Plakos, mais Hector lui assura que, habitant plus au sud, au-delà du temple de l'Apollon Smithéen, près de Thèbes Hypoplacienne, elle ne risquait rien. Ils se demandèrent ce qui pouvait être fait pour empêcher ces raids. J'étais la seule à savoir ce que je préparais. Si Hélène se rendait, tout serait fini.

Chaque fois que mes yeux tombaient sur Pâris, je détournais le regard. Comment pouvais-je le quitter ?

« Tu semblais triste », me dit-il plus tard.

Je m'empressai de lui assurer qu'il n'en était rien. Tout ce que je voulais, c'était passer une dernière nuit avec lui dans notre lit, le serrer dans mes bras pendant des heures. Demain, ce serait une nuit sans lune. C'était le moment pour moi de partir.

Pâris ne m'avait jamais semblé aussi précieux que ce soir-là, près du lit, heureux et ignorant de ce qui allait se passer. J'avais simplement voulu vivre avec lui, être heureuse avec lui, vieillir avec lui. Mais non, Agamemnon avait fait en sorte que cela soit impossible. En débarquant ici pour terroriser des innocents, l'Atride parviendrait à me faire revenir, mais seulement pour un court moment. Personne ne m'enlacerait que la mort.

Pour l'heure, je vivais, désirais, caressais. J'embrassai Pâris, le serrai tout contre moi. Nous fîmes l'amour, lentement et plusieurs fois. Je savourai chaque caresse, chaque sensation, chaque murmure. Sachant qu'il nous restait peu de temps à passer ensemble, je tenais à tirer de ces quelques heures tout le bonheur qu'elles pouvaient me procurer.

LI

Le jour suivant – le dernier que je passerais à Troie –, je me levai tôt pour en savourer les moindres moments, aussi douloureux que cela puisse être. Retenant les plis de ma robe, je me penchai pour embrasser la joue de Pâris qui dormait toujours.

Je sortis telle une somnambule dans les rues de Troie. Je voulais les parcourir toutes, les mémoriser, me souvenir de leurs moindres détails. En jetant un coup d'œil par-dessus la muraille, je constatai que les Grecs campaient toujours au milieu de la plaine. Le soir, quand je descendrais du mur, il faudrait que je me dirige vers l'une de ces tentes. Peu importait qui me capturerait. Tôt ou tard, Ménélas reprendrait possession de moi.

Devais-je porter l'affreuse broche qu'il m'avait laissée ? Oui, puisque je m'étais jurée de la lui lancer au visage. Comme pour me faire regretter encore plus ma décision, le temps était radieux, avec un ciel clair entièrement dégagé et un vent frais, mais agréable. Troie ! Troie ! Comme tu es belle !

Le soleil poursuivit l'arc de sa course et finit par descendre. Priam, Hécube – et si j'allais les voir une dernière fois pour leur dire secrètement adieu ? Mais non, cela pouvait éveiller les soupçons. Il fallait que ce jour-ci soit un jour comme les autres.

Lorsque les ombres tombèrent et que la ville se replia sur elle-même, une sorte de brume paisible d'un mauve bleuté l'enveloppa. Il n'y avait pas eu d'attaques ce jour-là. La paix régnait.

Pâris et moi dînâmes tranquillement, presque en silence. Je l'examinai de temps en temps à la dérobée pour essayer de graver ses traits dans ma mémoire. Il surprit mon regard et parut intrigué. Je détournai rapidement les yeux.

C'était la nuit. Pâris dormait profondément à mes côtés. J'attendis que sa respiration devienne profonde et régulière, puis me redressai lentement en guettant ses réactions pour voir si je ne le réveillais pas. J'enfilai mes sandales et me levai. Le mouvement ne le dérangea pas. J'aurais voulu l'embrasser, mais n'osai pas. Tu as déjà fait tes adieux, me dis-je. C'est fini. Tu dois partir.

Je mis une paire de pantalons de Pâris – habit oriental décadent, disait-on – qu'il ne portait qu'en privé. Ce serait plus pratique que de descendre le long de la muraille vêtue d'une robe. Avec ces pantalons, je pourrais enrouler mes jambes autour de la corde.

Il m'était impossible de regarder en arrière. Je sortis furtivement du palais, non par la porte principale, qui était gardée, mais par les cuisines et les quartiers des domestiques. C'était là que j'avais dissimulé ma corde et mon manteau sombre, à côté d'une jarre de grain. Ils y étaient toujours – personne ne les avait découverts.

Je les coinçai sous mon bras et, faisant le moins de bruit possible, pris la direction du grand temple sombre d'Athéna. Il n'y avait ni prêtre ni prêtresse, et l'espace entre les colonnes était vide et plongé dans l'obscurité. Au-delà du temple se trouvait le point culminant de Troie, le bastion qui servait de poste de guet au nord-est de la ville. Ce n'était pas de ce côté que j'avais l'intention de franchir le mur, car j'aurais été visible depuis la tour. Un peu plus à l'ouest, personne ne me verrait.

J'avais caché dans un endroit sûr une grosse pierre qui me servirait de contrepoids. J'attachai la corde autour d'elle et jetai l'ensemble dans le vide. Le silence était total. Tout là-haut, le ciel était complètement noir, déserté par la lune pour quelques jours.

Je testai la solidité de la corde. Elle me parut satisfaisante. Je regardai en bas. Le sol était loin, très loin. Je retins mon souffle et agrippai la corde. Elle était rugueuse et rêche. Ses fibres abîmèrent mes mains. Mais peu importait.

Je devais escalader le parapet. Heureusement que je portais les pantalons de Pâris. Je pris appui sur les pierres et me hissai.

Pourvu que je ne lâche pas prise et m'écrase au sol ! Mais au fond, cela n'aurait pas été grave. Je serais simplement morte un peu plus tôt que je ne l'avais prévu.

Je commençai à me laisser glisser le long de la corde en rebondissant plusieurs fois sur les parois de la muraille, brillantes et dures. Je fus rapidement toute contusionnée. Et si quelqu'un entendait le bruit que je faisais !

La nuit était complète. Nul ne pourrait me voir, suspendue à cette corde. J'étais arrivée à mi-hauteur de la muraille. Le sol, couvert de taillis et de broussailles, se rapprochait dangereusement. La végétation amortirait ma chute. J'avais mal aux bras et ne pensais pas pouvoir tenir bien longtemps. C'est alors que le sol vint brutalement à ma rencontre.

J'avais lâché prise. J'atterris lourdement sur le dos, non sur le tapis végétal qui aurait adouci le choc mais sur les rochers. Une douleur fulgurante me tordit le corps. Un instant, je crus être incapable de me relever. Je me forçai à bouger. Tu es ici, tu dois marcher, tu dois atteindre ton but, me dis-je.

Je roulai avec précaution sur le côté et vérifiai que je pouvais commander mes jambes. Elles tremblaient un peu mais supportèrent néanmoins le poids de mon corps. Je me mis en route – vers Ménélas – et descendis la pente d'un pas mal assuré. Quelque part, non loin de là, se trouvaient les tentes grecques. Je trébuchai sur le sol irrégulier. Derrière moi, se dressait Troie. Le grand mur nord ressemblait à une plaque de bronze, haute et impénétrable. C'était fini. Troie n'était plus pour moi. Les misérables petites tentes des Grecs et leurs méprisables occupants m'attendaient.

L'esprit absent, j'avançai vers cet endroit où je ne désirais pas aller.

« Qui va là ? » Une voix brutale transperça l'air. Une sentinelle grecque sans doute. Maintenant était venu le moment de me rendre. Résignée, je me tournai.

Je sentis qu'on m'attrapait le bras. Peu m'importait. Qu'ils me frappent, me battent, me maltraitent. Tout ceci serait bientôt fini. Une torche m'illumina brusquement le visage. Je clignai des yeux et détournai la tête.

« Par tous les dieux ! » fit une voix furieuse.

Oui, je suis Hélène. Emmenez-moi, punissez-moi, remettez-moi à Ménélas. Qu'on en finisse. Maintenant, je ne pouvais plus attendre.

« Hélène ! Que fais-tu ici ? » Tout près de mon visage apparut brusquement celui d'Antimachos.

Antimachos ! J'eus un mouvement de recul.

« Ainsi tu t'apprêtais à trahir ? À aller rejoindre le camp grec ? » Il tira sur mon bras jusqu'à me faire mal.

« Non, ce n'est pas ce que tu crois !

– Alors, pourquoi cette corde ? Et pourquoi t'habiller comme pour une évasion ? »

Il avait remarqué mes pantalons.

« Je voulais me sacrifier pour Troie, répliquai-je en me redressant. C'est la seule solution. Si je retourne parmi eux, les Grecs n'auront plus aucune raison de faire la guerre à Troie.

– Petite sotte ! Parce que tu penses que c'est à cause de toi qu'ils sont ici ?

– En tout cas, c'est ce qu'ils prétendent. Mon intention, c'était de les priver de ce prétexte.

– Alors tu étais prête à retourner auprès de Ménélas, à te coller contre lui dans son lit ?

– Non ! m'écriai-je avec un haut-le-cœur. Je me serais tuée avant !

– Qui est au courant ? me demanda-t-il d'un air dédaigneux.

– Personne.

– Tu ne l'as dit à personne ? Allons donc, aucune femme n'est capable de garder un tel secret !

– Tu peux croire ce que tu veux.

– Il n'y a que toi et moi qui savons ?

– Oui.

– Alors, dis-toi bien, chère princesse, que tu vas rentrer à Troie et retrouver ta place dans le lit de ton mari, et que personne d'autre que nous ne saura rien de tout cela.

– Cela ne peut plus durer ! Je suis la seule à pouvoir mettre un terme à cette situation !

– C'est trop tard, déclara Antimachos. Personne ne peut plus arrêter le cours des choses. »

Il me fit rentrer à Troie par la minuscule porte qui se trouvait au pied de la tour nord-est. Il me força à me couvrir le visage et la tête avec mon manteau pour que les gardes ne me reconnaissent pas. Puis il se colla à moi avec concupiscence pour qu'ils pensent que j'étais une prostituée. De toute évidence, ce petit jeu était à son goût. La ville était plongée dans le silence de la nuit. Antimachos me poussa vers la porte de mon palais en lançant d'un ton hargneux : « C'est notre secret à tous les deux. »

Je n'avais pas le choix. Il fallait que je rentre. Mais je gardai la tête haute et lui fis comprendre que c'était moi qui choisirais la porte que j'emprunterais pour entrer, pas lui. Je voulais que ce soit la même que celle par laquelle j'étais sortie. Et je craignais d'alerter les gardes qui surveillaient l'entrée principale.

Je traversai le porche puis le vestibule, avant de monter dans notre chambre, où le vent soufflait à travers les motifs découpés des volets. Pâris dormait toujours, un bras pendant du lit, le visage tourné de l'autre côté. Tout était tel que je l'avais laissé. Je me sentis comme un soldat retrouvant un foyer qu'il pensait ne jamais revoir. À présent, ainsi que me l'avait dit Antimachos, la guerre suivrait son propre cours et j'étais impuissante à l'infléchir.

J'étais en train de me pencher pour ôter mes pantalons quand Pâris se redressa brusquement et me fixa du regard. Je me figeai et retins mon souffle, dans l'espoir qu'il s'allonge à nouveau, persuadé que ce n'était qu'un rêve, et qu'au matin il ait oublié ce qu'il avait vu. Mais il s'écria : « Qu'est-ce que tu fais ? »

Voyant que je ne répondais pas, il tendit le bras vers la clochette de bronze près du lit pour alerter les gardes. Je me précipitai sur lui et la lui arrachai de la main en étouffant ses tintements. Il retomba sur les oreillers et se mit à crier : « Hélène ! Hélène ! » en me retenant par le pantalon.

Je me jetai sur lui et mis la main sur sa bouche pour étouffer ses cris. « Ne fais pas de bruit », dis-je. Quelle histoire allais-je inventer ? Rien ne me vint à l'esprit. J'étais lasse de mentir. Mon esprit était vide. J'allais devoir tout lui avouer.

« Pourquoi as-tu mis mes pantalons ? me demanda-t-il quand j'ôtai ma main de sa bouche.

– Je voulais me sauver. »

Comme je le craignais, il se mit à gémir. « Te sauver ?

– Parce que je pensais que c'était le seul moyen de mettre un terme à la guerre et d'empêcher de nouvelles pertes. »

Agenouillée, je me balançai nerveusement d'avant en arrière. Nul besoin de lui dire que j'étais décidée par la même occasion à mettre un terme à ma propre vie.

« Et mon bonheur à moi ? Tu sais que je ne peux pas vivre sans toi ! » Il m'obligea à cesser de me balancer et me serra contre sa poitrine. « Comment as-tu pu m'abandonner ainsi ?

– C'était ce qu'il y avait de plus difficile. Je... J'ai failli manquer de courage, lui expliquai-je en bafouillant.

– De courage ! Je ne vois rien de courageux là-dedans. Tu étais prête à me faire souffrir !

– À nous faire souffrir tous les deux. Pour épargner de nombreuses autres vies.

– Pourtant, te voilà. Tu n'es pas partie finalement. Pourquoi ? »

Ce qu'il voulait, c'était que je lui dise avoir changé d'avis. Il allait être déçu d'apprendre que j'avais été interceptée.

« Antimachos m'a découverte. C'est à croire qu'il ne dort jamais. Il surveillait la base de la tour nord. »

Pâris poussa un cri de douleur. « Tu étais déjà à l'extérieur de la ville !

– En effet.

– Tu m'as trahi ! Tu m'as quitté ! Sans même un adieu ! Et tu voudrais que je te pardonne ?

– Non, je ne m'attendais à rien de la sorte. Pour moi, c'était le prix à payer.

– Et tu étais prête à le payer !

– Oui, je te l'ai dit. »

Oh, c'était horrible ! Si seulement j'avais pu lui épargner cela !

« Je vois que tu aimes quitter tes maris en pleine nuit. Tu te sauvais comme tu t'es sauvée cette nuit-là à Sparte. Jamais plus je ne pourrai te faire confiance !

– C'est là mon châtiment », dis-je.

Je ne pouvais rien lui reprocher. Je savais ce que l'on pouvait penser de ma décision. Moi-même, j'aurais réagi de la même façon.

Il se leva d'un bond et prit sa couverture. « Je ne partagerai pas mon lit avec toi », marmonna-t-il en me laissant seule dans la pièce sombre. Ses pas résonnèrent dans le vestibule puis s'évanouirent.

Tremblant de la tête aux pieds, je m'étendis sur le lit et restai allongée jusqu'à ce que la lumière du jour se glisse dans la chambre. Je remerciai les dieux de me réveiller dans ce palais plutôt que dans la tente de Ménélas. Et de respirer sans me dire que bientôt viendrait l'heure de mon dernier souffle.

Pâris avait disparu quand je descendis le matin. D'après les serviteurs, il était sorti pour « les préparatifs de guerre ». La situation lui fournissait de multiples occasions de se perdre et de m'éviter. Au moins, cela permettrait de garder secrète notre séparation. Mais comment empêcher les domestiques de deviner ? Il me fallait trouver une excuse pour justifier le fait que Pâris faisait chambre à part. Je pouvais peut-être invoquer le froid, les braseros, le bruit – prétextes qui ne laissaient pas soupçonner l'ombre d'une dispute. J'aurais aimé me réfugier dans la solitude et la paix de l'autel domestique, et trouver un réconfort dans la sagesse de notre serpent, mais la pièce désormais vide n'aurait fait que me rendre plus triste encore.

Mon corps entier était contusionné. Les chocs répétés contre la muraille l'avaient rendu d'une extrême sensibilité. Heureusement, comme il faisait froid, j'étais enveloppée dans des manteaux et des châles en laine bien épais. J'appelai Évadné et ensemble nous allâmes voir Gélanor. Peut-être savait-il la tournure que risquait de prendre la guerre. Je pourrais lui parler de mon plan déjoué et lui demander conseil. Il ne jugeait jamais ou, plus exactement, il jugeait, sans pour autant condamner.

Nous tombâmes sur lui au moment même où il sortait de sa maison et se rendait en toute hâte au dépôt d'armes central. Il parut néanmoins heureux de remettre à plus tard ce qu'il avait à y faire et posa les sacs qu'il portait. « Mes bombes à scorpions, dit-il. Ne les dérangeons pas ! J'étais sur le point de les tester. Mais tu n'as pas l'air d'aller bien, Hélène. Que se passe-t-il ? »

Comme j'aurais aimé me jeter dans ses bras pour qu'il me console ! Mais c'était impossible. « Oh, Gélanor, tout va mal, très mal !

– Tout ? Tu exagères. »

Il recula et pencha légèrement la tête sur le côté. D'ordinaire, ce petit mouvement avait quelque chose de charmant, mais maintenant son détachement froid m'agaçait.

« Pas du tout ! »

Il ouvrit sa porte et nous fit entrer. Je m'effondrai sur un tabouret, heureuse de pouvoir soulager mes muscles douloureux.

« On dirait à ta façon de bouger que tu as cent ans, remarqua Gélanor.

– Je me sens en effet très vieille, fis-je en gémissant. Je suis toute meurtrie. » Avant qu'il puisse me poser la moindre question, j'ajoutai, « Autant tout de suite te le dire. J'ai tenté de m'enfuir de Troie, de me rendre aux Grecs. »

Évadné et lui sifflèrent d'admiration.

« Jamais je n'avais exigé de moi-même une telle infamie. Mais en passant dans les rues de Troie, en voyant les visages terrifiés des réfugiés, ceux, furieux, des Troyens, en apprenant le nombre de victimes des attaques grecques contre les villages, en me rappelant Troïlos, je n'ai pas pu supporter une telle responsabilité, ni l'idée que ce n'était pas fini. Personne n'aurait enduré un tel fardeau. Je me suis dit que si je me rendais à l'ennemi, tout cesserait. J'étais la seule à pouvoir faire cela, faire ce que des milliers de guerriers ne pouvaient faire.

– Tu te berçais d'illusions, vraiment ! dit Gélanor sur un ton aigre. Alors tu as tenté d'escalader les murs et tu t'es vite fait rattraper. Qu'est-ce qui s'est passé ? Ta robe s'est prise entre deux pierres ? »

Ainsi, même lui me sous-estimait ! L'envie me prit de le gifler. Pourquoi tout le monde pensait-il que j'étais stupide et pitoyable ?

« Pas du tout. Pour tout te dire, je portais des pantalons ! »

Il s'esclaffa.

« Arrête de rire ! lui ordonnai-je. Je ne les ai pas mis pour ton amusement, mais pour être plus à l'aise quand je grimperais.

– Des pantalons ! » Il eut peine à reprendre son souffle, tellement il riait. « Étant donné que tu as été prise, souffla-t-il, j'en conclus qu'ils ne t'ont pas protégée.

– C'est l'odieux Antimachos qui m'a attrapée. Il rôdait à l'extérieur des murailles. Ce qu'il faisait là, je l'ignore. Tout ce que je peux dire, c'est qu'il a surgi brusquement.

– Peut-être est-ce un espion, dit Gélanor d'un air songeur. Peut-être l'as-tu surpris alors qu'il se rendait lui-même dans le camp grec. Alors, il a fallu qu'il fasse semblant de te découvrir. Antimachos... Un espion insoupçonnable, donc parfait. »

Était-ce possible ? Celui de nos conseillers qui poussait le plus farouchement à la guerre ? Qui avait catégoriquement refusé de me remettre à l'armée grecque ? Non !

Gélanor poursuivit comme s'il parlait tout seul, tout en m'observant attentivement : « C'est pourquoi je dis que tu te berces d'illusions. Il est dans l'intérêt de beaucoup de gens dans les deux camps que les Grecs et les Troyens se fassent la guerre. Seul Ménélas a un mobile valable, celui de te reprendre. Pour lui, la guerre sera terminée quand tu rentreras à Sparte. Mais les autres, eux, continueront à se battre. En te rendant à Ménélas, tu aurais fait un vain sacrifice. »

Évadné se pencha en avant. « Je comprends pourquoi certains Grecs veulent cette guerre, mais les Troyens...

– Tu ne serais pas sourde en plus d'être aveugle ? dit Gélanor. Tu n'as donc pas entendu les cris des jeunes Troyens pressés de se battre ? Ce doit être dans la nature de la jeunesse de vouloir prendre les armes. Si Antimachos pouvait contribuer à ce que la guerre ait bien lieu, il se ferait des amis dans les deux camps, mais surtout parmi les Grecs. Je ne dis pas qu'il serait leur complice, mais simplement qu'eux et lui auraient un but commun, celui de faire voler les javelines et de briser des crânes. De toute évidence, ce genre d'amusement lui plaît.

– Mais à mesure que la liste des victimes s'allonge, les Troyens perdent le goût du sang.

– C'est vrai. Je pense que l'annonce que je m'apprête à faire le leur redonnera. »

Bien sûr, égal à lui-même, il refusa de nous révéler ce qu'il entendait par là. J'étais soulagée qu'il ne me demande pas pourquoi j'avais dit que tout allait mal. Il devait penser que je faisais uniquement allusion à ma fuite avortée.

Mais Évadné, elle, n'avait pas oublié. Sur le chemin du retour, elle me posa des questions. Je lui avouai mes problèmes avec Pâris.

LII

La petite guerre que Pâris et moi nous livrions fut diluée dans la grande guerre qui faisait rage autour de nous. Non seulement nous n'étions jamais seuls – notre palais étant rempli d'alliés qui avaient fui les raids meurtriers des Grecs –, mais notre vie entière se retrouva comme suspendue pendant que la guerre enflait, telle une araignée monstrueuse dévorant nos jours et nos nuits. Personne ne prit la peine de s'étonner de l'endroit où Pâris dormait. Je partageais ma chambre avec des princesses et des femmes de la noblesse phrygienne, tandis que leurs jeunes frères et cousins dormaient dans la nouvelle chambre de Pâris.

Énée et sa famille arrivèrent, puis un flot de réfugiés apeurés et parfois blessés venus de Lyrnessos, près de la région d'Andromaque, au sud. Voilà qui était plus inquiétant, d'autant plus qu'ils parlèrent d'un massacre. Au début, nous ne parvînmes à leur arracher que des récits confus. Ils avaient été brusquement attaqués par une escouade de guerriers dont le nom commençait par *Myr. Myr...* Les Myrmidons, les compagnons d'Achille ! Ainsi, il avait emmené ses hommes avec lui et n'avait pas hésité à effectuer un raid loin du camp grec. Ensuite, les réfugiés nous racontèrent comment les villes des environs avaient été attaquées, pillées, brûlées, leurs habitants tués. Les hommes avaient tous été massacrés, à l'exception des plus jeunes, des plus vieux et des infirmes. Les femmes avaient pour la plupart été capturées pour servir de butins et d'esclaves. Achille s'était ainsi constitué un véritable troupeau. Une femme émaciée, que mes serviteurs soignèrent en enduisant ses pieds ensanglantés d'une pommade, marmonna que s'il comptait abuser d'elles toutes, il deviendrait un vieil homme avant même d'avoir fini et il n'y aurait plus de guerre. Elle frémit à la pensée de tomber entre ses mains.

D'autres réfugiés racontèrent que la ville d'Assos avait également été attaquée, que le sanctuaire d'Apollon avait été profané et la fille du vieux prêtre, Chrysès, enlevée. « Comme Perséphone. » Et le roi de Thèbes ? Que lui était-il arrivé, à lui, à la reine et à leurs fils et filles ?

Tués, jusqu'au dernier. En une journée, toute la famille d'Andromaque avait été massacrée par Achille en personne. Son père, le roi Éétion, avait été taillé en pièces dans la cour de son palais alors qu'il s'agrippait à l'autel de son dieu, immolé à l'endroit même où il avait procédé à tant de sacrifices. Les Myrmidons avaient attaqué par surprise les sept frères d'Andromaque alors qu'ils gardaient paisiblement leurs troupeaux. Achille les avait achevés l'un après l'autre. Ils étaient tombés dans les prairies sur les flancs des montagnes.

Je me précipitai chez Andromaque. Le vestibule et la cour étaient pleins à craquer. Je croisai Hector au moment où il quittait la chambre. Il était livide, mais content que je sois là. Ma présence était nécessaire. On craignait que le choc ne soit fatal au bébé. Lui-même ne pouvait rester plus longtemps car on l'attendait sur les remparts.

Andromaque était allongée sur un divan, comme morte. Son visage était blafard et ses yeux, bien qu'ouverts, semblaient aveugles. Je posai la main sur son bras glacé. Je ramenai les couvertures sur sa poitrine et demandai qu'on place un brasero juste à côté d'elle. Je lui massai les poignets en l'appelant par son nom. Elle finit par tourner la tête et me regarder. L'expression de ses yeux me pétrifia. C'était comme s'il n'y avait plus de vie en eux, que seule demeurait la tristesse.

« Hélène, murmura-t-elle, on m'a porté un coup fatal. »

Je pris ses mains entre les miennes et soufflai dessus pour les réchauffer, pour faire renaître la flamme de la vie. « Non, tu es chez toi, à l'abri, dis-je en l'embrassant sur le front. En sécurité derrière les murailles de Troie, protégée par le bouclier de ton mari Hector.

– À présent, il faudra qu'il soit aussi mon père, mon frère et ma mère, répondit-elle d'une voix si faible que je dus me pencher pour l'entendre. Il est la seule famille qu'il me reste.

– Non, Hector et toi allez avoir un enfant.

– Il ne survivra pas. Même si je le porte jusqu'au bout, Achille le tuera, puis il l'honorera dans la mort, une mort dont il aura lui-même été l'instrument. Tu sais ce qu'il a fait ? » Elle se releva sur les coudes en tremblant et écarquilla les yeux comme un animal aux abois. « Il a organisé des funérailles pour mon père. » Elle partit d'un rire morbide qui venait du fond de sa poitrine. « Il lui a mis sa grande tenue royale, l'a allongé respectueusement sur un bûcher et a demandé à ses Myrmidons de construire un tumulus. Et même... » À présent, son rire rauque ressemblait à celui d'une démente. « Il a fait planter un bosquet d'ormes autour. Pour constituer un lieu sacré. Il tue, puis il s'incline pour honorer sa victime. Voilà ce qu'il fera à Hector et à notre fils.

– Achille est mortel, dis-je. En tant que tel, il mourra, un jour ou l'autre, par accident ou sur le champ de bataille, et s'arrêtera de tuer. Il ne passera jamais les portes de Troie.

– J'aimerais te croire.

– Andromaque, tu as attendu cet enfant si longtemps, tu l'as désiré plus que tout au monde. Maintenant, si tu ne te bats pas pour chasser ta tristesse, Achille l'aura tué sans avoir frappé un seul coup, sans s'être approché de toi. Ta force, c'est ton père et tes frères qui te la donnent – ils te l'ont laissée. Prends-la, porte-la comme un casque, et sois aussi courageuse qu'eux tous réunis. Lève-toi. Donne à Troie cet enfant. Peut-être vengera-t-il ta famille. Pourquoi devrait-il être tué par Achille ? Et si c'était le contraire ? Quelle magnifique revanche ce serait ! »

Elle retomba sur le divan et ferma les yeux. « Je penserai à eux, murmura-t-elle. Je les appellerai chacun par leur nom et je prendrai ce courage qu'ils m'ont légué. Il ne doit pas rester là-bas dans la prairie, abandonné comme un vieux manteau usé. Merci, Hélène, de m'avoir fait voir ce qu'ils m'ont transmis. »

Émue aux larmes, je m'assurai que ses serviteurs m'avertiraient si quelque chose se produisait, puis quittai le palais, traversant des salles de réception où résonnaient mélopées et pleurs. Dehors, la foule se déversait dans les rues comme un troupeau de bêtes paniquées pourchassées par un lion. Mais ne trouvant pas de lieu où se réfugier, enfermés dans la ville, les gens couraient en tous sens, butant les murs.

La foule se mit à crier et à hurler pour que Priam vienne s'adresser à eux. Ils exigeaient qu'il se montre, faute de quoi ils considéreraient Hector comme le roi. Entendant ces appels stridents, Priam sortit sur sa terrasse, qui servait de tribune et d'où il s'adressait à la population. La fatigue se lisait sur son visage, dans ses yeux. Elle s'entendait dans sa façon d'hésiter entre chaque mot, comme un cheval posant avec précaution les sabots sur un chemin caillouteux.

Troie ne courait aucun risque, assura-t-il à la foule. La preuve en était que l'ennemi n'avait pas attaqué la ville de front, mais tentait de saper sa résistance en s'en prenant à ses alliés.

« Alors, pourquoi Troie ne vole-t-elle pas au secours de ses amis ? Pourquoi cette amitié s'exerce-t-elle dans un seul sens ? Les Dardaniens et les Adrastéiens doivent souffrir pour Troie, alors que Troie ne souffre pas pour eux ! »

Un rugissement s'éleva – les membres de ces deux peuples manifestaient leur colère.

« Vous avez accepté de combattre à nos côtés, dit Priam en haussant la voix pour se faire entendre, en échange d'une récompense.

– Mais voir nos villes attaquées, ça, nous ne l'acceptons pas ! Nous voulons bien envoyer des soldats se battre, mais que des guerriers étrangers fondent sur nous, pillent nos villes et tuent, ça non !

– Nous pensions qu'ils s'en prendraient à Troie, pas à nous ! s'écria un vieil homme à la voix chevrotante.

– Et ça ne vous dérangeait pas, que Troie soit attaquée ? répliqua Déiphobos qui venait d'apparaître aux côtés de son père sur la terrasse.

– Troie est protégée par de hautes murailles et des tours. Elle est construite pour résister aux attaques ! Pas nos villes !

– Peu importe ! déclara Déiphobos d'un ton dédaigneux. Maintenant, vous êtes ici. Profitez de notre hospitalité.

– Fils, tu n'as pas été autorisé à prendre la parole, lui dit Priam avec fermeté. Tu n'as pas le droit de t'exprimer au nom du roi ou de l'honorable peuple de Troie. » Puis, se rapprochant du bord de la terrasse, il s'adressa à la foule. « Votre malheur nous attriste beaucoup. Nous n'avions pas prévu que les choses se passeraient ainsi, nous le reconnaissons. Que pouvons-nous faire pour vous assurer de notre bonne foi ?

– Nous donner du bétail ! De l'or ! entendit-on parmi la foule.

– Le bétail ne me rendra pas ma mère ! dit l'un.

– Braves gens, venez ce soir dans mon palais. Les portes seront ouvertes. Vous mangerez et nous parlerons. »

Cette invitation, ce n'était pas Priam qui la lançait, mais Pâris, qui venait d'apparaître sur la terrasse.

La foule accueillit ses paroles avec des grognements. Puis quelqu'un s'écria, « C'est lui, la cause de tout cela ! Pâris ! Amis, on a réduit vos maisons en cendres, volé vos troupeaux et tué vos pères par sa faute ! »

Le visage noir de colère, Priam tira violemment Pâris en arrière. « J'ai honte de mes fils. Vous parlez sans réfléchir », dit-il en regardant d'abord Pâris, puis Déiphobos, avant de se tourner de nouveau vers la foule en, contrebas. « Non, c'est dans mon palais que vous êtes invités. Ce soir. Nous ouvrirons grand les portes pour vous. »

Calmée, la foule se dispersa en grondant. Je voyais maintenant que Troie pouvait vite devenir dangereuse. Les gens y étaient confinés, telles des bêtes entassées dans une cage. Les animaux enfermés ensemble n'ont-ils pas tendance à se battre ? À présent, dans Troie submergée par des flots de réfugiés, croulant sous le nombre des blessés, une étincelle aurait mis le feu aux poudres.

Ainsi, Pâris avait voulu leur ouvrir les portes de notre palais ! Il avait perdu la raison. Ou alors le chagrin profond et interminable causé par la mort de Troïlos l'avait persuadé qu'il pouvait se racheter de cette manière. Égoïstement, j'étais contente que Priam l'ait empêché d'aller au bout de son projet.

Mais j'eus pitié d'Hécube en pensant à ce qui l'attendait ce soir.

Sans avoir eu le temps de préparer quoi que ce soit, le roi et la reine de Troie allaient devoir accueillir des centaines d'invités dans leur domaine privé. Cela leur coûterait cher et épuiserait de précieuses réserves, indispensables pour soutenir le siège.

Mais nous en étions à ce stade de la guerre où la courtoisie prend encore le pas sur la nécessité.

Comme il fallait s'y attendre, la cour était illuminée de torches. Plusieurs bœufs avaient été mis à rôtir, comme il fallait s'y attendre là encore. Sur les tables, des cruches de vin s'alignaient tels des soldats, par rangées de cinq. Des montagnes de pains – cuits rapidement dans l'après-midi – et des paniers de dates et de figues séchées étaient généreusement disposés à côté de plats contenant des olives et des pommes.

J'étais venue seule. Pâris n'était nulle part dans notre palais. Cela signifiait qu'il ne voulait pas qu'on le trouve. Non seulement il refusait à présent de partager mon lit, mais il n'acceptait même plus de paraître en public à mes côtés. Quand il avait dit qu'il ne voulait plus rien avoir à faire avec moi, il n'avait pas menti. Pâris et Hélène n'étaient plus.

En me mêlant à la foule, en voyant les blessés, en entendant parler ceux qui avaient tout perdu, je sentis le remord et la tristesse m'envelopper lourdement, comme un manteau trempé par la pluie. Le remord, parce qu'ils avaient souffert pour rien, parce que Pâris et Hélène n'étaient plus. La tristesse, parce que Pâris ne m'aimait plus.

Grâce à lui, j'avais connu un bonheur, un épanouissement et une liberté enivrants. Il me serait d'autant plus difficile de retrouver la grisaille d'un monde sans lui, aussi triste que la plaine de Troie en hiver. J'avais voulu goûter aux saveurs de la vie ordinaire, j'avais prié pour être libérée de mon statut de quasi-déesse. À présent, mon vœu s'était réalisé. Dans le monde ordinaire, les femmes se faisaient quitter, leurs maris leur disaient : « Je ne t'aime plus », elles allaient se coucher toutes seules en cherchant un visage qui se détournait.

Bienvenue dans le monde des gens ordinaires, Hélène. Est-ce que tu l'apprécies ? me murmura une voix dans mon oreille – ou plutôt non, dans mon esprit. Une voix que je ne connaissais que trop bien. *Je ne pensais pas que ce serait le cas.*

« Je n'ai pas encore eu le temps de m'y habituer, répondis-je. Cela viendra. »

Je peux redonner aux choses leur brillant, dit-elle. *Je peux faire changer Pâris en un instant.*

Si elle avait été visible, je lui aurais sauté dessus. « Nous devons maintenant prendre chacune notre chemin », lui dis-je. Mais une partie de moi-même brûlait d'envie de lui dire, *Oui, oui, utilise tes pouvoirs et fais qu'il soit de nouveau à moi.* Mais je ne pouvais pas nous abaisser à cela.

Comme tu le souhaites, dit-elle d'un ton moqueur. Son rire résonna dans ma tête.

La salle me sembla plus bruyante que jamais, maintenant que cette conversation silencieuse avec la déesse était terminée. Je fus submergée par la rumeur de la foule agitée qui se poussait pour s'approcher des morceaux de bœuf rôti que l'on découpait en tranches. Certes, Priam se devait de les accueillir, au nom de leurs souffrances, mais quel dommage que nous ne puissions leur fournir que des nourritures bien terrestres, quand ce dont ils avaient besoin se situait sur un autre plan !

Déiphobos se trouvait quelque part devant, dans la foule. Je me détournai. Je n'avais aucune envie de lui parler, ni même de le saluer. Ses sarcasmes n'auraient fait qu'alourdir ma peine. Je me retrouvai alors face au timide Hyllos, qui s'inclina en bafouillant. Il parvint à prononcer quelques formules de courtoisie, puis s'éclipsa. J'étais seule dans la foule, bousculée et soulevée par ses mouvements incessants. Je n'avais personne à qui parler, à moins de forcer quelqu'un à entamer une conversation avec moi.

Seule à Troie. Au fond, je l'avais toujours été, si l'on excepte Pâris. Et maintenant, il s'était éloigné et m'avait abandonnée, inconnue parmi des inconnus.

J'aurais voulu m'en aller, fuir vers mon propre palais, être seule, pour de bon. Je m'apprêtai à partir. Voyant Gélanor à un bout de la salle, je lui tournai le dos. Il allait certainement vouloir me tenir compagnie, ce dont je n'avais pas du tout envie. Mon seul désir, c'était de m'en aller.

Hélas, il me vit ! Son visage changea d'expression. Il se dirigea vers moi. Je fis semblant de ne pas l'avoir vu et commençai à traverser la foule. J'étais presque sortie de la salle – je sentais l'air frais du dehors qui se glissait entre les colonnes – quand il prit la parole à voix haute.

Au début, je n'en crus pas mes oreilles. Seul le roi ou un membre de la famille royale avait le droit de s'adresser aux personnes présentes dans cette salle. Mais non, c'était bien Gélanor ! Peu à peu, les voix bourdonnantes se turent et les visages se tournèrent dans sa direction.

Il se tenait debout à côté de Priam, qui le regardait d'un air presque tendre et lui avait passé le bras autour de l'épaule, montrant ainsi que chacune de ses paroles aurait l'approbation royale.

Gélanor parla longuement du mystérieux espion qui s'était immiscé au cœur de Troie. Cet espion, expliqua-t-il, connaissait des informations que seule une personne totalement libre de circuler parmi nous aurait pu avoir. Il – ou elle – savait qu'une expédition partait pour Dardanos et Abydos, qu'une portion du mur était fragile.

« Et il – ou elle – était au courant de la prophétie au sujet de Troïlos, parce qu'elle avait été dite en sa présence. Troïlos lui faisait confiance. Il en est mort. »

À présent, le silence était si profond, sans même un bruit de respiration, qu'on aurait cru la salle vide.

« Je demande à Hyllos de s'avancer. »

Priam étendit le bras dans un geste royal d'autorité.

Rien ne se produisit. Personne ne bougea. Puis brusquement, il y eut un mouvement confus au fond de la salle. Enfin, un cri retentit et deux hommes robustes firent avancer Hyllos de force et le jetèrent comme un paquet aux pieds de Priam.

« Debout ! » ordonna le roi d'une voix aussi glaciale que la neige sur le mont Ida.

Hyllos se mit à trembler. Deux soldats le redressèrent.

Gélanor s'avança et, écartant le rideau de cheveux qui cachait le front du jeune garçon, révéla sa cicatrice. Les soldats le firent brutalement pivoter pour faire face à la foule.

« Une cicatrice..., dit Gélanor d'un air faussement songeur. C'est toujours la preuve que quelqu'un est bien ce qu'il prétend être, comme nous l'enseignent mille histoires et chansons. De quoi endormir notre vigilance, n'est-ce pas ? Ainsi, quand le jeune Hyllos est rentré ici en déplorant la défection de son père Calchas, nous l'avons accueilli à bras ouverts, après avoir simplement vérifié qu'il portait bien sa cicatrice au front. Et dès qu'il a pénétré à l'intérieur de la ville, l'ennemi a commencé à être mystérieusement informé de nos mouvements et de nos affaires. Combien de morts s'en sont suivis ? Suffisamment pour que j'aie envie de voir si une cicatrice était vraiment inimitable. » Il tendit ses avant-bras. « Et voici ce que j'ai appris. Il est possible de copier une cicatrice. C'est facile. Voici celles que je me suis faites aux bras moi-même. »

Les manches de son manteau glissèrent, révélant trois grosses marques. Maintenant, je comprenais le but de son expérience avec la glaise, la cendre et la terre.

« Ce jeune homme a imité la cicatrice d'Hyllos. Quant au vrai Hyllos, où est-il ? Mort, peut-être. Dans tous les cas, celui que nous avons devant nous n'est pas Hyllos, mais un habile imposteur envoyé par les Grecs. Il a joué sur nos désirs, sur notre souhait que le père et le fils n'aient pas tous les deux trahi Troie. Et la mère d'Hyllos ? Elle s'est montrée étrangement silencieuse. Elle aurait dû savoir que ce jeune homme n'était pas son enfant. Mais... » Et là Gélanor s'avança droit vers Hyllos. « Tu l'évitais, n'est-ce pas ? Tu disais que tu passais très peu de temps chez toi. Et pour cause ! »

Le prétendu Hyllos se mit à paniquer. « Demandez à ma mère ! Demandez-lui ! Vous verrez ! Elle sait !

– Qu'on aille chercher la femme de Calchas, la mère d'Hyllos, demanda Priam d'une voix calme mais ferme.

– En attendant, poursuivons l'interrogatoire, reprit Gélanor. Nous aimerions savoir comment tu transmettais tes informations à tes amis dans le camp grec. Y aller toi-même, c'était prendre un trop grand risque. Soit tu envoyais quelqu'un d'autre, soit vous étiez convenus à l'avance d'un code. Mais tu ne sembles pas assez malin pour concevoir toi-même un langage codé, si je puis me permettre. Alors, veux-tu bien nous dire qui c'était ? »

Sa politesse était aussi insultante qu'une gifle.

Hyllos ferma les yeux et secoua la tête, signifiant par là qu'il ne savait rien et se désolait de ce malentendu.

« Je m'y attendais, dit Gélanor. Tu vas continuer ton petit jeu jusqu'au bout. Très bien, la fin est proche. »

La mère d'Hyllos fut amenée. Hyllos l'embrassa avec ostentation. Je ne pus voir si elle lui rendait ses marques d'affection. « Mère ! Dis-leur ! Ils m'accusent d'une chose horrible. Ils disent que je suis un imposteur. »

Elle examina son visage attentivement. Elle tendit le bras et, doucement, caressa sa joue avec le dos de sa main. « Mon fils... »

La salle s'anima.

« Oui, mère, dit Hyllos, le visage ruisselant de larmes, la bouche tremblante.

– Je ne sais pas, poursuivit-elle, bouleversée, en se tordant les mains. Je ne suis pas sûre. Certains jours, quand par exemple il se retourne et fait un geste, je pense que oui, que c'est bien lui, Hyllos. Mais la première fois que je l'ai vu, je ne l'ai pas reconnu. C'était quelqu'un d'autre, pas mon fils. J'ai pris peur, comme si Hyllos était mort, comme si je n'avais devant moi qu'une ombre, un pâle visiteur des Enfers. Puis, à mesure que les jours passaient, sa pâleur a laissé place à des couleurs et il a pris la vie d'Hyllos.

– Comment as-tu pu ? s'écria Priam, choqué. Recevoir ce... ce fantôme ?

– Je... je n'étais pas sûre.

– Une mère ! Ne pas reconnaître son propre enfant ? s'étonna Hécube qui prenait la parole pour la première fois – elle qui avait abandonné son fils !

– Cela faisait longtemps que je ne l'avais pas vu. Les gens changent, répondit la femme. Et vous savez à quel point une mère se languit d'un enfant perdu. Il y a une partie de vous-même qui acceptera le moindre morceau. Une partie de vous-même qui s'accommodera d'une copie, pourvu qu'elle soit bonne.

– Même si elle est fausse de bout en bout ? s'exclama Gélanor d'un ton indigné. Ce garçon n'était pas un morceau d'Hyllos. Il n'avait pas une goutte de sang d'Hyllos dans ses veines. Il n'était pas plus Hyllos que moi ! M'aurais-tu appelé ton fils ?

– Non, parce que, même si je l'avais voulu, je n'aurais jamais pu me convaincre que tu l'étais. Mais avec ce garçon, c'était facile. » Elle prit les mains du jeune homme, puis les laissa tomber en signe d'adieu. « Maintenant, c'est doublement difficile. Je perds Hyllos une seconde fois.

– Mère ! s'écria le garçon en tendant les bras.

– Si tu me considérais vraiment comme ta mère, tu cesserais de me torturer ainsi, dit-elle en reculant. Voilà qui prouve ce que j'aurais voulu ne jamais savoir.

– Emmenez-le ! ordonna Priam. Enchaînez-le ! Et prenez

garde qu'il ne s'échappe ! Nous devons vérifier ce qu'il sait avant de l'exécuter. »

Les deux soldats se saisirent de lui et, lui maintenant les bras derrière le dos, le poussèrent à travers la foule, devenue menaçante.

« Tuons-le ! hurla une voix masculine. Pensons aux morts qu'il a provoquées.

– Chaque chose en son temps, dit Gélanor. Il y a peut-être certaines morts que nous pourrons éviter, si nous savons ce que cet espion et ses amis ont comploté.

– Mère ! » gémit le garçon du fond de la salle.

Nous entendîmes les gardes le frapper et le faire taire. La femme de Calchas, en pleurs, échappa à ses interrogateurs et disparut dans la foule.

Tout d'un coup, des lamentations et des cris de douleur et de deuil explosèrent dans la salle. Pour avoir voulu les soulager et les réconforter, Priam n'avait fait que rassembler dans une même salle les victimes de la guerre, dont la peine et l'angoisse se trouvaient ainsi multipliées. Les femmes hurlèrent et levèrent les mains au ciel, les enfants poussèrent des cris déchirants tels des coups de poignard dans la nuit. La foule renversa les tables, brisa les cruches de vin, éparpilla la nourriture et transforma la salle en véritable soue.

« Mes amis... », implora Priam en levant les mains. Sa voix se perdit dans le brouhaha.

« Moi, je vais mettre un terme à tout cela ! » Une voix se leva, couvrant les autres tel le son aigu d'une flûte par-dessus les battements sourds des tambours. « C'est moi qui ai provoqué cette guerre et, par tous les dieux, c'est moi qui vais la terminer ! »

Pâris ! Mais comment pouvait-il faire cesser la guerre ? Les dieux l'avaient déclenchée. Il était impossible de revenir en arrière.

Il avait pris place à côté de Priam et, dans la lumière vacillante, je ne l'avais jamais vu aussi beau – était-ce parce qu'il s'était éloigné de moi et que, ne m'appartenant plus, sa beauté n'en était que plus grande ?

Il leva les bras. Ses mains délicates se tendirent vers le ciel. Il avait redressé le menton, mais ses yeux regardaient la foule d'un air inquisiteur. Tombant sur moi, ils se détournèrent. « C'est moi qui vous ai mis dans cette situation. J'ai plongé tête la première dans un monde inconnu et vous ai précipités avec moi dans les abîmes. Mais Troie, notre vaisseau, n'a pas encore coulé. Et vous savez, amis, ce que l'on fait lorsqu'un navire semble menacé ou maudit – on en allège la charge, on jette l'objet maudit par-dessus bord. Aujourd'hui, cet objet maudit, c'est moi. »

Avais-je bien entendu ? Allait-il se tuer ? Non ! Plutôt que de le laisser faire, je préférerais enrouler mes bras autour de sa taille et le retenir pour le restant de sa vie. Je serais la chaîne qu'il haïrait.

« Deux hommes affirment être le mari d'Hélène, la fille de Tyndare de Sparte. » Il parcourut du regard la foule entière et ses yeux passèrent rapidement d'un visage à l'autre. Il ne m'avait pas appelée *la fille de Zeus* et je lui en fus reconnaissante. « Ménélas, de la maison d'Atrée, et moi-même, Pâris, prince de Troie. De cette rivalité d'ordre privé, le frère de Ménélas a choisi de faire un prétexte à la guerre. Agamemnon était un seigneur de guerre sans guerre avant que je n'arrive en Grèce. Mais j'affirme qu'il s'agit en vérité d'une querelle entre deux hommes – l'homme qu'Hélène a choisi à l'issue d'une compétition organisée par son père, il y a de cela des années, et celui qu'elle a choisi elle-même. C'est par la faute d'Agamemnon que d'autres ont eu à en souffrir. Réglons nous-mêmes ce problème. Je vais provoquer Ménélas en duel. Je l'affronterai sur la plaine au pied des murs de Troie. Nous nous livrerons un combat à mort. Et que les dieux consacrent le meilleur de nous deux. »

Je m'attendais à ce que Priam s'élève contre une telle proposition, qu'Hécube hurle son refus. Mais ils demeurèrent silencieux. Pendant un moment qui me parut une éternité, l'immense foule ne réagit pas. Enfin, les gens se mirent à chanter et à féliciter Pâris pour son courage. Ils s'avancèrent, l'entourèrent et le hissèrent sur leurs épaules.

« Pâris ! Pâris ! Pâris ! » hurlèrent-ils.

Ils le portèrent en triomphe. Il se laissa faire, esquissa quelques gestes, mais ne m'accorda pas un regard.

LIII

Au plus profond de la nuit, j'étais seule dans ma chambre, dont j'avais interdit l'accès. J'entendis Gélanor demander l'autorisation de me voir et mon serviteur la lui refuser. Évadné supplia qu'on la laisse entrer, en vain. J'étais complètement seule. Il devait en être ainsi.

L'immobilité de cette nuit d'hiver rôdait dans la pièce, amplifiant dans l'air glacial les échos de la voix de Pâris. Demain, à cette heure-ci, qui reposerait, froid et à jamais silencieux ?

Je savais que ce serait Pâris. Ménélas était plus fort et plus habile que lui au combat. De plus, il était mû par une rage et un désir que le besoin de vengeance amplifiait, alors que Pâris avait depuis longtemps perdu, en même temps que son frère Troïlos, le goût de vivre. Ménélas combattrait un homme qui était déjà mort. À cette heure, demain soir, Pâris et Troïlos traverseraient côte à côte les tristes champs d'asphodèles. Veuve, je regarderais leurs ombres depuis les berges du Styx sombre et profond sans pouvoir les rejoindre. Ménélas crierait victoire et je serais obligée de retourner vivre avec lui, en tant que son épouse et la mère de son enfant.

Noir, noir, noir était le ciel, telle l'encre de seiche. Il n'y avait pas d'aube. Pas encore.

Elle arriva enfin, accueillie par les croassements lugubres des corbeaux et des corneilles. La plaine commença à s'emplir de mouvements. Les Grecs avançaient. Soulevée par leurs chars, la poussière s'élevait en nuages pâles. De ma fenêtre, j'entendis et je vis les Troyens se presser pour aller assister au spectacle. Quelqu'un préparait Pâris pour le duel. J'aurais dû me charger de cette tâche, mais je savais qu'il aurait refusé mon aide avec mépris, sachant qu'il allait mourir pour une femme qu'il n'aimait plus.

J'aurais tout donné pour le voir au moment où il partait, mais je n'étais pas sûre de résister à l'envie de me jeter dans ses bras, ce qui l'aurait plongé dans le désarroi et aurait diminué sa combativité. Non, je devais rester où j'étais. Je ne pourrais le voir que quand il serait sur la plaine, tout là-bas – et alors il serait trop tard.

Je changeai de vêtements, enfilai un manteau chaud, puis montai sur la terrasse. Au loin sur la plaine, les soldats grecs se plaçaient en ligne et un contingent de guerriers troyens s'avançait vers eux dans la pâle lumière rosée de l'aurore. Des acclamations retentirent lorsque la porte Scée s'ouvrit pour laisser passer Priam et Hector dans leur char, suivi de Pâris. Un troisième char conduit par un héraut et chargé d'offrandes sacrificielles fermait la marche. Pour se mettre d'accord sur le déroulement de ce duel, un traité avait été signé et les moindres détails réglés d'avance.

Les hommes se regroupèrent et se mirent à tourner sur place. Je mourais d'envie de voir et d'entendre tout ce qui se passait. Il y eut un murmure juste derrière moi. Je me retournai : c'était Évadné. Comment était-elle entrée ici, dans cette chambre interdite ?

« Hélène, tu m'as appelée », dit-elle d'une voix douce. Cette grâce dans son cou, cet éclat dans ses yeux – je la reconnus. Ce n'était pas Évadné. Ainsi Aphrodite, nous croyant aveugles et stupides, aime à se moquer de nous. « En effet, je t'ai appelée, répondis-je en feignant d'être trompée par son déguisement. Aujourd'hui je me sens aussi aveugle que toi. J'aimerais voir ce qui se passe tout en bas sur la plaine, entendre ce que ces hommes se disent.

– Mes yeux m'ont abandonnée, mais j'ai appris à voir d'une autre manière, dit-elle d'une voix impossible à distinguer de celle de la vraie Évadné. Ferme les paupières jusqu'à ce que t'apparaissent des points de toutes les couleurs qui tournent sur eux-mêmes. Alors, tu ouvriras les yeux et, en te concentrant sur ce que tu veux voir tout là-bas, tu le verras. »

Soucieuse de faire plaisir à la déesse, je suivis docilement ses instructions. Et quand j'ouvris de nouveau les yeux, ce fut comme si j'étais juste à côté des hommes. Je distinguai même la vapeur qui sortait des naseaux des chevaux et montait dans l'air froid de l'aube.

Priam descendit de son char et vint à la rencontre d'Agamemnon. Ils s'arrêtèrent à quelques pas l'un de l'autre – leurs ombres longues et matinales faisaient à peu près la même taille, mais celle de l'Atride était deux fois plus large que celle du roi de Troie. Les hérauts apportèrent les agneaux sacrificiels, versèrent du vin dans un bol rutilant et firent couler de l'eau sur les mains des deux monarques. Ils s'inclinèrent, puis Agamemnon coupa quelques touffes de laine sur les têtes des agneaux, que les hérauts distribuèrent aux capitaines de chaque camp. Enfin, il leva les mains au ciel et pria de cette voix forte que j'avais toujours détestée. Il appela Zeus et le soleil, les rivières et la terre et les puissances du monde souterrain à être témoins des serments des adversaires et à s'assurer qu'ils seraient respectés. « Si Pâris tue Ménélas, cria-t-il, autorisez-le à garder Hélène et tous les objets précieux qu'elle a emportés avec elle, et nous quitterons les rivages de Troie. Mais si Ménélas tue Pâris, alors les Troyens devront nous remettre Hélène et son trésor, et payer toutes les dépenses que nous avons faites pour venir jusqu'ici. Oui, nous rembourser, de sorte que toutes les générations futures s'en souviendront. Dans le cas contraire, mon armée restera ici et détruira Troie. »

À ma grande surprise, Priam accepta ces termes. Ne voyait-il pas qu'aucune compensation ne satisferait Agamemnon et qu'il venait tout simplement de donner au roi de Mycènes la permission de mettre Troie à sac ? En ce qui concernait le trésor que j'avais, disait-il, apporté, c'était un tissu de mensonges.

« Non ! » criai-je. Hélas, j'étais bien trop loin.

Agamemnon tira sa grande épée et trancha la gorge des agneaux. Ensuite, il remplit deux coupes de vin, en prit une et tendit l'autre à Priam. Tous deux en versèrent le contenu sur le sol. Puis, d'une seule voix, Grecs et Troyens entonnèrent une malédiction : *Que soit jetée à terre la cervelle de ceux qui rompent ce traité, et celles de leurs enfants, et que leurs femmes soient réduites en esclavage par des étrangers.*

Priam marmonna d'une voix tremblante qu'il devait rentrer à Troie. « Je ne pourrais supporter d'être si près de mon fils et de le voir souffrir. Mon seul réconfort, c'est de savoir que les dieux ont déjà choisi le vainqueur, et que ce qui va suivre est déjà arrivé. » Il fit demi-tour avec raideur et remonta dans son char. Mais pas avant d'avoir entendu, comme moi, les deux armées souhaiter à voix basse la mort de Pâris.

« Que l'homme qui nous a causé tous ces malheurs périsse, implorèrent les soldats. Qu'il descende au royaume d'Hadès et nous rende la paix ! »

Y avait-il prière plus difficile à entendre pour un père ou une épouse ? Les imbéciles ! Pensaient-ils vraiment que la paix leur serait rendue ? C'étaient les trésors de Troie qu'Agamemnon convoitait, pas moi.

Priam regagna Troie, laissant derrière lui des nuages de poussière. Les portes s'ouvrirent pour le laisser entrer.

« Il va prendre sa place en haut de la muraille, dit celle qui se prétendait Évadné. Je suggère que nous allions le rejoindre. » Ses lèvres – d'une souplesse étonnante et dénuées des petites rides qu'elles avaient normalement – s'ourlaient en un sourire sournois. Voyant qu'il s'agissait d'un ordre, je m'abstins de protester.

Une foule immense de spectateurs s'était rassemblée au niveau de la porte Scée. Je repérai Priam et ses cheveux gris. Il était entouré de sa famille et de ses conseillers. En passant parmi eux, je les entendis marmonner. Le vieux Panthoos, d'ordinaire toujours en train de bricoler quelque mécanisme parfaitement inutile, tourna vers moi un regard lourd et menaçant. L'élégant Anténor, qui se trouvait à côté de lui, me regarda d'un air plein de reproches.

« La voilà ! dit Panthoos de sa voix chevrotante. Pas étonnant que deux armées s'affrontent pour elle. Elle ressemble tant à une déesse que c'en est terrifiant. »

Ma place était auprès de Priam et d'Hécube, aussi douloureux que cela puisse être pour nous tous. Le roi se retourna pour m'accueillir avec amabilité. Mais je vis la terreur crue au fond de ses yeux. Il ne me rendait responsable de rien, c'étaient les dieux, me dit-il. Hécube ne prononça pas un mot et se contenta de m'adresser un regard dur. Ses filles observaient droit devant elles leur frère qui marchait à sa perte, une perte que pourtant il avait provoquée lui-même.

Hector resta aux côtés de Pâris. Avec Ulysse, il délimita le terrain tandis que les deux adversaires les observaient. Ménélas, qui m'avait inspiré tant de colère depuis que j'étais à Troie, se tenait devant l'armée grecque, avec cet air gêné que je lui connaissais si bien. Je ressentis de la pitié pour lui. Il souffrait toujours à cause de moi.

Pâris baissait les yeux, la tête courbée, comme pour un sacrifice. Il ne s'attendait pas à survivre.

Debout entre les deux rivaux, Hector procéda au tirage au sort pour désigner celui qui lancerait le premier sa javeline. Les dieux choisirent Pâris.

Les deux hommes mirent leurs casques et leurs visages disparurent sous les plaques de bronze. Ménélas s'équipa de son bouclier rond et, avançant jusqu'au milieu du terrain, prit place. Prenant son élan, Pâris lança sa longue javeline. Elle vint frapper le bouclier de son adversaire dans un bruit assourdissant, sans toutefois le pénétrer. Elle resta un instant fichée à l'horizontale, avant que la pointe de bronze ne plie sous le poids de l'arme, qui s'inclina. Ménélas l'arracha d'une main, la jeta sur le côté puis lança la sienne en direction de Pâris. La sournoise déesse me permit d'entendre sa voix enjoignant les dieux de le laisser tuer Pâris et se venger. Il ajouta avec malveillance que les enfants de nos enfants trembleraient en apprenant le tort qu'il avait causé à un hôte aussi aimable que lui-même, Ménélas. Ces paroles égoïstes firent disparaître d'un coup toute la pitié que j'éprouvais pour lui.

La haine donna de la force à son geste et la javeline, pénétrant le bouclier de Pâris, vint déchirer sa tunique. Heureusement, il s'était écarté à temps. Pendant que, chancelant, il tentait de reprendre l'équilibre, Ménélas se rua vers lui, l'épée à la main. Il l'abattit de toutes ses forces sur le casque de Pâris qui, sous le choc, s'affaissa sur les genoux. Mais au lieu de traverser le métal, la lame se brisa et ses morceaux tombèrent aux pieds de Pâris comme des gouttes de pluie métalliques.

Ménélas hurla et leva ses mains au ciel. Puis il se jeta sur Pâris et attrapa la crête de son casque. Sa fureur lui donnait la force d'Héraclès. Il souleva Pâris du sol, lui fit décrire un arc de cercle, puis le traîna vers la ligne de soldats grecs. Lances et épées étaient maintenant inutiles – il tuerait à mains nues.

Pâris, qui se tordait de douleur, tenta désespérément de défaire la lanière de son casque – il était en train de mourir étranglé. Des gémissements montèrent de la foule impuissante qui regardait la scène depuis les murs de Troie.

Le soleil tout juste levé dardait ses rayons dorés sur le terrain. Brusquement, une brume grisâtre envahit la plaine et tendit ses doigts inquiétants vers les combattants recouverts de poussière. Juste avant qu'elle ne les atteigne, la lanière du casque de Pâris se rompit et il se remit debout tant bien que mal. Ménélas ne tenait plus qu'un casque vide. Il le regarda, interdit, le jeta en direction des soldats grecs, puis se tourna vers Pâris. C'est alors que les deux hommes disparurent de notre vue.

La brume nous enveloppa nous aussi. Je ne pouvais même pas voir Priam, pourtant tout proche. J'entendis la voix douce de ma compagne. « Rentre chez toi, me dit-elle. Pâris et sa beauté radieuse t'attendent dans sa chambre parfumée. Va le rejoindre. »

C'était plus que je n'en pouvais supporter de sa part, même si j'étais mortelle et elle, qui se moquait ainsi de moi, immortelle. « Non ! répondis-je. Ménélas a battu Pâris sur la plaine. Tu t'acharnes sur moi. Je refuse de rentrer pour trouver une chambre vide. »

Avant même qu'elle me réponde, une peur glaciale envahit tout mon corps. « Si tu me provoques encore une fois, je te détesterai autant que je t'ai aimée, répliqua-t-elle d'un ton cassant. Oh, oui, tu es là à te lamenter sur ton propre sort, alors que je t'ai fait bénéficier de mes largesses ! Si je te les reprends, tu te rendras compte que tes malheurs étaient un bonheur absolu. À présent, fais ce que je te dis. Rentre chez toi et va dans la chambre de Pâris. Maintenant. »

Je partis. Personne ne s'en aperçut, personne ne me vit m'éclipser. La brume y veilla.

Mes jambes étaient comme engourdies. Je grimpai péniblement jusqu'à notre palais. Il serait vide. Le seul Pâris qui m'attendrait serait celui que je portais dans mon esprit. Le vrai, lui, était étendu sur la plaine, mort. Il n'y avait aucune chance de réparer ce qui nous avait séparés, que ce soit dans cette vie-ci ou dans le royaume des ombres. Nous y errerions dans l'obscurité, entourés de pierres suintant une eau glaciale, au milieu d'ombres désespérées rassemblées là sans pouvoir se parler ni penser.

Le palais se dressait devant moi, au milieu du vide. Tout le monde était près des remparts et la citadelle de Troie se trouvait désertée. Chose étrange, les portes étaient grandes ouvertes. Normalement, on prenait toujours soin de bien les fermer. Il n'y avait aucun garde à l'intérieur, aucun domestique. La foule qui, depuis quelque temps, emplissait notre maison avait disparu. Mes pas résonnèrent dans la salle vide. Le soleil, maintenant bien haut dans le ciel, entrait par les fenêtres. Je montai l'escalier. Là-haut m'accueilleraient le silence et l'immobilité. J'hésitai avant de pénétrer dans la chambre. Je regardai derrière moi. Personne. « Évadné » avait disparu, comme je m'y attendais.

J'avançai, posai les mains sur les grosses poignées de la porte, les tirai vers moi et ouvris les lourds battants. Je perçus un léger mouvement à l'intérieur. Une lumière éblouissante emplissait la pièce. J'entrai. Quelque chose bougeait sur le lit. C'était Pâris, étendu là de manière aussi alanguie qu'un faune allongé sur une berge fleurie. Surpris, il se redressa, ramenant la couverture à lui, plissant les yeux comme s'il avait été brutalement tiré de son sommeil.

Que faisait-il ici ? Où était son armure ? Pourquoi était-il allongé nu sur le lit ? Dormait-il ? Je restai là à le regarder, muette de stupeur.

« Hélène », dit-il. Sa voix avait perdu cette agressivité qui l'avait colorée ces derniers temps. On aurait dit celle d'un enfant perdu, qui ne sait plus où il est.

Brusquement, nous ne fûmes plus seuls. Aphrodite s'approcha en virevoltant, sans prendre la peine à présent de se faire passer pour Évadné. Elle attrapa une chaise et l'installa près du lit.

« Assieds-toi ! » m'ordonna-t-elle.

J'obtempérai, sans la regarder toutefois. Je ne voyais que Pâris.

« Je t'ai vu sur la plaine..., lui dis-je.

– Oui, Ménélas était en train de me tirer par le casque, et

puis, brusquement, je me suis retrouvé libre. Ma tête est partie en arrière et le casque s'est enlevé. Alors, je me suis sauvé. Une seconde avant, j'étais sûr que j'allais mourir. Mais je ne me résignais pas, malgré toutes ces paroles courageuses que j'avais prononcées la nuit précédente. Si je mourais, tu retournerais vivre avec Ménélas.

– Tu n'as pas compris que jamais je ne serais partie avec lui.

– Pourtant, tu as bien essayé ! Tu es passée par-dessus les remparts pour le retrouver !

– Pour mettre un terme à la guerre et pour rejoindre Hadès, pas Ménélas ! À quoi peut bien servir une dague ? Une fiole de poison ? Les moyens de rejoindre le royaume des ombres ne manquent pas. Après tout, une corde a suffi à ma mère !

– J'ai été injuste envers toi, Hélène. Tu as quitté ton palais – ou devrais-je plutôt dire ta prison – de Sparte. Je n'avais aucun droit de t'obliger à y retourner. Et c'est ce qui serait arrivé si j'étais mort au cours de ce combat singulier. »

À présent, il était redressé. Je vis qu'il n'était pas nu, mais portait une tunique de laine d'une finesse exquise où s'entremêlaient des fils d'argent – ce n'était pas la tunique d'un guerrier. « J'essayais d'échapper à Ménélas. La tête me tournait. J'entendais les rugissements des Grecs juste derrière moi et je ne savais pas où trouver refuge. Le duel devait se poursuivre jusqu'à la mort de l'un de nous deux. Alors, au moment où je tentais de me faufiler entre ce qui me semblait être une forêt de jambes, je me suis retrouvé ici, dans cette chambre, submergé par le sommeil. Je me suis allongé et quand j'ai ouvert les yeux, tu étais là.

– Et elle aussi, dis-je en regardant Aphrodite qui souriait.

– Qui ça ? demanda Pâris qui ne pouvait pas la voir.

– Notre amie. Notre ennemie. Avec les dieux, c'est la même chose. »

Il me regarda et sur son visage jeune, je lus la confiance, le désir, la splendeur d'autrefois. « Hélène, je te demande de bien vouloir me pardonner. Je t'aime plus que je ne pourrais le dire. Il m'est impossible de vivre avec un seul nuage entre nous deux.

– Mais c'est à cause de toi que notre ciel s'était assombri ! »

Pâris, mon soleil, s'était caché derrière un nuage gris et insondable. Et mon monde était devenu froid.

« La tristesse de voir toutes ces morts autour de nous, des morts causées par moi – pas par toi ! – m'avait tellement oppressé que je ne pouvais plus respirer ni même lever les yeux. Je voulais que tout finisse. J'ai choisi le seul moyen qui me venait à l'esprit. Mais Hélène... Oh, Hélène ! » Il se leva du lit parfumé et m'embrassa. Je sentis la chaleur et la force de ses bras qui avaient cessé de se tendre vers moi quand l'horreur avait commencé.

Jamais il ne m'avait embrassée avec autant de douceur. Était-ce parce que je n'avais pas goûté ses lèvres depuis si longtemps ? Ou Aphrodite les avait-elle rendues encore plus soyeuses ? Je parcourus discrètement la pièce du regard. Elle avait disparu. Je serrai Pâris contre ma poitrine en jurant que je ne laisserais jamais plus rien nous séparer.

Nous nous cachâmes dans nos appartements privés – certains dirent plus tard que nous nous étions tapis. Mais ce n'est pas vrai : nous nous étions simplement retirés du reste du monde, comme autrefois. Le jour, qui avait commencé si lentement et sous des auspices si sévères, s'écoulait à présent sans que nous sentions les heures passer.

Enfin, Hector entra à grandes enjambées, ouvrant les portes sans cérémonie. Ses yeux explorèrent la pièce et quand ils tombèrent sur nous, il s'assombrit.

« Non ! s'écria-t-il d'un ton incrédule. Ce n'est pas possible ! Toi, ici ! Ils ont dit que tu t'étais enfui. Je ne les ai pas crus, j'avais trop d'estime pour toi – à tort ! Quelle honte pour la maison de notre père ! » Il se précipita sur Pâris et le souleva d'une main, le forçant à se mettre debout. J'eus peur qu'il ne le tue à force de le secouer. « Moi qui suis venu ici pour prouver qu'ils se trompaient, je tombe sur toi, dans cette chambre que je pensais trouver vide ! » Il jeta Pâris par terre. « Comment t'es-tu débrouillé, lâche ? Comment as-tu fait pour filer en douce, au vu et au su de tous ? Oh, tu avais certainement préparé ta fuite à l'avance, quand tu as lancé ton soi-disant défi ! Mais quelle utilité ? Tant que Ménélas vit, tu n'as pas gagné. Ou peut-être Hélène et toi aviez l'intention de vous sauver, comme à Sparte ? »

Depuis que je vivais à Troie, jamais je n'avais entendu Hector, d'ordinaire si réservé, se lancer dans un tel discours. Pâris mit ses bras autour de sa tête pour se protéger des coups à venir. Sa voix étouffée supplia son frère de l'écouter. Les jambes d'Hector tremblaient – démangées par l'envie de s'acharner sur Pâris comme on s'acharne sur une porte coincée. Le pied droit recula. Puis s'arrêta. « Très bien. Parle. Défends-toi avec des mots, toi qui ne peux pas te défendre avec des armes. »

Lentement, Pâris leva la tête et se redressa. Son visage était défait, son regard désespéré. « Je... Je ne peux pas, bredouilla-t-il. Je ne peux pas me défendre. Je ne comprends pas ce qui s'est passé. Je me suis battu contre Ménélas – tu le sais. Et tu sais aussi que son épée s'était cassée et qu'avec sa javeline il n'était pas parvenu à me blesser. Il me tirait derrière lui et m'étranglait. Me suis-je enfui alors ? Non, je ne pouvais pas respirer. C'est alors que, tout d'un coup, je me suis retrouvé libre – j'ignore comment. J'ai rampé pour m'échapper et quand je me suis relevé, j'étais ici.

– Allons donc ! s'écria Hector. Tu portes atteinte à mon bon sens, si tu penses pouvoir me faire croire de telles sornettes !

– Pourtant, c'est vrai, je le jure. Tout ce que je peux dire, c'est que les dieux...

– Mensonges que tout cela ! Cesse d'impliquer les dieux, alors que c'est ta propre duplicité qui est en cause ! Oui, tu avais tout préparé...

– Hector, dis-je, réfléchis ! Même si Pâris avait préparé une telle fuite – ce qui n'est pas le cas – cela n'aurait pas pu le sauver de la mort vers laquelle Ménélas l'entraînait – une mort contraire aux lois du combat singulier ! Voyant qu'il avait perdu, Ménélas a eu recours à cette technique de brute. Technique efficace, indigne d'un homme d'honneur. Seul un dieu pouvait sauver Pâris à ce moment-là. Et c'est un dieu qui l'a fait. C'est clair.

– Non, je ne vois rien de clair dans cette affaire ! rugit Hector.

– Tu le pourrais, si tu examinais les faits de l'extérieur. Et pas comme un frère qui se sent lésé, dit Pâris. Je n'ai demandé aucune aide. J'étais prêt à payer le prix. Que dis-je, je pensais l'avoir payé. Mais je ne refuse pas un don des dieux, surtout quand il s'agit de me sauver la vie.

– Pourquoi tiennent-ils à te garder en vie, je l'ignore ! Combien de fois t'ont-ils sauvé de la mort qui t'était destinée ?

– Un homme ne peut mourir tant que son heure n'est pas venue. Nous savons que nos destinées sont fixées à notre naissance et qu'il est impossible de les changer. Même les dieux, qui le pourraient, ne le font pas. J'étais destiné à vivre cette journée jusqu'au bout. Et Hélène a raison – Ménélas a triché en essayant de me tuer de cette façon. Les dieux ont eu raison de l'en empêcher.

– Toujours est-il qu'Agamemnon l'a déclaré vainqueur, dit Hector avec un rire mauvais. Tu t'attendais à quoi ? Ensuite, quelqu'un de Troie a tiré une flèche vers les Grecs – par accident, je pense. Agamemnon a saisi ce prétexte pour commencer le combat. Tu entends les bruits de la bataille qui se livre sur la plaine de Troie ? Ou bien l'air est-il trop raréfié dans cette pièce pour que les sons montent jusqu'ici ? »

Je me précipitai vers la fenêtre. Un grondement faible montait par vagues du lointain. Je perçus le bruit, reconnaissable entre tous, des lames qui s'entrechoquaient. Pâris me rejoignit.

« Mais que pouvons-nous faire ? dit-il d'un ton plaintif à Hector. Il y a trop de gens qui veulent se battre.

– Jeune imbécile ! rétorqua Hector. Tout cela par ta faute !

– Non. Je refuse d'être accusé ainsi. Il y avait, et il y a toujours, des gens à Troie qui veulent cette guerre autant que les Grecs. Qui nous a empêchés, Hélène et moi, de voir Ménélas et Ulysse quand ils sont venus ? Certes, l'espion qui se faisait passer pour Hyllos a été démasqué, mais il ne pouvait pas être partout à la fois. Il devait bien avoir des complices. Ils sont toujours libres. Quelqu'un a tué notre serpent sacré pour nous terroriser. Qui ? Hélène a voulu mettre un terme à cette guerre en se rendant aux Grecs. Elle en a été empêchée par Antimachos. Demande-lui donc ce qu'il faisait au pied de nos murs en pleine nuit ! »

Hector sursauta. De toute évidence, il n'était pas au courant. Antimachos avait gardé notre secret. « Hélène a voulu se rendre aux Grecs ?

– Oui, pour faire cesser la guerre, dis-je. Antimachos m'a attrapée.

– Où ça ?

– Au pied des remparts. »

Incrédule, Hector écarquilla les yeux. « Tu es passé par-dessus la muraille ?

– Oui. J'avais déjà fait une bonne partie du chemin quand Antimachos, qui rôdait aux alentours, m'a arrêtée. »

Je voyais bien à l'expression de son visage qu'Hector ne me croyait pas.

« Très bien, dis-je. Va le lui demander toi-même. Observe la réaction qu'il aura quand il apprendra que tu sais.

– C'est ce que je vais faire. Mais si c'est vrai, cela veut dire qu'il tenait vraiment à te garder ici pour appâter les Grecs, alors qu'Anténor tentait avec sagesse d'empêcher la guerre. Mais c'est trop tard maintenant.

– C'est ce que j'essayais de te faire comprendre, lui dit Pâris. Les événements se précipitent. Impossible d'en arrêter le cours. Ceux qui essaient se font rejeter.

– Je dois retourner au combat, annonça Hector, si je ne veux pas qu'on dise que je suis un lâche, moi aussi. » Il tourna les talons, si vite que les pans de sa tunique volèrent derrière lui.

« Je ne suis pas un lâche ! cria Pâris. Alors cesse de m'appeler ainsi !

– Ce n'est pas moi qui t'appelle ainsi, mais tous ceux qui t'ont vu fuir !

– Je ne fuyais pas ! Je viens de te dire que... »

Mais son frère était déjà loin.

« Pâris, à partir d'aujourd'hui, nous sommes catalogués comme traîtres et lâches. Nous connaissons la vérité, mais il n'y a pas moyen de convaincre les autres.

– Et pourtant, il le faut ! Nous devons laver nos noms. »

À cet instant, il me parut tel qu'Hector l'avait décrit – comme un jeune imbécile. Ou plutôt un jeune naïf.

« Il faut un sacrifice », dis-je. Les Grecs avaient immolé ma nièce Iphigénie. De façon moins directe, nous serions les victimes sacrificielles du camp troyen. « C'est ce que les gens veulent. Cela fait partie de la guerre.

– Je pensais que les guerriers tués et les villes mises à sac suffisaient.

– Pour ce qui est à l'intérieur du cœur humain, il faut plus. »

Je me sentis tout d'un coup épuisée.

« Tu mets tellement d'ardeur à me défendre ! Ce qu'on dit sur les femmes doit être vrai – qu'elles sont plus dangereuses que les hommes. Au moins, les Amazones se battront pour Troie.

– Alors, appelons-les ! Nous allons avoir besoin d'elles.

– Nous ? Les appeler ?

– Oui, avant qu'il ne soit trop tard.

– Je n'ai pas l'autorité pour les faire venir. Il faut que ce soit Priam.

– Il va tergiverser jusqu'à ce que les Grecs nous aient assiégés au point qu'elles ne pourront plus venir nous rejoindre. Appelle-les. Après tout, n'es-tu pas prince de Troie ?

– Mais c'est le roi qui doit prendre ce genre de décision.

– Celle-là, prends-la en ton nom. Tu verras ensuite s'ils ne regardent pas Pâris différemment. »

J'étais prête à déclarer ma propre guerre à Troie. Je n'en pouvais plus de me soumettre à ses règles et à ses exigences contradictoires.

LIV

« Les Amazones arrivent », dit Pâris. Nous étions au dernier étage de notre palais, en train de polir son armure, quand il leva tout d'un coup les yeux pour m'annoncer la nouvelle. Le soir, nous venions souvent nous réfugier ici, les étages inférieurs étant toujours occupés par la cohue de nos « invités » réfugiés à Troie. Là-haut, nous étions loin de tout, comme dans un nid d'aigle. Les combats s'étaient parfois rapprochés des murs de la ville, mais les Grecs n'avaient pas tenté de les prendre d'assaut et la guerre était devenue un élément de notre quotidien.

Nous avions appris à organiser nos vies autour du froid qui régnait à Troie – un froid qui n'avait rien à voir avec l'hiver. La mauvaise saison était passée. Nous étions à la fin de l'été et le soleil, encore fort, jaunissait et réchauffait les briques des maisons. Mais l'hiver était sur les visages et dans les cœurs. Le bébé d'Hector et Andromaque était né – le fils tant attendu. Je n'avais pas été invitée à le voir, sauf en secret, une fois les autres membres de la famille partis. Pourtant, en accompagnant mon amie sur le mont Ida pour les rites de fertilité, n'avais-je pas d'une certaine manière contribué à sa conception ?

C'est ce que me dit un jour Andromaque avant de couvrir la tête du bébé et de me le prendre des bras. « Cela me peine, murmura-t-elle en berçant son enfant contre sa poitrine. Pour moi, tu es sa tante, bien plus que les autres, mais...

– Ne dis rien. »

Quelqu'un pouvait entendre. Je m'étais habituée au risque de la présence d'espions.

Elle me demanda si ma tapisserie avançait.

« J'y consacre de plus en plus de temps, lui répondis-je. On dirait qu'elle grandit toute seule, qu'elle acquiert de nouvelles significations et prend ses propres directions. J'utilise de la laine pourpre pour le fond. Les bordures gris bleu représentent mon ancienne vie, et l'intérieur, Troie et son histoire. Mais le cœur est toujours vide, toujours en gestation.

– Le destin de Troie n'est pas encore écrit. Un jour, tu rempliras cet espace vide et les trous se combleront. »

Je ne lui dis pas que cette tapisserie m'absorbait de plus en plus. À mesure que le reste de ma vie rétrécissait, elle se développait, s'animait – ou peut-être créait-elle sa propre vie, comme une oeuvre d'art.

« Pâris s'est bien battu, me dit Andromaque. Hector apprécie son aide. »

Je souris, reconnaissante des efforts qu'elle faisait pour me remonter le moral. Comme promis, Pâris avait abandonné son arc et apprenait tous les jours à se battre et à manier la javeline et l'épée. « En effet, Hector l'a félicité hier et lui a dit qu'il se battait comme un vrai guerrier. » Inutile de lui dire à quel point il était difficile pour Pâris de se forcer à sortir tous les jours, à quel point j'étais folle d'angoisse lorsque je voyais les soldats rentrer au coucher du soleil, certains boitant, d'autres portant les morts sur leurs épaules. Les blessés étaient allongés sur des couvertures et soignés par les chirurgiens et les femmes de Troie. Évadné et Gélanor passaient beaucoup de temps à leur chevet. Gélanor avait préparé des baumes qui hâtaient la guérison des hommes dont les blessures n'étaient pas trop graves. Pour les autres, nous devions nous en remettre aux dieux. Par chance, la peste n'avait pas encore frappé. Elle était, pensait-on, apportée par les flèches qu'Apollon tirait quand il était furieux. Gélanor, lui, affirmait qu'elle apparaissait quand il y avait trop de gens concentrés dans un même lieu. Peut-être le dieu archer attendait-il tout simplement que ses cibles soient regroupées, par commodité.

« Les Amazones arrivent », dis-je à Andromaque. Il me semblait normal de l'informer, elle qui s'était confiée à moi et était la seule de la famille à demeurer mon amie. « Pâris leur a demandé de venir. Un messager lui a dit qu'elles s'étaient mises en route.

– Il les a appelées ? demanda-t-elle, intriguée. Sans demander la permission ?

– La permission ? À qui ? À Hector ?

– Non, au roi. Priam a-t-il donné son accord ?

– Il l'a déjà fait, implicitement, en demandant aux Amazones d'être ses alliées. Et, de toute façon, il aurait tardé à les faire venir, comme à son habitude.

– Alors comme ça, tu diriges la guerre maintenant ? me demanda-t-elle avec une froideur que jusque-là elle ne m'avait jamais témoignée. Ce n'est certainement pas Pâris qui a accéléré les choses.

– Et pourquoi ne pourrait-ce pas être lui ? Pourquoi le croit-on incapable de commander ? Il est le seul de tous les fils de Priam à avoir été élevé en dehors des murs protecteurs de Troie, dans les montagnes ! Il ne pouvait compter que sur lui-même pour survivre.

– Hélène, ne faisons pas semblant de ne pas savoir, dit-elle en me souriant avec indulgence. Ta sollicitude à l'égard de Pâris est touchante, mais la cause de cette guerre, c'est toi. Il est bien normal que tu veuilles en infléchir le cours. Peut-être les dieux guident-ils ton jugement. Toujours est-il qu'insulter Priam de la sorte est une erreur.

– Notre intention n'est nullement de l'insulter.

– Pourtant, c'est ce qu'il croira. » Elle s'arrêta un instant puis, retrouvant son calme, poursuivit : « Maintenant dis-moi, quand les Amazones arrivent-elles ? Tu vas voir avec quel faste nous allons les accueillir ! Je pourrai peut-être même discuter avec la célèbre Penthésilée qui les commande. J'ai vu leur ambassadeur – ou plutôt leur ambassadrice – quand elle est venue assurer Troie du soutien de son peuple. Quelle femme !

– En effet, elle était impressionnante. Je crois qu'il est impossible de trouver plus fidèle et plus féroce qu'elle. Quant à leur chef, elle doit... »

J'étais sur le point de dire qu'elle devait être une version féminine d'Achille. Mais je ne devais pas prononcer ce nom-là, pas devant Andromaque.

Le soir, je me réfugiais dans ma tapisserie. Elle était devenue ma compagne, ma consolation. J'aimais le frôlement du fil un peu rugueux sur mes doigts, l'odeur si particulière de la laine, la douceur que son contact laissait sur ma peau – sans parler du plaisir enivrant de me perdre dans l'histoire que je racontais à travers mon ouvrage. Dans la salle du trésor de chaque palais, il y avait des tapisseries enfermées dans des coffres. Peut-être plus tard quelqu'un trouverait-il la mienne et se souviendrait-il de nous.

Je n'empêchais personne d'entrer dans la pièce où je tissais. Mais on venait rarement m'y voir. J'étais habituée à être seule. Pourtant, un jour, Gélanor arriva, quelque peu essoufflé par les escaliers qu'il avait grimpés. Sa visite me fit plaisir. Je ne l'avais pas beaucoup vu ces derniers temps. Il était certainement l'un des hommes les plus occupés de Troie. Il soignait les blessés et les malades dans la ville basse, supervisait le travail de son groupe d'espions, préparait les différentes armes qu'il utiliserait quand l'ennemi se trouverait suffisamment près des murs. Ses activités étaient si nombreuses que je ne sus sur quoi l'interroger en premier. Il m'épargna ce choix en m'annonçant : « J'ai des nouvelles de la Grèce ! »

De la Grèce ! C'était justement là que j'étais avant qu'il n'arrive – en esprit du moins.

« Les mers ne sont pas navigables en hiver, mais il y a un bateau qui est parvenu à traverser. Je me suis dit que ce serait bien d'avoir des nouvelles de chez nous. Alors j'ai envoyé quelqu'un – pas un espion – se renseigner. Je pensais n'apprendre que des informations anodines. Je me trompais. » J'étais sur le point de l'interrompre, mais il me prit de court. « Ta sœur Clytemnestre... Elle a pris un amant. Elle règne sur Mycènes avec lui. Si jamais Agamemnon revient, il trouvera la place occupée. »

Clytemnestre ! Une vague de fierté m'envahit. Son mari l'avait piétinée, avait sacrifié leur enfant. Et, au lieu de courber humblement la tête, elle s'était tournée vers un autre homme. Ainsi, dans sa quête avide, Agamemnon avait bien malgré lui fait un deuxième sacrifice.

« Qui est-ce ? demandai-je, tout en me disant que cela n'avait guère d'importance.

– Égisthe. »

Égisthe ! La malédiction de la maison d'Atrée poursuivait ma sœur ! Elle avait choisi l'un de ses derniers descendants, privé de son héritage par Atrée. Une autre malédiction, celle dont Aphrodite poursuivait mon père, condamnait ses filles à abandonner leurs maris. À présent, les deux se complétaient.

J'éclatai de rire. La coïncidence était trop forte. « J'espère qu'au moins il est beau !

– Je ne saurais te dire, majesté. Mon informateur n'a pas considéré cela comme de la première importance. Veux-tu que j'envoie une autre personne se renseigner ?

– Non. Peu importe, tant que ma sœur est heureuse avec lui.

– En partant aussi loin et pour une si longue période, les Grecs se préparent de gros ennuis. Un trône ne reste jamais vide bien longtemps.

– Tu as des nouvelles de chez moi ? De Sparte ?

– Ton père, Tyndare, tient son royaume d'une main de fer. Mais il ne sait pas qui va lui succéder. Tes frères... Agamemnon ne mentait pas.

– Hélas ! » Je ne l'avais pas tout à fait cru. À présent, je savais. « Et Hermione ?

– Tyndare l'a envoyée chez Clytemnestre.

– Comme Agamemnon l'avait dit. » Lui qui mentait si souvent, sur ce point, il ne m'avait pas trompée ! « Pourquoi Tyndare s'est-il séparé de ma fille ?

– Peut-être parce qu'il ne s'est pas senti capable de lui donner ce dont elle avait besoin, puisqu'il n'y a plus de femme qui puisse s'occuper d'elle au palais.

– Dire qu'elle est à Mycènes ! Cet endroit qui transpire l'adultère et la trahison ! »

Oh, ma petite fille !

Gélanor eut l'une de ces petites toux stratégiques dont il avait le secret. « Adultère... trahison... Si je puis me permettre, chère Hélène, tu n'as de leçon à donner à personne dans ce domaine.

– Je n'ai jamais trahi, moi ! »

Il partit d'un grand rire. Je l'imitai. Je ne pouvais guère réagir autrement.

« Mais assez parlé de la Grèce, dit-il. Mes espions et mes

espionnes ont bien travaillé. Je suis sûr que tu seras très intéressée par ce qu'ils m'ont rapporté.

– Tu devrais en informer Priam, non ?

– J'ai essayé, mais il n'a pas voulu me recevoir. Il semble que je sois trop proche de Pâris et de toi, et que certains de ses conseillers voudraient bien m'empêcher de m'approcher de lui.

– Tu as tenté de parler à Hector ?

– Dans sa grandeur d'âme, il refuse toute information qui pourrait le détourner de la route qu'il a choisie.

– Mais enfin, seul un imbécile refuse de savoir !

– Parfois, hélas, la grandeur d'âme transforme un homme en imbécile, dit-il tristement. Mais voici ce que j'ai appris : la dissension fait rage dans le camp grec. Agamemnon aurait insulté Achille en lui prenant une femme qu'il avait gagnée à l'issue de l'un de ses raids mortels. La captive qu'Agamemnon s'était réservée à l'origine était la fille d'un prêtre d'Apollon. Or, tu sais les ravages que le dieu peut causer quand il est en colère – oui, la peste ! Dans le camp grec ! Il a donc fallu rendre cette femme. Agamemnon en a cherché une autre, afin d'assouvir des désirs irrépressibles. Et il a pris l'esclave d'Achille. »

Que m'importaient les querelles de ces hommes méprisables ?

« Je vois à ton visage que tu ne comprends pas la chance que nous avons.

– Je remarque simplement que tu parles de la chance que *nous* avons. Tu serais donc devenu un vrai Troyen ?

– Non, mon pays me manque toujours. Mon village et ma famille n'ont rien à voir avec Agamemnon, Achille et consorts. S'ils meurent, ce sera tant mieux pour les gens du peuple. Notre chance, c'est que maintenant, Achille refuse de se battre sous les ordres d'Agamemnon. Il a tout d'abord menacé de regagner la Grèce, mais se contente à présent de bouder dans sa tente. “Un jour, vous aurez besoin de moi, dit-il, et ce jour-là...”

– Cela montre à quel point il est égoïste. Si ce jour arrive, cela voudra dire que beaucoup de ses compatriotes auront déjà été tués.

– Ce n'est certainement pas une surprise pour toi d'apprendre à quel point il est imbu de lui-même.

– Pas du tout. Enfant, il l'était déjà. La seule personne qu'il écoutait, c'était son cousin Patrocle. On pouvait espérer qu'en grandissant, il changerait, mais je vois qu'il n'en est rien.

– Il a interdit à son cousin de se battre. Et mon meilleur espion, qui s'est attiré les bonnes grâces de Patrocle, m'a dit qu'Achille s'est mis dans une colère noire et a demandé à sa mère, la déesse Thétis, de s'assurer que les Grecs seraient battus à plate couture, pour punir Agamemnon d'avoir osé insulter le grand Achille.

– Va-t-elle obéir à son fils chéri ?

– Peut-être l'a-t-elle déjà satisfait. Hector et ses guerriers sont en train de s'armer pour attaquer le camp grec, après des mois entiers passés à se terrer derrière les murs de Troie. Quelqu'un leur a mis cette idée en tête. Qui nous dit que la déesse n'y est pas pour quelque chose ? »

Les pièces de mon palais, entièrement closes l'hiver, me parurent brusquement confinées et étouffantes. Les herbes que nous brûlions pour parfumer l'air ne faisaient que renforcer cette impression. Impatiente de prendre l'air, j'accompagnai Gélanor jusqu'à la cour. Mais, à peine dehors, une bourrasque faillit arracher mon manteau de mes épaules. Il s'était mis à faire très froid tout d'un coup. Le vent violent s'agrippa de ses doigts glacials à mes cheveux et mes vêtements. De minuscules gouttes gelées tombèrent sur mon nez, mes joues et mon front.

« La neige ! » m'écriai-je en levant les yeux vers le ciel. Des tourbillons blancs occultaient les étoiles.

« Les roues des chars vont s'embourber, fit Gélanor en grognant. Pas de combat aujourd'hui !

– Hécube m'avait bien dit qu'il neigeait à Troie, mais je ne l'avais pas crue.

– Il faut toujours croire Hécube ! dit-il en riant. Nous allons nous faire ensevelir sous cette neige ! » Il se pelotonna dans son manteau et se mit à courir en direction de sa maison. « J'espère que j'ai assez de bois ! » marmonna-t-il.

Je restai quelques instants dans la cour à savourer le mordant du froid et le rugissement du vent. Chez moi, à Sparte, des tempêtes semblables à celle-ci attaquaient les montagnes du Taygète, qui finissaient par disparaître derrière les nuages. Le lendemain, tout était d'un blanc étincelant. Mycènes se transformait en palais de glace, m'avait dit Clytemnestre. Clytemnestre... La prochaine fois que la neige tomberait, peut-être penserait-elle avec une joie cruelle à Agamemnon frissonnant dans sa tente tandis qu'elle serait bien au chaud, lovée dans les bras de son amant...

La plaine de Troie allait devenir blanche, les remparts se couronner de neige et la ville entière s'emmitoufler sous une épaisse couverture immaculée.

Pâris rentra au palais un peu plus tard en tapant ses semelles contre le sol et en secouant son manteau. Je déposai un baiser sur les flocons qui s'accrochaient à son nez et à son menton et les soulevai délicatement avec ma langue, telles des douceurs glacées.

« Tout le monde se barricade, dit-il. Les portes de la ville sont fermées à double tour. Tu peux être sûre que personne ne pourra entrer ou sortir pendant un bon bout de temps. Finis les combats, pour l'instant !

– Si seulement ils étaient finis pour de bon ! dis-je.

– Un jour, ils cesseront. Un jour, la guerre finira et il n'y aura plus rien sur la plaine... à part nos beaux chevaux troyens, qui pourront de nouveau y brouter, et la foire, qui sera plus grande que jamais. »

Il s'affala sur un tabouret et avala une datte séchée. « Je devrais me restreindre. Nos réserves s'épuisent... » Il soupira et regarda la deuxième datte qu'il s'apprêtait à manger. « Toi, petite datte, tu es venue d'Égypte, lui dit-il, de cet endroit paisible où le Nil traverse un désert plat et où les seules montagnes sont pointues, faites de pierre par la main de l'homme. Un lieu étrange, très étrange, m'a-t-on dit. Hélène, ajouta-t-il le regard brusquement lointain, en me prenant les mains, et si nous quittions Troie à la fin de la guerre ? Et si nous partions ? Allons en Égypte ! Je pourrais y ouvrir un comptoir, devenir l'agent commercial de Père. Si Troie pouvait faire quelques profits grâce au commerce direct avec l'Égypte, sans passer par des intermédiaires égyptiens...

– Mais tu es prince de Troie ! Un prince peut-il devenir commerçant ?

– Je ne régnerai jamais. C'est Hector qui va hériter et, après lui, Déiphobos.

– Ce singe libidineux ! »

Pâris partit d'un éclat de rire. « Pourtant, dit-il, Père pense le plus grand bien de lui, je crois. Du moins, pour ce qui est de ses qualités de combattant. Et c'est la seule chose qui compte aux yeux de Priam. »

Alors, c'est un imbécile, faillis-je rétorquer. Mais je connaissais la susceptibilité de Pâris sur ce sujet. « Quand la guerre sera finie, peut-être accordera-t-il plus d'importance à d'autres qualités.

– Je ne peux attendre jusque-là. Oh, Hélène, partons faire notre vie ailleurs ! J'ai eu tort de te ramener avec moi à Troie, je le vois bien maintenant. Nous ne serons jamais ici que des objets de curiosité, rejetés par nos familles. Et chaque mort dans le camp troyen va nous être attribuée – à juste titre je le crains. Je n'aurais jamais dû rentrer ! Partons ! Vivons libres dans un autre pays ! »

C'était un rêve fou, je le savais. Fou, mais tentant pour nous qui étions confinés cette nuit-là à cause de la neige et de l'arrêt de toute activité. Je décidai de jouer le jeu quelques instants. « D'accord. Où pourrions-nous aller ?

– Nous partirons en bateau et descendrons la côte en passant par Rhodes et Chypre, sans nous y arrêter, à moins que tu ne le souhaites.

– Non, je préfère atteindre notre destination finale au plus vite.

– Alors, nous continuerons jusqu'en Égypte. J'ai toujours rêvé d'y aller. Il y a tant d'endroits que je voudrais voir. Jusqu'à maintenant, je n'ai connu que Troie, le mont Ida et une petite partie de la Grèce. Notre rencontre a mis un terme à mes explorations – mais à présent rien ne nous empêche de faire ce que je voulais faire seul. Nous remonterons le Nil – il a sept embouchures, à ce qu'on m'a dit. Nous en choisirons une et la suivrons jusqu'au cœur de l'Égypte. La température sera de plus en plus chaude. Il n'y aura pas d'hiver. Et nous pourrons visiter leurs immenses montagnes de pierres taillées.

– Ça ne serait pas plus pratique d'installer ton comptoir plus près des côtes ?

– Si, bien sûr, mais je veux d'abord explorer l'Égypte. En secret. Nous avons déjà des pseudonymes – tu te souviens ?

Alexandre et Cycna. Nous nous appellerons ainsi et personne ne nous reconnaîtra. »

Je me mis à rire en me rendant compte que pour lui, à présent, j'étais Hélène, tout simplement, et mon visage était celui qu'il voyait tous les jours. Mais le monde, lui, risquait de me reconnaître, à moins que je ne recommence à porter ce voile honni. Ou peut-être... Peut-être mon visage avait-il changé depuis que j'avais quitté Sparte. Du moins, je l'espérais.

« Leur roi a un drôle de nom, je crois.

– Oui, on l'appelle Pharaon. Et il épouse sa sœur. Leurs dieux ont des têtes d'animaux. Mais... », il se pencha et poursuivit à voix basse : « Ces gens-là font des choses innommables aux cadavres. Ils les éviscèrent, les salent et les enrobent dans des bandelettes de lin. Ils pensent que plus tard ils reviendront à la vie.

– Alors, je prendrai soin de ne pas mourir là-bas. Et ces corps, où les mettent-ils ? Je suppose qu'ils les gardent chez eux, pour les avoir tout près.

– Ils leur construisent des tombes sophistiquées. Mais il est impossible d'y entrer. Leurs entrées sont scellées. » Il se versa du vin et, l'air songeur, fit danser le liquide au fond de son verre. « Plus haut sur le Nil, il est une immense cité où les prêtres ont un temple plus grand que Troie. On y trouve des statues qui font cinq fois la taille d'un homme. Il faut que nous y allions. Dès que cette guerre sera finie. »

Dehors, la neige tombait, ensevelissait Troie, tenait provisoirement la guerre à distance.

Dans le silence de la pièce, Pâris murmura : « Mais nous savons tous les deux que cela est impossible. »

LV

Sans doute la neige obéissait-elle aux ordres d'Arès, car elle ne resta pas longtemps. Les rues de Troie ne tardèrent pas à résonner à nouveau des bruits des pas des guerriers partant au combat par la porte Scée. Des renforts étaient attendus – les Paphlagoniens, les Thraces et les Lyciens, commandés par le célèbre Sarpédon, ainsi que les Amazones, qui venaient de beaucoup plus loin. Hector laissa Pâris l'accompagner. Les deux frères traversèrent la ville ensemble puis montèrent dans leurs chars. Déiphobos, Aesacos et Hélénos étaient juste derrière eux. Antimachos se pressa pour rattraper le groupe et monta dans son char au moment où il passait la porte.

La peur m'étreignit en voyant partir Pâris. Torturé par un sentiment de culpabilité, il s'était dépêché d'apprendre à manier l'épée et le bouclier. Cela suffirait-il ? Je l'avais supplié de prendre son arc – l'arme qu'il maniait à la perfection –, mais il s'était moqué de moi. Il était décidé à donner la preuve de son courage sur le terrain que les Troyens honoraient. Mais, par rapport aux autres, il lui manquait des années de pratique. Sur les pentes du mont Ida, là où il avait grandi, seul un imbécile se serait amusé à repousser les bêtes sauvages avec une javeline et une épée – et il n'aurait pas survécu bien longtemps.

Nos hommes avancèrent dans la plaine à la rencontre des Grecs. Les deux armées étaient ordonnées, parfaitement alignées. L'instant d'après, tout se fondit en une masse noire. Nous ne pûmes plus rien distinguer. Le combat avait commencé.

La nuit était tombée. Pour l'instant, seuls quelques égarés étaient revenus en titubant. Ils nous parlèrent d'une mêlée, nous racontèrent qu'Énée avait été blessé, mais que les autres Troyens de haut rang, eux, s'en étaient tirés indemnes.

Ô, que les dieux soient loués ! Pâris était sain et sauf !

Les guerriers exténués rentrèrent plus tard en portant leurs blessés. Les malheureux iraient rejoindre ceux que nous avions installés sur des couvertures dans la ville basse et que nous soignions dans les limites de nos capacités. Soutenu par deux hommes, Énée boitillait, l'épaule ensanglantée. Diomède l'avait touché.

Pâris arriva en trébuchant, couvert de boue et respirant à grand-peine. Avec lui venait Déiphobos. Pimpant comme une fleur tout juste éclose, il riait aux éclats. « Le voilà, ton tendre époux, dit-il en poussant Pâris vers moi. Soigne-le comme tu sais si bien le faire. » Il eut un sourire narquois, puis nous quitta pour rejoindre avec les autres le palais de Priam où les attendaient du vin, de la nourriture et, surtout, les honneurs.

« Que s'est-il passé ? demandai-je à Pâris en m'agrippant à lui, à sa tunique trempée de sueur.

– Ils nous attendaient, dit-il, avec une note de fierté dans la voix. Mais nous leur avons donné une bonne leçon.

– Vous les avez repoussés vers leurs navires ? »

Il m'adressa un regard intrigué.

« Non, répondit-il. Mais peut-être y serions-nous parvenus si la nuit n'était pas tombée. »

Hector exhorta les femmes de Troie à implorer Athéna en lui adressant des prières et des offrandes. À l'aube, Hécube, portant le tissu le plus raffiné de son trésor, prit la tête de la procession solennelle, suivie des princesses, puis des épouses et des filles des conseillers et des chefs de l'armée. Je n'étais pas invitée. Ma présence aurait perturbé la cérémonie et gâché l'atmosphère. Du haut de mon palais, je vis entrer la procession dans le temple.

Plus tard dans la matinée, Pâris et moi allâmes dans la ville basse rendre visite aux blessés qui attendaient les soins en se tordant de douleur. De nombreuses femmes s'efforçaient de les soulager. Gélanor avait préparé des onguents placés dans des pots au bout de chaque rangée de blessés. Énée, guerrier de haute naissance, n'était certainement pas avec ces hommes, mais c'était eux qui avaient essuyé le plus fort des affrontements.

« Les combats d'aujourd'hui se sont passés au mieux. Mais pourquoi donc s'arrêtent-ils tout le temps ? dit Gélanor.

– Tu dis cela uniquement parce que tu meurs d'envie d'essayer tes bombes d'insectes.

– Oui, je l'avoue. Elles sont au point, je pense. Et les vêtements contaminés par la peste pourront nous servir en dernier recours. »

Pâris contempla les rangées de blessés. « Demain, à cette heure-ci..., dit-il en bombant le torse. Je dois me préparer. Hector a l'intention de nous mener bientôt au combat. »

J'étais allée à la tour des gardes, d'où je pouvais voir partir nos hommes. Elle était curieusement vide. Peut-être les archers ne s'y postaient-ils que lorsqu'il y avait une bataille en cours et un risque que l'ennemi approche. Ou bien c'était le moment où ils se faisaient relever.

Tout en bas, les troupes se rassemblaient. Les guerriers attendaient Hector. À ce moment-là, quelqu'un entra dans la tour. Je ne pus distinguer de lui que son casque surmonté d'une crête. Je me rendis compte alors qu'il n'était pas seul – une femme l'accompagnait, avec un bébé dans les bras. Mais la pénombre me cachait leurs visages. La femme tendit l'enfant au guerrier. Le petit se mit à pleurer et voulut se réfugier dans les bras de sa mère. L'homme retira son casque et le posa par terre.

« Allons, calme-toi. » C'était Hector.

« Il a peur de la crête de ton casque, dit la voix familière d'Andromaque. Quand on a pour père un soldat, on a toujours peur. » Elle s'agrippa au bras de son époux. « Hector, ne nous quitte pas ! »

Le visage d'Hector, dont le profil était souligné par les ombres, eut un sursaut. « Femme, que t'es-tu mis en tête ? » Sa voix profonde et calme paraissait perplexe, triste.

« Tu es tout ce qu'il me reste. Mon père, mes frères ont tous été tués par l'infâme Achille. Ma seule famille, c'est toi. Je t'en supplie, n'y va pas ! Je crains qu'il ne te tue, toi aussi ! Et que je ne me retrouve entièrement seule ! Et que ton cher fils, Astyanax, devienne orphelin !

– Si j'abandonne mes hommes, ils perdront tout courage et Troie tombera. »

Il recula, comme pour se protéger d'elle.

« La défense d'une ville ne dépend pas que d'un seul homme ! s'écria Andromaque. Il y en a des centaines, des milliers d'autres ici. Mais bien sûr, ils ne sont pas l'héritier de Priam et le père de mon fils.

– Si l'héritier de Priam esquive le combat, pourquoi donc les autres devraient-ils se battre ? » La lenteur, la mesure avec laquelle Hector parlait témoignait du poids qu'il accordait à ce qu'il disait. « Oh, Andromaque ! » Il la serra dans ses bras. « Si Troie tombe... »

Elle poussa un petit cri de détresse et se blottit contre sa poitrine.

« L'idée que tu sois emmenée captive ou que notre fils périsse m'est insupportable. Ma seule consolation, c'est qu'alors je serai mort et enterré et que je n'entendrai pas les cris de Troie à l'agonie.

– Mais alors... Pourquoi aller te battre ? S'il n'y a pas d'espoir ?

– Parce que je pense que Troie a besoin de moi et, en même temps, que notre cause, hélas, est perdue. Et si mon fils en grandissant devient plus grand guerrier que je ne l'étais – alors il mourra. Ni mon père ni ma mère ne sont des divinités. Je suis entièrement mortel. Les dieux ne feront aucun effort pour me protéger. Je dois donc me battre seul, sans soutien. Mais c'est ce pour quoi je suis né. » Il s'éloigna lentement d'Andromaque et enfila son casque. « Adieu. »

Après ce salut brutal, il fit demi-tour et sortit. Peut-être était-ce pour lui la seule façon de se forcer à quitter sa famille.

Andromaque, en pleurs, resta un instant avec dans les bras le petit Astyanax qui se mit à pousser des gémissements.

Je ne voulais pas qu'elle sache que j'étais là et que je les avais vus, elle et Hector. De tels moments doivent demeurer privés. Lentement, je me dirigeai à peu feutrés vers la porte en retenant mon souffle. Elle ne regardait pas dans ma direction. Son visage était penché vers son fils, ses yeux fermés. Combien de temps allais-je pouvoir tenir sans respirer ? Mes poumons éclataient. Je me rapprochai peu à peu de la sortie et descendis l'échelle sur la pointe des pieds. Arrivée en bas, je pus enfin reprendre mon souffle.

« Hélène ! »

Trop tard ! Je n'avais pas vu le casque. Une main musclée me prit par le cou et m'entraîna derrière l'échelle.

« Tu nous espionnais depuis combien de temps ? me demanda Hector, furieux.

– J'étais là avant vous. » Je me sentis comme une enfant surprise par ses parents. « Je pensais être seule. Je voulais m'isoler – ma présence dérange les gens. Mais j'ai besoin de voir, de comprendre ce qui se passe, autant qu'eux, et peut-être même plus. »

Il me libéra. « Mieux vaut que ce soit toi, plutôt que quelqu'un d'autre, qui nous a entendus. Tu sais que les choses ne sont pas si simples, contrairement à d'autres, qui n'ont jamais vu leur côté sombre.

– Si seulement j'étais demeurée aussi ignorante qu'eux !

– Nous avons tous les deux vu dès le début ce que d'autres refusent d'accepter. C'est pour cela que je te demande de prendre soin d'Andromaque et de mon fils, l'heure venue. » Avant que je n'aie le temps de protester, il ajouta : « Comme je l'ai dit – et tu m'as entendu – la pensée de ce qui pourrait lui arriver quand Troie tombera – je veux dire si Troie tombe – m'est insupportable. Mais toi, tu survivras, tu pourras la protéger.

– Je serai la première à m'attirer la fureur des Grecs quand ils prendront la ville d'assaut. S'ils y parviennent.

– Non, ils t'épargneront. Tu es des leurs et ils voudront te ramener en Grèce comme trésor de guerre.

– Non ! Plutôt mourir !

– Tu ne mourras pas, dit-il calmement. Tu es forte. Tu es une survivante. Et si elle reste avec toi, Andromaque sera épargnée, ainsi que mon fils.

– Je t'en prie, Hector ! m'exclamai-je en posant mes doigts sur sa bouche. Ne dis pas cela. Les mots ont leur propre pouvoir. Ne provoque pas le sort.

– J'ai besoin que tu me promettes cela. Alors, je pourrai aller me battre, l'âme en paix.

– Dans ce cas, je te le promets. Mais je n'aurai peut-être jamais besoin de tenir ma promesse.

– Cela me suffit. Emmène Andromaque avec toi où que tu ailles. » Il sortit de sous l'échelle et attacha la lanière de son casque. « Je dois y aller. »

Il rejoignit ses hommes qui se dirigeaient vers les portes de la ville.

LVI

Hector survécut à cette journée de combats et rentra à Troie sous les acclamations. Il s'empressa de regagner son palais, où Andromaque l'attendait impatiemment sans savoir qu'il m'avait chargée de veiller sur elle s'il disparaissait.

Le fait qu'il m'avait confié cette responsabilité et considérait que je survivrais quoi qu'il advienne me perturbait beaucoup. *Tu es une survivante*, m'avait-il dit, comme si cela lui inspirait du dégoût. Un survivant était comme un rongeur qui vivait des charognes et des rebuts des autres, était totalement dépourvu de morale et de fierté, et ne pensait qu'à lui-même. D'ailleurs, ne dit-on pas que les rats quittent le navire ? Était-ce l'opposé de la noblesse ? Mais Gélanor n'avait-il pas déclaré à propos d'Hector que sa noblesse d'âme était excessive et que ce n'était pas ainsi que les guerres se gagnaient ?

Gélanor et moi... Peut-être au fond nous ressemblions-nous, lui avec ses bombes d'insectes et son sable bouillant, et moi avec mon instinct de survie ? Mais non, Hector se trompait. Si l'instinct de survie avait été le plus fort chez moi, je ne me serais jamais enfuie de Sparte.

Oui, il se trompait, c'était sûr.

Deux jours de trêve informelle passèrent. J'appris alors qu'Anténor avait suggéré, comme cela avait été fait au tout début, de rendre Hélène aux Grecs. Je devais le voir avant qu'il ne fasse connaître son opinion publiquement.

Pour des questions officielles, personne ne pouvait refuser de voir Hélène, de si triste réputation. Je savais qu'Anténor ne pourrait pas me fermer sa porte, quels que soient ses sentiments intimes. Arrivée chez lui, je me fis annoncer. Le conseiller, me dit-on, allait me recevoir immédiatement. Il arriva, suivi de la longue traîne de son manteau. Son visage arborait un sourire aussi artificiel que les emblèmes de sa fonction.

« Bonjour, chère princesse, dit-il en inclinant la tête.

– Bonjour, conseiller estimé.

– Viens, allons converser en privé. »

Il fit un grand geste du bras pour signifier à ses domestiques que notre entretien ne devrait pas être interrompu. Je le suivis dans ses appartements sombres.

La pièce n'était pas grande, mais chacun des objets qui s'y trouvaient avait été choisi pour flatter le regard. Sur le sol était posé un vase aux formes harmonieuses orné d'une pieuvre. Des coupes d'or pur s'alignaient sur d'étroites étagères courant le long des murs. Des tissus de Sidon drapaient les chaises, et même les pieds des tabourets étaient sculptés et marquetés d'ivoire. Des volutes de fumée montaient de deux brûleurs d'encens en bronze.

« Dans l'un d'entre eux, il y a du cyprès et, dans l'autre, de l'hysope. Seul, je trouve ces deux parfums trop forts, mais quand on les mélange, quel mariage ! » Il inspira profondément, puis se tourna enfin vers moi. « Que me vaut l'honneur de ta visite ?

– Tu le sais très bien », dis-je en m'installant sur l'un des tabourets – étrangement inconfortable malgré le tissu qui le recouvrait. « Je veux parler de ta suggestion de me rendre aux Grecs. Tu sais, je n'en doute pas, que mon retour ne suffit plus à faire cesser la guerre. »

Allais-je lui raconter ma tentative de fuite ? Non, décidai-je.

« Qu'est-ce qui te fait dire cela ?

– Ménélas, mon ancien mari, est le seul à désirer mon retour, répondis-je. Pour ce qui est des autres, ils ne s'arrêteront que quand ils auront pillé Troie et emporté ses trésors. »

Il m'observait curieusement. Ne comprenait-il pas ? « Cela fait longtemps qu'Agamemnon parle de Troie. J'en suis témoin. Il tenait à attaquer la ville à tout prix. Que je retourne auprès de mon mari ne le dissuadera pas.

– Aurais-tu peur de rejoindre les Grecs ? » me demanda Anténor en s'enfonçant dans son siège et en croisant les bras.

C'en était trop ! « Non ! hurlai-je. Je m'y étais préparée. Mais des personnes plus sages m'ont convaincue que cela ne servirait à rien. Et j'ai tenu compte de leur avis. Je ne suis pas assez naïve pour croire que les Grecs ont fait tout ce chemin uniquement pour que Ménélas retrouve sa femme. »

Il m'observa comme s'il se demandait à quel point on pouvait me faire confiance. Je lui rendis son regard. Les allusions que ma mère avait faites autrefois à propos de la visite d'un prince troyen me revinrent à l'esprit.

Il était beau, attirant. Le genre d'homme susceptible de plaire à une reine sortant d'une longue période de solitude. Ses cheveux, leur implantation qui dessinait une spirale à partir du sommet de son crâne, ressemblaient aux miens.

« Tu es une femme pleine de sagesse, dit-il enfin.

– C'est une qualité dont j'ai hérité.

– De qui la tiens-tu ?

– Je l'ignore, mais qui que ce soit, j'honore cette personne.

– En effet, il faut toujours honorer ses ancêtres. Ainsi, aucune proposition ne sera faite aux Grecs. Très bien. Maintenant, chère amie...

– Toi ? Mon ami ? Si c'est vrai, j'en suis ravie. Souvent, les liens d'amitié sont fort anciens. J'ai cru comprendre qu'autrefois tu es allé à Sparte et que tu as vu mon père et ma mère.

– Ton père était parti se battre contre Hippocoon. Mais ta charmante mère m'a reçu. Elle m'a fait les honneurs du palais – un magnifique endroit qui surplombe la plaine et les méandres de l'Eurotas. Je me souviens que nous...

– Je ne doute pas que tu as été accueilli comme il convenait. »

Il eut ce qui chez lui faisait office de froncement de sourcils – étant poli, il n'affichait jamais le moindre signe de mécontentement. « Mais avant, elle m'a emmené faire une longue promenade le long de l'Eurotas, en crue après la fonte des neiges hivernales. Cette rivière, quel enchantement ! J'y ai vu les cygnes les plus majestueux et les plus grands qui soient. L'un d'entre eux nous a même poursuivis ! Je crois que... excuse-moi, Hélène, si je prends un peu de temps à trouver... il avait des plumes magnifiques. Jamais je n'en avais vues d'un blanc aussi éclatant. »

Il se leva et fouilla dans une petite boîte en bois. « Elle est quelque part là-dedans, je sais... » Enfin, il trouva ce qu'il cherchait – une plume. Il la déposa dans ma main.

Elle était brillante. C'était le même genre de plume que celles que j'avais vues dans la boîte de Mère. Malgré toutes ces années, elle n'avait rien perdu de son éclat. Et Mère – était-ce le souvenir du cygne qu'elle chérissait, ou celui de l'homme avec lequel elle avait vu le grand oiseau blanc ? Qui était mon père ?

Le temps s'écoulait irrégulièrement. Juste au moment où nous pensions qu'un événement important allait se produire – une bataille décisive, une décision capitale –, il se figeait et nous laissait, flottants, dans un océan d'inaction.

Mais tout ceci n'était qu'une illusion. Le temps passait plus vite que nous ne le pensions. Le monde naturel pouvait-il me servir de repère ? Les arbres poussaient-ils à leur vitesse normale ? Ou bien étaient-ils, comme nous, les jouets des dieux qui commandent au rythme des saisons ? Devais-je me fier à mes observations pour me rendre compte du passage du temps ? Parfois, il me semblait que les Grecs étaient à Troie depuis une éternité. Mais à d'autres moments, j'avais l'impression qu'ils venaient juste d'arriver. Nous observions le changement des saisons sans pour autant qu'il y ait de véritables changements : les Grecs attendaient, et nous aussi.

Par une nuit froide et claire, Gélanor vint me rendre visite au palais. La demi-lune brillait tristement sur la plaine parsemée de touffes d'herbe clairsemées qui nous séparait du camp grec. Là-bas, tout était immobile. Au-delà, la mer luisait faiblement. Les vagues attiraient le peu de lumière qu'il y avait et la renvoyaient en scintillant.

« Hector et moi avons formé un espion au talent particulièrement impressionnant, dit-il. Il se fait appeler Dolon – bien sûr, son vrai nom, personne ne le connaît. Il va pénétrer dans le camp grec et le reconnaître.

– Je pensais que vous aviez déjà des agents là-bas, s'étonna Pâris.

– Moi oui, mais pas Hector. Et j'estime qu'il est important pour lui d'avoir son propre espion. Dolon n'est peut-être pas la personne que j'aurais choisie, mais peu importe.

– Personne ne nous écoute, lui assurai-je. Il n'y a pas d'espions ici – à moins que tu n'en aies envoyés ici toi-même. Alors dis-nous, pourquoi as-tu des doutes au sujet de Dolon ? »

Gélanor fit la grimace – comme toujours quand il réfléchissait. « Il est quelque peu vaniteux. L'ennemi pourrait mettre cela à profit, ce qui lui ferait oublier toute prudence. Un bon espion ne doit avoir aucune vanité. De toute façon, son identité est fausse.

– Certains hommes ne peuvent peut-être pas oublier tout à fait qui ils sont réellement, dit Pâris.

– Alors, ils ne sont pas faits pour être espions. La vanité a trahi plus d'espions que les informateurs. »

Dehors, le vent froid murmurait dans les arbres. Réchauffés par le vin, nous savourions ensemble ce moment de tranquillité. Je nous revois, comme un peintre aurait pu nous représenter : Gélanor assis sur un tabouret, Pâris dans toute la gloire de sa jeunesse et moi, radieuse, avec à mes côtés ceux que j'aimais, leurs visages si proches que je pouvais les toucher.

Les troupes se préparèrent de nouveau au combat. Comme d'habitude, les Troyens sortirent par la porte Scée. Il me semblait que notre armée était plus nombreuse cette fois-ci. Peut-être de simples soldats étaient-ils venus grossir ses rangs. Nous avions appris que les Thraces n'étaient qu'à quelques jours de marche. Les Lyciens, les Cariens et les Mysiens les suivaient de près. Les Amazones, qui venaient de bien plus loin, arriveraient en dernier.

Cette bataille fut la plus importante jusque-là, comme si les Grecs s'étaient rendu compte qu'ils étaient ici pour faire la guerre, comme si, après des mois entiers passés à camper près du rivage ou à faire de petites incursions à l'intérieur des terres, ils étaient enfin décidés à se battre. Les deux armées se rencontrèrent au milieu de la plaine, puis la ligne les séparant se déplaça au cours de la journée vers les quartiers des Grecs. Enfin, la nuit tomba.

Nos guerriers, au lieu de rentrer, campèrent sur le champ de bataille. De ma terrasse, je vis les points lumineux des feux de camp disséminés sur la plaine, non loin des lignes grecques. L'ennemi devait s'être terré derrière son mur défensif. En avant, Troyens ! Vous vous êtes bien battus !

Oui, ils s'étaient bien battus, et mon cher Pâris avait été d'une efficacité redoutable. Il avait mis hors d'état de nuire Machaon, leur médecin, Eurypylos, le fils d'Evaimon, mais surtout Diomède, ce jeune ambitieux vantard et plastronnant qui avait blessé Énée lors d'une précédente bataille. Certes, il avait accompli ces exploits avec son arc, et Diomède ne s'était pas privé de le lui rappeler, en le traitant de poltron et de chiffe molle et en affirmant qu'un vrai guerrier n'utilisait pas une telle arme. Mais quelle importance ? La flèche de Pâris avait été efficace – Diomède souffrait le martyre. Mieux encore, Agamemnon était blessé, de même que Ménélas et Ulysse – légèrement, mais cela voulait dire que leurs meilleurs guerriers ne pouvaient plus se battre. Pendant ce temps-là, Achille et son cher Patrocle se tenaient à l'écart des combats, si bien qu'ils auraient tout aussi bien pu être blessés – ou morts.

Ménélas, blessé. Où ça ? Je me surpris moi-même à grimacer de douleur en l'imaginant, et même à prier qu'il ne souffre pas. Maintenant, je savais qu'il avait payé le prix pour m'avoir poursuivie, ce qui n'était pas pour autant une consolation pour moi. Je n'avais pas ce genre de sentiment pour Agamemnon. Aucune souffrance ne pourrait compenser ce qu'il avait infligé à sa propre fille et à sa femme. J'espérais qu'il hurlait et se tordait de douleur – et qu'on avait donné à Ménélas une potion endor mante et qu'il se réveillerait paisiblement et en voie de guérison. Pour ce qui était d'Ulysse, pourvu que sa blessure affecte et déséquilibre son intelligence, au point qu'il ne pense plus qu'à des remèdes à sa douleur et oublie ses plans contre les Troyens !

Hélas, nous apprîmes que Dolon avait été intercepté alors qu'il se rendait dans le camp grec – par Ulysse et Diomède avant qu'ils ne soient blessés – et qu'on l'avait amené par ruse à révéler l'endroit où se trouvaient les Thraces, non loin de Troie. Ulysse et ses hommes ne s'étaient pas contentés de tuer Dolon, mais aussi Rhésos, le chef des Thraces. Ils avaient également volé ses chevaux de race et étaient revenus au camp grec en se pavanant.

Je compris à ce moment-là qu'Ulysse était l'adversaire le plus dangereux des Troyens. Non seulement parce que c'était un grand guerrier, mais aussi parce qu'il pouvait frapper par surprise, comme un serpent venimeux dissimulé sous un rocher. Agamemnon, Ménélas, Idoménée, les fils de Nestor – ces hommes partaient au combat dans leurs chars, équipés de leurs épées et de leurs boucliers, tombaient, battaient en retraite. Mais Ulysse... Tel un piège secret hérissé de pieux pointus, sa vraie nature meurtrière était dissimulée.

De la terrasse, j'observais les feux sur la plaine. Évadné me rejoignit si discrètement que je ne me rendis pas compte qu'elle s'approchait de moi. Je fus heureuse de me retrouver avec elle. Sa simple présence était rassurante.

« Tu ne peux pas les voir, lui dis-je, mais il y a des centaines de petits feux tout en bas. Les Troyens campent tout près des lignes grecques. » Je ne savais pas encore que Dolon avait été attrapé.

« C'est une bonne chose, ô ma reine. Mais j'ai peur. Il s'est passé quelque chose de mauvais, je le sens.

– Pourvu que Pâris soit sauf ! m'écriai-je. Raconte-moi.

– Pâris n'a rien. Les messages que j'ai reçus seraient encore plus forts. Mais aucune guerre n'est exempte de tragédies. Mes pouvoirs se sont de nouveau manifestés. Après la mort du serpent, j'avais cessé d'avoir des visions. Peut-être parce qu'il n'y avait rien à voir. Mais tu comprends l'effet que cela produit, de constater que, tout d'un coup, les révélations cessent. »

Oui, je comprenais. Moi-même j'avais reçu peu de messages ces derniers temps. Je n'avais des événements à venir que des impressions vagues, des images pâles et floues. Le serpent avait sans doute emporté mon don avec lui.

« La chance va tourner pour les combattants, dit Évadné. Tout va se passer très vite, après que rien ne s'est produit pendant si longtemps. Tu es prête, ô reine ? Prête pour ce qui va advenir ?

– Non, répondis-je, je ne suis prête pour rien, sauf pour voir les Grecs embarquer et rentrer chez eux.

– C'est ce que je vois, mais avec toi sur un de leurs navires. Ainsi qu'Andromaque et Cassandre.

– C'est impossible. Tes visions te trompent. Tu viens de me dire que tu ne vois pas Pâris !

– Mes visions sont incomplètes, elles me parviennent par bribes.

– Alors, tais-toi. »

Hélas, il était trop tard. Elle avait parlé. Je savais.

J'étais allongée sur mon lit, immobile. Évadné était partie. Le silence régnait dans le palais. Le lit que je partageais avec Pâris me parut immense sans lui, comme si j'étais sur le pont d'un navire... Un navire. Pourquoi cette image me venait-elle à l'esprit ? Maintenant ? À cause de ce qu'Évadné avait dit ? Jamais je n'embarquerais sur un vaisseau grec ! Si ce qu'elle avait prédit arrivait, cela signifierait que les horreurs qu'Hector avait imaginées étaient devenues réalité et que ce qu'il redoutait pour Andromaque allait se produire. Cela voudrait dire que Pâris était mort.

Je me retournai sur le matelas. Mes oreillers de laine d'agneau ne m'étaient d'aucun réconfort. J'osais à peine respirer. J'avais peur. Non, c'était bien plus que de la peur. Un léger mouvement, un frémissement dans un coin de la pièce...

Je me redressai d'un coup. Une esclave toute courbée avançait vers moi.

« Ma maîtresse Andromaque m'envoie, dit-elle en s'inclinant. Elle n'arrive pas à dormir. Elle te demande, si tu veux bien, de venir la rejoindre. »

Étrange requête. Pourtant, elle me fit plaisir. Nous étions deux femmes attendant le retour de nos hommes dans la nuit. « J'arrive. Attends-moi. »

Il ne me fallut pas longtemps pour enfiler ma robe. Je suivis en silence l'esclave jusqu'au palais d'Hector, traversai la cour et montai dans les appartements privés. Les gardes ensommeillés nous regardèrent passer les yeux mi-clos. Andromaque attendait sur la terrasse en regardant les feux de camp.

« Ils ne vont pas tarder à s'éteindre, dit-elle sans même se tourner vers moi. Alors, le jour se lèvera. Le jour de la bataille.

– Oui, chère amie. Tu savais que moi aussi je ne dormirais pas et tu as envoyé ton esclave me chercher. J'en suis honorée. » Je m'installai à côté d'elle. « Où sont-ils ? Près de quel feu ? Celui-ci ? Ou celui-là ?

– Nous ne saurons jamais. Sommes-nous sûres qu'ils partagent le même ? Il y a tant de compagnies dans notre armée.

– Nos hommes se battront au mieux de leurs capacités, si les dieux le permettent. »

C'était la seule certitude que nous avions.

« Mais si l'ennemi prend la ville d'assaut par surprise ? demanda Andromaque.

– Il est impossible de prendre une ville par surprise, du moins pas une ville de la taille de Troie. L'escalade des murs ferait beaucoup de bruit. Nous serions avertis. Aurions-nous le courage suffisant, voilà la question. Mourir, ça n'est jamais facile. Mais nous aurons l'exemple de nos maris. Nous les suivrons. Sinon, nous ne serions pas des épouses dignes d'eux. »

Elle m'embrassa en tremblant. « Tu l'aimes sincèrement, dit-elle. C'est ce que j'ai essayé de leur faire comprendre, à tous. À Hector, au roi, à Hécube. Mais ils... »

Ainsi, même ça, ils ne le croyaient pas ! Pour quelle autre raison serais-je venue ici ? Pourquoi aurais-je détruit toute ma vie ? Ce que je venais d'apprendre d'eux me décevait tellement que je parvins à peine à articuler, « Oui, je l'aime. Plus que tout au monde. Comme toi tu aimes Hector. »

Lorsque je retrouvai ma chambre, un paquet contenant une flèche barbelée m'y attendait. Le messager, un jeune garçon qui n'avait pas fermé l'œil de la nuit, murmura : « Le prince Pâris te l'envoie, et te fait dire que les sœurs de cette flèche ont frappé leurs cibles. Tu n'as pas à avoir honte. »

Je le remerciai et le congédiai. Assise dans la lumière du jour levant, je caressai la flèche qui n'avait pas servi. Jamais je n'aurais à avoir honte de Pâris.

LVII

L'aube allait poindre et les soldats se réveiller, si tant est qu'ils aient réussi à dormir. Soudain, les trompettes se mirent à retentir. Priam allait s'adresser aux habitants de Troie près des remparts, annoncèrent les hérauts d'une voix tremblante dans l'air glacial.

Accompagné d'Hécube et de son tout dernier fils, Polydoros, qui lui arrivait à peine aux épaules, le roi, l'air vieilli, leva les mains pour faire taire la foule. Il parla de la percée grâce à laquelle les Troyens s'étaient rapprochés du camp grec et nomma les alliés qui nous avaient rejoints : les Dardaniens, commandés par Énée, les Paeoniens et les Cariens, armés de leurs arcs recourbés, les Paphlagoniens et les Lyciens, sous les ordres du noble Sarpédon et de son cousin Glaucos. Les Thraces, qui avaient amené leurs célèbres chevaux blancs, campaient déjà dans les parages avec leur roi, Rhésos. Enfin, les Amazones et un groupe d'Éthiopiens étaient, disait-on, sur le point d'arriver. Tous ces alliés nous dépassaient en nombre. Pour les nourrir et les équiper, il nous faudrait vendre une partie du trésor troyen aux Phrygiens et aux Maeoniens, annonça Priam, l'air brusquement abattu.

Un garde s'avança alors et lui murmura quelque chose à l'oreille. Le roi cligna des yeux et se tourna vers nous. « On m'apprend que notre ami et allié, le roi Rhésos, aurait été tué dans son sommeil ainsi que ses hommes, et leurs chevaux volés. » Il prononça ces mots avec lenteur et lourdeur, comme autant de poids à soulever. « Il y aura d'autres morts, ajouta-t-il en se redressant et en levant le menton. La guerre, c'est ça. Des morts et des mauvaises surprises. Je vous interdis de pleurer. Ne nous laissons pas démoraliser. Si vous devez vraiment exprimer votre tristesse, faites-le dans l'intimité de votre maison. »

À présent, la guerre était partout – dans les voix des commerçants, des garçons d'écurie, des tailleurs de pierre, dans les yeux des réfugiés qui encombraient les rues, dans les gestes rapides et furtifs des enfants chapardeurs et le regard terne des veuves. On ne trouvait plus de nourriture dans les boutiques, le vin était devenu une denrée précieuse, à consommer en privé, et les chèvres étaient parquées dans des lieux secrets pour ne pas tenter les voleurs. On manquait de bois, et plus aucune fumée ne montait des autels. Les gens avaient trop peu de viande pour faire des offrandes aux dieux, si bien que seules les voix, gratuites, les imploraient. La plupart des hommes valides étaient partis combattre. Dans les rues, on ne voyait que des infirmes, des enfants et des femmes. Les jeunes gens avaient perdu tout enthousiasme pour la guerre et déploraient le jour où elle avait commencé. La perte des chevaux thraces avait fini de décourager les Troyens. Ils connaissaient la prophétie annonçant la chute de Troie si ces chevaux ne buvaient pas l'eau du Scamandre. Or, ils avaient été volés avant d'atteindre le fleuve. Il ne restait qu'un maigre espoir : que les Grecs, ignorants, les laissent y aller plus tard. Sinon, deux des cinq prophéties qui rapprochaient Troie de sa perte seraient réalisées.

Le soleil brilla de tout son éclat ce jour-là, ce jour qui allait marquer un tournant dans la guerre. D'où nous étions, nous ne pouvions pas voir grand-chose, à part les tourbillons de poussière. Parfois, le vent nous apportait le fracas de la bataille, sans rien nous apprendre de précis. Évadné et moi retournâmes dans mes appartements tandis que les Troyens restaient au sommet des remparts, aux aguets, dans l'espoir de voir ou d'entendre quelque chose.

Évadné me demanda de m'allonger, ce que je fis. Elle alluma de l'encens. Des volutes de fumée à l'odeur agréable et musquée emplirent la pièce et s'y attardèrent, malgré les fenêtres ouvertes.

« Nous pouvons mieux voir d'ici, dit ma compagne, sans nos yeux.

– Je n'arrive plus à voir ce qui est loin.

– Si, tu le peux, murmura-t-elle en caressant mes paupières closes. Tu crois vraiment que c'est Aphrodite qui t'a fait descendre sur la plaine lors du combat singulier qui a opposé Pâris à Ménélas ? Non, c'était ta propre vision. La déesse a voulu, comme à son habitude, semer la confusion dans ton esprit. Alors maintenant, laisse-toi porter jusque là-bas. »

J'emplis mes poumons de l'odeur dense de camphre et de bois de santal. Mes bras devinrent mous. Je me mis à flotter au-dessus de mon lit.

Évadné me prit la main. « Je suis avec toi. Nous y allons ensemble. Quand nous serons là-bas, tu pourras voir. »

À son signal, j'ouvris les yeux. Au lieu des murs de ma chambre, je vis Pâris à mes côtés, sale et l'air las. Il marmonnait en essayant d'ajuster une lanière de sa cuirasse. Non loin de lui, Hector, impatient, donnait des ordres à ses hommes. Il y avait également Antimachos, qui faisait les cent pas tout en réglant les positions des chars. Nos chefs se demandaient si nous arriverions à franchir le fossé profond longeant la palissade derrière laquelle se trouvaient le camp et les navires ennemis. Autour de la ville basse de Troie, nous avions exactement le même type de dispositif défensif conçu pour arrêter les chars.

Hector déclara en hurlant qu'ils ne battraient pas en retraite tant qu'ils n'auraient pas poussé les vaisseaux à la mer. Il donna l'assaut – un peu trop tôt me sembla-t-il, mais il est vrai qu'au combat être en retard peut s'avérer fatal. Les chars se lancèrent, mais ne parvinrent pas à franchir l'obstacle.

Hector mit pied à terre et, flanqué d'Énée et de Pâris, se rua à pied vers les portes du camp, armé de sa seule force. Les Lyciens, qui étaient juste à côté de lui, furent les premiers à atteindre la palissade ennemie. Plus tard, on raconterait qu'Hector s'était comporté « comme un dieu », et peut-être en était-il un vraiment. Il lança un énorme rocher contre les portes. Le bois céda dans un tremblement et les serrures lâchèrent. Les Troyens s'élancèrent dans le camp grec en poussant des cris de guerre.

Telles des fourmis attaquées par surprise, les Grecs s'éparpillèrent en tous sens. Certains trouvèrent refuge sur leurs vaisseaux, d'autres dans leur tente, les derniers enfin se rassemblèrent et contre-attaquèrent. Agamemnon, Ménélas et Ulysse étaient invisibles – les chefs blessés se terraient.

Les combats furent si acharnés et confus que je n'en vis que quelques éclairs. Hector, aidé de quelques-uns des nôtres, mit le feu à certains des navires. Le grand Ajax défendit le pont de son vaisseau sans céder un pouce de terrain et tint tête à notre chef. Brandissant une pique à pointe de bronze deux fois plus grande que les autres – n'était-il pas lui-même deux fois plus grand qu'un homme normal ? –, il défia Hector, qui, grâce à une feinte, parvint à casser la pointe de l'arme. Le Grec se retrouva avec une longue perche encombrante entre les mains.

Tant de sarcasmes fusaient de part et d'autre qu'il aurait mieux valu pour nos guerriers être sourds.

Ulysse apparut, braillant comme une vieille femme qui se serait ébouillantée. Il ne pouvait pas faire grand-chose d'autre, à cause de ses blessures.

« Levez l'ancre, lâches ! » cria un Troyen en s'élançant à la charge des vaisseaux grecs avec ses hommes.

Hélas, peu à peu, l'attaque troyenne faiblit. Les navires, dont seul un petit nombre étaient en feu, ne levèrent pas l'ancre. Le cours de la bataille changea de manière inattendue – et les Troyens commencèrent à se replier. Le grand Ajax sauta à terre et, soulevant l'un des énormes rochers que les Grecs avaient utilisés pour amarrer, le lança sur Hector. Atteint en pleine tête, celui-ci s'effondra. Ses camarades se ruèrent autour de lui pour l'emmener à l'abri, de l'autre côté du fossé. Il était inconscient et crachait du sang.

Peu à peu, le rideau noir de la nuit tomba autour de moi. Je restai là, immobile. Bouger, c'était prendre le risque d'interrompre cette vision et de ne plus pouvoir la capturer à nouveau. Je ne ressentais aucune faim, aucune fatigue. Dans l'espace où je flottais, de telles choses étaient sans importance.

Pâris reposait, allongé, la tête sur les bras, son casque, son épée et son arc posés à côté de lui. Il avait ôté ses jambières ainsi que sa cuirasse, mais gardé son épais plastron de lin. Le regard vide et morne, abasourdi, il regardait Hector. Non loin de lui, Déiphobos se frottait les bras avec de l'huile en se vantant de son tableau de chasse. Lorsqu'il se tourna vers Hector, je ne vis pas sur son visage la tristesse que je lisais sur celui de Pâris. Il convoitait la place de chef et ne prenait pas la peine de le cacher quand il pensait ne pas être observé.

Antimachos parcourait le camp en distribuant les encouragements. Dans un moment pareil, c'était un homme comme lui qu'il fallait. Chacun finit par trouver son rôle un jour.

À l'aube, tout changea à nouveau. Achille apparut, plastronnant dans son armure. Achille ! Et sa querelle, son refus de combattre ? Désorientés, les Troyens se replièrent. Hector reprit conscience juste au moment où le guerrier grec se penchait pardessus le fossé. L'arrivée d'Achille bouleversait tous les choix tactiques. Certes, ce n'était qu'un homme, mais il était entouré de tant de légendes et de prophéties...

La simple présence d'Achille et de ses troupes fraîches redonna courage aux guerriers grecs fatigués. Ils repartirent à l'assaut avec une vigueur renouvelée. Tout d'un coup, le mouvement de regroupement des Troyens se transforma en débandade vers les remparts de la ville. Les chars firent demi-tour précipitamment, suivis des fantassins courant à toutes jambes. Les Grecs se lancèrent à leur poursuite.

Achille était devant. Rattrapant les Lyciens, il attaqua Sarpédon, leur chef. Les deux guerriers se firent face, lancèrent leurs javelines. Sarpédon tomba sous les cris de victoire d'Achille. Une bagarre éclata autour du corps du Lycien, qui disparut mystérieusement.

Les Grecs, enhardis, se ruèrent à l'assaut de la ville. Une de leurs compagnies tenta d'escalader les remparts en s'attaquant là encore à la portion la moins solide. Mais les travaux de réparation avaient été efficaces : le mur tint bon. Les hommes de Gélanor jetèrent sur leurs cibles, maintenant suffisamment proches, les bombes à scorpions dont l'enveloppe en terre cuite se brisa en libérant des nuées d'insectes aux dards venimeux. Les Grecs tombèrent de leurs échelles en hurlant et battirent en retraite.

C'est alors qu'Achille, vêtu de son armure dorée, se lança luimême à l'assaut des murailles, comme s'il avait l'intention de les escalader à mains nues. Il prit son élan et sauta aussi haut que ses jambes robustes le lui permettaient, atteignant le mur presque à mi-hauteur avant de retomber. Une pluie de flèches, de pierres, de bombes à scorpions, se déversa sur lui, en vain. Par trois fois, il fut tout près d'arriver au sommet des remparts. Il sauta en poussant des cris, comme un aigle en plein vol. Plus tard, certains racontèrent l'avoir vu agripper le bord des remparts, puis être repoussé, comme si un bouclier invisible lui avait barré l'accès à la ville. Il atterrit brutalement sur les genoux en vociférant.

Il se retrouva alors encerclé par des guerriers troyens et disparut dans la mêlée. Il en ressortit un instant en titubant, blessé. Un soldat dont j'ignorais le nom lui sauta dessus par-derrière. Enfin Hector, qui s'était dressé devant lui, le transperça de sa javeline.

Il tomba par terre de tout son long. Hector s'empara de son casque et le leva au-dessus de sa tête. Puis il le jeta, se pencha sur le corps. C'était celui de Patrocle, vêtu de l'armure d'Achille. J'entendis le Grec murmurer : « Toi aussi, tu vas mourir bientôt. Le destin et la mort planent au-dessus de toi. Tu périras par la main d'Achille, glorieux fils de Pelée. »

Hector grommela et retira d'un coup sec sa javeline du corps à présent inanimé, sans donner signe d'avoir entendu ou retenu les dernières paroles de Patrocle. Il leva les yeux vers les remparts. Les Troyens le conjurèrent de rentrer avec ses hommes. « Non, il me reste une tâche à accomplir », leur cria-t-il. Il retira au mort son armure dorée, en commençant par la cuirasse délicatement sculptée. Il la posa sur le bouclier, plaça les jambières à côté, puis déposa au sommet le casque, tel un fanal. C'était là les ornements d'un roi, la célèbre armure offerte par les dieux au père d'Achille – un trésor inestimable. À présent, le corps de Patrocle reposait nu, ensanglanté, sur la plaine. Mais, avant qu'Hector et ses hommes puissent l'emporter, Ménélas et un de ses compagnons sortirent des lignes grecques pour récupérer la dépouille. Les Grecs et les Troyens s'emparèrent chacun d'un membre et tirèrent dessus avec des mouvements secs en hurlant, tels des chacals se disputant une carcasse. Ménélas, tout blessé qu'il était, fit preuve d'une férocité qui m'étonna. Enfin, les Grecs eurent le dessus et, protégés par les deux Ajax, emportèrent le corps dans leur camp.

« Hector, viens célébrer ta victoire dans l'enceinte de Troie ! crièrent les gens sur les remparts.

– Plus tard, quand la guerre sera finie et les Grecs partis », répondit-il.

Il autorisa les autres soldats à rentrer pour la nuit. Lui-même tenait à rester sur le champ de bataille avec ses hommes. Peut-être ne voulait-il pas se retrouver devant Andromaque, par peur de ne pouvoir supporter de nouveaux adieux.

Les lourds battants de la porte Scée s'ouvrirent en grinçant. Les soldats, couverts de poussière, entrèrent d'un pas pesant. Leurs familles, qui avaient guetté leur retour dans l'angoisse, les ramenèrent chez eux où les attendaient un bain chaud et un repas. En dernier arrivèrent les blessés.

Andromaque s'était isolée dans ses appartements et tissait. Elle n'allait jamais attendre Hector sur les remparts et ne l'accueillait qu'en privé. Certains attribuaient cela à sa fierté. Je savais, pour ma part, que c'était par peur.

« Réveille-toi, ô reine, me dit Évadné au creux de l'oreille. Il arrive. »

Mais je n'étais pas vraiment endormie. Je flottais comme de la fumée, quelque part entre le sommeil et la veille, entre ici et ailleurs. Le retour fut difficile. C'était comme si on me tirait avec une longue corde vers la terre, puis qu'on me faisait passer dans un tunnel sombre. Je me débattis, mais fus vaincue par la force qui me faisait descendre.

« Hélène. » Pâris était là, près de mon lit, pratiquement tel que je l'avais vu dans ma vision. Simplement, il était plus sale encore. Son armure était bosselée et arborait de profondes griffures, mais lui-même était indemne. « Nous nous sommes bien battus ! Et dire que tu as dormi pendant tout ce temps-là ! »

Je me redressai. Je ne pouvais pas lui dire que j'avais tout vu. J'aurais gâché le plaisir qu'il avait à me raconter les combats. « Si tu n'étais pas revenu, je ne me serais jamais réveillée », dis-je. Je caressai ses cheveux dorés, ternis par la poussière et la sueur.

« Nous les avons repoussés jusqu'à leur propre camp. Hector, Énée et moi avons mené la charge des portes – mon frère les a fracassés avec une grosse pierre. Ensuite, nous avons mis le feu à certains de leurs navires.

– Magnifique !

– Nous avons passé la nuit sur la plaine. Nous pensions reprendre le combat dès les premières lueurs et brûler les vaisseaux qui leur restaient, mais il était dit qu'il n'en serait pas ainsi...

– Pourtant, nous avons vu de la fumée.

– Oui, mais c'était la fumée de la nuit précédente. Presque en même temps que le soleil se levait, Achille est apparu à la tête de troupes fraîches. Nous n'avons pas pu nous approcher suffisamment pour incendier les navires.

– Achille ? » Oh, je ne pouvais pas lui dire ce que j'avais vu. Il me faudrait tout entendre, de la bouche de Pâris de surcroît, ce qui donnerait au récit une nouvelle force. « Je croyais qu'il boudait, qu'il refusait de se battre...

– Peut-être était-il exaspéré par les feux que nous avions allumés, furieux de nous voir si proches, choqué d'apprendre que nous avions blessé les chefs grecs. Ou peut-être s'est-il dit qu'il y avait là pour lui une occasion à saisir, Agamemnon étant hors de combat. Dans tous les cas, il était là, rassemblant les Grecs, et ils nous ont peu à peu repoussés.

– Il avait le pouvoir de leur redonner du courage.

– Et des forces neuves. Les Myrmidons ne s'étaient pas encore battus et étaient impatients d'en découdre. Il les a menés jusqu'aux murs de Troie. Tu as vu ça au moins, non ?

– Oui, mais il y avait tellement de monde devant moi. Raconte-moi.

– Il a essayé d'escalader lui-même les murs. Sa fureur et son agilité étaient telles qu'il a presque atteint le sommet. Mais d'après Antimachos il y avait quelque chose de bizarre, tous ceux qui connaissaient Achille ne pouvaient pas ne pas voir que l'homme que nous avions devant nous était plus lent. Et que ses javelines n'allaient pas aussi loin qu'elles auraient dû. Et quand Hector l'a tué...

– Il l'a tué ? Facilement ?

– Trop facilement. Hector s'est rendu compte, en retirant le casque de ce guerrier, qu'il s'agissait de Patrocle, ce qui n'aurait pas dû le surprendre.

– Il ne s'en était pas douté ?

– Il était tellement pris par les combats et trompé par l'armure. Si bien que oui, la surprise a été totale. Il a ramené l'armure. Elle est là-bas, exposée dans le palais de Priam.

– J'avais entendu dire que personne d'autre qu'Achille ne

pouvait la porter, tant elle est lourde et encombrante. Mais visiblement, ce n'est pas le cas.

– Hector a l'intention de la mettre. Demain, nous repartons à l'attaque. Mais demain est un autre jour. »

Je l'embrassai en le serrant contre moi. Peu importe son plastron trempé de sueur. Qu'Aphrodite me pardonne, mais la sueur d'un amant sent meilleur que ses parfums à elle. Je ne crois pas l'avoir vu aussi beau. Peut-être a-t-on raison de dire que la guerre est l'ornement de l'homme comme le bijou est celui de la femme.

Hector dormait sur le champ de bataille. Le corps de Patrocle reposait dans le camp grec. Pâris était entre mes bras, tout là-haut dans notre chambre. Je me demandai un court instant comment Achille passait la nuit. Je ne pouvais pas savoir qu'il attendait une nouvelle armure faite par les dieux, et s'apprêtait à venir nous détruire au matin.

LVIII

Pâris se leva et se prépara pour le combat avant l'aube. Avait-il dormi au moins ? Sa silhouette sombre se déplaçait dans la chambre. Me croyant endormie, il se pencha pour m'embrasser. Je me redressai et l'enlaçai en tentant de réprimer les frissons de peur et d'affolement qui me parcouraient les bras.

« Aujourd'hui, c'est le jour décisif, murmura-t-il. Je le sens.

– Moi aussi », répondis-je en priant pour notre victoire tout en redoutant notre destruction.

Hector et ses hommes attendaient sur le champ de bataille non loin des lignes grecques. Ils furent rejoints dans la jeune lumière de l'aube par les autres guerriers troyens qui sortirent de la ville en adressant des clins d'œil à leurs proches postés en haut des remparts. Les roues des chars renvoyaient les rayons du soleil. Les troupes enflèrent jusqu'à couvrir tout le champ de bataille du côté des navires, la zone proche de Troie restant vide.

Nous étions trop loin pour voir ce qui se passait, mais je connaissais le moyen de remédier à cela. J'appelai Évadné. Elle saurait comment m'emmener là-bas.

J'étais à présent au niveau des premières lignes de notre armée. Hector – le visage soudain vieilli, le casque hâtivement nettoyé sans pour autant retrouver son éclat – parcourait les rangs à grandes enjambées. Il salua Pâris et Énée qui venaient de le rejoindre et il était en train de donner des instructions quand soudain, dans l'incendie rouge du soleil levant, Achille se dressa sur le bord du fossé défensif et, le visage déformé par la haine, les lèvres tremblantes, se mit à crier. Sa voix était tellement forte qu'elle résonnait comme le son d'une trompette. Il était ici pour venger la mort de Patrocle, hurla-t-il, et avait l'intention de tuer Hector. Pendant la nuit, il s'était fait faire une nouvelle armure qui brillait comme un miroir.

En entendant son nom, Hector broncha de manière presque imperceptible. Il aurait fallu être tout près de lui comme je l'étais pour s'en apercevoir, ce qui n'était pas le cas de son glorieux adversaire. Avant même qu'Hector puisse lui répondre, les troupes troyennes reculèrent. Le visage haineux, la voix tonitruante d'Achille ainsi que sa réputation de guerrier invincible faisaient leur effet. Nos hommes s'enfuirent.

Oui, ils s'enfuirent, il n'y a pas d'autre mot. Ils firent demi-tour et entamèrent un mouvement désordonné de repli vers Troie. Ce fut en vain qu'Hector et Pâris leur ordonnèrent de tenir bon.

« C'est un homme que vous avez en face de vous, pas un dieu ! s'écria Hector. Restez ! » Hélas, autour de lui les hommes battaient en retraite.

« Il est mortel. Un coup de javeline peut l'abattre ! hurla Pâris. Ne vous sauvez pas ! »

Tout ceci ne servait à rien. La retraite devint une véritable déroute. Les Troyens paniqués foncèrent vers les remparts. Quant à leurs alliés, ils ne se montrèrent pas plus courageux.

Deux des fils d'Anténor furent fauchés par les Grecs qui les poursuivaient.

« Réfugions-nous derrière les murailles ! dit Déiphobos.

– Jamais ! hurla Hector. Jamais de la vie ! »

Les armées troyennes se séparèrent, une partie, menée par Déiphobos, fonçant tout droit vers la ville tandis que l'autre se retrouvait bloquée par les eaux enflées du Scamandre. Achille, rugissant comme le fleuve lui-même, attaqua Énée, qui trébucha, tomba, mais parvint malgré tout à échapper à la fureur meurtrière du Grec. Fou de colère, Achille dut se contenter des Troyens bloqués par le fleuve. Il s'en prit à un tout jeune guerrier, bien trop jeune d'ailleurs pour se trouver là, et le transperça de son épée, comme s'il voulait se venger d'Énée. C'était Polydoros, le dernier fils de Priam. Il avait dû, malgré les ordres de son père, sortir de la ville en se faufilant entre les rangs des soldats. Il s'effondra et tomba tête la première dans le Scamandre. Achille plongea derrière lui à la poursuite des fuyards. Il en tailla plusieurs en pièces avant d'être pris dans un tourbillon du fleuve. Il manqua se noyer. Lorsqu'il se hissa sur la berge, il était trempé et plus enragé que jamais.

« Sus ! Sus ! hurla-t-il en fendant l'air de son épée. Jusqu'à ce que mon bras fatigue d'avoir trop tué ! »

Les Troyens se mirent à trembler, comme victimes d'un ensorcellement qui leur aurait fait perdre tout courage.

« Il n'a aucun pouvoir magique ! criai-je. Réagissez ! » Mais je ne faisais que marmonner dans ma vision et personne, pas même Pâris, ne m'entendit.

Pâris ! Où était-il ? Ô, faites qu'il ne soit pas blessé !

Les flots du Scamandre charriaient déjà de nombreux cadavres qui tourbillonnaient dans ses eaux boueuses en se prenant aux branches. Achille était à présent de l'autre côté du fleuve. Les hommes qu'il avait tués n'avaient pas assouvi sa soif de sang. C'était Hector qu'il cherchait, Hector qu'il voulait.

« Hector ! Hector ! » rugit-il. Sa voix, plus faible, était devenue rauque, ce qui d'une certaine manière le rendait plus menaçant encore. Il allait et venait comme un prédateur, repoussant l'armée troyenne qui s'éparpillait devant lui. Quelle honte ! S'enfuir ainsi face à un homme isolé !

Priam, qui assistait à la scène depuis les remparts, ordonna que les portes soient ouvertes. Les soldats troyens, paniqués, se réfugièrent dans la ville.

L'armée entière avait été mise en déroute ! Les chefs, Hélénos, Déiphobos, Énée lui-même et Pâris s'étaient tous enfuis, y compris Antimachos, pourtant si vantard. Mais au moins Pâris était sauf !

En apprenant cela, je m'éveillai à moitié et appelai Évadné. Pouvait-elle m'entendre ? Ma voix était-elle normale ?

« Évadné, fais-moi sortir de cet enchantement. Pâris est revenu. »

J'ignore ce qu'elle fit. Toujours est-il que la vision disparut et que je me retrouvai entourée des murs de ma propre chambre. Je me sentais faible et molle, comme si j'avais moi-même combattu.

« Va, ô reine », dit-elle. Elle toucha ma main et me mit debout lentement. Je ressentis une douleur aux pieds en les posant sur le sol froid.

Telle une somnambule, je descendis dans la rue et me dirigeai vers les remparts. Pâris passa les portes en titubant. Je me précipitai vers lui. « Achille..., murmura-t-il. À lui seul il a renversé le cours de la bataille.

– Comment est-ce possible ? C'est un homme, rien de plus, dis-je.

– Il tient Hector pour responsable de la mort de Patrocle, poursuivit Pâris en s'efforçant de reprendre son souffle. C'est une querelle entre eux deux.

– Non, c'est une guerre. Il y a des milliers d'hommes sur le champ de bataille.

– À ses yeux, il n'y en avait que trois : Patrocle, Hector et lui-même. Ou plutôt, un seul : lui-même. Pour Achille, dans cette guerre, il n'est question que de lui, de son honneur... »

Je fus tentée de dire : *Ainsi, pour une fois, il ne s'agit pas d'Hélène ?* Mais une telle remarque aurait paru désinvolte dans un moment pareil.

« Ce qui le tourmente, c'est que c'est lui qui a tué son ami. Il lui a fait porter son armure, prendre sa place. Il l'a envoyé à la mort, parce que son amour-propre l'empêchait d'aller se battre lui-même. Qui a vraiment tué Patrocle, dans ce cas ? L'épée d'Hector ou l'orgueil d'Achille ? Seul Achille le sait.

– Il a trahi son ami.

– Oui, il s'en prend à Hector pour apaiser ses remords, mais cela ne calmera jamais sa conscience. Rien ne le pourra.

– Mais toi, tu es ici, indemne », dis-je.

Que les dieux, qu'Andromaque me pardonnent, mais c'était la seule chose qui comptait pour moi.

Pâris se tourna et contempla la plaine au-delà des murailles, vide à présent. Hector était seul. Achille s'approchait de lui. Il avait cessé de courir et marchait d'un pas lent, posé, implacable. Le devant de son armure se soulevait à chaque mouvement de ses cuisses.

« Hector ! s'écria Priam. Rentre ! Ne te bas pas contre lui ! Tu es notre gloire, notre défense ! Pense à ton pauvre père ! » Il détailla les atrocités qu'il subirait si Troie tombait – comment il serait déshonoré, mutilé, comment son corps nu serait déchiqueté par les chiens.

Hécube, qui se tenait derrière lui, se pencha tout d'un coup en avant. Elle déchira le devant de sa robe et exposa sa poitrine tombante et fanée. « Hector ! Honore cette poitrine, la poitrine de ta mère qui t'a nourri ! Je t'en prie ! Rentre ! Ne te bas pas contre lui ! »

Hector leva la tête. « Mère, couvre-toi ! » lui ordonna-t-il avant de se détourner. Achille était maintenant à portée de sa javeline.

Son adversaire l'observa un instant. Bien planté sur ses jambes, le menton levé, le plus grand guerrier de Troie défendait son territoire. Brusquement, sans que personne ne s'y attende, il détala.

Jamais je n'aurais imaginé qu'il puisse courir aussi vite. Il fit le tour des murs de Troie. Nous-mêmes, à l'intérieur de la ville, ne pouvions pas le suivre tant il était rapide. Achille le poursuivit. Quel plan avait Hector en tête ? Voulait-il que nos archers tuent Achille ? Mais le Grec était trop près des remparts. Les flèches ne l'atteindraient jamais. Et puis il était juste derrière Hector. C'était comme l'un de ces cauchemars où nous courons à perdre haleine et où l'horreur nous suit de près, nous marche sur les talons.

Hector fit trois fois le tour des murs de Troie, sans pouvoir distancer Achille. Enfin, il s'arrêta et lui fit face. On aurait dit qu'il voyait quelqu'un à côté de lui. Il s'adressa à voix basse à Déiphobos. Pourtant, celui-ci était à l'intérieur des remparts, avec les autres. Il se pencha vers Hector, le visage anxieux, lui qui d'ordinaire avait toujours l'air si content de lui.

« Non, frère ! Ce n'est pas moi ! On te trompe ! Un dieu cruel te joue un tour ! » s'écria-t-il, sans pouvoir se faire entendre.

« Me voici, Achille ! hurla Hector. Je t'attends ! Mais avant que nous commencions le combat, laisse-moi te jurer une chose : si je te tue, je conserverai ton armure, mais pas ton corps. Tes camarades pourront lui rendre les derniers honneurs. Jure de faire de même ! »

Il y eut un silence, suivi d'un rire sinistre. « Mon armure, tu la portes déjà ! Quand je te tuerai, je la reprendrai. Comme cela, j'en aurai deux. Pour ce qui est de conclure un pacte avec toi, c'est non ! Les lions ne concluent pas de pactes avec les hommes, ils les déchiquettent. Un loup et un agneau ne se séparent pas paisiblement. Il faut que l'un d'entre eux meure. Il en sera de même avec nous. »

Il fit un pas en avant, lança sa javeline, mais ne parvint pas à toucher son adversaire. « Alors ! Le divin Achille rate sa cible ? » railla Hector. Il projeta son arme. Elle vint se ficher dans le bouclier de son adversaire, sans toutefois le percer – ce qui était de toute façon impossible, car il avait été fait par un dieu. Il demanda alors à Déiphobos de lui apporter une autre javeline, avant de se rendre compte qu'il n'y avait personne à ses côtés. Il leva les yeux et vit son frère tout en haut des remparts. « Athéna ! Déesse perfide ! Ennemie de Troie ! Tu m'as trahi ! » s'exclama-t-il.

Athéna, qui détestait Troie, avait pris l'apparence de Déiphobos, afin de tromper Hector. Le prince troyen comprit immédiatement ce que cela signifiait. Le souffle fatal de sa fin tragique était sur lui. Épée au clair, il se précipita sur Achille avec l'acharnement du désespoir.

Le Grec l'attendait calmement. « Je connais ma propre armure et ses points faibles ! » s'écria-t-il. Sur ce, il lança sa javeline en visant le cou de son adversaire, près de la clavicule.

Transpercé, Hector resta un instant comme suspendu en l'air, avant de s'effondrer et de tomber sur le dos, les bras grand ouverts. Achille s'approcha. « Les oiseaux et les chiens vont se repaître de ton corps ! » railla-t-il.

Hector était toujours vivant. Ses mains grattaient le sol. Sa poitrine se soulevait. Sa voix à l'intérieur du casque monta, presque inaudible. « Je t'en supplie, au nom de ta mère et de ton père, épargne mon corps et laisse mes compatriotes lui rendre les honneurs. Prends une rançon, du bronze, de l'or, mais donne-leur mon corps. » Ses mots s'évanouirent, ses forces disparurent.

Achille rit de nouveau, plus fort encore, comme s'il avait absorbé le pouvoir évanoui d'Hector. « Cesse de me supplier, chien méprisable ! Comment oses-tu mentionner mon père et ma mère ? Tu parles d'une rançon ? Rien ne pourra acheter ton corps, pas même ton poids en or ! »

Hector répondit, avec le peu de souffle qui lui restait : « Soit... Pas de pitié pour toi, alors. Écoute ma malédiction : Pâris et

Apollon te détruiront à la porte Scée. N'oublie pas. » Ce fut tout. Il expira.

Alors – vision insoutenable d'une action sans honneur –, Achille lui perça les chevilles et, dans les trous, fit passer une corde qu'il attacha derrière son char. Il traîna le corps de son adversaire jusqu'au camp grec en riant comme un dément. La tête d'Hector rebondissait sur le sol en soulevant un nuage de poussière.

Je me réfugiai contre la poitrine de Pâris.

Priam poussa un hurlement. Hécube se raidit, telle une statue. Quelqu'un alla chercher Andromaque qui attendait dans ses appartements et était en train de préparer un bain chaud pour son mari. Il était parti tant de fois au combat. Elle l'avait accueilli tant de fois de la sorte à son retour, refusant d'observer la bataille depuis le haut des murailles, comme si, en obéissant au même rituel tous les jours, elle le protégeait. À présent qu'elle nous rejoignait sur les remparts, c'était pour voir le nuage de poussière soulevé par le char d'Achille qui rentrait au camp grec.

« Il a tué Hector. Mon fils, ton époux, est tombé », lui dit Priam.

Elle ouvrit la bouche, porta les mains à son visage, puis s'effondra. Ainsi, comme il l'avait hélas prédit, la vie d'Andromaque avec Hector s'effondrait elle aussi. Laodicé et les autres l'entourèrent. Je sus alors que le moment était venu pour moi de prendre la parole. « Je vais m'occuper d'elle », dis-je. Je devais exécuter la promesse que j'avais faite à Hector.

J'ordonnai qu'elle soit emmenée dans ses appartements – déjà terriblement vides parce qu'ils ne résonneraient plus des pas d'Hector, de ses chants, de ses appels, de ses mots affectueux. Astyanax poussait des cris perçants dans son berceau.

Mais nous ne pouvions nous occuper de lui pour l'instant. Heureusement, il ne se souviendrait pas de cette journée. Andromaque s'était mise à délirer. « Hector ! Hector ! appelait-elle. Viens !

– Calme-toi, dis-je en m'efforçant de la consoler. Hector est mort en te défendant. Il t'a donné son amour jusqu'au bout. Il pense à toi maintenant.

– Il faut que je le voie ! Je dois le préparer. Je ne pourrai jamais... Vivre sans lui, oh non, je ne le pourrai jamais ! Je vais m'occuper de ses funérailles. Ensuite, j'irai le rejoindre.

– Oui, c'est vrai, les funérailles... Il se pourrait que cela prenne du temps. Il y a quelques obstacles...

– Je... Je... »

Elle voulut se mettre debout.

Maintenant, je devais lui annoncer la terrible nouvelle. « Achille a emporté son corps. Nous ne pouvons pas organiser les funérailles tant que nous ne l'aurons pas récupéré. »

Elle poussa un cri de douleur et s'écroula en pleurs sur son lit.

« Mais nous allons le reprendre. Je te le promets. »

La nuit tomba. La plaine de Troie était vide. Priam envoya des hommes pour tenter de ramener les corps des guerriers tombés au combat en leur demandant instamment de ne pas pleurer. Mais les hommes étaient trop affectés pour obéir à un tel ordre – le voile de la nuit dissimula leurs larmes. De nombreux corps ne purent être retrouvés. Ceux des soldats noyés dans le Scamandre avaient été emportés jusqu'à la mer ou reposaient, abandonnés, dans les herbes des marais. On ramena celui de Polydoros, le fils adoré de Priam, son tout dernier, âgé de douze ans. D'après ce que l'on me raconta plus tard, lorsque son malheureux père le vit, il le regarda longuement puis dit : « À présent, il marche main dans la main avec Hector. » Conformément aux ordres qu'il avait donnés aux autres, il ne versa pas une larme en public.

Hélas, Polydoros n'était pas avec Hector, car celui-ci ne pouvait pas accéder au royaume d'Hadès tant qu'il n'avait pas eu de vraies funérailles. Or, son corps nu était exposé devant la tente d'Achille, sans que personne n'en prenne soin.

En ces heures difficiles, Gélanor se révéla l'homme de la situation. Seuls ses espions pouvaient savoir ce qui se passait à l'intérieur du camp grec. Comme ils devaient rester cachés, de peur de se trahir, et ne pouvaient pas nous envoyer de messagers, nous passâmes de longues journées angoissantes à attendre, sans nouvelles. Enfin, un homme prit le risque de rentrer à Troie et nous apprit que, la nuit précédente, Achille avait organisé un banquet funèbre pour Patrocle. « C'est Patrocle lui-même qui l'a ordonné, murmura l'espion. Son fantôme est venu voir Achille et a exigé des funérailles. Il l'a supplié de le laisser passer de l'autre côté. Cela faisait trois jours que son corps reposait à l'air libre, pendant qu'Achille traînait le cadavre d'Hector autour de lui. Comme si cela avait pu faire plaisir à Patrocle ! Mais rien n'apaise les morts, si ce n'est qu'on les laisse passer sans obstacle dans le royaume des ombres. » Ainsi, pas plus tard que ce matin, Achille avait fait monter le bûcher et, dans un geste atroce à l'image de sa propre cruauté, tué douze jeunes captifs troyens ainsi que des chiens de chasse et des chevaux, dont il avait disposé les corps encore chauds autour dc l'amoncellement de bois, en guise d'offrandes. Pourquoi ? Pour calmer ses propres remords après le décès de son ami ? Il ne pouvait pas y avoir d'autres raisons. La fumée était montée jusqu'au ciel, puis on avait annoncé des jeux funèbres.

« Des jeux funèbres ? fit Priam d'une voix éteinte. Il organise des jeux ? » Le terme même dénonçait la superficialité d'Achille, chez qui tout n'était que spectacle.

« Oui, avec la traditionnelle course de chars, des compétitions sportives, de la boxe, de la lutte, du lancer de javelot. »

Le vieux roi poussa un cri de douleur.

« Des jeux ! Alors que le corps d'Hector est nu, déshonoré, outragé ! »

Quelqu'un alors demanda qui participait à ces jeux. L'espion répondit que Diomède, Antilochos, le fils de Nestor, Idoménée de Crète, les deux Ajax, Ulysse, Teucros, Agamemnon, mais aussi – quelle honte pour moi, pour lui – Ménélas y prendraient part, ainsi que la plupart des autres chefs grecs. Visiblement, Ménélas, Ulysse et Agamemnon s'étaient vite remis de leurs blessures, ce qui leur permettait, hélas, de se livrer à cette action déshonorante.

« Mais c'est fini, maintenant, dit Priam. Nous leur avons renvoyé le corps de Patrocle. Celui d'Hector va nous être rendu. »

Pâris se pencha en avant, le visage impassible, comme pour masquer sa douleur. « N'oublie pas qu'il a refusé de promettre à Hector des rites funèbres. Il a dit que... » Découragé, il ne put finir sa phrase. Nul besoin de parler des oiseaux de proie et des chiens qu'Achille avait promis à Hector. Nous savions.

Alors, Priam se redressa d'un coup, oubliant le poids et la fatigue des ans. « J'irai le chercher moi-même ! » Puis il sortit de la pièce en trombe. Il passa les portes – qu'on ouvrait toujours dès qu'il l'ordonnait –, mais une fois sur la plaine, Pâris le rattrapa et l'empêcha d'avancer davantage. Juste derrière lui, venaient Déiphobos, qui n'avait pas l'intention de se laisser souffler la place, et Hélénos, aux cheveux roux et aux yeux globuleux, bien décidé à disputer à ses frères l'attention du roi. Pâris les repoussa et ramena son père au palais. Les manœuvres pour s'assurer les meilleures positions avaient – hélas ! – déjà commencé chez les fils survivants de Priam.

Arriva la troisième nuit après la mort d'Hector. Même tout là-haut dans notre chambre, les pleurs et les lamentations des habitants de Troie parvenaient jusqu'à nous. Je me mis à ma tapisserie, pensant que cela me calmerait. Les mains tremblantes, je voulus faire passer ma navette entre les fils, mais elle se coinça. Je me détournai, en larmes.

« Je jure ici et devant toi, me dit Pâris, que je vengerai Hector. Je tuerai Achille. »

C'était ce qu'Hector avait prédit juste avant de mourir. On aurait dit que Pâris l'avait entendu et s'était promis à lui-même d'exécuter cette tâche. Pourtant, c'était impossible !

« Peu importent les moyens que je devrai employer pour cela. Peu m'importent les coutumes et l'honneur. Tout ce que je veux, c'est qu'il périsse. S'il faut pour cela utiliser un vêtement contaminé ou une flèche empoisonnée, tant pis. Le noble Hector l'a affronté dans un combat loyal, et il n'est plus. Je tuerai Achille. Mes mains le mettront en pièces. » Il prit mes mains, les embrassa. « Tu comprends où je veux en venir ? Si je meurs et qu'on salit mon honneur à cause de la manière dont j'aurais tué Achille, tu me promets que tu n'auras jamais honte de moi ?

– Jamais je ne pourrai avoir honte de toi, lui répondis-je en le regardant bien droit dans les yeux.

– On dirait bien qu'à nous deux, nous avons apporté la mort à Troie. Allons-nous courageusement l'affronter, ou nous terrer dans notre cachette ? Hélène, je suis prêt à vivre avec toi jusqu'à ce que la vieillesse nous attrape, nous sépare l'un de l'autre. Mais cette guerre... »

Cette guerre que nous avons provoquée, pensai-je. Nous ne pouvons pas laisser Priam et Andromaque souffrir à notre place

« C'est la nôtre, dis-je. Il est juste que nous en payions le prix.

– Alors, tu me comprends vraiment.

– Nous avons attiré ces malheurs sur notre tête et celles des autres. Oh, Pâris, nous aurions dû partir loin de Troie... »

Si seulement nous avions fait voile vers une autre direction !

« Mais nous sommes venus ici. C'est donc ici que nous devons nous battre. »

La nuit passa lentement. Au matin, je me levai et remarquai une longue tache rouge sur le sol dallé, sous l'un de mes coffres à bijoux. Je sus tout de suite ce que c'était : la broche de Ménélas pleurait des larmes de sang pour les morts. Il serait vain de tenter d'effacer la marque. Elle ne disparaîtrait pas tant que la guerre continuait. Ainsi l'avait voulu Ménélas.

Les jours suivants furent noirs comme une nuit sans fin. Quand je m'en souviens, je ne vois que torches, ombres, rondes de nuit, chauve-souris, coins obscurs. C'était comme si le soleil ne se lèverait jamais plus. Hector mort, Troie plongeait dans des ténèbres éternelles.

Huit jours étaient passés depuis l'embrasement du bûcher de Patrocle. Les jeux avaient eu lieu, et les os du guerrier mort avaient été rassemblés et placés dans une urne en or. Pourtant, la haine d'Achille ne s'apaisait pas. Elle semblait se nourrir d'elle-même, alors que le bûcher, lui, s'était consumé. Priam, effondré, avait perdu le sommeil et la raison. Il savait qu'Achille outrageait le corps de son fils en le traînant autour du bûcher, attaché derrière son char. Huit jours que cela durait ! Exposé de la sorte, ce corps si noble devait commencer à se corrompre, sous les regards de tous les guerriers grecs, qui plus est !

Achille avait repoussé d'un ton railleur les offres de rançon transmises par les messagers de Priam. « J'ai moi-même dit à Hector que je n'accepterai rien en échange de son corps, pas même vingt fois son poids en or. Ce sont les oiseaux de proie qui l'auront, et ce qu'ils laissent, les chiens le finiront ! » Il s'était alors mis à rire comme un dément et était remonté dans son char. « Remplissez-vous les yeux de ce spectacle ! » avait-il dit aux messagers, avant de s'éloigner en traînant le corps d'Hector et en fouettant ses chevaux.

Pâris et Déiphobos avaient voulu marchander avec lui, mais Priam les en avait empêchés. « Ne me désobéissez pas comme vos deux frères ! dit le vieux roi. Personne d'autre n'ira que moi. »

Les prières d'Hécube, les supplications d'Andromaque, les avertissements d'Hélénos – rien ne put l'en dissuader. Le neuvième soir, Priam se dépouilla de ses attributs royaux et se prépara à aller supplier Achille. « S'il me tue, tant pis. Je suis déjà mort, puisque je dois faire ce qu'aucun homme n'a jamais dû endurer – embrasser la main de l'homme qui a tué mes fils. Ceci accompli, qu'on me laisse mourir. »

La nuit, il partit, seul, dans une carriole tirée par des mules. On lui ouvrit les portes et il s'engagea sur la plaine en traversant les champs et le Scamandre à gué. Nous vîmes les points lumineux des deux torches que le roi avait prises devenir de plus en plus faibles, puis être avalés par la nuit. Priam s'était livré tout entier à l'ennemi.

LIX

« Ne viendra-t-il jamais ? s'inquiéta Pâris en marchant de long en large avant de s'asseoir. Il aurait dû me laisser y aller, comme je le lui avais demandé. Je me serais approché d'Achille suffisamment pour le tuer. C'était ce que j'avais l'intention de faire. Et maintenant... » Il ouvrit les bras dans un geste de désespoir.

« Tu te serais déshonoré. Se rendre chez les Grecs, soi-disant en ambassade, pour tuer Achille, voilà qui est digne d'un Assyrien, pas d'un Troyen.

– Déshonoré ! Tu ne crois pas qu'Achille s'est déshonoré, lui, en se comportant de la sorte avec le corps d'Hector ? »

Hector, le plus noble de tous les Troyens, n'avait certes pas mérité une telle mort, ni son corps un tel traitement. « Hector a été trahi, dis-je. Il pensait que Déiphobos était à côté de lui. Mais c'était un dieu déguisé en humain. Et ce dieu l'a abandonné. Quelle perfidie ! Je les déteste, tous ! Les dieux ! Ils ne peuvent pas se comporter honnêtement ? Est-ce trop demander ? »

Pâris m'enlaça par-derrière.

« Des personnes bien plus sages que moi disent que les dieux font tout à leur façon – ils nous poussent dans nos actions, ont recours à des rêves ou des visions. Mais, au bout du compte, nous pouvons les ignorer sans que cela change quoi que ce soit. Hector était voué à périr de la main d'Achille, parce que le Grec était plus fort. Et le sort – ou la chance – a voulu que je t'aime. La promesse d'Aphrodite n'y est pour rien. »

Je me souvins de la grotte chaude et parfumée de roses à Gythion. Étais-je sûre que la déesse n'avait pas fait en sorte que je voie Pâris d'une certaine manière lors de notre première rencontre ? À présent, je n'imaginais pas un seul instant ne pas l'aimer, quelles que soient les circonstances dans lesquelles j'aurais fait sa connaissance – dans une prairie en train de dresser des chevaux, debout à la proue de son navire cinglant vers Sparte, s'occupant de ses troupeaux, et même nettoyant leur étable. Je savais, au fond de mon cœur, qu'il avait raison. Et nul besoin de lui dire que je venais de l'imaginer en train de sortir le fumier.

« Mais mon père... L'idée qu'il se retrouve en présence de cet homme m'est insupportable ! » Il courut au bord de la terrasse d'où il pouvait voir la plaine jusqu'au camp grec. Rien. Aucun mouvement. Aucune lumière. Priam avait été avalé par la nuit.

Au petit matin, un nuage de poussière signala l'approche d'un attelage, trop loin encore pour que nous puissions voir ce que c'était exactement. Cassandre cria du haut des remparts que son père était rentré. En effet, bien plus tard, nous aperçûmes à notre tour la carriole de Priam.

Il était indemne ! Apparut derrière lui un autre nuage de poussière plus rapide, puis un troisième. C'était Achille, qui suivait Priam dans son char. Il dépassa le vieux roi et s'arrêta devant nos murailles en faisant virer ses chevaux.

« Je vous rends le corps d'Hector ! annonça-t-il. Mais uniquement en échange d'une rançon équivalente à son poids en or. Votre roi n'en a pas apporté assez. J'en veux plus ! » La dernière carriole arriva dans un grondement de roues. Elle contenait une sorte de balance que des serviteurs déchargèrent. Puis l'un d'entre eux plaça – vision horrible – le corps d'Hector sur l'un des plateaux.

Il était intact, parfaitement préservé – était-ce l'œuvre des dieux ?

« J'exige le poids d'Hector en or ! hurla Achille. Son corps est lourd, même sans l'armure, cette armure qu'il m'a volée ! Je l'ai récupérée, mais je n'en ai plus besoin. J'en ai une autre que les dieux ont forgée en une nuit pour me protéger. Ils m'aiment ! Les dieux m'aiment !

– C'est le moment de le tuer », chuchota Pâris.

Malheureusement, il avait laissé son arc et ses flèches au palais.

Il s'apprêtait à aller les chercher quand je posai la main sur son bras.

« C'est trop tard, lui dis-je. Reste. »

Priam descendit lentement de sa carriole. J'avais beau être loin de lui, je perçus la souffrance sur son visage. « Rends-moi mon fils ! cria-t-il. Tu as dit que tu étais d'accord. Hier soir, tu as donné ta parole. Alors, tiens-la !

– Pour cela, c'est de l'or qu'il me faut, en quantité ! Ce que tu as apporté hier ne suffit pas. Tu ignores donc combien pèse ton fils ? Et l'armure, tu en as tenu compte ? Je ne l'oublie pas, moi. Et pour chacune de ses parties, j'exige de l'or de Troie.

– C'est injuste ! Il ne la porte plus ! rugit Déiphobos.

– En effet, mais c'est normal, non ? Les morts ne portent jamais d'armure ! » Achille désigna le plateau vide de la balance. « Allons ! Votre or ! On va voir si vous avez les moyens de récupérer ce corps !

– Oh, Troyens ! Aidez-moi à racheter votre prince ! » s'écria Priam.

Un silence atroce se fit, tandis que Priam attendait, la tête nue et courbée. Enfin des serviteurs arrivèrent, chargés d'objets en or. Ils les déposèrent sur le plateau, mais la balance ne bougea pas.

« Encore de l'or ! supplia Priam. Je vous en prie ! »

Alors, les Troyens défilèrent tristement sur la plaine en apportant des assiettes, des coupes et tous les bijoux qu'ils possédaient – de petites choses. Le corps d'Hector se souleva légèrement, mais cela ne suffit pas.

« Mon fils, mon cher fils ! se lamenta Priam. Oh, rachetez-le ! »

Hélas, tout l'or troyen avait été utilisé et nous n'avions pas encore perçu le produit de la vente de nos trésors aux Phrygiens.

« Père, fit la petite voix de Polyxène du haut des remparts, tiens ! Je te donne tout ce que j'ai. » Elle se pencha et lança au roi ses bracelets et ses boucles d'oreilles. Il les attrapa d'une main tremblante et les mit sur le plateau. La balance se mit à bouger. Lentement, le corps d'Hector s'éleva en l'air.

Frappé de stupeur, Achille regarda Polyxène. « Voilà une princesse au cœur noble », dit-il. Le corps d'Hector était maintenant plus haut que la rançon en or. « Très bien, grogna le Grec, il est à vous ! » Il fit claquer ses rênes et dirigea son attelage vers le camp grec.

Dans un hurlement, les Troyens sortirent en trombe de la ville, s'amassèrent autour de Priam et de la dépouille d'Hector et, fous de joie, escortèrent la carriole jusqu'à l'intérieur des murs protecteurs de Troie.

Les funérailles d'Hector. À présent, nous pouvions les préparer. Le terrible Achille avait accordé une trêve de douze jours pour que chaque camp puisse rassembler ses morts et organiser les rites funèbres.

Le bûcher d'Hector fut érigé au sud de Troie, au-delà de la ville basse, en face du mont Ida. On disposa tout autour ceux des autres guerriers tués. La ville entière rendrait hommage au fils de Priam, puis viendraient les funérailles privées.

Comme le voulait la coutume, le bûcher fut allumé en fin de journée. Les rites duraient depuis le petit jour – il y avait eu la procession solennelle avec, sur une carriole funèbre, le corps d'Hector, lavé et oint, entouré des lamentations et des mélopées des pleureuses. La nuit précédente s'était déroulée la veillée funèbre, et les murmures étonnés sur son parfait état de conservation étaient montés jusqu'à former un bourdonnement incessant. Il était mort depuis plusieurs jours, et, pourtant, on aurait dit qu'il dormait, tout simplement. Il avait été traîné huit jours durant derrière un char, mais ne portait pas la moindre trace d'égratignure ou de contusion. Il est vrai que les dieux font ce qui leur sied.

En parcourant des yeux la famille royale en deuil, je me rendis compte du vide immense qu'Hector laissait derrière lui. Les yeux éteints par la douleur, Priam paraissait brisé, Hécube ravagée. Elle avait perdu son enfant préféré. En tant que guerrier, Déiphobos ne valait pas Hector. En tant qu'homme non plus. Hélénos, qui le suivait en âge, était insaisissable et sournois. Politès n'était encore qu'un enfant. Pâris était de toute évidence le plus doué et aurait dû prendre sa place auprès de Priam en tant qu'héritier, mais son père ne lui témoignait que peu d'intérêt. Il y avait, certes, Énée et sa famille, mais il s'agissait là d'une branche par alliance. Quant aux autres qui assistaient consciencieusement aux funérailles, Antimachos, Anténor et son fils Hélicaon, Aesacos et Glaucos – feraient-ils le poids face à notre adversaire ? Après tous ces combats, les Grecs n'avaient perdu aucun guerrier de valeur, à l'exception de Patrocle. Nous, nous déplorions la perte de Sarpédon, de Rhésos, et maintenant, celle d'Hector.

Trois femmes devaient s'exprimer devant le corps d'Hector : sa veuve, sa mère, et moi. J'ignore pourquoi j'avais été choisie. Toujours est-il que je serais la dernière, comme me l'avait chuchoté Anténor. Andromaque s'avança et prit les mains de son mari, qu'on avait laissé sur la carriole. Elle parla de ce qu'elle pleurait – sa vie avec lui, leur avenir, et la perte que c'était pour Troie. Elle avait été privée de ses dernières paroles, des mots qu'il aurait pu murmurer dans leur lit et qu'elle aurait conservés toute sa vie dans son cœur.

Le visage encore plus livide que celui d'Hector, elle recula et se blottit dans son manteau sombre. Hécube s'avança péniblement. Toute voûtée, tremblante, elle tendit le bras et caressa le front d'Hector. « De tous mes fils, tu étais celui que j'aimais le plus ! Et tu n'es pas le premier qu'Achille me prend. Tout au long de ta vie, les dieux t'ont aimé, et je vois qu'ils ne t'ont pas abandonné aujourd'hui. Ils m'ont rendu ton corps aussi beau que le premier jour où je t'ai pris dans mes bras. » Je m'attendais à ce qu'elle poursuive – mais comment une mère peut-elle exprimer tous ses sentiments dans un moment pareil ? Elle se tut et s'écarta.

Il y eut un long silence. Mon tour était venu de parler. Que pouvais-je dire, quel droit avais-je de m'exprimer, après Andromaque et Hécube ?

Personne d'autre ne s'avançant, je m'approchai d'Hector. Son visage était sévère et immobile, la ligne de sa bouche mince et droite et ses yeux clos. Comment avait-il pu nous quitter, lui qui était si fort ? Et pourtant, il avait prédit sa propre fin. Sa force, il l'avait transformée en douceur avec nous.

Je levai le visage.

« Cher Hector, dis-je, tu étais celui de mes frères troyens que je préférais, après mes vrais frères tout là-bas à Sparte. Toi seul as fait preuve à mon égard d'une sollicitude constante, en me protégeant des regards désapprobateurs des autres. C'est à ta noblesse innée que tu devais cette courtoisie, cette gentillesse avec lesquelles tu as accueilli l'étrangère que j'étais. À présent que tu n'es plus, un vent froid souffle sur Troie. »

Je m'aperçus trop tard que j'aurais peut-être dû me réfugier derrière d'innocentes louanges au lieu de parler de nos relations. Mais j'étais Hélène, de triste réputation, et c'était moi qui avais provoqué la guerre à cause de laquelle il avait périt. J'aurais fait preuve de lâcheté et de bien peu de respect envers Hector si je n'avais pas évoqué cela.

Je reculai. Le rituel se poursuivit – la coupe de cheveux du mort, le sang et les libations versés sur l'immense bûcher, les chants, le cri d'Anténor appelant Hector avant d'embraser l'amas de bois avec sa torche.

Pendant que le brasier consumait le corps, d'autres feux furent allumés. La plaine devint un champ de flammes éclairant la nuit et envoyant des spirales d'étincelles vers le ciel.

Le lendemain matin, des Troyens vêtus de gris fouillèrent les cendres des bûchers pour rassembler les os des guerriers. Priam, qui avait décidé d'exécuter lui-même ce rite funèbre, escalada ce qu'il restait du tas de cendres fumantes en évitant les braises ardentes. Pâris, Déiphobos et Hélénos occuperaient dorénavant les premiers rangs dans la maison royale. Pour l'heure, ils se tenaient côte à côte et s'observaient à la dérobée, parfaitement conscients de leur position de rivaux. D'autres enfants d'Hécube, de rang inférieur – Politès, celui qui faisait le guet à l'extérieur des remparts, Pammon et Antiphos – s'étaient placés derrière eux, avec Aesacos, le devin, fils de la première femme de Priam. Le vieux roi n'avait pas perdu tous ses fils, mais en le voyant recueillir les os blancs d'Hector, on comprenait qu'il disait adieu au seul qu'il aimait vraiment, au plus profond de lui-même. Tout autour du bûcher géant, d'autres familles rassemblaient leurs tristes reliques. Le ciel était d'un gris de cendre, comme par égard pour les Troyens éplorés.

Malgré le peu de réserves qu'il nous restait, Priam ordonna qu'un banquet funéraire soit organisé. Il ne reculerait devant rien pour envoyer Hector aux dieux avec élégance et faste.

Le banquet eut lieu dans l'immense salle de réception du palais, juste après que les os avaient été rassemblés. Il y avait foule, et pourtant la salle paraissait vide en l'absence d'Hector. La famille royale ne m'adressa pas la parole. Andromaque était assise telle une reine – reine des morts, c'était bien ce qu'elle était. Tous s'inclinèrent devant elle en lui baisant la main. De l'autre, elle tenait Astyanax. Le casque d'Hector était à ses pieds. Priam annonça qu'un sanctuaire lui serait dédié.

« Les générations à venir honoreront Hector, promit-il à Andromaque. Elles exprimeront leur respect pour ce casque qui ornait sa tête. » Il se baissa et le souleva. « Son cou était vraiment fort, pour soutenir un pareil poids », soupira-t-il.

Je serrai la main de Pâris. Il restait à Priam des fils vivants. Il ne devait absolument pas oublier cela !

Les mains tremblantes, le vieux roi était en train de reposer le casque en le caressant quand quelqu'un avança vers lui. Il leva lentement les yeux et vit des pieds chaussés de sandales, puis des jambes musclées. Il renversa la tête en arrière. Une belle femme robuste se dressait devant lui. En riant, elle ramassa le casque aussi facilement que s'il avait été en étoffe fine et le posa sur sa tête.

« Sacrilège ! lui ordonna Priam. Enlève-le ! »

Elle se mit à rire et lui rendit le casque : les bras de Priam ployèrent sous le poids. « Le mien est plus lourd, dit-elle. Heureusement que tu n'es pas obligé de le soulever. » Elle fit tourner le sien comme une toupie.

Priam la regarda, hébété, comme nous tous d'ailleurs. Après quelques instants d'incertitude, il s'exclama : « Penthésilée !

– En personne, répondit-elle. Accompagnée de mes guerrières. » Elle fit un geste vers l'entrée, où se pressait un groupe de femmes. « Entrez, chères compagnes ! » Elles s'exécutèrent en marchant au pas. « Bien entendu, il ne s'agit là que des chefs de mon armée.

– Tu es venue de si loin, lui dit Pâris en s'approchant d'elle. Jamais je n'aurais cru que tu arriverais aussi vite.

– Hélas, visiblement, je ne suis pas arrivée assez vite. Je suis désolée de la perte que vous avez subie. J'étais impatiente de me battre aux côtés d'Hector. »

Priam poussa un gros soupir. *Nul n'est digne de se battre aux côtés d'Hector. Lui seul est devant, les autres suivent – même la reine des Amazones, fille d'Arès en personne*, pensait-il certainement. Mais il se contenta de dire : « Il aurait apprécié ton aide. » En entendant ces paroles, Andromaque se leva et quitta la salle.

Les Amazones s'amassèrent autour de Penthésilée. Elles étaient toutes aussi grandes que des guerriers. Sous leur peau fraîche et ferme se dessinaient les courbes douces de leurs muscles, beaucoup moins saillants que ceux des hommes, mais tout aussi puissants. Elles portaient des boucliers et des armures lourds comme ceux d'Hector, mais ne ployaient pas sous ce poids. Au contraire, elles se tenaient bien droites, l'air fier.

« Je vous en prie, posez ces armures encombrantes. » Cette voix, c'était celle de Pâris, qui prenait ainsi la place d'Hector. « Nous vous accueillons en tant qu'alliées. Vous n'aurez pas à combattre dans cette salle.

– Femmes, obéissez », ordonna Penthésilée à ses guerrières.

Elles s'exécutèrent puis, libérées de cette charge et plus légères, se tournèrent vers nous.

« Si je me souviens bien, tu viens d'une région qui se trouve à l'est, déclara Pâris. J'ai vu ton armée quand j'étais jeune, quand nous avons guerroyé ensemble au-delà de la Phrygie.

– Nous savons mieux nous battre maintenant, dit Penthésilée. Nous nous entraînons avec des armes supérieures et commençons plus tôt. À l'âge de sept ans, toutes les petites filles doivent se présenter pour subir des épreuves guerrières. Nous choisissons les plus prometteuses dès le départ. La force et le talent nécessaires pour faire un bon soldat sont présents dès les plus tendres années. Ils sont donnés, et la volonté ne permet pas de les acquérir. Alors, commence une période réjouissante ! Monter à cheval, manier l'épée, la javeline... Oh, quel plaisir ! »

Ses guerrières l'approuvèrent en silence. Je posai mon regard sur leurs tuniques et ne vis rien qui puisse indiquer qu'elles s'étaient coupé le sein droit pour mieux tirer à l'arc – une légende, certainement.

« Achille, déclara Penthésilée d'un ton haineux, ton heure est venue. »

LX

Les Amazones logèrent chez nous. J'y tenais, puisque Pâris les avait fait venir. Nous nous débrouillerions pour leur faire de la place, même si notre palais était déjà bondé, avec tous les réfugiés qui s'y entassaient et dormaient par terre. Nos nouvelles hôtes paraissaient ravies d'échapper à l'atmosphère triste et sombre du palais d'Hector. Une fois installées chez nous, elles se déridèrent, sourirent et fêtèrent la fin de leur long périple, dont elles nous racontèrent les dangers et l'ennui.

« Quel voyage ! Un jour, il nous fallait nous battre pour survivre, et le lendemain était d'un ennui mortel. Parfois, nous progressions à une vitesse folle. Parfois, nous allions si lentement que nous avions l'impression de nous enliser dans les sables mouvants », raconta Penthésilée en posant sa coupe de vin encore à moitié remplie et en adressant à Pâris un regard prolongé. « Nous sommes contentes de venir à ton secours. Achille doit être mis hors d'état de nuire. » D'un signe, elle découragea toute interruption. « Quelle honte qu'il ait mis une armée entière en déroute ! Aucun homme ne devrait avoir ce pouvoir. C'est vous, les Troyens, qui le lui avez donné.

– Il est fils d'une déesse, dit Pâris sur un ton presque timide.

– Vraiment ? rétorqua Penthésilée en le foudroyant du regard. Eh bien moi, je suis la fille d'Arès, le dieu de la guerre. De quelle déesse descend-il ? Ah oui ! De Thétis ! Une nymphe de la mer, pratiquement inconnue. Oublions toutes ces histoires. Il est arrivé sur le rivage troyen porté par une vague de peur et auréolé d'une réputation qu'il ne mérite pas. Toutes ces prophéties, ces légendes, que des bêtises ! Qu'est-ce que disait Hector à propos des présages ? "Battez-vous pour votre pays – c'est le meilleur présage de votre victoire." Vous vous êtes laissé impressionner par cet homme, un homme comme tous les autres. Mais moi, je le tuerai. » Elle annonça cela comme s'il s'agissait d'un fait anodin. « Le grand Hector a été occis. Mais une telle victoire ne fait pas pour autant de son adversaire un guerrier invincible. Ne lui donnez pas ce pouvoir sur vous. L'un ou l'une d'entre nous le tuera. Si ce n'est pas moi, ce sera quelqu'un d'autre. » Elle parcourut l'assemblée du regard. « Achille roulera dans la poussière en s'étouffant. Alors, vous verrez qu'il est mortel – et vous en serez convaincus. Alors, vous cesserez de le craindre. Mais cette peur, vous devez vous en débarrasser maintenant, avant de voir son corps étendu et sans vie ! »

Pâris se retira dans notre chambre tandis que je faisais aménager un endroit pour que les guerrières de Penthésilée puissent dormir. Je ne pouvais pas m'empêcher de penser qu'elles étaient fort peu nombreuses, mais leur chef m'assura qu'il ne s'agissait là que des chefs et que les hommes – ou devrais-je dire femmes – de troupe se débrouillaient toutes seules avec les autres soldats. « Nous n'avons pas besoin d'un traitement de faveur ! » déclara-t-elle d'une voix de stentor.

J'attendis que Pâris se soit mis au lit. Je brûlais d'envie de m'entretenir avec Penthésilée en privé. Il arrive un moment où nous avons besoin de nous débarrasser de nos hommes et de parler entre femmes des choses qui nous tiennent à cœur.

Mon admiration pour elle était telle que je craignais de ne pouvoir trouver les mots pour lui parler. Moi-même je détestais les flagorneurs. Leurs flatteries (*Oh, Hélène, ta beauté m'aveugle ! Je suis muet de stupeur !*) me lassaient et je n'avais nulle envie de leur ressembler. Mais Penthésilée et les autres Amazones s'étaient taillé partout une réputation de guerrières redoutables et elles ne toléraient, disait-on, aucun homme dans leurs villages. J'avais échangé quelques mots avec leur ambassadrice et plaisanté avec elle sur la valeur de ces messieurs, et maintenant j'étais fort curieuse d'en savoir plus sur Penthésilée.

J'avais de la chance. Elle n'était pas encore couchée. Les bras enroulés autour de ses genoux, elle regardait pensivement le feu du brasero. Elle sursauta, surprise, je crois, de ne pas m'avoir entendue arriver.

« Qui va là ? » demanda-t-elle en agrippant la poignée de son épée dont elle ne s'était pas séparée.

« Hélène, c'est tout », répondis-je d'un ton rassurant en m'avançant dans le rond de lumière faible.

« L'immortelle Hélène ! Rien que ça ! Nous allons enfin pouvoir étudier nos visages respectifs ! » Elle lâcha la poignée de son arme.

Je m'assis sur un tabouret à côté d'elle et me penchai en avant pour examiner ses traits à loisir. « Je t'admire depuis si longtemps, dis-je.

– Et moi, cela fait si longtemps que je veux te voir. *À cause de son visage, une flotte entière a traversé la mer Égée.* Voilà ce que l'on dit de toi chez nous. Alors, laisse-moi te contempler. » Me tenant le menton, elle me fit tourner la tête à droite et à gauche en me dévisageant. « Bien, peut-être est-ce vrai. Si j'étais un homme, je pourrais me prononcer. Mais là, je ne peux rien dire. Il y a bien quelques petites rides ici ou là. »

Elle me relâcha.

« Oui, moi aussi je les ai vues », dis-je.

Ces derniers temps, en effet, j'avais cru apercevoir de minuscules lignes dans le vague reflet que me renvoyait le miroir de bronze poli de ma chambre.

« Ne t'inquiète pas, je ne dirai rien à personne ! Qui sait ? Peut-être que s'ils apprenaient cela, les Grecs rentreraient chez eux. *Hélène a des petites rides autour des yeux !* hurleraient-ils avec horreur, et ils plieraient bagage. Alors, mon travail serait terminé avant même d'être commencé. »

Ce qu'elle m'avait dit m'inquiétait. Non pas parce que j'avais peur de vieillir comme les mortels, mais parce que je me demandais si cela ne démentait pas l'idée que Zeus était mon père. Et dans ce cas, qui l'était, parmi les mortels ? L'image de l'élégant Anténor reçu à Sparte par ma mère me traversa l'esprit. Je la chassai immédiatement.

« Ne parlons plus de moi. Comment vivez-vous chez vous, sans hommes ?

– Mais des hommes, nous en avons ! Ils viennent à la saison de la chasse. Nous couchons avec eux, ce qui est bien agréable

– tu vois ce que je veux dire. Mais rien ne nous lie à eux, pas plus qu'une légère ivresse ne nous rend esclaves du vin. » Elle m'adressa un regard dur. « Se laisser subjuguer par le plaisir, ou par autre chose d'ailleurs, ce n'est rien moins que de l'esclavage. Nous avons besoin d'enfants. Les hommes sont indispensables pour cela. Mais une fois leur mission accomplie, à quoi peuvent-ils bien nous servir ? »

Son étonnement n'était pas feint.

« Mais, un enfant n'a-t-il pas besoin d'un père ? lui demandai-je en me rendant compte que ma question était ridicule.

– Pour quoi faire ?

– Pour qu'il lui apprenne...

– Qu'il lui apprenne quoi ?

– À devenir un homme, à se comporter comme un homme. »

J'avais eu une fille, mais je savais que les fils avaient besoin d'un père. Je pensais au pauvre petit Astyanax.

« Nous n'avons pas d'enfants mâles, alors nous n'avons pas besoin de pères pour eux, répondit-elle d'un ton vif.

– Mais que faites-vous des bébés mâles ? ne puis-je m'empêcher de lui demander, même si je me doutais de la réponse.

– Nous les abandonnons dans la montagne pour qu'ils meurent, c'est tout. Des garçons ! Quelle utilité ? »

Le lendemain matin, je la regardai s'équiper pour le combat. Elle me laissa assister à ses préparatifs, et même lui donner ses jambières, qu'elle attacha rapidement sur ses mollets galbés grâce à des boucles en argent. Contrairement à Hector, elle donnait l'impression de savourer tout ce qui avait trait au combat. « Tu es brave », lui dis-je. Je me souvins de tout ce que j'aurais voulu lui demander – qui était sa mère, comment Arès l'avait séduite, comment elle-même était devenue reine. Et même lui poser des questions sur cette histoire de seins coupés.

Au moment où elle mettait sa cuirasse, elle surprit mon regard. « Nos seins ? Nous les gardons. Comme tu le sais toi-même d'expérience, on raconte beaucoup d'histoires sur ceux qui sont différents. Moi, très chère, je sais que tu n'es pas sortie d'un œuf ! »

Des histoires... Je me demandais ce qu'avait appris Hermione à mon sujet, et quelle femme elle allait devenir. Si seulement elle avait eu pour la guider quelqu'un d'aussi solide que Penthésilée ! Clytemnestre se montrait-elle à la hauteur ?

« Sois prudente », dis-je à l'Amazone.

Elle me regarda, l'air surpris. « Je suis là pour battre Achille, pas pour être prudente. »

Tout avait été calme dans le camp grec pendant les funérailles. Mais dès que les Amazones sortirent de Troie, l'ennemi commença à s'agiter. Les soldats d'Agamemnon s'avancèrent rapidement en ligne pour venir à la rencontre de Penthésilée et de ses guerrières. Un nuage de poussière signala le début des combats.

Les Amazones firent battre les Grecs en retraite et obligèrent Achille lui-même à reculer. Elles rentrèrent à Troie sous les vivats. La ville entière les accueillit et explosa de joie, pour la première fois depuis des mois. Elles étaient arrivées aux heures les plus sombres et nous avaient donné des forces nouvelles.

« Ils ont été pris au dépourvu, nous expliqua Penthésilée en privé. La prochaine fois, nous n'aurons plus l'avantage de l'effet de surprise.

– Achille..., dit Pâris.

– Je l'ai reconnu grâce à son armure. Mais à part ça, je ne l'ai pas trouvé plus redoutable qu'un autre guerrier. Il s'est peu battu. Il est vite retourné avec les autres. »

Ainsi, elle n'avait pas encore pris la mesure de sa force. Il s'était contenté d'observer les combats. Le véritable affrontement n'avait pas encore eu lieu. Ma peur redoubla.

Il y eut deux autres batailles, menée chacune avec grand courage par Penthésilée. Chaque fois, les Grecs durent reculer, malgré les Myrmidons rassemblés par Achille. Penthésilée croisa le fer avec lui, mais il s'échappa, si bien qu'elle ne put poursuivre ce combat singulier.

Troie reprit le moral. Chaque retour triomphal des troupes faisait monter jusqu'aux cieux les cris enthousiastes de la ville.

Les Amazones prirent un jour de repos pour réparer leurs armes et leurs armures et remplacer les chevaux qu'elles avaient perdus lors des combats. Pâris leur offrit les meilleurs de son écurie, proposant même son préféré, Ocypété, « aile rapide », à Penthésilée. Elle l'enfourcha d'un bond et lui fit faire le tour des murailles au galop. Se déclarant satisfaite de sa monture, elle accepta ce cadeau avec gratitude.

Cette fois-ci, les forces troyennes allaient se joindre aux Amazones et aux alliés. Nos chefs, Pâris, Hélénos, Déiphobos, Glaucos, seraient à la tête des troupes aux côtés de Penthésilée. En aidant Pâris à s'armer comme je l'avais déjà fait si souvent, je l'entendis jurer qu'Achille ne quitterait pas le champ de bataille vivant.

Le ciel était pur, la journée chaude, presque estivale. Combien avions-nous vécu d'étés depuis le début de cette guerre ? J'avais l'impression que nous étions enfermés à l'intérieur des remparts de Troie depuis de nombreuses années. Le temps semblait comme enchanté. Quelque sortilège le faisait-il rétrécir et ralentir tour à tour ? Les rides autour de mes yeux et sur mes mains attestaient-elles de son passage ?

Tout là-bas sur la plaine, nos forces rassemblées se dirigeaient vers les lignes grecques. Cette fois-ci, je n'avais pas besoin de l'aide d'Évadné pour voir. Pâris serait mes yeux et mes oreilles à son retour. Tremblante, je le regardai partir. Même dans la pire des mêlées, j'aurais pu le reconnaître.

Pour nous autres qui restions à l'intérieur des murailles troyennes, les batailles se ressemblaient toutes. C'était seulement lorsqu'elles se déroulaient au pied des remparts que nous pouvions discerner ce qui se passait. Les nuages de poussière soulevés par les deux armées se mêlèrent. Là où j'étais, je parvenais même à entendre le bruit des armes s'entrechoquant, l'éclat caractéristique du bronze contre le bronze, et les cris des blessés, toujours les mêmes, que l'homme soit grec ou troyen.

La bataille dura une éternité. La fraîcheur du petit matin se mêla à la clarté de midi, les ombres se raccourcirent, puis s'allongèrent, et les rayons du soleil couchant traversèrent la plaine en oblique. La lumière s'attarda quelques instants. Les combats n'avaient pas cessé.

Peu à peu, la pénombre s'opacifia et la nuit grignota la plaine. Folle d'inquiétude, je me précipitai vers les remparts, comme si j'avais pu ainsi en savoir plus. Peu m'importaient les regards hostiles des Troyens. Que Pâris et Penthésilée s'en sortent, voilà tout ce qui comptait pour moi.

La foule tanguait et se lamentait. Cette bataille était décisive. Moralement épuisée, la population ne pourrait plus supporter une autre défaite.

Les étoiles luisaient de tout leur éclat. La nuit était tombée. Aucune armée ne pouvait se battre dans le noir. Ils allaient rentrer. La bataille était terminée.

Enfin, les lumières vacillantes des torches apparurent sur la plaine. Ce n'est qu'avec l'arrivée des troupes près des portes de la ville que nous vîmes qu'elles étaient au complet. Tous étaient rentrés.

Mon cœur bondit de joie. Ils étaient saufs ! Ils l'avaient emporté ! Je me penchai par-dessus le parapet pour mieux voir. Pourquoi les hommes avaient-ils cet air lugubre ? Ils étaient fatigués, certes, épuisés. Même un guerrier victorieux a du mal à sourire quand il s'est donné à fond.

C'est alors que je vis le corps reposant sur le dos du cheval. Ces mollets galbés... Penthésilée ! Ses pieds se balançaient au rythme des pas de la monture.

Je poussai un cri perçant et me ruai pour aider à ouvrir les portes. Je reculai pour laisser passer Pâris qui tenait les rênes du cheval chargé d'un fardeau si terrible.

Pâris sain et sauf ! Penthésilée morte ! Mon cœur, déchiré tour à tour, se réjouit et pleura.

Il me regarda, les yeux éteints.

Je me jetai à son cou, l'enlaçai. Malgré moi, mon regard fut attiré par le corps de Penthésilée.

« Au moins, nous avons sauvé sa dépouille », dit Pâris en la touchant comme pour s'en assurer.

Le bruit de la foule était assourdissant.

« Tu l'emmènes au palais ? lui demandai-je.

– Oui. Nous l'y déposerons », répondit-il, le visage figé.

Derrière nous, les autres chefs marchaient au pas.

« La bataille a été longue. Vous avez infligé beaucoup de pertes à l'ennemi ?

– Penthésilée a tué de nombreux Grecs. Elle s'est battue avec tant de courage que... »

Il se détourna, les yeux emplis de larmes.

À mi-chemin, Priam vint à notre rencontre. Le visage aussi impassible que celui de sa statue de Zeus, il ne laissa paraître aucune émotion. « Mes fils..., se contenta-t-il de dire. C'était une grande guerrière, ajouta-t-il. Elle aura droit à tous les rites, bien sûr... » Il se détourna lui aussi.

Les autres Amazones préparèrent la dépouille qui devait être exposée solennellement dans notre grande salle. Leur peuple ne construisait pas de bûcher. Après une période de deuil de trois jours, elles enterraient leurs morts dans des tombes délimitées par des pierres.

Une fois qu'il eut retrouvé le calme de nos appartements, Pâris ôta son armure et s'effondra sur un tabouret. Ses bras poussiéreux étaient ternes sous la lumière des lampes, comme s'ils se lamentaient avec nous. Je lui versai lentement une coupe de vin et y ajoutai des épices et du fromage, comme il aimait, ainsi que de l'eau des sources du mont Ida. Il la leva et la vida. J'attendis que le breuvage ait commencé à adoucir sa peine. Il posa la coupe et contempla le mur avec un regard étrange, comme s'il y voyait quelque chose d'horrible.

« Maintenant, raconte-moi, lui demandai-je.

– Non ! Je ne peux pas revivre ça ! répondit-il, la voix tremblante.

– Il faut que je sache ! Je t'en prie...

– Donne-moi du vin. Je ne pourrai pas parler tant que mon esprit ne sera pas apaisé. »

Il finit sa deuxième coupe et commença enfin son récit : « Nous nous sommes bien battus, murmura-t-il. Nous étions si nombreux, avec les Amazones et tous nos alliés. C'était comme... comme au début de la guerre, quand notre armée était encore forte. Penthésilée s'est battue férocement et a tué plusieurs de leurs chefs. Alors, les Grecs ont reculé et se sont regroupés. Mais on aurait dit que cela ne faisait qu'attiser l'ardeur d'Achille. Il n'y a peut-être que le sang qui puisse l'exciter. Si les siens sont tués, cela le met dans une rage folle. Et quand il tue, cela déchaîne en lui une soif sanguinaire. »

Il se leva et se mit à arpenter la pièce. Ses jambes étaient blessées. Je voulus aller chercher de quoi les nettoyer, mais il m'arrêta d'un geste agacé. « Peu importent ces petites coupures ! Achille a chargé les lignes troyennes et poursuivi Penthésilée. Elle l'a attiré sur la plaine, à un endroit où ils seraient seuls et auraient de la place pour manœuvrer. Elle est parvenue à le faire reculer et à le forcer dans une position défensive. Le grand Achille cédait du terrain ! Mais ce succès a fait perdre à l'Amazone toute prudence. Elle s'est approchée de son ennemi alors que son bouclier découvrait une partie de son corps. Avec ses éperons, elle a poussé sa monture vers Achille dans l'intention d'écraser le Grec sous ses sabots – car même Achille succomberait sous un tel poids. Ocypété s'est cabré, comme une vague de Poséidon, et Achille a fait un écart, tout en tenant sa javeline prête à frapper. Et quand Penthésilée est passée devant lui, il a projeté son arme en visant cet endroit que le bouclier ne protégeait pas. Elle est tombée sur l'encolure de son cheval, qui s'est arrêté. Achille s'est approché sournoisement, lentement, et a parlé à voix basse à Ocypété pour le calmer et l'empêcher de partir au galop. Ensuite, toujours avec le même calme, il a tiré sur sa javeline et fait tomber Penthésilée. Son corps a frappé le sol avec un bruit sourd. »

Le visage de Pâris grimaça de douleur à ce souvenir. J'imaginai la scène avec horreur.

« Il a poussé des cris de triomphe et s'est approché pour s'emparer de son trophée, l'armure. Quand il a enlevé le casque et découvert le visage de son adversaire, il a crié en comprenant qu'il s'agissait d'une femme. Il est resté là longtemps, agenouillé, la tête de Penthésilée dans le creux de ses mains. Elle était encore vivante et essayait de parler. Il la regardait, interdit, comme ensorcelé. Alors – et cela ressemble si peu à Achille –, il a délicatement posé sa tête par terre. Puis il lui a retiré son armure, avec des gestes presque tendres. Il ne pouvait se détacher du corps. »

Je posai mes mains tremblantes sur ses épaules. « Tu penses qu'il ignorait tout de l'arrivée des Amazones ?

– À moins d'avoir de très bons espions, comment les Grecs pouvaient-ils savoir ? Et il est vrai qu'avec leurs armures, on les prend pour des hommes. Alors qu'il était agenouillé devant elle, une espèce d'avorton répugnant s'est approché et s'est moqué de lui, en disant que c'était une prostituée, qu'il valait mieux laisser les rapaces et les chiens se charger de son corps, et qu'Achille n'allait tout de même pas faire l'amour à un cadavre. Achille s'est tourné vers lui. Jamais je n'avais vu une telle colère chez un homme. J'ai soudain compris ce que les Troyens coincés près du Scamandre avaient vu et ce qu'Hector avait affronté. C'était comme le feu, comme l'éclair. Il a poussé des rugissements hargneux, des rugissements de bête, puis, d'un revers de la main, il a frappé l'homme une première fois en plein visage et lui a cassé les dents. Au deuxième coup, il lui a fracassé le crâne. L'autre s'est écroulé, la tête réduite en bouillie, à côté de Penthésilée. Elle bougeait encore un peu. Ignorant l'homme comme s'il s'agissait d'une charogne, Achille s'est remis à genoux et est resté aux côtés de Penthésilée jusqu'à ce qu'elle meure. Alors, il s'est tourné vers nous – il nous avait laissés approcher – et nous a dit : "Prenez-la. Donnez-lui les honneurs. Et emportez l'armure."

– Et pourquoi ne l'as-tu pas tué à ce moment-là ? » demandai-je à Pâris.

Achille était à sa portée et aurait constitué une cible facile.

« Je... J'étais trop stupéfait. Et le faire à ce moment-là, cela aurait été un déshonneur, une insulte à la mémoire de Penthésilée.

– Une insulte ? Mais c'était précisément pour cela qu'elle était venue, pour le tuer. Cela n'aurait été que justice.

– Tuer un homme au moment où il faisait preuve de bonté, peut-être pour la première fois de sa vie, cela n'aurait pas été correct. Tu trouveras peut-être cela idiot, et maintenant je le regrette. Mais je me suis laissé dominer par des sentiments nobles. C'était une erreur.

– Les dieux nous offrent rarement une seconde chance », dis-je.

À peine ces mots sortis de ma bouche, je les regrettai. Trop tard. En laissant passer cette occasion, Pâris avait rompu sa promesse. Et il n'avait pas besoin que je le lui dise.

LXI

Le silence enveloppa Troie après la mort de Penthésilée, comme si un immense linceul était tombé du ciel. Nous parlions à voix basse, marchions à pas feutrés dans les rues de la ville, où ne résonnait plus le fracas des charrettes et des sabots des chevaux. Seuls les corbeaux tournoyant au-dessus de nos têtes osaient pousser leurs cris rauques. La pâleur de la mort était sur nous. En faisant naître en nous un espoir si vite éteint, Penthésilée avait brisé Troie autant qu'un ennemi aurait pu le faire.

Enfermés dans une ville qui s'effondrait, dépouillée des signes de sa grandeur dont nombre avaient été vendus ou cachés, nous ne comptions plus guère sur des renforts. Nos alliés, qu'ils viennent de régions proches ou lointaines, ne pouvaient plus nous envoyer de combattants. Les Amazones, les Thraces et les Lyciens avaient perdu leurs chefs ainsi que de nombreux soldats. Il nous faudrait poursuivre la guerre avec ce qu'il nous restait de forces.

Côté grec, Agamemnon, Ulysse, Machaon et Diomède, remis de leurs blessures, avaient repris le combat. Nous avions tué beaucoup de soldats ennemis, mais leurs rangs ne semblaient pas pour autant dégarnis, comme si chaque jour de nouveaux guerriers grecs sortaient du sol, casqués et prêts à combattre.

Les jours, les mois, les saisons passèrent, s'allongeant à mesure que le découragement nous gagnait. Dans ce monde statique, pris à l'intérieur d'un espace sombre où le temps n'existait pas, nous étions captifs de notre propre refuge. Les murs qui nous protégeaient étaient notre tombeau.

Soudain, comme un éclair, arriva un nouvel allié – Memnon, prince d'Éthiopie, accompagné d'un contingent de soldats à la peau noire et luisante. Il lui avait fallu beaucoup de temps pour faire le voyage. Pourquoi était-il venu ? Pourquoi alliait-il son sort à celui de Troie ? C'était un mystère. Peu importait. Nous l'accueillîmes avec des cris de joie.

Comme Penthésilée, Achille, Énée et Sarpédon, Memnon était le fils d'une divinité, la déesse de l'aube. Elle était tombée amoureuse d'un mortel et avait supplié Zeus d'accorder à son amant l'immortalité. Zeus, fidèle à sa réputation (et un tantinet rancunier), la lui accorda, sans toutefois donner au malheureux la jeunesse éternelle. L'amant de la déesse continua donc à vieillir et à s'affaiblir, et finalement Aube fut obligée de l'enfermer dans une pièce pour ne plus entendre les pitoyables couinements de criquet à l'agonie qui sortaient de sa gorge desséchée.

Mais leur fils était d'une beauté rayonnante – un guerrier magnifique doté d'une âme courtoise. Peut-être ressemblait-il trop à Hector...

Notre joie fut de courte durée. De même qu'il avait tué les autres, Achille faucha Memnon sur le champ de bataille. On raconte que la mère de chacun des deux guerriers voulut protéger son fils. Sans doute leurs pouvoirs s'annulèrent-ils. Toujours est-il qu'une fois de plus, Achille brisa nos cœurs, et celui d'une déesse.

Encore des funérailles, encore une période de deuil. J'étais persuadée que Troie ne pourrait pas devenir plus triste qu'elle ne l'était déjà. Pourtant, c'est ce qui se passa. À la suite de ce nouvel exploit macabre d'Achille, Pâris devint obsédé par l'idée de le tuer. Il se reprochait amèrement de n'avoir pas profité de l'occasion offerte lors de la mort de Penthésilée, maudissait ses hésitations et ses scrupules, et se trouvait faible et efféminé, précisément ce que ses ennemis disaient de lui. Je tentais en vain de le soulager, de lui rappeler que faire preuve de miséricorde n'était pas un signe de faiblesse, mais que, dans son cas, cette miséricorde avait profité à quelqu'un qui ne la méritait pas.

Achille lui-même n'avait jamais montré la moindre pitié, sauf à cette occasion-là, et c'était pour cette raison que Pâris avait été désorienté. Mais tenait-il vraiment à ressembler à Achille ? À cet homme au cœur de loup affamé ? Oui, répétait Pâris. Il voulait devenir aussi impitoyable que lui, si seulement cela lui permettait d'atteindre son but. Pour tuer Achille, il devait être comme lui.

Par une journée d'automne calme et dorée, l'armée grecque se rua sur nos murailles, ses armes rutilant au soleil. Était-ce son dernier assaut contre un ennemi affaibli ? Je vis depuis la grande tour les chars soulevant des nuages de poussière. Devant les soldats, massés telles des hordes de rats voraces, avançaient Achille et Agamemnon.

Les Troyens se regroupèrent sous les ordres de Déiphobos, et les quelques alliés qu'il nous restait sous ceux de Glaucos de Lycie. Priam leur donna sa bénédiction – sans espoir, car il ne comptait pas sur une victoire.

Agamemnon. Je plissai les yeux pour mieux le voir, mais ne parvins à distinguer que les cercles sombres sous ses yeux et l'affreuse fente qui lui servait de bouche. Sur le flanc gauche, Achille, à la tête de ses Myrmidons, tourna son visage vers Troie et regarda la ville comme s'il s'agissait d'une carcasse qu'il se préparait à démembrer. Il traversa la plaine de Troie. Son armure reluisait – plus tard Priam comparerait son éclat sinistre à celui de cette étoile qu'on appelle le Chien d'Orion.

Pâris était à côté de moi dans la tour. Il avait refusé de se joindre aux troupes commandées par Déiphobos. Il savait ce qu'il devait faire.

« Qu'ils se battent. Moi, je préfère recourir à la méthode la plus efficace pour tuer. » Au moins, la différence entre lui et ses frères ne le faisait plus souffrir. Il caressa son arc, le plus beau de Troie, en regardant approcher l'ennemi. « Le moment est venu », dit-il. Il posa la main sur mon épaule. Je me tournai vers lui. « Que les dieux guident ta flèche », lui répondis-je.

Tremblante, je repris place à côté des gardes dans la tour. Regarder, c'était tout ce qu'il me restait à faire. Aurais-je dû serrer Pâris contre ma poitrine, pour ce qui aurait peut-être été notre dernière étreinte ? Je me félicitai égoïstement, en tant que femme d'un archer, de ne pas avoir à craindre la mort de mon mari. Il pouvait manquer sa cible, mais cela n'entraînerait pas pour autant sa mort. Un jour, tous les soldats auraient des arcs, et ces distinctions n'auraient plus cours. Un guerrier n'avait jamais envie de mourir, malgré son code de l'honneur. Ce qu'il voulait, c'était tuer. Et pour cela, rien ne valait un arc.

Agamemnon fit virer son attelage puis jeta les rênes à son cocher. Il mit pied à terre et nous fit face en frappant sur son bouclier et en nous lançant des injures. Mais les regards qu'il lançait à Achille étaient significatifs – il n'oserait rien entreprendre sans son accord.

Déiphobos et ses hommes s'avancèrent, avec obligeance, comme s'ils voulaient lui offrir une cible facile. Alors, les Myrmidons s'élancèrent. Achille descendit de cheval et parcourut la distance jusqu'à Troie à pied. Le moindre de ses mouvements trahissait son dédain suprême pour l'adversaire. Il alla jusqu'à exposer son point vulnérable, en tendant le cou comme s'il cherchait des yeux nos soldats.

« Allez, approchez ! cria-t-il. Comment ? Personne n'ose m'affronter ? Vous n'aviez qu'Hector ? Un seul champion ? Comme c'est dommage ! »

Il s'avança en plastronnant jusqu'aux portes de la ville. « Vous êtes tous enfermés là-dedans, c'est ça ? Vous vous terrez ! Vous tremblez ! D'ici peu, nous vous aurons écrasés. Nous ferons rouler tous vos soldats dans la poussière. Nous les piétinerons ! »

Rapide comme l'éclair, Pâris sortit du pied de la tour où il avait attendu tout ce temps. « Tu vas mourir, menteur ! » s'écria-t-il. Avant qu'Achille puisse se retourner, il lui décocha une flèche. Elle se planta dans le cou du Grec.

Jamais je n'oublierai l'expression que prit le visage d'Achille à cet instant-là. Ce n'était pas de la colère, ni de la peur, ni même de l'étonnement, mais une stupéfaction absolue. Muet, il agrippa sa gorge, sous les yeux ébahis d'Agamemnon.

Il tomba en avant. Pâris tira une seconde flèche, qui se ficha à l'arrière de son mollet. Les compagnons du Grec se ruèrent vers lui.

Le sang d'Achille se répandait dans la poussière. La première flèche qu'il avait reçue dans le cou avait suffi à lui ôter la vie.

Il mourut rapidement. Trop, pour quelqu'un qui avait tant tué. Du haut des remparts, nous contemplâmes, incrédules, la silhouette étalée et immobile. Nous nous attendions à ce qu'elle se redresse et reparte à l'attaque. Il n'en fut rien.

Comme d'habitude, il y eut une lutte autour de la dépouille. Ce fut l'immense Ajax qui emporta le corps, après avoir transpercé de sa javeline Glaucos. Le colosse blessa également Énée et, frappant Pâris avec une grosse pierre, le fit tomber à genoux. Surgi de nulle part, Ulysse couvrit sa retraite. Les Grecs parvinrent à conserver l'armure et à la rapporter dans leurs quartiers. Leur armée se retira, et la plaine resta vide, mis à part le tapis de cadavres qui la recouvrait, telles des feuilles mortes.

Troie ouvrit grand ses portes, mais la population était tellement abasourdie par ce qui s'était passé qu'elle accueillit Pâris en silence. Le tueur d'Achille ne reçut aucune acclamation enthousiaste. Les Troyens, tout comme les Grecs, pensaient jusque-là que le fils de Thétis était invincible et n'avaient jamais imaginé ou osé rêver qu'il puisse périr de la main de l'un d'entre eux. L'impensable s'était produit et, ahuris, ils ne pouvaient que constater le fait.

Je fus la seule à avancer. Folle de joie, je sautai sur le char de Pâris et l'enlaçai. Il avait tué Achille. Mais surtout, il était indemne. Même moi, j'avais du mal à réaliser que notre pire ennemi n'était plus.

« Je n'arrive pas à y croire, murmurai-je à son oreille. Tu as libéré Troie ! »

Incapable de parler, il me serra contre lui. Peut-être était-il lui-même sous le choc. Il fouilla la foule du regard à la recherche de Priam et d'Hécube.

« Ils sont très certainement au palais, lui dis-je en devinant ce qu'il voulait. Après tous ces deuils, Priam ne vient plus assister au carnage du haut des remparts.

– Mais quelqu'un a dû lui dire ! Il doit savoir, maintenant ! »

En effet. Mais il fallait que je trouve un moyen d'apaiser Pâris. Il était si sensible et aurait tout donné pour entendre de la part du sévère Priam un compliment, largement mérité d'ailleurs. « Les ans et les épreuves l'ont affaibli. Je suis sûre qu'Hécube et lui t'attendent au palais, où vous pourrez vous entretenir en privé. »

Tout d'un coup, la foule qui entourait le char parut revenir à la vie. Les gens commencèrent à agiter les bras et à ovationner Pâris. Ils ne pouvaient pas lui lancer des fleurs – impossible d'en ramasser quand les champs étaient devenus des lieux de mort – mais leurs chansons et leurs cris de joie valaient tous les bouquets du monde.

« Pâris ! Pâris !

– Tu es plus fort qu'Hector !

– Non, répondit-il. Hector était notre plus grand guerrier.

– Qui a tué Achille ? rétorqua une voix dans la foule. Le plus grand guerrier, c'est celui qui tue notre pire ennemi, pas celui qui se fait tuer par lui.

– Il ne nous attaquera plus. Il est parti, il est mort – où est son corps ? demanda un homme.

– Les Grecs l'ont emporté ! Ils vont chanter autour de lui, organiser des jeux funèbres en son honneur. Et pendant ce temps-là, sa dépouille pourrira et les vers s'en nourriront ! » Je fus stupéfaite par la brutalité des paroles de Pâris. « Je le déteste pour ce qu'il nous a fait, me lança-t-il d'un ton haineux. Et même si sa carcasse grouillait de vers, ma haine serait intacte ! »

Oui, nous le haïssions à ce point. Je me souvins de l'insolent petit garçon qui était venu avec mes prétendants. J'aurais aimé à l'époque pouvoir le gifler. Si quelqu'un l'avait fait, peut-être ne serait-il pas devenu un tueur sanguinaire. Puis je revis le jeune homme mélancolique et gracieux que j'avais retrouvé sur l'île de Scyros, forcé de s'habiller en fille à cause de sa mère inquiète qui voulait le protéger de son destin. À présent, il avait suivi jusqu'au bout la route tracée pour lui.

Le char monta jusqu'à la citadelle de Troie. Les chevaux eurent du mal à avancer tant il y avait de monde. À mesure que nous progressions, la foule devenait de plus en plus dense. Arrivé devant le palais de Priam, Pâris descendit. « Je dépose ma victoire aux pieds du roi, déclara-t-il. Nous fêterons cet événement un peu plus tard, j'en suis sûr. Pour l'heure, rentrez chez vous et rendez grâce aux dieux de nous avoir débarrassé de notre ennemi.

– Nous rendons grâce aux dieux d'avoir fait en sorte que tu sois avec nous ! » répondit la foule.

Ces mots, Pâris les avait espérés en vain depuis si longtemps ! « Cette victoire, nous la devons aux dieux, dit-il.

– Et à toi ! » répétèrent-ils.

Il sourit en savourant ce qu'il attendait depuis tant d'années. « Je remercie les dieux de m'avoir épargné, et je les remercie de votre amour. »

Il s'engouffra dans l'enceinte du palais en m'entraînant à sa suite. Nous traversâmes la cour au pas de course puis, après avoir adressé un bref signe de tête aux gardes, nous retrouvâmes enfin dans le palais proprement dit.

Il y régnait un calme inquiétant. Aucun des membres de la famille royale ne semblait être là. Pourtant, les filles de Priam vivaient au palais, ainsi que les gendres qui lui restaient. Où s'étaient-ils cachés ?

Pâris entra comme un ouragan dans les appartements royaux en appelant Priam.

« Père ! Père ! Tu as entendu ? Tu as vu le combat ? »

Il n'obtint pour toute réponse que l'écho de sa propre voix, puis le silence. Alors, il se mit à hurler : « Tu étais en haut des murailles lorsque Hector s'est fait tuer ! Tu as regardé, tu t'es penché pour l'appeler ! Mais quand Déiphobos, Hélénos et moi sommes partis combattre, tu t'es caché ! J'ai tué Achille ! Oui, moi, Pâris ! Pas ton précieux Hector, ni ton petit chéri, Politès, ni Troïlos ! Moi, Pâris, celui que tu avais rejeté ! Alors, tu ne viens même pas me saluer ? »

Le palais demeurait sombre et silencieux.

« Soit ! Tu m'as abandonné sur le mont Ida ! Maintenant, c'est moi qui vais me détourner de toi ! Pour rien au monde, je ne regrette d'avoir tué Achille, mais à présent, je vois à quel point tu es un père ingrat. Dorénavant, vieil homme, je n'ai plus rien à voir avec toi !

– Pâris ! l'implorai-je en m'agrippant à son bras. Je t'en prie, ne parle pas sans réfléchir ! »

Il se tourna vers moi, les yeux presque invisibles dans la pénombre. « Sans réfléchir ? Mais cela fait des années que ces choses-là me tourmentent ! »

Au moment où il s'apprêtait à partir, Priam apparut en haut

des marches qui menaient à ses appartements privés. « Je t'en prie, attends ! » Sa voix, d'ordinaire si ferme, était maintenant chevrotante. Il descendit l'escalier d'un pas raide et, suivi d'Hécube, s'approcha de Pâris. Il tendit les mains tout en avançant. « Fils », dit-il. Il enlaça Pâris et le serra contre sa poitrine. Puis il recula.

« Tu as vengé Hector. Je m'agenouille devant toi. » Avant qu'il ait le temps de s'exécuter, Pâris lui prit le bras. « Non. Tu t'es déjà incliné devant Achille, ce boucher. Ne te baisse jamais devant ton propre fils. »

Priam se redressa et regarda Pâris droit dans les yeux. « Tu as le cœur vraiment noble, dit-il. Peut-être même plus que les autres. Comment n'ai-je pas pu voir cela avant ?

– Il n'avait jamais eu l'occasion de faire la preuve de sa noblesse jusqu'à présent, dit Hécube. Mais mon Pâris était suffisamment solide pour attendre que son heure vienne.

– J'aurais pu mourir en attendant, et vous ne vous seriez rendu compte de rien ! répliqua Pâris.

– Un homme doit prouver sa valeur. Ce sont les dieux qui choisissent le moment. »

Elle le regarda sans détourner les yeux.

« Tu n'es pas une vraie mère, dit-il.

– Alors, tu ne sais pas ce que c'est qu'une mère. Ou du moins la mère d'un prince ou d'un roi – ce qui n'est pas pareil.

– Toute ma vie, j'ai rêvé d'avoir une mère comme les autres.

– Et moi, peut-être aurais-je préféré avoir des fils différents – ou un autre mari qui n'aurait pas déjà eu des enfants d'un premier lit ! Mais ce que nous souhaitons n'a aucune importance. Même aujourd'hui, tu ne le comprends donc pas ? » Elle se mit alors à sourire et lui tendit les bras. « Je te salue, je me félicite que tu aies tué notre pire ennemi. Peu m'importe comment, avec une flèche ou une javeline. L'essentiel, c'est que son cœur s'est arrêté de battre et que son bras ne frappera plus. Salut à toi, Pâris, prince de Troie ! Mon cher fils ! »

« Enfin ! dit-il plus tard, allongé en travers de notre lit. Après toutes ces années, elle m'appelle enfin son cher fils ! »

Cela me faisait peur, de le voir étendu de la sorte. Il me rappelait le corps de Penthésilée sur le dos du cheval. « Lève-toi, lui dis-je. Je veux voir ton visage. »

Jamais je ne me lasserais de le contempler. Mais il avait vieilli. Ce n'était plus le visage d'un jeune garçon. Il avait parlé de toutes ces années à attendre un mot d'Hécube. La guerre... La guerre durait depuis une éternité, elle s'étirait à l'infini. Et à l'intérieur des murailles de Troie, le temps semblait s'être immobilisé en retenant son souffle. À l'extérieur cependant, il s'était écoulé, et tout d'un coup nous nous retrouvions face aux signes de son passage. Il n'était pas étonnant que Priam semble si fragile et courbé, qu'Hécube soit flétrie par le chagrin. Et que l'attente ait rendu Pâris amer.

« Tu as tué Achille », lui dis-je, toujours sous le coup de la surprise. J'espérais qu'il cesserait enfin de se tourmenter. « Tu as accompli le plus bel exploit de Troie ! Tu es le héros de la ville, son sauveur !

– Il était étendu là, à pousser son dernier soupir, dit Pâris avec une joie évidente. Ce grand guerrier, ce fils d'une déesse, cet homme devant qui Hector a fui, qui l'a poursuivi trois fois autour de Troie, qui a traîné son corps...

– Oh, n'y pense plus !

– Lui qui a tendu une embuscade à Troïlos et l'a assassiné ! Je l'ai tué ! Moi ! Je l'ai privé de sa vie, j'ai immobilisé son bras à jamais. Personne ne peut imaginer l'effet que cela m'a fait. Moi-même, je peine à l'expliquer. J'étais abasourdi, incrédule, et maintenant j'ai l'impression que ce n'était qu'un rêve. Hélène, je l'ai vu chercher son souffle, s'étouffer, tomber en avant. J'ai vu son visage changer de couleur, son sang jaillir. Il ne s'est pas relevé. Il ne s'est pas remis debout. J'ai compris qu'il était perdu, qu'il était en train de mourir, qu'il était mort – Achille !

– Gloire à toi », dis-je en caressant ses cheveux.

Je le serrai doucement contre ma poitrine, m'attendant vaguement à ce que sa chair se soit transformée en pierre froide, telle une statue victorieuse. « Maintenant les aèdes écriront des chansons et des poèmes sur nous, c'est sûr. Tu es assuré d'une gloire éternelle.

– Tu as été la seule, me répondit-il d'une voix tremblante d'émotion, à croire en moi, à voir qui j'étais réellement. »

Oui, c'était vrai. Il y a des années de cela, je m'étais dit : *Tout ce qu'il apprendra fera de lui un homme unique, qu'aucun autre ne pourra égaler.* « Quand nous sommes partis ensemble, j'aimais imaginer l'homme que tu deviendrais, lui confiai-je.

– Ma mère, elle, jamais ! Elle n'a jamais pensé à moi de cette façon-là !

– Une épouse n'éprouve pas le même attachement qu'une mère. Je t'ai choisi. Une mère ne peut pas choisir ses enfants. Et Hécube a d'autres fils, alors que je n'ai qu'un mari.

– D'après certains, tu en as deux, répondit-il.

– Les gens disent n'importe quoi. C'est à toi que je suis fidèle.

– Un enfant, un mari. On ne t'a jamais imposé des choix déchirants.

– Si, l'enfant ou le mari. »

J'étais partie avec mon mari, mais mon cœur n'avait jamais cessé de chercher ma petite fille. Qui n'était d'ailleurs plus une enfant. Les années qui nous vieillissaient avaient fait d'elle une jeune femme.

« Tu as dû attendre longtemps que justice te soit rendue. Mais jamais je n'ai douté que ce moment viendrait. »

LXII

Défaite, l'armée grecque se terra derrière sa palissade, tel un corniaud qui vient de se faire fouetter. Toute trace d'elle disparut de la plaine. Jamais espace libre ne fut plus doux à contempler que celui-ci, dans sa nudité crue. Finis les claquements des toiles de tente de nos ennemis. Éteintes, les lueurs narquoises de leurs feux de camp.

Troie se ressaisit, retrouva le moral. Le flot de blessés rentrant sur des brancards cessa. Ceux que l'on soignait commençaient à aller mieux. Les portions les moins solides des remparts furent réparées. Profitant de ce moment de répit, des expéditions vers l'intérieur des terres furent organisées pour trouver des victuailles.

Priam ordonna qu'un jour soit consacré au triomphe de son fils. Vêtu de son armure brillante, Pâris traversa la ville sous les cris stridents de la foule enthousiaste et s'arrêta devant le temple d'Athéna, tout en haut de la citadelle. Il pénétra dans le lieu sacré et dédia sa victoire à la déesse protectrice de sa ville, Pallas Athénée. Pourtant, je ne trouvai pas à la déesse un air plus aimable que celui qu'elle avait arboré le jour où je l'avais vue pour la première fois et où j'essayais de me faire accepter des redoutables souverains troyens. Athéna était une divinité sévère, susceptible et encline à changer brusquement de camp. Pour ma part, je ne m'en serais pas remise à elle pour protéger Troie.

Il y eut ensuite le traditionnel festin dans le palais de Priam, avec des tables encore plus somptueuses que d'habitude. Nos réserves avaient été regarnies, et nous avions du gibier et du porc frais, de délicieux fromages fourrés et un bon vin de Thrace. Et même des figues bien dodues et des grains de raisin plongés dans un sirop foncé et épicé.

Déiphobos et Hélénos affichaient de grands sourires. Mais quand ils croyaient qu'on ne les voyait pas, ils lançaient dans la pénombre des regards mauvais à Pâris, Leur frère les avait éclipsés. Il allait devenir le successeur d'Hector.

Je n'avais jamais apprécié Déiphobos – chez lui se combinaient jubilation malveillante et grossièreté, ainsi qu'un je-ne-sais-quoi de foncièrement malhonnête. J'étais persuadée que quand on lui confiait une mission, aussi neutre et insignifiante soit-elle, il s'efforçait d'en tirer un bénéfice personnel. De plus, il se croyait irrésistible auprès des femmes. La confiance en soi est un don des dieux, dit-on. Mon avis, c'est qu'une confiance excessive est la manière dont les dieux se moquent des imbéciles.

Toujours soucieux des apparences, il s'avança furtivement vers moi. « Belle Hélène, dit-il, ton cher Pâris a porté un coup fatal aux Grecs. Leur champion, Achille, est tombé. Nous sommes soulagés. » Comme pour souligner ce qu'il entendait par là, il poussa un grand soupir.

« Aurais-tu la santé fragile, prince ? lui demandai-je, en prenant un malin plaisir à le railler. Tu sembles avoir des difficultés à respirer – peut-être es-tu malade. Tu devrais voir un médecin.

– J'ai toujours le souffle coupé quand je suis près de toi.

– En ce cas, le meilleur remède est de maintenir une distance raisonnable entre nous. Je vais m'y employer ! »

Sur ce, je lui tournai le dos et m'éloignai fièrement. Je me sentais insultée par sa simple présence, attaquée comme les murailles de Troie par les Grecs.

Je m'empressai de rejoindre Pâris qui, appuyé sur l'une des lances exposées dans le mégaron de Priam, caressait sa pointe métallique en discutant avec quelqu'un. « Certes, une javeline est une arme noble. Mais un arc aussi fait du bon travail.

– De nos jours, on ne peut plus avoir des scrupules quant à l'arme que l'on utilise, acquiesça l'homme auquel il s'adressait. C'est un luxe que l'on ne peut se permettre qu'en temps de paix. »

Tout autour de nous, les torches illuminaient la salle de réception. Les invités passaient d'une table à l'autre en se servant. Partout résonnaient des discours guerriers et triomphateurs. Autour de Pâris, les gens s'écartaient respectueusement comme s'ils se trouvaient en présence d'un dieu. S'il en ressentait de la gêne, moi, je savourais cette admiration qu'on lui témoignait, ces visages pâmés, ces têtes maladroitement courbées, ces compliments bredouillés – oui, il me semblait que je n'en serais jamais rassasiée. J'attendais ce moment depuis si longtemps. Enfin les autres voyaient en lui ce que moi j'avais perçu dès le début, dès le premier jour, à Sparte !

Le danger était maintenant passé, nous assurèrent nos chefs. Quelques jours après le festin, Antimachos prononça un discours enflammé près des portes de la ville. Les Grecs, affirma-t-il, avaient reçu un tel coup qu'ils en étaient mortellement affectés – ce que confirmaient les espions de Gélanor. Leurs rapports, en effet, indiquaient que le moral des troupes grecques était si bas que la coalition préparait ses nefs pour le départ. Les soldats avaient hâte de rentrer chez eux.

Encouragé par ces signes, Priam envoya son fils Hélénos dans le camp ennemi avant de négocier avec les Grecs la fin de la guerre. Il était d'une humeur si généreuse qu'il était disposé à signer un traité de paix avec eux. Ils répondirent en retenant Hélénos captif.

Tout le monde à Troie fut assommé par la nouvelle. L'atmosphère de fête était brisée. Priam chancela, comme s'il avait reçu un coup mortel – un autre de ses fils se retrouvait entre les mains des Grecs ! Il s'effondra sous le choc. « Délivrez mon fils ! Délivrez-le ! » cria Hécube. Des mots qui ravivaient des souvenirs atroces.

Hélénos ne revenait toujours pas. Cassandre se lamentait, brûlait de l'encens, adressait des prières au ciel et à son frère.

« Nous sommes liés », nous dit-elle. Pour une fois, ses yeux bleus inexpressifs s'animaient, comme si, en se faisant capturer, Hélénos leur avait donné sa vie. « Je sens son esprit, ses pensées. Oh ! Dire qu'il est à leur merci ! Ils ne le relâcheront pas, je le sais. » Elle se tourna vers Pâris – elle m'ignorait systématiquement – et se jeta dans ses bras en gémissant : « Je vois tout !

– Et qu'est-ce que tu vois, chère sœur ? dit Pâris en lui prenant les mains.

– Je tremble rien qu'à l'idée de te le révéler », murmura-t-elle. Elle secoua la tête comme si elle voulait se débarrasser de ce qui la torturait. Ses cheveux roux volèrent autour d'elle avant de retomber comme des serpents morts sur ses épaules et sur son dos. « Il va nous trahir.

– Quoi ? s'écria Pâris. Mais comment ?

– Comme moi, il connaît les prophéties secrètes sur la chute de Troie, celles qui ne se sont pas encore réalisées. »

Plus tard, dans l'intimité de notre chambre, Pâris et moi évoquâmes ces prophéties qui n'attendaient que l'aide des Grecs pour devenir réalités.

« Il en reste trois, dit Pâris. La deuxième, celle qui porte sur les chevaux thraces, date d'un certain temps, mais une prophétie reste valable éternellement. Elle attend patiemment son heure. Pour l'heure, nous devons nous occuper des flèches d'Héraclès.

– Oui, c'est Philoctète qui les détient.

– En effet, à sa mort, Héraclès a confié son arc et ses flèches à un jeune garçon qui acceptait d'allumer son bûcher et mettrait ainsi un terme à ses souffrances, alors que tous reculaient devant cette tâche. Ce garçon, c'était Philoctète. À présent, les Grecs vont le chercher dans son île et le faire venir, avec ses flèches.

– Qu'importe ? rétorquai-je, un peu trop vite. C'est toi le meilleur archer de la guerre.

– Les flèches d'Héraclès ne manquent jamais leur but, dit-on. Et comme Héraclès les a trempées dans le sang de l'Hydre, elles sont mortelles. Elles font bouillir le sang de l'homme qu'elles ont touché. Sa chair se met à fondre et il n'y a aucun remède. Oh, si Philoctète arrive...

– Il habite seul sur l'île de Lemnos depuis le début de la guerre. Peut-être ne viendra-t-il pas, dis-je. Peut-être est-il mort. Il s'était fait mordre par un serpent, non ?

– Même si c'est le cas, ils trouveront son arc et ses flèches.

Quelqu'un d'autre les utilisera. Et permettra à la prophétie de se réaliser.

– Tu crois vraiment que Troie va tomber simplement à cause de cet arc et de ces flèches ? Allons, c'est une ville immense ! »

Pâris me regarda presque comme s'il avait pitié de moi. « La prophétie n'a rien à voir avec la taille de Troie, ou le nom de celui qui est tué. Elle se réalisera pourvu que l'arc et les flèches qu'Héraclès a donnés à Philoctète parviennent à Troie. Et peut-être même suffira-t-il que les flèches soient lancées contre nos murs !

– Alors, qu'il en soit ainsi », rétorquai-je.

J'en avais assez de toutes ces prophéties, de la guerre, des incertitudes.

La nuit était tombée. Debout devant moi, le dos tourné, Pâris contemplait par la fenêtre le ciel nocturne empli d'étoiles. Son manteau blanc de laine souple semblait luire dans la pénombre de la chambre. Je me jetai sur lui et l'enlaçai par-derrière. La laine, douce comme la joue d'un bébé, glissa sous mes doigts. Je le serrai bien fort en l'enfermant dans mes bras. Il se tourna lentement vers moi. Sur ses lèvres se dessinait ce qui chez lui n'était que l'ombre d'un sourire.

« Tu m'as presque fait tomber, dit-il. Quel assaut charmant ! Tendre Hélène... » Il prit une boucle de mes cheveux avec laquelle il se caressa la paume de la main.

Nous étions allongés tous les deux sur notre lit. Avec mes doigts, je suivis les contours de son visage, en m'attardant sur ses traits plus encore que d'habitude. Rencontres provoquées par les dieux, visites surnaturelles, visions – aussi évanescentes soient-elles, elles sont réelles le temps qu'elles durent. Parfois, des enfants en naissent – comme moi, si Mère s'était bien donnée au cygne comme elle me l'avait laissé entendre, et non de façon plus prosaïque et vulgaire à Anténor... Mais je ne devais pas penser à cela ! Sa relation avec le cygne était bien réelle, de même que Troie, de même qu'Aphrodite telle qu'elle m'était apparue dans la grotte.

Je pensai à toutes ces histoires que l'on racontait sur ces femmes qui avaient eu des relations avec des amants fantômes, des esprits ou des dieux. Leur vision s'évaporait au matin. Mais pendant la nuit, elle était bien réelle. Peut-être même était-ce la seule réalité, une réalité qui les poursuivait jusque dans leur vieillesse et ne s'éteignait qu'à la toute fin. Quand leurs souvenirs s'évanouissaient et que leurs maris et leurs enfants étaient avalés par la spirale de l'oubli, cette rencontre divine et unique continuait de vivre en elles.

« Pâris, murmurai-je au creux de l'oreille de mon aimé, je voudrais vivre avec toi une rencontre divine.

– Tu le veux vraiment ?

– Oui, et peut-être celle-ci nous accordera-t-elle l'enfant que nous rêvons d'avoir. Moi, je n'ai jamais cessé d'espérer.

– Moi non plus. »

Alors qu'il s'endormait, je voulus résister au sommeil, pour pouvoir caresser sa joue, rapprocher mon oreille de sa bouche et l'écouter respirer. À côté de cela, que valait un rêve ?

La chambre était plongée dans un silence et un calme étranges. Je n'entendais ni le chant des oiseaux dehors, ni le souffle du vent sur les rideaux. Sur le sol, la clarté de la lune décroissante faisait danser les ombres.

Heureuse, somnolente, je me lovai dans les bras de Pâris. Ils ne pourraient pas me protéger du danger, je le savais bien. Mais au fond de nous-mêmes, ne sommes-nous pas persuadées que les bras d'un guerrier nous mettent à l'abri des malheurs ?

C'est alors que l'horrible vision m'apparut. Moi qui m'étais demandée si mon don de seconde vue, celui que je devais au serpent sacré, n'avait pas disparu... Maintenant, je savais que non. Hélas !

Je vis Pâris mort. Tué. Par qui ? Je l'ignorais. Je savais simplement que c'était avec une flèche.

Je poussai un hurlement et me redressai. Pâris se réveilla en sursaut. « Qu'y a-t-il ? me demanda-t-il d'une voix encore tout ensommeillée. Un mauvais rêve, sans doute... Tourne-toi de l'autre côté, comme ça il s'arrêtera. »

Mais il ne s'agissait pas là d'un rêve. La vision se poursuivit, s'imprima dans mon cœur. Je vis tout : Pâris, allongé, livide et immobile. La chute de Troie – les hautes tours s'effondrant. Les massacres, les rues rougies par le sang. Quelque chose d'immense, en bois... Trompeur, sous des dehors innocents. Les Grecs, vainqueurs.

Torturée par ces images atroces, je tombai du lit.

Pâris dormait toujours. Tremblante, je m'allongeai de nouveau à ses côtés. Je n'osai pas le toucher, de peur de le déranger. S'il se réveillait, il verrait certainement ce que moi j'avais vu. J'avais besoin d'être tout contre lui, de lui offrir la modeste protection qu'une épouse croit pouvoir donner à son mari.

LXIII

Au bout de longs mois, les Grecs s'agitaient de nouveau et semblaient s'éveiller, comme un ours sortant de sa caverne après avoir hiberné. Grâce à nos espions, nous ne tardâmes pas à savoir pourquoi : quittant l'île sur laquelle il s'était exilé, Philoctète les avait rejoints, et Ulysse et Diomède étaient allés à Scyros chercher le fils d'Achille, malgré les protestations de sa mère, Déidamie. Au moment de leur arrivée, le jeune garçon s'entraînait au combat sur son char avec une épée et une javeline. Il accepta avec enthousiasme de venir à Troie et de quitter le confort monotone du palais maternel. Peut-être avait-il trop souvent vu sa mère se lamenter bruyamment d'avoir été abandonnée par Achille. Les jeunes ne supportent pas cela. Ils préfèrent être dans l'action que dans le souvenir. Ainsi, les Grecs faisaient en sorte que les trois prophéties qui leur avaient été révélées soit par Calchas, soit par Hélénos, se réalisent.

Philoctète était dans un état piteux : sa blessure suppurait toujours. Machaon le soignait, mais il ne pourrait pas combattre tant qu'il ne s'était pas remis.

« Pourtant, tu as blessé Machaon ! dis-je à Pâris.

– Visiblement pas à mort, répondit-il d'un ton morne. Mes flèches n'ont pas le pouvoir de celles d'Héraclès.

– Il y a une chose que je ne comprends pas à ce sujet, poursuivis-je, plus pour me faire oublier l'atroce vision que j'avais eue de Pâris mort que par intérêt pour la question. Si Philoctète détient ces flèches depuis longtemps et qu'il les a utilisées pour chasser le gibier pendant toutes ces années passées sur l'île, combien lui en reste-t-il ? Un carquois n'en contient pas tant que cela !

– Peut-être possède-il une petite fiole de sang de l'Hydre dans laquelle il trempe ses nouvelles flèches, ce qui lui permettrait de regarnir ses réserves.

– Nulle part dans l'histoire il n'est mentionné qu'Héraclès a recueilli le sang empoisonné de l'Hydre. On explique simplement qu'il a trempé les pointes de ses flèches dedans. Il a dû les placer sous le jet qui sortait de son cou.

– Chère Hélène, tu es trop littérale. Tu devrais savoir, toi qui fais l'objet de tant de légendes, qu'elles déforment la réalité. Nous ignorons ce qui s'est passé entre Héraclès et l'Hydre dans sa grotte, de même que le monde entier ignore ce que nous avons fait à Cranaé.

– Ce secret, nous seuls le partageons. »

Il savait bien que ce souvenir – oh combien précieux – me ferait sourire.

« Toujours est-il que tu as raison. Les flèches d'Héraclès ne voleront pas tant que Philoctète ne sera pas guéri – et qui sait quand il sera suffisamment fort pour les décocher ! »

L'été revint. Il me semblait pourtant que, la veille encore, c'était l'automne. Mais il est vrai que le temps était comme replié sur lui-même. Les arbres avec leurs feuilles larges et sombres, les vents qui soufflaient du nord-est, proclamaient bien l'été. Qu'il en soit donc ainsi, si tel était le bon plaisir des dieux.

L'atmosphère était accablante à Troie, preuve s'il en fallait que nous étions bien en été. Le soleil chauffait tellement les pierres pavant les rues de la ville que la chaleur traversait les semelles de nos sandales et nous aurait pour un peu brûlé la plante des pieds. Par une telle température, le simple fait de porter une armure relevait de la torture. Nos soldats qui s'entraînaient au sud de la ville se décomposaient et s'écroulaient les uns après les autres. Mais il est vrai qu'ils formaient désormais une piètre armée. Tant d'hommes valides étaient morts qu'à présent les rangs se regarnissaient avec ceux qui étaient soit trop jeunes, soit trop vieux – des enfants auxquels on avait jusque-là interdit de combattre, et des vieillards aux visages fripés que leurs petits-enfants tentaient de retenir. Priam leur avait vainement ordonné de se contenter de surveiller les remparts et de servir les guerriers. Que les blessés s'en chargent, avaient-ils rétorqué en partant clopin-clopant à la défense de Troie.

En voyant ces malheureux rejoindre l'armée, certaines femmes voulurent faire de même. Leur ambition, expliquèrent-elles, n'était pas d'égaler les Amazones au combat, mais si des vieillards et des petits garçons pouvaient se battre, pourquoi pas elles ? Lorsque Théano voulut les dissuader, elles lui répondirent qu'une prêtresse d'Athéna – elle-même déesse de la guerre – était mal placée pour cela. Les Troyennes furent employées pour faire le guet sur les remparts, armées de bombes à scorpions et de charrettes de sable brûlant.

Troie avait pris un aspect aussi miteux que son armée. On avait utilisé les pierres des rues autrefois si belles pour réparer la muraille, et les fontaines étaient à sec. En bas, sur la place du marché, le sphinx trônait au milieu d'un tas d'immondices et de poussière. Les gens venaient là vendre leurs possessions afin de se procurer de la nourriture, qui manquait cruellement – le grain pourrissait et le vin devenait aigre. Les vêtements étaient tachés et souillés, personne ne pouvant gaspiller l'eau devenue si rare pour les laver, et les sources à l'extérieur de la ville n'étaient plus accessibles. Notre répit était terminé, les Grecs nous assiégeaient à nouveau.

Un jour, je discutai de la situation avec Anténor, qui tentait toujours de trouver quelque arrangement honorable pour mettre un terme à la guerre.

« Hélas, nous avons attendu trop longtemps, dit-il. Les Grecs sentent que nous sommes désespérés et, à présent, il ne leur reste plus qu'à patienter.

– Anténor, à ton avis, que va-t-il se passer ?

– J'aimerais croire que nous tiendrons bon jusqu'à ce que les Grecs abandonnent. Mais, pour cela, il faudrait soit une défaite, soit une catastrophe, par exemple une grave épidémie, ou encore des querelles entre leurs chefs. Jusqu'à maintenant, la perte d'Achille ne les a pas arrêtés, pas plus que la peste qui a sévi au tout début dans leur camp. Et pour ce qui est de se quereller, ils n'ont pas cessé depuis qu'ils ont quitté la Grèce, sans que cela ne change rien pour nous.

– Alors ?

– Tu sais ce qui arrive aux villes conquises. Elles sont incendiées, complètement rasées. »

Un incendie... Les Grecs... C'était cette vision atroce que j'avais eue. Les tours – je me souvins de cette phrase qui m'avait autrefois hantée. Je fermai les yeux. Hélas, la vision était en moi.

« Je ne peux me faire à cette idée », dis-je.

Il agita les mains comme pour me dire d'oublier tout cela, puis les posa sur la table qui se trouvait devant lui. Profitant d'un moment où il regardait de l'autre côté, je posai discrètement les miennes juste à côté. La ressemblance était frappante.

L'ennemi était en marche. Il est étrange que ce jour précis ne résonne pas davantage dans ma mémoire et qu'il ne s'y soit pas imprimé plus nettement. Son caractère exceptionnel s'évapore et se fond dans la routine. Je me levai à l'heure habituelle. Lorsque Pâris s'éveilla, je ressentis comme toujours ce pincement au cœur, cet émerveillement.

Quand il entre dans une pièce, tu sens ton cœur bondir, au plus profond de toi, a dit un jour quelqu'un pour décrire ce que c'est qu'être amoureux. C'était vrai : je regardai Pâris et mon cœur bondit, comme si c'était la première fois. Comme quand je l'avais vu dans mon palais à Sparte.

Nous prîmes notre petit déjeuner – un simple repas de gruau d'orge et de fromage. Pâris m'annonça qu'il devait assister à la réunion du matin au quartier général d'Antimachos. Rien de plus ordinaire : je n'y attachai pas plus d'importance que cela.

Lorsque Pâris rentra, il expliqua qu'il devait s'armer. D'après nos espions, les Grecs étaient prêts à monter à l'assaut, et Philoctète s'était remis de la blessure qui l'avait tant affaibli. Là encore, je ne m'inquiétai pas. Je chassai de mon esprit l'image de Pâris blessé, comme si cela suffisait pour la détruire. Je l'aidai à mettre son armure. J'attachai moi-même les lanières de son plastron de lin et allai chercher son épée et son carquois. Son jeune serviteur fit le reste : il lui présenta sa cuirasse, ses jambières, son casque et son arc. Puis nous reculâmes pour admirer Pâris dans sa gloire guerrière.

Je me penchai en avant et posai mes doigts sur ses lèvres douces et finement arquées, à peine visibles sous le casque.

« Va, murmurai-je. Même si j'aimerais bien te garder ici. » Oh, j'étais lasse de ces pensées, de ces gestes tristes. Je m'y étais pourtant résignée, comme à un rituel qui se répéterait à jamais – Pâris se préparant au combat, et moi lui disant adieu. Tout autour, d'autres tombaient, mais pas lui. Il partirait se battre. Je serais là, à l'attendre, jusqu'à la fin des temps.

« Je sais bien que tu voudrais que je reste », dit-il. Cette fois-ci, il posa la main sur mon épaule. Si l'on me demande : *Cette journée fut-elle différente des autres ?* Tout ce que je peux répondre, c'est : *Cette fois-ci, il a posé la main sur mon épaule.* Mais qu'est-ce que cela signifiait ? Ce n'était qu'un geste, fait sans y penser. Après coup, nous cherchons des messages, des significations cachées, comme si les défunts avaient su à l'avance ce qui allait se passer et voulaient nous laisser quelque chose.

Il sortit de la ville par la porte des guerriers, la porte Scée. Debout dans son char, fier, il tourna son visage face à l'ennemi. Les chars et les fantassins grecs avancèrent par groupes, leurs javelines prêtes à frapper. Malgré les pertes qu'ils avaient subies, ils occupaient la plaine entière.

À leur point de rencontre, les flancs des deux armées s'entrechoquèrent. Des cris de guerre retentirent jusqu'au sommet des remparts, d'où nous observions les combats. Renonçant à me cacher dans l'ombre de mon palais, j'avais rejoint les femmes de Troie. Hector mort, Pâris avait maintenant pris la première place parmi les fils de Priam.

Faisant comme si elles ne m'avaient pas vue, les femmes qui m'entouraient regardèrent fixement droit devant elles. Je sentis leur hostilité s'infiltrer dans mon corps. J'avais tué leurs proches. À leur place, j'aurais éprouvé le même sentiment. Mais pour Pâris, je devais rester à côté d'elles.

Les affrontements se succédèrent, ponctués par nos cris et nos hurlements. Les armées restaient campées sur leurs positions. Les épées tranchantes attiraient les rayons du soleil et nous envoyaient des éclairs de lumière. Les javelines volaient en tournant sur elles-mêmes et en laissant des zébrures dans l'air, tels des météores. Mais qui gagnait ?

C'est alors que les Troyens reculèrent graduellement, cédant pas à pas le terrain. Puis leurs lignes se brisèrent brusquement. Poursuivis par des hordes de Grecs acharnés, ils se ruèrent vers les portes de Troie et se déversèrent en désordre dans la ville. Et Pâris ? Où était-il ? Je l'avais vu quelques instants auparavant abandonner son char encombrant et se fondre dans la mêlée. À présent, il avait disparu, tandis que ses compagnons couraient se réfugier à l'abri des remparts.

Cohorte faible, mal entraînée, s'effondrant avant l'assaut final, les soldats troyens passèrent les portes en se poussant les uns les autres, tel un troupeau affolé de chèvres bêlantes. Puis les battants se fermèrent en grinçant. On tira les verrous. Les guerriers chevronnés qui avaient choisi de rester sur la plaine pour affronter les Grecs se voyaient ainsi couper toute retraite. Ils continuèrent à lutter seuls, comme Hector avant eux. À présent, j'apercevais Pâris, entouré de trois Grecs qui avançaient vers lui. Il avait beau se tourner en tous sens, son dos était toujours exposé aux armes d'un ennemi.

Je fus incapable de me retenir. Me penchant en avant, je criai : « Pâris ! Non ! Viens te réfugier ici ! »

Même s'il avait pu m'entendre, il n'aurait jamais fui comme un lâche. Épée au clair, javeline pointée, il fondit sur l'un de ses adversaires. Il avait l'air si redoutable – un vrai guerrier, le plus noble des Troyens – que cette image se grava dans ma mémoire.

Au moment où il levait son épée pour mettre à mort le Grec, un archer s'approcha dans son char et lui décocha une flèche. Elle lui érafla le bras. Pâris tailla en pièces un deuxième ennemi, puis se tourna vers le troisième homme qui se jetait sur lui et le tua d'un coup de javeline. Alors, il chercha du regard l'archer qui l'avait blessé, mais l'homme était trop loin. Pâris jeta un coup d'œil à son bras et le secoua, comme pour vérifier qu'il pouvait encore l'utiliser. Il arracha alors sa javeline, plantée dans le corps du soldat qu'il venait de pourfendre, et alla prêter main-forte à un Troyen aux prises avec deux ennemis.

Les Grecs battirent en retraite, abandonnant leurs camarades des premières lignes. Ces derniers ne tardèrent pas à déguerpir eux aussi, et nos guerriers victorieux rentrèrent à Troie, d'un pas las mais fier. Ils n'avaient pas été mis en déroute, contrairement aux autres qui, penauds, les acclamèrent.

« Ce n'est rien », assura Pâris d'un ton joyeux en agitant le bras pendant que la foule l'ovationnait. La blessure était légère et saignait à peine. « Un simple bobo », dit-il en riant. Il ôta son casque et le brandit. Mais une fois passés les salutations, les célébrations et les discours élogieux, l'égratignure commença à lui causer des picotements, puis des élancements.

Installé dans notre chambre, il examina la plaie après avoir ôté le reste de son armure poussiéreuse et demandé de l'eau pour se laver. Des marques rouge vif entouraient la blessure, brûlante au toucher. Quand je posai un doigt près de l'entaille aux bords gonflés, il poussa un hurlement si aigu qu'il me fit peur. Le souffle coupé, il serra son coude, comme pour y arrêter la douleur. « C'est comme si du feu coulait dans mes veines, dit-il.

– Tu veux que j'appelle un médecin ?

– Non, non, répondit-il avec un sourire forcé. Il y a beaucoup d'autres hommes qui sont grièvement blessés et qui nécessitent des soins. Les combats ont été rudes. »

Je ne pouvais en être certaine dans la pénombre, mais il me semblait que le bras blessé devenait violet et la peau de plus en plus tendue et luisante. Des gouttes de sueur perlaient sur le visage de Pâris.

« J'ai la tête qui tourne... Je me sens mal », marmonna-t-il en frissonnant et en détournant les yeux.

Passant outre ses réticences, je décidai de faire appeler un médecin. Pendant que nous attendions, le bras continua à enfler au point qu'il semblait prêt à exploser. Puis les doigts, l'épaule et la poitrine prirent la même coloration violette. Ses lèvres se mirent à trembler et ses membres à se contracter, le faisant se tordre de douleur tel un poisson tout juste pêché.

« Mon ventre est rongé, gémit-il. Il se consume ! » Le médecin arriva et, retirant les vêtements qui couvraient son abdomen, l'examina. Mais il ne vit aucune trace. Puis il posa la main sur le front de Pâris et la retira aussitôt.

« Mais il brûle ! »

Ce feu... Ces entrailles qui se consumaient... Oh, était-ce Philoctète qui l'avait frappé d'une de ses flèches ? Le poison de l'Hydre, disait-on, faisait subir à ses victimes les mêmes tortures.

« Cet archer, qui était-ce ? demandai-je à Pâris.

– Je l'ignore. On aurait dit... que la flèche venait de nulle part. » Il suffoqua et serra les mâchoires. « Je ne sais pas qui l'a tirée. Je n'ai pas vu le visage de cet homme. »

Si c'était Philoctète, il ne fallait pas qu'il le sache. La volonté peut être aussi forte que les dieux et, tant qu'il pensait que ce n'était pas Philoctète, sa blessure ne lui serait peut-être pas fatale.

« Repose-toi, mon amour. Notre meilleur médecin s'occupe de toi. »

Il ébaucha un sourire, qu'une douleur fulgurante transforma en grimace. « Quand on fait venir les meilleurs médecins, cela veut dire que l'état du malade est grave.

– Ou peut-être, lui répondis-je en m'efforçant de sourire, que tu es un prince troyen, et que pour cette raison tu as droit aux meilleurs médecins, même pour une égratignure. »

De sa main valide, il agrippa mon épaule avec une force surprenante. « Hélène, ne me mens pas. Surtout pas toi. Je ne le supporterai pas ! »

Je le regardai sans vouloir croire que moi, qui étais en pleine santé, j'avais sous les yeux un Pâris en danger de mort. « Pâris, tu as été blessé. En temps de guerre, c'est fréquent. Toi-même, n'as-tu pas blessé Machaon ? Et il s'en est remis, de même qu'Ulysse.

– Les blessures ne sont pas toutes de même gravité, dit-il dans un souffle en serrant son bras enflé.

– Ne touche pas à ton bras ! s'exclama le médecin. Tiens, voici une potion qui devrait te soulager...

– Je ne la prendrai pas tant que je ne saurai pas ce qui a provoqué cette blessure. Elle pourrait empirer les choses, dit Pâris, à peine audible tellement il serrait les mâchoires.

– Un antidote ! m'écriai-je. Y a-t-il un antidote ?

– Il faut savoir quel poison a été utilisé, me répondit le médecin discrètement, pour ne pas que Pâris l'entende. Le prince a raison. Un mauvais antidote risque d'intensifier l'effet du venin.

– Du venin. Alors, à ton avis, c'est de cela qu'il s'agit ?

– La flèche était empoisonnée, de toute évidence. Mais par quoi ? »

Le sang de l'Hydre, pensai-je, tout en me refusant à le dire.

Tout d'un coup, Pâris ouvrit les yeux. Nous avait-il entendus ? Il m'adressa un regard triste en secouant lentement la tête de gauche à droite. « Hélène, dit-il en toussant, toutes ces années... je veux tout... je t'ai amenée ici pour ça... pour tout avoir... non, c'est impossible, tout est fini, terminé... nous irons en Égypte... » Ses yeux, ses yeux encore brillants quelques secondes auparavant, devinrent vitreux. Il laissa retomber sa tête sur le côté. Puis l'éclat de son regard s'éteignit.

Non, il n'était pas mort. Cela ne se pouvait pas. Notre histoire ne pouvait pas se terminer de la sorte, si rapidement, si simplement, uniquement parce que son regard devenait terne. Notre amour devait être éternel.

Il respirait encore. Le poison avait clos ses yeux, mais son cœur battait. À présent, j'étais sûre qu'il s'agissait du sang de l'Hydre – rien d'autre n'aurait pu rendre une blessure superficielle aussi grave.

« Aidez-moi ! Je vous en prie ! » gémis-je en tenant tendrement sa tête. Quelqu'un devait savoir comment arrêter la progression du venin. À chaque poison, il y a un antidote.

Quand tout sera fini, même elle me suppliera de te sauver. Les mots coururent dans mon esprit, comme des ombres chassées par le soleil. Quelqu'un qui connaissait les poisons. Qui avait aimé Pâris. Qui savait qu'un jour viendrait où elle détiendrait sa vie entre ses mains. Quelqu'un qui me détestait.

Œnone.

LXIV

Œnone. Je devais la retrouver. Où était-elle ? Même si Pâris l'avait su, il aurait été incapable de me le dire, lui qui se tordait de douleur, s'arc-boutait, puis retombait mollement sur son lit et se déchirait la poitrine avec ses ongles.

« Mon sang est en ébullition, comme dans un chaudron », marmonna-t-il en se redressant, les yeux complètement révulsés. Il grimaça de douleur au point que son visage en fut déformé.

Le médecin lui proposa une infusion de feuilles de marjolaine de Crète.

« Pâris, murmurai-je à son oreille brûlante, où habite Œnone ?

– Sur le mont Ida, me répondit-il en entrouvrant les yeux. Pas sur l'éperon rocher près des sources d'eau chaude, mais sur l'autre, près de la grande cascade. »

Des cascades, il y en avait de nombreuses sur le mont, certaines saisonnières et nourries par la fonte des neiges, d'autres permanentes. « Mais cette cascade, mon amour, a-t-elle un nom ? »

Pour toute réponse, il poussa un gémissement et, le corps parcouru d'un frisson, se détourna et agrippa la couverture.

C'était la nuit, mais je ne pouvais pas attendre l'aube. Le poison se répandait dans son corps rapidement. J'ordonnai qu'on me prépare deux chars, mon manteau chaud et des torches, et que des gardes se mettent à ma disposition. Puis je courus vers le palais d'Hector. Je dus enjamber les corps des réfugiés qui dormaient tout autour. Les portes étaient closes. Je frappai dessus avec mes poings en criant. L'une d'elles s'ouvrit si brusquement que je faillis dégringoler en criant : « Andromaque ! Andromaque ! », sous les yeux effarés du garde.

L'une de ses servantes attitrées apparut, manifestement mécontente. Sa maîtresse s'était retirée pour la nuit et s'apprêtait à dormir.

« Il faut absolument que je lui parle ! » Je baissai ma capuche pour lui montrer que c'était à Hélène qu'elle avait affaire. Un ordre venant de celle qui serait peut-être la future reine de Troie ne pouvait être ignoré. La femme repartit sans un bruit, emportant avec elle la lueur de sa torche.

Chaque battement de mon cœur me rappelait que le temps passait, qu'il nous échappait. Mon attente ne dura certainement pas très longtemps, mais elle me parut interminable. Enfin, Andromaque arriva en se blottissant dans les plis de sa robe.

« Qu'y a-t-il, Hélène ? » me demanda-t-elle du même ton qu'elle aurait employé pour s'adresser à un enfant capricieux.

« Il faut que nous allions au mont Ida ! J'ai besoin que tu viennes avec moi ! Je t'en prie, Andromaque, je ne peux pas y aller toute seule. Je t'ai accompagnée un jour, alors s'il te plaît, aide-moi !

– Maintenant ? Impossible. C'est la nuit. Il faut que nous attendions d'y voir clair. Même si nous n'étions pas assiégés par les Grecs, ce serait dangereux. As-tu oublié que nous nous sommes perdues là-bas en descendant dans le noir ? »

Je ne parvenais pas à déchiffrer son visage dans la pénombre, mais elle ne semblait guère heureuse de me voir. Sans doute la mort d'Hector nous avait-elle séparées à jamais. Mais elle devait venir ! Elle connaissait le chemin que nous avions pris. Je la tirai par sa robe, presque jusqu'à la faire tomber.

« Andromaque, je dois aller sur le mont Ida pour y chercher quelqu'un. Cela ne peut pas attendre. Pâris a été empoisonné – par une flèche, je pense –, et le seul espoir de le sauver, c'est de retrouver cette femme. Elle connaît ce genre de secrets. Sinon, avant même le lever du soleil, il sera mort. » J'avais l'impression que, plus je la suppliais, moins j'étais convaincante. Elle demeura froide, immobile. J'avais laissé Pâris pour m'épancher devant ce bloc de pierre.

« De quelle femme parles-tu ?

– Elle s'appelle Œnone. Pâris la connaît. Elle a des pouvoirs magiques grâce auxquels elle sait soigner les blessures. Je dois la retrouver et l'amener à son chevet. Sans elle, il va mourir, j'en suis sûre !

– Personne d'autre ne sait comment la trouver ? Et toi ?

– Je l'ai vue une fois, non loin de là où elle habite, dans un bosquet sur... »

Maintenant, ce lieu où Pâris m'avait emmenée me revenait en mémoire. Si seulement quelqu'un pouvait m'aider au début, je pourrais me souvenir du reste du chemin.

« Imagine que nous soyons capturées..., fit Andromaque.

– Je n'ai pas le choix ! Si les Grecs me capturent, au moins j'aurais moins de regrets que si j'étais restée ici à voir ce poison le tuer peu à peu. »

Ce qui est vrai pour toi, me dis-je, ne l'est pas pour Andromaque. Si elle est blessée ou faite prisonnière, elle que tu as promis de protéger, ce sera par ta faute. « Je comprends pourquoi tu ne peux pas venir, lui dis-je enfin, en me rendant compte que je devrais y aller seule. Pardonne-moi de t'avoir égoïstement demandé une chose pareille. »

À présent, je n'avais plus aucun espoir de réussir. Pourtant, il me fallait essayer. C'était tout ce que je pouvais faire pour Pâris, mais il n'y avait pas d'hésitations à avoir.

« Tu te trompes, dit Andromaque. Je t'accompagne. » Elle demanda d'un geste qu'on lui apporte son manteau et ses chaussures. « Peut-être en me trouvant directement aux prises avec la mort, serai-je délivrée de cette maison sombre et à demi morte où j'ai vécu avec Hector. Je suis dans tous les cas prête à mourir. J'ignorais jusqu'à maintenant à quel point je l'étais. Allons, et pourvu que les Grecs regardent de l'autre côté quand nous passerons ! »

Nous traversâmes en char la ville basse, ou du moins ce qu'il en restait. À mesure que les assauts des Grecs devenaient plus longs et meurtriers, les habitants terrorisés l'avaient abandonnée, craignant que le fossé et la palissade de bois n'offrent pas une protection suffisante. À présent, ils s'entassaient dans la ville haute, comme les autres réfugiés, et les rues étaient devenues un grouillement permanent de corps. En sortant par la porte sud, je constatai qu'ils avaient vu juste – les Grecs avaient commencé à combler le fossé et à abattre la palissade, laissant la partie basse de la colline de Troie sans défense.

Heureusement, cette nuit-là, il n'y avait aucune lueur de torche, aucune odeur de cheval dans les champs légèrement pentus au sud de la ville. Les Grecs étaient restés au camp. Je m'agrippai à la caisse du char bringuebalant et, de mon autre bras, tins fermement Andromaque, elle aussi secouée en tous sens. Et quand enfin elle passa son bras autour de ma taille, c'était, je le sentis, plus un geste d'affection qu'un moyen de ne pas perdre l'équilibre.

Oh, elle m'avait manqué cruellement, elle que je considérais comme une vraie amie ! Mais à présent, le bonheur de la sentir près de moi était couvert par les battements de mon cœur et la peur panique qui s'emparait de moi. Chaque pas de notre attelage nous éloignait de Pâris. J'aurais tout fait pour être à son chevet, au lieu de rouler vers le mont Ida à la recherche d'une femme qui le détestait.

Nos gardes nous avertirent que la route devenait mauvaise aux pieds des montagnes. Je suppliai Andromaque de tenter de se souvenir de l'endroit où Pâris et Hector nous avaient conduites. Pâris et Hector ! Non ! Ne pas penser à ces jours passés ! Si nous pouvions retrouver le lieu précis, nous avions plus de chance de parvenir à notre but. Nous eûmes les plus grandes difficultés à guider nos cochers, l'obscurité ne nous permettant de distinguer que les points de repère les plus évidents. Et les torches vacillantes ne parvenaient pas à faire reculer la nuit.

« Je crois que nous sommes à la source d'eau chaude », dit Andromaque en fouillant les ténèbres du regard. Je ne vis rien, mais j'entendis un gargouillement et de l'eau qui coulait. « Il y avait un banc en pierre à côté, tu te souviens ? me dit-elle.

– Oui, vaguement, je crois que tu as raison. » Je me mis à rire. Comment pouvais-je, en un moment pareil ? J'étais folle. « Je me rappelle surtout la prêtresse, ou la mère-loup, je ne sais pas trop ce qu'elle était au juste. »

Andromaque eut elle aussi un petit rire. « Toujours est-il que je lui suis reconnaissante. Quoi qu'elle ait fait, ça a été efficace. Maintenant, j'ai mon petit Astyanax. »

Un soubresaut plus fort que les autres faillit nous projeter en dehors du char. L'une des roues avait buté contre une pierre tandis que l'autre s'enfonçait dans un trou. « Nous ne pouvons pas aller plus loin, princesses, dit notre cocher. Nous devons descendre. »

Les ténèbres nous enveloppaient, comme si nous avions plongé dans les abysses. Andromaque et moi trébuchâmes et nous retînmes l'une à l'autre. Quelque part tout là-haut, *Œnone* nous attendait.

Munies de petites torches, nous commençâmes à grimper lentement, avec précaution. Nous prîmes soin de ne pas quitter le sentier bien tracé, dont la surface dénudée était reconnaissable. De la droite, nous parvenait le bruissement d'un ruisseau dévalant la pente rocheuse, ainsi que le bruissement des arbres caressés par le vent. Mais que notre progression était lente !

Je me concentrai sur la forme des pierres sur lesquelles je posais les pieds, le chuchotement des milliers de créatures nocturnes qui nous entouraient, la sensation d'étourdissement après une telle ascension – afin de maintenir à distance l'image atroce de Pâris blessé.

Enfin, la lumière commença à poindre tout là-bas, à l'est. Telle une brume se levant, tel un manteau sombre lentement retiré, la nuit recula, dévoilant la montagne.

Nous nous trouvions près d'un endroit où le sentier débouchait sur une large prairie bien verte – un lieu de repos idéal pour ceux qui cherchaient à atteindre le sommet, le trône de Zeus. Je crus la reconnaître. Mais les prairies vertes ne se ressemblent-elles pas toutes ?

J'agrippai le bras d'Andromaque. « On dirait l'endroit où nous l'avons vue, Pâris et moi, par hasard. Mais elle n'habite pas ici. Elle parcourt la montagne suivant sa fantaisie. Pâris dit que c'est une nymphe – mais une nymphe des bois ou de l'eau ? » Je posai ma main sur ma bouche. « Hélène, quel torrent de paroles ! » me tançai-je. Torrent... torrent... Oui, c'était ça ! Pâris m'avait dit qu'elle était une nymphe de l'eau. Était-ce pour cette raison qu'il m'avait dit de la chercher près de la cascade ? *La grande cascade...*

« Par là... » À notre gauche, se trouvait l'étang entouré d'arbres où Pâris avait jugé les immortelles, où Œnone était apparue brusquement. Avec sa surface chatoyante qui réfléchissait les rayons du soleil tout juste levé, il paraissait tout à fait innocent maintenant. Nous allâmes vers la gauche, où se trouvait la grande cascade – du moins je l'espérais.

Peu à peu, pierres et rochers envahirent la prairie. L'herbe laissa place à un sol dur et rocheux. Nous contournâmes cette partie. J'entendis alors le clapotement lointain de l'eau. Je pris la main d'Andromaque. Derrière nous, les gardes grognaient, presque exaspérés à présent par cette quête en pleine nuit.

L'eau se trouvait de l'autre côté de ce rideau d'arbres. Je m'approchai, craintive, osant à peine dire si nous avions trouvé. Nous nous glissâmes entre les arbres qui formaient un écran. Apparut un grand étang aux eaux sombres, surplombé d'une fine cascade qui se jetait d'une falaise si abrupte que nous ne pouvions en voir le sommet.

« La voilà ! murmurai-je à Andromaque. Maintenant, nous ne sommes plus très loin. »

Comme si elle ne m'avait pas entendue, Andromaque s'approcha de l'eau, puis s'agenouilla et y trempa la main. « Elle est glaciale, dit-elle en laissant filer l'eau entre ses doigts. Tellement froide qu'elle pourrait engourdir une douleur. »

Était-ce là ce qu'elle cherchait ? Une substance suffisamment forte pour taire sa douleur ? Mais je n'en connaissais aucune qui soit assez puissante pour cela. Je la rejoignis au bord de l'eau.

« Et ta souffrance, s'est-elle un peu adoucie ? lui demandai-je.

– Non, loin de là. Elle est encore plus aiguë. Juste après la mort d'Hector, le choc était si fort, si intense, que le ciel entier est devenu noir. Maintenant, il s'est éclairci et je vois tous les vides et les manques qu'Hector a laissés derrière lui. Une immense peine, ou des milliers de petits chagrins – qu'est-ce qui est le plus douloureux ? »

La dureté de son visage m'effraya. Pour ma part, je ne connaissais pas la réponse à sa question et n'avais nullement envie de la connaître. Œnone ! Il fallait que nous la trouvions.

Je lançai un caillou dans l'étang. Les eaux profondes l'avalèrent en formant quelques rides légères. Tout à coup, de grosses vagues apparurent, ainsi qu'une forme blanche flottant juste sous la surface.

Nous reculâmes. Mais avant que nous puissions nous éloigner davantage, une sorte de colonne surgit de l'étang, dans laquelle se dessinèrent la silhouette et le visage d'Œnone. Stupéfaites, Andromaque et moi perdîmes l'équilibre et tombâmes en arrière.

Œnone prit forme sous nos yeux. On aurait dit que l'eau la portait. Elle s'anima, traversa la largeur de l'étang comme une libellule et, les pieds nus, grimpa sur la berge. L'eau dégoulinait de ses vêtements, qui ondoyaient autour d'elle comme s'ils étaient secs. Les boucles épaisses de ses cheveux couvraient ses épaules.

« Œnone ? chuchotai-je.

– Tu es surprise de voir d'où je viens ? dit-elle d'une voix distante et froide. Tu ignorais donc que mon père était un dieu de la rivière et que je suis une nymphe de l'eau ? »

Je me relevai et frottai mes genoux égratignés. « Je savais peu de chose sur toi.

– Ainsi, Pâris ne parlait pas de moi », dit-elle d'une voix plus forte.

Oh, faites qu'elle ne se mette pas en colère !

« Si, il parlait de toi. Mais je suis toujours très intimidée en présence d'une épiphanie, d'une manifestation des dieux. Tu as fait ce que nul humain ne pourrait accomplir – surgir du royaume des eaux. »

Elle partit d'un rire qui n'avait rien de réjouissant. « Comment ça ? Tu veux dire que tu ne peux pas rendre visite à ton père Zeus dans une barque tirée par des cygnes ? Peut-être alors tout cela n'est qu'un mensonge... Peut-être es-tu simplement une mortelle dotée d'une beauté surnaturelle. Je suppose que nous saurons la vérité quand ton heure sera venue.

– Ne parlons pas de moi.

– Ah oui, c'est vrai ! Pâris ! Parlons de lui, justement. »

Elle s'approcha lentement. Andromaque, effrayée, s'écarta.

Je fis face à Œnone. « Pâris a été blessé. Il est possible qu'il s'agisse d'une flèche enduite d'un poison ordinaire – qui peut néanmoins s'avérer mortel, si c'est du venin de serpent par exemple. Mais il se pourrait aussi qu'il ait été frappé par l'une des flèches d'Héraclès, trempée dans le poison de l'Hydre. Elle lui a simplement éraflé le bras, mais à présent, le mal s'est emparé de son corps tout entier. Son sang est comme en ébullition. La blessure est vilaine. On la voit changer à l'œil nu. D'abord, elle était rouge. Puis elle est devenue violette. Il est comme brûlé de l'intérieur.

– Alors, en effet, il s'agit certainement du poison de l'Hydre, dit-elle sur un ton indifférent. Pas de chance ! »

J'agrippai son bras – sa chair avait de la consistance, alors que sous l'eau elle paraissait sans substance. « Aide-le ! Tu dois bien avoir un antidote, toi qui en sais tant dans ce domaine !

– Tu disais qu'il t'a parlé de moi ? me demanda-t-elle comme si elle ne m'avait pas entendue. Et qu'est-ce qu'il t'a dit ? »

Flatte-la, trouve des paroles agréables à lui dire, n'importe lesquelles.

« Il m'a raconté les moments que vous avez passés ensemble, des moments merveilleux, peut-être les plus heureux de sa vie.

– Menteuse ! aboya-t-elle. S'il avait été si heureux que cela, il ne m'aurait jamais abandonnée.

– Les hommes agissent parfois de manière étrange, dis-je en haussant les épaules, et pas toujours en fonction de leur propre intérêt.

– Sur ce point, Hélène de Sparte, femme de Ménélas, je ne peux que t'approuver. Il n'était pas dans son propre intérêt de t'amener ici, même si Œnone n'avait pas existé. Mais, comme je te l'ai dit quand je vous ai vus tous les deux près de l'étang, un jour viendra où tu auras besoin de moi, où tu viendras me supplier, et où je te refuserai mon aide. Ce jour est venu. »

Je tendis le bras vers elle. Peu m'importait de m'abaisser. J'étais prête à m'allonger sur le sol, à lui baiser les pieds si nécessaire. « Aie pitié de Pâris ! Ne le condamne pas à la mort ! » la suppliai-je.

Elle recula, leva le menton. « Qu'il meure », dit-elle. Sa voix était si froide, plus froide même que l'eau de l'étang d'où elle avait surgi. Je compris qu'il ne s'agissait pas d'indifférence, mais de vengeance. Elle voulait sa perte.

« S'il meurt, ce sera parce que tu n'as rien fait pour le sauver, dis-je.

– S'il meurt, ce sera parce qu'il m'a abandonnée en disant qu'il n'avait pas besoin de moi. Sauf que, aujourd'hui... On dirait bien qu'il a fait un mauvais choix.

– Je t'en supplie, oublie ta rancune ! Tends la main à Pâris !

– Jamais ! Il ne s'est pas inquiété de mon sort quand il est parti pour Troie ! »

Ainsi, il l'avait quittée bien avant de me rencontrer. Sa cruauté, mêlée d'une blessure d'amour-propre, me stupéfia. « Une fois que la mort a fait son œuvre, on ne peut plus revenir en arrière, dis-je. Oublie ta rancune pour l'instant. Quand Pâris sera guéri, tu pourras lui exprimer tes griefs. »

Elle s'approcha et, m'attrapant par les cheveux, tira mon visage vers le sien. Deux yeux pailletés de jaune plongèrent dans les miens. « Pas de pitié ! Qu'il meure ! » Elle enroula quelques mèches de ma chevelure autour de ses doigts en me faisant mal. « Mon seul regret, c'est que je ne serai pas là pour voir ça.

– Alors, viens avec moi. Tu pourras profiter du spectacle. Personne ne t'en empêche. Rentre avec nous à Troie. »

Je lui donnai une claque sur la main. Elle lâcha mes cheveux. Maintenant, peu importait que je l'offense. J'aurais voulu la tuer. Mais les nymphes ne meurent pas. « Allons donc, tu as peur ? la narguai-je. Peur de prendre une décision ?

– Tu me traites de lâche ? rétorqua-t-elle. Tu oses ?

– Oui, tu es une lâche, de la pire espèce. »

Elle me frappa. Je répliquai. Elle tomba dans l'étang. Ses bras fouettèrent l'air avant que les eaux ne la sauvent et ne l'emportent dans leurs profondeurs.

La surface bouillonna un moment, puis se calma. Œnone disparut. Notre voyage avait été vain. Elle avait rejeté tous mes appels à la pitié.

Nous avions perdu un temps précieux pour venir ici. Le trajet sur ces mauvaises routes, la pénible ascension, la course pour trouver Œnone... tout cela pour rien ! J'aurais dû rester au chevet de Pâris, m'occuper de lui. J'aurais dû faire venir tous les médecins des alentours, faire appel à Gélanor et à ses idées farfelues. Tout, plutôt que cet échec !

LXV

Quelle idée d'entreprendre ce voyage inutile ! Heureusement, malgré nos estomacs qui criaient famine, malgré les gardes qui râlaient, la descente fut rapide, parce qu'il faisait jour. Nous retrouvâmes la route et prîmes la direction de Troie, guidées par l'éclat des murailles baignées dans la lumière chaude de l'après-midi.

De loin, Troie ressemblait à ce qu'elle avait été naguère : une ville resplendissante et imprenable. Sa citadelle, qui couronnait la colline, était tout juste visible. J'aperçus notre palais, ceux d'Hector et de Priam, ainsi que le temple d'Athéna. Mais ce qui s'y passait m'était caché. De l'extérieur, ces bâtiments étaient toujours beaux. Leur vulnérabilité n'éclaterait aux regards que quand ils se consumeraient dans les flammes.

La porte sud était ouverte. Une brève interruption des combats permettait aux Troyens de quitter la ville et de s'aventurer dans les forêts et les prairies alentour pour y ramasser des herbes et du bois, faire paître leurs chevaux et trouver des victuailles.

Oh, vite ! Être près de Pâris ! Savoir comment il va !

Je m'appuyai sur l'épaule d'Andromaque. « C'est trop dur pour moi. Je ne pourrais pas le supporter, me lamentai-je.

– Si, tu peux. Puisque telle est la volonté des dieux – ces dieux haineux ! –, tu dois l'accepter.

– Comme toi tu as accepté la mort d'Hector ?

– Oui. »

Nous montâmes en courant jusqu'à la citadelle. En passant

devant les maisons abattues de la ville basse, je vis qu'elles étaient vides et que leurs propriétaires s'étaient enfuis. Mais peu m'importait. La seule chose qui comptait, c'était Pâris. Je le ferais vivre, avec ma seule volonté. Il était impossible, impensable qu'il meure.

Andromaque et moi nous tînmes par la main jusqu'en haut. Lorsque nous fûmes arrivées devant nos palais respectifs, je me tournai vers elle, qui avait tout perdu alors que moi, j'étais au bord du gouffre. « Entre avec moi, la suppliai-je.

– Pardonne-moi, Hélène, mais je ne peux pas. Je ne supporterais pas de voir cela de nouveau. »

Elle se mordit le poing.

« Je comprends.

– Va, me dit-elle. Peut-être n'est-il pas perdu. »

Je gravis lentement les marches. Le parfum musqué de l'encens utilisé pour couvrir les odeurs de la maladie m'enveloppa. J'entendis des bruits de pas affolés.

Arrivée au seuil de la chambre, je vis que les volets étaient fermés. Je traversai la pièce pour les ouvrir en grand. Une fois que j'aurais fait cela, Pâris se redresserait et me remercierait en offrant son visage aux rayons du soleil. J'étais prête à attribuer au simple fait d'ouvrir les volets des pouvoirs curatifs, tel était mon désespoir. Les gardes-malades accueillirent la lumière vive avec une grimace. Dans la clarté, la fumée d'encens s'élevait en volutes bleu gris. Je n'avais pas encore eu le courage de regarder Pâris. Mais à présent, je ne pouvais plus attendre. De là où j'étais, près de la fenêtre et derrière son lit, je vis ses bras tendus dépassant de chaque côté du lit. Ils étaient tellement raides qu'il ne pouvait pas les plier, et avaient horriblement gonflé. Ses mains n'étaient plus que des masses noires et enflées.

Je poussai un cri, tombai à genoux près du lit, levai les yeux vers lui. Il n'avait plus figure humaine. Son visage était violacé, comme contusionné. Même ses cheveux avaient changé : ses boucles autrefois dorées pendaient par paquets couleur de boue, comme des algues pourries. Ses yeux disparaissaient dans l'enflure des paupières. Ses lèvres, ouvertes et fendillées, étaient noires avec des fissures rouges.

« Elle a dit non, c'est ça ? » dit-il. Sa voix, si faible que je dus me pencher pour l'entendre, n'avait pas changé.

« Oui. Maudite soit-elle ! Mais nous n'avons pas besoin d'elle, puisque je suis là maintenant. C'était idiot de ma part d'aller chercher l'aide d'une autre personne. Je peux... »

Que pouvais-je faire ? Supplier mon père, Zeus ? Mais était-il vraiment mon père ?

« Je peux, repris-je, solliciter l'aide de quelqu'un de bien plus puissant qu'elle. Oh, mon amour, c'est ce que j'aurais dû faire dès le départ ! »

Il voulut toucher ma main. Mais son bras refusa de lui obéir et demeura aussi raide qu'un bout de bois.

« Attends », dis-je. Je me penchai pour l'embrasser sur le front. Il était froid comme l'étang dans lequel Œnone avait disparu. La peur me saisit. Je sortis de la chambre en courant pour implorer Zeus en privé.

Mais quel endroit m'offrirait suffisamment d'intimité ? Où en trouver un, avec tous les soldats et les réfugiés qui s'entassaient dans les moindres recoins de notre palais ? Je finis par dénicher une pièce vide. Utilisée pour entreposer de la nourriture, elle n'était pas vraiment digne de Zeus, mais peu m'importait.

J'avais pris deux encensoirs, que je posai, les mains tremblantes, par terre. Je m'allongeai à côté. Le contact de la pierre était froid sur ma joue, ma poitrine et mes jambes.

Zeus, fils de Cronos, si tu es vraiment mon père, prends pitié de moi. Je me présente devant toi humblement pour te supplier de sauver la vie de mon mari, Pâris. Toi seul le peux. Toi seul peux lui redonner la santé. Toi, le plus puissant de tous les dieux, tu peux faire ou défaire ce que tu veux. Oh, accorde-moi cette faveur !

Je ne sentis rien, aucune réponse. Cela voulait-il dire que je ne m'étais pas adressée à Zeus comme il fallait ? Qu'il n'était pas mon père ? Qu'il n'existait pas ?

J'ignore la manière dont nous devons nous adresser à toi, mais examine mon cœur ! Vois comme je te suis sincèrement soumise. Si c'est possible, prends ma vie, et épargne-le. Oui, donne-moi son mal, toi qui as autorisé Alceste à prendre la place de son mari !

Seul le silence me répondit. Était-ce parce qu'il ne m'entendait pas ou qu'il avait décidé de faire la sourde oreille à mes prières ?

Prends ma vie et épargne Pâris ! Je m'agenouillai, m'adressai au dieu à haute voix. « Laisse-moi prendre la place de Pâris dans la chambre de la mort, échanger ma vie contre la sienne. »

Toujours aucune réponse. Je me mis à souffler sur les encensoirs avec frénésie pour qu'ils fassent plus de fumée, comme si cela allait forcer Zeus à me prêter attention.

« Je t'en prie, Père, écoute mes prières. »

Alors, sa voix – un son ? des mots murmurés dans les tréfonds de mon âme ? – me répondit : *Mon enfant, je t'entends, mais ce que tu me demandes est impossible. Je ne puis inverser le cours du destin, changer le sort d'un homme. Nous autres dieux ne pouvons pas interférer avec cela, même si nous en avons les moyens, car cela détruirait l'ordre des choses. Ton cher Pâris est voué à mourir. Je suis peiné, mon enfant, mais ne puis rien empêcher, pas plus que je n'ai pu empêcher la mort de mon fils Sarpédon sur le champ de bataille. J'ai pleuré sa perte, comme toi tu pleureras celle de Pâris.*

« Tu m'appelles ton enfant. »

Parce que tu es mon enfant. La seule mortelle que je reconnais comme ma fille. Et tu ne mourras pas.

« Sans Pâris, je n'ai aucune envie de vivre. »

Tu n'as pas le choix. Tu vivras, parce que ton sang le veut. Nous t'accueillerons parmi nous le moment venu.

« Je serais une bien piètre déesse, qui ne cessera de pleurer la perte de Pâris. »

Nous sommes nombreux à pleurer un être cher, mais je vais te confier un secret : il est bon d'être un dieu.

Alors, la voix se tut. J'avais échoué. Zeus avait rejeté mes prières, comme Œnone. J'avais encore perdu un temps précieux ! Je retournai en courant au chevet de Pâris.

Je pris sa tête entre mes mains et touchai son front baigné de sueur, délicatement pour ne pas lui faire mal. Il ouvrit ses paupières gonflées.

« Que... que s'est-il passé ? chuchota-t-il d'une voix qui n'avait pas changé.

– On m'a promis que tu allais guérir. Oui, de nouvelles forces vont gagner tes membres, et le poison va refluer. » Je détestais mentir, mais la vérité était trop atroce à dire. Je caressai son bras, dont la peau était tellement tendue qu'elle aurait éclaté sous une simple pression de l'ongle. « Tes bras vont redevenir comme avant. »

Il sourit – ou plutôt, esquissa un mouvement des lèvres.

« Il t'a entendue.

– Oui, et il va nous épargner. Sans toi, je ne pourrais pas vivre. Le poison de l'Hydre me tuerait moi aussi. »

Et déjà, j'avais l'impression de mourir peu à peu.

« Hélène... », dit-il en poussant un grand soupir. Son corps avait pris une couleur encore plus sombre pendant ma courte absence. Comme le poison progressait rapidement ! « Tu as toujours été là pour moi. Je ne te méritais pas.

– Ne dis pas de bêtises, pas dans un moment pareil ! J'étais tienne dès le début. Ton navire est arrivé en Grèce quand il le fallait. Je ne crois pas que j'aurais pu attendre davantage.

– Tiens-moi la main. »

Cette main, ce corps qui avait été Pâris. *Oh, dieux ! Aphrodite, tu ne daignes même pas te pencher sur nous maintenant ?* « Oui, mon amour, je lâcherai ta main uniquement quand tu auras repris des forces et pourras te lever.

– Il fait si sombre ici. Tout est noir ! Quelque chose m'aspire par les pieds, me fait glisser dans un tunnel.

– Non, mon amour, tu es ici, en sécurité, dans ton lit, recouvert de draps en lin. »

Des draps à présent trempés de sueur.

Il expira. Brusquement. Sans un mot, sans un adieu, sans rien me laisser. Avalé par ce tunnel dont il avait parlé – avec émerveillement.

Pâris était mort, me laissant veuve, ce qui, pour moi, ne voulait pour l'instant rien dire. Il avait cessé d'être, et cela sidérait ma pensée.

Je lui fermai les yeux d'un geste délicat. Ses paupières... Combien de fois les avais-je caressées, embrassées ? Oh, ne pas y penser !

Je me tournai vers les gardes-malades. « Le prince Pâris est mort. Son esprit s'en est allé. Préparez sa dépouille. »

Incapable de rester un instant de plus dans notre chambre, je sortis, chancelante.

J'allai chercher la solitude dont j'avais besoin dans la petite pièce où dormaient nos domestiques et m'écroulai sur une paillasse. Mes larmes refusaient de couler. Je ressentais simplement un grand abattement. Pâris n'était plus. Le monde cessait d'être.

Je n'avais pas menti à Zeus. Je n'avais plus aucune envie de vivre. Mon existence s'était terminée quand Pâris avait poussé son dernier soupir, sans aucune dernière parole pour moi. Ce tunnel sombre dont il avait parlé ne signifiait rien pour moi.

Il ignorait que ce serait là ses derniers mots. Peut-être est-ce quelque chose que nous ne savons jamais. Tant que nous sommes forts et dans la fleur de l'âge, nous nous imaginons pouvoir livrer sur notre lit de mort la sagesse et les dernières paroles précieuses que nous voulons léguer, telles les perles d'un collier, à ceux qui nous sont chers. Mais c'est rarement le cas. La mort nous fauche brusquement sur le champ de bataille, dans un accident, ou encore à la suite d'une longue maladie, sans que nous puissions savoir quand viendra notre dernière heure. Ainsi, nos mots périssent avec nous, et les êtres chers que nous abandonnons ne peuvent que s'accrocher à des souvenirs ou imaginer ce que nous aurions voulu dire.

J'étais désespérée, et pourtant incapable de saisir le caractère irrévocable de mon chagrin, trop immense pour être appréhendé. Je m'obligeai à me lever. Andromaque ! Elle avait vécu cela ! Je sortis en courant, comme une folle.

Elle m'attendait dans sa chambre. Elle avait essayé de se forcer à reprendre sa tapisserie, mais vainement. Sa navette était posée sur un tabouret. En me voyant entrer, elle se leva et me tendit les bras. Je m'y jetai, m'y blottis.

« Pâris a rejoint Hector, dis-je.

– Ils s'enlacent comme nous le faisons maintenant, nous qui restons sans eux. Si nous pouvions les voir... » Elle caressa mes cheveux. « Nous sommes sœurs dans notre détresse. »

Les funérailles de Pâris. Une immense montagne de bois. Pâris recouvert d'un drap masquant les ravages du poison. Les lamentations et les chants des pleureuses dans les rues de Troie. Son père et sa mère debout, près du bûcher funèbre, raides comme les bûches sur lesquelles reposait leur fils. Ses frères formant un cercle protecteur autour d'eux. La population tout entière avait déserté la ville pour se rendre sur la plaine où les funérailles auraient lieu.

Hélas, des funérailles, il y en avait eu tant déjà ! Les yeux étaient secs. La mort de Troïlos, d'Hector, celle de tant d'autres... Pâris n'était que le dernier d'une longue liste. Et demeurait encore ce sentiment que c'était lui qui avait provoqué tout cela et que, sans lui, les autres seraient encore vivants.

Ils avaient raison. Sans ce regard fatal que nous avions échangé à Sparte, rien de tout cela ne se serait produit. Voilà pourquoi j'avais souhaité prendre sa place. Mais Zeus, inflexible, avait refusé.

Déiphobos, le plus âgé des fils survivants de Priam, prit la parole. Dans un discours bref, il confia Pâris à la bienveillance des dieux. Priam évoqua la douleur de perdre un enfant. Hécube pleura.

Le bûcher fut enflammé. Nous n'y avions pas placé de chiens, de chevaux ou d'otages sacrifiés. Pâris ne l'aurait pas voulu, et j'avais insisté pour que sa volonté soit respectée. Les flammes s'élevèrent, enveloppèrent son corps. Je frémis en pensant à la brûlure du feu. Mais il ne ressentait plus aucune douleur, me dis-je, sans vraiment le croire. Même morts, nous souffrons. Je détournai le regard pour ne pas voir son corps s'embraser. Hélas, je ne pus échapper à l'odeur.

« Non ! Non ! » cria une voix.

Je demeurai obstinément le dos tourné.

« Arrêtez-la ! »

Je me retournai, à temps pour voir Œnone courir vers le bûcher, ses vêtements flottant derrière elle. « Pardonne-moi ! Pardonne-moi ! » supplia-t-elle. Avant qu'on puisse l'en empêcher, elle se précipita dans le feu en hurlant. Les flammes redoublèrent en s'emparant de son corps. Les nymphes ne meurent pas, à moins de le vouloir.

« Une femme s'est jetée dans le feu ! s'écrièrent les gardes.

– Une nymphe, pas une femme, dis-je. Elle a agi de sa propre volonté. Vous ne pouvez pas la sauver. Elle a rejoint son élément. »

Son geste d'amour fou me stupéfia. Quelque part, tout au fond de moi, une voix me demanda pourquoi je n'avais pas songé à faire de même.

Je tournai les yeux vers Priam et Hécube, attendant d'eux quelque réconfort. Ils se détournèrent. J'étais seule.

LXVI

Lorsque je retournai dans notre chambre, désormais la mienne seulement, elle avait été débarrassée de toute trace de maladie. Aucune odeur d'encens ne flottait plus dans l'air, et la pièce vide était illuminée de soleil. Les pièces de l'armure de Pâris, encore recouverte de la poussière de sa dernière bataille, étaient empilées dans un angle.

Demain, quand le bûcher ne serait plus brûlant, on recueillerait ses os pour les placer dans une urne en or. Celle-ci serait déposée dans le tombeau familial. Suivraient alors des jeux funèbres. Puis la guerre, la triste guerre, reprendrait ses droits pour les Troyens.

Et pour moi ? Je ne parvenais pas à imaginer ce qu'allait être ma vie désormais. Rien ne m'attendait qu'un vide sidéral, comme dans cette pièce.

Je passai le reste de la journée dans mes appartements, presque aveuglée par les larmes qui montaient brusquement et me brouillaient les yeux. Mes serviteurs m'apportèrent à manger, mais je leur fis signe que je ne voulais rien. Je ne laissai entrer personne. Parfois, prise de vertiges, je m'affalais sur le lit, et la pièce entière tournait autour de moi. Ou encore je me levais et m'astreignais à des tâches absurdes tel le tri des différentes pelotes de laine que je rangeais alors par piles dans des boîtes. Où que mon regard se portât, il tombait sur quelque chose qui me rappelait Pâris. Seuls échappaient à son empreinte les pelotes de laine et, pour une raison mystérieuse, mes bijoux, que je sortais de leur coffret et étalais, puis remettais dans leurs compartiments. Avant de recommencer. Tant que j'étais absorbée par cette occupation, je ne voyais pas les traits de Pâris.

Comment pourrais-je retrouver le visage que j'avais aimé si longtemps et effacer cette affreuse figure enflée qui avait usurpé sa place dans les dernières heures et recouvert sa grâce ? Les flèches empoisonnées d'Héraclès avaient pris la vie de Pâris, mais m'avaient également privée de sa beauté.

Dans ma torpeur et mon effarement, je sortis ses vêtements et objets personnels des coffres où ils étaient rangés et les étalai sur le sol. Les mains tremblantes, je lissai ses habits, les disposai pour une visite qui ne viendrait jamais. Je ne me rendis même pas compte de la vanité de ce que je faisais. Il me manquait tellement que j'étais convaincue de pouvoir le faire apparaître rien que par la force de ma seule volonté. Je l'appelai, levai les bras au ciel et retombai sur les vêtements imprégnés de son odeur.

« Hélène, lève-toi ! »

J'étais plongée dans ce que je croyais être les brumes du royaume d'Hadès. Il faisait sombre et je ne voyais pas où j'allais. Je sentis sous mes doigts un tissu. J'étais allongée de tout mon long.

Une lueur vacillante s'approcha de moi. Quelqu'un posa une lampe à huile, puis un visage se pencha sur moi. Évadné. « Hélène, lève-toi ! Quelle honte ! On t'a laissée toute seule ! On t'a abandonnée ! » Elle caressa mes cheveux.

Je plongeai mes yeux dans les siens. Elle avait raison. Pâris m'avait abandonnée. C'était la seule vérité qui comptait pour moi.

« Je veux parler de tes serviteurs, poursuivit-elle. Comment ont-ils osé partir ?

– Je les ai renvoyés. Je ne voulais personne avec moi. Pas même toi.

– Il n'est pas bon pour toi d'être seule en ce moment », me dit-elle en passant la main sur mon front.

Je me mis à rire. Que quelqu'un vienne me tuer, peu m'importait. Au contraire, ce serait me rendre service.

« Ton âme ne doit pas souffrir seule.

– Il ne peut en être autrement. Je souffre seule, même en ta présence. Personne ne peut partager ma douleur avec moi.

– Quelqu'un peut au moins être là, persista-t-elle.

– Pourquoi faire perdre du temps aux autres ? Ils ne peuvent rien pour moi. Va, Évadné, je veux qu'on me laisse. »

Je me relevai lentement. J'aspirais à me retrouver dans le noir.

Les jeux funèbres. Je ne les décrirai même pas. Qu'importe le nom de celui dont le char a gagné la course, dont la javeline a volé le plus loin, dont les jambes ont couru le plus vite. Une chose était certaine : les Troyens étaient las, même après s'être reposés, et leurs performances furent médiocres et pataudes. La guerre les avait minés, de même qu'un tunnel patiemment creusé par des rongeurs mine les fondations d'un bâtiment entier. Comme prix, je distribuai les armes et l'armure de Pâris. Dans ma chambre, elles ne feraient qu'aviver mon chagrin. Chaque fois que je voyais son casque, j'imaginais Pâris le portant. Un jeune et bouillant Troyen le gagna. Qu'il le révère et le garde précieusement.

Le premier banquet funèbre, le plus raffiné, se déroula suivant le protocole. Pâris le présida, comme Troïlos avait présidé le sien, dont les échos se mêlaient aujourd'hui aux funérailles de mon amour. Toutes ces pertes se fondaient en un grand cri de douleur pour Troie et résonnaient dans l'intimité de mon cœur. On servit les mets préférés de Pâris – du chevreau rôti et des gâteaux au miel. Tout aussi onctueux et mielleux furent les discours prononcés. Personne n'osa dire les insultes dont les esprits étaient échauffés.

De toutes les personnes rassemblées, seuls Priam, Hécube et moi ressentions un chagrin sincère. Les autres ne faisaient que feindre l'affliction. La voix tremblante, Priam évoqua ce fils qu'il avait perdu après l'avoir retrouvé, et Hécube déplora les années pendant lesquelles elle avait été séparée de son enfant.

« Je donnerais tant pour les revivre avec lui », murmura-t-elle. Je dus tendre l'oreille pour la comprendre. « Nous étions tous les deux dans ce monde, mais ne pouvions nous toucher. En commettant cet acte fou d'abandon, c'était moi que je privais de lui. Et maintenant, j'ai toute l'éternité pour me lamenter. »

Je ne pus rien dire. Une main invisible me serrait la gorge

au point de me faire mal. Accablée, je me contentai de baisser la tête.

Les funérailles se poursuivirent avec cérémonie. Il y eut des libations, l'ouverture de la tombe. Les os et les cendres de Pâris furent déposés, la tombe refermée. Pâris, si vivant – comment pouvait-il reposer là, tranquillement ? Nous ignorons tout des morts, de ce qu'ils veulent, de ce qu'ils sentent. Nous savons simplement qu'ils sont profondément différents de nous. Même les êtres qui nous sont chers deviennent quelque chose que nous sommes incapables de nous imaginer.

Notre triste procession traversa la ville. Priam ralentit le pas pour me rejoindre, tandis que Déiphobos, le plus important de ses fils survivants, prenait sa place aux côtés d'Hécube.

Le roi était devenu si voûté, si fragile ! Je me souvins de ce jour radieux où je l'avais vu pour la première fois. Il m'avait paru musclé et fort pour un homme de son âge. Mais à l'époque, j'étais avec Pâris, Pâris qui me présentait avec fierté, qui me protégeait ! « Hélène... », Même la voix de Priam était à présent faible, une voix frêle de vieillard.

« Oui, père », lui répondis-je.

Il me prit la main. Il devait avoir quelque chose d'important à me dire.

« Certains diront que la guerre est finie maintenant. Pâris, qui a violé les lois sacrées de l'hospitalité – nous savons tous que la passion peut bouleverser les lois de la paix – t'a remise entre nos mains. Tu es dorénavant sa veuve. Nous devons avancer sans lui. »

Je me raidis. Maintenant, il allait me demander de me sacrifier et de me rendre aux Grecs, à Ménélas. Comment pouvait-il en être autrement ? C'était la seule réponse raisonnable. Troie serait sauvée, puisque la raison originelle de sa punition n'était plus.

Visiblement, il éprouvait de grandes difficultés à formuler sa pensée. Je décidais de l'aider. « Cher père, rien ne t'oblige à dire ces mots terribles. Je ferai ce qui est en mon pouvoir pour sauver Troie. Je rentrerai en Grèce. » Après tout, comment pouvait-il savoir qu'une personne morte n'attache aucune importance à ce qu'elle fait, à l'endroit où elle se trouve, que rien ne peut l'humilier. Et j'étais morte avec Pâris. « Je vais retrouver Ménélas, m'incliner devant lui. Et les Grecs devront quitter la plaine de Troie. » Peu m'importait ce qu'il advenait de moi. Ménélas pouvait me tuer. Alors, je rejoindrais Pâris, et n'aurais pas à subir la présence de Ménélas.

« Tu dois épouser Déiphobos, m'annonça Priam. Il n'y a rien d'autre à faire. »

J'eus un mouvement de recul. « Hors de question ! J'appartiens à Pâris ! Pour toujours ! »

Les mots sortirent de ma bouche sans même que j'y réfléchisse.

« Ce mariage redonnerait du courage à notre ville, dit le vieux roi.

– Pour moi, le vrai courage serait de mettre un terme à cette guerre. Son prétexte s'est évaporé.

– Déiphobos réclame cette union.

– En échange de quoi ? »

À ma connaissance, rien ne l'autorisait à avoir de telles exigences.

« En échange de la défense de Troie.

– Ainsi, il trahira s'il ne peut pas avoir Hélène ? » rétorquai-je sans pouvoir dissimuler mon dédain. « Dire que c'est ton fils ! »

Et il avait osé traiter Pâris de lâche et de minable !

La réponse de Priam fut bien pitoyable : « J'ai eu de nombreux fils, mais on dirait bien que peu d'entre eux sont des héros. »

Je m'apprêtais à lui répondre sèchement quand je perçus la tristesse dans sa voix. Avoir tant de fils, et si peu dont on puisse être fier ! « Je ne peux pas épouser Déiphobos, me contentai-je de dire.

– Tu le dois », insista-t-il.

Les gens qui s'alignaient le long des rues dans la lumière faiblissante du crépuscule se penchaient pour nous interpeller. Impossible de poursuivre cette conversation. Pour ma part, je considérais que mon silence signifiait de façon suffisamment claire mon refus.

Je trouvai refuge dans notre chambre. Le mégaron était encore occupé par les alliés et les malheureux chassés par les raids grecs.

La plupart d'entre eux avaient participé aux jeux funèbres, et je leur en étais reconnaissante.

Conformément à mes souhaits, j'étais maintenant seule. Aucun domestique ne s'affairait autour de moi. Aucun membre de la famille royale ne me tenait compagnie. La pièce semblait curieusement plus vide encore à présent, comme si l'ombre de Pâris, obéissant au rituel funèbre, s'était docilement réfugiée dans sa tombe. Moi qui m'attendais à le retrouver dans notre chambre, je ne pouvais que constater qu'il s'était évaporé.

Je fis le tour de la pièce comme l'un des chiens de Priam cherchant une place pour s'allonger. Hélas, je ne trouverais jamais plus le repos. Je m'affalai dans l'une des chaises, le regard vide.

Si seulement nous avions eu un enfant... Si seulement il m'avait laissé quelque chose, une trace inaltérable...

Si seulement je pouvais lui parler, le voir une dernière fois.

Je me levai, me dirigeai vers mon lit, m'y allongeai, espérant que mon âme trouverait là un répit. Je ne cherchais pas le sommeil, mais l'oubli. Devais-je faire comme ma mère, nouer une corde autour de mon cou pour qu'on retrouve mon corps à l'aube ? Ne plus jamais voir la lune se lever, le jour resplendir ? Ne pas avoir à suivre la longue et triste route qui s'étirait devant moi ?

Je sentis ma respiration. Ma poitrine se soulevait, se creusait.

Mon souffle, léger comme un murmure... Je vivais, et Pâris était mort. La chambre était sombre, tellement sombre. Les événements de la journée assiégèrent mon esprit, l'emportèrent dans un tourbillon. *Quelque chose m'aspire par les pieds, me fait glisser dans un tunnel.*

Pâris, je te suis ! Je tombe avec toi dans ce tunnel !

Les parois sont longues, sombres, étroites. Si proches que je peux m'y agripper. C'est fini. L'horreur de la corde ou de la dague m'est épargnée. Hélène n'est plus.

J'atterris en douceur. Il fait toujours noir. Je me relève, les jambes tremblantes. Je ne vois rien. Un frôlement contre mes jambes. Je me baisse. Ma main frôle un asphodèle. La fleur des champs des morts. Je suis enfin arrivée.

Voici les âmes mortes il y a peu, qui attendent de pouvoir

passer. Mère, Troïlos, Hector sont tous de l'autre côté. Mais Pâris... Il doit encore attendre.

Je ne vois qu'une grande cohue, des âmes qui ouvrent la bouche et réclament avec de grands gestes des libations pour les soulager et les nourrir. Elles sont pâles, aussi pâles que les asphodèles qui les entourent, et leurs bras se balancent dans l'air comme les fleurs agitées par le vent au bout de leur tige frêle.

Je ne reconnais aucun visage. J'écarte les morts du bras, comme autant de chauves-souris dont on détourne le vol vif. C'est alors que, surgie de l'obscurité grise, apparaît une ombre pâle au visage semblable à celui de Pâris – son vrai visage, pas cette atroce figure sur son lit de mort.

Je ne peux me retenir. Heureuse de le revoir, de nous savoir réunis, je pousse un petit cri.

« Tu es venue. » Sa voix est étrange, douce, voilée, comme si elle venait des profondeurs d'une caverne.

« Je suis ici. Rien ne peut nous séparer. » Je tends les bras vers lui. Hélas, ils se referment sur l'air.

La tristesse assombrit son visage. « Tu appartiens encore à la lumière du monde d'en haut, dit-il d'un ton déçu, comme si je l'avais trahi.

– Non, je me suis allongée dans le noir et ai été amenée ici.

– Mais quand la lumière reviendra, tu te lèveras.

– Pas si tu m'apprends comment éviter cela.

– Tu dois le faire toi-même. Tu en as la force. »

Ce n'est pas le Pâris que j'ai connu. Est-ce la mort qui l'a changé de la sorte ?

« Pâris, je ne puis vivre en ton absence. Ma vie s'en est allée avec toi.

– Alors, fais ce que tu dois faire pour véritablement pénétrer ce royaume, plutôt que de tricher en t'accrochant à la vie.

– Pourquoi es-tu ici, au bord du royaume d'Hadès ? Les rites funèbres auraient dû te libérer.

– Je t'attendais, répond-il en me regardant longuement. Tu es ici. Mais tu n'as pas eu le courage de me suivre entièrement. »

Ce spectre, cette ombre accusatrice, ce n'est pas le vrai Pâris. À présent je sens, encore plus profondément qu'avant, que Pâris est parti à jamais. La mort en a fait un étranger. Pâris n'est plus.

« Ne t'approche pas de moi ! hurlé-je. Tu n'es pas Pâris. Tu es une vision que je ne souhaite pas voir. »

Je me sauve tant bien que mal, si vite que je trébuche et tombe au milieu des tiges raides des asphodèles, bien réels, eux. Oh, pourquoi Pâris ne l'est-il pas ?

Le retour fut instantané. En un clin d'œil, je me retrouvai dans ma chambre, allongée sur le lit, tremblant et marmonnant. Un chagrin indescriptible m'envahit. J'avais fui Pâris. Je l'avais vu et fui.

Non, j'avais fui ce qu'il était devenu sur ce rivage sombre et stérile.

Pâris est parti. Ces trois mots, dans lesquels se résumait la vérité que je devais accepter, dansaient et sautaient dans mon esprit, comme pour me narguer.

Je respirais. J'étais vivante. Hélène devait continuer malgré tout, seule. C'est cela, la vie – continuer, malgré tout. Je ne devais chercher aucune vertu, aucune consolation dans l'au-delà. Je n'aurais eu aucun mérite à m'y précipiter avant mon heure. Et Pâris, du moins celui que j'aimais, ne m'y attendait même pas.

Il faisait encore sombre. L'aube était loin. J'attendis, allongée sur le lit, que les rayons du soleil se glissent dans la chambre. Je me consolai en me disant qu'aucune lueur, aussi faible soit-elle, ne pénétrait dans le royaume d'Hadès. Je devais apprendre à chérir la lumière.

« Hélène. » C'était Évadné, de nouveau. Elle se pencha vers moi, tenant dans les mains un manteau qu'elle s'apprêtait à me faire passer. « Hélène. » La peur teintait sa voix. J'étais allongée, parfaitement immobile.

« Oui, chère Évadné », dis-je en me redressant pour la rassurer. Elle m'enveloppa dans le manteau comme si j'étais trop délicate pour supporter l'air frais de la pièce. J'aurais voulu pouvoir lui dire que j'étais allée jusqu'aux confins du monde souterrain, que j'avais vu Pâris. Mais elle m'aurait répondu que ce n'était qu'un rêve.

« Hélène, tout le monde attend. Priam, Hécube, et les autres. »

Les autres... Je redoutais de les voir, et en particulier l'un d'eux.

« Gélanor demande si tu veux bien le recevoir.

– Qu'il entre. » Je me forçai à me lever. Mes jambes étaient faibles. « Mais d'abord, je dois m'habiller et manger un peu. »

Je n'avais pas faim, mais il me fallait reprendre des forces.

Vêtue de mes habits de deuil, sans aucun bijou ni ornement, mes cheveux attachés et couverts, je reçus Gélanor. Il arborait une mine sombre. Contrairement à ses habitudes, il s'inclina et me baisa la main. Puis il se redressa et me regarda droit dans les yeux.

« Ainsi, c'est fini. Je suis désolé de te voir triste. Même si dès le début j'ai pensé que venir à Troie était une mauvaise décision – et je ne prétendrais jamais le contraire –, ce qui est fait est fait. Si ton choix t'a apporté le bonheur, alors tu ne t'es pas trompée.

– Gélanor, je ne peux pas croire qu'il est parti !

– Être séparé de ceux que nous aimons, c'est la chose la plus difficile au monde. Puisse-t-il avoir trouvé le repos. »

Non ! Il n'est pas apaisé ! faillis-je crier. Mais Gélanor penserait lui aussi que j'avais rêvé.

« Priam veut que j'épouse Déiphobos ! Ce ver lubrique et visqueux ! Si je pouvais...

– Accepte, dit-il d'un ton brusque. Ferme les yeux, bouche-toi le nez, tends la main et fais semblant de bien vouloir. »

Comment pouvait-il ainsi me laisser tomber !

« Jamais ! criai-je d'un ton féroce.

– Tu es dorénavant prisonnière de Troie. Certes, tu es venue de ton plein gré, mais à présent ils peuvent faire de toi ce qu'ils veulent. Et ce qu'ils veulent, c'est récompenser le seul fils survivant de Priam qui soit un guerrier, et ce, afin qu'il consente à continuer à se battre. »

Continuer... Nous allions tous continuer, malgré tout. Le reste de notre vie ne serait qu'une longue et pénible marche à travers boue, rochers et terres désolées.

« Ils s'attendent vraiment à ce que je le laisse me toucher ?

– Une prisonnière n'a pas le choix. »

Je fondis en larmes. Comment chérir la lumière si j'étais

réduite à une vie d'infamie ? Peut-être le royaume d'Hadès était-il préférable...

« Hélène, n'y songe pas. Je ne pourrais le supporter. » La voix de Gélanor s'adoucit. « Tu m'as persuadé de te suivre ici, et maintenant tu veux... Non ! Si nous ne pouvons pas y parvenir par des moyens plus doux, il y a une autre solution. Je la préparerai pour qu'Évadné te la donne. » Cet air sombre qu'il avait... Pensait-il à quelque poison ? « Si Troie remporte la guerre, si les Grecs rentrent chez eux... J'ai entendu dire qu'une dispute au sujet des armes d'Achille s'est terminée en combat singulier entre Ulysse et Ajax, et que c'est Ulysse qui a gagné les armes. Ajax est devenu fou et s'est suicidé. Les Grecs sont à bout de nerfs, comme nous d'ailleurs. Je vais faire introduire dans leur camp nos dernières armes – les vêtements de pestiférés. Ce sera peut-être le coup fatal qui les poussera à s'en aller. Je vais faire envelopper ces habits de manière à ce qu'ils passent pour des objets précieux. Tu connais les Grecs et leur cupidité. Ils tomberont dans le panneau, ouvriront les paquets et... » Il se tut un instant, avant d'ajouter, avec un sourire sinistre, « En tant que chef suprême, Agamemnon s'arrogera certainement le droit d'ouvrir le premier le plus grand des paquets. »

Ah ! Le voir succomber à la maladie, couvert de bubons et de pustules ! Lui qui avait sacrifié sa propre fille, l'avait ravie à l'amour de ma sœur ! Même la mort la plus douloureuse et humiliante ne pourrait racheter cela.

« Pourvu que tout se passe comme tu le penses. » Par ces mots, je l'autorisai à faire usage de cette arme cruelle.

« En attendant, apaise les Troyens. Ce sera bref. Évite Déiphobos, prétends que tu as fait un vœu. N'es-tu pas autorisée à quelques jours de deuil ? Avant qu'il puisse te réclamer, les Grecs auront quitté ces rivages.

– Et alors ? Comment cela pourra-t-il défaire mes liens avec Déiphobos ?

– Je te le répète, ce n'est pas pour longtemps. Une fois les Grecs partis, tu ne seras plus la prisonnière de personne.

– Bon, d'accord. »

C'était moi qui nous avais entraînés ici. Maintenant, je ne pouvais plus reculer.

LXVII

Ainsi, je me présentai à Priam, la tête hypocritement inclinée. Il n'était pas question pour moi de céder aux étreintes de Déiphobos, mais au moins, par ce mariage, je pouvais redonner le moral aux Troyens. Priam s'approcha de moi d'une démarche hésitante.

« Nous annoncerons les noces, dit-il d'une voix rauque.

– Pas avant que mes quarante jours de deuil soient passés.

– Bien sûr, ma fille. »

Hécube m'adressa un regard triste. Elle avait perdu Hector et Pâris par ma faute, et maintenant j'allais épouser l'un des derniers fils qui lui restaient. Elle savait qu'en guise de dot j'apportais la mort.

Les quarante jours passèrent vite, bien trop vite, en même temps que l'année mourait. Le froid s'accumula dans les pierres de la ville et s'infiltra dans nos os. Les champs perdirent leurs couleurs, avant que l'hiver ne les fige.

Déiphobos ne prit pas la peine de me faire la cour, de m'offrir des cadeaux ou de venir me rendre visite. J'allais, pensait-il, lui tomber dans les mains comme un fruit d'arrière-saison. En attendant, je pleurais Pâris, faisais revivre son image dans mon esprit des heures entières. Mais plus jamais je ne tentai de le rejoindre dans l'autre monde.

Le mariage eut donc lieu. Mais méritait-il un tel nom ? Déiphobos m'amena jusqu'à la place qui séparait le palais d'Hector du mien. Le vent vif soulevait nos manteaux. Les cris rauques des corbeaux – les seuls oiseaux qui pouvaient voler en ces jours de tempête – retentissaient dans l'air, comme ceux de marchands se querellant à la foire. La foire, ces jours de paix passés ! Entendrais-je un jour à nouveau son tapage ?

Mon visage était dissimulé sous un voile noir. Déiphobos le leva et examina mes traits. Puis il l'arracha d'un geste triomphateur. « Ton deuil est terminé ! » claironna-t-il.

Si je l'avais vu dans un marché ou dans la rue, j'aurais pu le trouver beau. Il avait quelque chose de Pâris, dans l'implantation de ses cheveux parsemés d'or. Mais leur ressemblance s'arrêtait là.

« Mon deuil ne terminera jamais, dis-je aussi fort que je pus.

– Maintenant, tu commences une nouvelle vie. Tu pars avec moi pour un long voyage.

– Vraiment, prince ? Je croyais que tu allais t'installer dans mon palais. »

Déiphobos, impatient d'échapper à la demeure de son père, avait l'intention de venir habiter chez moi.

« C'est purement symbolique, marmonna-t-il. Je ne parlais pas de l'endroit où nous habiterions, mais de notre vie ensemble.

– Je vois. Dois-je comprendre que tu seras mon hôte ainsi que celui de ton frère défunt ?

– Non, je serai ton seigneur et ton mari. Peu importe l'endroit où j'exercerai ce privilège. »

Sa bouche dessinait une ligne mince et sinistre. Lui répondre était au-dessus de mes forces.

La cérémonie dura une éternité – il y eut les serments, les phrases et les gestes rituels. Je remplis mon rôle de manière désincarnée. Nous échangeâmes des présents. Il ceint mon front d'une couronne de fleurs séchées et saisit mon poignet dans ce geste ancestral qui affirmait le lien marital.

Au banquet, je regardai les autres manger, incapable de les imiter. Mon cœur pleurait Pâris. Jamais de la vie je ne pourrais fêter un acte qui nous éloignait l'un de l'autre.

Après une journée éreintante, nous nous retirâmes dans ma chambre – celle-là même que j'avais partagée avec Pâris. Déiphobos ôta son manteau d'un geste impatient et s'approcha de moi, les bras tendus. Je l'esquivai en feignant la timidité. Tout cela avait été trop d'émotions pour moi. Ma modestie féminine avait été mise à rude épreuve. Je le priai de me pardonner puis, ne lui laissant même pas le temps de protester, courus m'enfermer dans la petite pièce adjacente que j'avais préparée. Il n'avait qu'à attendre.

Le lendemain matin, quand Évadné arriva, ma porte close et le manteau de Déiphobos jeté à terre lui firent comprendre ce qui s'était passé. Elle me tendit une jarre couverte. « Je vois que tu vas avoir besoin de ceci. Gélanor avait espéré que ce ne serait pas nécessaire. »

Je pris la jarre et jetai un œil à l'intérieur. Elle contenait une petite branche couverte d'épines. Je la sortis.

« Attention aux épines », dit Évadné.

Je pris soin de la tenir par un bout. « C'est du poison ? » demandai-je, inquiète, car mon intention n'était pas d'aller jusqu'à tuer Déiphobos.

« En quelque sorte, répondit-elle. Mais son action est sélective. Il ne tuera que sa... vigueur. Mais pas celle qui lui permet de combattre, uniquement celle qui te menace. »

Décidément, Gélanor avait porté son art à un haut degré de subtilité. « Est-ce qu'il affecte les femmes aussi ?

– Si j'étais toi, je ne me risquerais pas à le vérifier, majesté. »

Elle s'installa sur une chaise à côté de mon lit. « Quand il approchera, passe la branche sur sa peau nue. Une simple éraflure suffira.

– L'effet dure-t-il, ou s'estompe-t-il au bout d'un moment ?

– Non, je crois qu'il est permanent. »

Pendant quelques nuits, Déiphobos ne tenta pas d'entrer dans ma chambre. Mais chaque fois, il s'approchait davantage. Finalement, un soir, il poussa la porte et, tandis qu'elle s'ouvrait lentement, se planta sur le seuil en me toisant.

L'humiliation de se voir interdire le lit d'Hélène se lisait sur son visage.

« Tu es ma femme », dit-il en tendant les bras et en s'approchant.

Je me détournai et me réfugiai dans un coin de la pièce, ce qui ne fit que l'attirer vers moi. Il ferma la porte d'un geste impatient, puis tira le verrou. « Elle commence maintenant, notre vie ensemble », déclara-t-il.

J'étais blottie dans le coin le plus sombre de la pièce. Il s'avança et m'enlaça. Je frémis en sentant ses bras se refermer sur moi. Des ondes de haine me parcoururent le corps.

« Tu as froid, mon amour ? me demanda-t-il d'une voix pleine de sollicitude. Rapprochons-nous du brasero. » Il y en avait un dans un angle, dont les braises rougeoyaient faiblement.

« Non, je n'ai pas froid. » Je restai immobile et réprimai mes tremblements.

« Oh, Hélène, murmura-t-il d'une voix hébétée en passant ses mains sur mes épaules et mon dos. Mon épouse, ma beauté. »

Je me raidis et le laissai s'enflammer suffisamment pour qu'il perde toute capacité à remarquer ce qui se passait autour de lui. Il ne tarda pas à être captif de son propre désir et du plaisir anticipé. Il se dirigea lentement vers le lit, comme aimanté. Tout en s'efforçant de conserver sa dignité, il commença par s'agenouiller dessus, puis voulut m'attirer près de lui. Il se refusait à se jeter sur ma couche comme un jeune homme que la passion libérerait de toute entrave. Je le suivis docilement.

Une fois sur le lit – et assuré, pensait-il, du succès de son entreprise –, il tendit le bras vers moi et plongea sa main maladroite dans ma chevelure. L'espace d'un instant, j'eus pitié de lui et, prête à recourir à des moyens plus classiques de le maintenir à distance, faillis renoncer à utiliser la petite branche épineuse. Mais il commença à m'embrasser et à me mordiller le cou en pressant son corps sur le mien et en insultant Pâris à voix basse. Tout ce temps que j'avais passé à Troie avec ce lâche... Maintenant, tout rentrait dans l'ordre. J'aurais dû être avec lui, Déiphobos, dès le départ.

« Dès la première soirée dans la cour de mon père, j'ai su », dit-il en faisant glisser les bretelles de ma robe et en se frottant contre moi.

« Je t'en prie, ôte ta tunique, lui demandai-je d'un ton taquin.

– Il suffit que je la soulève un peu, dit-il en haletant.

– Ça, c'est ce que les bergers font dans les prés. Ce n'est pas digne d'un prince de Troie. Ton corps n'est-il pas celui d'un guerrier ? Pourquoi le cacher ?

– Je te l'offre », dit-il avec ardeur en retirant sa tunique et en dévoilant ses épaules.

Le moment était venu. Je me penchai, pris la branche, puis l'agitai devant lui. « Ceci vient de Sparte, ma ville natale. Nos coutumes diffèrent des vôtres. Mais je dois m'y plier, sans quoi notre union ne sera pas complète à mes yeux.

– Fais comme tu l'entends, murmura-t-il, sans se rendre compte de ce qu'il risquait.

– Très bien. »

Délicatement, je posai la branche sur son épaule et la fis descendre lentement jusqu'à ses reins. Les petites épines s'enfoncèrent. De minuscules points rouges apparurent, et le sang traça de fines lignes sur son dos.

« Si cela suffit pour que tu deviennes mienne, peu importe. » Il soupira de plaisir.

« Voilà », dis-je en posant la branche. Combien de temps avant que le poison fasse effet ? Il fallait que je détourne son attention. « Mon cher mari, lui dis-je d'un ton solennel, il y a un autre rituel que nous observons à Sparte. Nous entonnons l'hymne à Héra, protectrice de l'hymen, et lui demandons sa bénédiction.

– Très bien », dit-il avec une pointe d'impatience.

Mais la nuit étant longue, il pouvait bien retarder son plaisir quelques moments, si cela lui permettait de grandir aux yeux de son épouse.

Je n'avais jamais mémorisé la prière à Héra dans son intégralité. Je pris donc la liberté d'improviser et d'ajouter des vers, lesquels, je l'espérais, pourraient faire illusion. « ... les fruits de la terre et l'immense étendue des océans / Et toi Poséidon, avec toutes tes forces réunies, laisse-nous passer... »

Combien de temps s'était-il écoulé ? Je n'avais aucun moyen de le savoir si ce n'est les braises en train de s'éteindre dans le brasero.

« ... et tous les habitants de l'Olympe...

– ... se retirent sur le mont Olympe », dit Déiphobos d'un ton ferme, signifiant ainsi la fin du chant.

Je ne pouvais plus reculer. Il me dévêtit – comme il en avait le droit – et contempla, béat, mon corps nu. Pris de folie, il se jeta sur moi.

Des halètements précipités sortirent de sa bouche, comme ceux d'un cerf poursuivi. Compliments et soupirs de désir se mêlèrent dans sa voix confuse. Il empoigna ma taille, saisit mes seins, mes cuisses entre ses grosses mains avides. Je m'efforçai de donner le change, mais mes mouvements tièdes furent écrasés par sa hâte à consommer l'union. Il allait conquérir Hélène. Elle serait sienne, enfin.

Pourvu que le poison le prive de sa vigueur !

Il poussa des râles de plaisir – et ne put aller plus loin.

Je remerciai silencieusement les dieux et Gélanor. J'avais été épargnée.

Il resta un instant perplexe. La colère, puis la honte l'envahirent. Il se laissa tomber sur le lit, voulut dire quelque chose, puis se ravisa. Il devait se demander si je savais ce qui s'était passé.

Tant que cela l'éloignait de moi et de mon lit, je feindrais l'ignorance, ce qui ne ferait qu'aiguiser sa déception.

« Déiphobos », murmurai-je. Je caressai sa joue et me forçai à lui adresser un regard langoureux. « Merci. »

LXVIII

Je n'ai pas la moindre idée de ce que les Troyens pensaient de mon « mariage ». Pas grand-chose, sans doute. Leur intérêt pour mes moindres faits et gestes, ou pour ceux des membres de la famille royale, s'était flétri et avait rétréci, comme leur estomac après des mois de siège.

Déiphobos ne pouvait désormais plus rien entreprendre contre moi. Il tenta une ou deux fois, sans grande conviction, de surmonter sa mystérieuse maladie en s'enivrant ou en échauffant ses sens grâce à des chansons lascives. Mais le résultat était toujours le même, et il ne lui restait qu'à se retirer, penaud. Je pus rapidement laisser ma porte ouverte sans craindre une intrusion de sa part.

Je me remis à mon métier à tisser et poursuivis tristement ma grande tapisserie. Les bords qui représentaient ma vie à Sparte étaient finis depuis longtemps, ainsi que Pâris et notre traversée, mais le centre, où allait figurer Troie, devait maintenant être complété.

La ville, autrefois fière et brillante, se retrouvait dénudée, sans vie. Les objets d'art qui l'embellissaient avaient été vendus pour financer la guerre, les fontaines, emplies d'ordures, se taisaient, et dans les rues grouillait une foule bigarrée – soldats blessés, veuves et réfugiés, mendiants et petits voyous. Les magnifiques chevaux de Troie avaient disparu. Ne restaient que quelques ânes en piteux état, ployant sous leur charge. La ville basse, qui bordait autrefois le côté sud, avait été envahie par les Grecs qui avaient démoli et brûlé les maisons et les échoppes, volé les chevaux et saccagé les jardins.

Les murailles brillantes de Troie tenaient bon. Ses tours narguaient fièrement l'ennemi, ses flèches enflammées et ses pierres. Tant que ses remparts resteraient debout, Troie résisterait.

Mais derrière, ce n'était que détresse, douleur et chagrin. De l'extérieur, la ville paraissait robuste et orgueilleuse. À l'intérieur, régnait la misère la plus noire. Notre seule consolation était que les Grecs ne le voyaient pas.

Bien sûr, chaque camp avait ses espions. L'ennemi ne pouvait pas ignorer entièrement à quel point la situation était critique à Troie. Il avait peut-être été mis au courant de mon « mariage » et savait lesquels de nos meilleurs guerriers avaient survécu – Déiphobos, Énée et Antimachos – et lesquels avaient péri. Il avait appris que Priam et Hécube étaient effondrés, que nos conseils de guerre se réduisaient à des concerts de lamentations dont ne sortaient que des plans ridicules. Et que Troie coulait, comme un navire sans pilote.

Mais les Grecs aussi avaient perdu certains de leurs chefs – Achille et Ajax par exemple, leurs meilleurs guerriers. Nous apprîmes, grâce à nos espions, que ce qui restait de leur armée était découragée et fatiguée, et qu'aux yeux des soldats, toutes ces années de combats n'avaient apparemment pas suffi à entamer les murs de Troie, toujours intacts. C'est alors qu'une terrible épidémie de peste ravagea leurs rangs. Ils demandèrent aux dieux d'où elle venait et ce qu'ils avaient fait pour mériter cela.

Mais ils n'obtinrent aucune réponse, la maladie n'ayant pas été envoyée par un dieu, mais par Gélanor, sous la forme de paquets contenant les chemises en provenance du temple d'Apollon.

« Ils ont passé des heures à chercher une réponse dans les entrailles des animaux sacrifiés ou dans le vol des oiseaux, dit Gélanor, tout cela en vain. » Appuyé sur le parapet, il observait le camp grec au-delà de la plaine. Sa voix était colorée d'une pointe de satisfaction macabre, à laquelle se mêlait de la tristesse. « Ça a marché, comme je le pensais. Comme je l'espérais, hélas, car ce sont des compatriotes qui meurent. »

Je le regardai. Comme il avait vieilli depuis que je le connaissais ! Que lui avais-je fait subir, à cet ami fidèle ? Ma propre folie avait corrompu un homme honnête, au point de l'amener à empoisonner ses compatriotes ! Le soleil se couchait. Je compris que nous faisions partie des ténèbres à venir.

Les filles de Priam et Hécube – Créüse, Polyxène, Laodicé, Ilona et Cassandre – s'efforçaient de consoler leurs parents. Les flèches et les javelines grecques les avaient épargnées, elles. Mais si Troie tombait, elles souffriraient plus encore que leurs frères. Dans une ville conquise, les femmes étaient soit violées et réduites en esclavage pour les plus jeunes, soit immédiatement tuées pour les plus vieilles, considérées comme inutiles. Nul ne survivait au sac d'une ville – pas même la ville. Certes, Achille, qui avait fait preuve de tant de cruauté, n'était plus. Il ne parcourrait pas nos rues en détruisant tout sur son passage, comme il l'avait fait dans la ville natale d'Andromaque. Mais il y en avait d'autres que lui – pâles imitations de leur héros. Ils pourraient se montrer, sinon aussi forts et valeureux que lui, du moins aussi impitoyables. Comme tous les lâches.

Notre seul espoir était que les Grecs, épuisés et démoralisés, s'inclinent devant l'apparente invincibilité de nos murailles et rentrent chez eux. Ils ne pouvaient pas savoir combien nous étions proches de la fin.

Une nuit, je me réveillai en hurlant. J'avais eu une vision étrange, aussi limpide qu'un cristal traversé par un rayon de soleil – une construction en bois, immense et menaçante, qui m'était déjà apparue une fois, mais moins clairement. Une vision qui portait la mort. Je voulus la saisir, la retenir pour pouvoir la raconter à d'autres, mais elle se mit à trembloter et à se tortiller comme si des frissons me parcouraient le corps, puis s'évapora. J'avais également vu Ulysse parcourant les rues de Troie sous un déguisement pour prendre la mesure de nos forces – non, c'était impossible !

Il était en guenilles, comme un mendiant. Peut-être quelque malheureux m'avait-il fait penser à cette image... Les rues de Troie grouillaient de miséreux à présent. Si Ulysse parvenait à s'introduire dans la ville, il n'aurait aucune difficulté à passer inaperçu avec un tel déguisement. Mais pourquoi venir en personne ? Les Grecs n'avaient-ils pas des espions ?

Plus tard, il affirmerait que je l'avais vu, reconnu et aidé. Mensonges que tout cela ! Il ne recule devant rien, pourvu que cela serve ses intérêts. Pauvre Pénélope, qui l'a tant attendu !

Je me mis à pleurer. Cette énorme construction en bois que j'avais vue brièvement signalait la fin de Troie.

Je me redressai dans mon lit. La lumière du jour frappait doucement sur les volets. Rien n'avait changé autour de moi. Les peintures bleues et rouges décoraient toujours les murs, avec leurs motifs apaisants de fleurs et d'oiseaux. Au sol, les dalles polies luisaient en réfléchissant la lumière du jour. Tout paraissait immuable et éternel. Pourtant, ma vision m'avait montré un monde vulnérable, en sursis.

Non, il ne pouvait pas disparaître. Il était éternel. Hélas, tout n'était qu'illusion. Tout finissait par disparaître – Mère, Pâris, ma propre jeunesse. Pourquoi devrait-il en être autrement pour cette chambre ? Pourquoi Troie devrait-elle échapper à ce sort ?

« Ils sont partis ! » Évadné fit irruption dans ma chambre, ses bras maigres retrouvant une nouvelle vigueur pour ouvrir les portes à toute volée. Elles allèrent frapper les murs, faisant trembler les vases dans leurs niches. « Les Grecs sont partis ! »

Le rêve... Cela doit avoir un rapport avec mon rêve... Je me levai d'un bond. « Ont-ils laissé quelque chose ?

– Peu nous importe, ils sont partis ! Nos sentinelles ont vu leurs nefs prendre le large l'une après l'autre. Un garçon un peu plus courageux que les autres est allé dans leur camp et a confirmé qu'il était vide. Et nos espions racontent qu'ils étaient tellement affaiblis par cette mystérieuse épidémie de peste qu'ils ne disposaient plus de suffisamment d'hommes pour poursuivre les combats. »

Elle parlait avec la gaîté d'un torrent dont les eaux longtemps contenues par un barrage retrouvent leur liberté.

Je répétai ma question. « Ont-ils laissé quelque chose ? » Je m'en voulais de ne pas partager son enthousiasme, mais il fallait que je sache.

Elle inclina la tête. « Habille-toi, ô majesté, et je te le dirai. Je vois que ton don de seconde vue n'a pas disparu avec le serpent. »

C'était un cheval, construit en bois. Un certain Sinon, que nous avions capturé et qui prétendait s'être sauvé du camp grec pour échapper au sacrifice, nous raconta pourquoi l'ennemi avait construit ce cheval et l'avait laissé sur le rivage troyen.

Mes pouvoirs spéciaux me faisaient sentir que son histoire, aussi convaincante fût-elle, était un tissu de mensonges. Hélas, les gens de Troie avaient tellement envie de le croire !

On dit parfois que les Troyens étaient de caractère bien plus noble que les Grecs, parce qu'ils ne pouvaient prétendre à aucun lien de sang avec les dieux et se sont battus en mortels, sans compter sur la clémence des habitants de l'Olympe. Leur sort reposait donc entre leurs propres mains. Priam, dit-on, avait fait preuve d'une grande magnanimité en acceptant le choix de son fils Pâris et son mariage, et en refusant de me rendre aux Grecs, là où un souverain plus soucieux des considérations matérielles m'aurait renvoyée au camp ennemi, pieds et poings liés, afin d'éviter tout ennui.

Mais une nature noble peut aussi aveugler un homme au point qu'il ne perçoit pas les mobiles de ceux qui sont dépourvus de sa grandeur d'âme et ne peut se défendre contre eux. Ignorant la duplicité, Priam et ses conseillers attribuaient à leurs ennemis leurs propres qualités.

Priam interrogea Sinon et fut satisfait des réponses obtenues. Les contusions et les blessures du prisonnier attestaient à ses yeux de la véracité de ses dires. Un ennemi est prêt à recourir à toutes sortes de ruses, pourvu qu'elles soient efficaces. Mais cela, Priam ne pouvait le concevoir, malgré l'exemple d'Hyllos. Hector n'aurait jamais fait preuve d'une telle fourberie. Il était donc impensable que quelqu'un d'autre s'y abaisse.

Et si nos ennemis avaient choisi Sinon pour être leur agent ? Et s'il avait consenti à recevoir quelques coups pour rendre son récit plus crédible ? Je demandai à Priam l'autorisation de questionner moi-même le prisonnier, puisque je connaissais bien les Grecs et leur langue. Il refusa.

Le roi adhéra avec enthousiasme à la version de Sinon. Les Grecs, affaiblis par la peste et comprenant que Troie était inexpugnable, avaient quitté nos rivages après des années de guerre inutile. Auparavant, ils avaient construit ce cheval de bois afin d'apaiser le courroux d'Athéna – qui les avait poussés à venir ici pour être les instruments de sa propre vengeance contre Pâris. Les chevaux étaient dotés d'une signification particulière pour Athéna. Elle accepterait donc cette offrande avec bienveillance. Comme l'un des oracles des Grecs avait déclaré que si le cheval entrait dans Troie, la ville serait éternelle, ils l'avaient construit si grand qu'il serait certainement impossible de le faire passer par une porte et de le hisser jusqu'au temple d'Athéna. Ainsi, ils pourraient satisfaire la déesse sans mettre en danger leur propre réputation de guerriers invincibles. Si Troie demeurait intact pour l'éternité, cela signifiait leur échec.

« Voilà qui ne ressemble pas aux Grecs, d'agir ainsi », dit Antimachos en faisant le tour du cheval.

Je m'étais habillée et étais descendue sur la plaine pour voir de plus près l'immense construction.

Nous sentîmes tous les deux qu'il y avait quelque chose de bizarre. Cette immense construction en bois...

Antimachos se retourna, m'adressa un regard perplexe, puis tapa sur les flancs du cheval avec une baguette en disant : « Je n'aime pas ça. »

Le cheval était haut comme trois hommes, et long comme cinq. Il reposait sur une plateforme posée sur des troncs d'arbres qui permettaient de faire rouler l'ensemble. Il avait été fabriqué, à la hâte visiblement, avec du bois vert. Quatre troncs faisaient office de jambes et son ventre était bien rond, comme celui d'une jument enceinte. En guise d'yeux, il avait deux coquillages qui nous adressaient un regard aveugle.

Tout d'abord prudents, quelques habitants de Troie s'approchèrent pour examiner le cheval, rapidement suivis par une foule joyeuse et bavarde qui s'agglutina autour de lui. Ces gens avaient été enfermés dans l'enceinte de Troie depuis si longtemps, avec pour toute distraction le retour quotidien des estropiés et des morts, qu'à présent ce jouet les ravissait, comme autrefois le sphinx. Ils caressèrent ses jambes et des garçons commencèrent à l'escalader et à s'installer sur sa croupe. Les femmes tressèrent des guirlandes de fleurs qu'elles lancèrent à leurs fils pour qu'ils les lui passent autour de l'encolure. Les musiciens sortirent leurs flûtes et tous se mirent à danser en poussant des cris de soulagement. C'était fini. La guerre était terminée.

Priam et Hécube sortirent de la ville et s'avancèrent. Le roi avait passé sa tenue la plus majestueuse tandis qu'Hécube, toujours en deuil, se drapait dans son manteau. Priam fit lentement le tour du cheval en l'étudiant dans ses moindres détails – la façon dont les planches avaient été assemblées, sa taille, ses yeux blancs qui lui donnait cet horrible regard fixe. Puis il se retourna et contempla la porte Scée.

« Il pourra passer dessous, de justesse », dit-il en mesurant des yeux la porte et le cheval.

Je sentis de nouveau ce frisson dans mon corps, comme le vent balayant un champ d'orge. *Il a été construit précisément pour cela ! Ce n'est pas par hasard qu'il a la bonne taille.*

« Nous allons le faire entrer, afin qu'il nous protège et que la prophétie se réalise. Troie ne peut pas tomber si le cheval passe nos murs. » Sa voix avait presque retrouvé sa vigueur passée.

Non, il ne fallait pas ! « Père, dis-je, comment savons-nous que cette prophétie est authentique ? Sinon l'affirme, mais il est grec. En dehors de ce qu'il nous a dit, nous ignorons la signification de ce cheval. Comment se fait-il qu'il ait été construit de façon à passer sous la porte ? Les Grecs ne l'auraient-ils pas fait plus grand s'ils voulaient vraiment s'assurer qu'il ne rentrerait pas dans Troie ? Or, on dirait que c'est justement ce à quoi ils nous invitent. Réfléchis. »

Au lieu de me répondre, Priam contempla le cheval en silence.

Ce fut Hécube qui répondit à sa place. « Et c'est toi, la cause de tout cela, qui prétends nous avertir maintenant ?

– J'ai perdu la personne qui m'était la plus chère au monde, mais je reste loyale à Troie. Comme depuis le début.

– Tu as perdu un être cher, rétorqua-t-elle en se découvrant la tête brusquement. Nous en avons perdus plusieurs, y compris celui que tu aimais. Notre ville est menacée. Tu sais ce qui arrive à des cités vaincues – elles sont effacées de la surface de la terre, réduites à une montagne de cendres fumantes. Tel était le sort que les Grecs nous réservaient – à cause de Pâris et de toi. Des milliers de morts pour un baiser ! Si les Grecs t'avaient gagnée, tu leur aurais offert ta loyauté dans l'instant.

– On dirait vraiment que tu ne me connais pas ! »

Son accusation était comme une gifle pour moi.

« Le cheval ! Le cheval ! criait la foule ondoyante sous le soleil du matin. Faisons-le entrer ! » La réponse d'Hécube fut noyée sous leurs hurlements.

Tout d'un coup, Cassandre, que je n'avais pas vue malgré l'éclat de sa chevelure rousse, saisit sa mère par le bras. « Hélène dit vrai. Ce cheval est maléfique. Ne le laisse pas contaminer notre ville. Laisse-le ici, sur la plaine.

– Fille de Priam, nous savons tous que tu es folle ! hurla un homme dans la foule. Tais-toi ! »

C'est alors que Laocoon, un prêtre à la belle carrure, arriva, hors d'haleine, suivi par deux de ses deux fils qui peinaient à le rattraper. « Arrêtez ! Arrêtez ! Mettons-le d'abord à l'épreuve ! » Brandissant une javeline, il la planta dans le flanc du cheval, où elle se ficha en frémissant. « Trouvons quelque moyen de le pénétrer ! » Il jeta des regards fous autour de lui. « Déiphobos, ta lance est plus longue. Prête-la-moi que je perce le flanc de ce cheval et fasse hurler les Grecs qui s'y cachent. »

Sans attendre la réponse, il s'empara de l'arme en question et la projeta dans le ventre rond du cheval. Elle s'enfonça en faisant un son creux.

Je n'avais pas vu Déiphobos depuis plusieurs jours. Il n'approchait pas de ma chambre, de peur de subir une nouvelle humiliation. Comme j'aurais aimé, en un moment tendu comme celuici, murmurer à son oreille : *Certains souhaits ne doivent jamais se réaliser, sous peine de grands malheurs !* Mais je me retins.

« Faisons un feu sous le ventre du cheval si nous ne pouvons pas le transpercer avec une javeline ! hurla Laocoon. Tirons parti de cette plateforme. Installons-y un tas de bois et faisons-le brûler pour faire détaler les Grecs qui se cachent là-dedans ! » Il implora la foule du regard, mais personne ne lui répondit. « Au moins, vérifions que cette chose ne présente aucun danger avant de l'introduire dans la ville ! »

Mais les gens se mirent à crier en frappant dans leurs mains : « Un cheval pour Troie ! Un cheval pour Troie ! »

C'est alors que, sous nos yeux horrifiés, un énorme serpent apparut sur la plaine. Il s'approcha, s'enroula autour de Laocoon et de ses fils et les étrangla, avant de les emporter vers la mer. Personne ne fit un geste pour les aider. Ils disparurent au loin en poussant des cris déchirants.

« Athéna ! hurla la foule. Athéna le punit pour ses blasphèmes ! Cela prouve qu'elle veut que nous fassions entrer le cheval dans Troie. »

Comme ils étaient crédules !

« Ce que cela prouve, c'est qu'Athéna tient tout particulièrement à ce que le cheval entre dans Troie ! » s'écria Cassandre. Défier la déesse de la sorte, voilà qui était courageux de sa part ! « Ô naïfs Troyens ! N'est-ce pas Athéna qui protège Ulysse et Achille ? N'est-elle pas la déesse protectrice d'Athènes, cité grecque ? Pourquoi voudrait-elle le bien de Troie ?

– Nous avons un temple qui lui est dédié ! hurla un homme. Et sa statue est ici !

– Il n'y a pas une ville qui n'ait son temple dédié à Athéna et une statue de la déesse. Cela ne prouve rien. Pour elle, l'absence de temple en son honneur est une offense, et le fait d'en avoir un va de soi.

– Priam, ta fille est folle ! Fais-la taire ! »

Cassandre se tourna vers la personne qui venait de parler. « Vous ne pouvez pas faire taire la voix de la vérité !

– Cassandre, ma chérie, calme-toi, dit Priam en l'enlaçant.

– Alors, Troie mérite son sort ! lança-t-elle. Faites comme vous l'entendez ! Je périrai avec vous. Mais moi, je vois ma mort, alors que vous, vous êtes aveugles. »

Elle repoussa son père et courut se réfugier dans la ville, les pans de sa robe volant derrière elle.

LXIX

La matinée était bien entamée. Les Troyens avaient passé une corde autour du cou du cheval qu'ils avaient fixée sur la plateforme afin de pouvoir tirer l'ensemble jusqu'à la porte sud. Mais c'était une opération bien lente. Le cheval était lourd – trop lourd, peut-être, pour être vraiment vide – et les troncs qui roulaient sous la plateforme devaient être constamment remis en place. À plusieurs reprises, le cheval en bois tangua dangereusement et faillit glisser. Mais il fut chaque fois sauvé et redressé, et reprit son lent cheminement. Au moment où il approchait de la porte sud, Priam exigea qu'une petite cérémonie ait lieu pour bénir son entrée dans la ville. Les portes furent ouvertes en grand, comme des lèvres étirées au maximum, et les gens s'y mirent tous ensemble, qui pour pousser, qui pour tirer le cheval. Le sommet de sa tête passa à quelques centimètres du linteau de la porte.

Oh, les Grecs avaient soigneusement préparé leur coup. Quelle perfection dans leurs calculs !

Priam bénit le cheval au moment où il passait sous la porte et implora les dieux pour que son arrivée inaugure une ère d'abondance à Troie.

Il s'avéra plus difficile de le hisser jusqu'à la citadelle, à cause de la pente. Il fallut pousser encore plus fort. Sans la détermination des Troyens, une construction aussi lourde n'aurait jamais pu être hissée. Lorsque le soleil se coucha, le cheval était arrivé à mi-pente, à portée de vue du temple mais encore assez loin du but.

Impossible de le laisser là où il se trouvait. Il dévalerait la pente et s'écraserait contre la porte en l'enfonçant. Alors, les Troyens continuèrent à pousser avec force grognements et ahans. Seuls les muscles et la détermination de ces hommes pouvaient accomplir une telle tâche – impossible d'atteler une bête à la plateforme. Ce fut ainsi que Troie travailla d'arrache-pied à sa propre perte.

Il était tard lorsque le cheval atteignit enfin le temple d'Athéna et la place pavée qui l'entourait. Les fenêtres du palais d'Hector et du mien donnaient là.

De ma chambre, je vis les habitants de Troie lancer des fleurs sur la plateforme du cheval. Au son des flûtes, tous chantèrent sa gloire. On alla chercher les dernières amphores de vin de la ville, et les gens burent sans aucune retenue. Des hommes et des femmes ivres se mirent à danser en titubant autour du cheval.

Depuis ma fenêtre, il ressemblait à un jouet, jusqu'aux cordes attachées à la plateforme. J'avais vu des enfants tirer grâce à des cordes semblables des petits chariots en terre cuite ou en bois et leurs chargements de friandises et de poupées. Il n'y avait visiblement aucune trappe sur le dos du cheval. Pourtant, j'étais sûre qu'il était creux à l'intérieur.

La lune tardive grimpa lentement dans le ciel et, dépassant enfin le sommet des murailles, inonda la ville d'une lumière froide et surnaturelle à côté de laquelle celle des torches paraissait jaune. L'arrivée brusque de cette clarté excita plus encore les fêtards, comme si les cieux eux-mêmes participaient aux réjouissances. Ceux qui dormaient se réveillèrent, sortirent de chez eux d'un pas mal assuré, puis se mirent à défiler joyeusement, sans même prendre le temps de s'habiller. Les marchands – que l'on n'avait pas vus dans les rues de Troie depuis longtemps – sortirent leurs étals. Jongleurs et acrobates se massèrent tout en haut de la ville et firent profiter la foule de leur talent.

Sur la plateforme du cheval, je vis des amants s'embrasser et des petits garçons se disputer pour savoir qui escaladerait ses jambes le plus vite. Quelqu'un organisa un concours de lancer d'amphores. Le bruit réveilla les quelques personnes qui n'étaient pas encore sorties de chez elles.

« Troie est libre ! Libre ! Libre ! » Les gens se mirent à chanter, à danser main dans la main, à parcourir les rues et à faire le tour du cheval en riant, en criant, en titubant.

Le cheval ! À présent il était dans la ville, au cœur de Troie. Apollon, qui en avait construit les remparts, avait promis de les protéger, mais oublié de faire de même pour la ville. Tant que des murs tenaient bon, rien ne pouvait les pénétrer. Mais maintenant...

C'était comme si j'apercevais ce qu'il y avait à l'intérieur du cheval, comme à travers un nuage. Des ombres ramassées sur elles-mêmes, aux mouvements presque imperceptibles. Le don de vue des serpents ne m'avait pas quittée.

Je mis ma robe à longue traîne et me forçai à descendre sur la place où se trouvait le cheval. La foule était dense. Cette masse chaude de corps se pressant sur moi me fit horreur. L'un de mes gardes écarta les gens devant moi pour que je puisse grimper sur la plateforme. Dans la lumière vacillante des torches, je vis les jointures des planches sous le ventre rond. Il n'y avait apparemment aucune ouverture, mais il était difficile d'en être certaine dans cette obscurité.

Combien d'hommes cette construction pouvait-elle contenir ? Combien d'ombres avais-je vues ? Dans un espace aussi réduit, les Grecs devaient être recroquevillés dans des positions inconfortables. Je jugeai qu'ils étaient six, au plus. Mais cela suffirait pour ouvrir les portes de la ville et permettre à des centaines de guerriers d'entrer. Pour cela, il faudrait qu'ils attendent que Troie soit peu à peu gagnée par le sommeil, que la foule disparaisse, afin de pouvoir atteindre les portes sans se faire remarquer.

Le bois était trop épais pour être transpercé, et les Troyens refusaient obstinément de faire brûler le cheval, surtout maintenant qu'il était dans la ville.

Comment révéler son secret et le désarmer ? Peut-être un son, une musique, des voix. Des voix... Depuis combien de temps les Grecs n'avaient-ils pas entendu les voix de leurs femmes, de leurs mères, de leurs enfants ? Quel effet cela leur ferait-il de les croire enfin tout près d'eux ?

Qui pouvait bien se trouver à l'intérieur ? Des guerriers de haut rang, ou bien des hommes considérés comme peu importants que l'on pouvait sacrifier au cas où ils seraient découverts ?

En tout cas, je savais une chose : il y aurait Ulysse. Il n'était pas dans sa nature de s'abstenir de participer à une mission audacieuse, d'envoyer d'autres personnes l'accomplir et de se contenter d'attendre le résultat. Il serait là. Ménélas et Agamemnon aussi, selon toute probabilité. Je savais imiter la voix de Clytemnestre, et celle de Pénélope, ma cousine. Et ma propre voix serait suffisante pour Ménélas. Il se pouvait que le petit Ajax soit aussi dans le ventre du cheval. Il avait la réputation d'être cruel et mauvais, ce qui ne voulait pas dire pour autant qu'une femme n'aurait pas été suffisamment stupide pour l'aimer. Mais j'ignorais quelle voix imiter pour l'émouvoir.

Je m'approchai du cheval. Mon garde demanda le silence. La musique cessa et les voix se turent. Je frappai un coup sur le ventre du cheval afin d'attirer l'attention de ceux qui s'y cachaient. J'en étais à présent persuadée : des oreilles m'entendraient. Je remplis mes poumons, retins mon souffle un instant puis, imitant la voix de Clytemnestre, susurrai : « Mon cher Agamemnon, mon seigneur et époux ! » Voilà qui devrait lui plaire. « Je me languis de toi, de ta présence à mes côtés. Je ne supporte plus cette séparation. Je crains de devenir folle. Je t'en prie, rentre ! » Tout en parlant, je fis le tour du cheval. La foule m'écoutait, stupéfaite.

Je crus entendre un craquement provenant de l'intérieur. Mais qu'était-ce exactement ? Le moindre mouvement des gens qui se trouvaient sur la plateforme pouvait faire grincer la structure en bois. « Ne tarde pas, suppliai-je. Je suis ici. Je t'ai suivi à Troie. »

Le bruit cessa.

« Ulysse, je sais que tu es ici, poursuivis-je en prenant une voix plus aiguë. Je te connais bien, cher mari. Toutes ces années passées à t'attendre à Ithaque ont été si difficiles que je ne puis te les raconter. Certains hommes veulent me persuader que tu as péri à Troie, et me forcer à épouser l'un d'eux. C'est pour cela que je suis venue me réfugier ici. Si tu es là, montre-toi. Sinon, je pleurerai ta mort. Je sais que si tu vis encore, tu seras ici même. Alors sors, je t'en supplie ! »

À en juger le silence à l'intérieur du cheval, les Grecs, immobiles comme des statues, devaient retenir leur souffle. Je fis signe à mon garde. Il frappa un grand coup sur le bois avec sa javeline.

J'espérais que le bruit ferait sursauter nos ennemis et qu'ils se trahiraient. Hélas, peine perdue.

C'était maintenant au tour de Ménélas – s'il se trouvait là. De tous, il était le plus susceptible de craquer. « Ménélas, cher mari, c'est moi, Hélène. Pardonne-moi ! Reprends-moi ! Je me jette à tes pieds et te supplie. Je voudrais tellement revoir ton visage, ce visage qui me hante depuis tant d'années passées à attendre. Regarde, je porte le joli bijou que tu m'as offert. » Oh, puisse l'ombre de Pâris être loin, dans le royaume d'Hadès ! Qu'il n'entende pas ces mensonges !

Je perçus un tout petit bruit dans le ventre du cheval, plus léger encore que le cliquetis des pattes d'une souris. Et si c'était vraiment une souris ? Après tout, ce n'était pas impossible. Je pouvais fort bien être en train de roucouler pour de vulgaires rongeurs. Aucune trappe ne s'ouvrit. Ménélas ne sortit pas pour me consoler.

Je tournai trois fois autour du cheval en appelant Agamemnon, Ulysse et Ménélas. Mais je ne parvins pas à les faire bouger – à supposer qu'ils fussent à l'intérieur. Je me détournai tristement.

« Continuez à vous réjouir, dis-je à la foule. Faites tout le bruit que vous voulez. » Les gens s'animèrent instantanément, comme si, après avoir été brièvement transformés en statues, ils retrouvaient tout d'un coup la liberté de leurs mouvements.

Les bruits de mes pas résonnaient dans les pièces de mon palais. Je devais être la seule personne dans tout Troie à rester chez elle cette nuit-là. Je me postai près de la fenêtre la plus haute et contemplai le rivage et le camp grec déserté. Sous la lumière de la lune, je crus voir des mouvements sur l'eau, mais ce n'étaient que les vagues. Si les navires grecs avaient effectivement pris le large deux jours auparavant, alors à présent, ils étaient trop loin pour qu'on les voie.

Je priai de toutes mes forces pour que Pâris soit là, à mes côtés. Je ne m'habituerais jamais à son absence, même si je devais vivre longtemps. Si seulement j'avais conservé son casque ! Quel dommage de l'avoir donné ! Mais alors le chagrin m'aveuglait, m'empêchait de penser. À présent, c'était comme si j'avais donné Pâris lui-même. Chaque objet qu'il avait touché ou dont il avait été fier faisait partie de lui.

En bas, sur la place, les Troyens continuaient à danser autour du cheval, à boire et à hurler de joie. La guerre de Troie était-elle bien finie ? Toutes ces vies perdues, et au bout du compte, un cheval de bois pour toute récompense ? Je ne m'étais pas trompée – c'était bien un jouet, un jouet ridicule. Qu'en aurait dit Pâris ? Ce cheval construit à la va-vite nous rabaissait, faisait de nous et de notre amour un simple jeu. Peut-être n'abritait-il personne. Peut-être n'était-il qu'un cadeau d'adieu insultant de la part des Grecs.

Seule, pétrifiée dans mon chagrin, je regardai le rayon de lune s'allonger sur le sol de la pièce. J'ignore combien de temps je restai là. Les bruits de la foule s'étaient tus. De la fenêtre, je vis le dernier des fêtards s'éloigner d'un pas mal assuré, trébuchant sur les guirlandes de fleurs abandonnées. Un garçon qui jouait de la flûte s'amusa à passer entre les jambes du cheval, puis partit lui aussi. Le cheval resta seul, baigné par la lumière lunaire.

Le cœur de la nuit – bien après minuit, le moment où toutes les créatures dorment, normalement. Moi aussi, j'aurais dû essayer de trouver le sommeil. J'ouvris la boîte où je conservais la broche offerte par Ménélas et l'accrochai à mon épaule. Je lui avais dit que je la portais. Peut-être par ce geste pensais-je l'amener à sortir – au cas où il serait caché dans le ventre du cheval. Ce bijou aurait le pouvoir de l'attirer, comme le casque aurait fait rester Pâris près de moi.

J'étais allongée sur mon lit, trop fatiguée pour dormir. J'entendis les pas lourds de Déiphobos s'approcher de ma chambre, hésiter devant la porte, puis s'éloigner, comme il le faisait souvent. Plus jamais il n'était entré. Il alla s'installer dans la pièce où il avait placé son lit et ne tarda pas à dormir profondément, comme me le signala sa respiration bruyante. Le sommeil lui était toujours venu facilement. Ses pensées étaient simples, et son esprit, tel celui d'un enfant de trois ans, libre de toute pensée tourmentée.

Quelque chose m'empêchait de dormir. Maintenant je sais que c'était la déesse chargée de me protéger. Aphrodite ? M'aimait-elle toujours ? Ou son amour avait-il disparu avec Pâris ? Perséphone, la divinité de mon enfance ? Je l'avais négligée, mais peut-être ne m'avait-elle pas oubliée. J'entendis un bruit léger provenant du cheval. Il était étouffé, mais on aurait dit un craquement, suivi d'un son plus sourd. Je me débarrassai de mes couvertures et courus à la fenêtre. Des formes descendaient le long de cordes pendant du ventre du cheval, telles des perles sur un collier. Des perles bien vivantes.

Oui, il y avait des hommes à l'intérieur du cheval. Les mains agrippées au rebord de la fenêtre, je les vis atterrir sur la plateforme et se diriger discrètement vers la rue principale. Vers les portes. Pour les ouvrir.

« Gardes ! Gardes ! Arrêtez-les ! »

L'un des hommes s'arrêta et leva la tête. La lumière de la lune révéla son visage. Ulysse !

« Chut ! dit-il. Nous sommes là pour te sauver !

– Vous êtes là pour tuer ! répliquai-je. Alerte ! Alerte ! »

Mais les gardes, saouls, avaient tous déserté leur poste et dormaient à poings fermés, persuadés que tout risque était écarté.

« Elle d'abord ! » Une voix que je ne connaissais que trop bien parvint à mes oreilles. Ménélas s'était laissé glisser le long de la corde et, debout à côté d'Ulysse, lui montrait ma fenêtre. « Allons la chercher ! Tant pis pour les portes ! »

J'avais bêtement signalé ma présence. J'aurais dû me taire.

« Elle est à toi, dit Ulysse. Personne parmi nous n'a le droit de poser la main sur elle. » Puis il sauta de la plateforme et prit en courant la direction des portes de la ville, suivi des autres.

Je vis Ménélas se diriger vers mon palais. Vite ! Me cacher ! Je ne devais pas le laisser me trouver, surtout pas lui ! L'idée de le voir, de me retrouver face à lui m'était insupportable. Comme Ménélas ne connaissait pas bien Troie, il me serait facile de trouver une cachette. Ménélas ! Il n'avait été pendant des années plus qu'un nom pour moi, un vieux souvenir. Et maintenant, il était ici, à Troie, dans notre enceinte sacrée !

Comme il était rapide ! J'avais oublié le jeune homme qui avait couru toute cette distance pour gagner ma main. Avant que j'aie le temps de descendre les marches, il les grimpa quatre à quatre. Mais au lieu de tourner à gauche, il alla vers la droite et tomba sur la pièce où dormait Déiphobos.

Je devais absolument m'enfuir. Je risquai un œil dans la chambre et le vis s'approcher de Déiphobos et le faire mettre debout en le tirant par les cheveux. Le Troyen le regarda, les yeux écarquillés.

« Déiphobos, je présume ? » lui demanda Ménélas comme s'ils se rencontraient dans la chambre du conseil.

Déiphobos tenta d'attraper son glaive. Ménélas lui passa son épée au travers de la gorge. « On répond d'abord, dit-il d'un ton méprisant. Il n'y a que les ennemis qui se jettent en premier sur leur arme. » Puis il le repoussa violemment. Son corps tomba par terre dans un bruit sourd. Je vis Déiphobos gisant, les jambes écartées, la tunique relevée sur les cuisses, dans une position plutôt gênante.

Je descendis les marches en courant. Ménélas fit demi-tour, me vit et m'appela.

Je m'enfuis, quittai ce beau palais que Pâris et moi avions construit. Ménélas était là. Pour tuer. Et s'il devait me tuer moi aussi, que ce soit au moins dans un lieu digne de cet acte. J'entrai en courant dans le temple d'Athéna, de l'autre côté de la cour. Il était pourtant évident que ce temple ne me protégerait pas. J'avais senti l'animosité de la déesse dès que j'avais vu son image, laide et primitive, le jour de mon arrivée à Troie. Je me précipitai vers elle malgré tout.

J'entourai de mes bras le socle de sa statue en balbutiant des supplications. À ses pieds, se trouvait la chaîne de mariage que je lui avais jadis offerte. Elle était soigneusement disposée en spirale. On était allé jusqu'à la décorer avec des fleurs.

J'entendis le pas lourd de Ménélas derrière moi, puis le chuintement de son épée sortant de son fourreau. Je courbai la tête en agrippant la statue en bois. Je viendrais à la mort comme un animal sacrifié. Je m'offrirais à elle. Tout ce que je voyais, c'était le visage de Pâris. C'était pour lui que j'allais mourir. J'en éprouvai de la joie. *Pâris, je viens !* J'attendis en tremblant.

Des doigts cruels se mêlèrent à mes cheveux.

« Pour toi, une mort rapide serait trop douce. Parle, avant de mourir. »

Il me força à me redresser, à lâcher l'autel. Je gardai les yeux fermés. Je ne voulais rien voir d'autre que le visage de Pâris.

« Ouvre les yeux, femme adultère et lâche, chienne ! » Il enfonça son doigt dans un coin de mon œil, comme s'il voulait m'aveugler en me l'arrachant.

J'ouvris les yeux. Son visage était déformé par la haine.

« Oh, cela fait des années que j'imagine ce moment-là ! dit-il d'un ton venimeux. Maintenant, l'heure est venue. Je contemple à nouveau ton visage. J'ai le pouvoir de vie ou de mort sur toi. Tu vas payer.

– Alors, sers-toi. Et vite.

– Tu oses me commander ? Oh, ton effronterie est pire encore que ce que j'avais imaginé ! Tu passeras le restant de tes jours à genoux devant moi. Allez ! Supplie-moi ! »

Il me força à m'agenouiller.

Je sentis sous mes genoux le sol de pierre du temple. « Je te supplie de me tuer, dis-je.

– Je connais cette ruse, répondit-il en riant. Demander quelque chose pour obtenir l'inverse. C'est un vieux subterfuge, ma chère. Et ça ne marchera pas. Tu vas mourir.

– Parfait. Vas-y. »

C'est alors qu'il vit la chaîne en or posée sur l'autel. Il se tourna vers moi, l'air incrédule. « Mon cadeau de mariage ! bafouilla-t-il. Voilà ce que tu en as fait ? Quel mépris ! Mais en effet, pourquoi l'aurais-tu respecté davantage que tu as respecté ton serment ! » Furieux, il leva son épée. Elle resta suspendue un instant au-dessus de ma tête.

Qu'on en finisse. Que je puisse enfin rejoindre ceux que j'aime, qui sont partis, que la mort m'a ravis. Mère... Troïlos... Hector... et surtout Pâris... C'est fini. La vie s'envole, je descends vers les ténèbres. Le plus difficile, c'est la transition. Le voyage, lui, est bref.

Pâris, j'arrive ! Je lève mes bras vers lui.

Un cri, le bruit d'un objet métallique tombant par terre. L'épée de Ménélas frappa le sol, rebondit et glissa jusqu'à l'autre bout de la salle. Lorsque j'avais levé les bras, ma robe s'était ouverte.

« Comment oses-tu t'exhiber ainsi ! Tu n'as pas honte ? » Ménélas ne savait plus quoi dire. Il m'attira vers lui.

« Couvre-toi ! » La broche, celle qu'il m'avait offerte et avec laquelle j'avais attaché ma tunique à l'épaule, s'était ouverte quand il m'avait attrapée brutalement, offrant ainsi ma poitrine à son regard. Il se mit à pleurer.

« Arrête ! lui ordonnai-je. Tue-moi ! Maintenant ! »

Il se prit la tête entre les mains et sanglota bruyamment. « Ma femme, ma bien-aimée... »

Je n'en pouvais plus. N'y avait-il pas moyen de mettre un terme à cette scène de manière honorable ?

Je baissai les yeux. Le devant de ma robe était couvert de sang – cette maudite broche !

« Arrête le massacre ! lui dis-je en le forçant à relever la tête. Regarde-moi. Rappelle tes hommes. Épargnez Troie. Laissez-la vivre. Alors, je rentrerai avec toi et redeviendrai ta femme. »

Ces infamies, était-ce vraiment moi qui les prononçais ? Pâris parti, tout était perdu. Oui, si en me sacrifiant, je pouvais sauver des vies, que m'importait ?

« C'est trop tard, répondit-il. Ils vont assouvir leur haine des Troyens. »

À présent, je savais pourquoi la broche versait des larmes de sang. C'était celui des Troyens qui allaient périr.

« C'est toi qui m'as donné ce bijou, dis-je à Ménélas.

– Et chaque larme qu'elle verse est une mort par ta faute.

– Ce sont les Grecs qui ont provoqué ce bain de sang.

– Je t'aurai dans mon lit, couverte ou non de sang. Et je m'y vautrerai avec joie, pourvu qu'en même temps je me vautre dans ton odeur. » En me poussant il me fit sortir du temple, puis me traîna jusqu'au palais. « Le sang... Hélène... deux choses inextricablement liées. »

LXX

Une fois entré dans notre chambre, il eut un mouvement de recul. Il avait pénétré le domaine de Pâris. Il se colla contre moi brutalement et me força à quitter la pièce en tordant mon bras gauche derrière mon dos. Ce fut ainsi que je quittai la pièce que j'avais partagée avec Pâris, pour ne plus la revoir. « Une rude tâche nous attend à Troie, marmonna Ménélas.

– Des massacres ? » lui demandai-je en tremblant.

Le sang qui coulait de la broche était froid sur ma peau.

« Oui, des massacres d'une ampleur encore inégalée. Troie est plus grande et plus riche qu'aucune autre ville. »

Nous étions en train de descendre les marches. Ne connaissant pas les lieux, Ménélas trébucha dans l'obscurité. Mais il ne me lâcha pas et continua à me pousser devant lui.

Le silence régnait dans les salles du bas. Des guirlandes autour du cou, les gens dormaient, hébétés par l'alcool. Certains souriaient dans leur sommeil. D'autres dodelinaient du chef, la bouche à moitié ouverte. Ménélas me fit passer au milieu d'eux.

Je poussai l'un d'entre eux avec mon pied et hurlai : « Debout, debout ! Troie est trahie !

– Chienne ! » Ménélas tira un coup sec sur mon bras pour me faire pivoter vers lui et me gifla. Mon nez se mit à saigner. « Encore un bruit et je te... »

Il ramena son poing en arrière.

Pendant ce temps, les dormeurs se réveillaient peu à peu. « Donnez l'alerte ! Les Grecs sont dans Troie ! » criai-je. Ménélas me frappa si fort que je m'écroulai et tombai sur les genoux.

Il m'avait lâchée. Protégée par la foule, je m'éloignai à quatre pattes, cachée par les bras et les jambes de mes « invités », tandis que Ménélas me cherchait en vain dans la pénombre. Je remerciai silencieusement tous ces étrangers, mes sauveurs. *Xenia*, les lois de l'hospitalité que Pâris avait violées sous le toit de Ménélas, me tiraient d'affaire à présent.

Réveillés, tous se levèrent d'un coup. « Des Grecs ? Ici ? » hurlèrent-ils.

« Ils étaient cachés dans le cheval, dans son ventre ! dis-je. Allez protéger les portes ! Vite ! »

En m'entendant, Ménélas se mit à rugir et chargea dans la direction d'où venait ma voix. Là encore, la pénombre et mes hôtes me sauvèrent. Je baissai la tête et, portée par le mouvement de la foule se dirigeant vers la rue, sortis du palais.

Le cheval était là, sur la place dallée, la trappe pendant sous son ventre, les cordes se balançant dans l'air. Il était vide à présent, débarrassé de sa cargaison mortelle. Les Grecs étaient partis. Seul Ménélas avait été détourné de sa mission en me voyant. Les rues étaient silencieuses, comme endormies par quelque enchantement. Je courus vers les remparts. Les Troyens, affalés sur le seuil de leurs maisons, cuvaient leur vin en marmonnant dans leur sommeil. Je tentai d'en réveiller autant que possible en les secouant, mais certains étaient tellement ivres qu'ils pouvaient à peine bouger.

Le cheval ne devait pas contenir plus de six hommes. Ils avaient sans doute pour mission d'aller discrètement ouvrir les portes, permettant ainsi à leurs camarades, qui n'avaient pas quitté nos rivages mais s'étaient cachés avec leurs navires, de venir nous envahir avec leur armée au grand complet.

Mais si les portes pouvaient tenir, les Troyens viendraient sans difficulté à bout de cette poignée de Grecs – en les coinçant quelque part et en les tuant. Il ne fallait absolument pas qu'ils parviennent aux portes ! Je courus à perdre haleine, le visage fouetté par l'air froid de la nuit qui avivait la douleur aux endroits où Ménélas m'avait frappée.

Dans une obscurité et un silence inquiétants, la porte Scée se dressa devant moi, flanquée par la Grande Tour. Aucune sentinelle en faction près de la porte. Les gardes avaient-ils eux aussi bu jusqu'à ne plus tenir debout ? Si c'était le cas, quelle catastrophe pour Troie !

L'énorme verrou de bois n'avait pas bougé. Pourvu que des gardes soient en faction dans la tour ! Je frappai à la porte. Personne.

C'était la tour où Hector avait fait ses adieux à Andromaque en lui demandant d'être courageuse. Pour la première fois, je rendis grâce aux dieux qu'il ne soit plus là, en cette nuit honteuse où les Troyens avaient déserté leur poste. À quoi avait bien pu servir son courage, puisqu'une ville entière pouvait tomber à cause de la négligence de ses habitants ?

« Hélène ! » Quelqu'un était sorti de la pénombre. Un Troyen m'aurait appelée « princesse Hélène ». Seul un Grec pouvait m'interpeller de la sorte, simplement par mon prénom. Ainsi, ils étaient arrivés ici. Ils n'avaient pas été retardés comme Ménélas.

C'était le cruel petit Ajax. « Inutile de frapper à la porte. Cela ne les réveillera pas. Ils étaient complètement saouls. Nous avons rendu leur ivresse éternelle. » Il s'avança vers moi, son visage étroit déformé par ce qui se voulait un sourire. Il m'attrapa. « La récompense de Ménélas ! » ricana-t-il, si près de moi que je sentis son souffle. « Tiens-la ! » ordonna-t-il à l'un des autres Grecs.

Un jeune homme athlétique posa fermement ses mains sur mes épaules. « Avec grand plaisir, dit-il. C'est en effet un grand plaisir que de tenir Hélène.

– Ne te gêne pas, dit Ajax en ricanant. Personne ne l'apprendra. On ne la croira pas. Ménélas sait que c'est une menteuse. »

Le soldat m'emmena à l'écart. J'entendis derrière moi les Grecs retirer le verrou de la grande porte. Elle commença à pivoter sur ses gonds en craquant.

Troie était perdue ! Je poussai un cri. « C'est trop tard, me dit le soldat grec. Tu n'aurais pas pu l'empêcher de toute façon. »

Contrairement à Ajax et à Ménélas, il témoignait à mon égard d'une sorte de respect plutôt attendrissant. Ses mains tremblaient en me tenant et il semblait hésiter à me pousser.

« Comment t'appelles-tu ? lui demandai-je.

– Quelle importance cela peut-il avoir pour toi ? répondit-il, flatté malgré tout que je désire savoir.

– Je pourrai peut-être te remercier de ta douceur, si jamais cela est en mon pouvoir.

– Tu n'auras plus jamais aucun pouvoir, dit-il sèchement, après la chute de Troie.

– Et si je le conservais quand même ? »

Insiste, Hélène, me dis-je. Il sera peut-être ton seul ami parmi les Grecs.

« Ton pouvoir est parti à jamais. Dès l'instant où ces stupides Troyens ont fait entrer le cheval dans leurs murs, ton pouvoir a disparu.

– C'est à Ménélas de le dire.

– Ménélas te déteste. Il a l'intention de te tuer. C'est ce qu'il nous a affirmé. Et quand je te remettrai à lui, c'est ce qu'il fera. »

Je me forçai à rire, ce qui paraissait tellement incongru dans une telle situation qu'il en fut décontenancé. « J'ai vu Ménélas. Il ne m'a pas tuée. » Je tournai mon visage vers la lumière, pour qu'il voie mon nez. « Il m'a giflée. Mais il m'a reprise comme épouse. Il ne me fera plus de mal. Il me veut.

– Je m'appelle Léos, dit enfin le jeune guerrier grec.

– Très bien, Léos. Je me souviendrai de toi quand je serai rentrée à Sparte. »

Rentrée à Sparte ! Puisse ce jour ne jamais venir !

« Je te remercie, majesté. »

Il était si jeune. Aussi jeune que Pâris autrefois, aussi jeune que moi à Sparte. Ce temps-là, celui de l'innocence et de l'ardeur, était fini pour moi. Il ne me restait plus que la ruse, la stratégie, la persévérance : les dons de la maturité et du désenchantement.

Il me laissa sans surveillance près des remparts en me souriant. Il me pensait défaite, battue. Il alla aider les autres à ouvrir les portes qui résistaient.

Impuissante, je les vis finalement s'ouvrir. L'armée grecque tout entière déferlait vers Troie. Là était toute l'histoire.

Tandis qu'Ajax et ses compagnons accueillaient les guerriers, je m'éloignai subrepticement en longeant les murailles puis, empruntant les petites rues, obliquai en direction de la citadelle. Pourvu que le jeune soldat, Léos, ne soit pas puni pour sa négligence ! Mais c'était la guerre.

Dans la citadelle régnait un calme trompeur. L'endroit avait été jusque-là épargné par les événements, même si le cheval dominait la place, comme pour narguer les Troyens. Mais des cris et des hurlements venus des parties basses de la ville montaient à mesure qu'arrivaient les Grecs.

Ménélas semblait avoir disparu. Il s'était certainement empressé de rejoindre ses hommes près des remparts. Pourquoi les gens dormaient-ils tous encore ? Était-ce sous l'effet de quelque charme ? La grande salle de mon palais s'était vidée. Où étaient-ils tous passés ?

J'entrai en courant dans le palais d'Andromaque en criant : « Debout ! Debout ! Les Grecs sont dans Troie ! » Personne ne me répondit.

Je parcourus les rues en frappant à toutes les portes. Je secouai les soûlards endormis. Hélas, c'était peine perdue. Troie continua à dormir à poings fermés, comme si elle avait décidé que sa dernière nuit serait comme les autres. Elle ne pouvait pas comprendre que la fin était proche.

La fin du monde. La fin du monde de Troie.

Évadné ! Gélanor ! Le trouver, les sauver, vite ! Nous pouvions peut-être nous échapper ensemble. Évadné dormait d'habitude dans une petite chambre du palais, mais quand je courus l'y chercher, la pièce était vide. Je redescendis vers la ville basse et allai frapper à la porte de la maison de Gélanor. N'obtenant pas de réponse, je la forçai. Gélanor n'était pas là. Où se trouvaient-ils tous les deux ?

C'est alors que les cris commencèrent. Oh, plus que des cris, c'était des hurlements. Troie hurlait à la mort. Les gémissements et les pleurs montèrent jusqu'à la citadelle. Partant des remparts, les Grecs massacraient tout sur leur passage. Ils avaient soif de sang. Ils avaient enduré l'exil et les frustrations pendant tant d'années ! Maintenant, leur haine explosait.

Achille, *terreur des villes prises*. Tel était son titre honorifique. Mais comme tous les beaux titres, il ne décrivait les choses qu'en surface. Les Grecs mettraient Troie à sac, et Troie cesserait d'exister. C'était cela, un sac. Les ruines fumantes en étaient le dernier vestige, une fois les trésors pris, les femmes violées et réduites en esclavage, les hommes massacrés, les enfants passés par le fil de l'épée. Le sac : un jugement final, l'ultime châtiment qui effaçait jusqu'au nom de la ville. Et qui était ce juge qui détenait le pouvoir de décider du sort d'une grande ville comme Troie ? Ah, mieux valait ne pas poser la question. Injuste, corrompu, vénal, mesquin, quelle sorte de juge était-ce ?

Je ne ressentais nulle crainte. J'avais déjà vécu le pire. À présent, mon seul espoir, c'était d'adoucir, ne serait-ce qu'un petit peu, le sort qui attendait les Troyens encore endormis. J'allai de porte en porte en faisant du bruit pour réveiller les gens. Ils émergèrent enfin de leur sommeil, presque tous en même temps, et jetèrent des regards fous autour d'eux en entendant le vacarme provenant de la ville basse. Nos soldats – où étaient-ils ? Je partis à la recherche d'Antimachos, dont le quartier général se trouvait à mi-pente. Plus je descendais, plus fort était le bruit et plus grand le danger, comme la mer qui s'abat sur un rocher en contrebas. Je trouvai Antimachos au moment où il se réveillait péniblement. Il me regarda, l'air ahuri, et marmonna : « C'est Déiphobos qui t'a battue ?

– Non, c'est Ménélas ! Les Grecs sont ici. Ils ont tué Déiphobos. Où sont tes hommes ?

– Dans leur cantonnement. »

Il était situé près de la ville basse, ce qui voulait dire que nos hommes étaient déjà en train de se battre, ou qu'ils avaient été taillés en pièces. « Et tes gardes ? Où sont-ils ? »

Il sortit en courant pour les appeler puis, se tournant vers moi, me dit : « Va te cacher. Trouve un endroit sûr. »

Je fus prise d'un fou rire. La ville entière ne tarderait pas à se transformer en poudrière. Seul le puits pouvait éventuellement servir de refuge. Mais si les bâtiments autour s'effondraient et bloquaient son entrée, alors je n'aurais plus qu'à mourir de faim comme un rat piégé. Anténor ! Je devais le trouver ! Il n'y avait aucun espoir, mais mieux valait affronter l'ennemi dignement.

Anténor était debout, armé, et sa femme, Théano, habillée comme pour partir en voyage. « Laocoon avait raison. Le cheval était malfaisant, dit-il. Oh, Hélène ! » Il fut atterré en voyant mon visage contusionné. « Fuis avec Théano !

– C'est impossible, répondis-je. Les gardes ont déserté leur poste. Toutes les portes sont fermées, sauf la porte Scée, et j'ai bien vu combien de Grecs s'y sont mis pour l'ouvrir. Deux femmes comme nous en seraient incapables.

– Tu les as vus ? Tu y étais ?

– Je le savais ! fit Théano. Elle leur a fait des signaux. Elle...

– Tais-toi ! rugit Anténor. Hélène, certaines personnes étaient sûres que tu trahirais Troie pour les Grecs. Moi, je ne les ai jamais crues.

– D'autres te soupçonnaient de la même chose, puisque tu te montrais conciliant avec l'ennemi et que tu avais hébergé Ménélas et Ulysse lors de leur malheureuse ambassade ici. Dans mon cas, ces accusations sont fausses. Dans ton cas aussi, j'en suis sûre. Si j'ai vu les Grecs aux portes de Troie, c'est parce que Ménélas est venu me chercher après être sorti du cheval et qu'il m'a capturée. Par bonheur, je me suis sauvée, et j'ai foncé jusqu'à la porte. La citadelle est encore calme – mais ils ne vont pas tarder à y monter. J'ignore où se trouvent Priam et le reste de la famille royale. Leur palais était silencieux et je n'ai pas osé m'y arrêter et m'aventurer à l'intérieur.

– Puisse ta déesse protectrice te garder du danger, dit Anténor en soupirant. C'est notre seul espoir. Théano, appelle les autres femmes. Peut-être vous épargneront-ils si vous êtes toutes ensemble.

– C'est cela. Nous allons leur faciliter la tâche en nous présentant à eux regroupées », fit la prêtresse d'une voix railleuse.

Je les laissai à leur querelle. Je n'avais plus rien à faire avec eux maintenant. Les rues se remplissaient peu à peu d'une foule hurlante et paniquée. Réveillée d'un seul coup, Troie découvrait l'horreur.

Je vis Énée courant vers son palais. Je l'appelai, mais il ne m'entendit pas. Derrière lui, telle une vague, déferlait un groupe de guerriers grecs qui poussaient des cris terrifiants en fendant l'air de leurs épées et en tuant tous ceux qui se trouvaient sur leur passage. La rue se retrouva vite bloquée par les corps des victimes. Les Grecs les enjambèrent et se lancèrent à la poursuite des Troyens qui se sauvaient en direction de la citadelle. Ils étaient si nombreux que je dus me coller contre un mur pour ne pas être emportée par le flot. Ceux qui, comme moi, s'étaient réfugiés sur les côtés furent ignorés par les soldats – c'était les trésors des palais en haut de la ville qui les attiraient.

Gélanor. J'étais à nouveau près de sa maison. Je tentai de me frayer un chemin jusqu'à chez lui, pour voir si cette fois-ci il était là, mais la foule était trop dense. Elle m'entraîna, telle une feuille emportée par un torrent. Parmi les soldats grecs, je ne reconnus aucun visage. Il s'agissait d'hommes de troupe.

Une déférence ancestrale arrêta la foule à l'entrée du palais de Priam. Même la panique et le chaos ne pouvaient effacer des habitudes aussi fortement enracinées. Certains se pressèrent au pied du cheval, autour duquel ils avaient préparé avec insouciance leur propre perte, tandis que d'autres se précipitaient dans le temple d'Athéna, où les guirlandes suspendues pour fêter la victoire troyenne sur les Grecs les accueillirent.

Soudain, l'ennemi chargea en poussant des cris de guerre. La foule se réfugia dans le temple. Je les suivis. Hélas, il était dit que la déesse n'offrirait à personne sa protection. En se refermant sur nous, les murs de l'enceinte sacrée ne firent que faciliter l'œuvre meurtrière des Grecs. Là où des louanges aux dieux avaient autrefois résonné, ce ne furent plus que hurlements, coups et cliquetis métalliques des armes.

Les Troyens terrifiés furent massacrés sans pitié. Leurs corps sacrifiés couvrirent le sol du temple d'Athéna. Comme je m'étais retrouvée coincée dans un angle, les Grecs ne me virent pas. Mais en regardant à travers les trous de l'écran ajouré qui me dissimulait, je vis l'horrible spectacle. Un calme étrange, rompu de temps en temps par les rires et les braillements des soldats, succéda alors au chaos. Sur l'autel maintenant dégagé, je vis Cassandre en pleurs. Elle se cramponnait au socle de la statue.

« Non ! Non ! » hurlait-elle. Un homme la tira brusquement en arrière. La princesse tomba par terre en entraînant dans sa chute la statue profanée, qui roula sur le sol. Le soldat l'éloigna d'un coup de pied, se jeta sur Cassandre, lui arracha ses vêtements et la viola, sous les yeux des autres soldats. Puis il se leva et l'entraîna dehors en la tenant fermement par la taille. J'aperçus son visage au moment où il passait près de moi. C'était le petit Ajax. Il riait comme un dément.

Je poussai un hurlement et sortis de ma cachette en courant. La statue de Pallas Athénée resta par terre, abandonnée et profanée. Au lieu de la redresser, comme je l'aurais dû, je me ruai vers le palais de Priam.

LXXI

La cour extérieure du palais de Priam était devenue un océan de formes humaines éclairé par la lueur sinistre des torches des Grecs – version grotesque d'une fête nocturne. Pour toute musique, des cris et des lamentations. En guise de vin, du sang coulant à flots. Et pour remplacer les contorsions des acrobates, celles des malheureux tentant de s'enfuir. Des chiens se jetaient sur la foule tous crocs dehors. Des chevaux échappés de leurs enclos galopaient en tous sens, écrasant indistinctement les morts et les vivants. Je crus entendre le fracas des dieux se joignant à la mêlée, Poséidon rugissant en soulevant des vagues au pied des murailles, Zeus lançant des éclairs mortels. Mais il n'y avait là que le cri des souffrances humaines.

Le palais de Priam ! Assaillis par une marée humaine, les gardes tentèrent vaillamment de protéger ses portes. Les Troyens voulurent forcer le passage, comme si leur roi avait pu les sauver. Les Grecs fondirent sur eux et les taillèrent en pièces. Juchés sur le toit, les gardes jetèrent les tuiles du palais sur les attaquants. Ils n'en tuèrent que quelques-uns, déclenchant les risées de l'ennemi.

J'entendis derrière moi les rugissements de quelques Troyens qui contre-attaquaient près du temple. Je vis – ou plutôt j'aperçus, tellement il faisait noir – des Grecs essayer de grimper dans le ventre du cheval pour leur échapper. Trop lents, ils furent taillés en pièces.

Les gardes du palais étaient maintenant submergés. Les soldats ennemis tentèrent d'enfoncer la porte, qui faillit céder. Le bois commença à s'enfoncer, mais elle tint bon. C'est alors qu'un des leurs s'avança et fit signe aux autres de s'arrêter. « Stop ! hurla-t-il d'une voix cassée, semblable à celle d'un tout jeune homme qui n'a pas encore vraiment mué. C'est moi qui vais ouvrir cette porte ! »

Il se tourna et leva les bras. Les soldats obtempérèrent.

Comment, dans une telle confusion, avait-il pu se faire entendre, et obéir de surcroît ? Il était grand, mais frêle. C'était, en effet, un tout jeune garçon. Il portait un casque qui dissimulait son visage. Le cou mince, le torse long, il était dégingandé. Il avait un immense bouclier, décoré avec grand raffinement. La lumière faible qui s'accrochait au relief des motifs révélait leur extrême finesse. Seul un guerrier sûr de ne jamais se le faire prendre pouvait porter un tel bouclier.

C'était celui d'Achille. Alors, je compris tout d'un coup qui était ce jeune homme – Néoptolème, son fils. À présent, la dernière des prophéties annonçant la chute de Troie se réalisait.

« Rends-toi, vieil homme ! » hurla-t-il.

Quel âge avait-il ? Quinze ans, tout au plus.

Il prit des torches enflammées des mains des soldats et les lança sur le toit. Elles atteignirent quelques-uns des gardes, qui s'enfuirent.

« Enfoncez-la ! » ordonna-t-il aux soldats. Dociles, ils se ruèrent sur la porte, qui se fendilla en gémissant.

« Maintenant, à mon tour ! » Néoptolème se jeta dessus et l'arracha de ses gonds. Le travail, il est vrai, avait déjà été bien entamé. « J'ai vaincu ! plastronna-t-il. Restez ici ! Moi seul vais entrer. Que la gloire soit mienne ! »

Il devait avoir des gardes bien dévoués – ils retinrent les autres Grecs pour le laisser pénétrer le premier dans le palais. Il semblait se soucier uniquement de ne pas se faire voler la victoire. La foule, terrifiée et éperdue, entra derrière lui sans problèmes.

La première chose qui me frappa fut le calme de la cour intérieure. Les plantes et les fleurs en pots étaient toujours bien alignées, comme pour affirmer que la vie se poursuivait, paisible. Les portes ouvrant sur les appartements des fils et des filles de Priam étaient certes fermées, mais intactes, et leurs décorations de cuivre luisaient sous la lueur des torches des hommes venus les détruire.

Je m'arrachai à la foule et me mis à courir. J'arrivai presque au niveau de Néoptolème. Mais, de peur qu'il me voie et s'en prenne à moi, je restai derrière lui et me réfugiai dans l'obscurité.

Il y avait un petit groupe de gens à l'autre bout de la cour, près de l'autel de Zeus. Je me cachai derrière l'un des arbres en pot. La foule n'allait pas tarder à arriver.

Hécube. Elle se tenait près de l'autel, entourée de ses filles, et les enlaçait. Je vis Polyxène, Laodicé, Ilona. Hécube fouillait de ses yeux noirs l'obscurité de la cour. Si les ennemis arrivaient, elle était prête.

Néoptolème bondit et atterrit presque aux pieds du groupe de femmes. Retirant son casque, il les examina du regard. « Tu dois être Hécube », dit-il en approchant son visage de celui de la reine. « Et toi, qui es-tu ? » demanda-t-il à Polyxène. Vive comme la langue d'un lézard, la pointe de son épée se posa sur la gorge de la jeune fille.

Elle répondit dans un cri.

« Mon père avait un petit faible pour toi, dit-il. Peut-être n'est-il pas trop tard pour qu'il te possède. » La cruauté aveugle de sa voix aiguë de jeune garçon faisait froid dans le dos. « Et toi, qui es-tu ? » Il posa la même question aux autres, qui lui donnèrent leurs noms en tremblant.

C'est alors que Priam apparut, armé de pied en cap. Il avait attaché sa cuirasse à tâtons, dans l'obscurité. L'épée au clair, il se jeta sur Néoptolème pour le pourfendre et le rata de peu.

« Allons, vieil homme ! s'exclama le fils d'Achille d'une voix gaie. Tu m'attaques ? Je suppose que tu es le roi Priam. Tu penses que tu peux me résister ? Quelle sottise !

– Tu es un petit garçon cruel, un médiocre guerrier, dit Priam en décrivant un cercle autour de Néoptolème. Un bien piètre reflet de ton père. Je l'ai connu jadis. Nous avons parlé d'homme à homme. Il aurait épargné les vieillards et les faibles, lui. Cherche dans ton cœur. Montre-toi digne de lui. »

Tout en suivant le vieux roi du regard, le jeune garçon partit d'un rire cruel. « Mon père avait une seule et unique ambition, celle de gagner, de se couvrir de gloire, de vaincre ses ennemis.

– Il n'y a aucune gloire à vaincre un ennemi affaibli par l'âge.

– Un ennemi reste un ennemi. Regarde les serpents venimeux. Ils sont souvent petits, d'apparence vulnérable.

– Un homme et un serpent, ce n'est pas la même chose.

– Vraiment ? Les hommes sont pires que les serpents. Un serpent ne tue que quand il se sent en danger, quand quelqu'un lui coupe le chemin ou qu'on menace son nid. Les hommes, eux... »

Priam se redressa et redevint, l'espace d'un instant, le Priam que j'avais connu jadis. « N'est-ce pas précisément ce que tu es en train de faire ? Et n'ai-je pas le droit de défendre mon nid comme le ferait un serpent ? Cela ne veut pas dire pour autant que je suis dangereux et qu'il faut me détruire. Aie pitié de mon nid, de ma femme, de mes enfants.

– Implore tes dieux. Prépare-toi à mourir », rétorqua Néoptolème en ricanant.

L'un des fils de Priam surgit alors d'un endroit proche de ma cachette. « Toi, le Grec, tu vas mourir ! » hurla-t-il d'une voix encore plus aiguë que celle du fils d'Achille.

C'était Politès, le benjamin de Priam. Pivotant sur ses talons, Néoptolème le passa par le fil de l'épée – un enfant en tuant un autre. Le petit prince troyen s'écroula par terre. Poussant un cri de guerre de sa voix chevrotante, Priam glissa sur la flaque de sang qui se formait en voulant attaquer Néoptolème de ses mains nues. Il eut juste le temps de saisir le cou du jeune garçon avant de l'entraîner dans sa chute en arrière. Ils tombèrent et roulèrent l'un sur l'autre.

Comme mû par une force inexorable, Néoptolème se redressa en soulevant Priam. Le tenant d'un bras, il tira de l'autre son épée.

« Adieu, vieil homme ! » dit-il en feignant la tristesse. Puis, dans un large mouvement circulaire, il lui trancha la tête. Elle roula par terre. Le corps du vieux roi s'affala près de l'autel de Zeus dans des flots de sang. Sa tête s'immobilisa, le regard face au ciel, écarquillé d'horreur. Son sang ruisselait sur l'autel.

Hécube se jeta sur Néoptolème et tenta de lui arracher les yeux. Mais elle était plus faible encore que Priam. Le fils d'Achille l'écarta d'un simple geste du bras. Son crâne vint frapper contre le socle de l'autel. Elle s'affala à côté de son mari. Polyxène tomba à genoux près de ses parents. Néoptolème se pencha vers elle et la força à se relever en la tirant par les cheveux.

« Comment t'appelles-tu déjà ? lui demanda-t-il d'une voix haineuse. Le vieux avait tellement d'enfants qu'on se demande s'il leur a tous donné un nom. Peu importe ! À quoi bon toutes ces filles et tous ces fils ? Aucun d'entre eux ne peut prétendre à la gloire éternelle, comme mon père, fils unique de Pélée. Et comme moi, fils unique d'Achille !

– Vantard ! s'écria Polyxène. Personne ne se souviendra de ton nom. Personne n'arrive à le prononcer de toute manière. Même le mien survivra plus longtemps. »

Un rictus aux lèvres, Néoptolème l'immobilisa en lui tenant fermement les bras derrière le dos. « Ça, c'est mon affaire ! Ligotez-la et emmenez-la ! » dit-il à ses hommes.

Le corps de Politès reposait dans une flaque rouge. Le sang de Priam coulant de son cou vint se mêler au sien, et les deux ne firent plus qu'un.

Je n'osai pas bouger. Tant que Néoptolème n'était pas parti, je ne pouvais rien faire pour aider Hécube et ses filles. S'il me voyait, il risquait de me capturer et je me retrouverais moi aussi dans l'un des navires grecs. Les feuilles de l'arbuste derrière lequel je me cachais se mirent à trembler. Si l'obscurité avait été moins profonde, et Néoptolème plus attentif, il m'aurait repérée. Pourvu qu'il s'en aille !

Je sentis alors un frôlement sur mon épaule, une caresse sur mes cheveux. On avait découvert ma cachette ! pensai-je, terrifiée. Étrangement, ces gestes étaient empreints d'une grande douceur. Je levai les yeux et vis une forme sombre. Je tendis la main vers elle. Mes doigts se refermèrent sur l'air. Pourtant, quelqu'un m'avait touchée...

Mon enfant. Ce n'était qu'un murmure à mon oreille, mais il couvrit les hurlements atroces qui retentissaient dans la cour.

Oui, dis-je. Je suis là. Ta servante est là.

Tu n'es pas ma servante, mais mon enfant.

Père ? Zeus ?

Il y eut un rire léger. *Je t'appelle mon enfant, mais ce n'est qu'une façon de parler. Je t'ai adoptée. Énée est la chair de ma chair. Toi, tu es la chair de mon essence, de mon être.*

« Aphrodite ? » murmurai-je.

Oui. Je suis venue pour assurer ta sécurité. J'ai dit à Énée de quitter Troie. Maintenant, je vais te guider. Quitte ce lieu de massacre et dirige-toi vers les vaisseaux grecs. Vous deux survivrez à la chute de Troie. Je protège les miens !

« Je refuse de rejoindre les Grecs. Je n'irai pas ! »

Mon enfant, d'ici peu Troie va tomber, flamber, et cesser d'être. Si tu veux vivre, fuis ! Si tu préfères mourir, alors qu'il en soit ainsi. Les mortels ont toujours ce choix. Parfois, ils optent pour la mort. C'est quelque chose que je ne comprends pas, mais ils sont libres.

Hécube marmonna, se roula sur le côté, puis commença à se redresser sur ses coudes dans la mare de sang. Laodicé l'aida à se lever. Elle lui fit tourner la tête et lui couvrit les yeux pour ne pas qu'elle voie l'atroce spectacle des corps de son fils et de Priam.

Les guerriers grecs arrivaient, toujours plus nombreux. Les ordres de Néoptolème n'avaient fait que les retenir quelques instants. Ils s'acharnèrent sur tout ce qu'ils trouvaient, les plantes, les bancs, comme si c'était des soldats ennemis. Hécube, ses filles et l'autel disparurent dans la mêlée.

Je m'éloignai en rampant, toujours cachée par les plantes. Certaines brûlaient. D'autres étaient tombées à terre. La précieuse collection d'Andromaque était détruite. Mais son cœur, pris par d'autres soucis plus importants, l'avait certainement abandonnée depuis longtemps.

Lorsque j'arrivai dans la cour extérieure, les fruits du pillage du palais s'y accumulaient déjà – tables à trois pieds, chaudrons de cuivre, coffres en bois, plateaux de jeu en ivoire, montants de lits. Tantôt courant, tantôt rampant, je sortis de l'enceinte du palais, m'arrêtant à la porte pour reprendre mon souffle. C'est alors que je vis l'incendie.

La citadelle était en feu. Le palais d'Hector flambait, ainsi que le mien et le temple d'Athéna. Même le cheval de bois brûlait. Les flammes léchaient ses jambes robustes et son ventre – ce ventre qui avait apporté la mort.

Je descendis en courant vers le cœur de la ville. Les maisons étaient encore intactes, et les rues pleines de gens hurlant de terreur.

« Par ici ! Par ici ! » cria un homme en tentant de canaliser la foule. « De l'ordre, s'il vous plaît ! » Ses yeux éteints ne voyaient pas ce qui se passait réellement.

Une femme élégante sortit de sa maison en ajustant son voile. « Pourquoi toute cette cohue ? demanda-t-elle, perplexe. Braves gens, retournez donc vous coucher. Vous ne devriez pas vous priver de sommeil. Il n'est pas bon d'être debout quand le ciel est encore noir. » Puis elle fit tranquillement demi-tour en ajoutant : « J'ai fait de mon mieux. » Je croisai son regard fixe et hagard. Un rire strident l'accompagna tandis qu'elle rentrait chez elle.

La ruée était telle que je faillis tomber en poursuivant ma course. Un cri perça l'air – quelqu'un s'était jeté du toit du temple dans le brasier. Athéna n'avait pas sauvé cette personne. Étais-je vraiment sûre qu'Aphrodite me sauverait, moi ?

Des gens se précipitaient dans les flammes du haut des maisons. Un homme descendait la rue à grands pas, en poussant des personnes devant lui avec son bouclier. Il était comme mort, imperméable à ce qui se passait autour de lui. Aucun cri, aucun bruit ne le faisait sursauter. Il avançait, pas à pas, telle une statue.

En regardant derrière moi, je vis en haut de l'une des tours un groupe de trois personnes qui se tenaient la main en chantant. Une famille ? Des amis intimes ? Ils sautèrent dans le cœur de l'incendie en poussant des hurlements. Les flammes grandirent autour d'eux, puis se ramassèrent pour former une boule de feu.

« Par là, par là. » Deux hommes dirigeaient la foule vers la ville basse. « Sortez, et prenez la direction du mont Ida, disaient-ils en souriant.

– Fuyez ! Vous n'avez plus le temps ! leur criai-je.

– Quelqu'un doit les diriger. C'est important, dit l'un d'entre eux.

– Mais vous allez mourir !

– Nous allons tous mourir. La seule chose qui compte, c'est de savoir comment, et si ce sera une mort honorable.

– Ne comptez pas sur les Grecs pour cela, lançai-je en les dépassant au pas de course.

– Nous ne comptons sur personne d'autre que sur nous-mêmes pour mourir dignement. Par là, par là », reprit l'homme en continuant à diriger ceux qui nous suivaient.

Ainsi Troie, fière et civilisée, brillait de ses derniers éclats avant de s'éteindre à jamais.

Plus bas, les gens terrorisés s'enfuyaient des maisons encore intactes. Certains jetaient des tuiles depuis les toits. D'autres livraient leur dernier combat contre les Grecs, avec pour toute arme des objets, meubles, coupes ou bûches, qu'ils lançaient maladroitement sur eux. Les soldats répliquaient en donnant de grands coups d'épée à droite et à gauche, sectionnant membres et têtes. Les blessés s'éloignaient en rampant, pour finir écrasés par la cohue. Les morts décapités jonchaient les rues que les rivières de sang rendaient glissantes.

Les flammes ravageant la citadelle s'élevèrent encore plus haut. De là où j'étais, je vis le reflet de l'incendie sur la mer, dont les flots avaient pris la teinte rouge d'un coucher de soleil. À présent, le feu gagnait d'autres quartiers de Troie. Les habitants qui sortaient en suffoquant de chez eux pour échapper au mélange de poussière et de fumée se faisaient immédiatement massacrer. Les bâtiments de cette partie de la ville, bien plus petits et moins solides que ceux de la citadelle, en pierre, s'écroulaient rapidement. Des hurlements signalaient le sort de ceux qui s'y cachaient. Les flammes rouges et dansantes peignaient les murs de ces modestes demeures, qui semblaient rayonner de l'intérieur.

M'échapper, quitter Troie ! Les mouvements de la foule me secouaient en tous sens, m'emportaient comme une vague puissante se fracassant sur les murs de part et d'autre des rues. Le bruit était assourdissant. L'incendie rugissait comme un dragon des mers, et les gémissements des maisons qui s'écroulaient couvraient jusqu'aux cris des blessés.

J'étais à présent dans les quartiers bas de la ville intérieure. Je passai devant une maison qui paraissait intacte. Sa porte fermée ne portait pas encore de traces de brûlure. Brusquement, elle s'ouvrit sur une femme élégamment vêtue qui releva le bas de son manteau avec des gestes délicats pour ne pas qu'il prenne la poussière de la rue. De toute évidence en état de choc, elle regarda à droite, à gauche, fronça le nez. Puis elle se lança en avant et disparut, avalée par la foule.

Avait-elle laissé ses enfants à l'intérieur ? Je jetai un coup d'œil, mais ne pus rien distinguer dans l'obscurité. Je m'arrachai à la poussée de la foule qui me portait, tel un morceau de bois flottant, et perdis l'équilibre en entrant. J'atterris sur mes genoux. Je me trouvais dans une cour. Je ne voyais rien, mais l'odeur était bien reconnaissable. L'arrière de la maison était en feu.

« Il y a quelqu'un ? demandai-je. Je viens vous aider ! » Si jamais il y avait des enfants à l'intérieur, ils s'étaient peut-être abrités sous une table ou sous leurs lits, dans l'espoir d'être épargnés par l'incendie ou les soldats. « Dites-moi où vous êtes. Il ne faut pas rester ici. C'est dangereux ! »

Je me redressai et traversai le mégaron à tâtons, en trébuchant. La chaleur de l'incendie de l'autre côté des murs était perceptible. Mais ici, c'était le noir complet. « Vous êtes ici ? Je vous en prie, je viens aider votre mère ! »

À ce moment-là, j'entendis un léger bruit de pas. Puis le silence. Des rats ? Un chien ? « Les enfants ! Dites quelque chose ! Aidez-moi à vous trouver ! »

Le bruit recommença. Mais c'était peut-être le feu. Tout d'un coup, une partie du toit s'écroula. Un pan de briques tomba juste devant moi. Je l'avais échappé belle. Un nuage de poussière suffocant emplit la pièce. Les flammes, profitant de cet appel d'air, se mirent à vrombir plus fort encore.

Pendant quelques instants, l'incendie éclaira la pièce. Cela me suffit pour voir un corps étendu près d'une table, les jambes écartées, les plantes des pieds vers le ciel. C'était un homme – peut-être le mari de la femme que j'avais vue. Il tenait encore à la main une coupe de vin, mais la surface du liquide était recouverte de poussière et mêlée de gouttes de sang. Il devait être en train de fêter la fin de la guerre avec des amis quand une partie de la maison s'écroulant sur lui l'avait tué. Dans la pénombre, d'autres corps apparurent.

« Avec du poison, murmurai-je, leur mort aurait été plus douce. » Les malheureux étaient coincés sous des poutres fumantes. Ainsi, la femme avait survécu et s'était retrouvée dans la rue, complètement hébétée. Et les enfants ?

« Où êtes-vous ? » Je traversai la salle détruite et m'enfonçai prudemment dans la maison.

Une toute petite voix parvint à mes oreilles, puis des bruits de pas. Deux enfants à quatre pattes apparurent. « Maman !

Maman ! » gémirent-ils. Garçons ou filles ? Impossible de le savoir, tellement ils étaient recroquevillés et couverts de poussière. Ils s'agrippèrent à mes jambes.

« Elle est dehors, dis-je. Il y a d'autres enfants cachés ici ?

– Non », répondit l'un d'entre eux en sanglotant.

Je les emmenais rapidement vers la sortie quand, tout d'un coup, la maison se mit à trembler dans un grand rugissement. Les murs vibrèrent, puis tombèrent sur nous, emportant les enfants dans leur chute. Mes mains se retrouvèrent prises sous les décombres. J'étais piégée. Les enfants reposaient quelque part sous l'amas de pierres, mais je ne pouvais ni les voir, ni les entendre.

J'avais eu plus de chance qu'eux. Je les appelai. En vain. Alors, je sentis une main se poser sur mon épaule.

Aphrodite ? Elle m'avait dit que je survivrais à la chute de Troie. Était-elle venue me protéger ? Je me retournai. C'était Ménélas.

Ménélas ! Plutôt périr dans l'incendie !

« Ah ! Te voilà ! Je te tiens ! » hurla-t-il. Il me dominait de toute sa hauteur, visiblement ravi de sa découverte. « Je t'ai vue entrer ici. Moi qui pensais t'avoir perdue. » Il tira sur mes bras. « Je vois que tu es coincée. » Il regarda en l'air. « Et le plafond ne va pas tarder à s'écrouler. » Il s'agenouilla et se mit à creuser pour dégager mes mains. Puis il se releva. « Tu serais morte comme une chienne si je ne t'avais pas suivie jusqu'ici.

– Les enfants, eux, n'ont pas survécu », dis-je.

Si seulement j'avais été à leur place ! Que Ménélas soit ici – c'était horrible ! Je ne pouvais détacher mes pensées des deux petits, morts alors qu'ils étaient sur le point d'en réchapper. Et moi, si proche du trépas, et maintenant condamnée, livrée à Ménélas.

« Cela vaut mieux pour eux, dit-il d'un ton brutal. Une vie de servitude n'est pas une vie. C'est ce qui les attendait s'ils avaient vécu. »

Et tel était le sort que l'on me réservait.

Il grogna en tirant mes bras et mes mains de sous les décombres. « Fuyons ! » Il m'entraîna de force. Nous étions à peine sortis de la maison qu'elle s'écroula dans une explosion de poussière, de flammes, de bois et de briques.

Dehors régnait la panique. Ménélas me força à avancer et à descendre la rue qui serpentait. « Cette fois-ci, nous quittons Troie pour de bon. Direction les nefs ! » Il secoua son bras en grimaçant de douleur. Il saignait. En me tirant de sous les gravats, il s'était blessé.

LXXII

Pendant que j'étais dans la maison, l'incendie avait ravagé les bâtisses voisines et les avait transformées en centaines de bûchers. L'odeur si particulière de la chair humaine brûlée, à laquelle toutes ces funérailles nous avaient habitués, emplissait l'air. Les gens qui cuvaient leur vin s'étaient réveillés sur un lit de feu, et avaient péri dans d'atroces souffrances.

« Plus vite ! Plus vite ! » Ménélas me poussa de sa main posée à plat sur mon dos. Il secouait son bras blessé qui saignait. Mais ce n'était là que quelques gouttes, noyées dans les rivières écarlates qui nous entouraient.

Tel un torrent en crue, la foule hurlante et gémissante se ruait vers les portes. Un homme se tenait immobile au milieu du flot, tel un rocher, les yeux tournés vers la ville. En passant à côté de lui, je l'entendis marmonner : « Il faut que j'y retourne, il faut que j'y retourne, j'ai oublié de fermer la porte de la réserve. » La foule nous emporta, et sa voix s'évanouit peu à peu derrière nous.

Arrivés près des murailles, nous nous engouffrâmes dans le passage étroit juste avant les portes. Enfin, nous débouchâmes brutalement à l'extérieur des remparts. Une épée passa en sifflant juste au-dessus de ma tête. « Imbécile ! » cria Ménélas en frappant un soldat posté près de la porte avec pour mission de tuer les gens qui s'échappaient.

« Majesté, je te prie de me pardonner ! dit-il. Je ne t'avais pas reconnu.

– Imbécile ! répéta Ménélas.

– Dans le noir, tout le monde se ressemble. Comment distinguer un Troyen d'un Grec ?

– Et ton propre chef, tu ne le reconnais pas ? Allons, au travail ! »

L'homme regagna son poste et recommença à tailler en pièces les malheureux qui passaient les portes, tandis qu'un autre soldat placé en face de lui s'assurait que nul n'en réchappait. Le sol se couvrit de cadavres, et les deux soldats grecs, submergés, furent emportés par le flot des fugitifs.

« Par là ! » De la pointe de l'épée, Ménélas m'indiqua un chemin éclairé par la lumière vacillante de quelques torches. Des formes apparurent dans la pénombre – des corps. Alors, un rugissement emplit l'air. En me retournant, je vis Troie transformée en boule de feu, enserrée dans ses remparts – une masse rouge en fusion cerclée de noir. Les flammes s'élevaient joyeusement en se détachant dans la nuit.

« Ne t'arrête pas, dit Ménélas en me poussant brutalement.

– Retourne-toi. Au moins admire ton œuvre. »

Il obtempéra en grommelant. Stupéfait, il ne put que contempler en silence le spectacle de la ville mourant dans le vrombissement des flammes.

Le devant de ma robe, baigné de sang, collait à ma peau. Les mains tremblantes, j'arrachai la broche et la donnai à Ménélas. « Le sang va continuer à couler, et je ne veux pas que ce soit sur moi. » Si la broche pleurait des larmes de sang pour chaque Troyen, les champs allaient bientôt être inondés.

Il tourna le bijou dans sa main comme s'il ne le reconnaissait pas. « Et pourquoi pas ? Après tout, c'est toi la cause de tout ce sang. »

Profitant de ce qu'il semblait captivé par la broche, je voulus m'enfuir, mais il m'attrapa d'un mouvement rapide et sa main se referma sur mon bras comme les serres d'un oiseau de proie. « C'est fini, ma chère, dit-il. Tu ne pourras plus m'échapper. » Il jeta la broche. « Ce bijou devait t'aider à voir le prix de ton amour. Alors, regarde. Voilà ce que Troie a dû payer – sa vie. Maintenant, avance. »

Le chemin jusqu'aux navires me parut interminable. Derrière moi, la ville agonisait. Les flammes palpitantes illuminaient la plaine. Peu à peu, l'odeur de la mer nous envahit et recouvrit celle de l'incendie. J'entendis des voix et vis des gens s'affairer autour de grandes formes sombres.

Ménélas fit un signe et ordonna d'une voix de stentor : « Ligotez-la et mettez-la avec les autres ! Utilisez une corde bien épaisse et faites un nœud solide ! Et puis non, après tout, mieux vaut carrément utiliser une chaîne. » Il m'adressa un sourire cruel. « C'est un vrai serpent. Elle s'échappe facilement. »

Je me retrouvai enchaînée à un poteau comme un animal sauvage, les poignets et les chevilles entravés. Dans la lumière de l'aube, je vis d'autres personnes enchaînées de la sorte tout le long du rivage. Il y avait aussi une palissade derrière laquelle étaient enfermées d'autres personnes, plus dociles certainement. Nul homme parmi ces captifs – aucun Troyen de sexe masculin n'aurait la vie sauve, et ceux qui ne périraient pas dans les flammes seraient tués.

À mesure que le jour se levait, l'horreur se révéla. Les champs étaient recouverts de tant de corps ! Comment Troie avait-elle pu abriter une population aussi nombreuse ? Aussi loin que mon regard se portait, ce n'était que monticules sombres et immobiles, masses ramassées sur elles-mêmes – autant de personnes vivantes hier encore, avant que le cheval n'entre dans Troie. Jamais récolte n'avait été aussi abondante dans ces champs, ni moisson si généreuse.

Les soldats grecs commencèrent à affluer sur le rivage, chargés de leur butin de guerre. Ils amassèrent leurs prises en un tas de plus en plus haut. Épées, javelines, armures, piédestaux, rideaux, lyres, tables marquetées, poteries, boîtes décorées, rouleaux de lin, plateaux de jeu, cruches, louches, miroirs de bronze, pipes, crèmes et onguents – une vraie montagne, ce qui restait de Troie. Chaque objet pleurait son propriétaire, celui qui avait caressé ses cordes, qui s'était miré dans sa surface polie. Et ma tapisserie ? Était-elle là ? Le centre n'était pas fini. Maintenant, des traces de brûlure l'achèveraient, et ses fils noircis raconteraient la fin de l'histoire.

Et l'armure d'Hector ? Non, un objet aussi célèbre subirait le même sort que l'or et les bijoux : Agamemnon la réclamerait. Celle de Pâris ? Elle avait été récupérée par un Troyen lors des jeux funèbres. Maintenant, à moins d'avoir fondu dans l'incendie, elle était quelque part dans cet amoncellement d'objets pillés.

Des groupes d'hommes tournaient autour d'une sorte de monticule sur lequel ils déposaient des offrandes – le tumulus d'Achille certainement, là où il reposait en compagnie de Patrocle. À présent, en leur offrant une part du butin, leurs compatriotes victorieux leur racontaient la chute de Troie.

La brume et la lumière bleutée de l'aube avaient laissé place au soleil. Une brise légère s'était levée. Les eaux de l'Hellespont, qui s'ouvraient jusqu'à la mer, scintillaient d'un éclat pur et gai. Les morts, prisonniers de la terre, marquaient celle-ci comme autant de bornes. Sachant qu'ils ne pourraient pas les transporter, les Grecs avaient aussi massacré les fameux chevaux de Troie, détruisant ainsi l'une des richesses de la ville. Ils avaient même abattu les arbres des vergers, comme autant d'ennemis. De Troie, il ne devait rien rester qui puisse avoir de la valeur.

Je secouai mes chaînes. Je ne pouvais même pas me protéger les yeux du soleil. Les soldats commencèrent à défiler devant moi en me montrant du doigt, l'air stupéfait.

Tout était redevenu comme avant. Ces regards fixes, ces expressions ébahies – tout ce à quoi j'avais dit adieu en m'enfuyant avec Pâris. Je retrouvais la prison qui m'avait retenue, même sans chaînes.

Ménélas vint se poster devant moi, bien planté sur ses jambes, les mains sur les hanches. Refusant de regarder son visage, je fixai obstinément ses genoux, que je reconnaissais bien – étrange comme certaines parties du corps nous permettent d'identifier quelqu'un.

« Alors, dit-il, tu es disposée à rester bien sage ? »

À présent, même la vue de ses genoux m'insupportait. Je fermai les yeux.

« Amenez-la dans ma tente ! » aboya-t-il. Je sentis que des mains défaisaient mes chaînes. Je fus prise de vertiges en me relevant. Avant d'être entraînée, j'eus le temps d'apercevoir la fumée noire qui s'élevait dans le ciel, marquant l'endroit où naguère se dressait Troie.

Dans la tente, s'entassaient des femmes en pleurs, jeunes la plupart – les plus âgées ayant été laissées sur place. Les captives étaient destinées au lit ou aux cuisines de leurs nouveaux maîtres

– voire aux deux. Certaines, assises, le regard fixe, baissaient la tête. D'autres faisaient les cent pas. Aucune ne semblait voir ce qui se passait autour d'elle. Leurs yeux étaient vides, éteints.

Dans un angle réservé aux femmes de haut rang se trouvaient, accroupies, les princesses de Troie – Cassandre, Laodicé, Ilona et Polyxène. En m'approchant d'elles, je vis qu'elles formaient un cercle protecteur autour de leur mère, étendue par terre. Je voulus m'agenouiller et lui toucher le front, mais ses filles me repoussèrent.

« J'ai vu ce qui s'est passé dans la cour, murmurai-je. Mais la foule m'a emportée et je me suis retrouvée dans la rue. Que votre père et votre frère soient bénis par les dieux.

– Ils ont brûlé sur leur propre bûcher, dit Laodicé, les derniers rites funèbres que Troie offrira jamais à ses morts. »

Cassandre regardait fixement droit devant elle. J'avais vu ce qu'elle avait subi, mais peut-être les autres l'ignoraient-elles. Je me promis de garder le secret, afin de ne pas rendre son épreuve plus douloureuse encore.

« Créüse est morte, dit Ilona. Nous étions là quand ils l'ont attaquée. Quant à Énée, personne ne l'a vu. Il n'était pas avec elle au moment où ils l'ont tuée. »

Polyxène raconta de sa voix douce, ce qui rendit son récit encore plus pathétique, que sa petite sœur Philomène avait péri dans l'incendie du palais, qu'Antimachos était mort, qu'Aesacos avait disparu, et que Panthoos avait péri en essayant de mettre en marche l'une de ses machines destructrices, qui l'avait écrasé lui au lieu des Grecs. Anténor avait survécu, ainsi que sa femme Théano, qui se trouvait dans la tente avec nous.

« Déiphobos est mort, dis-je, tué par Ménélas dans son sommeil.

– Hélénos est ici, mais les Grecs ne le laissent pas nous parler.

– Pourquoi nous ont-ils rassemblées dans cette tente ?

– Pour nous vendre aux enchères, dit Cassandre en revenant brusquement à la vie. Leurs hommes vont faire leurs offres, et ensuite ils nous emmèneront en Grèce. Mais moi, je ne vais pas être vendue. Je fais partie du butin d'Agamemnon. »

Je sursautai. Cela était-il possible ? Pourquoi Agamemnon l'aurait-il choisie, elle, la prophétesse vierge, maintenant salie, même pas jolie – pourquoi le commandant suprême l'aurait-il choisie parmi toutes les femmes de Troie ?

Une vision traversa mon esprit. Cassandre se trouvait à Mycènes, avec Clytemnestre... Je clignai des yeux. L'image s'évanouit en un éclair rouge sang. La Grèce attendait. Depuis toutes ces années, elle attendait, tapie telle une bête, de nous dévorer quand nous arriverions. J'allais tout retrouver, pas simplement les regards des hommes sur moi, mais aussi les murailles de pierre, les montagnes immenses, ma famille. À leur retour, les soldats tenteraient de reprendre les choses là où ils les avaient laissées et s'apercevraient que c'était impossible, que le temps ne le permettait jamais, qu'il provoquait des milliers de petits changements presque imperceptibles, si bien que même les murs qu'ils toucheraient ne seraient plus tout à fait les mêmes.

« Alors, c'est toi qui vas nous venger, dit Hécube, qui était restée allongée. Ce sera la fille de Priam qui le vengera, pas l'un de ses nombreux fils. » Elle partit d'un rire râpeux, comme le bruit d'une feuille morte raclant le sol. « Comme les dieux doivent s'amuser ! »

Polyxène releva Hécube et l'enlaça.

« Alors nous savons qui a péri et qui a survécu ? demanda la vieille reine.

– Nous sommes toutes mortes, répondit Ilona.

– Mais où est Andromaque ?

– Nous ne l'avons pas vue », répondirent ses filles.

Moi aussi, j'ignorais où elle se trouvait.

Pour tout repas, les soldats nous donnèrent du gruau d'orge, puis nous laissèrent dormir par terre. Nous nous allongeâmes pour cette première nuit sans Troie. Parfois, quand le vent tournait, l'odeur des cendres et de la fumée parvenait à mes narines à travers la toile de la tente. Mais le vent dominant qui venait du nord était pur.

Des soldats entrèrent pour nous séparer en plusieurs groupes. Ils m'emmenèrent dehors avec la famille de Priam, et nous poussèrent vers une grande cabane en bois au bout de la rangée de navires. Des tabourets et des bancs avaient été disposés devant la bâtisse. Ils étaient tous occupés.

« Ce doit être ici qu'auront lieu les enchères », murmura Ilona, la tête courbée. Elle évita du regard les hommes qui s'impatientaient sur leur siège comme des petits garçons.

Ils ne me vendraient pas. Ménélas avait fait valoir ses droits sur moi. À moins qu'il n'ait décidé, pour se venger, de me donner à un esclave ? Peu m'importait. Il ne pouvait pas savoir que pour moi cela revenait au même. J'étais morte avec Pâris, avec Troie. Et un esclave que je n'aurais jamais vu serait plus facile à supporter que Ménélas et toutes ses rancœurs.

Ils nous firent mettre en rang. Puis ils commencèrent par Hécube, afin de bien montrer qu'ils tenaient compte de son rang passé.

Un vieil homme se leva pour présider aux enchères – Nestor ! Je balayai du regard le groupe des chefs grecs, certains que j'avais connus jadis : Agamemnon (l'infanticide), Ulysse (le menteur), Diomède (l'autre menteur), le petit Ajax (le violeur), Calchas (le traître) – une belle galerie ! Quant aux autres, Idoménée (un homme bon autrefois), Ménélas et Nestor lui-même, ils s'étaient rendus coupables en s'associant avec cette brochette de sinistres personnages.

Nestor leva des mains si maigres et ridées qu'on aurait dit de l'écorce de chêne. Il tourna la tête et contempla l'horizon. Il avait encore un port altier, et ses yeux sombres avaient conservé toute leur fierté. « Troie n'est plus », déclara-t-il en regardant l'endroit où la ville se dressait jadis. À présent, il n'en restait que des minces volutes de fumée qui s'élevaient tristement dans l'air. Mais même la fumée meurt, et quand elle disparaît, tout s'efface à jamais.

« Ce qu'il en reste est ici, devant vous – ces jolies femmes et ce butin sur la plage. Disposez-en à votre guise. C'est ici, devant la maison d'Achille, notre plus valeureux guerrier, que nous allons procéder à la dispersion de ces souvenirs de Troie. »

Des souvenirs de Troie. C'était ainsi qu'ils nous voyaient.

« La reine de Troie sera la première. Comme toi, ô reine, poursuivit-il en s'adressant à Hécube, je suis âgé. Et pourtant, cela ne nous empêche pas d'exiger que les jeunes nous traitent avec respect, en mémoire de ce que nous avons été. » Puis. balayant du regard le groupe de soldats grecs, « Quelle maison va l'accueillir ? poursuivit-il.

– La mienne, déclara Ulysse en se levant d'un bond. Elle vivra à Ithaque.

– Cette île rocailleuse, tout là-bas à l'ouest, de l'autre côté de la Grèce ? Plutôt mourir ici ! s'exclama Hécube.

– Pénélope s'occupera de toi, insista Ulysse.

– Es-tu bien sûr que Pénélope est encore en vie, et qu'elle est mesure d'accueillir quelqu'un, ou même de t'accueillir toi ? s'écria Cassandre. Tu ne doutes vraiment de rien ! Mais c'est comme ça que vous êtes, vous autres.

– Je ne voudrais pas être déplaisant, dit Ulysse à Agamemnon, mais celle-ci est à toi. Alors fais-la taire. »

Agamemnon se leva. C'était la première fois depuis longtemps que je le voyais de près, séparé des autres. Les années l'avaient usé, comme un ours dont le pelage aurait perdu sa couleur et son éclat. Il restait dangereux – il avait gardé ses mains rapaces, ses dents aiguisées et ses yeux avides –, mais ses forces commençaient à décliner. C'était peut-être cela qui le rendait encore plus mauvais et menaçant.

« Comme tu veux », marmonna-t-il. Il fit un geste de la main. Ses gardes s'emparèrent de Cassandre et l'emmenèrent de force dans la maison d'Achille.

Gêné, Nestor poursuivit. « Et cette belle fille de Priam, Laodicé ? »

Un homme que je ne reconnus pas la voulut. Puis vint le tour d'Ilona, et là encore un inconnu la réclama.

« Et maintenant, l'ancienne reine de Sparte ! tonna la voix de Ménélas. Écoutons la liste de ses méfaits avant de la remettre à qui de droit. Après tout, nous avons quitté nos familles, combattu et souffert de nombreuses années pour ses crimes. Pourquoi ? Parce que nous sommes des hommes de parole et que nous avons honoré le serment prêté sur les morceaux du cheval sacrificiel, et avons payé le prix fort pour cela. Contemplez ces cadavres de chevaux qui jonchent la plaine de Troie. Cette guerre a commencé avec un cheval sacrificiel et se termine avec le sacrifice de tous ces chevaux – le grand cheval de bois et ces joyaux des prés troyens. »

Il s'avança vers moi et plongea ses yeux dans les miens.

Était-il possible que j'aie autrefois contemplé ce visage avec tendresse ?

« Faisons la liste de ses abominations ! dit-il avec jubilation. Tout d'abord, elle...

– Ne te donne pas cette peine », l'interrompis-je. Je n'aurais pas supporté d'entendre son réquisitoire, préparé à l'avance. « Je sais parfaitement ce que tu vas dire. Je préfère m'en charger moi-même, comme cela je pourrai répondre en même temps, et nous en aurons fini plus vite. Nous savons tous comment l'histoire se termine, à un ou deux détails près. »

Si Ménélas m'avait vraiment bien connue, il n'aurait pas été surpris de ce que je venais de dire. Mais le malheureux était muet de stupeur – exactement l'effet que j'avais escompté. Je m'avançai et fis face à l'assemblée. Cent regards avides convergèrent vers moi. « Tout d'abord, comme allait le dire Ménélas, je me suis sauvée de mon palais spartiate avec Pâris, le prince de Troie. De mon plein gré, et non sous la contrainte comme certains ont voulu le faire croire. Je n'ai pas emporté de trésors avec moi, comme d'autres l'ont prétendu, mais seulement quelques biens qui me revenaient de droit. Ce n'était pas non plus un acte réfléchi. Je n'ai pas utilisé ces objets pour m'enrichir. Certains, je les ai dédiés au temple d'Athéna à Troie. Les autres, je les ai donnés à Priam. » Je m'arrêtai pour reprendre mon souffle.

Le silence était tel qu'il me sembla que tout le monde entendait ma respiration.

« Le seul crime que j'ai commis, et pour lequel nul ici n'a le droit de me punir ou de me pardonner, c'est d'avoir quitté ma fille. Pour ce crime-là, j'ai souffert, et elle seule pourra me juger. Quand je me retrouverai devant elle, je lui demanderai de me pardonner.

– Elle ne le fera jamais ! s'exclama Ménélas, s'animant brusquement. Elle te déteste ! Elle m'a dit à plusieurs reprises à quel point elle te méprisait et espérait que je te tuerais quand je mettrais enfin la main sur toi. »

Il disait certainement vrai. Ménélas n'était pas un menteur, à moins que ces années passées avec Ulysse l'aient contaminé. « Je me soumettrai à sa décision, quelle qu'elle soit.

– Tu n'auras pas le choix, chienne adultère ! »

Je me tournai vers le public. « Y a-t-il ici un homme qui voudrait d'une chienne adultère pour épouse ? » Comme je l'avais prévu, cela les fit rire. Et s'il y avait une chose que Ménélas ne supportait pas, c'était qu'on se moque de lui.

« J'ai dit que je te voulais comme prisonnière, pas comme épouse. Et c'est en tant que prisonnière que tu vas rentrer à Sparte. »

Je préférais cela plutôt que d'être son épouse. Mais cela ne me mettait pas à l'abri pour autant. « Mon père est-il toujours vivant ? » demandai-je. Je devais savoir ce que je retrouverais, qui m'attendrait.

« Oui. À ton avis, qui d'autre aurait pu régner sur Sparte toutes ces années ?

– Et sur Mycènes ? Sur Pylos ? Sur Ithaque ? »

Tous ces rois qui étaient partis – qui avait gouverné à leur place ? Oreste et Télémaque n'étaient que des enfants au départ de leurs pères, et les fils de Nestor l'avaient tous accompagné à Troie. Qu'était-il arrivé en Grèce pendant leur absence ?

« Nous ne savons pas ! s'écria Ulysse d'un ton brusquement meurtri. La distance est telle que les nouvelles sont rares. Nous ne saurons rien avant notre retour.

– Nous partons ensemble. C'est en même temps que nous découvrirons ce qui nous attend, dit Ménélas. Et toi, putain sans vergogne, ajouta-t-il à mon intention, je te souhaite un joyeux retour !

– Encore une fois, demandai-je en me tournant de nouveau vers le public, y a-t-il ici un homme qui... »

Ménélas m'attrapa par les épaules et me secoua si fort que l'une de mes épingles à cheveux tomba. « Une putain qui porte une robe toute tachée de sang, du sang des hommes qu'elle a tués ! Car tu es une meurtrière en plus du reste ! Méfie-toi, méfie-toi de ma vengeance ! » Puis, faisant face aux autres, il leur annonça : « Ma vengeance, je vais la prendre en Grèce ! Cette femme devra affronter le peuple qui a souffert à cause d'elle, parce que nous avons dû venir à Troie pour elle !

– Ainsi, tu es devenu menteur ! m'exclamai-je. Non, je n'ai tué personne. Si des milliers d'hommes ont perdu la vie, c'est pour défendre ton honneur meurtri. Pour ce qui est du sang sur ma robe, il n'est que symbolique – une goutte pour dix vies. Mais regardez, il suffit de le laver – il s'en va entièrement. Ce n'est pas du vrai sang. »

Le visage de Ménélas se contracta tant il peinait à maîtriser sa colère. Enfin, il ordonna : « Dans la maison ! Avec les autres ! »

Les soldats me traînèrent jusqu'à l'intérieur sombre de la bâtisse. Dans l'obscurité, je distinguai les formes recroquevillées des captives. La maison était humide et sentait le moisi. Il y avait un lit tout défoncé et quelques bancs, des coffres et – seule chose en bon état – un piédestal recouvert d'une tunique, sur laquelle on avait posé un anneau d'or et un couteau.

Les femmes sanglotaient tout bas – de tristesse et de fatigue. Il ne leur restait plus suffisamment de forces pour se lamenter bruyamment. La chute de Troie semblait les avoir vidées de toute énergie.

« Cette ignoble cabane puante ! Le sanctuaire d'Achille ! lança Hécube d'un ton haineux. L'infâme y a vécu, alors ils sont persuadés que ce lieu est saint ! Dire que Priam est venu ici, qu'il s'est assis ici pour supplier qu'on lui rende le corps d'Hector ! Priam, toi aussi tu as contemplé ces murs affreux.

– Et cet objet ridicule, à quoi sert-il ? » demanda Laodicé en donnant un coup de pied dans le piédestal, elle qui d'ordinaire avait des manières si douces.

« C'est leur façon d'honorer Achille, répondit Cassandre. Ceci est sa tunique, et voici son anneau et son couteau. »

Quelqu'un frappa discrètement à la porte. Une voix masculine et douce interrompit notre conversation.

« Nobles femmes, reines et princesses... » Cet homme avait la délicatesse de s'annoncer – même si ce que nous disions ne pouvait guère changer notre sort.

Il entra. Il n'était pas jeune, même si sa voix faisait illusion. « Je suis Philoctète. On m'a envoyé ici pour... »

Philoctète ! L'homme qui avait tué Pâris ! Il était robuste, de taille moyenne, avait les bras musclés et un port altier.

Je suffoquai, tentai de reprendre mes esprits. Où étaient ses flèches mortelles ? Son poison ? Son carquois ? Son arc ? La flèche qu'il avait tirée sur Pâris n'avait fait que l'érafler, mais cela avait suffi.

« Où sont tes armes ? lui demandai-je à voix basse.

– Hélène, tout ce que je peux te dire, c'est que la guerre, c'est la guerre. Au moins, j'étais pour lui un ennemi. Il n'y a rien de pire que de périr sous les coups d'un allié ou d'un compagnon.

Je sais... Ils m'avaient abandonné, eux, alors que j'étais en danger de mort. Et c'est seulement quand ils ont eu besoin de moi qu'ils sont venus me chercher.

– Les Grecs ! Ces infâmes ! L'honneur et la vérité n'ont pas cours chez eux !

– Mais j'étais lié à eux. Je ne pouvais pas prendre le parti des Troyens. »

Une idée folle s'empara de moi. Saisir l'une de ses flèches, me griffer avec, et mourir comme Pâris. « Et tes armes mortelles, où les as-tu mises ?

– Quelque part où elles sont en sécurité. Les flèches d'Héraclès doivent être cachées pour ne pas blesser des innocents. »

Si seulement je pouvais mettre la main dessus. Quant aux innocents – savait-on seulement qui l'était ?

« N'y songe pas, ô reine, dit Philoctète. Nombreux sont ceux qui recherchent ces flèches. Je regrette le jour où j'ai allumé le bûcher d'Héraclès et hérité de ses armes. Il m'a légué un fardeau bien lourd. »

LXXIII

Je compris alors que je devrais charmer l'un de mes gardiens si je voulais avoir la moindre chance de m'échapper. Philoctète ? Mon être se révolta. Je ne pouvais tout de même pas séduire l'assassin de mon mari !

La porte s'ouvrit brusquement. Andromaque apparut, poussée par Néoptolème, qui riait.

Pour la première, son visage m'apparut entièrement, sans son casque. Ses yeux étaient d'une couleur terne indéfinissable – brun ou bleu, impossible de dire dans la pénombre. Son visage n'était pas laid, mais il n'avait rien de remarquable. Il n'avait pas hérité de l'allure fière et féroce de son père.

« Ma nouvelle esclave ! s'écria-t-il. La veuve d'Hector !

– Je suis trop vieille pour toi, rétorqua Andromaque à voix basse en se tournant vers lui.

– C'est vrai ! dis-je en m'approchant d'elle et en passant mon bras autour de ses épaules pour la rassurer. Qu'est-ce que tu ferais d'une femme assez vieille pour être ta propre mère ?

– Peu m'importe son âge. Ce qui compte pour moi, c'est celui qui était sur elle avant moi, répliqua Néoptolème d'un ton méprisant. Je la forcerai à l'oublier. Ce sera mon titre de gloire.

– N'y compte pas, dit Andromaque. Tu as tué mon petit garçon. Je te méprise à jamais. »

Astyanax ! Que s'était-il passé ?

« Il l'a arraché à mes bras, m'expliqua Andromaque d'une voix terne, et l'a jeté par-dessus les remparts de Troie. Ou plutôt, comme il n'y avait plus de remparts, il l'a jeté dans les décombres fumants de la ville, ce qui revient au même, puisqu'il est mort. » Elle parlait mécaniquement, d'une voix basse et éteinte.

Je fondis en larmes. Son petit garçon adoré, tant attendu. Je me souvins cette nuit sur le mont Ida...

« Le bébé serpent doit mourir, dit Néoptolème. Il ne peut pas être autorisé à survivre dans les ruines et à faire revivre la menace troyenne. Il faut détruire la descendance d'Hector. »

Les héritiers de Troie, tous massacrés ! Pourtant, Aphrodite avait dit qu'Énée s'était échappé. Peu importait. Nous n'avions aucun moyen de le savoir. « Ma pauvre sœur », dis-je en enlaçant Andromaque et en mêlant mes larmes aux siennes. Je remerciai les dieux que Pâris et moi n'ayons pas eu un enfant. Il aurait péri lui aussi.

« Tu rentreras en Grèce avec moi, dit Néoptolème à Andromaque. Peut-être pas en tant que première épouse, certes, car il est vrai que tu es trop vieille pour moi. Simplement, de temps en temps, tu viendras dans mon lit me soulager et me divertir. Mais je pense que je mérite une princesse grecque. Et ta fille Hermione est plus à mon goût, chère Hélène. J'ai déjà abordé la question avec ton mari, et il m'a donné son accord. Je serai ton gendre. » Il gloussa et se pencha pour m'embrasser sur la joue. « Belle-mère ! » dit-il en ricanant.

Incapable de me retenir, je le giflai. « Si ma fille est vraiment ma fille, elle te rejettera.

– Mais elle est peut-être davantage la fille de son père que la tienne, répondit-il en riant. Ou peut-être a-t-elle décidé toute seule qu'elle voulait le fils du puissant Achille. Comme de nombreuses femmes.

– Alors, trouve-toi une autre épouse, et épargne-la.

– Il est fort probable qu'elle est au nombre de celles qui me désirent. Mais trêve de banalités, parlons de ce qui m'amène ici. »

Il se détourna avec dédain d'Andromaque et de moi et s'adressa aux femmes rassemblées au fond de la pièce.

« Mon père est venu à moi, il y a peu de temps. Il m'a parlé à travers des rêves et des présages.

– Comme c'est étrange ! m'exclamai-je. Il n'a pas daigné venir te voir quand tu étais bébé et maintenant il s'adresse à toi !

– Les dieux, répliqua-t-il, parlent à leurs enfants quand ils en ont envie.

– Alors Achille est un dieu ? Étrange ! La première fois que je l'ai vu, c'était surtout un vilain petit garçon qui se mêlait de ce qui ne le regardait pas.

– Vas-tu te taire, gueuse !

– Réponse facile, quand on ne sait pas quoi dire. Des insultes ! C'est simplement la seule chose qui te vient à l'esprit. Et qu'est-ce que ton illustre père – si en effet c'est bien ton père – t'ordonne de faire ?

– De faire couler le sang. Il a besoin d'un sacrifice pour nous laisser partir.

– Un sacrifice ? Lequel ? demanda Hécube en s'avançant. En toute justice, ce devrait être le mien.

– Non, ce sera celui de ta fille, Polyxène.

– Quoi ? »

Hécube porta la main à sa gorge.

Alors, tout d'un coup, la vieille femme flétrie qui s'avançait en traînant les pieds vers la mort disparut. Elle se redressa, affronta Néoptolème les yeux dans les yeux. Il recula. « Pourquoi ?

– Parce que mon père avait un faible pour elle, expliqua-t-il.

– Impossible ! Il ne l'avait jamais vue !

– Si, à la source. »

Polyxène s'avança, les yeux lançant des éclairs. « Le jour où il a tué mon frère Troïlos ? Il se souvient m'avoir vue à ce moment-là ? Il devrait maudire ce jour, et tout ce qui y est attaché. C'est ce que j'ai fait, et je méprise ton père. Dis-le-lui quand il apparaîtra dans tes rêves !

– Tes sentiments n'ont aucune importance. Il veut voir ton sang couler sur sa tombe. Alors seulement la guerre sera finie.

– Troie n'est plus qu'un tas de cendres, ses habitants reposent sous un amas de pierres et de poutres fumantes, et il veut une autre mort pour terminer la guerre ? »

La voix de Polyxène s'affaiblissait, comme si toutes ses forces étaient parties avec le souvenir de Troïlos.

« Qui peut sonder les désirs et les besoins des morts ? Moi aussi, princesse, l'idée ne me plaît guère. Pourquoi ne s'est-il pas contenté de voir son fils venir à Troie ? Pourquoi a-t-il besoin de toi ?

– Parce que c'est un homme cruel et violent, répondit Polyxène. C'est aussi simple que cela. Il a tué tant qu'il a pu, et maintenant il demande à d'autres de se charger de cette sale besogne à sa place.

– Tue-moi ! m'exclamai-je. C'est moi qu'Achille devrait réclamer comme prix du sang. C'est mon mari qui l'a tué, non ?

– Nul doute qu'il te désire, fit Néoptolème avec un sourire narquois. Il aurait tant voulu se promener avec toi sur l'île Blanche où, m'a-t-on dit, il erre, désespéré. Mais j'ai besoin de toi ici, belle-mère. »

Dégoûtée, incapable de le regarder plus longtemps, je détournai les yeux. Je ne vis pas Polyxène se dégager des mains de sa mère et s'avancer.

« Et ce sacrifice mettra un terme à la guerre ? Plus aucun sang ne sera versé après ? demanda-t-elle au fils d'Achille.

– En effet. Ensuite, nous lèverons l'ancre et quitterons pour toujours le rivage troyen.

– Et j'aurai une tombe ? Une vraie ?

– Mon enfant, que dis-tu là ? hurla Hécube.

– Je veux une tombe en marbre blanc, loin du tumulus d'Achille. Et je veux qu'il y soit inscrit que le sang innocent d'une princesse grecque a fait venir les navires, et que le sang innocent d'une princesse troyenne les a renvoyés chez eux !

– Non ! Jamais ! s'écria Hécube.

– Mère, cesse de crier ! lui ordonna Polyxène. Tu penses que j'ai envie de quitter ma terre natale ? De devenir esclave ? De subir les gestes lubriques de quelque ignoble Grec ? Tu penses qu'Andromaque serait mieux là-bas que dans une tombe blanche ? Néoptolème, je suis sûre que tu comptes bien poser tes sales pattes sur une captive troyenne, et je plains Andromaque. Vraiment, je préfère la mort. »

L'insulte fit mouche. Néoptolème se mordit la lèvre, mais se retint de frapper Polyxène. « Ton vœu sera exaucé. Les préparatifs vont prendre un peu de temps, mais nous les hâterons. D'ici le coucher du soleil, nous verrons tous nos souhaits satisfaits : tu seras dans une tombe, et nous pourrons préparer nos nefs pour la traversée. »

Sur ce, il sortit. Les femmes formèrent un cercle autour de Polyxène en pleurant et en se lamentant. Elles allaient l'apprêter, comme pour une cruelle parodie de mariage – lui mettre de beaux vêtements (s'ils n'avaient pas tous brûlé dans l'incendie de Troie), la parer du diadème royal, l'oindre d'huiles parfumées. Lors d'une noce, ceux et celles qui avaient une longue expérience de l'hymen partageaient leur sagesse. Mais aujourd'hui, personne ne pouvait préparer Polyxène, personne ne pouvait l'armer pour les ténèbres qu'elle s'apprêtait à rejoindre.

En fin de journée, deux soldats vinrent la chercher. Elle portait une robe blanche et, pour tout diadème royal, une bande de lin prise sur la robe d'Hécube. Normalement, même les cornes des bœufs sacrificiels étaient recouvertes d'or. Mais aujourd'hui, Polyxène marcherait vers la mort sans aucun ornement. Tous nos bijoux et objets précieux étaient en train d'être comptés et inventoriés dans la tente d'Agamemnon. Quelqu'un avait apporté un petit bouquet de fleurs des champs, que nous tressâmes pour en faire un bracelet et un collier rouge et jaune sur sa peau blanche.

« Nous l'accompagnons », dis-je aux soldats.

Calme à présent, Hécube embrassa sa fille. « Cela ne durera pas longtemps, lui dit-elle. Tu as raison. Tu as de la chance de pouvoir quitter ce monde. Salue ton père, Hector et Troïlos. Dis-leur que je ne vais pas tarder à les rejoindre.

– Je n'y manquerai pas, mère, répondit la petite en l'embrassant. Et maintenant, je dois vous dire adieu, à vous toutes que j'aime tant. »

Les larmes coulaient sur ses joues.

Les deux soldats la prirent par les bras et la traînèrent dehors.

Hécube et moi suivîmes, ainsi qu'Andromaque et ses sœurs.

Le tumulus d'Achille n'était pas très loin des navires grecs. Il se dressait vers le ciel, déjà couvert d'herbe et de fleurs. Achille était mort depuis suffisamment longtemps pour que la prairie reprenne ses droits.

Un jour, cet endroit redeviendrait plat. Les tempêtes s'acharneraient dessus, le raboteraient et les bergers viendraient y faire paître leurs moutons. Le tumulus d'Achille disparaîtrait peu à peu. Il en serait de même pour les ruines de Troie. La butte qui marquait son emplacement – et où, à présent, la fumée ne montait plus qu'en minces volutes – ne serait plus qu'un souvenir.

Un autel – simple amas de cailloux surmonté d'une pierre plate – avait été dressé près de là. Devant, brûlait un feu, comme pour purifier le meurtre infâme qui allait être commis.

Alignés d'un côté, se trouvaient Agamemnon, Ménélas et tous les chefs grecs. Bien sûr, ils n'auraient manqué pour rien au monde un spectacle aussi barbare.

Agamemnon parla d'apaiser les dieux et d'assurer à la flotte grecque un retour sans encombre. Il mentionna le sacrifice que lui-même avait été contraint de faire pour permettre aux nefs de quitter le rivage grec.

« Un jour, tu verras ! hurla Cassandre à ce moment-là. Tu devras payer pour ce sacrifice ! »

Sur une toux discrète d'Agamemnon, des soldats l'emmenèrent de force. C'est alors que j'aperçus son jumeau, Hélénos, l'air honteux et la tête baissée, au milieu des Grecs, et non loin Anténor, dont le visage disait la peine, et sa femme Théano.

Les soldats amenèrent Polyxène jusqu'à l'autel. « Ma tombe, dit-elle, est-elle prête ?

– Oui, mon enfant, répondit Anténor. Elle se trouve aussi près de Troie que possible. J'y ai veillé. »

Je m'attendais à ce qu'elle le condamne pour avoir coopéré avec les Grecs, mais elle était désormais au-delà de ce genre de considération. « Merci, dit-elle. Et tu t'en occuperas ?

– Quelqu'un d'autre le fera. Je ne serai sans doute pas autorisé à demeurer ici. Mais je te promets que ta tombe sera entretenue.

– Et pas par la même personne que celle qui s'occupe du tumulus d'Achille, n'est-ce pas ? Je ne veux rien partager avec lui. Les mains qui touchent sa tombe ne s'approcheront pas de la mienne.

– Princesse, je m'y engage, promit-il, la voix entrecoupée de sanglots.

– Allons-y ! » ordonna Néoptolème.

Un groupe de solides guerriers s'avança.

« Faut-il vraiment qu'ils soient si nombreux ? demanda Polyxène.

– Oui, pour te porter, répondit le fils d'Achille, avant de se tourner vers le tumulus. Père, comme tu l'as ordonné, nous t'amenons la princesse Polyxène. Son sang coulera sur ta tombe. Alors, tu nous libéreras des effets de ta colère ! »

De sa colère ? Ainsi, même dans la mort, cet égoïste capricieux continuait à exiger des autres qu'ils se plient à ses fantaisies. Ou peut-être n'était-ce pas Achille lui-même, mais le souvenir qu'il avait laissé dans les esprits qui posait de telles conditions. Avec nos idoles, nos dieux, nous allons simplement un peu plus loin, en leur faisant exiger des sacrifices qu'ils n'auraient pas imaginés.

Cinq hommes hissèrent Polyxène à bout de bras. Toujours gracieuse, elle s'abandonna à eux, les chevilles croisées, la tête rejetée en arrière. Elle avait noué ses cheveux afin d'offrir sa gorge à la lame. Ses yeux avaient une expression rêveuse. Elle avait refusé le bandeau.

Les guerriers la portèrent jusqu'à l'autel.

« Tu vas mourir pour apaiser les dieux ! » s'écria l'un d'eux. Je remarquai – étrange, ce détachement dont on peut faire preuve à des moments pareils – qu'aucun prêtre n'était présent. Mais bien sûr, le dieu qui demandait que du sang soit versé n'était pas un habitant de l'Olympe.

Un autre guerrier tira sur ses cheveux pour qu'elle tende le cou. Elle ferma les yeux. Ses lèvres bougeaient, comme si elle parlait à quelqu'un. Mais nul son ne sortait de sa bouche.

« Maintenant ! » Une dague apparut, comme sortie de nulle part. Sans hésiter, elle trancha la gorge blanche de Polyxène. Un flot de sang écarlate jaillit, tacha le menton de l'homme.

Elle ne bougea pas, ne se débattit pas, ne mit pas la main à sa gorge, ne se tordit pas dans tous les sens. Elle reposait, telle une statue d'ivoire, absolument immobile. Pourquoi son corps ne se rebellait-il pas ? Lui avait-elle ordonné de se figer ?

Ses yeux étaient fermés, un sourire calme incurvait ses lèvres. Lentement, les hommes posèrent leur fardeau, la placèrent sur l'autel où elle se vida de son sang. Et pourtant, pas un mouvement, pas un sursaut. Comme si elle était morte dès que la lame l'avait touchée, morte par sa propre volonté.

Un homme toucha la plante de ses pieds avec la pointe de la dague fatale. Ses orteils ne se recroquevillèrent pas. Un autre plaça une plume devant ses narines. Pas un souffle. Un troisième tâta son pouls, en vain.

Enfin, Néoptolème déclara, « C'est fait ! Mon père est satisfait !

– Je vais emmener le corps à son lieu de sépulture, dit Anténor, où il sera enterré avec les honneurs. »

À présent, en la voyant étendue sur une civière, recouverte d'un drap, je compris qu'elle était bien morte.

Elle avait fait preuve de tant de courage. Elle s'était montrée digne de ses frères guerriers. Sa renommée durerait aussi longtemps que celle d'Achille, de Patrocle ou d'Hector. Heureuse fille de Troie !

Oh, dans quel monde vivions-nous ! Un monde où mourir était plus noble que vivre !

Pour nous, venait l'ignoble – l'obligation d'agrémenter de notre présence un banquet célébrant le départ des Grecs.

« À présent, place aux réjouissances ! déclara Agamemnon en se dressant devant la foule telle la proue d'une nef. Pour hâter notre départ ! »

Pendant que nous assistions au sacrifice, des soldats avaient préparé la plage. Pour les chefs, des tables avaient été installées et des tabourets apportés, afin que leurs jambes fatiguées se reposent. Des torches trempées dans la résine et plantées dans le sable formaient comme une clôture lumineuse. Au-dessus d'immenses feux vrombissants, des bœufs – ou peut-être autre chose – rôtissaient. Des amphores de vin étaient alignées tels les arbres d'une forêt attendant d'être abattus. De jeunes joueurs de flûte soufflaient dans leurs instruments tandis que des musiciens plus âgés pinçaient les cordes de leurs lyres. La rangée de navires formait une barrière contre le vent.

La nuit tomba. Quelques étoiles apparurent. Peut-être Polyxène les avait-elle déjà rejointes, elle qui avait vu avec nous le soleil se lever. On raconte que certaines personnes sont emportées vers les cieux, pour vivre parmi les astres, et transformées en étoiles.

À la table d'honneur – pour autant qu'on puisse la qualifier ainsi – devaient prendre place Agamemnon, Ulysse, Ménélas, Nestor, Idoménée, Philoctète et, honte suprême, Sinon, le petit Ajax et Néoptolème. Les hommes de rang inférieur pourraient se placer debout derrière les convives et profiter des discours et des plaisanteries. Nous autres captives resterions à l'écart. Notre présence agrémenterait le repas, stimulerait l'appétit des chefs grecs, les aiderait à digérer tous leurs méfaits. La viande provenait-elle du bétail troyen ? Ou bien des chevaux ?

Par bonheur, la lumière faible adoucissait le visage rougeaud des guerriers grecs. Celui d'Agamemnon était devenu cramoisi avec la chaleur des flammes. Sa barbe noire était striée de blanc, et lorsqu'il ouvrit la bouche pour parler, je vis qu'il lui manquait plusieurs dents. En effet, il n'était plus tout jeune. Mais Nestor, lui, paraissait aussi vieux que lors de notre première rencontre. Il est vrai que la guerre rajeunit les vieillards et vieillit les jeunes. Quant à Idoménée, le temps avait laissé ses marques sur lui. J'avais entendu dire qu'il n'était plus aussi rapide sur le champ de bataille.

Agamemnon fit le tour de la table en distribuant des gobelets. « C'est de l'or troyen ! », dit-il en puisant dans un sac contenant des récipients tous différents, tous pillés dans les demeures troyennes. Certains provenaient peut-être du palais de Priam, ou tout simplement de la maison d'un riche marchand. Des serviteurs offrirent du vin aux convives.

Les bœufs furent découpés au milieu des acclamations, et de généreux morceaux de viande fumante déposés dans les assiettes. On ne nous en offrit pas, mais de toute façon nous aurions été incapables d'en avaler une seule bouchée. Mes yeux se posèrent sur Andromaque, sur Laodicé, Ilona, Hécube. Elles avaient le regard éteint, les bouches figées. Elles endureraient leur sort – la persévérance, cette triste vertu des femmes.

« Soldats ! s'exclama Agamemnon. Le jour que nous n'attendions plus est arrivé ! Troie est détruite ! Nous avons vaincu. Nous avons pour cela attendu des années. Mais je veux exprimer ici toute ma reconnaissance à ceux qui ont tenu bon. Nous avons perdu maints guerriers, et nous, les survivants, ne devons pas les oublier. Sans leur sacrifice, nous ne serions pas là. Maintenant, pour ce qui est du trésor... »

Il n'avait pas tardé à en arriver à ce qui l'intéressait plus que tout.

« ... Nous ne pouvons pas récompenser ceux qui ont péri, alors il est juste que nous partagions le butin entre nous en leur honneur. Il y a de l'or, des bijoux, des objets d'art, des armures, et bien d'autres choses encore, toutes arrachées aux flammes de l'incendie de Troie. » Il fit un signe de la tête, et de jeunes gens arrivèrent au petit trot, portant des civières sur lesquelles s'amoncelait le butin. Un grand coffre fut posé aux pieds d'Agamemnon. Il en souleva le couvercle. « Voici les trésors spéciaux, ceux que je vais distribuer moi-même. » Il se pencha et sortit du coffre un diadème en or qui avait certainement appartenu à Priam. « Ceci est pour toi, frère, dit-il à Ménélas. Quand tu retrouveras ton trône à Sparte, tu pourras de nouveau porter des diadèmes. Je connais plus d'un roi qui a abandonné le sien pour venir combattre à mes côtés. Maintenant vous allez tous être récompensés. Vous pourrez porter votre diadème jusqu'à la fin de vos jours. »

Ménélas prit l'objet. C'est alors qu'Hécube s'écria : « Si tu t'avises de porter le diadème de mon mari, la mort s'enroulera immédiatement autour de ton front.

– Reine, fit Agamemnon d'un ton agacé, si tu ne veux pas te taire, nous allons devoir nous passer de ta compagnie.

– Tu veux dire que vous allez me tuer ! Comme vous l'avez fait avec Priam, Astyanax ! Ou ma fille, cet après-midi !

– Si tu avais tué Pâris comme tu en avais l'intention au début, rien de tout cela ne se serait produit, répliqua-t-il, furieux. Tu aurais pu nous épargner cette guerre. Et pour ce qui est de ta menace... » Il attacha le diadème autour de sa tête. « Il me va parfaitement.

– C'est un cerceau de mort ! s'exclama la vieille reine. Tant mieux ! Maintenant, tu n'as plus qu'à l'attendre. Quand viendra-t-elle à toi ? Par une belle après-midi d'été ? Ou par un triste soir d'hiver, quand le vent souffle ? Tu ne peux pas t'en protéger. Ta mort sera atroce. Priam s'en assurera. Et l'attente ne fera que la rendre plus affreuse encore.

– Emmenez-la ! » ordonna Agamemnon.

Elle se mit à rire tandis que les soldats s'approchaient. « Je m'en vais ! » dit-elle. Alors, elle disparut, comme avalée par les ténèbres. Les soldats se ruèrent dans sa direction, mais ne purent attraper qu'un chien noir qui les mordit en aboyant.

« Trouvez-la ! fit Agamemnon d'un ton sinistre.

– Je tiens à saluer nos braves guerriers, déclara Idoménée en se levant, pour tenter de détourner l'attention et sauver le banquet. Surtout ceux qui ont imaginé la ruse du cheval et ceux qui s'y sont cachés. Ulysse, toi, le cerveau brillant, c'est à toi que revient l'invention de ce cheval. »

Ulysse se leva en arborant un grand sourire et en inclinant la tête. « Il était évident qu'il nous serait impossible de prendre Troie par la force. Ses guerriers étaient trop féroces, ses murailles trop solides. Mais là où l'attaque directe échoue, la ruse peut réussir.

– Épéios, c'est toi qui as construit le cheval », poursuivit Idoménée.

Un petit homme se dressa, tout content de voir ses mérites reconnus.

« En effet, c'est bien moi ! Nous sommes allés chercher le bois sur le mont Ida et, si je puis me permettre, nous avons fait de la belle ouvrage. En très peu de temps, qui plus est. »

Agamemnon lui remit une bonne quantité d'objets en or, que je ne parvins pas à identifier. « Tu mérites ceci, et plus encore. Je suis désolé de ne pouvoir t'offrir tout le butin, car sans ton intelligence, ces objets ne seraient pas ici. »

Épéios s'inclina et se retira, les mains chargées d'or.

« Sinon ! » tonna Agamemnon. L'homme apparut. « Tout reposait sur toi et sur ta performance. Tu étais prêt à subir un châtiment sévère qui te défigurerait afin de convaincre les Troyens que nous t'avions maltraité – ce qu'effectivement nous avons fait. Tu n'as pas fait un seul faux pas, et tu as accompli ta mission à la perfection. Voilà pour toi. Tu mérites certainement plus, mais prends ceci en attendant. »

Il lui remit une armure. Sinon jeta un œil à sa part de butin. « Merci, ô roi. »

Je ne doutai pas qu'il demanderait davantage plus tard mais, en bon acteur qu'il était, il n'allait pas gâcher ce moment.

« À présent, saluons ceux qui, au péril de leur vie, se sont cachés dans le ventre du cheval. Ménélas ! Ulysse ! Diomède ! Machaon ! Épéios ! Néoptolème ! Le petit Ajax ! Trinquons à votre santé ! »

Quelqu'un me mit un gobelet dans la main, puis un jeune garçon y versa du vin, que je renversai immédiatement par terre.

« À Épéios ! À Sinon ! Au cheval ! »

Tous burent, excepté les Troyennes.

Agamemnon partit d'un rire bruyant. « La Grèce nous attend. Elle nous appelle. Nous rentrons chez nous. »

Je vis Ménélas murmurer quelque chose à son oreille. Le roi de Mycènes fronça les sourcils, puis se tourna vers nous.

« Les dieux sont contents. Nous ne les avons pas offensés. »

Hécube demeura introuvable. En secret, je formulai le souhait qu'elle se soit jetée dans la mer et noyée. À la fin du banquet, les torches furent éteintes, les tables démontées, les amphores vides lancées dans la mer, et nous autres captives fûmes regroupées et ramenées dans notre tente. Idoménée surgit à mes côtés.

« Hélène, dit-il, cela fait des années que je suis ici, et pourtant je n'ai jamais eu l'occasion de te voir, et encore moins de te parler. »

Je me tournai vers lui, vers cet homme bon qui me rappelait un monde ordonné et hélas disparu. « Idoménée, je te remercie de tes paroles aimables.

– J'ignore ce qui t'attend à Sparte. Sache simplement que, quoi qu'il advienne, je reste ton ami. Comme je l'ai dit autrefois, tu seras toujours la beauté suprême. Aucune autre femme aux cheveux gris ne pourrait susciter l'admiration comme toi. Tu es Hélène, l'éternelle beauté.

– Non, je suis Troie, et Troie est moi. Mais Troie n'est plus, et Hélène n'est pas éternelle. Elle n'existe plus. »

Ceux qui m'emmenaient en Grèce ne comprirent pas cela.

LXXIV

Sous le souffle du vent qui se levait, les flammes des dernières torches se mirent à danser, avant de mourir en lançant une pluie d'étincelles vers le ciel – comme autant de jeunes étoiles rouges rejoignant les vénérables astres blancs. Les hommes commencèrent les préparatifs de départ.

« Dès les premières lueurs, nous lèverons l'ancre ! » déclara Agamemnon.

Ménélas s'approcha de lui, tira sur sa manche pour attirer son attention. Agamemnon le repoussa, agacé.

« Il n'y a pas que le temple à avoir été souillé par le petit Ajax. Cassandre aussi l'a été, lui dit son frère.

– Tu dis que Cassandre est souillée ? » rétorqua le chef des Grecs suffisamment fort pour que tous ceux qui étaient autour de lui l'entendent.

« Comment qualifies-tu une femme qui a été violée ? fit Ménélas d'un ton triomphant.

– Et toi, tu n'aurais pas préféré que ta femme le soit, plutôt que de s'offrir ?

– Sais-tu au moins ce que la tienne fait en ton absence ? » répliqua Ménélas, railleur.

Jamais je n'aurais cru qu'il serait capable d'une telle cruauté.

« Elle n'oserait pas. Elle sait – on lui a dit – comment j'ai puni Troie et ceux qui nous ont défiés.

– Comment pourrait-elle le savoir ? »

Ménélas fit quelques pas. Je constatai avec surprise qu'il boitait à présent.

« Les fanaux vont être allumés. Mais le plus grand de tous... tu le sens ? » Agamemnon se mit sur la pointe des pieds et inspira profondément en se frottant le ventre. « C'est l'odeur des Troyens qui rôtissent !

– Le feu est éteint », dit Ménélas, toujours aussi dépourvu d'imagination.

Agamemnon avait raison. Troie brûlerait pour l'éternité.

« C'était une belle guerre, déclara-t-il, pour nous du moins. Je suis fier de l'avoir livrée. Et tant pis si toi tu ne l'es pas, petit frère.

– Je te verrai en Grèce dans quelques jours. Nous allons retrouver ce que nous avons quitté il y a fort longtemps, reprendre possession de ce qui nous attend. »

Il se dirigea vers moi d'un pas raide. En effet, il avait été blessé, ce que je n'avais pas remarqué jusque-là. « Hélène, dit-il, tu vas passer ta dernière nuit sur le sol troyen. Je te laisse méditer sur ton sort. Demain, nous rentrons chez nous, à Sparte. Il me reste trente et un navires, sur les soixante qui ont mouillé ici il y a de cela des années. Tel est le prix que j'ai dû payer – que des centaines de guerriers ont dû payer – pour ta folie. »

Que pouvais-je répondre ? Dans la lumière terne, les changements que je remarquais sur son visage se superposaient à l'image tremblante du jeune homme que j'avais connu naguère. Il était ridé, ses lèvres s'étaient amincies et il se mouvait avec la prudence de quelqu'un qui se sait fragile. Le jeune athlète d'autrefois n'était plus. La guerre avait ravagé son corps.

On me ramena dans la cabane humide et délabrée qui faisait office de quartier des femmes et l'on me donna une paillasse pour dormir. Seuls des pleurs étouffés venaient briser le silence. L'absence de Polyxène laissait un vide immense.

Ma dernière nuit à Troie, comme l'avait dit Ménélas. La dernière que je passerais sur le sol troyen. Mais Troie n'était plus qu'une montagne de décombres fumants. Lorsque le soleil se lèverait, je verrais ces affreuses volutes de fumée s'élever en vrilles vers le ciel, comme autant de mains se tordant dans une vaine supplication.

Dernière Troyenne à périr, Polyxène était morte avec courage. J'aurais volontiers pris sa place, du moins c'est ce que je voulais croire. Mais je ne savais pas si j'aurais eu ce courage-là. À présent, je rentrais à Sparte en tant que prisonnière.

Et ma promesse à Hector ! Je ne l'avais pas honorée. J'avais été incapable de protéger Andromaque. *Tu es une survivante*, avait-il dit. Mais cela ne m'avait pas donné les moyens de sauver quelqu'un d'autre.

Évadné... Gélanor... Où se trouvaient-ils ? Avaient-ils péri dans l'incendie ? J'aurais dû laisser Gélanor rentrer en Grèce quand il en avait exprimé le souhait ! Mais je l'avais persuadé de rester à Troie, par vanité et pour satisfaire mes propres besoins. Sa mort... Ma terrible faute.

La broche avait versé des larmes de sang pour les morts. J'avais tué tant de personnes. Je sentis la foule de leurs fantômes furieux se presser autour de moi. Parce que j'avais aimé Pâris, je les avais tués, ainsi que Pâris.

« Est-ce là ce que tu voulais », Aphrodite ? demandai-je à la déesse. Elle ne répondit pas. Elle m'avait sauvée, comme promis. Il n'y aurait pas d'autre réponse.

J'embarquai sur un vaisseau grec, comme Évadné l'avait jadis prédit, sans que je veuille la croire. Debout à la poupe, Ménélas riait à gorge déployée tandis que le rivage troyen s'éloignait. Voir cette terre disparaître, la fumée sale monter des ruines de ce qui avait été Troie... Je ne l'aurais pas supporté. Je détournai les yeux.

Je disposais de mes propres quartiers dans le bateau. Ménélas ne s'en approchait pas. Son lit se trouvait à l'avant, près de celui du capitaine. J'évitais cette partie du navire. Lorsque je croisais Ménélas sur l'un des ponts, nous nous parlions à peine. C'était étrange – cet homme qui avait été obsédé par l'idée de me posséder n'essayait même pas de profiter de la situation. Il lui suffisait de savoir que j'étais sur son navire.

Je me sentais comme morte. Peut-être même l'étais-je, sans m'en rendre compte, comme cela arrive parfois. Mais l'air cinglant de la mer, les mouvements du navire qui me retournaient l'estomac, me rappelaient sans cesse que j'étais prisonnière sur un navire qui cinglait vers Sparte.

Que trouverais-je là-bas ? La seule chose qui comptait pour moi, c'était ce que je verrais dans les yeux d'Hermione.

Notre arrivée ne se déroula pas comme prévu. Une tempête se leva, dispersant les navires dans toutes les directions. Nous perdîmes Agamemnon de vue. Le vaisseau sur lequel avait embarqué le petit Ajax coula. Les dieux le punissaient ainsi pour avoir profané Pallas Athénée et son temple. Vingt-six des nefs de Ménélas furent perdues. Quant à nous, nous en fûmes réduits à nous laisser pousser par le vent pendant des jours. Lorsque nous atteignîmes enfin le rivage – une côte plate, sableuse, frangée de palmiers – ce fut pour nous rendre compte que nous étions arrivés en Égypte.

L'Égypte ! Nous débarquâmes en titubant et découvrîmes une contrée étrange, chaude, verte, brune et bleue. C'était là les trois couleurs de ce pays – le vert pour les berges du fleuve et des canaux d'irrigation, le brun pour le sable, les eaux boueuses du Nil et les maisons de brique, le bleu, pur et intense, pour le ciel.

Ménélas fut immédiatement appréhendé par des soldats du roi égyptien – le pharaon – qui résidait en amont du fleuve dans une ville du nom de Memphis. Nous n'avions pas le choix – il nous fallut les suivre. La plupart des soldats de Ménélas étaient morts dans la tempête et il n'avait pas les moyens de résister.

Le Nil, ruban large et plat se mouvant lentement, n'avait rien à voir avec le Scamandre ou l'Eurotas. Au courant répondait le vent, qui soufflait dans la direction opposée avec la même force. Pour descendre le Nil, il n'y avait qu'à se laisser porter. Pour remonter son cours, il suffisait de hisser une voile.

Le pharaon et sa femme nous reçurent cordialement, mais sans nous laisser oublier que nous étions leurs prisonniers. Ils savaient peu de chose de la guerre de Troie, l'Égypte étant à l'écart de ce qui se passait ailleurs. Ils écoutèrent avec une curiosité polie le récit que leur fit Ménélas. Il ne mentionna pas ce qui avait déclenché la guerre, remarquai-je. Peut-être craignait-il que cela donne de lui une mauvaise image.

Le pharaon nous assigna des quartiers communs. À présent, je devais dormir dans la même pièce que Ménélas. Il ôta sa tunique, et je vis avec stupéfaction la cicatrice qui remontait le long de sa cuisse jusqu'à l'aine. Je compris alors pourquoi il marchait avec tant de précautions. Jamais plus il ne pourrait courir.

« Fascinant, n'est-ce pas ? me dit-il sèchement. Voilà ce que tes chers Troyens m'ont fait. Ils m'ont rendu infirme ! À vie !

– Tu n'es pas infirme... »

Il pouvait toujours bouger. Simplement, il n'avait plus l'agilité d'un jeune homme.

« Tu n'as pas vu jusqu'où elle va, cette cicatrice ! fit-il d'un ton hargneux. Suis-la et tu comprendras ! » Il attrapa ma main, me força à m'approcher et souleva ses sous-vêtements. « Voilà ce que ton cher Pâris m'a fait. Mais de toute façon, il m'avait déjà atteint à cet endroit quand tu l'as choisi, lui.

– Je suis désolée », dis-je, sincèrement peinée pour lui.

Les ruines de Troie, les morts et la destruction ne me laissaient plus aucun goût pour la vengeance. L'infirmité de Ménélas ne ferait pas revenir Pâris, ne ferait pas retentir les chants des enfants dans les rues de Troie. Tout ceci n'était qu'un épouvantable gâchis.

« C'est un peu tard pour être désolée. Tu ne t'es pas demandé pourquoi je ne cherchais pas à te mettre dans mon lit, comme j'en aurais le droit ?

– Je t'ai entendu dire que Cassandre était souillée. Je croyais que tu pensais la même chose de moi. »

Je ne l'avais pas détrompé. Sa froideur me convenait parfaitement.

« Il est difficile à te voir d'imaginer que tu aurais subi cela. Et il est encore plus dur de te regarder et de me dire que je suis... infirme. » Honteux, il couvrit la cicatrice rouge vif. « Et maintenant, tu vas le dire à tout le monde, et raconter partout que Ménélas a perdu sa virilité deux fois !

– Je ne dirai rien à personne. Nous sommes frère et sœur dans notre malheur. Nous avons été les jouets des dieux. Ni toi ni moi ne méritions ce châtiment.

– Toi, si. Tu l'as attiré sur toi, et sur nous tous. »

Il fallait que je réponde, que je dise ce qu'il y avait dans mon cœur, même si cela devait me faire souffrir. « Ce que je voulais dire, c'est que je ne méritais pas cette gloire, cette beauté, et l'amour de Pâris. Pas plus que tu ne méritais d'être qualifié de cocu et de guerrier moins valeureux que ta brute de frère.

– Pâris ! Toujours Pâris ! » Il posa les mains sur mes tempes. « Si seulement je pouvais le faire sortir de ta tête !

– C'est impossible. Il fait partie de moi. »

Il s'allongea sur le lit avec prudence, pour ne pas avoir mal. « Il arpente impatiemment le royaume d'Hadès ! marmonna-t-il. Pourquoi ne peut-il pas trouver la paix ? Et nous laisser tranquilles par la même occasion ? »

Le pharaon nous annonça que nous serions transférés plus en aval, à Thèbes, où nous trouverions des quartiers plus confortables. Ce qu'il voulait dire, c'est que nous serions plus loin, plus faciles à garder prisonniers. À notre connaissance, il n'avait pas fait la moindre demande de rançon pour nous, ni même dit à quiconque que nous étions ici.

Nous descendîmes le fleuve à bord d'une grande barque cérémonielle, à la proue et à la poupe dorées, avec un dais en bois de cèdre odorant disposant une ombre généreuse sous laquelle nous pûmes contempler le paysage. Un soleil de plomb déversait sa chaleur sur les berges, où des crocodiles se reposaient, la queue trempant dans l'eau fraîche. Le voyage dura plusieurs jours. Enfin, le quatrième jour, d'immenses temples rougis par le coucher du soleil apparurent sur la rive gauche. Ils semblaient s'étendre à l'infini, ponctués d'innombrables rangées de colonnes. Des chants parvinrent à nos oreilles. Les prêtres procédaient aux rites de la nuit.

Après que nous fûmes installés dans nos quartiers et reçus par le représentant du pharaon, un officiel nous fit visiter le grand temple. De l'autre côté du fleuve se trouvaient des tombes et des caveaux secrets à l'architecture complexe. Bien que jeune encore, le pharaon était en train de faire construire le sien, nous dit notre guide. « Nous devons être préparés pour l'autre monde », dit-il d'un ton solennel.

Impressionnés, nous pénétrâmes dans l'immense temple, dont les énormes colonnes soutenaient des toits de pierre. Il y avait là des statues si grandes que leurs têtes touchaient presque le plafond. Certaines représentaient des pharaons, et d'autres d'étranges dieux à tête de crocodile, de chacal ou de faucon. Elles dépassaient en taille le cheval de Troie. Des prêtres et des prêtresses en tunique et au crâne rasé s'occupaient d'elles.

« Regarde », dit Ménélas en me montrant celle avec la tête d'un crocodile.

Plus haut sur le Nil, il est une immense cité où les prêtres ont un temple plus grand que Troie. On y trouve des statues qui font cinq fois la taille d'un homme. Il faut que nous y allions. Dès que cette guerre sera finie. Pâris. Il voulait venir ici, voir ces statues...

À présent, je ne pouvais pas les regarder, pas sans lui. Je fis demi-tour et sortis du temple en courant.

Cette nuit-là, je rêvai de lui. Il se tenait debout, près de moi, triste de n'être pas là. *Je sais aussi bien que toi que cela est impossible*, dit-il en répétant ce qu'il m'avait dit jadis.

« Calme-toi. » Ménélas était assis sur mon lit. Il avait posé les mains sur mes épaules et me secouait.

Pâris s'évanouit, se fondit dans l'obscurité.

« Je t'ai entendue crier, dit Ménélas. Ce n'était qu'un rêve. »

J'avais certainement appelé Pâris. Qui n'était plus qu'un rêve, en effet.

Ainsi, m'entendant appeler son rival, Ménélas avait tenté de me réveiller et de me calmer. Touchée, je le remerciai.

Le lendemain, Ménélas fut convoqué par des dignitaires du royaume. Je retournai avec lui au temple que j'avais fui la veille. Pâris était là. Ou plutôt, son absence aveuglante, dans cet endroit qu'il avait tant désiré voir, me rapprochait étrangement de lui. Je déambulais dans la pénombre fraîche quand un garçon surgit, me prit par le bras et m'attira vers une sorte de petite pièce dans un coin du temple. Je n'arrivais pas à le comprendre, mais il paraissait certain que j'étais venue pour une raison bien particulière, et que lui la connaissait.

« Prophétesse... Très sage », dit-il – du moins c'est tout ce que je pus comprendre. Docile, je m'installai dans la petite pièce perdue dans l'immensité du temple et attendis. Une femme arriva. « Hélène ? Je te connais », dit-elle.

Comment se faisait-il que je la comprenais ? Quelle langue utilisait-elle ?

« Ta présence nous honore, même si elle est brève. » Quel âge avait cette femme ? Impossible de le dire. Sa voix se fit brusquement plus alerte : « Maintenant, tu viens me voir pour que je te donne ce que j'ai, le célèbre élixir. »

Je n'étais pas venue pour elle, pas plus que je n'avais entendu parler de cet élixir, mais je ne voulus pas la contredire.

« En effet, dis-je.

– Nous autres Égyptiens sommes passés maîtres dans l'art des potions. Nous pouvons te donner la jeunesse, la vieillesse, l'oubli...

– Oui, donne-moi l'oubli ! Il y a tant de choses que j'aimerais oublier !

– Seuls ceux qui ont vécu intensément réclament cette potion-là. Ceux qui n'ont pas suffisamment vécu m'en demandent une autre, qui puisse donner à leurs actions passées plus de sens, plus de grandeur. »

Et si je lui disais tout ? Que j'ai provoqué une guerre terrible, causé la mort de milliers d'hommes. Que je suis prisonnière de l'homme que j'ai fui. « Donne-moi l'élixir de l'oubli ! la suppliai-je. Et apprends-moi à le faire moi-même, pour que je puisse en avoir pour le restant de ma vie !

– Il est très puissant, tellement puissant que si ta mère, ton père et tes enfants se faisaient massacrer sous tes yeux, tu ne sentirais aucune douleur. »

Ma mère ? Elle s'était tuée. Pâris ? Il avait agonisé devant moi. Troie ? Dévorée par les flammes. L'élixir était-il suffisamment puissant pour effacer ces souvenirs ?

« Donne-le-moi !

– Comme tu veux », dit-elle.

Elle commença à le préparer. La fiole qu'elle me tendit contenait un liquide chaud couleur de l'or. Je le bus rapidement, comme elle m'avait dit de le faire. J'eus simplement une sensation de chaleur dans l'estomac, comme une caresse.

« Attends, dit-elle en rangeant son matériel.

– Tu as promis que tu m'apprendrais », lui rappelai-je.

Elle sortit ses flacons de sirop, ses graines séchées et ses petits morceaux d'écorce et m'expliqua quelles étaient les proportions et l'ordre dans lequel je devais les mélanger. Je me sentis peu à peu envahie par une sorte de légèreté, d'insouciance. Pourvu que je me rappelle ses instructions ! Tout me paraissait brusquement dépourvu de la moindre importance. Pourtant, je savais que c'était pour moi essentiel.

D'un geste délicat, elle reboucha le flacon. « À présent, pense à ces moments douloureux, murmura-t-elle. Il est temps de tester l'efficacité de l'élixir. »

Je pris une profonde respiration et pensai à Troie. Je vis les flammes, sentis la fumée, entendis les cris des malheureuses victimes. Mais c'était comme si je contemplais une peinture murale. Aucune douleur ne vint transpercer mon cœur. Ces palais, ces gens, je ne les connaissais pas. Prenant mon courage à deux mains, je tournai mon esprit vers Pâris. Oui, le chagrin n'avait pas complètement disparu, mon cœur saignait encore. « Il n'est pas assez fort ! Donne-m'en plus.

– Tu sens encore la peine ? Mais si je t'en donne davantage, je crains que cela ne soit dangereux. Ta douleur est-elle suffisamment atténuée pour qu'elle devienne supportable ? »

Je fis signe que oui. Si elle disparaissait complètement, ce serait comme si je trahissais Pâris.

Nous restâmes sept ans en Égypte. Sept ans ! J'arrive à peine à le croire et, pourtant, je vis sept fois le Nil déborder de son lit, et c'était ainsi que les Égyptiens comptaient les années. Dire que nous avions pu patienter aussi longtemps, supporter cette attente ! Mais il est vrai que l'élixir m'en donna le pouvoir en comprimant le temps, en l'abolissant, si bien que ces sept années me semblèrent sept jours.

Ménélas parvint à se tirer des griffes du pharaon après maintes négociations. Enfin, nous descendîmes le Nil en suivant le courant jusqu'à la mer. Sur les berges, les femmes portant des jarres sur la tête s'arrêtaient pour nous regarder, grandes et altières, comme chaque fois qu'un bateau passait. Nous quittions leur monde.

Ménélas me prit les mains. « C'était comme si tu étais chez toi dans ce pays, comme si tu avais passé toute la durée de la guerre ici. Oui, comme si la vraie Hélène était venue m'attendre en Égypte. Celle qui est allée à Troie n'était pas la vraie Hélène. C'était un double, un fantôme. C'est pourquoi, d'une certaine manière, je voudrais ne pas partir. Cette Hélène qui a passé ces sept années avec moi, c'est celle pour laquelle je me suis battu, celle dont je pleure la perte. » Ainsi, il avait trouvé comment vivre avec sa douleur.

Mais pour moi, c'était l'inverse. La vraie Hélène était partie à Troie, et celle qui était allée en Égypte n'était qu'un fantôme, une enveloppe vide. Et maintenant ce fantôme disparaissait, et la vraie Hélène devait affronter Sparte, enfin.

LXXV

Nous débarquâmes à Gythion. Gythion ! C'était là que tout avait commencé, par cette excursion en compagnie de Gélanor, cette rencontre avec Aphrodite et, dix jours plus tard, la fuite avec Pâris... Notre navire entra en roulant dans le port. Je jetai un coup d'œil mélancolique et fasciné à Cranaé, qui se soulevait au-dessus des flots, comme pour me faire signe. Cette nuit que nous avions passée là-bas... Des vagues de souvenirs me submergèrent. Que dis-je, des bouffées de désir et d'envie. Hélas, tout cela n'était plus. L'histoire se terminait sur le triste retour à Sparte de l'épouse adultère et captive.

Ménélas débarqua, se pencha et versa une libation en l'honneur des dieux. « Je vous remercie, dit-il, de m'avoir ramené sain et sauf chez moi. » Il resta agenouillé un bon moment, pendant que les hommes attendaient d'amarrer le navire.

Il me tendit la main. Son geste était un ordre. Je devais obéir, retrouver ces lieux que j'avais quittés, reprendre cette place que j'avais abandonnée des années auparavant.

La nuit tomba. Nous aurions pu rester à Gythion et attendre le matin pour prendre la route. Mais Ménélas, pressé, s'installa dans l'un des chars et donna l'ordre du départ. « Direction Sparte ! J'ai attendu une génération. Maintenant, je ne peux plus patienter ! Dire que les petites filles nées le jour de mon départ sont mères depuis longtemps ! »

Il prit ma main et m'aida à grimper.

Ainsi, nous rentrions. Cette route que nous prenions, j'avais cru que je ne l'emprunterais plus jamais. Ménélas m'enlaça la taille. « Maintenant, tout recommence, me chuchota-t-il à l'oreille. Tout est effacé, comme si rien ne s'était passé. »

Je me tournai vers lui, regardai son visage ridé, ses cheveux clairsemés. « Pourtant, cette histoire s'est produite, répondis-je sans insister, par crainte de raviver des souvenirs douloureux. J'ai peur. Qu'allons-nous trouver à Sparte ?

– Impossible de le savoir », répondit-il.

Il s'agrippa au char et regarda droit devant lui. Notre retour était inéluctable.

Au sommet de la dernière côte, nous découvrîmes Sparte, belle, calme, endormie le long de l'Eurotas. La rivière aux flots vifs attirait la lumière éclatante de la lune et nous la renvoyait gaiement. Là où nous étions, nous ne pouvions manquer la citadelle et le palais juchant la colline.

Je me retins au bras de Ménélas. « Attendons un moment ici. Mieux vaut arriver de jour, quand tout le monde sera éveillé.

– Quoi ? Attendre à l'extérieur de notre propre palais ? Quelle idée ! »

Il fit claquer les rênes. Les chevaux commencèrent l'ascension de la colline.

Il faisait encore nuit lorsque nous atteignîmes les portes. Elles étaient fermées. Depuis mon départ, elles n'avaient pas changé – les mêmes battants en bois peint en rouge. Ménélas appela les gardes qui, encore tout ensommeillés, ouvrirent sans véritablement accorder d'importance à l'identité de ceux qu'ils laissaient ainsi rentrer.

Le calme régnait. Seul le bruit de notre char venait rompre le silence. Le palais baignait dans la lumière de la lune, qui peignait tout ce qu'elle touchait d'un blanc de glace.

Tu reviendras sous la lumière de la lune. Oui, de même que j'avais quitté Sparte avec la lune, maintenant je revenais, comme on me l'avait prédit.

Nous mîmes pied à terre. J'étais de retour dans ces lieux que je pensais ne jamais revoir. Le palais se dressait devant nous, immobile, comme s'il nous attendait.

J'avançai lentement vers cette maison où j'avais vécu. Elle

n'avait pas changé. Tout ce qui s'était passé depuis aurait dû s'imprimer dans ses pierres. Et pourtant...

Nous poussâmes les portes et pénétrâmes dans le palais, identique à celui que nous avions laissé. C'était comme si nous étions partis la veille. Je parcourus les couloirs, arrivai dans la chambre. La lune caressait le lit.

« Demain, nous verrons tout, me dit Ménélas. Et nous saurons. Attendons le jour. »

Les rayons de lune s'allongèrent, puis disparurent de la chambre. L'aube n'allait pas tarder. Pourrais-je l'affronter ? Où était Hermione ? C'était une femme maintenant. Comme j'avais envie de la voir, de l'enlacer ! En même temps, je redoutais ce moment. Je sentais qu'elle me détestait. Comment pouvait-il en être autrement ?

Impitoyable, le soleil se leva. Il refusait de nous épargner. Nous devions voir Sparte. Ménélas, dont les craintes étaient moins fortes que les miennes, s'habilla. J'ignorais ce qui m'attendait. Le moment était venu de le découvrir.

Les gardes avaient informé mon père de notre arrivée. Il accourut en trottinant. Au début, je ne reconnus pas ce vieil homme courbé et infirme. Il ne pouvait pas redresser la tête et devait nous regarder sur le côté.

« Ma fille... », dit-il d'une voix tremblante et faible.

Je m'approchai de lui, pris ses mains osseuses dans les miennes. Maintenant que j'étais tout près de lui, je vis qu'il était presque aveugle. Une pellicule blanche recouvrait ses yeux.

Il m'enlaça. Son corps avait la consistance d'un cocon vide.

« Ma fille... ma fille... », marmonna-t-il. Puis il se recula et me regarda en penchant la tête. « Mais tu es vieille ! Tes cheveux sont gris ! »

Je me mis à rire, pour la première fois depuis que j'étais rentrée. « En effet, Père, beaucoup de temps a passé. Ou peut-être sont-ce tes yeux qui te jouent des tours.

– Je ne vois plus grand-chose, certes, mais tes cheveux sont plus gris que dorés maintenant. Et ton visage... Il est ridé.

– Ta vue est décidément excellente. » Et je devais vraiment être marquée par l'âge, pour qu'il en voie si bien les ravages sur moi. « Raconte-moi, Père. Dis-moi ce qui s'est passé ici.

– Mon enfant... » Ses yeux éteints s'emplirent de larmes. « Il y a eu tant de morts. Ta mère, tes frères, tous partis ! Et ta sœur Clytemnestre... elle est devenue une meurtrière ! Elle a tué Agamemnon à son retour !

– Comment ? s'écria Ménélas en agrippant les épaules de Père.

– Il a débarqué avec son butin de guerre ainsi que cette femme ramenée de Troie. Clytemnestre, alertée de son arrivée imminente par les fanaux, l'a accueilli avec les honneurs et a fait semblant de se réjouir de son retour. Elle l'a fait entrer dans le palais en fanfare. Il est allé directement prendre le bain qu'elle lui avait préparé dans une baignoire en argent. Il était nu, confiant, joyeux d'être de retour – elle a jeté un filet sur lui et l'a poignardé ! »

Ce que je sentis à cette nouvelle ? De la fierté ! Après tout ce qu'Agamemnon lui avait fait subir... Justice était rendue pour la mort d'Iphigénie.

« Pour ce qui est d'Ulysse, l'histoire est tout à fait différente. Quand il est rentré à Ithaque... »

Avions-nous vraiment besoin de savoir ce qui était arrivé à Ulysse ! Pourvu qu'il ait été poignardé lui aussi !

« Il a revêtu un déguisement pour voir ce qui se passait au palais pendant son absence. Le malin ! En effet, son palais regorgeait d'ennemis. Mais sa femme, elle, lui était restée fidèle. Il a dû tuer tous ces hommes avant de reprendre la place qui lui revenait. Agamemnon n'a pas fait preuve d'autant de prévoyance. Et il a péri, alors qu'Ulysse, lui, a repris le trône d'Ithaque.

– Et cette Troyenne ? s'enquit Ménélas.

– Elle aussi a été tuée. Avant même d'entrer dans le palais. »

Cassandre. Une autre fille de Troie victime des Grecs.

« Mais alors, qui règne à Mycènes ? demanda Ménélas, désespéré.

– Ma fille Clytemnestre, avec son amant, son cousin Égisthe ! Honte sur moi ! La malédiction s'est accomplie !

– Et les autres guerriers ? voulus-je savoir, pour changer de sujet. Il y en a d'autres qui sont rentrés en Grèce, non ? Et Hermione ? »

Je n'avais pas oublié Néoptolème, ses railleries et son intention d'avoir ma fille.

« Oui, d'autres sont rentrés. Quant au fils d'Achille, il est arrivé ici comme un ouragan, a enlevé Hermione et l'a forcée à l'épouser. Mais leur mariage n'a pas duré longtemps. En tentant de s'emparer du trésor du temple d'Apollon à Delphes, cette brute a été tuée. Maintenant, quand les gens parlent de la "dette de Néoptolème", ils veulent dire que celui qui porte la mort succombera à son tour. Il avait assassiné Priam près d'un autel, et lui-même a péri dans les mêmes circonstances.

– Et Hermione ? Où est-elle ?

– Ici, au palais. Elle est veuve, sans enfant, sans espoir de trouver un autre époux. La notoriété de sa mère et la violence de son défunt mari lui portent préjudice. »

Ainsi, à trente ans, Hermione se retrouvait seule.

« Je te préviens, elle n'est pas d'abord agréable, poursuivit Père. Cela me peine de dire cela de ma propre petite-fille, mais elle a subi beaucoup de malheurs. N'essaie pas de la voir, pas tout de suite. »

Elle était tout près, dans ce palais, à quelques pas de moi. Pourtant, je devais attendre.

« Néoptolème n'avait-il pas ramené une femme de Troie ? »

Andromaque. Que lui était-il arrivé ?

« Oui, cette femme si grande. Elle s'est sauvée avec un autre homme quand il a épousé Hermione. Ils sont partis vers le nord. »

Ainsi, Andromaque était sauve. Je n'avais pas été capable de la protéger moi-même, mais à présent Hector pouvait reposer en paix.

« Et mes frères ? »

Je devais savoir, entendre l'histoire jusqu'au bout.

« Ils sont tombés ensemble. Ils s'apprêtaient à se joindre à cette folle expédition vers Troie. Mais les flèches d'Apollon les en ont empêchés. »

Ainsi, Agamemnon n'avait pas menti. Mes frères n'étaient plus. Ils ne pourraient plus chasser ensemble, parcourir la campagne au galop, plus jamais. Mais ils n'étaient pas morts à cause de moi. Ils étaient pratiquement les seuls de tous les hommes que j'avais connus à n'être pas tombés à Troie. Perséphone s'était montrée bienveillante.

Je me sentis brusquement si fatiguée que je pus à peine tenir debout. La lumière aveuglante du soleil tourbillonna autour de moi. J'étais de retour au palais, mais tout avait changé, tout le monde était mort.

Ménélas s'effondra sur le lit avec moi. « Jamais plus je ne sentirai sa main sur mon épaule. En plus, nous nous sommes disputés en nous séparant. »

Je ne compris pas tout de suite qu'il parlait d'Agamemnon. « Nous nous torturons toujours avec le souvenir de la dernière fois que nous avons vu quelqu'un, des propos que nous avons échangés, de ce que nous avons tu. Avec Mère... Oh, Ménélas, comment supporter le poids de toutes ces années ? » L'envie me prit d'avoir recours à l'élixir d'oubli, mais je résistai. Cette douleur, je devais la sentir.

« C'est impossible, répondit Ménélas. C'est pour cela que les personnes âgées sont voûtées. »

Il fallait que je voie tout, que je redécouvre le palais. Dans chaque pièce, dans chaque lieu, un souvenir m'appelait. Le mégaron, où Clytemnestre et moi avions choisi nos maris. Les portes de la ville – celle de derrière par laquelle Pâris et moi nous étions enfuis, celle de devant que nous avions empruntée, ma sœur et moi, lors de notre escapade. La vaste prairie, que Ménélas et moi avions parcourue pour notre première sortie en tant que mari et femme, et où nous avions rencontré Gélanor. Gélanor... disparu lui aussi. Les bois, où j'allais chasser avec mes frères, les berges du fleuve, où avait eu lieu la course, et... Ô grands Dieux ! Tout était là, mais ces jours qui avaient changé ma vie avaient disparu, s'étaient évanouis comme Troie.

L'arbre d'Hermione était devenu immense. Sa couronne de feuilles bruissait dans la brise bienveillante de l'été. Le tumulus du cheval... Oui, c'était là que tous ces malheurs avaient commencé. Je devais y aller, l'affronter, le piétiner et le maudire.

Il se trouvait à une assez bonne distance de Sparte. Je me souvins qu'il nous avait fallu marcher longtemps pour nous y rendre, et que tout au long du chemin, mon cœur cognait dans ma poitrine et mon être était envahi par la gêne et la honte. Aujourd'hui, je suivais à nouveau cette route, lentement, en prenant conscience de tout ce que je n'avais pas remarqué autrefois :

les vallées paisibles, les forêts sombres, la chaleur de midi qui immobilisait la terre.

Érigeons un tumulus qui commémorera le souvenir de cette journée et de ce serment, avait dit Père. Sa voix, forte et sûre d'elle à l'époque, n'était plus à présent qu'un couinement de souris.

Le tumulus se dressait devant moi, informe et plein de bosses, mais parfaitement reconnaissable.

Le tumulus d'Achille, celui du cheval... D'affreux monticules défigurant le paysage. L'un menait directement à l'autre.

En m'approchant, je vis que la pente était plus raide qu'il n'y paraissait. J'escaladai l'un des côtés en m'accrochant aux touffes d'herbe. Là-dessous reposaient les os du cheval – mes prétendants avaient tenu leur promesse. Arrivée au sommet, je m'assis et revis le visage des hommes qui avaient prêté serment. En pensant éviter un bain de sang, Père l'avait au contraire provoqué.

Tous ces présages... Si je devais recommencer ma vie, je les ignorerais. Je n'essayerais ni de leur obéir ni de les contrecarrer. Peut-être, quand nous n'en tenons pas compte, perdent-ils leur pouvoir, comme les anciennes divinités que l'on cesse d'adorer, qui s'effacent et perdent leur emprise sur nos vies.

La caresse du vent était douce sur l'herbe. Douce sur les prairies de Troie, où passaient les chevaux. Troie. Les chevaux. Vivants, en bois. Troïlos et ses chevaux. Pâris domptant les chevaux sauvages. Hector, dompteur de cavales. Les chevaux morts jonchant la plaine de Troie. Les mystérieux poneys sur l'île de Scyros. Le cheval sacrifié, reposant sous mes pieds.

J'enfouis ma tête entre mes genoux, fermai les yeux. Que m'attendais-je à trouver ici, si ce n'est ce tumulus endormi ? Je m'assoupis un instant. Lorsque je m'éveillai, les herbes hautes se balançaient et une inconnue se tenait devant moi.

Les yeux rivés sur moi, elle se pencha pour examiner mon visage.

« Pas si joli que cela », déclara-t-elle.

Qui était-elle ? « Tant mieux, répondis-je. Je commençais à me lasser de cet éternel refrain sur ma beauté.

– Je suppose que certains persistent à dire qu'elle ne s'est pas fanée. »

Sa voix était hostile, son regard insistant.

Je restai assise. Elle vint s'installer à côté de moi en se protégeant les yeux du soleil.

« J'ai entendu dire, comme tout le monde à Sparte, qu'Hélène est rentrée. »

Ainsi, c'était une habitante de la ville. « En effet, je suis de retour, après un long périple.

– Un périple qui a duré vingt-quatre ans exactement. »

Elle parlait d'un ton sec, mais avec un je-ne-sais-quoi de particulier, et une façon de pencher la tête... Je plongeai mes yeux dans les siens. Elle soutint mon regard.

« Je ne me suis pas rendu compte du passage du temps. À cause des dieux, personne à Troie ne savait exactement combien d'années s'étaient écoulées depuis le début de la guerre. Je m'en remets à ta mémoire.

– Vingt-quatre ans. Cela veut dire que ta fille a maintenant trente-trois ans. Hermione, que tu as abandonnée. Il t'est arrivé au moins de penser à elle ? »

Quelle audace, de la part d'une simple habitante de la ville ! N'étais-je pas malgré tout la reine de Sparte ? « Oui, tous les jours, répondis-je. Elle m'a accompagnée à Troie, s'est réchauffée près du feu de Priam, a escaladé avec moi le mont Ida.

– C'est faux ! J'étais ici ! » lança-t-elle sèchement.

Hermione ? « Tu... tu es...

– Hermione ! La fille que tu as quittée ! » Elle se leva d'un bond pour mieux me dominer. « Celle que tu as abandonnée ici ! Comme un jouet délaissé ! Oui, je suis Hermione ! »

Je me levai. « Ma fille chérie, je...

– Ta fille ? J'ai honte d'être ta fille. La fille d'Hélène de Troie ! Le comble du déshonneur ! »

Je la dévisageai. Plus rien ne restait de l'enfant quc j'avais laissée. J'avais devant moi une femme aux cheveux et aux yeux bruns, dont le visage était joli, mais pas au point de déclencher une guerre, une femme aux pieds larges, dont les bonnes grosses chaussures dépassaient de sous sa robe.

« Ma honte est la tienne, dis-je.

– Je viens souvent ici pour essayer de comprendre.

– C'est impossible. Ceci n'est qu'un tumulus vide, sur lequel passe le vent en faisant chanter l'herbe. Pour comprendre, il faudrait que tu entendes ton grand-père, que tu voies les prétendants rassemblés ici. »

Je tendis le bras. Il fallait que je la touche. Elle recula.

« Comment as-tu pu me laisser ? Comment une mère a-t-elle pu abandonner sa petite fille ? Pour s'enfuir avec ce gamin, qui n'avait que quelques années de plus que moi...

– Je ne t'ai pas abandonnée. J'ai voulu t'emmener. Mais tu as refusé de venir. Tu préférais rester avec tes tortues et tes amis.

– J'avais neuf ans ! Comment aurais-je pu comprendre ce que tu me demandais ?

– Tu as raison, tu ne pouvais pas. » J'avançai, mais elle recula à nouveau. « Cela, Pâris le savait.

– Pâris ! Ne prononce pas ce nom ! Ce nom qui m'a privée d'une mère, qui a conduit ma grand-mère à la mort. »

Et pourtant, elle aimait bien Pâris. Autrefois. Maintenant, il signifiait sa perte.

« Pâris...

– Qu'est-ce que j'ai dit ?

Elle me tourna le dos, commença à s'éloigner.

« Attends ! Je t'en prie, ne pars pas ! »

Elle fit volte-face, se redressa, se drapa dans son manteau. « Combien de fois ai-je voulu te dire ces mots-là, te supplier ! s'exclama-t-elle. Mais tu étais trop loin pour m'entendre. Tellement loin !

– Je t'en prie, raconte-moi. Ma mère...

– C'est moi qui l'ai trouvée pendue. Oui, moi ! »

Assommée, je reculai. Jamais je n'avais imaginé une telle horreur. J'étais persuadé que c'était un serviteur ou un garde. Mais pas Père, et surtout pas Hermione. « Oh non !

– Tu t'imaginais quoi ? Peut-être cela ne t'a-t-il jamais traversé l'esprit ? Au petit matin, je suis entrée dans ses appartements – elle adorait prendre son petit déjeuner avec moi et, après ton départ, je n'avais pas d'autre endroit où aller. Et je l'ai découverte. Elle était morte dans la nuit, à ce que l'on m'a dit, d'après la teinte bleue de sa peau. Alors, j'ai pris ces maudites plumes de cygne et je les ai brûlées dans le brasero. Et si je l'avais pu, je t'aurais brûlée toi aussi ! »

La prendre dans mes bras, maintenant. Elle résista. Je l'enlaçai quand même, et me mis à sangloter. « Tu aurais eu tout à fait raison, dis-je. Le cygne... Qu'il sorte de nos vies. » La gloire des dieux et de leurs brèves visites... Cela ne valait pas les tragédies qui s'ensuivaient.

Au lieu de me repousser, Hermione s'abandonna à mon étreinte.

« Emmène-moi à sa tombe, dis-je. Que je puisse y déposer une offrande. »

Les tombes se trouvaient dans une cave en partie naturelle, non loin du palais. Une petite grotte avait été creusée dans le flanc de la colline pour l'élargir. Il y avait là la tombe de Mère, de Castor et de Pollux, ainsi qu'une quatrième, vide, destinée à Père.

« Je viens ici tous les jours, m'expliqua Hermione. De même que ma cousine Électre se recueille tous les jours sur la tombe de son père et jure vengeance. »

La petite Électre. Une femme maintenant. Comment pouvait-elle pleurer la mort d'Agamemnon, elle dont il avait tué la sœur avec tant de cruauté ? « Vengeance ? De quoi veut-elle se venger ? demandai-je avec précaution, car je redoutais de m'aliéner Hermione.

– De cette mère qui a pris un amant, voyons ! répondit-elle avec hargne. Visiblement, c'est de famille ! »

Je ne pus m'empêcher de sourire. « Quelqu'un de puissant nous avait jeté un sort. Je vois qu'il s'est réalisé. » Mais je n'avais pas vraiment envie de parler de cela. J'étais lasse des malédictions, des présages et des sorts. Tout ce qui m'importait à présent, c'était ma fille. Et les tombes de ma mère et de mes frères.

« C'est celle-ci », me dit Hermione en me montrant une tombe encastrée dans la falaise et sur laquelle était posée une couronne de fleurs fanées.

Mère. Je me collai à la muraille froide.

« C'est moi, Hélène. Je suis revenue. » Les lèvres posées sur la tombe, je murmurai des paroles affectueuses. « Ton Hélène. » Nul besoin de lui raconter ce qui s'était passé depuis notre séparation. Nul besoin de lui parler de ma vie à Troie. De lui dire ce qui m'était arrivé depuis la chute de la ville. Les morts ont la bonté de ne pas exiger de nous un récit complet.

« Et là, tes frères », dit Hermione en indiquant les autres tombes.

Je m'agenouillai, les implorai de me conseiller. « Vous qui m'avez toujours guidée, qui m'avez tant appris ! » Je ne leur dis pas la douleur que leur mort me causait. Ils le savaient. Il ne faut pas parler aux défunts de ce qu'ils connaissent déjà. C'est pour eux comme une insulte.

« Il y a une tombe qui attend ton père, dit Hermione. Mais après moi, la lignée de Tyndare s'éteint. Je suis la dernière. » Sa voix était comme un chant triste.

« On ne sait jamais. Tu trouveras un autre mari. Néoptolème n'était pas digne de toi. J'ai vu les atrocités qu'il a commises à Troie. Tu dis que j'ai souillé mon propre nom. Mais lui a souillé celui de son père, celui d'Achille. Tu es libre. Un jour, un homme viendra pour toi.

– En tant que fille d'Hélène...

– On s'attendra à ce que tu sois belle et passionnée. Est-ce le cas ? »

C'était le moment de faire preuve d'un peu d'audace. Je la regardai plus attentivement. Son visage était agréable, et ses cheveux épais et brillants.

Elle se recula en rougissant. « Passionnée... Je ne sais pas.

– Tu le seras uniquement quand l'homme que tu aimes te tiendra dans ses bras. Chez les femmes, c'est l'homme qui déclenche la passion, pas l'instant. Chez les hommes, c'est le contraire. »

J'avais vu ma fille, et nous nous étions timidement rapprochées l'une de l'autre. Le passé serait toujours là, et elle se refuserait pendant longtemps à me faire confiance, mais elle m'avait donné accès à une partie de sa vie. C'était plus que ce que j'aurais jamais osé demander.

LXXVI

Craignant de la voir s'enfuir tel un papillon posé un instant sur une fleur, je ne m'approchai pas trop d'elle dans les jours qui suivirent. Je la laissai en paix, même si mes yeux ne se lassaient pas de la contempler – à la dérobée. Le temps. Le temps arrangerait les choses. Je devais lui faire confiance.

Et du temps, je n'en manquais pas. Rien ne m'attendait, rien qui puisse me faire peur ou me tenter. Je fis le tour du palais et des jardins – si modestes par rapport à ceux de Troie – et je fus contente de constater qu'ils étaient bien entretenus. Il y avait eu peu de changements – c'était les mêmes pièces, les mêmes éléments décoratifs. Mère partie, Père n'avait témoigné aucun intérêt pour ces choses-là. Avait-il envisagé de se remarier ? Il me dit qu'aucune famille n'aurait envisagé une telle alliance avec la maison de Tyndare – maudite à présent, comme celle d'Atrée.

« Alors, Ménélas et moi sommes faits l'un pour l'autre, dis-je. Et cette esclave étolienne qu'il avait laissée ici ? Elle était enceinte, si je me souviens bien. » Je m'efforçai d'adopter un ton léger, comme si cela n'avait aucune importance pour moi.

« Elle a eu des jumeaux. Ce sont maintenant des hommes, qui habitent encore au palais. Ils ont attendu tout ce temps-là dans l'espoir que Ménélas et moi mourions avant qu'Hermione donne naissance à un héritier. Voilà donc leurs espoirs d'accéder au trône envolés. Que Ménélas leur donne quelque chose et les fasse partir. »

Tout ce que j'avais laissé derrière moi et qui était inachevé à l'époque refaisait surface. « J'aimerais revoir Clytemnestre. L'as-tu vue depuis... Est-elle venue à Sparte ?

– Non, ma fille, et je ne pouvais pas aller à Mycènes. Avec tous ces événements, il ne me semblait pas avisé de laisser Sparte aux mains des jumeaux.

– Nous pourrions nous y rendre ensemble. Ménélas veillerait à maintenir l'ordre ici.

– Je crains d'être trop fragile à présent, répondit Tyndare en soupirant. Je ne pourrais pas supporter les secousses du voyage et l'ascension finale de la montagne. »

Père me posait très peu de questions sur Troie. Il ne semblait pas avoir envie d'en savoir plus à ce sujet. La curiosité s'envole-t-elle avec l'âge, à l'instar de l'agilité ? Ou bien la honte l'avait-elle submergé, comme Mère ?

Ma décision était prise. « Je vais faire préparer les chars pour mon départ dans quelques jours », lui annonçai-je. J'avais hâte de voir Clytemnestre et de partager avec elle tous les événements qui s'étaient déroulés depuis notre dernière rencontre.

L'idée ne plut guère à Ménélas. Il voulut m'interdire de partir. Ma sœur avait tué son frère et partageait son lit avec un autre homme. Cela l'affectait trop.

« Je n'approuve pas ce qu'elle a fait. Cela m'inspire la plus grande aversion, dis-je. Mais elle est à peu près tout ce qu'il me reste de famille, et ton frère a commis un crime atroce contre elle. Je n'irai pas plus loin. Mais sache que j'aime ma sœur, de même que tu aimais ton frère, en dépit de ses méfaits. M'empêcher d'aller la voir, c'est ajouter un élément à la liste déjà longue des horreurs de la guerre.

– Et je suppose que tu vas vouloir emmener Hermione ? Il est hors de question qu'elle approche de cette femme ! »

J'y avais pensé. Ma fille n'avait-elle pas vécu quelque temps avec Clytemnestre ? Mais je savais qu'elle refuserait. « Je comprends, dis-je. J'irai seule – avec des gardes, bien entendu.

– Sois prudente.

– Tu penses qu'elle pourrait me faire du mal ? lui demandai-je, étonnée.

– Tu ne l'as pas vue depuis des années. Tu ne sais pas qui tu vas trouver.

– C'était pareil pour toi et moi », lui rappelai-je.

Il prit un air de chien battu, comme souvent ces derniers temps.

« Je ferai attention, je te le promets. »

Mycènes ! Retrouver cette ville débarrassée de la présence oppressante des deux Atrides, revoir Clytemnestre ! Je n'accordai pas une pensée à Égisthe. La journée était claire, le ciel pur. Je partis avec deux chars, pour moi et mes domestiques, et une carriole pour transporter les cadeaux. J'avais fouillé le palais de fond en comble pour dénicher des objets à offrir. Cela n'avait pas été facile, car je me doutais bien qu'à Mycènes on trouverait les mêmes choses que chez nous, les mêmes jarres d'albâtre, les mêmes cruches décorées, les mêmes robes parfumées. Nous descendîmes notre colline dans un grondement de roues, puis arrivâmes sur la plaine ponctuée de platanes, d'arbres fruitiers et de champs d'orge. Si rien n'avait été détruit, l'absence des hommes avait entraîné un déclin plus subtil. Ici, régnait la négligence. De nombreux soldats n'étaient pas rentrés de Troie et il faudrait attendre une génération pour que la terre s'épanouisse à nouveau.

Pourquoi donc étaient-ils partis ? Comment Ménélas avait-il pu les persuader ? Il avait très certainement promis une guerre courte, la gloire, un gros butin. Mais rien ne s'était passé ainsi. Seuls les chefs et les quelques chanceux qui étaient rentrés avaient récupéré une part du trésor de Troie. Loin d'enrichir Sparte, la guerre l'avait appauvrie.

Mon cocher désigna un bosquet de peupliers près d'un ruisseau. « C'est là que Ménélas a rassemblé l'armée. »

Endroit maudit, qui avait condamné tous ceux qui s'y étaient réunis dans la joie. Un peu à part, se dressait un immense platane. Sans doute l'arbre planté par Ménélas en l'honneur des guerriers. Sa vue me fit frissonner. À Troie, il y avait un chêne, emblème de la guerre, dont il ne restait certainement plus rien.

Nous quittâmes la plaine et nous enfonçâmes dans les collines. Au-dessus de nos têtes, les faucons virevoltaient.

Nous choisîmes de nous arrêter pour la nuit dans une petite clairière qui nous parut tranquille et protégée. Sortant de leurs nids, les chauves-souris voletaient en tous sens, comme des petites flèches noires dans la lumière faiblissante. J'étais fatiguée, me sentais à l'abri. Je dormis à poings fermés. Cette nuit-là, nul besoin de l'élixir de l'oubli.

Nous reprîmes la route dès le point du jour. Mais les paroles de Ménélas avaient contaminé mon esprit au cours de la nuit et coloraient à présent tout ce que je voyais. Je sentis mes craintes grandir à mesure que nous approchions de Mycènes. Soudain, tout me parut suspect. Les faucons disparurent du ciel, qui se couvrit de nuages.

Qu'allais-je trouver ? Il me paraissait à présent naïf de croire que Clytemnestre et moi nous retrouverions comme si rien ne s'était produit. J'aurais dû envoyer des messagers, annoncer ma venue. J'aurais dû lui donner la possibilité de se préparer ou de refuser de me voir. J'agrippai les montants du char.

Les hommes, quant à eux, riaient et plaisantaient. Pour eux, c'était une belle journée. Mon cœur battait à tout rompre, comme si j'étais poursuivie par une meute de chiens. Une chose atroce et menaçante planait au-dessus de nos têtes. Les autres ne pouvaient pas la sentir. Mais le don que j'avais me la révélait, de plus en plus fort à mesure que nous approchions.

Vite ! Vite ! voulus-je crier. Peut-être pourrions-nous arriver avant que cette chose se passe. Il le fallait, absolument. Maintenant, je comprenais pourquoi j'avais décidé de partir ce jour-là.

« Plus vite ! dis-je tout d'un coup. Dépêchons-nous !

– Oh, nous avons tout le temps, reine. Nous arriverons avant la nuit.

– Mais il sera trop tard ! Plus vite, te dis-je ! Laisse les autres derrière, et pousse les chevaux au galop.

– Ce n'est pas bon pour eux. Ils vont s'épuiser. »

Mon sort était-il donc placé sous le signe du cheval ?

« Eh bien, tant pis pour eux ! Quelque chose de pire encore va se produire si nous n'arrivons pas à temps. »

Il voulut protester, mais j'étais la reine. « Comme tu veux », grogna-t-il en faisant claquer son fouet.

Nous montâmes les collines au galop, en faisant voler les cailloux derrière nous. Jamais je n'avais été aussi proche de voler. Mais mon cœur, lui, était comme plombé, saisi par la peur la plus noire que j'avais ressentie depuis ce rêve avec Pâris et la flèche.

Plus qu'une colline à gravir ! Comme je me souvenais bien du paysage ! Nous y étions presque. La ville était encore invisible, nichée dans un repli du terrain. Il fallait dépasser ce dernier lacet, et alors elle apparaîtrait, repaire de pierre se fondant dans la montagne.

Ruisselant de sueur, les chevaux voulurent ralentir, mais je suppliai mon serviteur de ne leur laisser aucun répit. Devant nous, tout semblait ordonné, calme. L'espace d'un instant, je me reprochai mes craintes stupides.

C'est alors qu'un char déboula de l'enceinte du palais, tiré par des chevaux aux yeux fous que le conducteur poussait au triple galop en hurlant. Derrière, des archers tiraient des flèches, mais il était hors de portée. Des cris retentirent dans l'air.

« Il va nous écraser ! » dit mon cocher. La route était trop étroite pour laisser passer deux chars de face. Il tenta de s'écarter, mais l'une de nos roues se coinça dans une ornière, et nous étions encore au milieu de la voie lorsque le char emballé déboucha et fonça droit sur nous. Le conducteur tenta de passer sur le côté mais, contraint de prendre un virage sec, s'arrêta finalement. Il sauta à terre et, rênes en main, commença à contourner notre char, suivi de son attelage haletant.

Son manteau et ses avant-bras étaient recouverts de sang. Ses mains rouges laissaient des traces sur les rênes. « Laissez-moi passer ! nous ordonna-t-il en tirant son épée. Ne me regardez pas ! »

Mais je ne pus m'en empêcher. Il était jeune, bien bâti et, sous le sang, son visage semblait beau. « Qui es-tu ? Qu'as-tu fait ? » lui demandai-je. C'était comme si mon don me conférait le droit de le questionner. Mais cela, il ne pouvait pas le savoir.

Il se tourna vers moi, le regard hargneux, et s'apprêtait à me demander *Qui es-tu ?* quand ce que j'avais toujours détesté me sauva. « Tu es Hélène ! La cause de tout cela, de ce que j'ai fait ! » Il remit son épée dans son fourreau.

« Je n'ai rien à voir avec ce que tu as fait. J'ignore de quoi il s'agit.

– J'ai vengé mon père. Cela m'a pris des années, mais je n'étais qu'un enfant quand il a été assassiné. Un fils doit attendre d'être suffisamment fort pour prendre sa revanche. »

Il fit passer ses chevaux devant lui, d'un geste aussi désinvolte que s'il était en train de parler de la pluie et du beau temps.

Assassiné... père... revanche...

« Dieux ! Qui as-tu tué ?

– Ma mère. »

C'était Oreste ! Dire qu'il était encore bébé la dernière fois que je l'avais vu ! « Tu as tué ta mère ? » Aussi affreux que l'acte lui-même était le calme et la fierté avec lesquels il en parlait.

« Il le fallait. Oui, et j'ai aussi tué son amant, Égisthe. »

Il semblait comme hébété. Je compris qu'en fait il n'était ni fier ni insouciant, mais tout simplement abasourdi au point d'être à peine conscient de ce qu'il avait fait. Il grimpa à bord de son char, qui avait à présent la voie libre. « Va nettoyer là-bas. C'est ta sœur après tout. Ma sœur à moi la déteste et pourrait outrager son corps. » Dans un hurlement, il fit prendre le galop à ses chevaux et disparut dans un nuage de poussière.

Je me retins au bras de mon cocher. « Voilà pourquoi je sentais que nous devions faire vite. » Mes mots paraissaient dérisoires, comme toujours dans des moments pareils. « Hélas, nous sommes arrivés trop tard. »

La foule qui poursuivait Oreste atteignit le sommet de la colline et nous fit face. « Vous l'avez laissé partir ! » hurlèrent les gens.

« Nous ne pouvions pas l'arrêter », dit mon serviteur.

Ils s'avancèrent vers lui, l'air menaçant avec leurs javelines, leurs arcs et leurs épées.

« Ne perdez pas votre temps avec nous, dis-je. Poursuivez-le. Je suis Hélène, la sœur de la reine. Je vous en prie, laissez-moi passer pour que je puisse m'occuper d'elle. »

À ces mots, ils commencèrent à s'agiter et à me lancer des regards furieux. « C'est toi la cause de tout cela ! s'écria un homme d'un ton plein de haine. Sans toi, il ne serait jamais parti. Et s'il n'était pas parti, le reste ne se serait jamais produit. »

Je sentis immédiatement que c'était la dernière fois que j'écoutais docilement ce genre de reproches. Si ceci ne s'était pas produit, alors tel autre événement n'aurait pas eu lieu. Peut-être, mais jusqu'où allions-nous remonter ainsi dans le temps ? En vérité, il n'y avait ni limites, ni vérité là-dedans. « Cela suffit. Je

dois aller m'occuper de ma pauvre sœur. Laissez-moi passer. »
Ils s'écartèrent immédiatement.

À présent, nul besoin de se presser, hélas. Nous attendîmes l'autre char et la carriole avec les cadeaux à présent inutiles. Puis nous avançâmes vers la citadelle en restant dans les chars aussi longtemps que possible, comme si cela pouvait nous protéger du danger. Nous dûmes cependant les abandonner au pied de la citadelle, cachée dans un pli du terrain entre deux montagnes. Un chemin escarpé menait à la porte d'entrée, surmontée des deux lions féroces sculptés sur le linteau. Ils m'avaient toujours causé un certain malaise. Mais à présent, ces moments passés me semblaient joyeux en comparaison de ce qui m'attendait.

Le calme régnait. Il n'y avait aucun garde, aucun ouvrier, et les portes béaient comme les lèvres d'une blessure exposant la chair du palais. Nous entrâmes. L'endroit était désert. Étaient-ils tous partis à la poursuite du meurtrier ? Nous continuâmes à grimper, le cœur battant, jusqu'au sommet de la citadelle, où s'étalait le palais. Il avait sa propre porte, ouverte elle aussi. Nous passâmes devant les ateliers et les réserves, sans nous arrêter. Je pressai le pas pour entrer la première. Un calme étrange emplissait les lieux, telle une nappe de brume. Puis, à mesure que mes yeux s'habituaient à la pénombre, je perçus des silhouettes recroquevillées, qui gémissaient et se lamentaient autour d'une forme allongée.

C'était là qu'elle reposait. Je m'approchai. Les silhouettes penchées ne s'aperçurent de ma présence que lorsque j'arrivai juste à côté d'elles. « C'est la reine ? » demandai-je.

L'une des pleureuses releva la tête et ôta son capuchon. « Qui es-tu ? » me dit-elle, avant de secouer la tête, incrédule. « Ce n'est pas possible. Tu n'es pas Hélène !

– Si c'est moi.

– Elle pensait que tu étais morte, dit la femme d'un ton neutre, perdue après la chute de Troie. Et maintenant, c'est l'inverse – tu es vivante, et elle est morte.

– Que s'est-il passé ? »

Il fallait que les personnes qui l'avaient aimée me racontent l'histoire. Pas son meurtrier. Puisse leur compassion effacer l'atroce froideur de ce qu'Oreste m'avait dit avec tant de fierté !

D'autres pleureuses prirent la parole : « Elle a été attaquée et tuée par son propre fils au moment même où elle l'accueillait. Cela faisait tant d'années qu'il était parti, et son retour réjouissait le cœur de sa mère. Mais il est rentré dans un seul but, celui de la tuer. Il l'a poignardée alors qu'elle allait le prendre dans ses bras. Le premier coup a été fatal. Elle a juste eu le temps de dire "Oreste ?" Puis elle a succombé. La voilà qui repose. Nous l'avons couverte, c'est tout. Il revient à sa famille de préparer son corps pour les funérailles. Mais il n'y a personne ici pour accomplir cette tâche.

– Et Électre ? demandai-je, avant de me souvenir de ce qu'avait dit Oreste.

– Elle refuse d'exécuter les rites. En ce moment même, elle est en train de faire un sacrifice sur le tombeau de son père et de lui raconter le meurtre.

– De toute façon, elle se rend sur le tombeau de son père tous les jours, matin et soir, me raconta une autre personne. Elle dit que c'est pour l'honorer, mais en réalité, elle n'a fait que s'imprégner de haine et cultiver sa soif de vengeance. Jour après jour, à force de tenir compagnie à son père, elle a attisé sa propre fureur morbide et malveillante. Je suis persuadée qu'Agamemnon lui-même n'aurait jamais pu éprouver autant de haine pour Clytemnestre que sa fille.

– C'est elle qui a fait venir Oreste ici pour qu'il soit l'arme de sa vengeance et accomplisse le meurtre, m'expliqua une vieille femme. À présent, c'est lui qui va être poursuivi par les impitoyables Furies. Mais peu lui importe, à elle. Non, elle ne préparera pas le corps de sa mère pour la tombe.

– Alors, c'est moi qui m'en chargerai, dis-je. Tel est mon désir. »

Je me penchai et, redoutant ce que j'allais voir, soulevai lentement le drap. Je découvris ainsi sa tête, ses épaules, sa poitrine et son ventre. Ses longs cheveux dissimulaient son visage. Des épaules jusqu'à la taille, elle était couverte de sang, et une mare rouge sombre s'élargissait sous son corps. J'eus un mouvement de recul. Délicatement, je tentai d'écarter ses cheveux, qui trempaient dans le sang. Enfin, je vis son visage, ses yeux écarquillés. Exprimaient-ils sa surprise de voir enfin Oreste ? De sentir la douleur du coup de couteau ? De mourir ? Je lui fermai doucement les paupières. Son corps était encore un peu tiède, mais la froideur des dalles ne tarderait pas à l'envahir.

« Voilà de bien tristes retrouvailles, lui dis-je. Si les nôtres avaient eu lieu avant, peut-être les secondes se seraient-elles mieux passées.

– Ou peut-être y aurait-il eu une autre mort, bien méritée elle aussi », fit une voix stridente à l'autre bout de la pièce.

Me retournant, je vis une jeune femme vêtue de noir comme les autres s'avancer vers moi en souriant d'un air sarcastique.

« Tiens, tiens ! Voilà donc Électre, cette charmante créature dont j'ai tant entendu parler ! L'aimable Électre ! »

Ma propre causticité m'étonna.

« Demande à mon père, il te dira qu'en effet, telle je suis. Demande à ma mère, et elle te donnera une tout autre version. Tout dépend de qui parle. »

Elle était à présent suffisamment près pour que je distingue bien ses traits – grossiers et lourds, comme ceux d'Agamemnon. L'espace d'un instant, je crus me retrouver de nouveau face à lui.

« Ma mère et toi êtes de vraies sœurs. Des femmes adultères, qui ont abandonné leurs époux.

– Comme le voulait le sort jeté sur la maison de notre père. C'est la cause de bien des chagrins que d'avoir des filles qui se marient plusieurs fois, j'en conviens.

– Qui se marient ? dit-elle d'un ton railleur. C'est ainsi que tu dirais les choses ? Ah ! Si seulement je pouvais d'un coup de couteau t'envoyer la rejoindre dans le royaume des ténèbres !

– Mais tu es trop lâche pour cela. Tu t'es tapie, tu as comploté et attendu pendant des années, mais c'est ton frère que tu as envoyé commettre ce crime. Tu n'as rien d'une vraie guerrière ! »

J'espérais la provoquer suffisamment pour qu'elle en vienne à me frapper, car j'étais certaine de pouvoir, malgré mon âge, avoir le dessus. Je voulais me battre avec elle, être celle qui lui infligerait le châtiment immédiat que mon cœur réclamait. Ce n'étaient certes pas là des pensées nobles. Mais que les dieux me pardonnent ! Furieuse, elle se jeta sur moi. Je la dominai sans difficulté, la collai contre le mur et, tirant sur ses cheveux, lui fis pencher la tête en arrière. « Tu n'as pas plus de forces qu'un vieux chien incontinent, lui dis-je. Ton père aurait honte de toi. Remarque, lui aussi était un vantard. Alors peut-être te comprend-il. » Je la lâchai, de peur de ne pouvoir me retenir de lui écraser la face contre le mur de pierre et d'ajouter un crime à celui déjà commis. Je me rendis compte avec honte qu'à travers elle j'avais voulu me venger de son père, comme j'en brûlais d'envie depuis des années.

« Va t'en ! lui ordonnai-je. Quitte ce palais. Tu offenses les yeux de ta mère. »

Pétrifiées, les servantes avaient assisté à la scène en silence. Lorsque Électre se releva et s'enfuit, elles poussèrent des soupirs de soulagement.

« Où est le corps de son amant ? demandai-je.

– Dehors. Il était en train de préparer un sacrifice de bienvenue quand Oreste l'a transpercé par-derrière avec une javeline. Il est tombé sur l'autel.

– Un bien joli couple, ce frère et cette sœur ! » fis-je en frémissant d'horreur.

Des trois enfants de la famille, c'était Iphigénie la meilleure, celle qu'Agamemnon avait sacrifiée dans sa folie, laissant la vie sauve à ces deux monstres. L'Atride n'avait jamais fait preuve de beaucoup de discernement. Ou peut-être pensait-il qu'Artémis méritait ce qui avait le plus de prix. Assez ! Je ne devais plus penser à cet homme, à la guerre. Ils ne devaient pas polluer les rites des funérailles.

Elle avait déjà un tombeau, à côté de celui d'Agamemnon. L'idée qu'elle puisse reposer près de lui me semblait inacceptable. Mais elle avait eu des années pour s'en faire construire un autre. Celui-ci devait donc être l'endroit qu'elle avait choisi comme dernière demeure. Je murmurai un dernier adieu tandis que nous ramenions le drap sur son visage. « Merci de m'avoir emmenée à Sparte. Merci de m'avoir montré le monde qu'il y avait au-delà de nos murailles. Je n'oublierai jamais. » Nous éparpillâmes des fleurs des champs sur le drap – semblables à celles que j'avais vues ce jour-là. Puis nous fîmes tristement glisser le couvercle en pierre sur elle. La tâche ne fut pas aisée, mais en joignant nos forces nous y parvînmes, sans avoir à demander de l'aide.

LXXVII

Les années passèrent. Mais elles ne s'écoulèrent pas comme à Troie, où le temps s'était contracté jusqu'à former un fil bien tendu, aux brins comprimés. Non, à Sparte, c'était l'inverse. Les brins se démêlaient, s'étalaient, si bien qu'un jour en paraissait dix. J'utilise des termes empruntés au domaine du tissage pour expliquer ma vie à Sparte. En effet, il me semble que j'ai passé la majeure partie de mon temps à filer et à tisser, même si je n'ai rien fait qui puisse rivaliser en beauté avec la tapisserie perdue que j'avais créée à Troie.

Les saisons se suivirent, comme suspendues dans l'éternité. Père mourut. Après avoir appris le meurtre de Clytemnestre, il se recroquevilla sur lui-même, ébranlé par ce qui lui semblait être l'accomplissement de la malédiction de sa maison. Je ressentis simplement une vague tristesse en lui disant adieu. Il était parti depuis longtemps déjà.

Maintenant, il ne restait plus personne à Sparte. Mère, Père, mes frères, ma sœur n'étaient plus. Je demeurais seule, avec pour toute famille Ménélas et Hermione. Lui et moi vivions en paix, comme des personnes âgées et prudentes, comme ceux dont les soucis ont disparu. Tels de vieux guerriers voûtés se faisant face de part et d'autre du champ de bataille – jonché des corps de ceux qui, pourtant meilleurs que nous, avaient péri –, nous nous regardions comme des camarades.

Des camarades. C'était tout ce que nous pouvions être l'un pour l'autre. Nous ne serions plus jamais mari et femme au plein sens du terme. Compagnons, amis distants, anciens combattants, semblables, oui. Mais plus jamais amants. Troie et les blessures – physiques et morales – que la guerre nous avait infligées avaient fait en sorte qu'il en soit ainsi.

Il y avait dans ce constat quelque chose de définitif et de rassurant. Je pouvais tendre la main à Ménélas et l'aider toutes ces années qu'il nous restait à vivre, l'autoriser à se reposer sur moi si nécessaire, sachant qu'il agirait de même à mon encontre.

Et Hermione ? Les années l'adoucirent. Nous tissions, nous filions côte à côte (grâces soient rendues aux dieux pour ces tâches féminines !), nous nous occupions des affaires du palais et apprenions à nous connaître.

Elle était très différente de moi. Comme toujours avec les enfants. Mais nous nous en rendons compte seulement quand ils sont devenus grands. Nos enfants font partie de nous à jamais, dès leur naissance, si bien que nous imaginons faire nous aussi partie d'eux. Mais ce sont des êtres complètement séparés, qui tentent de percer leurs propres secrets et de vivre avec leurs propres déceptions. S'ils choisissent de nous les révéler, alors nous sommes les plus bénies des mères.

J'observais Hermione tandis qu'elle vaquait à ses occupations, solitaire et disciplinée. Elle avait un visage agréable, mais quel homme aurait voulu s'intéresser à la fille de la volage Hélène, à la veuve du cruel Néoptolème ? Bien qu'innocente, elle était frappée d'ostracisme.

Pourtant, elle semblait accepter son sort. Elle s'y soumettait bien mieux que j'en avais été capable. Peut-être tenait-elle cette capacité de Ménélas, de ce qui, en elle, n'était pas Hélène. Elle était, en effet, différente de moi. Et, au bout du compte, elle finit par se comporter à mon égard de manière sinon véritablement affectueuse, du moins cordiale et agréable.

C'est alors qu'Oreste vint demander sa main. Oreste, si différent de ce tueur fou et hébété que j'avais croisé sur la route de Mycènes. L'homme qui vint faire sa demande était réservé, posé, poli. Il se présenta à Ménélas en suppliant.

Les deux hommes se retirèrent et je ne fus pas autorisée à prendre part à leur conversation. Ils sortirent de la salle et Ménélas marmonna : « Je suis satisfait. » Mais il est vrai que, désormais, il se satisfaisait de tout. Plus tard, après qu'Oreste fut reçu, ainsi que le voulait la tradition, comme un ami et installé dans une chambre somptueuse pour la nuit, Ménélas me raconta qu'il avait enfin expié son crime. Les Furies l'avaient poursuivi, si bien qu'il s'était coupé le pouce pour les apaiser et s'était soumis à d'autres châtiments jusqu'à ce qu'elles soient contentes. Il avait vengé la mort de son père et devait honorer la mémoire de sa mère : ces deux impératifs irréconciliables l'avaient presque rendu fou. Peut-être même l'avait-il été un temps.

« C'est fini, Hélène, me dit Ménélas, enfin ! »

Oui, tout était fini. Devant moi se tenait un vieil homme, et non plus un jeune prétendant impatient. Et lui, que voyait-il quand il me regardait ? Les mêmes signes de déchéance.

« C'est vraiment fini ? lui demandai-je, pensant qu'il parlait de notre histoire.

– Oui. La malédiction de nos deux maisons se termine ici. Hermione est innocente et Oreste a apaisé la colère des dieux. Rends-toi compte – nos petits-enfants peuvent être des gens comme les autres. Plus de malédictions, de demi-dieux, de prophéties ! Comme je les envie !

– Ils seront libres comme nous ne l'avons jamais été », reconnus-je.

Mais la gloire, elle, s'envolerait.

Nous donnâmes Hermione à Oreste en suivant tous les rites. Elle était heureuse, libérée de la prison du veuvage et de la mélancolie. Elle me confia qu'enfant elle avait déjà un faible pour lui. (Quel cadeau inespéré que cette confiance qu'elle m'accordait ! S'en rendait-elle seulement compte ?)

« Parfois les choses se terminent bien, lui dis-je. Parfois, nous voyons nos désirs les plus secrets se réaliser. »

Elle donna naissance à un fils, Tisaménos. Elle m'avait demandé d'assister à la naissance, ce que je fis avec joie, même si une sage-femme était là. Je tins mon petit-fils dans les bras avant sa propre mère et contemplai son petit visage ridé en remerciant les dieux de m'avoir accordé ces années ternes avec Hermione et de me laisser prendre son fils dans les bras. Un mariage, une naissance : ce que j'avais cru à jamais défait par les horreurs de la guerre recommençait, comme si de rien n'était.

« Il ne sera pas un héros, dit Hermione en serrant le bébé contre sa poitrine. Il ne sera pas appelé à de grandes tâches. Il devra simplement exécuter son devoir comme tous les mortels. Mère, pourras-tu te contenter de cela ? »

Je me penchai en avant et caressai ses cheveux, geste qu'elle ne me permettait que rarement. Mais aujourd'hui était un moment unique. « J'en ai assez des héros, lui assurai-je. Tisaménos aura une vie meilleure dans ce monde ordinaire.

– L'époque des héros est révolue, déclara Ménélas qui venait d'arriver. Et je ne suis pas de ceux qui le déplorent. »

Hermione leva les yeux vers lui. Sur son visage, se lisait la compassion. « Père, en essayant d'en être un, tu as failli perdre la vie, et tu m'as privée d'un père.

– Comme tous les héros, dit-il, l'air songeur. Tous partis. Et nous qui finalement n'étions pas si héroïques que cela, nous restons là à contempler le soleil. » Il se pencha vers le bébé. « Je ne peux te souhaiter rien de mieux. Petit-fils, ne sois pas un héros. »

L'âge des héros était bel et bien révolu. Tisaménos n'aurait pas pu être l'un d'entre eux, même s'il en avait brûlé d'envie. Une grande muraille de bronze venue du ciel avait été érigée autour de ces héros d'autrefois. Nul ne pouvait la soulever ou la franchir. Chaque époque décerne ses propres titres de gloire, et celle de mon petit-fils ne pouvait pas être celle de Ménélas.

La guerre de Troie grandit en chansons, en poèmes et en légendes. À mesure qu'elle s'effaçait des mémoires, elle prenait de l'ampleur. Certains affirmaient descendre de l'un ou l'autre des héros ou, à défaut, d'un soldat qui avait participé à la guerre, assimilée à présent à un affrontement entre les dieux et les Titans.

Étais-tu à Troie ? La réponse avait valeur de serment. *Où étais-tu pendant la guerre de Troie ?* Dire *Ailleurs*, c'était s'exposer à la plus ferme condamnation.

Troie. Troie. Le monde était tombé amoureux de la guerre de Troie, maintenant qu'elle était bel et bien terminée.

LXXVIII

Les survivants de la guerre de Troie devenaient de moins en moins nombreux. Nous avions rarement l'occasion de les voir. Idoménée vint nous rendre visite une ou deux fois, ainsi que deux des fils de Nestor. Leur vieux père était rentré sans encombre et avait tranquillement repris son diadème royal. Mais d'autres n'avaient pas eu cette chance. Télémaque, le fils d'Ulysse, à présent un homme, était venu à Sparte s'enquérir du sort de son père, toujours absent. Et lorsque Ulysse était enfin rentré à Ithaque, il avait trouvé son royaume en proie au désordre. Diomède, d'après ce que nous savions, régnait à Argos. Mais les nouvelles circulaient difficilement, et les attaques des bandits réduisaient considérablement les voyages. Notre monde se rétrécissait, coupé des autres royaumes par nos chaînes de montagne, nos routes en mauvais état, nos ponts écroulés. Et plus nous nous retrouvions isolés, plus les gens réclamaient des récits de la guerre de Troie, de cette expédition victorieuse au-delà des mers. Quelle consolation pour un peuple qui ne pouvait même plus voyager ne serait-ce que dans son propre pays ! La guerre de Troie était censée enrichir les Grecs. Or, ils se retrouvaient plus pauvres que jamais. Qui donc s'était emparé du butin scintillant que j'avais vu, entassé sur la plage ?

Hermione paraissait satisfaite de sa vie. Oreste était un époux attentionné. Désormais placide et gai, il semblait guéri de cette folie et de cette brutalité qui l'avaient possédé. Sachant qu'il lui succèderait un jour, il suivait partout Ménélas afin d'apprendre le rôle et les devoirs d'un roi. Les deux familles royales, celle des

Atrides et la nôtre, s'étaient unies pour l'éternité. Leurs malédictions appartenaient désormais au passé, et ne pourraient plus jamais contaminer le futur. Le petit garçon d'Hermione, Tisaménos, ressemblait par moments à sa grand-mère paternelle. C'était comme si, à travers lui, Clytemnestre et moi nous tenions à nouveau par la main. Que la souche sanglante de Mycènes donne naissance à une telle paix, voilà qui était un miracle !

Tout aussi miraculeuse était l'existence paisible que nous menions, Ménélas et moi.

Ménélas n'avait pas perdu son goût pour la chasse et adorait y emmener, outre ses valets d'écurie, Oreste et Tisaménos. Il voulait, disait-il, que le petit garçon ne se souvienne pas d'un seul moment de sa vie où il n'aurait pas su chasser. Si seulement mes frères étaient encore vivants ! Ils auraient tant aimé lui apprendre ce qu'ils savaient ! J'essayais de leur parler, de maintenir vivant leur souvenir dans la famille, mais il s'effaçait inexorablement. Ainsi sombrons-nous dans l'oubli.

Par une splendide journée d'été, les hommes partirent à la chasse, accompagnés de meutes de chiens jappant et sautant de joie, munis de javelines acérées et de réserves de flèches. Tisaménos portait un petit chapeau décoré d'imitations de défenses de sanglier faites en laine tortillée. Si ses petites jambes grassouillettes fatiguaient, Oreste se ferait une joie de le porter sur ses épaules. Quant à Ménélas, cela faisait longtemps que je ne l'avais pas vu se tenir aussi droit et paraître aussi fort. Il avait commencé à se voûter et à s'asseoir plus que de coutume. J'étais contente de le voir reprendre quelque vigueur.

« Nous serons partis quelques jours, dit-il. Nous allons commencer à chasser au pied du Taygète, et nous verrons bien ce que nous prendrons. »

Naguère, j'aurais été contente de les accompagner, mais à présent j'étais tout aussi heureuse de rester au palais. J'aurais pu les suivre, mais cela n'aurait pas été sans effort, et je risquais de ne pas y prendre plaisir.

Quel âge avais-je maintenant ? Difficile de le savoir, à cause de cette façon étrange dont le temps s'était écoulé à Troie. Au moins soixante ans. Peu m'importait. Pourtant, même si ce genre de considération ne me touchait plus depuis longtemps, je ne pouvais y songer sans un pincement au cœur.

La nuit du deuxième jour, une procession lugubre grimpa la colline jusqu'au palais. Ce qu'ils portaient avec tant de précautions, était-ce un cerf pendu à une perche ? Non, le corps dont ils étaient chargés reposait dans une couverture faisant office de civière improvisée.

Je courus aussi vite que cette jeune fille d'autrefois le long de l'Eurotas. C'était Ménélas, je le savais. Quand je le vis étendu sur cette couverture, les yeux grands ouverts, je me pris à détester mon don de prescience.

« Un serpent venimeux, dit Oreste. Il a marché dessus. » Il rabattit la couverture et me fit voir la cheville enflée et les marques rouge vif qui grimpaient sur la jambe de mon pauvre époux.

Le visage de Ménélas était figé, mais ses yeux apeurés ne cessaient de bouger. Il voulut dire mon prénom, mais ses lèvres étaient comme paralysées.

Je pris sa main, la serrai. « N'essaie pas de parler, lui conseillai-je. Épargne tes forces. Nous avons des antidotes. » En étais-je bien sûre ? Si seulement Gélanor était là, parmi nous ! Il saurait quoi faire. J'envoyai un esclave à la recherche de notre médecin. Des serviteurs portèrent Ménélas jusqu'à la chambre et le posèrent avec douceur sur le lit. Je le couvris de notre couverture la plus légère, comme si cela aurait pu le sauver.

Hélène, répétait-il. *Hélène.*

Hermione monta les marches quatre à quatre. Elle entra, se jeta sur le lit, enlaça Ménélas, posa la tête sur sa poitrine tout en contenant ses larmes pour ne pas l'inquiéter. Le médecin arriva et lui demanda de s'écarter. Il examina la blessure en secouant la tête d'un air fataliste. Lorsque le petit Tisaménos voulut grimper sur le lit, sa mère dut le prendre et le faire sortir de la chambre.

Debout dans un angle de la pièce, je me mordais le poing. Aucune prémonition ne m'avait annoncé cela. Leur partie de chasse ne semblait présenter aucun danger. Mon don ne me révélait pas tout, certes. Mais à quoi me servait-il, s'il ne me permettait pas de prévoir une telle tragédie ?

Moi qui croyais ne plus ressentir aucune peine, quoi qu'il

arrive, je me rendis compte que je tremblais. Ménélas mourait et ma tristesse était insondable. Moi qui pendant des années avais maudit le simple fait qu'il existait, je me désolais de la mort dans laquelle un pas imprudent le précipitait.

Nul n'est éternel. Nous le savons, et nous savons également que certaines morts sont plus douces que d'autres. Souvent, hélas, la façon dont nous mourons paraît étrangère à ce que nous sommes. Ménélas le guerrier aurait dû succomber sur le champ de bataille, pas à soixante-dix ans, dans son lit, d'une morsure de serpent. Tant de membres de nos deux familles avaient péri de leur propre main, ou sous les coups de leurs enfants. Mais pour Ménélas, la mort était si calme ! Il est vrai qu'il avait toujours été le plus calme de nous tous.

L'antidote et l'onguent n'eurent aucun effet, comme je le prévoyais. La nuit tomba. J'approchai un tabouret du lit tandis qu'Hermione s'installait de l'autre côté. Les yeux agités de Ménélas ne cessaient d'aller et venir de l'une à l'autre. Il paraissait tout à la fois effrayé et résigné. Il essayait de parler, sans parvenir à prononcer une seule parole. Hermione et moi le suppliâmes de ne pas se fatiguer. Mais il y avait visiblement quelque chose qu'il tenait absolument à dire.

Je penchai la tête aussi près de lui que possible. « Je t'écoute, lui dis-je d'une voix qui se voulait apaisante.

– Hélène, pardonne-moi.

– Je crois que nous nous sommes pardonnés l'un à l'autre depuis longtemps, répondis-je en pressant sa main. Ne t'inquiète pas.

– Non... Il faut que je t'avoue...

– Je sais tout, très cher époux.

– Non. C'est moi qui ai tué ton serpent sacré. Ou plutôt, je l'ai fait tuer, à Troie, parce que... C'était la seule chose que je pouvais faire pour assouvir ma haine. Je ne pouvais pas tuer Pâris, alors je m'en suis pris à lui... Pardonne-moi. C'était cruel. Et maintenant, il s'est vengé, puisque je meurs d'une morsure de serpent. »

Mon serpent domestique que j'aimais tant ! Tué de manière si atroce ! Je ne pourrais jamais l'oublier.

« Tu l'as tué toi-même ?

– Non, c'est un de nos espions qui s'en est chargé. Dis-moi

que tu me pardonnes, je t'en supplie. C'est la seule chose que j'ai faite pendant cette guerre que je regrette. Étrange, n'est-ce pas, de regretter la mort d'un serpent alors que tant d'hommes ont péri !

– Il était innocent. Il n'avait rien à voir avec la guerre. Le tuer, c'était un crime.

– Je savais que cela te ferait peur et t'atteindrait.

– Et tu avais raison.

– Dis-moi que tu me pardonnes, Hélène. Je t'en supplie. Je dois t'entendre me le dire avant de... de partir. Avant que sa vengeance ne soit complète.

– Nous nous sommes souvent fait mal, toi et moi. Pourtant, nous ne sommes pas cruels par nature. Je te pardonne, comme tu m'as pardonné mes torts envers toi, j'espère.

– Je n'ai rien à te pardonner, sauf une chose.

– Et quelle chose ! » dis-je en souriant. Dans sa main que je pressais toujours, je sentis comme un poids qui n'y était pas avant. « Va en paix. Je te pardonne et te donne mon amour. »

Ses traits se détendirent, et même ses lèvres esquissèrent un sourire. « Oui », murmura-t-il. Il poussa un soupir, et ce fut tout.

Hermione se jeta sur lui en hurlant. Je lui fermai les paupières et reculai. Puisse-t-il trouver la paix !

« Majesté, il est l'heure. »

Une main sur mon épaule. « Tu as dormi longtemps. Je sais que c'est difficile, mais il faut te lever. Ménélas ne peut être enterré qu'une fois. Et c'est aujourd'hui le jour. Toutes mes condoléances, ô ma reine. Il faut que tu sois forte. »

Je fondis en larmes – pas seulement pour Ménélas. La main me caressa l'épaule. « Je sais que tu le pleures. Mais il faut... »

Oui, il fallait. Après cela, j'irais là où je devais aller, une dernière fois. Et je serais forte. Je n'avais pas peur.

Il y avait un endroit que Ménélas aimait tout particulièrement dans les premiers temps de notre mariage. C'était une colline qui dominait l'Eurotas, juste au-dessus de Sparte, et d'où l'on voyait les hautes montagnes. De l'ancien palais de notre famille ne restaient que des tas de pierres. Ménélas avait suggéré d'en construire un autre où nous pourrions nous retirer. La vue serait splendide et l'endroit facile à protéger. Mais nous n'avions jamais mis ce projet à exécution – l'inertie et l'habitude de vivre dans notre vieux palais. Après notre retour de Troie, il n'évoqua plus l'idée, comme s'il avait décidé d'oublier tous ces rêves de jeunesse. Désormais, il reposerait dans ce lieu, dans son nouveau palais, enfin.

J'avais ordonné que soit construit un tombeau avec des blocs de pierres taillées. La tâche était délicate et longue. Hisser les blocs jusqu'en haut de la colline présentait de nombreuses difficultés. Mais je savais que Ménélas attendrait. Il attendait son palais depuis si longtemps déjà. Son fantôme ne se fâcherait pas contre moi. Il comprendrait pourquoi il lui fallait patienter avant de reposer dans son tombeau.

Maintenant, tout était prêt. Le bûcher funèbre avait flambé, les os avaient été rassemblés et placés dans une urne en bronze. L'ombre de Ménélas commençait son chemin vers le royaume d'Hadès. Elle était prête pour cette dernière étape. Je pouvais considérer mon devoir accompli – j'avais respecté tous ses souhaits, même ceux que Ménélas n'avait pas exprimés. Ceci, c'était mon don qui me le permettait, ma connaissance des pensées des autres – qui m'avait causé tant de peines.

Je revêtis mes plus beaux vêtements, ma robe la plus raffinée, mes bijoux les plus précieux. Nous suivîmes la carriole funèbre dans nos chars, moi devant, suivie d'Oreste et d'Hermione, avec le petit Tisaménos et sa nourrice dans un troisième char. Nous descendîmes la colline dans un grincement de roues, puis traversâmes lentement la prairie qui longeait l'Eurotas (Cette prairie où Clytemnestre m'avait emmenée ! Cette colline que Ménélas, épuisé, avait grimpée au pas de course pour me gagner, et que Pâris et moi avions dévalée la nuit de notre fuite ! Étaient-ce des bons ou des mauvais souvenirs ? À présent, ils se fondaient les uns dans les autres. C'était ma vie, ce qui m'avait faite, moi, Hélène.) Il y avait un endroit où l'Eurotas s'élargissait et pouvait être traversé à pied. La carriole funèbre s'avança, s'enfonça dans l'eau presque jusqu'en haut des roues, puis retrouva le chemin de l'autre côté.

Les chars, plus légers, passèrent le gué sans problème. Je regardai vers l'amont. Pas de cygne sur la rivière aux eaux claires.

Peut-être les grands oiseaux ne venaient-ils plus. Peut-être leur temps était-il révolu, comme pour tant d'autres choses.

Nous atteignîmes enfin le sommet. Je constatai avec plaisir que le tombeau était terminé. Ses blocs de pierre, rectangulaires et longs comme le bras, étaient taillés avec soin et précision et ne laissaient pas deviner la hâte avec laquelle ils avaient été réalisés. Ils étaient superposés sur trois niveaux et formaient une pyramide aussi haute, constatai-je, que le cheval de Troie. Et peut-être même plus haute encore.

Le ciel était d'un bleu profond et, excepté quelques nuages duveteux, on aurait pu croire qu'il s'agissait d'un plafond peint. Derrière le Ménélaon – le nom que j'avais l'intention de donner à ce tombeau –, le Taygète se dressait, avec son relief tourmenté et ses pics hérissés. Nous n'avions pas eu le temps de planter des arbres, mais les pins qui couronnaient le sommet de la colline avaient été conservés. Le vent qui se faufilait entre eux en chantant transportait avec lui leur odeur âcre, plus forte que celle de l'encens.

Une ouverture avait été ménagée dans la pyramide afin d'accueillir les cendres, avec un petit passage et une porte. C'est là que nous déposerions les restes de Ménélas après les invocations et les adieux d'usage. Une autre niche était destinée à mes propres cendres. Mais elles ne seraient jamais là, je le savais. À leur place, je mettrais ma quenouille en argent, symbole de mes devoirs que j'allais bientôt abandonner.

C'était à moi que revenait la tâche de placer l'urne à l'endroit qui lui était réservé. Je la pris dans les mains, songeant avec émotion qu'elle contenait un homme. Derrière moi, Oreste soutenait Hermione, courbée par le chagrin. Nous nous approchâmes en silence de l'ouverture ménagée pour l'urne. Je l'y déposai avec précaution. C'était une toute petite niche. Mais elle remplirait son office quand tout serait évanoui.

Les maçons qui étaient restés à l'écart sous les pins s'approchèrent pour venir sceller la pierre qui fermerait la dernière demeure de Ménélas, le palais sur lequel il régnerait pour l'éternité.

Étouffant un sanglot, je me détournai. Je ne pouvais supporter l'idée de le savoir là-dedans.

À vrai dire, je ne supportais pas l'idée que quiconque puisse être enfermé dans les profondeurs d'une urne. Mère, Père, mes frères étaient tous devenus poussière. Qu'il en soit de même pour moi. Même s'il était vrai que j'étais la fille de Zeus, les enfants mortels des dieux devaient mourir. Achille, Sarpédon, Penthésilée, Memnon reposaient tous dans la tombe, malgré leurs origines divines. Zeus m'avait jadis promis qu'il n'en serait pas ainsi pour moi. Mais j'avais cessé de croire en ses promesses faciles.

Nous descendîmes le chemin en silence, laissant derrière nous l'édifice glorieux dans son écrin montagnard. Le vent nous dit adieu en sifflant, et les pins s'inclinèrent respectueusement.

LXXIX

Ménélas avait achevé son dernier voyage. Je n'avais pas encore commencé le mien. À notre retour de la colline du Ménélaon, je dus présider, comme l'exigeait le protocole, à l'inévitable banquet funèbre. J'exécuterais mon devoir jusqu'au bout, pour que personne ne puisse dire que je m'étais dérobée à mes obligations et les avais négligées. Après, je serais libre.

Libre de suivre le chemin qui m'appelait. Une partie de moi me retenait à Sparte et me disait, Ne déserte pas ton poste. Mais je savais qu'Oreste serait un bon roi. Certes, l'idée de quitter Hermione – ma fille, mon amie – à nouveau me tourmentait, mais je la laisserais épanouie et satisfaite de sa vie. Je vieillissais. Je n'étais pas encore trop affaiblie, mais cela n'allait pas tarder. L'âge venant, mes forces disparaîtraient et je deviendrais un fardeau, un poids pour ma fille. Et cela, je voulais le lui épargner.

J'annonçai mon intention de quitter Sparte, sans dire où je comptais me rendre. Mais ils comprirent tout de suite !

« Tu vas à Troie ! » s'exclama Hermione en portant les mains à sa gorge. « Oh, Mère... » Elle se retint de dire *Comment peux-tu ?*

« J'ai fait un rêve. On m'a ordonné de m'y rendre. » Les choses dont nous rêvons se voient conférer une dignité qui nous autorise à partir à leur recherche.

Oreste hocha la tête. « Qu'il en soit ainsi. Les dieux nous envoient où ils veulent. Tu nous feras savoir quand espérer ton retour ?

– Bien sûr, si je le peux. »

Je ne croyais pas revenir un jour. Mais, soumise à la volonté des dieux, j'étais prête à cette éventualité s'ils en décidaient ainsi.

Les jours qui précédèrent mon départ, je parcourus le palais, comme pour bénir les lieux que je quittais. Je descendis la colline escarpée et me promenai dans les prairies et dans les rues de Sparte. Les habitants me dévisagèrent et me reconnurent. Mais même la plus belle vieille femme du monde, l'exemple suprême d'une beauté automnale, ne put les émouvoir, tant ils étaient habitués à la jeunesse.

J'aurais dû apprécier d'être libre, délivrée des chaînes de ma beauté. Pourtant, je ne pus m'empêcher de déplorer leur incapacité à apprécier une beauté un peu différente.

Le plus difficile, ce fut de dire adieu à ma fille et à mon petit-fils. C'est toujours aux personnes que notre cœur s'attache le plus, pas aux villes, aux lieux sacrés ou à nos devoirs. La seule manière d'atténuer ma douleur et ma peine était de me persuader que nous nous reverrions. Je devais le croire.

Le bateau nous attendait à Gythion. Gythion. Là où tout avait commencé. Si je n'avais pas entrepris cette excursion avec Gélanor, alors...

Vieille folle que j'étais ! J'avais vécu si longtemps, avais fait tant de choix, que tout me rappelait quelque chose, tout me disait : *Si tu n'avais pas agi ainsi...*

J'embarquai. Je supporterais ce qui m'attendait, je l'accepterais. Ma vie n'était pas figée dans le passé. Pas encore. Devant moi, s'étalait encore l'inconnu – privilège de la jeunesse, d'ordinaire.

« Levez l'ancre ! Direction Troie ! »

La traversée se déroula sans histoire. Même si je ne volais pas, même si je ne flottais pas comme dans mon rêve, j'eus l'impression que nous frôlions l'eau, comme si par quelque magie tout obstacle avait été levé. Nous mouillâmes dans plusieurs îles, mais j'ordonnai d'éviter Cranaé et Cythère. Ces deux lieux étaient tellement sacrés pour moi que tout retour aurait été comme une profanation.

Les rameurs eurent souvent l'occasion de se reposer : le vent gonflait généreusement les voiles, comme s'il avait hâte de nous pousser vers le rivage de Troie. La traversée ne dura que trois jours.

Debout sur le pont, la main en visière pour protéger mes yeux du soleil, j'aperçus au loin la côte de Troie. Au début, ce n'était qu'une longue ligne jaune, là où la plage accueillait les vagues. Mais à mesure que nous approchions, je vis tout ce qui m'était apparu en rêve, l'Hellespont, étroite bande de terre, et la butte sur laquelle naguère Troie se dressait.

Nous accostâmes à la rame, puis sautant du navire, débarquâmes sur cette plage que je croyais ne jamais revoir. Des petites vagues venaient lécher le sable. L'endroit était désert. Il ne restait rien de l'invasion – aucune cabane, aucune palissade, aucun débris de vaisseau. Comme si les Grecs n'étaient jamais venus.

Maintenant que j'étais plus près, j'aperçus au loin comme un moignon noirci de ce qui avait été Troie, une sorte d'immense souche noire. Autour, tout était figé. Le tumulus marquant la tombe d'Achille se dressait sur la plaine. Il n'était pas aussi haut que dans mon souvenir. Le vent et les intempéries l'avaient raboté.

Rien ne restait de l'affreuse cabane dans laquelle nous autres Troyennes avions été retenues prisonnières. Mais je connaissais son emplacement exact. De là, je pus repérer l'endroit où ils avaient amassé les trésors pillés à Troie, amoncellement instable de bronze, de lin et de terre cuite. Les mouettes se pavanaient sur la plage, et les vagues qui venaient mourir là laissaient des petites bulles brillantes qui luisaient, bijoux éphémères, comme les pierres précieuses volées par les Grecs.

« Où allons-nous, Majesté ? me demandèrent mes serviteurs, l'air intrigué. Par là ? » Ils montraient la direction de Troie.

« Non, pas tout de suite. » Je voulais contourner le site, explorer la plaine, m'asseoir sur les berges du Scamandre, retourner au pied du mont Ida, voir d'abord tout ce qui entourait Troie et m'en rapprocher peu à peu, jusqu'à ce que je trouve le courage d'affronter mes souvenirs, de contempler mon rêve.

La vie était revenue si vite dans les champs ! Pour les traverser, nous dûmes nous frayer un chemin entre des herbes et des fleurs qui nous arrivaient à la taille. Je cherchai en vain les traces des centaines de corps d'hommes et de chevaux dont ils avaient été jonchés. Je n'aurais jamais cru que des souvenirs aussi macabres pourraient disparaître. Et pourtant.

Cette partie de la plaine était inondée en hiver, mais juste à côté, s'étalaient des champs labourés et des vignobles. Les blés poussaient, verts sous le soleil chaud. Je vis des fermes, des bœufs tirant la charrue, des charrettes immobiles avec leur chargement.

Nous prîmes la direction du mont Ida, dépassant la source où Troïlos avait été tué, les lavoirs où retentissaient autrefois le claquement du linge mouillé sur les pierres et les rires aigus des femmes qui s'aspergeaient joyeusement.

La route se mit à monter. La roche affleurant nous signala que nous approchions du mont Ida. Les fontaines d'eau chaude et froide seraient-elles toujours là ? Au sortir d'un virage, je les vis, la source chaude bouillonnante et, juste à côté, sa jumelle froide et tumultueuse. Derrière, commençaient les premiers lacets du chemin qui escaladait la montagne. Ce chemin que j'avais emprunté deux fois avec Andromaque.

Je demandai à mes gardes de patienter un instant. Je ressentais le besoin de me recueillir, de penser à elle. Oh, Andromaque, où que tu sois, j'espère que tu es contente. Si le bonheur est impossible, le contentement est à notre portée. Je ramassai quelques fleurs sauvages blanches et les éparpillai en son honneur.

En me tournant vers mes gardes, je vis au loin la petite maison dont j'avais rêvé. Elle était en pierre, avec un toit de tuiles luisantes, et entourée d'oliviers. Qui y habitait ? Pourquoi en avais-je rêvé ? C'était mon don particulier qui me l'avait fait voir. Je devais lui obéir.

« Là-bas, vers cette maison », dis-je aux gardes.

C'était comme si elle reculait à mesure que nous avancions. Elle était bien plus loin qu'il n'y paraissait, protégée par les champs qui l'entouraient et les oliviers qui la masquaient en partie. Sous le soleil de midi, les chiens se taisaient. Tout était immobile. Mais l'endroit était trop bien entretenu pour être abandonné. Quelqu'un vivait là.

Nous arrivâmes sous l'ombre bienveillante des oliviers, dont les branches frémissaient dans la brise légère. Je dis aux gardes de m'attendre. Je devais y aller seule – qu'allais-je découvrir ?

La porte en bois peint était épaisse. Je frappai une fois, deux fois. Je décidai d'attendre si personne n'ouvrait. Je devais aller jusqu'au bout du rêve. N'était-ce pas pour cela que j'avais fait tout ce chemin ?

La porte s'ouvrit enfin. Une femme que je n'avais jamais vue se tenait dans l'embrasure.

« Qu'est-ce que c'est ? » demanda-t-elle d'une voix sèche.

Je me retrouvai incapable de dire quoi que ce soit. J'aurais dû préparer une réponse.

« Qui es-tu ?

– Hélène de Sparte, jadis Hélène de Troie. »

Alors elle ouvrit la porte en grand et me regarda, bouche bée. « Me dis-tu bien la vérité ?

– Oui, je suis Hélène. »

J'ôtai le foulard qui me couvrait les cheveux. Mais ce geste ne suffirait peut-être pas à me faire reconnaître. Hélène, la belle Hélène pour laquelle mille nefs étaient venues à Troie, ne pouvait qu'être éternellement jeune. Elle vivait dans les légendes et les poèmes.

Sans me quitter des yeux, la femme appela : « Gélanor ! Gélanor ! », avant de s'éclipser.

Je me retrouvai seule dehors. À présent, je savais pourquoi j'avais rêvé de cette maison.

Un homme vint à la porte. Au début, je ne le reconnus pas, pas plus que lui ne me reconnut d'ailleurs. Enfin, nous éclatâmes de rire et tombâmes dans les bras l'un de l'autre.

« Tu es vivant ! Vivant ! » Les sanglots m'étouffaient. Je le pressai contre moi. « J'ai parcouru les rues de Troie à ta recherche, je suis allée dans ta maison, j'ai fait tout ce que j'ai...

– Tais-toi », dit-il en posant son doigt sur mes lèvres.

Le geste d'un amant. Amants, c'était ce que nous avions été d'une certaine manière. Il était l'autre moitié de moi-même. Quand nous tombons amoureux, c'est de quelqu'un de différent, mais nos amours les plus anciennes et les plus fortes, nous les vivons avec nous-mêmes. Nos sentiments les plus purs, nous les éprouvons envers ceux qui font partie de nous.

« Je savais que tu me chercherais partout. »

Je me reculai, explorai son visage, ce cher visage que je croyais perdu à jamais. « Comment le savais-tu ?

– Parce que je te connaissais, parce que je te connais. »

Des bruits de pas nous rappelèrent la présence des autres.

« Permets-moi, dit Gélanor, de te présenter ma femme, Phaea.

– Ta femme ? Raconte-moi. La dernière fois que je t'ai vu, c'était la nuit, avant que le cheval entre dans Troie. Depuis, j'ignore tout de ce qui t'est arrivé.

– Entre, viens t'installer près du feu, dit Phaea. Tant d'années ont passé. Vous allez avoir beaucoup de choses à vous dire tous les deux. »

Leur petite maison, impeccablement tenue, était éclairée par d'immenses fenêtres. À première vue, rien n'indiquait que Gélanor habitait ici – il n'y avait là aucun des trésors de petit garçon qu'il collectionnait autrefois. Peut-être cette partie de son ancienne vie avait-elle brûlé à Troie. Ou bien la vie conjugale l'avait changé.

Phaea me tendit un bol de bouillon. J'hésitai un instant avant de le boire, comme si cela allait briser un enchantement. J'avais, en effet, encore l'impression d'être dans un rêve. Manger ou boire, c'était donner de la réalité à l'endroit où je me trouvais. Qu'à cela ne tienne ! J'avais faim. Je bus le bouillon. Il avait un bon goût de viande d'agneau.

« Maintenant, Perséphone, tu dois rester avec nous. Tu as mangé », dit Gélanor en haussant un sourcil, comme jadis. Nous avions eu la même pensée. Je souris. Ils me laissèrent finir le bouillon avant de me raconter leur histoire. Elle parlait un dialecte troyen difficile à suivre pour moi. Mais je constatai avec joie que j'en comprenais quand même une bonne partie.

Phaea était la fille d'un éleveur de la région contraint de fournir l'armée grecque en viande, sous peine de subir le sort d'un voisin récalcitrant qui avait été immédiatement tué. Mais en secret, et au péril de leur vie, la famille apportait de la viande, du lait et des peaux aux Troyens. Tant que la porte sud était restée ouverte, ils avaient pu entrer ainsi dans la ville. Mais lorsque le siège se durcit, l'accès devint impossible.

Pendant l'assaut final, ils étaient restés à l'écart des combats, priant les dieux d'être épargnés. Leur maison n'était pas loin du temple d'Apollon – celui qui se trouvait près de la source – et ils avaient prévu d'y chercher asile si nécessaire, puisqu'il était territoire neutre, même si les Grecs ne respectaient pas toujours ce genre de choses. Ils se cachèrent chez eux jusqu'à ce que les vainqueurs se rassemblent sur la plage, puis se réfugièrent en courant au temple.

Phaea y découvrit Gélanor, hébété et brûlé. Il était assis dans l'hypogée, le bras enroulé autour des pieds de la statue d'Apollon, les yeux fixés sur le mur. Au début, elle eut peur qu'il soit mort, ou devenu fou. Quand il tourna la tête, son visage avait une telle expression qu'elle se dit que le malheureux aurait mieux fait de périr. Elle lui apporta de la nourriture et, une fois les Grecs partis, le fit sortir du temple et le soigna dans la maison de sa famille.

Il resta longtemps muet. Le père de Phaea pensait qu'il avait perdu la raison. Il passait des journées entières allongé, le regard fixe et, même après avoir retrouvé l'usage de ses jambes, semblait incapable d'exécuter jusqu'aux tâches les plus simples. Impossible de lui confier un troupeau. On le chargea alors de ramasser les olives et les pommes près de la maison. Cela, il pouvait le faire.

« Et il ne disait toujours rien. Je ne savais même pas quelle langue il parlait. Je ne savais pas s'il nous comprenait.

– C'était à cause de ton dialecte dardanien. Quel accent ! » dit Gélanor d'un ton qui se voulait moqueur, mais sous lequel perçait la douleur de ces souvenirs.

Elle se pencha et lui donna une petite tape espiègle. « C'est le plus noble des accents. Celui d'Énée et sa famille !

– Énée... Qu'est-il devenu ? demandai-je.

– Plus personne ne l'a jamais revu, répondit Phaea.

– Moi, je l'ai vu vivant, en train de fuir dans les rues de Troie », dis-je. La langue troyenne commençait à me revenir. « Je l'ai appelé, mais il n'a pas répondu. Dans la cabane où nous étions retenues prisonnières, Ilona m'a dit que sa femme Créüse était morte. Mais je ne sais rien d'autre. »

Aphrodite avait promis de le sauver. Avait-elle tenu parole ?

Gélanor poussa un soupir. « Il y a tant de choses que nous ne saurons jamais, des destinées dont nous avons perdu la trace. La mienne est simple : Phaea et moi nous sommes mariés – après que son père a vu que je n'étais pas un demeuré – et nous vivons ici en paix depuis de nombreuses années. Je me considère d'une certaine manière comme le gardien de Troie. Du moins de ce qu'il en reste.

– Je suis contente de te voir heureux, cher Gélanor. Et Évadné ?

– J'ai bien peur qu'elle n'ait pas survécu à cette nuit atroce. Si peu s'en sont sortis. Et toi ? Je sais que Ménélas t'a fait quitter la ville de force mais, en dehors de ça, je n'ai eu aucune nouvelle de toi. J'avais peur qu'il n'ait mis à exécution sa promesse de te tuer pour se venger.

– Ménélas n'avait pas le goût de la vengeance, dis-je. À cet égard, il se démarquait des autres chefs grecs. Il avait bon cœur, et ils lui ont fait honte de sa gentillesse. Il avait promis de me tuer une fois en Grèce, mais nous ne sommes pas rentrés directement. Le retour nous a pris de nombreuses années, dont sept passées en Égypte. Nous avons quand même fini par arriver à Sparte. Et c'est là que je vis depuis. »

Il poussa un cri. Le Gélanor d'autrefois ressurgissait. « Oh, comment as-tu pu supporter ça ? Retourner là-bas ! Vivre avec Ménélas !

– Il n'y a pas que toi qui as des potions magiques, cher ami. En Égypte, on m'a appris comment faire un élixir qui aide à ne plus rien ressentir. C'est ainsi que j'ai supporté toutes ces années. Mais tout cela est fini. J'ai laissé cet élixir à Sparte. Je veux sentir, me laisser envahir par tous les sentiments que je dois éprouver.

– Tu en es sûre ? me demanda-t-il. Moi, je ne pourrais pas m'exposer ainsi longtemps. Pour toi, ce sera pire. Tu n'avais pas peur de revenir ?

– Comment pouvais-je ne pas revenir ? C'est ici qu'est mon cœur, mon être. Ne suis-je pas Hélène de Troie ? »

Ils me préparèrent un lit pour que je puisse me reposer, et je passai plusieurs jours chez eux. Nous fîmes tous les trois comme si nous étions de simples éleveurs ou cultivateurs, sans autres responsabilités que nos troupeaux et nos champs. Comme si nous n'avions connu ici, à la lisière de la plaine de Troie, que le lent passage des saisons, comme si les seules questions qui nous préoccupaient étaient de mener les brebis à l'estive et de savoir si les ouvriers n'avaient pas laissé trop d'olives mûres sur les arbres. Une telle vie n'aurait-elle pas été agréable ? Mais alors, nous n'aurions pas été ce que nous étions. Nous aurions trahi le cri qui s'élevait des ruines de Troie, le cri de tous ces fantômes qui nous appelaient.

LXXX

Enfin, je sentis que j'avais suffisamment de courage pour me rendre à Troie. Il fallait que je voie tout, que je retourne sur ces lieux. Gélanor et moi prîmes la route à travers la plaine, laissant derrière nous sa maison bien protégée sous ses oliviers. Il marchait d'un pas vif pour un vieil homme – car c'était bien ce qu'il était devenu. Je souris en me souvenant de Priam et de Nestor. Dire que je les trouvais vieux jadis, alors qu'ils étaient moins âgés que nous ne l'étions aujourd'hui ! Mais ils avaient l'air usés et se déplaçaient lentement, ce qui n'était pas notre cas, du moins je l'espérais !

Gélanor m'emmena vers le mont Ida. « D'abord, nous devons aller là, dit-il. Si tu tiens à tout voir, il faut que tu voies ça. »

J'ignorais où il m'entraînait, mais me laissai volontiers guider. Je redoutais le moment où je contemplerais enfin les ruines de Troie, et tout ce qui pouvait le retarder m'offrait une sorte de répit. Nous traversâmes des bosquets d'oliviers aux feuilles argentées et tremblantes et des champs d'orge qui courbaient leur tête sous la caresse du vent.

Enfin, au détour du chemin, je vis devant moi une construction blanche et brillante. Elle était grande, carrée, entourée de cyprès sombres qui s'agitaient. Une tombe. Gélanor me prit le coude pour me soutenir.

« La dernière victime de la guerre, me murmura-t-il. Peu de gens viennent la voir. Elle aurait voulu que tu lui rendes visite. »

Au pied, il y avait des fleurs, fanées depuis longtemps.

« Polyxène, me dit Gélanor, sacrifiée inutilement. » Il me regarda. L'espace d'un instant, je vis le Gélanor d'autrefois, à l'esprit vif et curieux. « Ici gisent tous les malheurs de cette maudite guerre. »

J'approchai de la tombe. Elle portait des inscriptions, mais je ne les lus pas. Je m'agenouillai et posai mes mains sur la pierre froide. C'était donc là qu'elle reposait, jetée en pâture à Achille, à sa faim et à sa vanité. Je me penchai jusqu'à ce que mon front touche la tombe. « Polyxène, dis-je, ton sacrifice était le plus noble de tous. » Elle n'avait rien gagné de la guerre, pas un seul moment de gloire, et pourtant elle avait offert sa gorge à la lame comme un agneau voué à la mort. Il y avait eu peu de témoins de son sacrifice. Les gens honoreraient-ils sa tombe ? Ou bien celle d'Achille ?

Nous nous dirigeâmes vers le tumulus d'Achille, qui se trouvait plus loin et au pied duquel un autel discret avait été construit. Il était recouvert de touffes d'herbes. Gélanor m'en fit faire le tour, ce qui me permit de le voir en entier et de constater à quel point sa masse écrasait la pauvre tombe de Polyxène.

« Les gens viennent ici pour faire des sacrifices et verser des libations. Depuis la mort d'Achille, sa gloire s'est répandue. Hector, lui, n'a pas de tumulus. Mais je te montrerai quelque chose à Troie, une statue de lui, où les gens viennent pour des sacrifices. En fait, on peut dire que les statues poussent comme des champignons autour de Troie – l'influence égyptienne. Les héros de la guerre sont honorés. Troie doit vivre dans les souvenirs des hommes. Il le faut ! Il y a eu trop d'actes de bravoure, trop de souffrances, pour qu'elle disparaisse sans laisser de marque.

– Et Pâris ? Sa tombe est-elle toujours là ?

– Non, elle était trop près de Troie. Le feu, la destruction... »

Je poussai un cri de désespoir. Pas même une tombe !

Gélanor m'enlaça. « Il n'avait pas un lieu secret, un lieu que tu pourrais lui attribuer ? »

De tels endroits étaient tous dans Troie. Tous partis en fumée. C'est alors que je me souvins. Le jour où nous étions allés voir les chevaux, il m'avait emmenée sur les berges du Scamandre.

« Nous n'avons pas pu passer beaucoup de temps à l'extérieur de Troie, dis-je. Mais il y avait un endroit particulier – nous n'y sommes allés qu'une fois, et j'étais persuadée que nous y retournerions plus tard – je n'ai pas bien fait attention...

– Essaie de te souvenir. Tu vas le retrouver. »

Je cherchai dans ma mémoire, sans parvenir à localiser précisément le lieu en question. « Peut-être pourrais-je le retrouver dans un rêve. Mais avant, allons à Troie. Tu dois m'y emmener. »

Il scruta mon visage. Ses yeux étaient entourés de rides, mais son regard avait conservé son intensité et sa curiosité. « Tu es prête ? Tu es certaine de pouvoir supporter cela ?

– Non, murmurai-je. Mais il faut que j'essaie. »

Nous nous approchâmes des ruines de Troie. À mesure que nous avancions, elles se dressèrent, de plus en plus imposantes, au-dessus de la plaine. La première chose que je constatai, ce fut l'absence de remparts. Les murs de Troie étaient tombés. Ne restait que leur base, à peu près un tiers de leur hauteur. Ils servaient de refuge aux chacals et aux corbeaux. Les tours avaient disparu. *Et brûlèrent les hautes tours d'Ilion.* Cette phrase atroce qui ne cessait de hanter mon esprit, qui était venue à moi des années auparavant, malgré moi !

« Viens », me dit Gélanor en avançant prudemment dans l'amoncellement de pierres. Là où autrefois se dressait la porte sud, ne restait qu'un trou béant, que nous traversâmes sans problème. Rien n'était comme dans mon rêve. La ville, noircie, détruite, effondrée, n'était que ruines.

Je me cachai les yeux. « Fais-moi sortir d'ici. C'est trop pour moi. Troie est morte à jamais. » Je me mis à pleurer, regrettant simplement que mes larmes ne puissent jamais être à la mesure de la splendeur de cette ville perdue.

Il me guida à travers ce qui restait des rues, de ces rues naguère pleines de vie, grouillantes de monde. Il attendit que nous soyons assis près de ce qui restait des murs et de la porte Scée pour me dire : « Tu te trompes. Troie vit encore. »

J'enfouis la tête entre mes genoux en pleurant. « Non ! Non ! Tu as bien vu ! Troie n'est plus ! Il n'en reste rien !

– Elle vit. Je te le dis, l'histoire de Troie vivra plus longtemps que ce misérable tas de pierres.

– Il y a tant de villes et de royaumes qui ont connu la splendeur, puis la chute. Troie est un cas parmi d'autres.

– Je refuse de croire que des héros aussi extraordinaires qu'Achille, Hector, Pâris et Hélène, que tous ces exploits incroyables puissent tomber dans l'oubli. Ils n'ont rien à voir avec Thésée et le Minotaure, Jason et ses Argonautes, la destruction de Thèbes, la ville d'Andromaque. »

Je souris. Je me sentais pleine d'une sagesse supérieure à la sienne. « Cher ami, c'est ce qu'ils pensaient tous. Qu'eux-mêmes et leurs exploits ne disparaîtraient jamais. »

Il voulait encore me montrer quelque chose, mais refusa de me dire ce que c'était. Nous gravîmes les premières marches d'un petit temple de marbre modestement niché derrière un bosquet de platanes sacrés, à l'abri des ruines lugubres de la ville morte.

« Qu'est-ce que ce temple ?

– Je pense que c'est ce que tu cherches. Es-tu prête ? »

Je plongeai mes yeux dans les siens, pailletés d'or.

« Tu t'exprimes toujours de manière si énigmatique. Tu ne pourrais pas pour une fois dire les choses simplement ?

– Non, cela gâcherait tout. Pourquoi changer ce qui depuis le début est notre façon d'être ?

– Parce que c'est la fin, maintenant ?

– Les fins ne devraient pas être différentes des commencements. Sinon, ce serait comme si nous remettions en cause notre vérité, la tienne ou la mienne. Gardons notre intégrité. » Il me montra les colonnes du temple. « Va voir. »

Je montai lentement les dernières marches. C'était un petit temple, comme tant d'autres qui parsemaient la campagne grecque. Mais mon cœur s'était mis à battre la chamade. Le lieu n'était pas ordinaire, sinon, pourquoi Gélanor m'y aurait-il emmenée ?

Il y avait des piédestaux sur lesquels étaient posés des objets. Ils provenaient tous de Troie. Un couteau qui avait appartenu à Hector, une sandale de Politès, un peigne de Troïlos – jamais je n'aurais imaginé les revoir. Et puis, dans un coin, un piédestal plus grand, dédié à Pâris – avec son armure.

Son armure ! Que j'avais laissée à quelqu'un d'autre à l'issue des jeux funèbres et dont je n'avais cessé depuis de pleurer la perte ! Elle était là. Pas une pièce ne manquait – sa cuirasse, son casque, son épée. Je me précipitai pour les toucher.

« Je savais que c'était important pour toi de voir que ces objets avaient été épargnés, dit Gélanor.

– Comme je m'en suis voulu d'avoir laissé quelqu'un les prendre ! m'écriai-je, les larmes ruisselant sur mes joues. Mais à l'époque, le chagrin m'aveuglait.

– Celui qui les a pris les a conservés avec respect. C'est pour cela que je voulais que tu les voies. Maintenant, je vais te laisser seule. Adieu. »

Il me toucha le bras.

« Comment cela, adieu ?

– Nos brèves retrouvailles étaient tout ce que j'osais espérer. Je savais qu'elles ne dureraient pas, si j'étais honnête et que je te montrais ce que je devais te faire voir.

– Je ne vois toujours pas ce que tu veux dire.

– Tu vas comprendre. »

Il recula. L'obscurité l'avala.

Je m'approchai du piédestal et osai prendre le casque de bronze terni dans mes bras. Si je ne le faisais pas, qui d'autre le pourrait ?

Cher casque, toi qui as protégé la tête de Pâris. Pâris, mort il y a si longtemps. Jeune, plein de vie, me reconnaîtrait-il aujourd'hui ? J'étais maintenant une femme âgée.

Pourtant, j'étais tout près de lui, comme jamais je ne pourrais l'être. *Pâris, j'ai entrepris ce long voyage pour venir t'honorer. J'ai quitté Sparte, de nouveau, et suis venue en bateau jusqu'à Troie. Oh, bien sûr, cette fois-ci, la traversée était différente, sans notre amour et notre joie, mais je suis là. Me voici, aussi proche de toi que cette vie mortelle me le permet, cette vie qui me rattache encore au monde.* Je restai silencieuse, à me souvenir des moments passés ensemble, à invoquer son image. *Si tu n'es pas là, je ne saurai pas où te chercher.* Je demeurai immobile, pendant ce qui me parut une éternité. Enfin, je posai le casque que je pensais ne jamais retrouver. *Je l'avais donné après ta mort, et avais amèrement regretté ce geste insensé. Mais à présent, je le retrouve. Il est possible de ne pas tout perdre.*

Pourtant, Pâris, il est des choses perdues que nous ne cessons de chercher. Je te cherche. Viens à moi. Si tu n'es pas ici, où donc te trouves-tu ? J'attendis. Je me confiai, docile, aux mains des dieux, ces dieux dont je m'étais si souvent plainte.

Je fermai les yeux. Le soleil, pénétrant à flots dans le temple, caressait mes paupières. Sa chaleur tentante, séduisante, me disait : *Il n'y a rien d'autre que cela. Rien que le soleil, sa lumière, sa chaleur. Pourquoi chercher autre chose ? Pourquoi chercher au-delà de ce qui est ?*

Pâris. Pâris. Es-tu ici, sous une forme ou une autre ? Fantôme, ombre, je t'attends. Tu es tout ce que je veux !

Je fermai les yeux. Tout n'était que silence. C'est alors que je sentis un frôlement sur mes doigts.

« Ne regarde pas, me dit la voix que j'aimais tant. Garde les yeux fermés. »

Mes paupières battaient. Une main légère les maintint fermées. « Je t'ai dit de ne pas les ouvrir. » Un souffle sur mon cou, sur ma joue. « Ah, te toucher, comme autrefois !

– Cesse de me torturer, dis-je. Laisse-moi te contempler. »

J'ouvris les yeux.

Alors, tout disparut. Pâris était là, devant moi, Pâris, dans toute sa gloire – jeune, beau, resplendissant. *Où étais-tu tout ce temps-là... que s'est-il passé... où allons-nous ?* Oh, que de questions bien ordinaires ! Mais il ne pouvait me répondre.

« Hélène, dit-il en me prenant la main.

– Pâris, je te rejoins. »

POSTFACE

L'un de mes trésors est un exemplaire dédicacé de l'ouvrage de Jack Lindsay, *Helen of Troy*, dans lequel il confie à un ami : « Après la sortie de *Cleopatra*, mes éditeurs m'ont suggéré d'écrire un autre livre sur une héroïne de l'Antiquité, mais aucune n'était aussi célèbre que Cléopâtre. Finalement, ils m'ont proposé de me pencher sur Hélène, visiblement sans savoir qu'elle n'était pas un personnage historique comme Cléopâtre. Mais l'idée m'enchantait, et je me suis bien gardée de soulever le problème. » Comme M. Lindsay, je suis passée de Cléopâtre à Hélène de Troie. Je croyais, à tort, que la seconde était un personnage historique au même titre que la première. Je me trompais. Rien ne prouve qu'Hélène de Troie a existé – pas plus qu'Agamemnon, Ménélas, Achille ou Pâris. La « question homérique » n'est pas résolue et, même si le site de Troie existe bel et bien, la réalité de la guerre de Troie ne fait pas l'unanimité.

Comme Camelot, la cour du roi Arthur, Troie est un lieu magique. Peut-être contient-il une part de vérité, mais Troie telle que nous la connaissons fait partie de la mythologie. Il se peut qu'il existait, dans les derniers jours de la domination romaine en Angleterre, un chef de tribu celte du nom d'Arthur, et peut-être une guerre commerciale meurtrière a-t-elle bien été livrée entre des proto-Grecs et une petite ville fortifiée d'Asie mineure. Mais ce n'est pas cela que nous avons en tête quand nous pensons à la guerre de Troie. La grandeur de la guerre de Troie en fait un symbole de la guerre sous tous ses aspects – à la fois la gloire et la destruction. Elle est devenue un paradigme de toutes les guerres.

Même si Hélène n'est pas un personnage réel au sens habituel du terme, je ne pouvais pas tout me permettre en parlant d'elle. Son histoire et celle de la guerre de Troie se déroulent à l'époque de la civilisation mycénienne du Péloponnèse. De cette époque, nous restent des citadelles, des palais et des ponts, ainsi que des objets d'art, si bien qu'il m'était possible d'inscrire les personnages dans un cadre bien précis. Ces héros sont évoqués non seulement chez Homère, mais également dans d'autres écrits qui traitent de la guerre de Troie (l'*Iliade* ne porte que sur sept semaines de la dixième année de la guerre, la chute de Troie étant résumée dans l'*Odyssée*). Des textes formant ce que l'on appelle le *Cycle épique* complètent l'histoire, depuis le Jugement de Pâris, où il fait le choix funeste qui l'entraîne vers Hélène, jusqu'au destin des héros de la guerre des années plus tard. On trouve dans l'*Énéide* des détails saisissants sur la chute de Troie, et des poèmes lyriques grecs nous fournissent d'autres informations.

Au IVe siècle avant notre ère, dans *La Suite d'Homère (Posthomerica)*, Quintus de Smyrne a repris le récit là où l'*Iliade* se terminait, à partir de la mort d'Hector jusqu'au départ des Grecs. Des écrivains de la fin du Moyen Âge y ont ajouté des épisodes. Enfin, Chaucer, Shakespeare et Marlowe nous ont donné chacun sa propre lecture de la guerre de Troie, avec comme point d'orgue le fameux vers : « *Is this the face that launched a thousand ships...* ? » (Voilà donc le visage qui lança mille navires... ! [1]). Ainsi, ce n'est pas grâce à un Grec qui aurait vu Hélène que son visage est passé à la postérité, mais grâce à Marlowe, un poète élisabéthain qui n'a fait que l'imaginer.

Les héros de la guerre de Troie n'ont peut-être jamais existé. Ils n'en sont pas moins dotés de personnalités marquantes et colorées. C'est pourquoi ils paraissent si réels. C'est pourquoi nous voulons tant qu'ils le soient. Ils nous parlent directement, et nous croyons en eux. J'ai donc choisi de faire comme s'ils avaient vraiment existé, et que nous avions simplement perdu les textes qui le confirment. Peut-être un jour les trouverons-nous. Je l'espère, car ils sont si vivants.

J'ai ancré les personnages dans leur environnement historique en essayant d'être aussi précise que possible. Par exemple, Hélène était la fille du roi et de la reine de Sparte. À cette époque, la transmission de la couronne se faisait par la femme, si bien que c'est par Hélène que Ménélas devient roi. Sparte n'était pas spartiate au sens où nous l'entendons aujourd'hui. Bien au contraire, la littérature et la musique y étaient en plein essor. Il n'y a qu'un seul moment où l'écriture apparaît dans l'*Iliade* et, même s'il existe des inventaires royaux établis en linéaire B, une écriture grecque très ancienne, on n'a découvert aucune lettre de cette époque. C'est pourquoi, sauf quand c'est absolument nécessaire – par exemple dans l'épisode légendaire où Pâris trace son

1. Christopher Marlowe, *Le Docteur Faust*, acte V, scène 2. (*N.d.T.*)

nom sur la table avec du vin renversé –, mes personnages n'écrivent pas de lettres. Le pèlerinage pour aller voir l'oracle de Delphes n'était peut-être pas encore développé du temps d'Homère (même si des personnages de l'épopée troyenne s'y rendent), mais la sibylle Hérophilé qui a prédit la guerre de Troie existait bel et bien. S'il n'y a pas de cavaliers chez Homère, nous savons que certains acrobates faisaient leur numéro à dos de cheval, et l'on trouve des cavaliers chez Quintus de Smyrne, que j'ai conservés. Les Jeux olympiques n'existaient pas encore, mais certaines compétitions sportives locales étaient déjà populaires et importantes.

Au-delà de la réalité historique des personnages, deux autres problèmes guettent l'auteur/lecteur moderne qui aborde cette histoire. Le premier concerne la mythologie, le second, le ton et les voix.

Faut-il conserver l'aspect mythologique ou l'évacuer ? Dans le récit homérique, les dieux sont des personnages tout aussi importants que les humains. L'action se déroule à deux niveaux – celui des humains, plus ou moins manipulés par les dieux, et celui des dieux, qui les observent et font de ces infortunées marionnettes les acteurs de leurs propres luttes de pouvoir. Une querelle entre trois déesses pour savoir laquelle est la plus belle débouche sur l'histoire d'amour entre Hélène et Pâris. Certains dieux prennent position lors de la guerre de Troie : Athéna, Héra et Poséidon soutiennent les Grecs tandis qu'Apollon, Aphrodite et Arès appuient les Troyens. Ajoutons à cela que de nombreux mortels – Achille, Énée et Hélène entre autres – ont un dieu pour parent qui, par conséquent, les protège. Que faire ? Éliminer les dieux prive la guerre de tout mobile. Par contre, en les faisant se disputer et se jouer des tours, on s'expose au grotesque et l'on risque de voir cette épopée ne pas être prise au sérieux.

J'ai choisi de conserver les dieux au niveau individuel, mais de ne pas dépeindre ce qui se passe sur le mont Olympe. L'histoire est racontée du point de vue d'Hélène, qui n'aurait pas pu être au courant des discussions des immortels. Par contre, dans le monde moderne, les gens s'entretiennent avec leurs dieux, les prient, leur demandent aide et assistance, et disent souvent sentir leur présence. J'ai également décidé de conserver les liens de parenté entre mortels et immortels. Ainsi, Hélène est la fille de Zeus, qui a rencontré sa mère en prenant la forme d'un cygne. Après tout, les Grecs croyaient de telles ascendances possibles. Ceci était encore vrai à l'époque d'Alexandre le Grand : l'oracle de Siwa lui révéla qu'il était le fils d'Amon, ce qu'il crut. En revanche, je ne suis pas allée jusqu'à faire sortir Hélène d'un œuf.

Quant au ton à employer, c'était une autre histoire. Pour des faits aussi tragiques, il me semblait nécessaire d'avoir recours à un style héroïque mais, là encore, le risque était de tomber dans le grotesque. Par ailleurs, l'utilisation d'une langue trop contemporaine visant à rendre les personnages plus proches aplatissait le récit. Comme ils faisaient partie de la mythologie, ils devaient conserver une certaine noblesse. C'est pourquoi j'ai eu recours à un style soutenu, légèrement suranné, sans pour autant être pompeux.

J'ai pris la liberté d'utiliser des termes qu'un lecteur moderne peut comprendre, en parlant par exemple des *Grecs*, plutôt que des *Danéens* ou des *Achéens*, et ce pour éviter la confusion. J'ai également choisi de ne pas évoquer deux personnages souvent associés à la guerre de Troie : Cresside et Thésée. Cresside est une invention du Moyen Âge, absente de l'histoire originale, de même que Troïlos d'ailleurs. Quant à Thésée, son lien avec l'épopée troyenne a été forgé plus tard. Les Athéniens, qui n'avaient pas participé à la guerre de Troie, moment fondateur de l'identité grecque, désiraient que leur héros y ait joué un rôle. Ils ont donc inventé l'épisode du rapt d'Hélène par Thésée.

Puisque l'épopée troyenne n'est pas historique au sens propre du terme, les sources ne donnent pas de chronologie précise. La guerre de Troie dure classiquement dix ans, mais en ajoutant tous les épisodes supplémentaires, du départ retardé des Grecs aux récits de ce qui se passe après la mort d'Hector, nous arrivons à une période beaucoup plus longue. Dans l'*Iliade,* Hélène raconte qu'elle vit à Troie depuis vingt ans. On peut imaginer qu'à l'intérieur des remparts, les années se sont écoulées de manière particulière. J'ai donc tenté de rendre compte de ce passage étrange du temps tout en évitant de donner des dates précises.

Priam et sa famille posaient un problème pour l'auteur soucieux d'exactitude et de respect de la mythologie. Les enfants du roi de Troie ne sont pas tous nommés. Les sources indiquent qu'Hécube lui a donné dix-neuf fils (ou filles, pour certains auteurs), mais seuls nous sont parvenus les noms de dix d'entre eux. Les cinquante fils de Priam, voilà qui sonne bien à l'oreille, mais le chiffre était peut-être plus symbolique qu'exact. Dans tous les cas, je m'en suis tenue à ceux qui étaient nommés.

Pour en apprendre davantage sur Hélène et la guerre de Troie, il faut bien sûr commencer par Homère, l'*Iliade* et l'*Odyssée*, dont il existe de bonnes traductions, en vers ou en prose. Le *Cycle épique* – qui comprend *Les Chants Cypriens, L'Éthiopide*, *La Petite Iliade*, *Le Sac de Troie*, *Les Retours* et *La Télégonie* – n'est plus disponible qu'en version abrégée, les originaux ayant été perdus. On trouve ces condensés dans *The Tradition of the Trojan War in Homer and the Epic Cycle*, de Jonathan S. Burgess (Baltimore, John Hopkins University Press,

2001). *La Bibliothèque*, compilation de textes mythologiques du pseudo Apollodore (l'attribution est sujette à caution), dont ne nous est parvenu qu'un texte fragmentaire, évoque le personnage d'Hélène. Et certaines pièces d'Eschyle, de Sophocle et d'Euripide reprennent des épisodes et des personnages de la guerre de Troie.

La *Suite d'Homère,* de Quintus de Smyrne (traduction française de Francis Vian, Les Belles Lettres, 1969), est disponible dans de nombreuses versions, parmi lesquelles *The War at Troy : What Homer Didn't Tell* (University of Oklahoma Press, 1968, réédition 1996, Barnes & Noble Books).

Les biographies consacrées au seul personnage d'Hélène sont rares. La plus complète est celle de Jack Lindsay, *Helen of Troy : Woman and Goddess* (Londres, Constable and Company, 1974). Ajoutons celles de John Pollard, *Helen of Troy* (New York, Roy Publishers, 1965) et d'Ivor Brown, *Dark Ladies* (Londres, Collins, 1957). Enfin, Bettany Hughes vient de publier *Helen of Troy : Goddess, Princess, Whore* (New York, Knopf, 2005).

Sur Homère, citons Barry B. Powell, *Homer* (Oxford, Blackwell publishers, 2004) ; J.V. Luce, *Celebrating Homer's Landscapes* (New Haven, Yale University Press, 1998) et *Homer and the Heroic Age* (Londres, Thames and Hudson, 1975) ; Denys Page, *History and the Homeric Iliad* (Berkeley, University of California Press, 1959) ; Walter Leaf, *Troy : A Study in Homeric Geography* (Londres, Macmillan & Company, 1912, réédité par Elibron Classic) ; Manfred O. Korfmann, *Troia/Wilusa* (Canajjale-Tubingen, Troia Foundation, 2005) ; Michael Wood, *In Search of the Trojan War* (Oxford, British Broadcasting Company, 1985).

Pour ceux qui désirent en savoir plus sur la période mycénienne, je suggère la lecture de *The Mycenaean World* (Athènes, Musée archéologique national, ministère de la Culture, 1988) ; M.I. Finley, *Early Greece : the Bronze and Archaic Age* (New York, W.W. Norton, 1981) et *The World of Odysseus* (New York, New York Review Books, 1954, 2002), traduction française *Le Monde d'Ulysse*, avec une bibliographie mise à jour par P. Vidal-Naquet, La Découverte, 1990 ; John Chadwick, *The Mycenaean World* (Cambridge, Cambridge University Press, 1976), Nic Fields, *Mycenaean Citadels c. 1350-1200 BC*, illustré par D. Spedaliere (Oxford, Osprey Publishing, 2004) et *Troy, c. 1700-1250 BC*, illustré par D. Spedaliere et S. Sulemsohn Spedaliere (Oxford, Osprey Publishing, 2004) ; Margaret R. Scherer, *The Legends of Troy and Literature* (Londres, Phaidon Press, 1964), l'excellent ouvrage très fouillé de Susan Woodford, *The Trojan War in Ancient Art* (Ithaca, Cornell University Press, 1993) ; et enfin, *Age of Bronze*, d'Eric Shanower (Orange, Image Comics, 2001 ; traduction française : *L'Âge de bronze*, Akileos, trois volumes parus en 2001, 2004 et 2007), une bande dessinée saluée par la critique et récompensée par deux prix Will Eisner, qui devrait compter sept volumes et couvrira l'ensemble de la guerre de Troie. La bibliographie, la chronologie et les généalogies qu'on y trouve sont précises et complètes.

Pour des informations plus spécifiques, il convient de consulter Henry A. Ormerod, *Piracy in the Ancient World* (Baltimore, John Hopkins University Press, 1997) ; Adrienne Mayor, *Greek Fire, Poison Arrows and Scorpion Bombs : Biological and Chemical Warfare in the Ancient World* (New York, Overlook Press, 2003) ; Marjorie & C.H.B. Quennell, *Everyday Things in Homeric Greece* (London, B.T. Batsford, 1929 ; traduction française : *Vie des Grecs d'Homère à Périclès*, Payot, 1937) ; Émile Mireaux, *Daily Life in the Time of Homer* (Toronto, Macmillan, 1959 ; traduction française : *La Vie quotidienne au temps d'Homère*, Hachette, 1957) ; Hellmut Baumann, *The Greek Plant World in Myth, Art and Literature* (Portland, Timber Press, 1993 ; traduction française : *Le Bouquet d'Athéna, les Plantes dans la mythologie et l'art grecs*, Flammarion, 1884) ; Paul Bentley Kern, *Ancient Siege Warfare* (Bloomington, Indiana University Press, 1999) ; et Stephen G. Miller, *Ancient Greek Athletics* (New Haven, Yale University Press, 2004).

Quant à la mythologie grecque, si riche, elle mériterait une rubrique à part. Petite fille, le soir avant de me coucher, je dévorais les ouvrages de Margaret Evans Price, *Enchantment Tales for Children* (New York, Rand McNally, 1926) et *A Child's Book of Myths* (New York, Rand McNally, 1924). Grâce à leurs magnifiques illustrations, les mythes grecs ont nourri mon imagination d'enfant. Plus tard, je me suis plongée dans Robert Graves, *The Greek Myths,* vol. I and II (Londres, Cassell & Co Ltd, 1958, édition de poche Penguin Books, 1990 ; traduction française : *Les Mythes grecs*, Fayard, 1967, deux volumes) ; *Myths of the Greeks and Romans*, de Michael Grant (New York, Meridian, 1995) et *Classical Myth*, de Barry B. Powell (New York, Prentice-Hall, 2004). Le panthéon grec est d'une telle complexité que j'ai eu recours à des généalogies. En voici deux qui m'ont beaucoup aidée : *The Genealogy of Greek Mythology*, de Vanessa James (New York, Gotham Books, 2003) et celle, monumentale, de Harold Newmann et John O. Newman, *A Genealogical Chart of Greek Mythology* (Chapel Hill, University of North Carolina Press, 2003).

REMERCIEMENTS

À mes amis grecs – Artemios et Evie Kandarakis et Xenia Vletsa – qui m'ont aidée avec tant de prévenance, sur les sites archéologiques de leur pays et ailleurs, à Katie Broberg Foehl et Nikos et March Schweitzer, grands amoureux de la Grèce qui m'accompagnèrent tout au long de ma quête, à Brian et Mary Holmes, qui m'ont aidée à donner une forme à cette histoire, à Jane et Bob Feibel, parfaitement à l'aise dans le monde antique, je voudrais dire merci.

Je voudrais également exprimer ma gratitude à Brigitta Van der Veer et aux conservateurs des musées archéologiques d'Istanbul, qui m'ont permis d'avoir accès à la collection de Troie, à Eric Shanower, qui a généreusement partagé ses connaissances avec moi, à Beena Kamlani, fine connaisseuse et grande amie de Homère, à Stephen G. Miller, professeur à l'université de Berkeley, en Californie, qui a fait revivre sous mes yeux les jeux néméens et m'a permis d'y participer, à Barry B. Powell et William Aylward, professeurs à l'université du Wisconsin, qui m'ont fait bénéficier de leur savoir et dont le séminaire « The Trojan War : The Sources Behind the Scenes » m'a tant appris.

DU MÊME AUTEUR

Aux Éditions Albin Michel

LES MÉMOIRES DE CLÉOPÂTRE :

La Fille d'Isis, t. 1
Sous le règne d'Aphrodite, t. 2
La Morsure du serpent, t. 3

HÉLÈNE DE TROIE :

La Prisonnière de Sparte, t. 1

Composition Nord Compo
Impression : Imprimerie Floch, août 2007
Éditions Albin Michel
22, rue Huyghens, 75014 Paris
www.albin-michel.fr
ISBN : 978-2-226-17970-8
N° d'édition : 25363 – N° d'impression : 68794
Dépôt légal : septembre 2007
Imprimé en France.

